동궁에 부는

바람

§ 동궁에 부는 바람 §

2013년 4월 9일 초판 1쇄 인쇄
2013년 4월 12일 초판 1쇄 발행

지은이 § 백선로드
발행인 § 곽중열
기획&편집디자인 § 신연제, 이윤아
발행처 § (주)조은세상

등록 § 2002-23호.(1998년 01월 20일)
주소 § 경기도 고양시 일산동구 장항동 558번지 6호
Tel § 편집부(02)587-2977
영업부(031)906-0890
e-mail romance@comics21c.co.kr
값 10,000원

*본서의 내용을 무단 복제하는 것은 저작권법에 의해 금지되어 있습니다.

Copyrightⓒ. 백선로드 2013. Printed in Seoul, Korea

*파본이나 잘못된 책은 바꾸어 드립니다.

ISBN 979-11-5512-010-1

백선로드 장편소설

동궁에 부는 바람

GOOD WORLD ROMANCE NOVEL　(주)조은세상

목차

서장 ‖ 7

1장 ‖ 14   2장 ‖ 34   3장 ‖ 75

4장 ‖ 99   5장 ‖ 126   6장 ‖ 187

7장 ‖ 219   8장 ‖ 231   9장 ‖ 261   10장 ‖ 306

11장 ‖ 325   12장 ‖ 356   13장 ‖ 390

14장 ‖ 418   15장 ‖ 444   16장 ‖ 455

오래전 이야기 ‖ 461

서장

GOOD WORLD ROMANCE NOVEL

"내명부는 물론 외명부를 대하는 세자의 방자함에 과인의 근심이 날로 느는구나. 하여 은밀히 해결책을 찾고자 너를 불렀다. 그래, 부족한 예덕睿德[1]을 채울 방도가 있느냐?"

지엄하신 임금의 질문이었다. 웅크리듯 고개를 숙인 희원은 옆에서 걱정스럽게 자신을 바라보는 아비를 쳐다본 후에야 임금을 향해 덤덤하게 입을 뗐다.

"방도는 있사오나 확신은 할 수 없사옵니다."

"말해 보라."

임금의 명에 희원은 바닥에 머리가 닿도록 허리를 숙였다.

"송구하옵니다. 세자저하를 초려하시는 성심은 알겠으나 소녀가 생각해낸 방도에 성노聖怒하실까 심히 우려되옵니다."

아롱거리는 촛불이 임금의 흥미로운 얼굴을 잡아냈다.

입으로는 두렵다 하면서 몸은 전혀 떨고 있지 않다?

---

[1] 왕세자의 덕망

후궁들은 물론이요, 궐에 몸담고 있는 여인들은 그의 용포 자락, 아니, 달빛에 비친 그림자만 보아도 벌벌 떨며 어쩔 줄 몰라 했다. 대신들조차 떼는 입에 무게를 두고 신중을 기하느라 눈치를 살피는데, 방년芳年[2]도 되지 않은 이 여인은 임금 앞에서도 가녀린 어깨를 단 한 번도 떨지 않았다.

오호, 볼수록 강단 있는 아이로다.

"이번에 치러진 전시殿試의 출제 문제는 외교外交에 관한 것이었다. 조선의 백성들의 삶과 명나라의 물정을 모르면 풀어내기 어려운 문제였지. 하지만 문과에 장원급제한 김덕정은 한 시진[3]도 되지 않아 답안을 제출하였다. 신통하여 후에 불러 하문하자 시험에 대비하여 공부하던 차, 동생이 내어준 문제와 같은 문제가 나와 쉽게 풀 수 있다 하더구나."

그 동생이란, 임금 앞에 바짝 엎드린 희원이었다.

"뿐만 아니라 네 아비인 예조참판 김종윤은 정기사定期使[4]로 명나라에서 여러 번 난관에 부딪혔는데 그때마다 딸아이의 현명한 조언에 위기를 넘겼다 하였느니라. 두 사람 다 뛰어난 학식을 지닌 문신이지만, 두 사람이 지금의 자리에 있을 수 있는 것은 너의 공이 크기 때문이라 해도 과언이 아닐 것이다."

"과찬이시옵니다. 부족한 소녀가 어찌 오라버니와 아버지의 일을 도울 수 있겠습니까? 우연치 않게 몇 마디 거든 것이 다이옵니다."

"괜찮으니 자신을 낮출 필요 없다. 과인은 여인의 학식이 깊다 하여 그것을 흉이라 생각지 않는다. 그러니 그 방도라는 것을 말해 보라, 그 어떤 말이라 해도 노여워하지 않을 것이다."

"하오나……."

"성상께서 기다리시질 않느냐, 어서 입을 열도록 하거라."

....
2) 여자 스무 살 전후
3) 2시간
4) 매년 정기적으로 파견되는 사신

옆쪽으로 물러나 있는 아버지마저 재촉을 하니 희원은 달리 도망칠 구멍이 없었다.

세자의 교육을 담당하고 있는 시강원에서도 가르칠 게 없다며 손을 든 똑똑한 세자.

중전은 물론이요, 공주를 비롯해 눈에 보이는 모든 여인들을 쓸데없이 굴러다니는 바닥의 돌 취급하는 세자.

대하기 어렵고 다루기 힘든 그런 세자를 온순하게 만들 방법이라니, 그런 게 있을 리 없었다. 아니, 있어도 실현 불가능이었다.

희원은 바싹바싹 마르기 시작한 입술을 억지로 뗐다.

"임기응변에 뛰어나고…… 학식이 높은, 그러면서도 세자저하에게 눌리지 않고 말을 할 수 있는 그런 스승을 들여 시일을 두고 교육하는 것이 최선이라 생각하옵니다."

희원은 누구나 할 수 있는 빤한 대답을 내놓으며 고개를 푹 숙였다.

대궐까지 불러 주셨는데 이런 대답이라니, 실망하셨겠지? 하지만 그 외엔 정말 답이 없는 걸.

낙담하는 그녀의 머리 위로 임금의 묵직한 음성이 떨어졌다.

"세자의 교육을 맡아 보겠느냐?"

잘못 들었나?

희원은 휘둥그레진 눈으로 아비의 얼굴을 쳐다보았다. 그 뜻을 알아차린 아비가 재빨리 임금을 향해 허리를 숙였다.

"전하, 명을 거두어 주시옵소서. 소신의 딸은 겨우 열여덟밖에 되지 않사옵니다. 세자저하를 교육하라니요, 천만부당한 일이옵니다."

"위기에 빠진 아비를 구할 만큼 임기응변이 뛰어나고, 오라버니의 시험을 도울 정도로 학식이 높으며, 임금인 내 앞에서도 전혀 떨지 않고 앉아 있는 그대의 여식이야말로 최고의 적임자라 생각하는데, 예조참판의

생각은 어떠한가? 다른 대군이 있었더라면 진즉 폐세자가 되고도 남았을 세자다. 아니, 이대로라면 폐세자가 되는 건 시일의 문제겠지."

처음으로 임금의 얼굴에 어두운 그림자가 드리워졌다.

"君子之於天下也, 無適也, 無莫也, 義之與比[5]. 과인은 이대로 세자를 포기하고 싶지 않다. 세자에게 걸맞은 스승이 어린 여인이라 하여 절대 안 된다 생각지 않느니, 통하는 길이 있다면 어둠에 가려진 곳이라 한들 허許할 것이다. 허니 예조참판과 그 여식은 과인의 뜻을 받들어 세자의 교육을 맡아주길 바라노라."

옥음玉音에 비장함이 깃들어 있었다. 임금은 희원을 이곳에 부르기로 마음먹은 순간부터 세자의 미래를 그녀에게 걸어 보기로 이미 결심을 한 것이다.

희원은 침을 꼴깍 삼켰다.

세자저하의 교육이라니! 세자저하의 스승이라니!

아무리 견문을 넓히고 사서오경을 읽어도 여자로 태어난 탓에 원하는 일을 할 수도, 가질 수도 없었다. 때가 되면 시집을 가 아이를 낳아 기르는 것만이 그녀가 가질 수 있는 유일한 인생이었다.

용안龍顔을 뵌 것도 광영이건만 세자의 교육을 맡아달라니!

이건 기회야!

희원은 속으로 소리쳤다. 다른 사람도 아니고 상감마마였다. 죽었다 깨어나도 여인이 할 수 없는 일을 이 나라의 지존이 허락하고 있는 것이다. 두 번 생각할 것도 없었다. 무조건 해야 했다.

하지만 실패한다면?

보통의 세자저하가 아니다. 얼마나 교만하고 방자하면 폐위廢位가 거론되겠는가! 안 그래도 여자 보기를 뭐 같이 아는 세자저하를 겨우 열여

---

[5] 군자는 천하에서 반드시 그래야 한다는 것도, 절대로 안 된다는 것도 없다. 오직 의로움만을 따를 뿐이다.

덮밖에 안 된 계집이 맡는다고 하면 엄청난 화를 불러일으킬 건 불을 보듯 뻔했다.

그녀의 망설임을 알아차린 왕이 너그러운 자비까지 베풀었다.

"일이 틀어진다 해도 책임을 묻지 않을 것이니 안심해도 좋다."

책임을 묻지 않는다……?

그것이 정말이라면 희원은 더 이상 고민할 필요가 없었다.

"하오면…… 소녀, 미흡한 자격임에도 불구하고 전하의 뜻을 받들도록 하겠습니다."

희원의 대답에 임금은 만족스런 표정을 내비쳤다.

"과연 배포가 남다른 아이다. 그렇지 않은가, 예조참판?"

"정숙하지 못한 딸아이가 그저 부끄러울 뿐이옵니다, 전하."

"하하, 과인이 듣기엔 현명하고 예쁜 딸을 가진 아비의 자랑으로 들리는구나."

"소, 소신이 어찌 자랑을 하겠나이까!"

종윤은 황급히 머리를 숙이며 목소리를 높였다.

임금은 흐뭇한 얼굴로 종윤과 희원을 바라보았다.

"세자를 가르치는 데 어려움이 많을 것이다. 누구의 눈에도 띄어선 안 되고, 누구의 입에도 오르내려선 아니 된다. 스승이되 스승의 대접도 받을 수 없을 것이다. 단, 예덕이 좋아진다면 그 공은 과인이 절대 잊지 않을 것이니, 성심을 다해 주길 바라노라."

분에 넘치는 일을 맡게 된 자식이 걱정스러운 종윤과 반대로 희원은 의욕이 넘쳤다. 어떻게 하면 들키지 않고 세자저하를 가르칠 수 있을지 이 방법, 저 방법 빠르게 머리를 굴렸다. 하지만 아무리 생각에 생각을 더해도 한 가지 방법밖에 떠오르지 않았다.

지난해, 세자저하의 행실이 좋지 않아 크게 걱정하던 아버지를 보며

혼자서 생각해 보았던 그 방책方策. 절대 일어날 수 없는 황당한 방안方案.

아…… 정말 그 수밖에 없는 걸까?

희원은 입술을 잘근잘근 씹으며 입 안에서 맴도는 말들을 억지로 막아냈다.

전하께옵서 윤허만 해주신다면 세자저하를 가르치는 일도 불가능한 건 아닌데, 문제는 어이없는 방책을 윤허해 줄지가 문제였다.

희원은 침묵으로 물든 공간이 부담스러웠다. 그녀의 말을 기다리는 임금과 아버지, 모두 어느 때보다 진지한 얼굴이었다. 다행히 나무 바닥에서 올라오는 냉기가 그녀의 불안한 마음을 달래 주었다. 희원은 깊게 숨을 들이켰다.

"전하……."

"말하라."

희원은 소매 끝자락을 힘주어 잡았다. 그녀의 손끝에 연노랑빛 고운 비단이 보기 흉하게 구겨졌다.

"소녀, 성심을 다해 세자저하를 보필할 것입니다. 하오나 그전에 전하께 간절한 청이 하나 있사옵니다."

"간절한 청이라…… 무엇이냐?"

희원은 곧바로 대답하지 못했다. 불경한 대답이 불러올 최악의 여파까지 생각하자 쉽게 입이 떨어지지 않았다. 하지만 말해야 했다. 그것밖에 달리 방도가 없으니까. 상감마마께서 어떤 반응을 보일지 알 수 없으나 이미 시위를 벗어난 활은 돌아올 수 없으니까 말을 해야만 했다.

"쉬이 입을 떼지 못하는 걸 보니 입에 담기 어려운 청이로구나."

임금의 말에 희원은 천천히 고개를 끄덕였다.

"어려운…… 청입니다."

"말해 보라. 과인이 들어줄 수 있는 것이라면 들어줄 것이다."

희원은 걱정스러운 아버지의 얼굴을 한 번 쳐다본 뒤 눈을 스르륵 감아 버렸다.

 아버지, 송구합니다.

 "부디…… 불경한 말을 올리는 소녀를 깊고 너그러운 성심으로 헤아려주시옵소서."

 희원은 절을 올리듯 바닥에 납작 엎드렸다. 그리고 좁지 않은 공간이 울릴 정도로 또렷한 목소리로 입을 열었다.

 "세자저하를…… 버려주시옵소서."

1장
GOOD WORLD ROMANCE NOVEL

바람이 불었다. 축축한 공기를 품은 바람은 빽빽하게 들어찬 크고 굵직한 적송들의 솔내음과 비릿한 흙냄새, 그리고 각종 이름 모를 식물의 향을 담아 깊은 산중을 떠돌았다. 그러다 이내 숲 한가운데 위치한 작은 암자까지 이르렀다. 사람의 발길이 닿지 않은 암자 주위에는 풍성하게 자란 풀과 꽃들이 만발했고, 오래전 쌓아 놓은 돌담은 세월에 섞여 매우 낡아 있었다.

속세와는 연이 없을 것 같은 이 암자에 때아닌 소란스런 소리가 대지를 뒤흔들었다.

"내 말이 들리지 않는가? 비키라 하였다!"

암자의 입구를 막아선 무사 둘을 향해 세자가 차갑게 노려봤다.

"네놈들이 정녕 몸뚱이에서 목이 떨어져 나가야 정신을 차릴 셈이더냐!"

세자의 무서운 협박에도 앞을 막아선 무사 둘은 꼼짝도 하지 않았다. 세자의 짙은 눈썹이 불편한 심기를 드러내며 일그러졌다.

바로 그때, 암자의 두꺼운 나무문이 열리며 아는 얼굴 하나가 들어섰다.

"신, 예조참판 김종윤이 세자저하께 문안 인사드리옵니다."

"예조참판이 여긴 어떻게……."

명(冥)의 얼굴에 놀라움이 그려졌다. 지난 밤, 아바마마가 그를 앞에 앉혀 놓고 그랬다. 당신이 세자로 있던 시절, 선왕의 뜻에 따라 땅과 하늘의 기운이 모인 곳에서 몸을 정화하고 성군이 되는 기도를 드렸다고 말이다. 입에서 입으로만 전해져 오는 극비이자 보위를 물려받는 자가 반드시 거쳐야 할 신성한 의식이라며 어렵게 입을 떼셨다. 하여 얼굴이 알려지지 않은 아바마마의 호위무사 둘과 변복하여 은밀히 이곳으로 걸음하였다. 하지만 도착해서 보니 뭔가가 이상했다. 산짐승을 막기 위해 높게 쌓아올린 돌담 외엔 특별할 거 없는 평범한 암자였다. 돌아보는데 일각도 걸리지 않는 크기에 영험한 기운이라곤 눈곱만큼도 느껴지지 않는 곳. 그래서 돌아가려 했다.

막 문을 나서려는 찰나, 상황이 달라졌다. 지금까지 묵묵히 뒤를 따르던 호위무사 둘이 앞을 가로막고 길을 터주지 않는 것이었다. 이런 상황에 예조참판의 등장이라니, 당연히 놀랄 수밖에.

"신이 여기까지 찾아온 것은 주상전하의 밀명으로 세자저하께 어찰(御札)을 전해 드리고자 함입니다."

종윤은 세자의 황당해하는 얼굴을 보며 가슴팍에서 하얀 봉투를 꺼내 들었다.

"여기 있사옵니다, 저하."

종윤은 어찰을 건네며 덧붙였다.

"궁에 계셔야 할 세자저하께서 왜 여기 계시온지 소신은 알지 못하고 왔나이다. 다만 세자저하께옵서 암자를 떠나기 전에 이 어찰을 전하라 엄명하셨습니다."

그러니까, 아무것도 모르니 묻지 말라?

숨은 말뜻을 알아차린 명은 달갑지 않은 손길로 종윤이 내민 봉투를 받아들었다.

"하오면 소신은 이만 궁으로 돌아가 어찰이 무사히 세자저하께 전해졌음을 성상께 아뢰겠나이다."

말이 끝나기가 무섭게 종윤은 자신의 업무가 끝났으니 돌아가겠다는 뜻을 표했다. 제발 아무것도 묻지 말라는 표정으로 한 걸음, 두 걸음, 멀지 않은 나무문으로 다가가던 종윤의 뒤로 밤바람처럼 서늘한 목소리가 떨어졌다.

"잠깐."

평범하고도 짧은 말이었지만 도둑질을 하다 들킨 사람처럼 종윤의 어깨가 흠칫 떨렸다.

'이크! 어찌하여 소신을 잡으시옵니까?'

종윤은 태어나 거짓말을 해본 적이 없었다. 그래서 어찰을 전하는 일도 다른 사람이 하길 원했었다. 하지만 이 일을 대신할 사람이 없었다. 이번 일을 아는 이라고는 임금과 자신, 그리고 슬하의 아들 녀석과 이 모든 것을 계획한 딸아이가 전부였다. 아들 녀석은 이제 막 관직에 발을 들인 터라 밀명을 수행하기엔 역부족이었으니 어찰을 전하는 일은 고스란히 그의 몫이 되고 말았다.

이곳에 오기 전, 몇 번이나 연습에 연습을 거듭한 그였지만 날카로운 세자의 눈빛을 대하는 순간 저도 모르게 오금이 저렸다. 혹 자신의 실수로 일을 그르칠까 싶어 들키지 않으려 부랴부랴 걸음을 떼려는데 역시나 눈치 빠른 세자가 자신을 불러 세운 것이다.

종윤은 오싹한 등골을 느끼며 최대한 표정을 가라앉혔다.

"소신께 하고픈 말씀이 남았사옵니까?"

세자가 그를 향해 천천히 다가왔다.

"아바마마께서 이곳은 선왕들의 비밀스런 곳이라 '그 누구도' 알아선 아니 된다고 말씀하셨소. 한데 참 이상하질 않소, 왜 예조참판 김종윤은 이곳을 알아도 되는 것인지 말이오."

"소, 소신은 그저 명을 받아……."

"단지 그뿐이오?"

"예……?"

세자의 눈동자가 종윤의 얼굴 구석구석을 훑었다.

"정말 아무것도 모르고 온 것이 맞느냐 말이오."

종윤은 이마에 땀을 송골송골 매달고 고개를 숙였다.

"무, 무엇을 묻고자 하시는지…… 소신은 알지 못하겠나이다……."

"얼굴에 땀이 비 오듯 쏟아지는 것이 산길을 타느라 힘이 들었던 모양이오. 아니면…… 감추고 싶은 것을 내가 자꾸 캐물어 곤란하여 그러는 것이오?"

다 들켰구나 싶은 그때였다. 여기 오기 직전 딸아이가 해준 말이 순간 머릿속에 번뜩였다.

[아버지는 거짓말이 서투르시니 혹, 세자저하께서 아버지를 곤란하게 하시면 대답 대신 질문을 던지세요.]

종윤은 덜덜 떨리는 다리에 힘을 주며 숨을 크게 들이마셨다.

"어찰을 들고 오면서도…… 이런 외진 곳에 세자저하가 계실 리 없다 생각하였습니다. 첩첩산중에 홀로 계실 세자저하가 아니질 않사옵니까? 궁금하여도 참았으나…… 저하께옵서 먼저 말을 걸어 주시니 묻겠습니다. 어찌하여 궁이 아닌 이곳에 자리하고 계시옵니까?"

무사히 말을 마친 종윤의 안면에 미미한 화색이 감돌았다. 타고나길

심성이 곧고 마음씀씀이가 고운 종윤은 태어나 처음으로 거짓말을 하였다. 그렇기에 가슴이 방망이질 치는 건 어쩔 수 없었다.

그런 그를 유심히 뜯어보던 세자는 좀 전의 행동과는 다르게 순순히 암자 쪽으로 몸을 되돌렸다.

"古之愚也直이러니 今之愚也詐而已矣이라 했소, 진심으로 묻는 말이 아니니 대답은 하지 않을 것이니, 이만 가던 길을 가시오."

고지우야직이러니 금지우야사이이의, 예전에는 어리석어도 정직했으나 지금의 어리석은 사람은 속임수가 있을 뿐이다. 즉, 속이려는 종윤의 속내를 알아차렸으니 말을 섞지 않겠다는 뜻이었다. 사서四書에 적힌 말을 빌린 세자 특유의 신랄한 비꼼이었다.

종윤은 오해를 사고 싶지 않았으나 더 이상 입을 열 수 없었기에 그대로 발길을 돌렸다. 떨어지는 발뒤꿈치가 묵직하기 그지없었다. 동시에 세자저하와 곧 만나게 될 딸아이의 앞날이 우려되었다. 자신과 다르게 강한 심지를 지녔다 해도 겨우 열여덟이었다. 혈기왕성한 세자저하의 비뚤어진 성품을 마주하기엔 아무리 봐도 역부족이었다.

'희원아, 네 정녕 세자저하를 감당할 수 있겠느냐?'

종윤이 사라지자 명은 스스럼없이 어찰을 펼쳤다. 어젯밤 그를 불렀을 때 얘기해도 되었고, 오늘 돌아가 들어도 될 말을 굳이 어찰로 보냈다는 것이 마음에 걸렸다. 찬찬히 어찰의 내용을 읽어 내려가는 명의 눈빛이 어두워졌다.

네가 있는 그곳은 초라한 암자가 아니다.
눈에 보이는 것이 전부가 아니니,
마음으로 보고, 마음으로 느끼길 바라노라.

또한, 네가 세자임을 잊어라.

암자에 있을 달포 동안, 허수아비 세자가 동궁에 갇혀 있을 것이니 아버지가 주는 귀한 시간을 허루루 허비하지 말라.

내 굳이 어찰로 뜻을 전하는 것은

이번 일이 얼마나 중한 의미를 가지고 있는지 알려주기 위함이다.

달포 동안 명을 어기고 세자임을 드러낸다거나

암자를 벗어나 궐로 돌아온다면 그 즉시 폐위가 될 것이니,

세자는 아버지의 말을 새겨듣도록 하라.

때가 되면 사람을 보낼 것이다.

그동안 나의 심중을 헤아려 성군이 될 준비를 마치도록 하라.

명은 눈을 힘주어 감았다 뜬 뒤 다시 어찰을 정독했다. 잘못 본 게 아니었다.

달포 동안 암자에 있는 것도 모자라…… 어기면 폐위?

명은 말도 안 되는 내용이 적힌 어찰을 사정없이 구겨 바닥에 던져 버렸다.

지금 이게 말이 된다고 생각하십니까!

달포나 이 볼품없는 암자에 처박혀 있으라고요?

하! 그럼 그렇지, 처음부터 이상하다 생각하였습니다. 한밤중에 저를 부르신 것도, 아바마마의 알려지지 않은 호위무사 둘을 대동하게 한 것도 이상하였습니다. 선왕들의 구전口傳 기도가 있긴 한 겁니까?

명은 이를 악다물며 하늘을 올려다보았다. 먹구름을 머금은 하늘이 빠르게 움직이고 있었다. 암자에 당도하기 전만 해도 화창한 날씨였건만 지금은 당장이라도 비를 뿌릴 기세였다.

명이 다시 몸을 밖으로 돌리자 호위무사 둘이 그를 가로막았다. 이제

보니 호위무사 둘은 그를 보호하기 위해서가 아니라 감시하기 위함이었다. 무표정한 얼굴에 꽉 다문 입술, 하지만 눈빛은 불안했다. 어명을 받고 행하기는 하되 고집스런 세자의 성정이 두려운 것이리라.

무예가 뛰어난 세자였다. 마음만 먹으면 이 둘을 뚫고 나가는 건 문제되지 않았다. 하지만 세자는 앞을 막아선 호위무사들을 바라보며 의외의 명을 내렸다.

"난 지금 이 시각 이후로 이곳을 벗어나지 않을 것이다. 선왕들의 뜻을 이어 심신을 정화할 것이니, 너희 둘은 주변 경계에 각별히 신경을 쓰도록 해라."

갑자기 돌변한 세자의 태도에 어리둥절한 표정의 호위무사 둘은 서로의 얼굴을 마주했다. 그러는 사이 명은 그들을 뒤로 한 채 사축암 안쪽으로 발길을 옮겼다.

투둑투둑, 비를 머금은 하늘이 드디어 빗방울을 토해냈다. 시원스런 소리와 함께 굵은 비가 작은 암자를 금세 적셔갔다.

폐세자…….

폐세자!

누구 좋으라고 폐세자가 되겠습니까! 전 절대 폐세자가 되지 않을 것입니다. 반드시! 보위에 올라 날 기만했던 자들과 간교한 후궁들의 뿌리를 뽑아 버릴 것입니다. 그러니 지금은 잠시 참겠습니다. 지금껏 참았는데 그깟 달포 더 못 참겠습니까? 원하신다면 얼마든지 참고 견뎌 드리지요. 결국 임금의 자리는 내 것이 될 테니까.

※

인시寅時, 어스름한 빛과 함께 새벽닭이 목이 터져라 울었다. 그와 동시에 솟을삼문 옆, 바깥담과 맞붙은 행랑채의 문들이 조용히 열리기 시작했다. 언제나 그렇듯 제일 먼저 눈을 뜬 늙은 청지기가 마당을 가로질러 사랑채로 향했고 여인들은 아침을 준비하기 위해 안채로 발길을 옮겼다.

내당의 부엌 지붕 위로 회색빛 연기가 피어오르자 여인네들의 움직임이 더욱 분주해졌다. 모두들 각자 맡은 바 소임을 다하는 그때, 넓은 마당을 가로지르는 젊은 여자 하나가 있었다. 여자는 잰걸음으로 안채 뒤쪽으로 재빠르게 들어가더니 별당채의 문을 활짝 열어젖혔다.

"아기씨!"

기운찬 여인의 목소리에도 희원은 보던 서책에서 눈을 떼지 않았다.

"아침부터 기운이 넘치는 걸 보니 어디선가 좋은 소식이라도 물어온 게냐?"

"좋은 소식이라기보다 재밌는 소식이 있긴 한디…… 아기씨는 일어나자마자 글이 눈에 들어오십니까?"

"괜한 트집일랑 말고 재밌다는 소식이나 말해 보거라."

희원이 서책을 덮으며 고개를 들자 그제야 몸종, 죽심의 얼굴이 밝아졌다.

"아, 제가 조금 전에 방에서 나오다가 행랑아범을 만났는디, 오늘 저 잣거리에 창우(倡優)[6]들이 온다지 뭐여요?"

"창우?"

"예, 가면극에 줄도 타고, 하여튼 엄청나게 재밌을 거랍니다. 지난해에 왔던 무리하고는 차원이 다르다고 소문이 자자하다는디요?"

죽심이의 얼굴에 가고 싶다는 표정이 가득했다. 희원은 일부러 모른 척 덮었던 서책을 펼쳤다.

"또 그런 곳에 갔다간 아버지가 역정을 내실 거야. 그냥 얌전히 집에

---
6) 광대

서 책이나 읽는 게 낫겠어."

그녀의 예상대로 죽심의 얼굴이 금시 시무룩해졌다.

"지는 아기씨가 당연히 가실 줄 알았는디…… 참말로 안 가실 거여요?"

"소문이 자자할 정도면 사람들도 많이 모일 테고, 우리 둘이 나갔다가 나쁜 사람들이라도 만나면 어쩌려고? 위험하니까 역시 안 가는 게 좋겠어."

"그, 그럼 돌백이도 데려가면 되잖아요?"

희원의 눈이 음흉한 빛을 띠었다.

그럼 그렇지, 네 입에서 왜 돌백이 얘기가 안 나오나 했다.

혼기가 이미 지나 버린 죽심은 오래전부터 청지기의 아들 돌백이를 마음에 두고 있었다. 하지만 돌백이보다 두 살이나 많고 희원이 시집가지 않은 탓에 혼자 애만 끓였다. 아닌 척 굴지만 희원은 그런 죽심의 마음을 진즉 알아차렸다.

"그렇구나, 돌백이를 데려가면 되겠구나."

희원의 대답에 죽심의 얼굴에 붉은 연꽃이 활짝 피었다.

저렇게나 좋을까.

희원은 서책을 도로 덮은 뒤 자리에서 일어났다.

"그럼 난 그럴듯한 구실로 어머니께 허락을 받아 볼게."

"아기씨! 그전에 소세부터 하셔야죠!"

"아, 그렇지. 소세를 깜빡하였구나."

희원은 배시시 웃으며 몸을 정갈히 씻고 꾸민 뒤, 패물을 보러간다는 간단한 핑계거리로 어머니께 허락을 받아냈다.

화창한 날씨는 안 그래도 들뜬 죽심의 마음을 더욱 날뛰게 만들었다. 졸졸 쫓아다니며 빨리 나가자 보채는 바람에 희원은 중반中飯[7]을 먹자마자 집을 나설 수밖에 없었다.

---
7) 점심

저잣거리는 사람들로 넘쳐났다. 간만에 들어온 창우 때문에 거리는 평소보다 배로 불어난 상인들과 구경나온 이들로 번잡했다. 주막은 남정네들이 자리를 꿰어 차 앉아 빈자리가 없었고, 주전부리를 파는 시전 앞에는 여인네와 아이들이 끊이질 않았다. 날이 날이니만큼 쓰개치마를 덮어쓴 여염집 여인네와 요염한 자태를 뽐내는 기생들도 간간이 눈에 들어왔다.

"죽심이 네 말대로 오늘 오는 창우들은 보통이 넘는 자들 같구나."

"그, 그렇지요?"

평소와 다르게 죽심의 말투가 아주 조심스럽다.

뒤에서 따르는 돌백을 의식한 거겠지.

나이에 비해 어려 보이는 죽심과 또래보다 덩치 좋고 말수 적은 돌백. 남들은 안 어울린다 말해도 희원의 눈엔 천생연분이었다. 희원은 두 사람을 흐뭇하게 바라보다 앞으로 고개를 돌렸다. 그 순간 맞은편에서 다가오던 사내의 어깨가 바로 코앞에 보였다. 이어 희원은 중심을 잃고 바닥에 엉덩방아를 찧고 말았다.

털썩!

"앗!"

"아기씨!"

뒤따르던 돌백이 눈 깜짝할 사이에 희원과 부딪힌 사내의 멱살을 거머쥐었다.

"이분이 뉘신 줄 알고 더러운 몸뚱아리를 들이민 것이오!"

동굴 안에서나 울릴 법한 묵직한 목소리에 사내는 몸을 움츠리며 머리부터 조아렸다.

"소, 송구합니다! 소인이 잠시 딴 곳을 보다가 그만……."

희원은 죽심의 도움으로 몸을 일으키며 돌백을 말렸다.

"피차 보지 못한 탓이니 그만 보내주거라."

"하오나……."

"소란 피워 좋을 것이 없잖느냐?"

돌백은 하는 수 없이 사내를 놓아주었다. 사내는 강한 힘에 목이 눌렸는지 컥컥거리며 희원에게 고마움을 표했다.

"고, 고맙습니다, 아기씨. 콜록콜록!"

사내가 도망치듯 사라지자 돌백은 떨어진 쓰개치마를 주워 흙을 털어내고는 말없이 희원에게 건넸다. 무표정한 얼굴과 달리 투박한 손이 미세하게 떨렸다.

"고맙다, 돌백아."

희원은 다시 쓰개치마를 머리 위에 두른 뒤 멈추었던 다리를 움직였다. 아니나 다를까 죽심이 그녀의 곁에 바짝 다가와 목소리를 낮췄다.

"보셔요, 아기씨. 돌백이가 있으니 참으로 든든하시죠?"

"그래, 떨어진 물건을 주워 주는 자상함까지 지니고 있으니 좋은 낭군이 될 것이다. 다른 여인이 채 가기 전에 어서 언약이라도 해두거라."

"아, 아기씨도 참…… 제가 언제 돌백이를 낭군으로 보았다고……."

꽤꽤꿩꿩 꽹꾕꿩!

멀찍이 떨어진 곳에서 신나는 꽹과리 소리가 두 사람의 귓전까지 와 닿았다. 누가 먼저랄 것도 없이 희원과 죽심은 서로를 쳐다보며 씨익 웃었다.

"시작한 것 같구나."

"어서 가요, 아기씨."

희원과 죽심은 가면극을 보기 위해 사람들 틈을 비집고 들어갔다. 가면 탈을 쓴 사람들이 신명나게 춤을 추며 양반가의 자제를 사랑한 기생의 모습을 익살스럽게 표현하고 있었다. 그것을 지켜보는 몇몇 양반들의 미간이 찌푸려졌다. 하지만 희원은 우스꽝스러운 기생의 모습에서 야릇한 슬픔이 느껴졌다.

'좋아하는 사내 앞인데도 말 못하고 저리 애만 태우는구나…….'

"아기씨가 이런 곳에 어쩐 일이십니까?"

귓가에 울리는 남정네의 가느다란 목소리에 희원은 화들짝 놀라 고개를 들었다. 청색 비단 도포 道袍를 갖춰 입은 하얀 얼굴의 사내가 그녀를 보며 빙그레 웃고 있었다.

"승경 도련님!"

승경은 동그란 얼굴에 아기자기하게 조합된 희원의 얼굴을 보며 입꼬리를 슬며시 말아 올렸다.

"그간 무탈하였느냐?"

"그럼요. 참, 오라버니께 들었습니다. 이번에 성균관 장의 掌議가 되셨다면서요? 경하드립니다."

"아니다, 경하는 네 오라버니가 받아야지. 이번에 나를 제치고 장원급제를 하였잖느냐?"

"그런 말씀 마세요. 만약 도련님께서 이번 과거에 응시하셨다면 장원급제는 오라버니 몫이 아니었을지도 모릅니다. 혹, 저희 오라버니를 위해 일부러 시험에 불참하신 건 아니십니까?"

"그건 아무도 모르는 비밀인데, 어찌 알았느냐?"

승경은 시험이 치러지는 기간 동안 몸이 좋지 않아 자가 自家에 누워 있어야 했다. 날 때부터 몸이 허약한 탓이었다. 그래도 이 아이 앞에서는 그런 모습을 보이고 싶지 않았다.

"척 보면 다 아는 수가 있습니다."

"그렇다면 다음 과거엔 내가 장원급제할 거라는 것도 알고 있겠구나?"

"천재지변이 일어나지 않는 한 당연한 결과일 겁니다."

"희원이 넌 언제나 사람을 기분 좋게 해주는구나. 좋다, 내 다음 과거에서 장원급제를 하게 된다면 혼……."

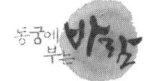

혼담을 넣겠다. 혼담! 그토록 연습했건만 왜 이 말만큼은 꺼내기 힘든 것인지…… 딱 두 자면 되는 말인데.

"왜 말을 하다 마십니까? 된다면, 소녀에게 선물이라도 주시려고요?"

"그……래, 갖고 싶은 것이 있느냐?"

희원은 주변 사람이 들을까 목소리를 낮추었다.

"존경각에는 많은 서책이 갖춰져 있다고 들었는데, 선물 대신 존경각 구경을 시켜주시면 안 되겠습니까?"

"존경각을……?"

"풉! 농입니다. 어찌 그리 심각한 얼굴을 하세요? 설마 제가 진심으로 거길 가려 하겠습니까?"

"하여간 너는…… 매번 나를 놀려먹는구나."

"그나저나 여긴 어쩐 일이십니까?"

"일이 있어 집에 다녀오는 길에 네가 보여 온 것이다."

그 말에 희원의 눈이 큼지막해졌다.

"정말 이 많은 사람들 속에서 제가 보이셨단 말씀입니까?"

은애하니까. 오래전부터 널 마음에 품었기에 네가 어디에 어떤 모습으로 있건 내 눈에 보이는 것이다.

하지만 승경은 마음과 다른 대답을 내놓았다.

"시집도 안 간 반가班家의 여인이 하도 큰 소리로 웃고 있기에 신기하여 봤더니 너이더구나."

"거짓말하지 마십시오. 저는 절대 큰 소리로 웃지 않았습니다."

"쯧쯧, 크게 웃는 것뿐만이 아니다. 주위를 둘러보거라. 반가의 여인이 너 말고 또 누가 있느냐? 정숙해야 할 규수가 이리도 바깥출입을 좋아해서야 누가 널 데려갈지 심히 걱정이 되는구나."

"그리 걱정되시면 도련님이 데려가시면 되질 않습니까?"

희원의 말에 승경의 얼굴이 붉게 물들었다.

네, 네가 벌써 내 마음을 알아차렸단 말이냐? 아니, 설마 너 역시 나를 흠모하고 있었던 것이었더냐?

쿵쿵쿵! 말을 타고 쉬지 않고 달린 것처럼 가슴이 팔딱거렸다. 승경은 급작스레 찾아온 기회를 놓치기 싫었다.

"희원아, 그럼 혼인……."

"너무하십니다. 농이라는 걸 아시면서 어찌 그리 정색을 하십니까?"

"뭐……?"

"대사헌 영감의 여식과 혼담이 오간다 들었습니다. 그러니 소녀가 한 말은 웃어넘기면 되질 않습니까, 매번 그리 진지하시니 농을 하는 제가 다 무안합니다."

"네가 그 얘길 어찌…… 아, 아니, 중요한 건 그게 아니다, 혼담이 들어오긴 했지만 내 이미 거절했……."

"앗! 저기 그분이 오십니다."

"그분이라니 누구……."

희원이 오른편을 가리키더니 쓰개치마로 얼굴을 감춰 버렸다. 승경이 그 방향으로 고개를 돌리자 멀지 않은 곳에 그와 혼담이 오갔다던 대사헌 영감의 여식이 몸종 셋을 거느린 채 걸어가고 있었다. 형식적으로 걸친 쓰개치마 아래로 아리따운 얼굴과 값비싼 비단 옷이 눈에 띄었다. 하지만 승경은 그녀의 예쁜 얼굴도, 든든한 배경도 전혀 마음에 없었다.

그는 그녀와 눈이 마주칠까 급히 시선을 돌리며 희원에게 얼굴을 가까이 가져갔다. 갓에 드리워진 그림자가 흔들리던 그의 눈빛을 진지하게 만들었다.

"오해를 하는 것 같아 말해 두는 거지만, 난 대사헌 영감의 혼담을 거절하였다. 굳이 이유를 꼽자면…… 난 똑똑한 여인이 좋다. 너처럼 말이다."

"예……?"

저도 모르게 고백 아닌 고백을 해버린 승경은 새빨갛게 변해 버린 얼굴을 감추기 위해 걸음을 뒤로 물렸다.

"열흘 뒤, 네 오라버니를 만나러 집으로 갈 것이니 그때 다시 보자꾸나. 그럼 난 기다리는 이가 있어 먼저 가겠다."

"도련님, 열흘 뒤는……."

희원이 급하게 고개를 돌리며 말을 꺼냈지만 그는 이미 사람들 틈으로 빠져나가 버렸다.

"열흘 뒤면 제가 집에 없을 때인데……."

희원은 작은 목소리로 중얼거리며 멀찍이 떨어진 그의 뒷모습을 쳐다보았다. 그는 오라버니의 벗으로 오래전부터 알고 지냈다. 보는 눈이 많아 자주 말을 섞진 못했지만 그는 그녀가 아는 사내 중 가장 배려심이 뛰어났다. 보라, 조금 전에도 대사헌의 딸이 출중한 외모를 자랑하자 희원이 상처 받을까 부러 똑똑한 여인이 좋다 말해 주는 것을 말이다.

"아기씨, 두 분이 무슨 얘길 그리 은밀히 나누셨어요?"

뒤로 물러서 있던 죽심이 옆으로 바짝 다가오더니 눈을 반짝였다.

"별 얘기 하지 않았다."

"에이, 지가 보기엔 도련님께서 아기씨를 좋…… 워메! 도, 돌백아, 어찌 내 팔을 잡고 그러냐?"

죽심의 말대로 돌백이 그녀의 팔을 잡고 있었다. 평소 무뚝뚝하고 과묵한 그답지 않았다. 희원과 죽심이 놀란 눈으로 그를 보자 돌백이 잡았던 손을 놓더니 왼쪽을 가리켰다.

"저쪽에 자리가 나서……."

돌백의 말대로 그녀의 왼편 너머에 자리가 비어 있었다.

"그래, 저쪽이 여기보다 잘 보이겠구나. 고맙다, 돌백아."

희원이 자리를 옮기자 죽심이 따라붙으며 얼굴을 붉혔다.

"아기씨, 보셨지요? 돌백이가 저 커다란 손으로 지 어깨를…… 워메, 지는 이제 어쩌면 좋대요?"

"어쩌면 좋긴, 혼례 올리면 되지."

"호, 혼례라니, 아기씨도 참, 그런 낯 뜨거운 얘길 잘도 하셔요, 호호."

희원은 좋아 죽는 죽심의 얼굴 뒤로 돌백의 어두운 표정을 보았다. 집을 나설 땐 괜찮아 보이더니 지금은 어두운 먹구름이 얼굴 가득하다.

억지로 데려와서 그런가? 아니면, 죽심이한테 정말 관심이 없는 걸까?

희원은 두 사람이 정말 잘 어울린다 생각했다. 돌백이만 좋다면 아버지를 졸라 두 사람을 같이 살게 해주고픈 마음이었다. 하지만 종종 드는 생각이지만 돌백은 여인에게 관심이 없어 보였다. 죽심이 그렇게 티를 내는데도 그녀를 쳐다보는 눈길은 무심하기 그지없었고, 집안의 다른 여인들이 다가가도 자기 할 일만 묵묵히 할 뿐이었다.

그래도 죽심이 저렇게 열성적이니 곧 마음을 열겠지?

희원은 그렇게 생각을 정리한 뒤 끝을 향해가는 창우들의 연기와 춤에 정신을 쏟았다.

그 뒤로도 창우들은 줄타기와 노래 등 많은 볼거리를 제공했다. 마지막까지 그것을 구경한 희원은 석반夕飯[8] 때가 다 되어서야 집으로 돌아왔다.

솟을대문의 문턱을 넘자마자 돌백의 아버지가 쪼르르 달려 나오며 그녀에게 머리를 숙였다.

"이제 오십니까, 아기씨. 나리께서 진즉 찾아계십니다요."

"아버지가요?"

"예, 어여 들어가 보세요."

희원은 죽심에게 쓰개치마를 건넨 뒤 아버지가 계실 사랑채로 들어

---

8) 저녁밥

갔다. 사랑채의 마당에 들어서자 관복을 입은 덕정이 초조한 얼굴로 서 있었다.

"오라버니."

희원의 부름에 덕정은 퇴청마루에서 내려와 그녀에게 달려왔다.

"이제 오느냐?"

"예, 오라버니께서는 궐에 다녀오시는 길이십니까?"

"그렇다. 일단 아버지께서 기다리시니 안으로 들자꾸나."

희원은 덕정의 뒤를 이어 사랑방에 들어갔다. 창을 통과한 노르스름한 빛이 종윤의 어두운 낯빛을 비추었다.

"늦었구나."

많이 기다렸다는 말투였다.

"송구합니다. 조금 늦었습니다."

"책망하려는 게 아니니 둘 다 앉거라."

덕정과 희원이 맞은편에 몸을 내리자 마음이 급했던 종윤은 본론부터 꺼내들었다.

"모든 것을 네게 맡기라 하였지만, 내 걱정이 되어 가만있을 수가 없구나. 희원아, 내 너를 믿지 못하는 것이 아니나 세자저하께서 사축암에 드신 지 사흘이 지났다. 네 어찌 사축암으로 가지 않고 아직도 이곳에 있는 것이냐? 혹, 뒤늦게 겁이라도 난 게냐? 그렇다면 이 아비에게 말하거라, 내 목숨을 걸고 상감마마께 용서를 구하고 네 마음의 짐을 덜어 줄 것이다."

희원은 진지한 얼굴로 자신을 쳐다보는 종윤과 덕정에게 부드러운 미소를 내보였다.

"심려하지 마세요. 소녀는 그저 때를 기다린 것뿐입니다."

"때라니……?"

덕정이 물었다.

"호랑이를 잡으려면 호랑이굴로 들어가란 말이 있지요? 하지만 아무런 준비도 없이 어찌 굴속으로 들어갈 수 있겠습니까? 성이 날 대로 난 범은 눈에 보이는 대로 할퀴고 물어뜯으며 분을 풀려 할 것입니다. 허나 그 시기가 지나면 기운이 빠져 주변의 것들을 눈여겨보고 관심을 가지게 되겠지요. 커다란 몸을 움직일 수 없다면 주변에 있는 토끼라 한들 어찌 잡아먹을 수 있겠습니까?"

"즉, 세자저하의 노기가 가라앉기를 기다렸다는 말이냐?"

덕정의 말에 희원은 고개를 끄덕였다.

"그렇습니다. 아버지와 오라버니의 도움으로 어렵사리 얻게 된 기회이니 신중을 기하려는 것입니다. 그러니 염려들 놓으세요."

영특한 아이지만 종윤은 걱정을 놓을 수가 없었다.

"마지막으로 다시 한 번 묻겠다. 정녕…… 괜찮겠느냐?"

"소녀는 정말 괜찮습니다. 여인으로 태어나 꿈도 꿔보지 못할 세자저하의 교육을 맡았으니 황공할 따름이지요. 성과가 있을지 확신할 수는 없으나 최선을 다할 것이니, 두 분께선 소녀를 믿어 주시어요."

걱정 말라며 오히려 그들을 안심시키는 딸아이를 바라보며 종윤은 주름진 눈을 질끈 감았다. 어린 희원이 어미를 잃고 슬퍼하기에 책으로 마음을 달래려 글을 가르친 것이 잘못된 판단이었다. 그때 노리개나 비녀 같은 것을 줄 걸 그랬다. 그랬더라면 이리 위험한 일은 맡지 않아도 되었을 텐데…….

구들장이 꺼질세라 종윤의 한숨이 깊어졌다.

"그래, 언제 떠날 참이냐?"

"안 그래도 오늘 밤 찾아뵙고 말씀드리려 했습니다. 내일 아침 떠나려고요."

"내일?"

"예, 그때 말씀드린 대로 죽심이만 데리고 떠나도록 하겠습니다."

종윤이 입을 떼기도 전에 덕정이 그녀를 나무랐다.

"그건 아니 될 말이다. 사축암까지 거리가 얼마인데 여인끼리 가겠단 말이냐?"

"네 오라비 말이 옳다. 사축암까지 여인끼리 가는 것은 위험한 일이다. 체구 좋은 사내 몸종을 대동하도록 하거라."

"그러고 보니 오늘 청지기 아들 돌백을 데려나갔다지? 돌백이라면 몸종들 중에서도 힘깨나 쓰는 놈이니 괜찮을 듯싶은데, 희원이 네 생각은 어떻느냐?"

돌백이라면 입도 무겁고 믿을 만했다. 게다가 죽심이 무척이나 좋아할 게 분명했다.

"좋습니다. 돌백이를 데려가도록 할게요."

희원의 말에 종윤은 안심하는 기색을 보이며 덕정에게 덧붙였다.

"그래도 도성 입구까지는 네가 직접 배웅하도록 하거라."

"예, 안 그래도 그럴 참이었습니다."

"그래, 내당內堂9)엔 백일기도를 갔다 둘러댈 터이니 다들 입단속 잘하고."

"예."

사랑방을 나온 희원은 마당을 걸어가며 덕정에게 말했다.

"혼자 가도 괜찮은데…… 괜히 저 때문에 오라버니가 고생이십니다."

"너야말로 아버지와 내가 상감마마께 네 얘기를 하지 않았더라면 이런 고생도 하지 않았을 것이다."

"제가 원한 일인 걸요. 참! 오늘 저자에 나갔다 오라버니의 벗을 만났습니다."

---
9) 집안의 안주인이 거처하는 곳. 즉, 어머니를 의미

"벗이라니, 누구 말이냐?"
"성균관 장의가 되신 훌륭한 벗 말입니다."
"승경을 만났더냐?"
"예, 일이 있어 잠시 나왔다 돌아가는 길이라 하였습니다."
"다른 말은 없었고?"
"아, 열흘 뒤 오라버니를 만나러 오겠다 하였어요."
"그리고?"
"음…… 그게 다입니다. 다른 말씀은 없으셨어요."
"그래?"

자신의 마음을 전하겠노라 그리 다짐을 하더니, 결국 또 말하지 못한 모양이구나.

승경은 현 우의정 대감의 장손이었다. 우상의 권세가 날로 커지고 있어 임금의 견제를 받는 터라 덕정은 승경의 마음을 알고도 그리 내켜 하지 않았었다. 하지만 승경의 됨됨이를 알기에 그가 누이의 마음을 얻어 낸다면 두 집안의 혼사는 반대하지 않을 생각이었다. 다만, 아직 남녀 간의 애틋한 감정 자체를 모르는 누이에게 승경이 다가가지 못하고 가슴앓이만 하고 있다는 것이었다.

부디 이 일로 두 집안에 우환이 생기지 말아야 할 텐데.

덕정은 아직 어린아이 같기만 한 누이의 뒤를 따르며 앞으로 닥칠 일들이 무사히 지나가길 빌었다.

2장

사축암은 오래전 불심佛心이 깊은 승려를 위해 부유한 귀족이 사유재산으로 지은 암자였다. 불교의 탄압이 극심한 시기에 지어진 탓에 누가 지었는지, 누가 이곳의 주인이었는지 기록된 것은 없었다. 다만 신분차를 극복하지 못한 연인이 깊은 산속을 헤매다 이곳에 다다랐고, 사축암 승려의 도움으로 혼례까지 올릴 수 있었다는 구전설화만이 남아 있을 뿐이었다.

희원은 숨이 턱 끝까지 차올랐다. 이제 막 목적지에 당도한 그녀는 지척咫尺에 보이는 사찰을 바라보며 잠시 숨을 골랐다. 서너 개의 투박한 돌계단 위로 보이는 낡은 나무문이 마치 그들이 올 것을 안 건지 반쯤 열려 있었다.

뒤따르던 죽심이 거친 숨을 몰아쉬며 다가왔다.

"아기씨, 저 암자죠? 다 온 거 맞지요?"

"그래."

"하이고, 살았다! 이제 짐 풀고 쉬어도 되는 거죠?"

"훗, 어서 들어가 한숨 돌리자꾸나."

쉴 수 있다는 생각에 신이 났는지 죽심은 들고 있던 보따리를 안아들고는 기운 넘치게 암자의 문으로 달려갔다. 희원은 약간 떨어진 곳에 있는 돌백을 쳐다보았다. 짧지 않은 시일을 보내게 될 것이라며 이것저것 챙겨 준 탓에 그의 어깨에는 어마어마한 짐이 올리어져 있었다. 그 무거운 짐을 지고 험한 산길을 올라온 탓에 까맣게 그을린 그의 얼굴은 온통 땀으로 범벅이었다.

"나 때문에 고생이 많구나."

"아닙니다, 전혀 힘들지 않습니다."

"다행히 여기선 그다지 할 일이 없을 것이다. 들어가거든 짐을 내려놓고 푹 쉬도록 해라."

"예……."

그때였다. 암자 안에서 죽심의 비명 소리가 터져 나왔다.

"꺄악!"

화들짝 놀란 희원은 걸음을 빨리하여 열린 문으로 몸을 밀어 넣었다.

"죽심아!"

"아기씨……."

제일 먼저 그녀의 눈에 들어온 것은 눈물 맺힌 죽심의 축 처진 눈이었다. 그리고 죽심의 턱밑에 깔린 날 선 검, 이어 검을 움켜쥔 커다란 손과 그 손의 주인인 반라의 사내가 차례로 눈에 들어왔다. 탄탄한 상체를 드러낸 남자는 6척을 훌쩍 넘는 장신이었다. 사내다운 턱선에 우뚝 선 콧날을 사이에 두고 얇게 쌍꺼풀진 눈매는 흡사 먹이를 눈앞에 둔 매의 눈처럼 날카로웠다. 못마땅한 감정이 역력히 드러난 남자의 비틀린 입매와 분노 서린 눈빛에 희원은 마른침을 꿀꺽 삼켰다.

'이분이 바로 세자저하!'

한발 늦게 따라온 돌백이 놀란 눈으로 다가오자 희원은 그제야 세자의 얼굴에서 시선을 돌리며 나서려는 돌백을 말렸다.
"뒤로 물러나거라."
"하오나……."
"괜찮으니 뒤로 물러나."
돌백이 하는 수 없이 뒤로 몇 걸음 물러나자 검을 든 세자가 먼저 입을 열었다.
"누구냐? 누군데 허락도 없이 이곳에 발을 들인 것이냐?"
생긴 것만큼이나 자신감 가득한 목소리였다.
희원은 고개를 돌린 채 땅에 드리워진 그의 그림자를 향해 말했다.
"우선 그 검부터 치워 주시지요."
희원의 말에 검날이 죽심의 목젖에 더욱 가까워졌다.
"질문도 부탁도 사절이다. 그대가 할 수 있는 건 내 질의에 답하는 것뿐이다."
"에구머니나! 아, 아기씨……."
세자의 드센 모습에 희원은 마른침을 삼켰다.
'내가 세자저하를 너무 우습게보았다. 사흘 정도면 충분히 낙담하여 진노하지 않으리라 생각했는데…….'
이대로라면 사흘이 아니라 달포가 지나도 그대로일 것 같았다. 꼼꼼하게 세웠던 계획이 처음부터 어긋났다. 그렇다고 새로운 계획을 세울 여유도 없었다. 그의 성난 검이 죽심의 목을 겨냥하고 있으니 언제 목이 떨어져 나갈지 모를 일이었다. 일단 죽심부터 구해야 했다.
"반가의 여인이라 함부로 이름을 입에 올리지 못함을 너그러이 이해해 주십시오. 묻고자 하심에 부족할지는 모르나 저는 근방에 살고 있으며 아프신 어머니를 위해 백일기도를 드리러 왔습니다."

"백일기도……. 산속에 파묻혀 있는지 없는지조차 모를 작은 암자에, 그것도 묵언수행을 하는 땡중 둘밖에 없는 이런 초라하고 볼품없는 암자에 백일기도라……. 그걸 나보고 믿으라는 말이냐?"

예리한 분석이었다. 하지만 이 말에 말려든다면 아무것도 해보지 못한 채 집으로 돌아가야 할 것이다. 이제 와 그럴 순 없었다.

희원은 최대한 침착하려 애쓰며 고개를 숙였다.

"어이하여 소녀를 의심하시는지 모르겠으나, 반가의 여인이 백일기도를 드릴 수 있을 만한 곳은 그리 흔치 않습니다. 초라하고 볼품없는 암자에 불과하나 기도를 드리는 마음은 매한가지니 어찌 절의 크기와 비교할 수 있겠습니까?"

"따박따박 말대답을 잘도 하는구나."

"묻는 말에 대답하라 하신 것은 도령이십니다. 이제 검을 거두어 주시지요."

"검을 거두어 줄 테니 당장 이곳을 떠나라. 이곳은 달포간 내가 쓸 것이다."

"그것은 아니 될 말입니다."

"뭐라?"

"소녀, 이미 이곳의 스님들께 허락을 받아 놓고 들어온 것입니다. 반년이 넘게 준비하여 온 것을 도령의 억지 때문에 바꿀 수는 없습니다."

"지금…… 억지라 하였느냐?"

그만 돌아가자는 죽심의 간절한 표정을 외면하며 희원은 고개를 끄덕였다.

"그렇습니다. 도령은 주인 없는 절을 마치 자신의 것인 양 주인 행세를 하고 계십니다. 뿐만 아니라 힘없는 여인에게 칼끝을 겨누어 겁박부터 하시니 이를 억지라 하지 않으면 무어라 칭하겠습니까?"

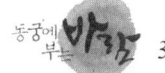

죽심의 목을 겨냥한 검이 처음으로 동요를 보였다. 하지만 순순히 물러나진 않았다.

"아녀자가 사사로이 절을 찾는 건 국법으로 금지된 일이다. 그러니 돌아가라."

희원도 물러서지 않았다.

"숭유억불崇儒抑佛[10]을 모르는 것은 아니나 이미 이 나라에 깊게 뿌리내린 신앙은 쉽게 사라지는 것이 아닙니다. 또한 백성들은 부처님을 보기 위해 절을 찾진 않습니다. 힘든 고비를 이겨내고자 혹은 닥쳐올 고비를 극복하고자 위안을 받고 마음을 추스르기 위해 찾는 이가 더 많습니다. 악의 없는 그 행동마저 국법으로 다스린다면 이 나라 백성은 물론이요, 아녀자인 저도, 아녀자에게 검을 겨누고 나가라 엄포를 놓는 도령 역시 죄의 무게가 같지 않겠습니까?"

명의 눈썹이 비틀렸다. 억지라는 말을 들은 것도 자존심 상하는데 막힘없이 말대답을 하는 것이 영 마음에 들지 않았다.

감히 계집 따위가 날 훈계하려 들어?

명은 잡고 있던 검 손잡이를 비스듬하게 틀었다. 아니나 다를까 여종의 입에서 살려 달라는 소리가 고막을 찢을 듯 울렸다. 여종의 주인이 사색이 되어 한 발 앞으로 나섰다.

"차라리 제 목에 검을 두시지요. 이 아이는 저를 따라온 죄밖에 없으니 굳이 벌을 받아야 한다면 주인인 제가 받는 게 옳습니다."

"그래? 네 뜻이 그렇다면 그렇게 해주마."

휭!

죽심의 목을 노리던 검이 순식간에 허공을 가로지르며 희원의 목으로 날아들었다.

---
10) 유교를 숭상하고 불교를 억누른다는 의미

"아, 아기씨!"

놀라 땅바닥에 털썩 주저앉은 죽심이 울먹이는 목소리로 희원을 불렀다. 희원은 틈을 노리며 다가오는 돌백을 향해 그러지 말라는 눈빛을 보낸 뒤 천천히 얼굴을 들었다.

"무기와 힘으로 여인을 내리누르시니 이제 흡족하셨습니까?"

비꼬는 말투. 명의 심기가 더욱 뒤틀렸다.

"흡족하지 못했다면?"

"흡족하지 못하셨다면 도령께서는 적어도 학문을 닦은 선비로서 양심이 남아 있다는 뜻이겠지요."

"뭐……?"

감히 세자 앞에서 두 눈 똑바로 뜨고 학문을 운운하다니! 이런 당돌한 계집을 보았나!

"무기와 힘으로 사람의 목은 벨 수 있으나 그 마음마저 베어낼 수 없다는 것을 알고 계시다는 뜻이 아닙니까?"

"네 이년! 내가 누군 줄 알고 이리 방자하게 구는 것이냐!"

그의 윽박지르는 말에도 희원은 마주한 시선을 내려놓지 않았다. 도리어 치켜뜬 두 눈에 힘주어 노려봤다.

"누구십니까? 누구시기에 힘없는 여인을 칼로 겁박하시는 것도 모자라 언성을 높이시는 것입니까?"

"내가 누구냐 물었느냐? 내가 누구냐고!"

"예, 누구냐 물었습니다."

검을 쥔 명의 손등에 핏줄이 불거졌다.

"이 몸은……."

"도련님!"

사복 차림의 호위무사 둘이 안으로 뛰어 들어오며 소리쳤다.

"괜찮으십니까, 도련님?"

말로는 괜찮냐 물으며 얼굴로는 안 된다 말했다. 명은 그들이 무엇을 걱정하는지 잘 알고 있었다.

어명. 그의 신분을 노출시키지 말라는 어명 때문이었다.

이런 모욕을 당하고도 참아야 한다는 것이 참을 수 없었지만, 명은 어명을 거역할 수 없었다. 지금의 그는 이름 없는 도련님에 불과한 존재니까 말이다.

명은 이를 악다물고 아슬아슬하게 있던 검을 거뒀다.

"하늘이 널 살리는구나. 천운에 감사하며 어서 여길 떠나라."

"앞서 얘기했듯 소녀는 백일기도를 위해 이곳에 온 것입니다. 뜻하는 바를 이루기 전까지 나갈 수 없습니다."

"네 이……."

"도련님, 주변의 눈을 의식하십시오."

호위무사의 말에 명은 고개를 들어 멀지 않은 곳에서 느껴지는 시선을 알아차렸다. 문제를 일으키지 말라는 어찰의 내용과 함께 감시하는 눈까지 붙여 놓은 모양이었다.

명은 검을 검집에 넣은 뒤 옆에 걸쳐 두었던 옷을 몸 위에 걸쳤다.

"널 받아들인 것이 아니니 안심하지 마라. 스스로 잘못을 깨우쳐 절로 이곳을 벗어나게 될 테니."

"가르침을 주시겠다니 소녀, 굳이 거절하지 않겠습니다."

명의 눈에 노기가 서렸다.

끝까지 말대답!

어디 그 고운 얼굴이 언제까지 당당할지 두고 보자꾸나. 내 보위에 오르면 제일 먼저 너를 능지처참할 것이니!

몸을 홱 돌린 그의 도포 끝자락이 바람에 펄럭였다.

눈에서 점점 멀어지는 그의 뒷모습을 보며 희원은 그제야 후들거리는 다리를 돌려세웠다. 힘이 빠진 다리에 몸이 절로 휘청거렸다. 죽심과 돌백이 순식간에 다가와 그녀를 부축했다.

"아기씨, 괜찮으셔요? 괜히 저 때문에…… 흑흑……."

줄줄 눈물부터 쏟아내는 죽심의 얼굴에 희원은 억지로 입꼬리를 끌어올렸다.

"괜찮으니 울지 말거라."

"아기씨가 하마터면 지 때문에 큰일을 당하실 뻔했는데 어찌 괜찮겠어요…… 흑흑! 다음부턴 죽어도 지가 죽을 것이니 아기씨는 절대 나서지 마셔요. 아셨죠?"

"알았으니 그만 울고 가서 물 좀 떠오거라. 긴장했더니 목이 마르구나."

"물이요? 아, 알았어요, 금방 댕겨 올게요!"

죽심이가 쌩하니 나가자 돌백이 다가왔다. 눈썹 사이에 그려진 내 천川 자가 화가 났음을 말해 주고 있었다.

"목숨은 두 개가 아닙니다, 아기씨. 앞으로 좀 더 몸을 소중히 하셔야 합니다."

그녀의 무모함을 탓하고 있었다.

희원은 고개를 끄덕이며 근처 기둥에 몸을 기댔다.

"알고 있으니 너마저 날 나무라지 말아다오. 앞으로 정말 조심하겠다."

돌백은 고개를 숙여 보이더니 내려놓은 짐을 찾으러 문밖으로 사라졌다.

"하아……."

그제야 희원은 참았던 숨을 내쉬었다. 기둥을 잡은 손이 덜덜 떨렸다. 괜찮으리라 믿으면서도 세자의 검이 목에 와 닿는 순간 등골이 오싹하고 머리끝이 쭈뼛 일어섰다. 내뱉는 말끝마다 거칠고 공격적이라 임금 앞에

서도 떨지 않았던 가슴이 덜컥 내려앉길 몇 번이나 반복했다. 단순히 무서운 사내가 아니었다. 고집스럽고 위험했다.

'왜 시강원에서조차 포기했는지 조금은 알 것 같아…….'

조금 전까지도 그가 서 있었던 흙바닥은 가는 줄이 수십 개나 그어져 있었다. 분명 바닥에 검을 그었던 흔적이었다.

'세자저하께서 검술을 익히시다니…….'

체력 단련을 위해 왕족들도 기본적인 무예를 익힌다 들었다. 하지만 방금 전 세자의 절도 있고 날렵한 행동들은 보통 수준 이상으로 보였다. 죽심에서 자신의 목으로 날아오는 검은 한 치의 오차도 없이 순간적으로 움직였다. 검술에 문외한인 그녀가 보기에도 범상치 않은 실력이었다.

'무엇 때문에 옷을 벗어던질 정도로 검을 잡으신 겁니까……?'

혼란스러운 감정이 그녀의 마음을 휘저었다.

"아기씨, 여기 물 가져왔어요."

죽심이 놋그릇을 내밀었다. 희원은 찰랑거리는 물을 조금 들이켠 후 기둥에서 몸을 떼어냈다.

"죽심아, 아까 그 도련님과 대체 어떤 일이 있었던 게냐? 자세히 좀 말해 보거라."

희원의 다그침에 죽심이는 작은 눈동자를 이리저리 굴렸다.

"문을 열고 들어왔는디…… 아, 글쎄 웬 사내가 웃옷을 훌러덩 벗고 검을 휘두르고 있더라고요."

"그래서?"

"키도 크고 얼핏 보기에도 겁나게 잘생겼기에 지도 모르게 넋을 놓고 보고 말았는데…… 정신을 차려 보니 시퍼런 칼날이 코앞에 와 있지 뭐여요?"

더 이상 듣지 않아도 대충의 상황을 알 것 같았다. 이곳에 갇힌 것도 억울하실 텐데 일개 노비가, 그것도 계집이, 두 눈 똑바로 뜨고 세자저하를 겁도 없이 쳐다보고 있었으니 심기를 건드릴 만도 했다.

"목숨 부지한 게 다행이구나."

"예?"

"앞으로 이쪽으론 발을 들이지 말고, 혹 밖에 나가더라도 뒷문을 이용하도록 해. 아까 그 도령을 만나고 싶지 않다면 각별히 신경을 써야 할 거다."

"아기씨, 그냥 집으로 돌아가면 안 되어요? 어찌 저런 위험한 사내와 같은 곳에 있으려 하십니까?"

"어머니의 아픈 몸을 건강히 해달라는 기도를 빌기 위해 왔다 하지 않느냐?"

"아기씨도 참, 막내 아기씨만 어여뻐하는 새어머니가 뭐가 그리 좋다고 백일기도까지 드리십니까?"

"그런 말 말거라. 우리 집안을 위해 언제나 노심초사하시는 고마운 분이시다. 어머니가 건강해야 우리 집안도 평안하다는 걸 어찌 모르느냐?"

"그야……."

"어쨌든 죽심이 넌 앞으로 저 도련님과 절대 얼굴을 마주해선 아니 된다. 혹 우연히 마주치더라도 머리를 숙여 자리를 피하도록 해라."

희원은 죽심에게 단단히 이른 뒤 앞으로 지낼 방으로 들어갔다. 산을 타느라 지치고, 세자 때문에 놀란 몸을 달래느라 그녀는 암자에서의 첫날을 그렇게 방에서 홀로 지냈다.

※

낮은 천장, 허름한 흙벽, 세월의 흔적이 묻어나는 낡은 의걸이장과 머

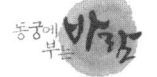

릿장이 소박한 방 안을 채우며 한쪽 벽면에 나란히 자리했다. 병풍이나 서안 따위는 기대할 수 없는 빈곤한 방 안에는 그것들과 어울리지 않게 화려한 비단 금침衾枕이 방 한구석을 차지하고 있었다.

"도련님, 기침하셨습니까?"

호위무사 둘 중 하나가 세자의 아침 수발을 들기 위해 찾아왔다. 하지만 명은 금침에서 몸을 일으킬 생각도 하지 않았다.

"도련님, 기침하셨습니까?"

그가 다시 물었다.

"도련님, 기……."

"아직이다! 한 시진 뒤에나 일어날 생각이니 물러가라!"

명의 짜증스런 목소리가 두 짝 세살문 사이를 뚫고 나갔다. 그럼에도 호위무사는 물러나지 않았다.

"기침하신 듯하니 안으로 들어가겠습니다."

호위무사는 따뜻한 물이 담긴 대야를 들고 안으로 들어왔다. 명의 따가운 시선에도 그는 무릎을 꿇고 들고 온 것들을 그 앞에 가지런히 내려놓았다.

"소세를 하시고 의관을 정제하셔야지요."

그에게서 시선을 떼지 않은 채 명은 몸을 일으켰다.

"네 이름이 무엇이냐?"

"스승님께서 흑주라 이름하셨습니다."

"또 다른 놈은?"

"적주라 합니다."

"내가 왜 네놈들의 이름을 묻는지 아느냐?"

"쓰고자 하실 때 부르기 위함이 아닙니까?"

"틀렸다. 후에 네놈들에게 사약을 내릴 때 쓰기 위함이다."

사약이라는 말에도 흑주의 얼굴엔 아무런 표정 변화가 없었다. 명은 그런 점이 더욱 마음에 안 들었다. 이런 자들은 권력에 좌지우지되는 인간들이 아니었다. 자신들의 신념에 따라 몸과 마음을 내줄 뿐. 결국 아무리 겁박해도 어명에만 움직일 거란 말이었다.

"꼴 보기 싫으니 썩 나가라!"

명은 흑주를 쫓아냈다. 하지만 흑주는 곧 아침 조반을 들고 다시 방을 찾았다.

나물 몇 가지와 탕국 하나만이 올라간 초라한 조반. 세자인 줄 모르고 그저 양반가의 자제가 묶는 걸로만 아는 승려가 만든 것이라 아무런 기교도 맛도 없는 것들이었다. 둘째 날까지는 먹지 않고 상을 물렸지만 셋째 날부턴 억지로 수저를 들었다. 이곳의 생활을 견디기 위해서였다.

흑주는 조반을 내간 뒤로 암자의 밖에서 적주와 함께 주변을 경계했다.

명은 또다시 혼자가 되었다. 겁박할 상대도, 망가진 자신의 모습을 보아줄 이 하나 없이 혼자 남겨졌다.

서책이라도 있으면 지루함이나마 사라질 텐데.

기도에 열중하라는 뜻인지 이곳에는 글이 적힌 종이 한 조각조차 눈에 띄지 않았다.

명은 방을 나와 주변을 거닐었다. 어제처럼 검술을 익혀도 되었지만 오늘은 내키지 않았다. 눈에 보이는 거라고는 볼품없는 담장과 그 너머로 보이는 온통 초록투성이의 나무들뿐. 먼 산에 걸린 구름과 그 사이로 보이는 환한 빛에 그는 눈살을 찌푸리며 툇마루에 걸터앉았다. 어디선가 불어오는 바람에 짙은 풀내음이 묻어났다.

얼마 있지 않아 암자의 중앙을 가로지르고 있는 중문이 열렸다. 버거

운 소리를 내며 열리는 낡은 나무문 소리에 명은 그쪽으로 시선을 던졌다. 열린 문틈 사이로 다홍색 치마에 노란 저고리를 입은 단정한 여인의 모습이 천천히 드러났다.

'저 계집은……'

어제 이맘때, 그에게 또박또박 말대답을 하며 열을 채웠던 버르장머리 없는 여인이었다.

'끝끝내 돌아가지 않고 남은 모양이군. 나하고 맞서 보겠다는 건가?'

그는 사뿐사뿐 걸어오는 그녀를 눈여겨보았다. 등을 빳빳하게 세우고 흐트러짐 없이 발을 내딛는 모습이 반가의 여식다운 도도함을 풍겼다. 이제 겨우 열다섯, 열여섯은 되었을까? 반듯한 이마와 큰 눈, 적당한 높이의 콧날, 도톰한 붉은 입술이 갸름한 얼굴에 오목조목 균형 있는 조화를 나타냈고 앞머리를 반으로 갈라 길게 땋아 내린 머리칼은 윤기가 흘렀다.

귀염성 있고 순해 보이는 외모와는 달리 그녀는 어제 그의 칼을 목에 대고서도 눈 하나 깜짝하지 않는 대담함마저 지녔다.

그는 팔짱을 끼고 좋은 구경거리라도 되는 양 조신하게 지나가는 그녀를 노려보듯 보았다. 그녀는 그와 반대 방향으로 몸을 틀어 외간 남녀 간에 얼굴을 마주하는 것을 피하고 있었다. 다홍색 치맛자락이 그의 시야에서 사라지기 찰나였다. 어제와 달리 무덤덤한 그의 목소리가 그녀의 등을 향했다.

"멈춰라."

그녀의 발이 주춤 멈춰 섰다. 그는 팔짱을 낀 채 자리에서 일어났다.

"눈도장까지 확실히 찍은 사이에 새삼 내외하는 것이냐?"

"인사를 주고받을 사이도 아니질 않습니까?"

그녀는 몸을 돌리지 않고 답했다. 그와 동시에 명의 한쪽 눈이 보기 좋게 일그러졌다.

하! 인사를 주고받을 사이가 아니라?

처음 만난 순간부터 고분고분한 모습이라곤 눈을 씻고 찾아보려야 찾아볼 수 없는 여인이었다.

"인사는 아니더라도 서로 끝내야 할 얘기가 남아 있질 않더냐?"

"소녀는 어제, 얘기가 끝난 것으로 알고 있습니다."

이런 건방진!

명은 성큼성큼 걸어 그녀의 팔을 낚아챘다. 강한 힘에 절로 그녀의 몸이 휙 돌려져 그 앞에 세워졌다.

"분명 떠나라 하였다. 한데 넌 명을 어기고 이 자리에 서 있다! 감히 내가 누군 줄 알고 명을 어긴 것도 모자라 이리 방자하게 구는 것이란 말이냐!"

"누구십니까? 대체 누구시기에 여인에게 검을 들이대고 겁박하고 쫓아내려 하십니까?"

"이 몸은!"

신분을 노출하지 말라는 어명이 그의 머리를 스쳐 지나갔다. 명은 터져 나오려는 말을 억지로 삼켰다. 그리고 그 모습을 희원은 놓치지 않았다.

"왜 말을 하다 마십니까? 막상 신분을 밝히려니 겸연쩍으신 겁니까?"

"닥쳐라! 내 신분에 네가 놀라 죽을까 우려하는 것이다."

"어제는 소녀를 죽이려 하시더니, 오늘은 죽을까 심려하십니까?"

구름 한 점 없는 밤하늘이 바로 이런 빛깔일까? 명은 소름 끼치게 맑고 어두운 그녀의 눈동자를 내려다보며 미간을 구겼다.

"내가 누군지 알고 난 뒤에도 계속 오만불손한 말들을 할 수 있을지 궁금해지는구나."

'아니, 세자저하는 자신의 신분을 말할 수 없을 겁니다.'

희원은 확신했다. 지엄하신 상감마마의 어명이 내려졌을 테니 그는 신분을 밝힐 수 없을 것이었다. 만약 어명을 어기고 발설한다면 지켜보는 눈과 귀가 가만있지 않을 터, 똑똑한 세자가 그걸 모를 리 없었다.

희원은 망설이는 그를 똑바로 쳐다보았다.

"그리 자신하시더니 갑자기 입이 붙기라도 하셨습니까? 아니면, 이곳의 스님들처럼 묵언수행이라도 하시려는 것입니까?"

그녀의 조롱 섞인 말에 명의 눈썹이 파르르 떨렸다.

더 이상 참을 수 없다!

그는 그녀의 어깨를 예고도 없이 끌어당겼다. 손가락 하나가 겨우 들어갈 만큼 좁혀진 거리. 지켜보는 눈들이 주시할 틈도 없이 그는 그녀의 귓가로 얼굴을 내렸다.

"당돌한 그 언행이 어디로부터 온 것인지 참으로 궁금하구나. 내가 누구인지 밝힌다면 너 역시 어느 집안의 여인인지 말해 주겠느냐?"

귀를 간질이는 은밀한 목소리. 어제처럼 칼을 겨눈 것도 아닌데 희원은 등골이 서늘하고 머리끝이 쭈뼛쭈뼛 일어섰다.

"뭐, 뭐하시는 겁니까!"

놀란 희원은 본능적으로 그를 밀어냈다. 하지만 그는 그녀의 행동을 비웃기라도 하듯 어깨를 더욱 세게 잡아당겼다.

"내가 누구인지 궁금하다 하였잖느냐? 지금 말해 줄 테니 귀를 열어 새겨듣도록 해라. 이 몸은……"

"이것부터 놓고 말씀하시지요!"

그녀의 말을 무시하며 그의 입술이 거리를 좁히며 그녀의 귓가로 더욱 가까이 다가갔다.

"이 몸은…… 이 나라의 세자다."

나직한 소리와 함께 명의 입김이 희원의 귓전으로 스며들었다. 부부

사이에서나 가능한 남녀 간의 은밀한 접촉에 적잖은 충격을 받은 것도 잠시, 코를 간질이는 사내의 향기에 그녀의 눈이 휘둥그레졌다. 그 향이 마치 그녀가 좋아하는 서책의 향과 너무나 닮아 있어 그녀는 할 말을 잊은 채 멍하니 눈만 깜박였다.

그런 그녀의 반응에 명은 소기의 목적을 달성했다는 듯 입 끝을 슬쩍 말아 올리며 덧붙였다.

"내 사정이 있어 신분을 감추고 이곳에 머무르는 것이다. 허니 더 이상 불경을 저지르지 말고 이곳을 떠나거라. 넓은 아량으로 그간의 무례는 잊어 주도록 하겠다."

할 말을 다했다는 듯 그의 손이, 그의 입술이, 그의 커다란 몸이 차례로 떨어져 나갔다. 희원은 밭은 숨을 몰아쉬며 고운 손을 힘주어 말아 쥐었다.

지켜보는 눈과 귀가 알아볼 수 없도록 귓속말을 선택한 그. 자신이 세자임을 밝혔으니 이제 어찌하겠냐는 듯 의기양양한 표정.

그녀는 이대로 백기를 들고 싶지 않았다. 희원은 숨을 몰아쉰 뒤 움찔했던 어깨를 당당히 폈다.

"차라리 당상관堂上官[11]의 자제라 하지 그러셨습니까? 그랬더라면 쉬이 믿었을 텐데. 동궁에 계신 세자저하를 능멸하시다니, 과유불급, 그 대답은 하지 않은 것만 못합니다."

"뭐라? 지금 네 말은 내가 거짓을 말했다, 그것이냐?"

희원은 고개를 빳빳이 들었다.

"도련님이 세자저하시면, 소녀는 공주자가입니다."

"뭐……?"

황당해하는 그를 뒤로한 채 희원은 재빨리 불당으로 걸음을 옮겼다.

---

11) 조선시대 관리 중에서 문신은 정3품 통정대부(通政大夫), 무신은 정3품 절충장군(折衝將軍) 이상의 품계를 가진 자

명은 기가 막혀 아무 말도 나오지 않았다. 살다 살다 이런 경우는 처음이었다. 큰마음 먹고 자신이 누군지 말해 주었더니 하늘의 아들을 거짓말쟁이로 만들어?

흑구슬 같은 그의 눈동자에 뜨거운 불길이 일었다. 명은 불당으로 들어가는 그녀의 뒤통수를 노려보며 바드득 이를 갈았다.

내가 세자면, 넌 공주라고……?

"하, 내 궁으로 돌아가면 제일 먼저 너를 능지처참할 것이다! 반드시!"

불당으로 들어선 희원은 문을 닫자마자 벌어진 문틈으로 명을 관찰했다. 그녀가 있는 곳을 화난 얼굴로 바라보더니 그는 곧 건물 사이로 몸을 감춰 버렸다.

"후우……."

절로 한숨이 터져 나왔다. 그에게 한 번 밀리기 시작하면 모든 계획이 한 줌 흙처럼 무너지고 말 것이기에 그녀는 고분고분할 수가 없었다. 그의 심기를 건드리는 한이 있어도 물러서선 안 되었다.

'그래도 그렇지, 공주자가라고 해버리다니…….'

희원은 스스로 머리를 꽁 쥐어박으며 불상 앞에 놓인 좌구坐具[12] 위로 몸을 내렸다. 열두 폭 치마가 크게 부풀었다 가라앉을 때쯤 불상 뒤에서 흑주가 걸어 나왔다. 그는 그녀에게 가볍게 고개를 끄덕여 보인 후 차가운 마룻바닥에 그대로 무릎을 꿇었다. 세자의 스승에게 보이는 예禮였다. 희원 역시 몸을 살짝 틀어 고개를 숙였다.

"묻고 싶은 것이 있어 이리 보자 청하였습니다. 혹 결례가 된 건 아닐는지요?"

희원의 말에 흑주는 고개를 내저었다.

---
12) 방석

"아닙니다. 소저의 명에 충실하라는 어명을 받았습니다. 하문하시지요."

"하문이라니요, 말씀을 낮추시지요."

"어명을 받은 몸이라 그럴 수 없습니다. 하문하시지요."

고집스런 그의 태도에 희원은 하는 수 없이 고개를 끄덕였다.

"어젯밤 세자저하께옵서 몇 시에 침소에 드셨는지 아십니까?"

"인시寅時13)에 침소에 드시어 묘시卯時14)에 기침하셨습니다."

"불매증不寐症이십니까?"

"궁에서도 늘 그러하셨다 들었습니다."

희원은 안도의 숨을 내쉬었다.

"진어進御하시는 것은 어떠십니까?"

"초일엔 수저도 아니 드시다가 지금은 억지로라도 하저下箸하십니다."

세자가 먹기에 이곳의 음식이 얼마나 변변찮은지 희원도 잘 알고 있었다.

"소녀의 죄가 날로 늘어만 갑니다."

"이 모든 것이 세자저하를 위해서임을 잘 알고 있습니다. 자책 마시지요."

흑주의 태도에 희원은 내심 놀라웠다. 아무리 어명이라 하나 자신보다 한참이나 어린 여자에게 이리 진심으로 예를 갖추는 자는 처음이었다. 동시에 특별히 신임하는 자를 그녀를 위해 이리 내어주는 임금의 배려가 느껴져 저도 모르게 고개가 숙여졌다.

'상감마마. 소녀, 성심을 다해 세자저하의 마음을 움직여 보도록 하겠나이다.'

---

13) 새벽 3~5시
14) 새벽 5~7시

희원은 몸을 가볍게 숙여 궁에 있을 상감마마께, 그리고 눈앞의 흑주에게 고마운 마음을 표했다. 더불어 앞으로의 각오도 덧붙였다.

"앞으로도 무례한 소녀의 행동을 눈감아 주시기 바랍니다."

"감을 눈이 없고, 담을 귀가 없으니, 저와 적주의 존재는 잊으셔도 될 듯합니다."

흑주는 조용히 일어나 옆쪽으로 난 작은 문으로 사라졌다.

희원은 조용해진 공간을 느끼며 불상을 올려다보았다. 잘할 수 있을 거라는 부처님의 인자한 미소에 그녀의 입가도 절로 호를 그리며 위로 향했다.

※

동그랗게 차오른 달이 밤하늘에 떠올랐다. 음력 보름날의 만월滿月은 푸르스름한 달빛을 고즈넉한 숲 속에 뿌리며 어둠에 잠긴 초목을 어슴푸레 비추었다. 그리고 그 빛은 낮은 담장을 타고 넘어가 그 안에 선 날렵한 사내의 검으로 향했다.

스룽, 쉬익! 슈욱!

밤공기를 가르는 날카로운 검의 미음微音이 사축암의 작은 뒤뜰에서 끊이지 않고 이어졌다. 오래된 고목의 나뭇가지를 베어내던 매서운 검이 일순 멈추었다. 몸을 사리며 가지 끝에 대롱대롱 매달려 있던 이파리를 앞두고 달빛을 받은 은색 검 끝이 스르륵 아래로 내려갔다.

"이것도 슬슬 질리는군."

명의 입술 사이로 한숨과도 같은 말이 흘러나왔다. 명은 이 암자에 발을 들인 첫날부터 검을 잡았다. 답답함에 검을 들었고, 지루함에 검을 휘둘렀다. 하지만 아무리 검을 잡아도 꽉 막힌 가슴은 후련해지지 않았다.

도리어 묵직한 돌덩이가 가슴에 쌓여가는 갑갑함만 늘어갔다.

챙강!

그의 손에 있던 검이 예고도 없이 바닥으로 떨어졌다. 명은 이마에 맺힌 땀을 손등으로 대충 쓸어낸 뒤 천천히 걸음을 옮겼다. 목적지가 있는 것은 아니었다. 그냥 가만있기가 싫었다.

한 걸음 한 걸음 나가다 보니 어느덧 불당이 있는 승려들의 거처와 시주施主들의 거처를 나누는 중문에 이르렀다. 항상 닫혀 있던 문이 오늘따라 활짝 열려 있었다. 순간 의아한 생각이 들었지만 한적한 암자에 무슨 특별한 일이 있겠냐 싶어 그는 그대로 중문을 넘어 두어 개 되는 돌계단을 내려갔다.

'이게 무슨 소리지?'

작지만 분명 여인의 목소리가 밤공기에 섞여 있었다. 그리고 이곳에 있는 여인이란 자신을 공주자가라 칭하는 여인과 그 여종이 다였다. 명은 소리가 나는 곳으로 서두르지 않고 다가갔다. 툇마루로 흘러나오는 불빛과 세살문에 비치는 여인의 형상에 그의 인상이 절로 구겨졌다.

끝내 이곳에 남아 있다니, 죽고 싶어 환장을 한 모양이로구나!

끓어오르는 화를 억누르며 지금 당장 쫓아 버릴까, 아니면 내일 아침 해가 밝자마자 쫓아 버릴까 고민하던 차에 차분한 목소리가 문틈으로 흘러나왔다.

"북풍이 차갑게 불어오니 눈이 펑펑 내리네.

은애하는 이와 함께 손을 잡고 떠나리라.

머뭇거릴 시간 없네 어서 빨리 서두르세.

북풍은 사납게 불고 눈이 풀풀 내린다네.

은애하는 님과 함께 손잡고 돌아가리.

머뭇거릴 시간 없네 어서 빨리 서두르세."

사랑하는 사람과 함께 혼란스런 나라를 벗어나고자 하는 시경詩經의 패풍邶風 중, 북풍北風이란 민요였다.

문고리로 향하던 명의 손이 제자리로 돌아왔다.

"붉지 않다 여우 아니며 검지 않다 까마귀 아니랴.

은애하는 이와 함께 수레 타고 떠나리.

머뭇거릴 시간 없네 어서 빨리 서두르세."

명은 툇마루의 옆에 선 기둥에 한쪽 어깨를 기댔다.

'감히 계집 따위가 시경을 읽다니.'

비판을 하면서도 그는 책장을 넘기는 그녀의 그림자를 주시했다.

"산에는 부소扶蘇가 있고 늪에는 연꽃이 피었는데

멋있는 자도를 만나지 못하고 이 같은 미치광이를 만났단 말인가.

산에는 우뚝한 소나무 있고 늪에는 말여뀌 자랐건마

멋있는 자충을 만나지 못하고 이 같은 교활한 아이를 만났단 말인가."

여자가 혼례를 후회하는 산유부소山有扶蘇라는 시였다.

비웃음으로 꼬였던 그의 입가가 처음으로 위를 향했다.

만나보기 전에는 미남인 줄 알았더니 막상 만나보니 미치광이라……. 예전에 읽을 땐 몰랐는데 이제 보니 아주 재밌는 시로구나.

뭇 여인들이 그러하듯 혼례를 올리는 그날 신랑 신부는 서로의 얼굴을 본다. 그러니 소문으로 듣던 모습과 자신의 눈으로 보는 상대방의 모습은 크게 다를 수밖에 없었다. 그리고 이 시를 읽는 방자한 여인 또한 앞으로 겪게 될 일이었다.

누가 너를 데려갈지는 모르나 그 사내의 마음이 이 시와 같지 않겠느냐?

피식, 닫힌 입술 사이로 자제하지 못한 웃음이 슬며시 흘러나왔다.

"죽심이니?"

이런! 그의 웃음소리가 방 안까지 들어간 모양이다.

명은 기둥에 기대었던 몸을 급하게 떼어낸 뒤 중문으로 빠르게 사라졌다. 그런 그의 뒷모습을 부엌에서 나오던 죽심이 보고 말았다. 그녀는 자리끼를 들고 희원의 방 앞으로 가며 눈살을 찌푸렸다.

"내가 헛것을 보았나?"

그때 방문이 열리며 희원이 고개를 내밀었다.

"들어오지 않고 무얼 하는 게야?"

죽심은 방 안으로 들어와 자리끼를 내려놓으며 고개를 갸우뚱거렸다.

"그게 아니라요, 지가 헛것을 보았나 싶어서요."

"헛것이라니?"

"요놈을 들고 오는데 아기씨 방문 앞에 웬 사내가 서 있다 획 하고 사라지는 것 같았거든요."

"사내……?"

"에이, 지가 잘못 봤나 봐요. 스님이 오실 리도 없고, 여기에 우리 말고 또 누가 있다고……."

말을 얼버무리던 죽심의 입이 갑자기 쩍 벌어졌다.

"아기씨! 서, 설마 우리를 죽이려던 그 도령이 아닐까요? 나가라고 하는데도 우리가 안 나가니 혼쭐을 내주려고 왔다가……."

"죽심아, 함부로 입을 놀려선 아니 된다. 그저 바람을 쐬러 나왔다 돌아가는 길이었을지도 모르잖느냐?"

"하지만 저 도령의 거처는 중문 너머에 있질 않습니까? 이곳에 올 연유가 없는데……."

"이곳은 내당이 아니라 암자에 있는 방 중 하나일 뿐이다. 설령 그분이 이곳까지 왔다 가셨다 해도 이상할 것이 없다. 허니 너도 고까운 시선을 거두어라."

"무슨 말인지 알겠으나 그래도 방심은 금기, 아니, 금물이어요. 아기씨 주무실 때 문단속은 잘하셔야 해요, 아셨죠?"

희원은 고개를 끄덕이며 화제를 돌렸다.

"돌백이랑은 좀 어때? 많이 친해졌니?"

방금 전까지도 두려움에 떨던 죽심의 표정이 금세 바뀌었다.

"말도 마셔요. 조반 먹고 나면 뭐가 그리 바쁜지 밖으로 나가서 해가 져서야 돌아온다니까요. 말 붙일 틈도 없어요."

"그래? 죽심이 네가 심심하겠구나."

"괜찮아요. 지도 요 근처에서 나물 같은 거 뜯고 음식 맹글다 보면 금방 저녁이구먼요."

어린 나이에 지방에서 팔려온 탓에 죽심의 말투엔 간간이 사투리가 섞여 있었다. 본인은 전혀 모르는 듯했지만.

"곤할 텐데 그만 건너가 쉬거라."

"아기씨는요?"

"나도 이것만 마저 읽고 눈을 붙일 것이다."

희원의 말에 죽심은 인사를 건네고 방을 나갔다. 혼자 남은 희원은 서책으로 고개를 내리며 조금 전 죽심의 말을 되새겼다. 죽심이 본 대로라면 그건 세자가 틀림없었다. 승려가 이 시간에 내려올 리도 없을뿐더러 승려였다면 죽심이 금방 알아봤을 터였다. 또한 흑주와 적주는 세자를 지키는 이들이라 중문을 넘어 이곳에 들어올 사람들이 아니었으니 이곳을 마음대로 다니는 사람은 단 한 사람, 세자뿐이었다.

'무슨 일로 예까지 걸음하셨을까……? 아니, 방금 전 이곳에 계셨다면, 내가 시경 읽는 것을 들은 건 아닐까?

잠이 오지 않던 희원은 평소 좋아했던 글들을 읽으며 시간을 보내고 있었다. 그런데 하필 그때 오시다니, 그녀의 얼굴에 먹구름이 짙게 깔렸다. 경상經床에 엎드려 한숨을 내쉬던 그녀가 갑자기 몸을 벌떡 일으켰다.

'이럴 때가 아니지! 그분 성품으로 보아 내가 시를 읽고 있는 것을 보았다면 그냥 넘어가지 않았을 거야. 가만히 듣고 있다 죽심이 나타나자 사라지셨다는 건…….'

희원의 얼굴에 옅은 미소가 감돌았다.

그녀가 듣기로 세자는 학문에 대한 관심이 높다 하였다. 다만 성품이 종잡을 수 없이 공격적이라 일이 이렇게 되어 버린 것뿐, 세자가 서책을 아낀다는 사실은 들어서 익히 알고 있었다. 그래서 이곳으로 세자를 보낼 때 일부러 서책을 보내지 말아 달라 당부했었다.

첫날부터 일이 틀어져 버린 탓에 어찌 교육을 시작할까 고민하고 있었는데 드디어 해결책을 찾았다. 볼 거라곤 아무것도 없는 암자에 시경을 읽는 목소리에 이끌려 이곳까지 왔다면 그를 가르칠 방도가 존재한다는 의미였다. 그녀의 말은 들을 생각조차 안 하는 그가 경전의 내용엔 귀를 기울이다니, 희원은 실낱같은 희망을 맛보았다.

'하늘이 소녀를 저버릴 생각은 아닌 모양입니다.'

✻

다음 날.

명은 불당 근처에 서서 희원을 기다렸다. 어젯밤 그가 그녀의 방문 앞에 있었다는 사실을 들켰는지 확인을 해야 했다.

세자 체면에 여인네의 방 앞을 서성이다니, 이 얼마나 꼴사나운 짓이란 말인가!

명은 스스로의 행동을 비난하며 작은 탑 주위를 빙글빙글 맴돌았다.

그러게 내가 나가라 할 때 나갔으면 이런 수치를 느끼지 않아도 되었 잖느냐!

괜히 책임의 화살을 그녀에게 돌리며 그는 화난 걸음을 멈추었다. 어젯밤 일을 생각하느라 눈앞에 적주가 와 있는 것이 이제야 보였다.

"무슨 일이냐?"

그의 물음에 적주가 정중히 머리를 숙였다.

"방으로 드시지요."

명은 하늘을 흘끔 올려다본 후 벌써 중반 때가 되었음을 알아차렸다. 요리라고 할 수도 없는 것들이었지만 명은 불평 한마디 하지 않고 자신의 거처로 발걸음을 돌렸다.

그가 수저를 드는 동안 적주는 방 한쪽에 무릎을 꿇고 있었다. 검은색 무복을 입고 두 손을 가지런히 무릎에 얹은 적주는 가늘고 긴 눈을 아래로 내리깔며 명의 식사가 끝나길 기다렸다. 생김새만 조금 다를 뿐 적주는 체격이나 하는 행동이 흑주와 거의 흡사했다. 얼굴만 가리면 누가 흑주고 적주인지 분간이 안 될 정도였다. 우직한 적주의 모습을 가만히 지켜보던 명은 수저를 내려놓았다.

"흑주와 동문이라 하였느냐?"

"예."

"누구의 실력이 우위더냐?"

직설적인 명의 질문에도 적주는 조금도 망설이지 않고 답했다.

"이 몸은 흑주의 실력을 따라가려면 한참 멀었습니다."

"겸손이더냐?"

"사실이 그러합니다."

"내가 흑주를 죽인다면 어찌할 것이냐?"

"일어나지 않을 일에 대해서는 생각해 본 바 없습니다."

"확신하지 말거라. 난 언제든 네놈들의 목숨을 거둘 수 있느니."
"이 몸은 그저 명에 따를 뿐입니다."
미련하고 고집스런 성품까지 흑주와 판박이다.
"이만 물러가라."

적주가 상(床)을 물리자 명은 다시 밖으로 나왔다. 의무적으로 불당에 앉아 있던 그는 이각[15]도 되지 않아 뒤뜰로 걸음을 옮겼다. 그의 눈이 자꾸만 중문을 향했다.

'방자한 계집이 드디어 이곳을 떠난 건가? 오지 말라 일러도 바득바득 우기며 찾아오더니……'

마치 그녀가 오기를 기다리는 느낌이 들은 명은 불쾌한 얼굴로 다시 불당으로 들어갔다. 지켜보는 눈들을 의식해 저녁까지 그곳에서 시간을 보낸 그는 흑주의 시중을 받으며 석반을 들었다. 그리고 승려들이 잠이 든 밤에는 검을 휘두르며 지루한 시간을 달랬다.

땀을 흘리며 몸을 놀린 그는 평소보다 일찍 잠자리에 들었지만 쉽게 눈이 감기지 않았다. 억지로 잠을 청하려 눈을 감자 어젯밤 시경을 읽던 차분한 목소리가 귓전을 맴돌았다.

산에는 부소가 있고 늪에는 연꽃이 피었는데
멋있는 자도를 만나지 못하고 이 같은 미치광이를 만났단 말인가.
산에는 우뚝한 소나무 있고 늪에는 말여뀌 자랐건마
멋있는 자충을 만나지 못하고 이 같은 교활한 아이를 만났단 말인가.

"훗……"
명의 입가가 재밌다는 듯 위를 향했다. 동시에 궁금증이 밀려들었다.

---
15) 30분

오늘은 어떤 시를 읽을까, 하고. 그러다 그녀가 이미 이곳을 떠났을지도 모른다는 생각이 문득 들었다.

"나하고 무슨 상관이라고."

그는 쓸데없는 생각을 지우고 모로 누우며 눈을 질끈 감았다. 하지만 얼마 있지 못해 긴 속눈썹이 달린 눈꺼풀이 번쩍하고 뜨였다.

"바람을 쐬어야겠다."

밖으로 나온 명은 하릴없이 처소 주변을 서성였다. 산중의 찬바람이 얇은 도포자락을 건드렸지만 답답한 그의 마음은 도무지 삭혀지지가 않았다. 그러다 그는 저도 모르게 중문으로 발걸음을 옮겼다. 마치 기다렸다는 듯 활짝 열린 문을 보며 그는 가볍게 문턱을 넘었다.

"내 속을 긁어 놓던 건방진 계집이 이곳을 떠났는지 아닌지 두 눈으로 확인을 해야겠다. 그래야 마음 편히 수침에 들지······."

긴 다리로 몇 걸음 나아가자 그녀의 방문 밖으로 노란빛이 새어 나오는 것이 보였다.

'내 이럴 줄 알았다. 감히 내 눈을 속이고 이리 숨어 있으면 내가 모를 줄 알았더냐?'

그녀를 당장이라도 쫓아낼 것처럼 성큼성큼 다가가면서도 그의 눈동자에는 노기가 없었다. 그녀의 방문 앞에 멈춰 서자 단아한 여인의 목소리가 흘러나왔다.

"저 낙수 바라보니 물이 깊고 너르구나
군자가 오시니 칼집장식 아름다워
군자는 만년토록 집안을 보존하리
저 낙수 바라보니 물이 깊고 너르구나
군자가 오시니 복록이 모여들어
군자는 만년토록 나라를 보존하리."

시경의 소아小雅 중 북산지십北山之什에 있는 첨피낙의瞻彼洛矣라는 시였다.

'백일기도를 하러 왔다더니 하라는 기도는 안 하고 주제넘게 시경을 읽고 있다니……'

생각은 그리하면서도 그의 얼굴엔 흥미로움이 묻어났다. 그는 기둥에 한쪽 어깨를 기대며 어디 더 해보라는 듯 팔짱을 끼고 세살문에 그려진 여인의 그림자를 물끄러미 바라봤다. 곧추세운 작은 몸체와 살짝 숙여진 고개가 얇은 창호지를 통해 아련히 드러났다.

수명을 재촉하는 세 치 혀와 달리 시경을 읽는 목소리는 눈이 절로 감길 만큼 고왔다. 그래서 돌아가야 한다는 것을 알고 있으면서도 쉽게 몸을 돌릴 수 없었다. 하나만 더, 하나만 더, 그러다 다섯 편의 시를 더 듣고야 말았다. 더 이상 아무 소리도 들려오지 않자 그제야 명은 돌아갈 요량으로 몸을 틀었다.

"읊는 시를 몰래 훔쳐 듣고는 답례도 없이 돌아가시는 겁니까?"

그를 책망하는 말과 함께 그녀의 방문이 활짝 열렸다.

그가 있었다는 것을 알고 있었던 걸까?

훔쳐 들은 것이 사실이기에 명은 껄끄러운 표정으로 가려던 걸음을 멈추고 뒤를 돌아봤다. 그렇다고 자신의 잘못을 인정할 순 없는 노릇이었다. 그는 부러 뻔뻔한 얼굴로 고개를 치켜들었다.

"내, 산책을 하던 중 하도 이상한 소리가 들리기에 걸음을 한 것이다. 훔쳐 들었다니 당치않다."

"이상한 소리라는 것이 소녀의 시경 읽는 소리임을 확인하셨으면 진즉 돌아가셨어야 할 터인데 어찌 시를 다 읽은 지금까지 돌아가지 않고 거기 계셨던 것입니까?"

"계집 따위가 시경을 읽는 것이 하도 기이奇異하여 들었던 것뿐이다."

"연유緣由가 어찌 되었든 소녀의 시를 들었으면 답례를 주시는 게 도리질 않습니까?"

"내게 답시를 달라는 것이냐?"

"예."

당당히 요구하는 그녀의 말에 명의 얼굴이 일그러졌다. 그는 다소곳이 앉아 답시를 바라는 그녀를 노려보며 입을 뗐다.

"상서유피相鼠有皮 인이무의人而無儀 인이무의人而無儀 불사하위不死何爲, 상서유치相鼠有齒 인이무지人而無止 인이무지人而無止 불사하사不死何俟, 상서유체相鼠有體 인이무례人而無禮 인이무례人而無禮 호불천사胡不遄死."

하찮은 쥐를 사람에게 빗대어 무례함을 풍자한 내용으로, 예의 없는 사람을 비꼬는 '상서相鼠'였다.

그녀의 행동을 비난하는 그의 답시에 희원은 참을 수가 없었다.

"채영채영采苓采苓 수양지전首陽之巓 인지위언人之爲言 구역무신苟亦無信 사전사전舍旃舍旃 구역무연苟亦無然 인지위언人之爲言 호득언胡得焉, 채고채고采苦采苦 수양지하首陽之下 인지위언人之爲言 구역무여苟亦無與 사전사전舍旃舍旃 구역무연苟亦無然 인지위언人之爲言 호득언胡得焉, 채봉채봉采葑采葑 수양지동首陽之東 인지위언人之爲言 구역무종苟亦無從 사전사전舍旃舍旃 구역무연苟亦無然 인지위언人之爲言 호득언胡得焉."

왜 없는 죄를 있는 것처럼 꾸며 말하며 헐뜯으려 하는가!

채영采苓이라는 시였다.

두 사람의 시선이 툇마루 위에서 강하게 부딪혔다. 한 발짝도 양보하지 않겠다는 듯 얽힌 시선을 풀지 않는 두 사람. 결국 명이 먼저 입을 열었다.

"너같이 드센 계집은 처음 본다."

"명심보감의 준례遵禮에 이런 글귀가 있습니다. '다른 사람이 나를 정중히 대해 주길 바라거든, 우선 내가 다른 사람을 정중히 대해야 한다.'고."

"네 말인즉, 내가 무례하게 굴었기 때문에 똑같이 대하는 것뿐이다 이 말이냐?"

희원은 고개를 끄덕이며 말을 이었다.

"좋든 싫든 소녀는 앞으로 백 일간 이곳에서 지내게 될 것이고, 도련님 또한 달포 가까이 되는 나날을 이곳에서 보내게 되실 거라 하셨습니다. 같은 공간을 사용하는 사람들로서 이리 불편한 감정을 가지고 지내기는 싫습니다. 하여 여인의 방 앞에 몰래 계셨던 것도 답시로 대신하여 넘어가고자 했던 것인데……."

명은 그녀의 말을 들으면 들을수록 화가 치밀었다. 알고 있다. 이 짜증이 마음 깊은 곳의 수치심에서 나온 것임을. 그녀의 말대로 억지를 부린 것은 그 자신이었다. 그의 신분을 모르는 그녀에게 처음부터 지금까지 세자로서의 대접을 받고자 했었고, 불현듯 닥친 불행을 그녀에게 풀고자 했다. 그러면 안 된다는 것을 알면서도 이 거지 같은 상황이 그를 이렇게 만들고 말았다. 지금이라도 자신의 잘못을 인정하고 방으로 돌아가야 했지만 그것조차 마음이 따라 주지 않아 화가 났다. 무엇보다, 이런 감정들을 느끼게 하는 이 여인이 참으로 거슬렸다.

네까짓 게 무엇이기에 내게 이런 수치심을 안겨 준단 말이냐!

아무것도 아닌 계집 하나 때문에 이런 감정에 휩싸인다는 것이 싫었다. 무슨 말이든 되는 대로 퍼부으면 속이나마 후련할 텐데 눈앞의 여인은 한 마디를 던지면 백 마디를 돌려주며 복장을 터지게 만들 것만 같았다.

'어차피 이리된 거, 내가 참으면 그만이다.'

지켜보는 눈들이 어디 있을지 모를 터, 명은 여인네와 더 이상 실랑이를 벌이고 싶지 않았다.

"어쨌든 답시를 하였으니 난 이만 돌아가겠다."
"불리할 것 같으니 줄행랑을 놓으시려는 겁니까?"
"줄행랑이라니, 말을 가려서 하거라."
"그게 아니시라면 소녀의 청을 들어주시지요."
"청?"
"도련님께서 방금 들려주신 답시는 제대로 된 답시가 아닙니다. 허니 답시 대신 다른 것을 청하고자 합니다."

'감히 내게 청을 하겠다?'

청이라 해봤자 값비싼 비녀나 노리개 같은 것이겠지. 여인들이 혀를 내두르며 좋아하는 거라곤 사치스런 물건들뿐이니까. 하물며 너 역시 별 수 없는 여인이질 않느냐.

명은 콧방귀를 뀌며 섬돌 아래로 내려온 그녀를 거만하게 내려다보았다.

"좋다, 말해 보거라."

하지만 그녀의 입에서 나온 말은 뜻밖의 것이었다. 명의 머리로는 도저히 상상조차 못했던 말.

"소녀의 스승이 되어 주십시오."

자신의 귀가 잘못된 것이 틀림없었다. 명은 정신을 똑바로 차리고 당돌한 계집의 입을 주시했다.

"지금…… 뭐라 했느냐?"
"소녀의 스승이 되어 달라 하였습니다."

명의 눈이 급작스레 커졌다. 계집은 미친 게 틀림없었다.

※

눈이 번쩍 뜨였다. 황토를 바른 낮고 허름한 천장이 바로 그의 눈에 들어왔다. 기교라고는 조금도 부리지 않은 검소한 천장을 가만히 올려다보는 명의 눈에 빨간 핏줄이 섰다. 밤새 한숨도 자지 못한 탓이었다.

[사서四書, 오경五經을 배운 적이 없으십니까?]
[대학大學은 물론 자치통감강목까지 배웠다.]
[하오면 소녀의 청에 무에 그리 놀라십니까?]

계집의 입에서 그런 청이 나올 줄 전혀 예상하지 못했으니까.
명은 그의 생각대로 움직이지 않는 여인이 짜증났다.

[계집 따위에게 어울리지 않는 청이다. 다른 청을 하거라.]
[이 몸이 계집이라서가 아니라 배움이 확실치 않아 누군가를 가르치는 것에 자신이 없는 것은 아니십니까?]
[반가의 여식이 잘 알지도 못하는 사내에게 사사로이 배움을 청하는 것은 법도에 어긋나는 일이다.]
[정식으로 스승이 되어 달라는 것이 아닙니다. 홀로 책을 읽다 보니 모르는 것들이 몇 가지 있는데, 달리 물을 곳이 없어 가르쳐 달라는 것입니다. 보아하니 딱히 바쁘신 것도 아닌 듯한데, 여유로운 시간에 잠시 잠깐 봐주시는 것도 법도를 따져야 하는 것입니까?]
[나라의 법도가 지엄하니 당연한 것이다. 그리고, 이 몸은 아주 바쁜 몸이다!]
[그리 바쁘시다니, 알겠습니다. 하마터면 소녀는 도련님께서 소녀의 질문에 답하지 못하실 것을 우려하여 미리 거절하는 것인가 했습니다.]

이거야 원 거절해도 안 해도 기분이 나빴다.

[좋다. 내 할 일이 태산 같으나 여인의 몸으로 배우려는 의지가 기특하니 특별히 모르는 것들을 일러주도록 하겠다. 이제 되었느냐?]

어제의 일을 곰곰이 되짚어보던 명은 벌떡 일어나 앉았다. 발끈하여 어리석은 행동을 하다니, 비틀린 입술에서 실소가 터져 나왔다.
내가 드디어 미쳤구나! 어쩌자고 그런 말을 해버렸을까.
이런 곳에 갇혀 있다 보니 정신이 어떻게 된 게 틀림없었다. 조금만 참았으면 되었을 것을 무엇에 끌려 그런 말을 던졌는지…….
그는 금침을 박차고 밖으로 나갔다. 검을 들까 했지만 내키지 않아 불당으로 걸음을 돌렸다. 불당을 청소하고 나오는 승려 하나가 그를 보더니 정중히 손을 모아 머리를 숙였다. 하지만 묵언수행 중이라 아무런 말도 없이 인사만 건네고 제 할 일을 찾아 사라졌다. 불당에 들어서자 묵직한 침묵이 그를 감쌌다.
정적. 그가 싫어하는 것 중 하나였다. 생각할 시간이 많을수록 쓸데없는 기억이 떠올라 명은 이 지루함이 싫었다.
일각도 되지 않아 불당을 나온 그는 마침 중문을 넘어 이쪽으로 향하는 희원을 발견했다. 두툼한 서책을 두어 권 가슴팍에 지니고서 단아하게 걸어오는 그녀의 발걸음이 봄바람을 맞은 잎사귀처럼 가벼워 보였다.
'그래, 차라리 잘 된 일이다. 저 아이와 입씨름을 하다 보면 고달픈 생각들은 잠시나마 잊겠지.'
명의 앞에 멈춰선 희원은 다소곳이 머리를 숙여 인사한 뒤 고개를 슬쩍 옆으로 돌렸다.

"어젯밤 약조를 잊으신 것은 아니겠지요?"

"내 기억력을 우습게보는 것이냐?"

"혹 말을 바꾸실까 우려했습니다."

"난 한 번 약조한 것은 반드시 지킨다."

그 대답에 희원은 입꼬리를 슬며시 올리며 안도의 한숨을 쉬었다. 어젯밤 세자에게 올린 청은 그녀에게는 모험이었다. 가능성이 거의 희박했기에 세자의 입에서 떨어진 허락은 자신의 귀를 의심하게 만들 정도였다. 끝까지 우길 줄 알았는데 의외의 소득이었다. 하여 밤잠도 설쳐가며 오늘 그에게 던질 질문을 찾느라 새벽녘이 되어서야 겨우 잠이 들었다. 아침에 눈을 뜨자마자 혹시나 세자가 말을 바꿀까 노심초사했는데 지금 그가 내놓은 확답에 희원은 들뜬 기분마저 들었다. 안하무인 세자가 처음으로 마음에 든 순간이었다.

"한데 왜 고개를 돌리고 있는 것이냐?"

세자의 말에도 희원은 얼굴을 들지 않았다.

"남녀가 유별하니 얼굴을 마주하는 것은 좋지 않습니다."

"하! 얼굴 맞대고 으르렁대던 게 바로 어젯밤이다. 갑자기 이러니 오히려 불편하구나."

"먼저도 말씀드렸듯 소녀는 드센 성품이 아닙니다."

"내 보기엔 충분히 드세다."

희원은 눈살을 찌푸리며 나무 뒤로 몸을 숨겼다.

"어쨌든 이리 거리를 두고 말을 섞는 것이 편합니다."

명은 그녀가 있는 나무의 반대편에 어깨를 기댔다.

"하긴, 네 얼굴을 보면 불쑥 화가 치밀어 오르니 이렇게 하는 것이 나을지도 모르겠구나."

희원은 입술을 앙다물며 화를 삭였다. 곧 그가 다시 말을 꺼냈다.

"그래, 모르는 것이 얼마나 많기에 내게 묻고자 하는 것이냐? 바쁜 몸이니 지체 말고 묻도록 해라."

"그리 바쁘시면 나중에 묻도록 하겠습니다."

"내가 한가한 시간은 한밤중뿐이다. 모두가 잠이 든 시각에 날 찾아올 셈이냐?"

얄미운 그 말에 그녀는 가슴팍에 있던 책들 중 '논어'를 먼저 펼쳤다.

"논어의 태백泰伯편에 순임금에게 신하 다섯 사람이 있어 천하가 잘 다스려졌다는 글귀가 있습니다. 여기서 신하 다섯 사람이란 누구를 지칭하는 것인지 아십니까?"

"우禹, 직稷, 설契, 고요皐陶, 백익伯益 이 다섯 사람을 이르는 것이다."

그는 조금의 망설임도 없이 즉각 답을 내놓았다. 그 모습에 희원은 적잖이 놀라며 다음 질문을 던졌다.

"그럼 무왕이 말한 능력 있는 신하 열 사람은 누구를 말하는 것입니까?"

"주공단周公旦, 소공석召公奭, 태공망太公望, 필공畢公, 영공榮公, 태전太顚, 굉요閎夭, 산의생散宜生, 남궁괄南宮适, 이 아홉 사람과 문왕인지 무왕인지 그 부인되는 사람이 마지막 한 사람이라 전해지고 있다."

세자의 영특함은 익히 들어 알고 있었지만 막상 눈앞에서 접하고 보니 실로 놀라웠다. 마치 그녀가 던질 질문을 미리 알고 있기라도 한 듯, 한 치의 망설임도 없이 즉각 답을 내놓았다. 자신의 아버지와 오라버니, 그리고 오라버니의 오랜 벗이자 인재人才라 불리는 승경도 질문을 던지면 잠시라도 생각할 시간을 가지는데 세자는 조금의 지체도 없었다. 답도 정확했다. 혹여 세자의 답이 틀릴 경우 지적할 요량이었던 희원은 적잖이 당황스러웠다.

"그럼 자한子罕편에 공자께서 말씀하신 봉황새도 오지 않고, 황하에서 하도河圖도 나오지 않는다란 것은 무엇입니까?"

"둘 다 성인이 나타나는 징조를 의미하는 것이다."

그 이후로 몇 가지 질문을 던진 희원은 마지막 질문을 하기 전 펼쳤던 책을 덮어 버렸다.

"하오면 술이述而편에, 제자들도 꺼리는 좋지 않은 습성을 지닌 호향互鄕 사람들을 공자께선 왜 받아들이셨는지 아십니까?"

"공자는 성인이기에 배우고자 하는 마음을 높이 살 뿐, 지난 일엔 연연하지 않기 때문이다."

희원의 입매가 부드럽게 호를 그리며 올라갔다. 세자의 대답처럼 공자를 아는 자라면 누구나 열에 열은 저 답을 내놓았다. 하지만 그녀의 생각은 조금 달랐다.

"성인이기에 그럴 수밖에 없었던 것은 아닐는지요?"

"무슨 뜻이냐?"

"공자 역시 사람입니다. 춥고 배고프고, 다른 이들과 똑같은 것들을 느끼는 사람 말이지요. 다만 많은 것을 깨우쳤기에 인내하고 받아들이려는 노력을 하는 것이겠지요. 도련님의 말대로 성인이기 때문에 호향 사람들을 받아들였을 수도 있지만 반대로, 성인이라는 명성 때문에 그들을 받아들일 수밖에 없었을 수도 있지 않습니까?"

"그러니까 네 말뜻은, 공자가 주변을 의식하여 그들을 받아들였다는 것이냐?"

"그럴 수도 있겠다란 것이지 그렇다 확정 지은 것이 아닙니다. 본디 전해지는 말들과 기록이라는 것은 부풀려지고 변질되기 쉬우니, 아무리 옳다 여겨지는 것도 다시 한 번 생각해 보는 게 좋지 않겠습니까?"

"이유야 어찌 되었든 공자가 그들을 받아들인 것은 사실이질 않느냐?"

"어느 인적이 드문 산골에 남편을 여읜 여인이 아이 하나를 데리고 살고 있었습니다. 비가 억수같이 내리던 밤, 산짐승에게 상처를 입은 사내가 그 집으로 뛰어 들어와 하룻밤 자고 가길 청하였지요. 궂은 날씨와 걷기조차 힘든 사내의 상처를 보고 여인은 하는 수 없이 빈방을 내어주지만 며칠 가지 못해 주변에 망측한 소문이 퍼지고 맙니다. 남편을 잃은 지 얼마나 됐다고 과부가 사내를 집으로 끌어들인다고 말입니다. 결과적으로 따지자면 여인이 낯선 사내를 집에서 재워 준 것은 사실입니다. 하지만 그 진상은 다르지요. 이를 알지 못하는 사람들은 소문이 진실인 양 여인을 욕하기 바쁘지요. 도련님께선 어찌 생각하십니까, 결과가 같다면 과정은 어떻게 되어도 상관없다 여기십니까?"

"경우가 다른 얘기다."

"경우는 다르나 형태는 크게 다르지 않습니다. 적혀진 글귀를 있는 그대로 받아들이는 것이나 떠도는 소문을 곧이곧대로 듣는 것이나 무에 그리 다르겠습니까?"

"그래서, 대체 하고픈 말이 무엇이냐?"

그가 다그치듯 묻자 희원은 숨을 고른 뒤 처음처럼 차분하게 생각을 꺼내놓았다.

"하고픈 말은 없습니다. 그저 보이는 것만이 전부는 아니라는 말을 하고 싶었을 뿐입니다. 하오면 오늘은 이만 돌아가도록 하겠습니다."

서책을 가슴에 품은 희원이 나무 뒤에서 나오더니 명에게 머리를 숙였다. 예를 표한 그녀는 곧 중문으로 향했다. 조심스럽게 걷는 그녀의 뒷모습을 보며 명은 나직이 중얼거렸다.

"보이는 것만이 전부가 아니다……?"

그녀의 말을 곱씹으며 명은 뒤늦게야 입꼬리를 올렸다. 그녀가 마지막으로 던진 질문은 정말로 궁금해서 던진 질문이 아니라 그에게 하고 싶었던 말을 공자에 빗대어 한 것이었다.

결국, 방자하게 굴었던 행동들과 이 암자에 있어야 하는 데엔 그만한 이유가 있으니 널리 헤아려 달라…… 이 말이더냐?

굳게 닫힌 입술 사이로 헛웃음이 튀어나왔다. 제대로 한 방 먹은 것이다. 그런데 신기하게도 기분이 나쁘지 않았다.

그에게 누가 이리 당당히 요구를 할 수 있겠는가!

하는 짓마다 거슬렸지만 무서워 벌벌 떠는 것보다 나았다. 아첨하는 간교한 말보다 혹독한 독설을 좋아하는 그로선 계집이라는 것만 빼면 좋은 말상대였다. 그의 예상대로 그녀와 말을 섞다 보면 아무런 생각도 들지 않았다. 오로지 이 도도한 여인네의 자존심을 깔아뭉개고 싶은 생각뿐이었다.

그는 이미 사라지고 없는 텅 빈 중문의 여운을 느끼며 낮게 읊조렸다.

"다행히…… 앞으로 지루하진 않겠구나."

※

한낮을 달구던 붉은 해가 아쉬운 듯 서산에 걸리었다. 잘 익은 홍시를 연상케 하는 불그스름한 빛은 조용한 암자를 빠르게 물들여 갔고 중문을 넘은 작은 방에까지 그 손길을 뻗치며 얇은 창호지를 뚫고 들어가 밥상을 앞에 두고 있는 희원의 볼을 부드럽게 어루만졌다.

젓가락질을 멈춘 희원의 입가가 뜬금없이 올라가자 죽심의 고개가 갸우뚱댔다.

"아기씨, 뭐 좋은 일이라도 있으셔요?"

옆에서 식사 시중을 들던 죽심이 호기심 가득한 얼굴로 희원을 쳐다보았다.

"그리 보이느냐?"
"아까부터 요래, 요래, 밥은 안 잡숫고 웃고만 계시잖어요."
죽심이 그녀의 표정을 과장되게 따라했다.
"정말 내가 그런 얼굴을 했느냐?"
"솔직히 말해 보셔요. 낮에 불당에서 무슨 일 있으셨죠? 불당 다녀오신 뒤로 계속 이러시잖어요."
"훗, 그랬느냐?"
"엇! 보셔요, 또 웃으시잖어요."
훈훈한 방 안 분위기를 가르는 묵직한 목소리가 밖에서 들렸다.
"아기씨, 돌백입니다."
익숙한 음성에 희원은 환한 얼굴로 죽심에게 문을 열라는 눈짓을 주었다. 죽심이 재빠르게 방문을 열자 섬돌 아래로 커다란 짐을 이고 있는 돌백의 모습이 보였다.
어제 아침 희원은 돌백을 아버지에게 보냈다. 필요한 서책들이 있기에 어쩔 수 없이 돌백을 보낸 것이었다. 그런데 돌백의 어깨에 들린 짐은 서책만 들어 있다고 하기에는 너무 컸다.
"고생이 많았다. 한데 그게 다 무엇이냐?"
돌백은 짐을 발치 아래로 내려놓은 뒤 두 손을 모으고 머리를 숙였다.
"산중 암자라 먹을 것이 변변찮을 것이라며 주인 나리께서 상지기에게 일러 준비케 하신 겁니다."
"죽심아, 가서 풀어 보아라."
희원의 말에 죽심은 신이나 툇마루를 내려갔다. 죽심의 손길에 꼼꼼하게 묶인 보따리가 순식간에 풀어졌다. 그 안에는 산중에서 구할 수 없는 귀한 생선과 손이 많이 가는 밑반찬 장아찌와 젓갈을 비롯해 희원이 평소 즐겨먹는 호박전의 재료, 주전부리용 말린 곶감이 넉넉하게 들어 있었다.

"허미, 이리 귀한 것을! 아기씨, 이것 좀 보셔요."

죽심이 가리키는 자반과 말린 생선들을 보는 순간 희원은 그것들이 자신을 위한 것이 아닌 세자저하를 위해 그녀의 아비가 보낸 것임을 단박에 알아차렸다.

"서책은 이리 주고, 나머지는 부엌에 잘 보관하도록 해라."

"예? 지금 안 드시고요? 바로 먹을 수 있는 것도 몇 가지 있는데……."

"물건을 빨리 옮기고 넌 돌백이 끼니부터 챙겨 주도록 해라. 험한 산을 오르느라 허기가 졌을 것이다."

"예? 아, 예! 돌백아, 배 많이 고프지? 이 무거운 걸 들고 오느라 용 썼다."

돌백은 서책을 꺼내 툇마루 위에 얌전히 올려놓고는 짐을 다시 들고 부엌 쪽으로 갔다. 그 뒤를 죽심이 따랐다.

"하이고, 이마에 땀 좀 보소. 돌백아, 물부터 줄까?"

두 사람이 부엌 쪽으로 사라지자 희원은 툇마루에 올려진 서책을 방 안으로 들고 왔다. 모자랐던 사서오경의 책들과 '대학연의大學衍義', '사륜요집絲綸要集' 등 쉬이 구할 수 없는 책들을 보며 희원은 안도의 미소를 지었다.

오늘 세자저하가 보여준 모습은 정말 뜻밖이었다. 다른 건 둘째 치고 그는 놀라울 정도로 비상非常한 머리를 지녔다. 새로운 발견이었다. 소문으로 들었을 땐 그저 세자를 공경하는 겉치레 인사말인 줄 알았는데 직접 보니 기대 이상이었다. 왜 시강원에서도 세자를 가르치기 벅찼는지 알 것 같았다.

'나와는 비교도 할 수 없을 만큼 학식이 높으신 분이시다.'

학식의 깊이로 따지자면 그녀는 세자의 교육을 맡을 위인이 되지 못했다. 다행히 상감마마 역시 학식 때문에 그녀를 부른 것이 아니었다. 측은지심의 인仁, 수오지심의 의義, 사양지심의 예禮, 사비지심의 지智를 일컫는 사단四端의 불균형을 바로잡고자 함이었다. 그러기 위해서는 닫힌 마음을 열게 하는 것이 먼저. 그녀가 할 일은 학식을 전수하는 게 아니라 닫힌 마음을 열게 하는 것이었다.

'지금쯤 무얼 하고 계실까?'

희원은 세자를 떠올렸다. 마지막에 던진 공자와 호향 사람들의 얘기를 잘 이해했을까? 물론 총명한 머리로 이해했을 거라고 생각하지만 그 뜻을 받아들일지는 미지수였다.

3장

"세자…… 세자……."

구슬픈 목소리가 가까운 것 같으면서도 아주 멀리서 울렸다. 명은 몸을 뒤척이며 고된 숨을 내뱉었다. 가슴을 짓누르는 갑갑함이 숨통까지 막았다.

"그만……."

그는 힘겹게 입을 떼며 얼굴을 찌푸렸다. 그리고 이내 일그러진 눈썹을 펴며 천천히 눈을 떴다. 어스레한 새벽빛이 스며든 낮은 천장을 보며 그는 몸을 일으켜 앉았다. 적막한 방 안 공기를 가로지르는 빗소리가 가만히 앉은 그의 귓가를 간질이며 점점 크게 들려왔다.

투둑투둑, 처량하게 떨어지는 그 소리에 명은 미간을 찌푸리며 비단 이불을 냅다 걷어찼다.

"저놈의 비!"

그는 머리맡에 두었던 검을 번쩍 집어 들고는 밖으로 나갔다. 가늘게 떨어지는 비가 기다렸다는 듯 그의 머리와 어깨에 떨어졌다. 명은 검을 빼어들고는 검집을 획 집어던졌다. 그리고는 허공을 상대로 검을 휘두르기 시작했다. 하얀 속옷이 금세 비에 젖어갔다.

그 모습을 본 흑주가 놀라 한걸음에 달려왔다. 밤새 세자의 방 주변을 지키던 적주와 이제 막 교대를 하고 나온 참이었다.

"도련님!"

명은 달려오는 흑주를 향해 검 머리를 돌렸다.

"다가오지 마라!"

불안정한 세자의 모습에 흑주의 낯빛도 어두워졌다.

"옥체를 살피소서, 저하."

"저하라……. 난 네놈이 평생 도련님이라 부를 줄 알았다."

"저하를 위해 저하의 신분을 보호하고자 한 것뿐, 소신의 머릿속엔 늘 세자저하십니다."

"입에 발린 소리는 듣고 싶지 않으니 물러나라!"

"하오면 의복이라도 정제하소서. 고뿔에 걸리실까 우려되옵니다."

"보아줄 사람도 없는데 의복을 갖춰 입는들 무엇 하겠느냐?"

"하오나……."

"시끄럽다! 네놈의 일은 나를 감시하는 일이 아니더냐? 스스로 목숨을 끊는 어리석은 짓은 하지 않을 것이니 더 이상 토 달지 말고 물러나거라!"

강경한 그의 태도에 흑주는 두어 걸음 뒤로 물러났다.

"정 그러하시다면 소신도 이 자리에서 꼼짝하지 않겠나이다."

명은 말을 듣지 않는 흑주를 무섭게 노려보다가 이내 몸을 돌려 손에 든 검을 크게 휘둘렀다. 빗물도 잘라 버릴 것 같은 날카로운 검날이 밝아오는 아침을 차갑게 갈랐다. 그리고 그 검은 쉽사리 멈추지 않았다.

우르르쾅! 콰과광!

천둥이 시끄럽게 숲 속을 때렸다. 놀란 새들은 푸드득 날갯짓을 하며 어디론가 숨어 버렸고 급작스럽게 퍼붓는 굵은 빗줄기에 흙바닥은 움푹 파였다. 사나운 날씨는 희원의 거처도 그냥 지나치지 않았다. 연방 빗물을 뿌려대며 자신의 위엄을 아낌없이 과시했다.

총총걸음으로 부엌을 나온 죽심은 방금 만든 호박전을 가지고 희원의 방으로 들어갔다.

"아기씨, 몸은 좀 괜찮으셔요? 여기, 아기씨 좋아하는 호박전이구먼요."

그제야 이부자리에서 희원이 천천히 몸을 일으켰다.

"고맙다, 죽심아."

"어서 한 입이라도 드셔 보셔요. 아침도 거르시고, 그러다 또 며칠씩 편찮으실까 걱정되어요."

"너한테 늘 걱정만 끼치고 마는구나……."

"그러게요. 아기씨도 돌백이도 오늘따라 왜 이렇게 지를 걱정하게 만드는지 모르것네요."

"얌전히 있는 돌백이는 왜?"

"하이고, 얌전히 있긴요. 새벽부터 어딜 나갔는지 코빼기도 안 보인다니까요?"

"비가 이리 내리는데 나갔단 말이냐?"

"그렇다니까요. 말도 없이 어딜 간 건지…… 뭐, 다 큰 사내니까 알아서 돌아오겠죠. 그나저나 아기씨야말로 비만 오면 이리 몸이 아프셔서 어찌합니까?"

"뼈마디가 쑤셔서 그렇지 크게 아픈 것은 아니다."

"시가 열두 살 때였으니께 아기씨가 열 살 되던 해지요? 돌아가신 마님 따라나섰다가……."

무심코 꺼낸 죽심의 말에 희원의 눈빛이 급격히 어두워졌다.

벌써 여덟 해 전의 일이었다. 극한 추위가 물러가고 따뜻한 계절이 자리를 잡을 즈음, 조금 떨어진 지방에 사는 숙부께서 어머니를 부른 적이 있었다. 바깥 출타가 거의 없었던지라 어머니는 답답한 마음을 풀고자 희원을 데리고 집을 나섰다.

몇 개나 되는 험한 산을 넘는 것은 여인의 몸으로 고된 일, 아무리 가마를 타고 간다고 해도 가마 안의 흔들림은 긴 여행길을 고되게 만들었다. 그렇게 이틀을 꼬박 걸려 목적지에 거의 다다랐다. 그런데 예기치 못한 일이 발생했다. 마지막 산 하나를 남기고 어린 희원이 결국 탈이 나버린 것이었다. 결국 그날은 산을 넘지 못하고 주막에서 하루를 흘려보냈다.

다음 날 짐을 꾸려 아침 일찍 산길에 올랐지만 산을 타기에는 좋은 날씨가 아니었다. 하지만 산을 넘어야만 탈이 난 희원을 마을 의원에게 데리고 갈 수 있었기에 그녀의 어머니는 무리한 걸음을 감행했고 그렇게 발을 재촉한 덕에 정오가 되기 전에 산 중턱을 넘을 수 있었다. 그런데 하필 그때 꾸물꾸물했던 하늘이 드디어 비를 뿜어내기 시작하며 그들의 걸음을 힘들게 했다. 화창한 날씨에도 힘든 산행은 궂은 날씨 탓에 발을 더디게 만들었고 모든 이들을 지치게 만들었다. 엎친 데 덮친 격이라고 그 와중에 맞부딪친 멧돼지, 흑갈색 털로 뒤덮인 멧돼지는 날카로운 이를 드러내며 그대로 그들에게 달려들었다. 개중 덩치 큰 남자 하인 하나가 멧돼지를 쫓기 위해 큰 돌을 무작정 집어던졌다. 이에 사납게 돌변한 멧돼지가 더욱 성을 내며 달려들었고 놀란 어머니는 가마에서 재빨리 내려 어린 딸을 데리고 무작정 달리기 시작했다. 당황한 나머지 발을 헛디뎌 넘어지면서도 혹여 딸을 놓칠세라 어머니는 작은 손을 꽉 붙잡고 놓지 않았다. 그렇게 앞만 보고 뛰던 그녀는 미처 발밑을 보지 못하고 작은 협곡으로 떨어졌다. 본능적으로 어린 딸이 다칠까 봐 구르면서도 온 힘을 다해 희원을 감쌌지만 정작 본인은 바위와 날카로운 나뭇가지에 이리저리 부딪히고 찢겨 어깨와 다리에 심한 부상을 입고 말았다.

아아아앙!

비는 추적추적 내렸고 피를 흘리며 쓰러진 어머니와 알지 못하는 곳에 떨어진 어린 희원은 우는 것밖에 아무것도 할 수가 없었다. 치마를 찢어 어깨와 다리를 동여매어도 어머니의 몸에서는 피가 끊임없이 배어나왔다. 온기도 급격하게 떨어졌다.

멧돼지를 수습한 하인 두 명이 뒤늦게 모녀를 발견해 마을로 옮겼다. 그러나 피를 너무 많이 흘린 데다 오랫동안 산중에 방치된 탓에 의원은 아무런 손을 쓰지 못했다. 아무리 울고불고 사정을 해도 죽어가는 어머니를 살려내지 못했다. 통곡을 하다 쓰러진 희원은 며칠을 앓아누웠고 정신을 차린 뒤에는 이미 그녀의 어머니는 세상에 더 이상 존재하지 않았다.

어린 희원은 그 사실을 믿을 수 없었다. 항상 자신을 따뜻하게 감싸주고 온화한 미소를 지어주던 어미가 금방이라도 그녀 앞에 나타날 것만 같았다. 그러나 현실은 너무나 냉혹했다. 싸늘한 주검이 된 어미는 그녀에게 더 이상 따뜻한 미소 한 자락 내어주지 않았고 부드러운 목소리조차 들려주지 않았다.

그녀는 또다시 쓰러졌다. 그녀가 눈을 뜬 것은 사흘이 지난 어느 오후였다. 노을을 등진 아비의 자책감 어린 표정과 퀭한 눈, 그것을 본 희원은 더 이상 누워 있을 수 없었다. 사랑하는 부인을 잃었는데 어린 자식마저 떠날까 전전긍긍하는 아버지의 모습에 마음을 추슬러야겠다고 굳게 다짐했다. 하여 자리에서 일어났다. 하지만 그 후유증은 아직까지도 계속 이어지고 있었다. 비만 오면 그때의 고통을 상기시키듯 희원의 몸은 맥없이 힘이 빠지고 뼈마디가 아팠다.

옛일을 그리는 희원의 슬픈 눈을 뒤늦게 알아차린 죽심은 급하게 자기 입을 때렸다.

"요놈의 입이 방정이네요. 지가 한 말은 신경 쓰지 마시고 어여 이것 좀 드셔요, 네?"

미안해하는 죽심을 위해 희원은 억지로 수저를 들었다. 늙은 호박을 갈아서 소금 간을 한 호박전은 담백하면서도 달콤했다.

"간도 딱 맞고 참으로 맛나구나."

"지가 다른 건 몰라도 아기씨 좋아하는 호박전 하나는 끝내주게 잘하잖아요?"

희원은 희미하게 웃으며 호박전을 다시 입으로 가져갔다.

"그래, 네 솜씨가 찬모보다 낫다…… 죽심아, 호박전 좀 더 만들어 주겠느냐?"

"물론입죠. 왜요, 호박전을 먹으니 입맛이 돌아오십니까?"

"그게 아니라 위쪽 처소에 계신 도련님께 갖다드리려 그런다."

"예에? 그 무서운 도련님한테요? 왜요?"

"무섭긴 해도 나쁜 분은 아니시다. 그리고 같은 불당을 나눠 쓰고 있는 사이에 좋은 음식이 있으면 나눠 먹는 것이 인지상정이 아니겠느냐?"

"맛없다고 호통이나 안 치면 다행이게요?"

"죽심아."

"아유, 알았구먼요. 만들면 되잖아요."

죽심은 내키지 않는 표정으로 억지로 부엌으로 향했.

혼자 남은 희원은 호박전을 몇 점 더 집어 먹은 뒤, 경대를 가져와 흐트러진 머리를 손질하고 옷을 갈아입었다. 몸 상태가 그리 좋은 건 아니었지만 그렇다고 세자와의 약조를 어길 수는 없었다.

몸단장을 끝내고 서책을 집어든 희원은 조심스레 방문을 열었다. 처마 밑으로 떨어지는 시원한 빗줄기가 그녀를 반겼다. 그녀는 섬돌로 내려와 신을 신고 잠시 죽심을 기다렸다. 오래되지 않아 죽심이 호박전을 담은 광주리를 들고 왔다.

"아기씨, 직접 가시려고요? 몸도 좋지 않으시면서······."

"물어볼 말도 있고 직접 갈 것이다. 그리고 죽심이 넌 그 도련님의 그림자조차 무서워하질 않느냐?"

"그야 그렇지만······ 그래도 아기씨 대신 지가 갈 수 있구먼요."

"아니다. 돌백이가 언제 올지 모르니 넌 여기 남아 있는 게 좋겠어. 금방 다녀오마."

"근디 서책은 왜 들고 가신데요?"

"응? 아, 그냥····· 불당에 들렀다 심심하면 보려고······."

"그 몸으로 불당까지 들르시게요? 아유, 안 돼요, 아기씨, 그러다 진짜 큰일 나구먼요. 서책은 놔두고 가세요, 알았죠?"

죽심이 서책을 빼고 광주리만 보자기에 싸서 주자 희원은 하는 수 없이 명나라에서 가져온 비 가리개—대나무로 된 살대에 기름 바른 종이를 붙인 것—를 펼쳐 들고 중문을 넘어갔다. 불당 앞에 멈춰선 희원은 잠시 걸음을 멈췄다. 이때쯤이면 세자가 올 시각이었기에 그녀는 처마 밑에 서서 그를 기다리려 했다. 하지만 귓전을 때리는 날카로운 소리에 몸을 움직이지 않을 수 없었다.

'이게 무슨 소리지?'

희원은 잰걸음으로 건물을 돌아 뒤뜰로 갔다. 그곳에는 하얀 속옷 차림의 세자가 검을 휘두르고 있었고 그 옆을 흑주가 지키고 서 있었다.

'세상에! 저리 흠뻑 젖어서야!'

희원은 한 발짝 한 발짝 다가가며 흑주의 표정을 살폈다. 소리 없는 질문이 무엇을 뜻하는지 금방 알아차린 흑주는 고개를 살짝 내저으며 자신도 알지 못한다는 답을 전해 주었다.

희원은 세자에게로 눈을 돌렸다. 하얀 입김을 내뿜는 입술은 애처로울 정도로 파리했고 입고 있는 흰색 저고리는 축축하게 젖어 있어 무지한 이가 보아도 그 자리를 오랫동안 떠나지 않았음을 단박에 알 수 있었다.

대체 언제부터 이러고 계셨던 것입니까? 대체 무엇 때문에 자신을 괴롭히시는 것입니까?

희원은 안타까운 눈으로 그를 쳐다보았다. 이대로라면 고뿔 정도가 아니라 옥체가 심하게 상할 수도 있었다. 무슨 수를 써서라도 멈추게 해야 했다.

희원은 목소리를 가다듬고 빗소리에 묻히지 않을 만큼 크게 입을 열었다.

"맹자, 양혜왕 하편에 보면 제나라 선왕께서 왕도정치에 대해 맹자께 묻습니다. 이에 맹자께선 정전제를 언급하십니다. 농사짓는 이에게 정전제를 시행한다는 것은 대체 어떤 것입니까?"

답을 바란 것은 아니었다. 다만 그녀가 여기 있음을 알리고자 했을 뿐이었다. 그런데 정신이 없어 보이던 세자의 입에서 생각지도 못한 답이 튀어나왔다.

"구백 무의 땅을 우물 정井자의 모양으로 아홉으로 나눈 후 여덟 가구에게 각 백 무씩을 사전私田하되, 가운데 있는 백 무의 땅은 여덟 가구가 공전公田하게 만들어 세금을 내게 하는 것이다."

검을 휘두르면서도 목소리는 전혀 흔들리지 않았다.

희원은 놀라 벌어진 입을 다물지 못했다. 비인지 땀인지 분간이 안 될 정도로 흠뻑 젖은 모습은 정상이 아니었다. 그럼에도 그의 대답은 나무를 등지고 대답하던 어제와 다를 바가 없었다. 아니, 오히려 더 차분했다.

희원은 생각나는 대로 아무 질문이나 던졌다.

"이루離婁 상에 보면 노나라 계씨季氏의 가신이 된 공자의 제자 염구冉求를 비판하며 맹자께서 용서받지 못할 자들에 대해 말씀하십니다. 이들은 대체 누구를 칭하는 것입니까?"

"그들은 전쟁을 즐기고 권력을 이용하며 남을 부릴 줄 아는 세 유파로, 후에 병가兵家, 종횡가縱橫家, 법가法家로 불리는 유파들이다."

역시 재깍 대답이 튀어나왔다. 놀라우리만치 빠르고 정확한 답이었다. 그 뒤로도 여러 개의 질문을 던졌으나 처음과 마찬가지로 망설임 없는 답이 나왔다. 매섭게 검을 휘두르면서도 정신은 멀쩡하다는 뜻이었다.

희원은 오른손에 들린 작은 보따리를 내려다보며 입술을 앙다물었다.

"어찌하여 빗속에 계십니까?"

어려운 질문에도 막힘없이 대답하던 명의 입이 순식간에 닫혀 버렸다.

"많은 것을 알려주신 것에 대한 보답으로 먹을 것을 들고 왔습니다. 검술은 나중에 하시고 먼저 이것부터 드시지요. 식으면 맛이 떨어집니다."

"필요 없다."

그는 일언지하에 거절했다. 어쩌면 좋을지 몰라 희원은 흑주를 쳐다보았으나 흑주 역시 방법이 없었던지 고개를 숙였다. 도무지 방도가 떠오르지 않자 희원은 일단 물러서기로 결심했다.

"놔두고 갈 테니 가져온 성의를 보아 나중에라도 드시지요."

발길을 돌리는 희원의 마음이 묵직했다. 물에 절어 푹푹 꺼지는 흙바닥마저 그녀의 발을 붙잡는 것 같아 걸음도 잘 떨어지지 않았다.

 83

몇 발자국이나 떼었을까? 등 뒤로 건조한 음성이 울렸다.

"잠깐."

비에 젖은 그 목소리에 희원의 가슴이 철렁 내려앉았다. 그녀는 알 수 없는 불안함을 느끼며 천천히 몸을 돌렸다. 움직임을 멈춘 그가 희원을 향해 서 있었다.

"진정 고마움을 느꼈다면 대신…… 시를 읽어 주겠느냐?"

뜻밖의 요구에 희원의 청아한 눈동자가 잠시 흔들렸다.

"시…… 말입니까?"

희원은 차마 거절하지 못했다. 복잡한 감정들이 얽힌 그 눈을 보고 있자니 가슴이 아릿하게 아파 거절할 엄두조차 내지 못했다.

"외우는 시가 몇 없으니 거처에 가서 서책을…… 가져오겠습니다."

세자가 머무는 방문 앞 툇마루에 가져온 보따리를 내려놓은 희원은 서둘러 거처로 걸음을 돌렸다. 그녀의 모습이 점점 멀어지자 그는 들고 있던 팔을 아래로 스르륵 내렸다.

챙강!

그의 손에 잡혀 있던 장검이 바닥에 떨어졌다. 검을 잡았던 손은 붉은 자국과 물집으로 인해 엉망이었다. 그 모습을 본 흑주가 놀라 달려왔다.

"저하!"

명은 손을 치켜들며 흑주가 다가서는 것을 막았다.

"내가 얼마나 검을 잡았느냐?"

"반나절은 족히 넘사옵니다. 어서 안으로 드시어 젖은 옷부터 갈아입으시지요."

"반나절이라……."

믿기지 않는다는 듯 그는 고개를 들어 하늘을 올려다보았다. 시커먼 먹구름 사이로 엷어져가는 빗줄기에 명은 그제야 노곤함을 느끼며 몸을 휘청거렸다.

"저하!"

잽싸게 달려온 흑주가 명을 부축했다. 붙잡힌 팔을 내려다보는 명의 입매가 묘하게 비틀렸다.

"우습구나, 내가…… 이 내가, 그깟 계집에게 시를 읽어 달라니……."

"예……?"

중얼거리듯 뭉개지는 말을 흑주는 알아듣지 못했다. 그래도 상관없었다. 명은 사라지고 없는 방자한 여인의 흔적에 쓴웃음을 지었다.

왜 시를 읽어 달라 했을까, 왜 그 여인의 얼굴을 보는 순간, 그녀의 목소리를 듣는 순간 마음이 편안해졌을까?

해답을 찾기도 전에 고단한 눈꺼풀이 스르륵 아래로 내려왔다.

"저하!"

아주 멀리서 흑주의 고함 소리가 들렸지만 앞이 캄캄해져 아무 생각도 할 수 없었다.

명은 흑주의 가슴팍으로 그대로 쓰러졌다.

❉

소란스러웠다. 뒤꿈치를 들어 올린 조심스런 발소리가 문밖에서 끊이질 않았다.

우르르콰광!

으르렁거리던 하늘이 결국 굉음을 내지르며 하늘을 갈랐다. 깊게 잠들었던 명은 어수선한 분위기에 잠이 깨고 말았다. 가늘게 뜬 눈으로 창호지에 비친 그림자가 빠르게 지나가는 것이 보였다. 한두 개가 아니었다. 급한 일이 생긴 것인지 오고가는 사람들의 그림자가 분주하게 움직

였다. 기분이 묘한 것이 불안한 기운이 감돌았다.
 쿠르르쾅!
 무서운 소리와 함께 대낮처럼 밝은 빛이 순간 번쩍하고 방 안을 밝히더니 사라졌다. 명은 가슴팍까지 내려간 기수[16]를 머리끝까지 끌어올렸다. 아직 채 여물지 못한 작은 손이 부르르 떨렸다. 마음 같아선 방 안을 환히 밝히라 명하고 싶었지만, 듬직해야 할 세자의 위상을 생각하여 벌어지려는 입을 억지로 다물었다.
 그때 스르륵 하고 방문이 열렸다. 그리고 누군가가 천천히 그를 향해 다가왔다. 침소에 든 시각에 누군가가 이곳에 들어온 것도 말이 되지 않거니와 미리 고하여 허락도 받지 않고 들어오는 건 있을 수 없는 일이었다. 당장 기수를 걷어내고 누구냐 소리치고 싶었지만 심상치 않은 분위기에 차마 그럴 수도 없었다. 가슴이 방망이질 치며 세차게 뛰었다.
 누구지? 날 해하려는 자인가? 아니면…… 귀신?
 생각이 거기에 다다르는 순간 얼굴을 덮고 있던 기수가 홱 젖혀졌다. 튀어나올 것처럼 커진 명의 동공으로 빛을 등진 여인의 형체가 비쳤다. 그리고 그 형체는 이내 명의 얼굴을 향해 점점 다가왔다.
 "누구……."
 누구냐 소리치려던 명은 검은 형체의 얼굴을 알아보았다.
 "어마마마……."
 연회라도 참석하려는 듯 열두 폭 화려한 당의를 입고 장신구를 단 그의 어머니는 명의 놀란 표정을 보며 그 앞에 재빨리 내려앉았다. 그리고는 일어서려는 명의 가슴을 두 손으로 짓눌러 자리에 도로 눕힌 뒤, 핏발 선 눈을 명의 얼굴에 가까이 들이밀었다.
 "세자…… 세자……."

---
16) 이불

흐느끼며 부르는 목소리가 목 뒤를 섬뜩하게 만들었다.

"어마마마, 어찌 이러십니까……?"

"세자…… 이 어미는 억울합니다. 간악한 숙빈의 음모에 이 몸의 목숨이 경각에 달렸습니다."

명은 일어나려 했지만 가슴을 짓누르는 어머니의 몸에 옴짝달싹할 수 없었다.

"어마마마의 목숨이 경각에 달렸다니, 그 무슨 망측한 말씀이십니까? 흉몽이라도 꾸셨습니까?"

"흉몽이 아닙니다. 숙빈의 계략에 넘어간 전하께서 이 몸을 진정 죽이려 한단 말입니다!"

어머니와 숙빈이 사이가 좋지 않다는 것은 어린 세자도 알 만큼 이미 궁궐 내에서는 공공연한 사실이었다. 하지만 이 늦은 시각에 여기까지 올 만큼 사태가 심각한 것인지는 미처 몰랐다. 떨리는 목소리로 호소하는 그녀의 눈빛은 누가 쫓아오기라도 할 것처럼 불안하기 짝이 없었다.

"아바마마께서 그럴 리가 없습니다. 진정하시고 소자가 일어날 수 있도록 해주세요."

어린 아들의 부탁에도 중전은 비켜날 생각은커녕 더욱더 가슴을 짓누르며 누운 세자의 얼굴 위로 그녀의 얼굴을 가까이 가져갔다.

"아니요! 전하께서는 충분히 그러실 수 있는 분이십니다! 그러니…… 지금부터 어미가 하는 말을 새겨듣도록 하세요, 세자. 아시겠습니까?"

"어마마마…… 소자 답답하여 숨쉬기가 힘이 드옵니다."

마치 그 말을 바라기라도 한 듯 중전은 가슴을 내리누르던 손을 얼굴로 가져갔다. 평소의 부드러운 손길이 아니었다. 그의 얼굴을 짓이겨 버릴 듯 여린 살결에 손톱을 박은 그녀는 그가 눈길조차 돌릴 수 없도록 만든 뒤 핏빛 같은 입술을 열었다.

"숙빈이 얼마나 사악하고 야망이 큰지 전하께서도, 세자께서도 모르십니다. 무지無智한 얼굴로 모든 이들을 속이고, 전하를 현혹하여 이 어미의 자리까지 노리고 있는 자가 바로 숙빈입니다. 뿐만 아닙니다. 이 어미가 쫓겨나면 다음은 세자를 노릴 게 불을 보듯 뻔합니다."

"어마마마, 어찌 그런 말씀을……."

"그냥 하는 말이 아닙니다! 이 어미가 없으면 세자를 지켜줄 수 있는 이는 없습니다. 아시겠습니까? 이 어미가 없으면 세자의 목숨도 풍전등화란 말입니다!"

그 목소리가 너무 절박하여 명은 몸을 흠칫 떨었다. 불안해하는 명의 모습에 중전은 금방이라도 눈물을 쏟아낼 듯 커다란 눈동자에 물기를 머금으며 어린 아들의 얼굴에 파고든 손톱을 빼내 그의 볼을 어루만졌다.

"이 어미는 내일이면 폐비 교지를 받을 것입니다."

"폐비……라니요……?"

처음 듣는 말이었다. 청천벽력과도 같은 그 말을 이해하기도 전에 문 밖에서 나 상궁의 다급한 목소리가 들렸다.

"마마, 내금위 병사들이 이곳으로 오고 있나이다. 속히 중궁전으로 돌아가셔야 하옵니다!"

폐비 교지는 뭐고, 내금위 병사들이 이곳으로 오고 있다는 말은 무엇일까?

명의 머리가 굴러가기도 전에 중전이 소리쳤다.

"내 할 말이 끝나지 않았다, 조용히 기다리라!"

"하오나 병사들이……."

"기다리라 하지 않았느냐!"

앙칼진 목소리의 여운을 느낄 새도 없이 이미 몰려든 병사들의 소리가 동궁전 앞마당을 울렸다. 마음이 급해진 중전은 식은땀을 흘리며 명의 귓가에 속삭였다.

"이 어미는 단 하나도 잘못한 것이 없습니다. 숙빈의 복중 아기도 소산小産한 것이지 나와는 무관한 일입니다. 모든 것이 그들의 계략이고, 모함이니, 세자는 이 어미를 반드시 믿고, 지켜주어야 합니다. 폐비가 되어 궁을 나가는 수모를 겪게 되더라도 세자께서 장차 보위에 오르시거든 이 어미를 본래의 자리로 돌려놓으셔야 합니다. 반드시 그러셔야 합니다."

밖은 꽤나 부산스럽게 돌아갔다. 딱딱한 나무 바닥을 오고가는 내관과 상궁들의 다급한 발소리와 함께 굵직한 내금위 병사들의 목소리가 처소를 소란스럽게 뒤흔들었다. 그리고 곧이어 우렁찬 음성이 침전을 장악했다.

"중전마마, 동궁전의 출입을 금하신 주상전하의 어명을 유망遺忘하셨사옵니까! 중궁전까지 뫼실 테니 속히 밖으로 납시옵소서."

"감히 어느 안전이라고 나오라 마라는 것이냐! 썩 물러가지 못할까!"
성난 중전의 대답에 내금의장의 목소리가 한층 거칠어졌다.

"마마께서 이리 나오시면 소신, 어명을 받은 몸으로 어쩔 수 없이 안으로 들어가 직접 뫼실 수밖에 없사옵니다."

협박과도 같은 그 말에 중전의 얼굴이 흙빛으로 변했다. 하지만 그것도 잠시, 그녀의 얼굴은 임금에 대한 증오와 배신감으로 흘러넘쳤다. 그녀는 자신의 입술을 잘근잘근 씹으며 붉게 달아오른 눈으로 세자를 노려보았다.

"절대로 전하를 믿지 마세요, 세자. 전하는……."
그리고 짧은 순간이나마 망설이던 입을 뗐다.
"전하는…… 세자의 친아비가 아닙니다!"

---

17) 임신 3개월 이후 저절로 낙태되는 일

천둥이 하늘을 부숴 버릴 듯 무섭게 몰아쳤다. 명은 어머니의 말을 듣지 못했다. 아니, 들었지만 듣지 못한 것으로 생각하고 싶었다.

나의 아버지가 전하가 아니라고?

누군가가 귀를 방망이로 내리친 듯 주변의 소리가 먹먹하게 울렸다. 세자에게 용서를 빌며 안으로 들어온 의금부 병사들의 소란도 전혀 느껴지지 않았다. 병사들에게 억지로 끌려 나가는 어머니의 고함도 너무 작았다.

난리통에 떨어진 중전의 칠보떨잠. 옥판에 꽂힌 꽃모양의 떨새가 마치 주인을 잃은 비통함을 나타내듯 부르르 떨고 있었다.

소자가 잘못…… 들은 것이겠지요……?

전하께옵서 아버지가 아니라니…….

말도 안 되는 일이라며 애써 스스로를 위로했지만 이미 가슴에 박힌 그 말은 비수가 되어 그의 몸을 산산조각 내기 시작했다. 침전 안으로 들어와 자리를 수습하는 내관들과 궁녀들을 뒤로 한 채 명은 창을 벌컥 열었다. 무섭게 떨어지는 폭우를 향해 그는 혼잡한 마음을 내질렀다.

"어마마마, 다시 한 번 말씀해 보십시오! 다시 한 번 말씀해 보란 말입니다!"

돌발적인 세자의 외침에 주변을 정리하던 내관과 궁녀들의 눈이 휘둥그레졌다.

"저하, 어찌 이러시옵니까? 성심을 가라앉히……."

"그대는 알고 있었는가?"

세자의 곁을 처음부터 지금까지 지켜온 내관 양홍공은 얼굴을 들지 못했다.

"소신, 저하께서 무엇을 물으시는지…….."

"어마마마께서 폐비 교지를 받을 것이라는 걸 알고 있었느냐 말이다!"

양홍공은 대답 대신 허리를 숙였다. 알고 있었다는 뜻이었다.

명의 미간이 심하게 구겨졌다.

"왜 숨겼는가? 어마마마께서 폐비가 되실 거라는 사실을 왜 숨겼냐 묻질 않느냐!"

"저하께서 아시면 분명 성심을 해하게 되실 거라며 대비전에서 입단속을 하라는 엄명이 있었사옵니다."

"그래도 너만큼은 내게 알렸어야 하질 않느냐!"

"입을 다무는 것이 저하를 위하는 일이라 여겼사옵니다. 우매한 소신을 죽여주시옵소서!"

양홍공은 충신이었다. 양홍공이 왜 그런 선택을 했는지 알았기에 명은 더 이상 그를 책망할 수 없었다.

갑자기 방 안이 빙글빙글 돌았다. 앞에 있던 양홍공의 모습도 보이지 않고, 어두웠던 방 안이 칠흑처럼 변했다.

"헉……헉……."

쏴아아아, 내리는 빗소리만이 선명하게 머리를 뒤흔들었다.

어마마마가 폐비라니…….

아바마마가 아바마마가 아니라니…….

시린 바람이 가슴을 뚫고 지나갔다.

겨우 열한 살, 이 모든 것들을 감당하기에는 너무 벅찬 나이였다.

"게 아무도 없느냐……?"

이 무서운 현실에 혼자 남겨지는 게 싫었다. 하지만 아무리 불러도 돌아오는 답이 없었다. 명은 점점 지쳐 갔다. 쓰라린 상처만이 곪고 곪아 이대로 죽어 버리는 건 아닌가 싶었다.

알고 있다. 이건 꿈이다. 때가 되면 찾아오면 끔찍한 흉몽. 그럼에도 벗어날 수가 없었다.

"초가집은…… 혼자서 자고 깨도……."

어디선가 들려오는 가느다란 여인의 음성. 불안함을 감싸는 차분한 목소리는 높지도 낮지도 않게 일정했다. 명은 그 목소리에 온 정신을 집중하려 애썼다. 몸에 힘을 주며 무겁게 내려온 눈꺼풀을 힘겹게 들어올렸다.

"한가로운 마음이로다. 혼자서 자고 깨도 더 즐겁진 못 하리. 언덕 아래 초가집은 즐거운……."

작은 등잔불을 앞에 두고 단아한 자세로 서책을 읽고 있는 여인의 모습에 명은 너무 놀라 몸을 뒤척였다. 그 기척에 서책에서 눈을 뗀 희원이 그에게로 고개를 돌렸다.

"깨셨……습니까? 몸은 좀 어떠신지요?"

"네가…… 어떻게 여길……."

바짝 마른 입술 사이로 목소리가 갈라져 나왔다.

"소녀에게 시를 읽어 달라지 않으셨습니까?"

명은 할 말을 잃었다. 어떤 정신으로 그런 말도 안 되는 부탁을 했는지 이해할 수 없지만 분명 그녀에게 청을 하긴 했다. 그렇지만 그건 어디까지나 올바른 정신이었을 경우에 해당되는 말이지 이렇게 누워 있는 사람을 앞에 두고 읽어 달라 한 것은 아니었다.

힘겹게 몸을 일으키는 그를 보며 그녀는 문 가까이에 놓아둔 물그릇을 들고 왔다.

"땀을 많이 흘리셨으니 물을 마시는 것이 좋……."

"치워라!"

거친 손길에 물그릇이 구석으로 나동그라지며 물이 쏟아졌다. 뜻밖의 상황에 놀란 희원을 향해 그는 거친 숨을 몰아쉬었다.

"나가라…… 당장 나가!"

"그럴 수 없습니다."

"뭐……?"

"비록 남녀가 유별하나 아픈 이를 두고 모른 척하는 것은 사람 된 도리가 아닌 줄 압니다. 소녀, 오라버니가 고뿔에 걸렸을 때 곁에서 몇 번 수발든 경험이 있으니 의원이 올 때까지 곁을 지켜드리겠습니다."

"필요 없으니 흑주를 불러오라."

"의원을 부르러 갔습니다."

"그럼 적주를 불러와!"

"원기를 보강해 줄 약재를 찾으러 깊은 산속에 들어갔으니 돌아오려면 조금 걸릴 것입니다."

고집스럽게 대답하는 희원의 모습에 명은 포기했는지 털썩 베개에 머리를 묻었다. 그러고는 마음대로 하라는 듯 등을 보이며 몸을 옆으로 틀었다. 곧 물그릇 치우는 소리, 경상이 바닥에 끌리는 소리, 책장이 넘어가는 소리가 차례로 들리더니 이어 시경 읊는 소리가 방 안을 점령했다.

'저 계집이 기어코…….'

명의 입매가 짜증스럽게 비틀렸다. 하지만 그것도 잠시, 조곤조곤한 그 소리를 듣고 있자니 저도 모르게 비틀렸던 입매가 제자리로 돌아왔고 뾰족하게 일어선 신경줄도 묘하게 가라앉았다. 머릿속을 지배하던 지긋지긋한 빗소리는 어느새 사라지고 대신 그녀가 읽고 있는 시경의 내용으로 정신이 집중되었다. 나라를 걱정하는 시, 사랑하는 남녀를 그린 시, 초야에 묻혀 자연을 노래한 시 등등 많은 내용들을 머리에 새기다 보니 어느새 그녀가 책장을 넘기는 그 짧은 시간마저도 그녀의 목소리가 기다려졌다. 궁과는 비교도 할 수 없는 작고 초라한 방, 등잔불 하나로도 방 안을 밝힐 수 있는 이 좁은 공간이 이상하게 나쁘지 않았고, 꼴도 보기 싫었던 누런 창호지와 황토 흙벽, 그 흙벽에 그려진 자신의 그림자까지도 아늑함으로 다가왔다. 무엇보다도 폭우가 쏟아지면 항상 찾아오는 달갑지 않은 흉몽과 그 후에 머리를 짓누르는 두통이 처음으로 느껴지지 않았다. 아니 오히려 머리가 맑아지는 기분마저 들었다.

나긋나긋한 목소리의 영향 때문일까?

명은 무거워지는 눈꺼풀을 느끼며 스르륵 눈을 감고 이내 편안한 표정을 지었다.

"차가운 샘물 흘러 강아지풀 적시네……."

일정하게 들려오는 숨소리에 희원은 서책을 덮고 그에게로 다가갔다. 흘러내린 이불을 살며시 올려주자 굳게 닫힌 그의 눈썹이 살짝 떨렸다. 촘촘하고 긴 속눈썹 아래 우뚝 선 콧날은 드센 자존심만큼이나 높았고 적당히 부푼 붉은 입술은 뭇 여인들을 미혹할 만큼 매혹적이었다.

"이리 멋진 얼굴을 하고, 어찌 그리 모난 말들만 하시는지……."

희원은 작은 손을 뻗어 창백한 세자의 볼을 어루만졌다. 차갑던 몸이 다행스럽게 따뜻함을 되찾아 온기가 흘렀다. 안도의 숨을 쉬며 손을 떼는 찰나 흑주의 목소리가 들려왔다.

"의원을 모시고 왔습니다."

당황한 희원은 세자의 곁에서 급하게 물러나며 방문을 열었다. 문밖에는 이순耳順[18]은 족히 넘어 보이는 키 작은 노인 하나가 고된 숨을 뱉으며 서 있었다.

"아니, 대체 뉘가 아프시기에 이런 산속까지 늙은 몸을 부르셨습니까요?"

"궂은 날씨에 고생이 많으셨습니다. 일단 안으로 드시지요."

희원이 한쪽으로 물러나자 의원은 몸에 묻은 물기를 대충 털어낸 뒤

---
18) 나이 예순(60세)

안으로 들어섰다. 누워있는 자의 수려한 외모와 그 뒤에서 검을 차고 있는 흑주 때문에 의원은 불평 한 마디 하지 않고 꼼꼼히 진맥을 짚으며 상태를 살폈다. 다행히 강한 체력 덕에 아무 이상은 없지만 장시간 비를 맞은 탓에 원기가 조금 상한 것 같다며 탕약을 권했다.

의원의 약을 받기 위해 흑주는 다시 마을로 내려갔다. 그러는 사이 적주가 작약, 씀바귀, 금창초 등 약재가 될 만한 것들을 구해왔다.

"급한 대로 캐온 것들입니다. 도움이 되겠습니까?"

"물론입니다. 고생 많으셨습니다. 일단 이것으로 탕약을 끓여 올 테니 그동안 저하의 곁을 부탁드립니다."

"걱정 마십시오."

희원은 적주가 가져온 것들을 받아들고는 자신의 거처로 내려왔다. 마침 그녀를 기다리며 방 앞을 서성이던 죽심이 희원을 발견하자마자 한달음에 달려왔다.

"아기씨! 해가 저문 지가 언젠디 이제야 내려오셔요? 지가 얼마나 걱정을 했는지 아셔요? 아기씨께서 중문을 넘지 말라 하셔 가지고 기다리고 있긴 했지만 하도 안 오셔서 지는 아기씨가 어떻게 된 줄 알고……."

"죽심아, 일단 이것들 좀 달여 주겠니?"

희원은 적주가 구해온 약초와 풀뿌리가 담긴 광주리를 죽심에게 떠안겼다.

"이, 이게 뭐시어요?"

"몸에 열을 나게 해주면서 기운을 북돋아 주는 것들이다. 일각이 시급하니 어서 달여 와다오."

"돌백이도 좀 전에 비를 흠뻑 맞고 산삼을 들고 와 달여 달라고 하더니 아기씨께서도……."

"잠깐! 돌백이가 뭘 들고 왔다고?"

"아기씨 드리라고 산삼을……."

"산삼? 정말 산삼을 들고 왔단 말이냐?"

"예…… 산삼인디……."

희원의 입이 절로 벌어졌다. 몸을 보양하기에 산삼만큼 좋은 것이 없었다.

"참으로 잘 되었다. 그럼 이것들을 산삼과 함께 달이거라."

"예? 보아하니 아기씨께서 드실 것은 아닌 듯한데 누구에게 주려고…… 설마 사나운 도련님 드리려는 것입니까?"

"그래, 그분께서 좀 편찮으시다. 그러니 어서 서둘러."

"그래도 돌백이가 아기씨 생각해서 구해온 건데……."

"일각이 급하대도!"

그녀답지 않은 큰 목소리에 죽심의 눈이 덩그러니 커졌다. 죽심은 내키지 않았지만 다급한 희원의 표정에 마지못해 부엌으로 뛰어갔다.

구석진 곳에 서서 그 모습을 지켜보는 돌백의 실망어린 표정을 알지 못한 채 희원은 방으로 들어가 가져온 짐보따리를 뒤졌다. 혹시 몰라 챙겨온 약재가 보따리 안에 그대로 있었다. 그녀는 약재 몇 가지를 가지고 부엌으로 가 죽심과 함께 탕약을 끓였다. 약 달이는 냄새가 부엌 가득 피어나자 잠 많은 죽심이 그새 꾸벅꾸벅 졸기 시작했다.

"죽심아, 그만 들어가거라."

"예? 아, 아니어라. 지가 할 꺼구먼요. 아기씨야말로 어여 들어가 눈 좀 붙이셔요."

"난 잠이 오지 않으니 너부터 들어가 눈 좀 붙이거라. 내 피곤하면 널 깨울 것이다."

"그럼…… 꼭 깨우셔야 해요."

죽심이 두 눈을 비비며 부엌을 나가자 희원은 탕약을 살피며 하품을 했다. 죽심에게 괜찮다고 했지만 정신력으로 버틴 그녀의 체력도 이미 바닥이었다.

"하암……."

저도 모르게 머리가 앞으로 쏠렸다. 정신을 차리려고 눈을 깜박여도 온몸이 욱신거리고 쑤셔서 자신의 몸을 주체할 수 없었다.

휘청, 몸이 뒤로 쏠리는 순간 무언가가 어깨에 와 닿았다. 희원이 눈을 뜨자 바로 코앞에 돌백이 있었다. 근심어린 눈과는 달리 찌푸린 미간이 편치 않은 심기를 드러냈다.

"돌백아……."

돌백은 그녀를 똑바로 일으켜 세워준 뒤 희원의 손에 들린 부채를 뺏어 들었다.

"아기씨는 그만 들어가 주무세요. 여긴 제가 있을 테니까."

"아니다, 너야말로 산삼을 구해오느라 곤할 텐데 들어가 쉬거라. 여긴 내가……."

"아기씨!"

처음으로 드러낸 돌백의 화난 언성에 희원이 화들짝 놀라 그를 빤히 쳐다봤다. 그에 돌백은 솟아오른 화를 억누르려는 듯 시선을 바닥으로 내렸다.

"아기씨가 아프시면 저희가 마님께 혼쭐이 난다는 걸 어찌 모르십니까? 진정 저희들을 생각하신다면 아기씨 몸부터 챙기십시오."

"돌백아, 화가 난…… 것이냐?"

"그런 거 아니니 어서 들어가십시오."

희원은 잠시 멈칫하다 돌백의 말대로 부엌을 나갔다. 그제야 돌백은 한숨을 내쉬며 바닥에 털썩 주저앉았다. 부엌 바닥에는 다듬고 남은 약재 찌꺼기들이 너부러져 있었다. 그것을 본 돌백은 어금니를 사려 물었다. 그녀를 위해 틈날 때마다 산을 헤매며 캐온 산삼, 거친 산세에 몇 번이나 다칠 위험을 넘기며 힘들게 건진 산삼이었다. 그런데 그녀는 어떻게 그리 귀한 약재를 다른 이에게 넘기려는지 이해할 수 없었다. 그의 정성이 애먼 이에게로 가는 것 같아 기분이 좋지 않았다. 아무리 심성이 곱다고 해도 이리 귀한 산삼을 남에게 주려는 그녀의 행동에는 화가 치밀었다.

제 몸도 아프면서 남부터 돌보다니!

돌백은 답답한 마음에 한숨만 푹푹 내쉬며 다른 이의 입에 들어갈 탕약을 노려보듯 지켜봤다.

4장

비 온 뒤의 하늘은 너무나 청아했다. 새파란 하늘은 구름 한 점 없이 깨끗했고 햇볕은 그 어느 때보다 강했다. 처마 밑에 고인 물만 아니라면 비가 왔다는 것조차 느낄 수 없을 정도로 화창한 날씨였다.

시끄러운 새소리와 함께 아침을 맞은 명은 몸을 일으켰다. 간만의 깊은 잠에 머리도 몸도 가볍고 개운했다. 일어나 앉는 명을 보며 그림자처럼 옆을 지키던 흑주가 입을 열었다.

"기침하셨습니까?"

"언제부터 거기 있었느냐?"

"묘시부터 곁을 지켰습니다."

"그전에는?"

"예……?"

"그전에는 누가 곁을 지켰냐 묻는 것이다."

"아, 중문 아래에 거처하는 아기씨께서 곁을 지켰습니다."

그 말에 왠지 안도감이 느껴졌다. 이 방에서 시경을 읽어 준 그녀의 모습이 꿈인 것만 같았는데 흉몽을 쫓아 준 그 낭랑한 목소리가 꿈이 아니라니 진심으로 마음이 놓였다.

"성후는 어떠하신지요?"

"보다시피 멀쩡하다."

원래의 목소리를 찾은 명의 말투에 흑주의 표정이 밝아졌다. 그때였다.

"적주이옵니다. 기침하셨사옵니까?"

"기침하셨으니 탕약을 가져오시게."

흑주의 말이 끝나기가 무섭게 적주의 발소리가 멀어졌다. 하지만 한약을 싫어하는 명은 곧 흑주에게 명했다.

"몸이 개운한 것이 탕약은 필요 없을 듯하다."

"귀한 산삼을 달인 것이니 음하시는 것이 좋을 듯합니다."

"산삼이라 했느냐?"

"저하의 곁을 지켜주신 규수께서 선뜻 내주신 것입니다. 하오니 성의를 보아서라도 음하시옵소서."

그 계집이……?

명은 텅 비어 있는 경상을 흘끔 보며 뾰족한 성질을 잠시 내려놓았다.

"성의를 보아, 특별히 마셔 주겠다."

※

맑은 날이 이어졌다. 땅에서는 파릇파릇 새로운 생명체를 키워냈고 만발한 꽃은 진한 향기를 뿜으며 암자를 맴돌았다. 그리고 그 화사한 기운은 희원이 머무는 방에도 찾아왔다.

"아기씨, 지금 올라가시게요?"

서책을 옆에 끼고 당혜를 신는 희원 옆으로 죽심이 다가오며 물었다. 희원이 그렇다며 활짝 웃자 죽심이 의아한 얼굴로 뒤를 졸졸 따랐다.

"그런데 불당에 기도를 드리러 가시면서 왜 서책은 만날 챙겨 가세요?"

"어? 어…… 그러니까…… 기도가 끝나면 서책을 읽으려고……."

"아기씨는 방에서 조용히 책 읽는 걸 좋아하지 않으셨어요?"

"그……랬지만, 날도 좋고 여긴 암자니까……."

"하긴, 요샌 위쪽 도련님도 잠잠한 것이 좋긴 좋구먼요. 어여 댕겨오세요."

위쪽 도련님이란 세자를 일컫는 말이었다. 먹는 것 외엔 관심이 없던 죽심의 예기치 못한 질문에 살짝 당황한 희원은 덤덤한 표정을 유지한 채 중문으로 향하는 돌계단을 올랐다. 그러면서도 죽심이 뒤를 몰래 쫓아오는 건 아닌지 괜스레 의심이 되어 몇 번을 뒤돌아보았다.

"뒤에서 누가 쫓아오느냐? 지은 죄가 많은 모양이로구나."

사찰 모퉁이에서 세자가 나타났다. 백색 도포에 진청록 답호를 덧입고 가슴께에 술띠까지 묶어 길게 늘어뜨린 채, 점잖은 모습으로 희원에게 다가왔다.

"오셨습니까?"

희원은 예를 갖춰 머리를 살짝 숙여 보였다.

"날이 좋아 오늘은 밖에서 가르침을 줄까 하는데, 괜찮겠느냐?"

"좋습니다."

세자가 불당 뒤쪽으로 걸음을 옮기자 희원이 그 뒤를 따랐다. 그들은 곧 널찍한 바위를 찾아 자리를 잡았다.

억수 같은 폭우가 이곳을 휩쓸고 간 후로 보름의 시간 동안 세자는 완전히 다른 사람이 되었다. 더 이상 그녀에게 난폭하게 굴지 않았고 험한 말도 입 밖에 내지 않았다. 그렇다고 도도한 모습이 사라진 건 아니었지만 여느 양반가의 도령처럼 적당히 예의를 갖춰 그녀를 대했다. 믿기 힘든 그의 변화에 희원 자신도 얼떨떨했지만 한편으로는 뿌듯한 뭔가가 마음에 자리했다. 위쪽 도련님이 잠잠하다고 했던 죽심의 말이 불현듯 떠오르자 그녀는 그 말에 공감하며 입가를 살짝 늘렸다.

"왜 웃는 것이냐?"

그녀의 얼굴을 보고 있었는지 그가 대뜸 웃음의 이유를 물어왔다. 희원은 입가를 원래대로 돌려놓으며 시침을 뗐다.

"날이 좋아 그리 보인 것이겠지요."

등을 돌린 채 얘기를 나누던 처음의 그때와는 다르게 지금은 적당한 거리를 유지하며 얼굴을 마주했다.

희원은 가져온 서책을 펼쳤다.

"안지추顔之推란 사람은 너그러움이 과하면 모두가 나빠진다 하였습니다. 너그러움은 본디 좋은 마음에서 우러나는 것인데 어찌 나빠진다 하는 것입니까?"

"나라의 기강을 바로잡으려면 본디 윗사람은 윗사람다워야 하고, 아랫사람은 아랫사람다워야 하기 때문이다. 제나라의 벼슬아치인 방문열은 집안의 여종에게 쌀을 사오라 시켰지만 그 여종은 몰래 도망가 사나흘 만에 붙잡혀 오지. 하지만 방문열은 여종을 훈계만 하였을 뿐 때리지는 않았다. 이로 인해 후에 다른 이에게 집을 봐 달라 하자 그 하인들이 집을 부수어 땔감으로 써버리는 일이 생겼지. 그래도 방문열은 아무 말도 하지 못했다."

"사서에서 이르길 재물을 남에게 나누어 주는 것은 은혜로운 일이라 하였습니다."

그녀의 반박에 명은 고개를 내저었다.

"경우가 다르다. 그것은 다스리는 자가 스스로 원해서 베푸는 것을 이르는 것이지 아랫사람이 도를 지나쳐 주인 된 자의 것을 탐하는 것과는 근본 자체가 다른 것이다. 슬하의 식솔들도 다스리지 못한다면 어찌 나랏일을 할 수 있으며, 어찌 백성들의 모범이 될 수 있겠는가?"

군왕다운 발언이었다. 희원은 일부러 그가 옳은 답을 꺼내 놓을 수 있도록 세상의 이념과는 다른 질문과 의문을 내놓았다. 그럴수록 세자는 군왕의 자질을 갖춘 위상 어린 대답을 그녀에게 했다.

그와 의견을 나누는 희원의 기꺼운 마음을 아는지 두 사람 사이로 산들바람이 불어왔다. 희원의 손에 들린 서책의 종잇장이 바람에 나부꼈다. 그녀는 손으로 펄럭이는 종이를 잡고 다음 질문을 찾았다.

서책으로 고개를 내린 희원의 얼굴에 명의 시선이 꽂혔다. 티 하나 없는 하얀 얼굴에 눈을 깜박일 때마다 움직이는 까맣고 긴 속눈썹, 총기 있어 보이는 눈동자와 붉디붉은 입술이 참으로 어여뻤다.

왜 진즉 몰랐을까?

그녀의 생김새가 이제야 눈에 들어온 명은 그녀의 얼굴에서 눈을 떼지 못했다.

"이름이 무엇이냐?"

뜬금없는 질문에 희원의 눈이 명에게 향했다.

"이름은…… 어찌 물으십니까?"

"그럼 달리 묻지. 어느 집안의 여식이더냐?"

어느 집안의 여식인지 알면 이름을 알아내는 것도 어려운 일은 아니었다.

"도련님도…… 말씀하지 않으시면서 어찌 반가의 여인에게 그런 걸 물으시는 겁니까?"

명의 입꼬리가 호를 그렸다. 역시나 만만치 않은 여인이었다.

"아, 깜빡했다. 넌 공주자가라 하였지? 그럼 이곳에 중전마마를 위한 기도를 올리기 위해 온 것이냐?"

"농이 짓궂으십니다. 피차 밝히고 싶지 않은 것을 감추기 위해 이곳에 온 것이 아닙니까?"

그녀는 끝까지 말하지 않겠다는 태도였다.

"좋다. 그리 말하고 싶지 않다니 다른 걸 묻도록 하지. 여인의 몸으로 왜 서책을 가까이 하려하는가?"

그 질문에 희원의 낯빛이 급속도로 어두워졌다.

"이것 또한 대답하기 어려운가?"

잠시 뜸을 들인 희원은 닫힌 입을 어렵게 열었다.

"소녀…… 어려서 어미를 잃었습니다. 소녀를 지키기 위해 어머니께서 불가피한 희생을 하셨지요. 소녀는 저 때문에 어머니가 돌아가셨다는 죄책감에 매일매일이 괴로웠습니다. 그때 아버지께서 두 손에 서책을 안겨 주셨습니다. 많은 것을 보고 배우다 보면 마음에 새겨진 아픔도 금세 잊혀 질 수 있을 거라며……. 하여 서책을 가까이하고 학문에 눈을 뜨게 되었습니다."

어미를 잃었다는 공통된 사실 때문인지 명은 그녀가 더욱 가깝게 느껴졌다. 그 역시 어머니가 폐비가 되고 얼마 지나지 않아 사약을 받게 되었을 때 무척이나 괴로웠다. 아무것도 할 수 없었기에, 지켜달라던 어머니의 바람을 들어줄 수 없었기에 매일매일이 가시밭길 같았다. 그래서 더욱 학문에 열정을 쏟았다.

'우습구나. 너와 내가 같은 이유로 서책을 가까이하게 되었다니.'

"허면 백일기도는 새어머니를 위한 것이더냐?"

"그러합니다."

"어미의 자리를 대신 차지한 여인이 싫진 않더냐?"

"싫지 않습니다. 소녀가 서책으로 슬픔을 이겨냈듯, 아버지에겐 새어머니가 있어 다행이라 여길 뿐입니다."

솔직한 대답에도 명의 눈은 믿지 못하겠다는 듯 찌푸려졌다.

"안심하진 말거라. 사람 속은 겉으로 보는 것과는 다른 수많은 어둠이 존재하는 법, 보이는 것만이 전부는 아니다. 지금은 다정해 보일지 몰라도 언제 등 뒤에 칼을 꽂을지 모르지."

살벌한 그의 말에 그녀는 그의 눈치를 보며 조심스레 입을 열었다.

"경험에서 나온…… 말씀입니까?"

"글쎄……. 옛 기록에도 나와 있듯 권력이 있는 곳엔 늘 여인이 있고, 여인이 있는 곳엔 권력이 난무하지. 여인이란 그런 것이다. 순종적인 듯 머리를 끄덕이며 웃고 있지만 그 속엔 상상조차 하지 못할 것들이 날뛰고 있지. 너 또한 내 앞에서 얌전한 규수인 양 굴지만 혹 아느냐, 내 뒤통수를 치고 재물을 탐내는 여인일지."

물론 재물 따위를 탐하는 건 절대 아니었지만 그를 속이고 있는 것은 사실이기에 희원은 뜨끔했다. 그렇다고 그에게 티를 낼 수는 없었다.

"하여, 여인을 믿지 못하는 것입니까? 그래서 혼례도 올리지 않으시려는 거고요?"

"그걸 어찌 알았느냐?"

"예……?"

"내가 혼례를 올리고 싶어 하지 않는다는 걸 어찌 알았냔 말이다."

희원의 눈이 놀란 토끼처럼 커졌다.

이를 어째!

"그건……."

그의 재촉에 희원은 되는 대로 입을 열었다.

"그냥 느낌입니다."

"느낌?"

"저를 처음 보셨을 때 검을 겨누셨지요? 그리고 매번 소녀를 무시하고 굴러다니는 돌멩이를 걷어차듯 대하셨습니다. 아녀자를 둔 사내는 여인을 그리 함부로 대하지 않으니 도련님께선 혼례를 올리지 않았을 거라 여겼지요."

재미있는 여인이었다. 명의 입술이 절로 올라갔다.

"그러는 너야말로 내게 대드는 모양새로 보아 아직 혼례를 올리지 못한 것 같은데?"

"말씀을 가려주시지요. 소녀는 혼례를 올리지 못한 것이 아니라 안 한 것이옵니다."

"그 말이 그 말이다."

묘하게 자존심이 상한 희원은 없는 말도 지어냈다.

"소녀를 아내로 맞고자 하는 사내가 문밖으로 줄지어 서 있어 출입이 힘들 지경입니다."

"네 아비가 가진 재물을 보고 달려든 불쌍한 사내들이겠지."

"하! 어떻게 그런 말씀을 하실 수 있습니까?"

희원은 기분이 상해 돌바닥에서 벌떡 일어섰다.

"화났느냐?"

"아닙니다!"

"화난 것 같은데?"

"여인을 믿지 못해 혼례도 올리지 않은 사내에게 그런 말을 들으니 기분이 상했을 뿐, 화가 난 것은 아닙니다."

"뭐? 이 몸은 원한다면 언제든 원하는 여인을 고를 수 있다. 그것도 몇 명이나."

"그렇게 여인을 몇 명이나 고르실 수 있는 분께서 왜 여직 혼례도 올리지 않으셨습니까?"

"그건…… 집안 어르신들의 삼년상 때문에 그런 것이다."

지학志學이 되기도 전 이미 세자빈 간택이 있었지만 중전의 폐비와 사사가 일어났고 그 뒤로 두 해가 지난 뒤 다시 간택을 위한 금혼령을 내리려 했으나 대왕대비의 서거가 있었다. 삼년상이 끝날 때쯤 되자 또다시 대비의 죽음이 잇따랐다. 물론 그 와중에 현 중전마마의 권한으로 가례를 추진할 수 있었으나 명과 사이가 나쁜 탓에 줄곧 미뤄진 셈이었다.

"변명 아니십니까?"

"내가 뭐 하러 그런 걸 하겠느냐? 안 그래도 나와 혼례를 올리고 싶다는 여인이 너무 많아 골치가 아플 지경이다."

"그건 이미 제가 써먹은 농입니다."

"훗, 넌 농이겠지만, 난 사실이다."

"잘난 척은 조선 제일이십니다."

"네 입에서 칭찬이 나오다니 나쁘지 않구나."

말이 통하지 않는 명에게 희원은 고개를 돌렸고 그런 그녀의 모습에 명은 왠지 모르게 심기가 불편해졌다.

"자, 혼례 얘기는 그만하…… 누구냐!"

담 너머로 누군가가 급하게 숨는 모습이 보였다. 명은 민첩하게 담으로 다가가며 근처에 있던 검을 집어 들었다. 재빠르게 칼을 빼낸 그는 무예를 익힌 자답게 도망가려던 그림자를 단박에 잡아냈다.

"돌백아!"

숨어든 자의 얼굴을 알아본 희원이 명이 서 있는 곳으로 달려왔다. 이에 명은 자신의 발밑에 무릎을 꿇은 남자를 자세히 보았다. 첫날 보았던 시커멓고 턱이 모난 그녀의 머슴이었다.

"이제 보니 너의 몸종이었구나."

"도련님, 놓아주세요."

신원을 확인했음에도 명은 돌백의 목에 겨눈 검을 거두지 않았다.

"몸종이었다면 진즉 인기척을 했어야 할 터, 어찌 숨어서 보고 있었던 것이냐?"

희원은 무릎을 꿇은 채 답을 하지 않는 돌백을 보며 어쩔 줄 몰라 했다.

"돌백아, 나한테 할 말이 있어서 온 거니? 입만 다물고 있지 말고 뭐라도 말을……."

답답해하는 희원을 향해 돌백은 품에서 뭔가를 꺼내 내밀었다. 자세히 보니 산삼이다. 희원의 입이 스르륵 벌어졌다.

"설마 나한테 이걸 주려고……?"

"아기씨는 몸이 약하니까…… 지난번처럼 남 주지 말고 꼭 아기씨가 드셨으면 해서……."

돌백은 죽심 몰래 희원에게 산삼을 전해 주고 싶어 그녀를 찾다 둘을 엿보게 된 것이었다.

그의 충정 어린 마음을 알겠다는 듯 희원은 산삼을 받아들이며 환한 웃음으로 답했다.

"고맙다, 돌백아. 이건 꼭 내가 먹도록 하마. 도련님, 이제 검을 치워 주시겠습니까?"

못마땅한 얼굴로 검을 치우는 명을 향해 고맙다며 허리를 숙인 희원은 돌백에게 일어서라는 눈짓을 보냈다. 그러자 돌백은 오른쪽으로 몸을 틀며 힘겹게 몸을 일으켰다.

"이게 무슨 상처냐?"

"아, 아무것도 아니어라."

오른팔을 뒤로 감추려는 돌백에게 다가서며 희원은 억지로 상처를 봤다. 찢긴 소매 사이로 깊은 상처가 내비쳤다. 지금은 피가 굳었지만 날카로운 뭔가에 깊게 찔린 게 분명했다. 그리고 상처의 원인은 산삼 때문이 확실했다.

"이리 상처를 입었으면 먼저 치료를 했어야지!"

걱정을 하는 희원과 달리 명은 시큰둥한 얼굴이었다.

"그 정도 상처는 그냥 놔둬도 낫는다."

희원은 명을 흘끔 쳐다보고는 바위 위에 놔둔 서책을 챙겨들었다.

"아무래도 오늘은 이만 돌아가야겠습니다."

"설마 저 종놈 때문에 돌아가겠다는 것이냐?"

돌백을 무시하는 명의 말투에 희원은 보란 듯이 돌백에게 가까이 오라고 고갯짓을 했다.

"사서에 적혀 있기를, 사람은 부끄러워하는 마음이 없어서는 안 된다고 하였습니다. 일전에 도련님이 아프셨을 때, 저는 돌백이가 힘들게 구해온 산삼을 흔쾌히 내어드렸습니다. 비록 이 몸이 산삼을 드렸으나 그것을 구해온 것은 돌백입니다. 어찌 그런 자에게 이리 박하게 대하시는 겁니까?"

몰랐던 사실에 명은 인상을 잔뜩 찌푸렸다.

"어찌 되었건 몰래 훔쳐보고 있던 것은 사실이질 않느냐?"

끝까지 잘못을 인정 안 하는 명의 안하무인 태도에 희원은 원망스런 표정을 지으며 중문 쪽으로 걸음을 옮겼다.

"가자, 돌백아."

명은 두 사람이 중문을 넘어서 사라질 때까지 그저 멍하니 지켜봤다. 어이가 없고 기가 차서 더 이상 할 말도 없었다.

"아니, 종놈한테 왜 저리 친절하게 구는 거지? 그깟 걸 무슨 상처라고……."

머슴 하나 때문에 유익한 시간을 망쳐 짜증이 난 명은 차가운 흙바닥에 검을 내동댕이쳤다.

"내 진즉 저놈이 가져온 산삼이란 걸 알았으면 절대 마시지 않았을 것을!"

명은 씩씩거리며 중문 너머를 노려봤다. 시키지도 않았는데 자발적으로 산삼을 캐온 것하며 치료가 우선인 제 팔을 제쳐 두고 주인을 먼저 찾은 머슴이 명은 못마땅했다. 아무래도 종의 속내가 의심스런 상황이었다.

'설마 제 주인을······?'

명은 머리를 흔들었다.

국법이 지엄하거늘, 종놈 주제에 그럴 리가 없겠지.

그렇게 생각하면서도 돌백의 가볍지 않은 행동과 진지한 눈빛이 영 마음에 걸렸다.

머리가 혼란스러워진 명은 흑주를 불렀다.

"찾아계셨습니까?"

명은 땅에 떨어진 검을 다시 주워들었다.

"몸이 굳은 것 같으니 연습 상대나 해주어라."

"또······ 이옵니까?"

"또라니! 무사 된 자가 어찌 그리 약한 말을 하는가! 당장 검을 빼어들거라."

안 그래도 잦은 대련으로 몸이 지칠 대로 지친 흑주였다. 주인의 명에 그는 하는 수 없이 검을 빼어들었다.

챙챙!

새파란 하늘 아래 검 부딪히는 소리가 마치 명의 예민한 신경을 나타내는 듯 사납게 울려 퍼졌다.

※

　세월과 함께 동고동락한 낡은 기와, 그 위로 새빨간 노을이 걸렸다. 흙먼지 일으키며 마당을 쓸던 머슴의 기름진 머리 위, 집안일에 바쁜 여자 하인들의 해어진 옷가지와 마당에서 개구쟁이처럼 뛰어노는 천진난만한 어린아이들의 얼굴도 예외 없이 붉게 물들였다.
　늦은 오후 시간, 커다란 솟을대문이 삐거덕거리며 열리더니 이내 젊은 선비의 모습이 나타났다. 집을 나오는 남자의 얼굴에는 실망감이 가득했다.

　[이를 어쩌지? 내 누이는 백부님이 계신 충주에 내려갔다네. 오려면 보름은 더 있어야 하는데…….]

　희원이 보고 싶은 마음에 덕정을 핑계로 방문한 그였다. 그녀의 얼굴이라도 잠깐 보려 했지만 출타 중이라는 말에 그녀를 만나지 못한 채 벗과 담소만 나누다 나온 길이었다.
　"보름이나 기다려야 하다니……."
　중얼거리는 승경의 목소리에 허탈감이 배어났다.
　터벅터벅 무거운 발걸음을 이끌고 집으로 돌아온 승경은 막 퇴궐하여 사랑채로 들어오는 아비와 마주쳤다.
　"이제 오십니까?"
　정중하게 인사하는 아들의 모습을 추일은 물끄러미 바라보았다.
　"긴히 할 얘기가 있으니 따라오너라."
　산수화가 그려진 여덟 폭짜리 병풍 앞, 자주색의 비단 보료 위로 엉덩이를 내린 추일은 서안을 사이에 두고 마주 앉은 승경에게 물었다.

"그래, 어딜 다녀왔던 것이냐?"

"벗을…… 만나고 오던 길이었습니다."

승경은 자신의 아버지가 임금의 신임을 받는 종윤과 적대적 관계임을 알기에 부러 벗이라는 말로 질문을 얼버무렸다. 하지만 추일은 생긴 것만큼이나 예리한 사람이었으니 아들의 말을 곧이곧대로 믿지 않았다.

"그 벗이라는 게, 예조참판의 아들 김덕정이냐?"

"예…….'

얼마 전까지만 해도 추일은 자신의 사람인 대사헌 영감의 딸을 며느리로 들이려 했었고 그 일로 승경과 강한 충돌이 있었다. 승경의 거부 때문에 비록 혼사는 추진되지 못하고 흐지부지되어 버렸지만 그렇다고 추일이 예조참판의 여식을 며느리로 들일 리도 만무했다. 하여 승경은 아비가 자신의 뜻을 알아주길 기다리면서도 이렇게 마주 앉으면 긴장했다.

"아직도 그 집 여식을 마음에 두고 있는 게냐?"

아니나 다를까 우려했던 질문이 추일의 입에서 튀어나왔다. 승경은 주름진 아비의 눈을 똑바로 쳐다보며 자신의 뜻을 전했다.

"그러합니다. 그리고 이 마음은 변치 않을 것입니다."

두 사람 사이에 시선이 오고 갔다. 물러서지 않으려는 승경의 고집스런 눈을 보며 추일은 얄팍한 입술을 부드럽게 휘었다.

"네 마음이 정 그러하다면, 내 다시 생각해 보도록 하마."

"예……?"

뜻밖이었다. 절대 안 된다 할 줄 알았건만 의외의 대답에 승경은 아비의 얼굴을 빤히 쳐다봤다. 이득이 없는 일에는 절대 손을 대지 않는 그이기에 갑자기 말을 바꾼 속내가 궁금했다. 승경은 표정을 수습하고 점잖게 물었다.

"생각을 바꾸신 연유를 물어도 되겠습니까?"

"자식을 가진 아비의 마음이란 다 이런 것이다. 네가 그리 원하는데 집안끼리 사이가 좋지 않다 하여 어찌 반대만 하겠느냐? 이번 기회에 내 예조참판을 만나 집안의 앙금도 풀고 돈독한 사이를 유지할 수 있도록 힘써 보마."

찜찜했다. 어린 시절 강아지를 좋아하던 승경을 보고 따뜻한 마음을 지녔다 칭찬해 놓고선 그 다음 날 노비들에게 잡아먹으라 개를 내준 이가 자신의 아비였다. 그 뒤로도 말과 행동이 다른 그런 비슷한 일이 몇 번 있었고 그때부터 승경은 아비의 말을 순수하게 받아들일 수가 없었다. 이유 없이 그가 원하는 것을 들어줄 아비가 아니었다. 분명 뭔가가 있을 것이다.

무엇 때문에 생각을 바꾸신 걸까?

이상했지만 승경은 부탁을 들어준다는 아비의 말에 일단 고마움을 표하며 자리에서 일어났다.

승경이 자리를 뜨자 곧 추일의 부인이 들어왔다. 방금 전 부자의 대화를 문틈으로 들은 참이라 그녀는 다짜고짜 언짢은 말투로 질문부터 던졌다.

"어쩌자 그런 말씀을 하셨습니까?"

"무얼 말이오?"

"예조참판의 여식을 이 집안에 들이려 하시다니요?"

추일은 너털웃음을 지었다.

"하하, 아들과의 담소를 엿들으신 겝니까?"

"며느리를 들이는 것은 집안의 중대사입니다. 곧 세자저하를 위한 가례도감이 설치될 거라 하던데, 간택령이 내려지기 전에 대사헌 영감에게 한 번 더 혼담을 넣는 것이 어떻겠습니까?"

"깨어진 혼담은 다시 맺어지기 힘든 법이외다. 우리 집안에 해되는 일은 없을 터이니 안심하세요."

"뜻이 맞지 않는데 어찌 해가 되지 않을 수 있단 말입니까?"

"어제의 적이 내일의 동지가 될 수도 있는 법. 지금껏 길이 달랐으나 앞으로 같은 길을 걷도록 만들면 되지 않겠소이까?"

"그 무슨 말씀이십니까, 대감?"

동백기름을 발라 단정하게 머리를 틀어 올려 쪽진 배씨 부인의 작은 눈이 순간 번뜩였다.

"김종윤의 아들이 올해 과거에서 장원급제를 하였다는 것은 알고 있소?"

"승경이가 앉아야 할 자리를 대신 차지하였는데 어찌 모를 수가 있겠습니까?"

과거 시험이 치러지는 그 순간 승경이 몸져눕지만 않았어도 그 자리는 승경의 것이었다. 그러니 배씨 부인에게는 안 그래도 눈엣가시 같은 종윤의 집안이 더욱 싫어질 수밖에 없었다.

"김덕정…… 그자가 이번에 이조정랑에 천거되었소."

"이조정랑이라 하시면 정5품의 벼슬이 아닙니까?"

"그렇소. 별 볼일 없는 정5품이지. 허나 이조정랑은 다르오. 이조정랑은 문관의 인사이동권을 쥐고 있는 핵심이란 말이지."

"그 말씀은……."

"앞으로 내가 하고자 하는 일에 이조정랑의 힘이 절실하외다. 조정에 내 사람이 많으면 많을수록 강해질 수 있단 말이지요. 내 말뜻이 무엇인지, 아시겠습니까, 부인?"

"하오나 소첩은 그 집 여식이 영 내키지 않습니다. 굳이 혼례를 올려야 한다면 조금 기다렸다 그 집 작은 여식을 들이는 것은 어떠십니까?"

"그것은 차차 생각해 보십시다. 명색이 아들을 위한 혼례이거늘 우리 마음대로 상대를 바꾼다면 주변의 의심을 사게 되오."

못마땅했지만 배씨는 어쩔 수 없이 고개를 끄덕였다.

"큰 것을 얻기 위해선 작은 것을 희생할 줄 알아야 하는 법이라오, 부인. 또한, 입단속에도 신경을 쓰셔야 할 겁니다."

방금 나눈 얘기가 밖으로 새어 나가선 안 된다는 경고였다. 아무리 가족이라고 해도 명을 어기면 조금의 용서도 없는 것이 한추일이었다. 그런 성품을 잘 알기에 배씨는 몸을 낮추고 머리를 숙였다.

그때 문밖에서 청지기의 탁한 목소리가 울렸다.

"나리, 손님이 찾아계십니다요."

손님이라는 말에 추일의 낯빛이 환하게 바뀌었다.

"안으로 뫼시어라."

배씨가 알아서 자리를 뜨자 곧 청지기의 안내로 서른 초반의 수염 없는 깔끔한 사내 하나가 들어왔다.

"소인을 찾으셨다기에 퇴궐하자마자 걸음 하였습니다. 무슨 일로 부르셨는지요, 우상 대감."

"하하, 상책(尙冊)[19]에게 긴한 부탁이 있어 부른 것이니 일단 자리에 앉으시오."

문설구가 자리를 잡자 추일은 언제 그랬냐 싶게 입가에 달고 있던 미소를 지워냈다.

"전하께옵서 동궁을 폐쇄하신지 벌써 보름이 지났소. 명분은 벌을 주기 위함이라지만, 이 몸의 생각은 조금 다르오."

"달리 짐작하고 계신 것이 있으십니까?"

"글쎄 외다. 짐작만 할 뿐, 확신할 수 있는 게 없으니 이리 상책을 부른

---

19) 종4품의 서적을 관리하는 내시

것이 아니겠소?"

"말씀하시면 이 몸이 할 수 있는 것은 모든 하겠습니다."

그의 말에 추일은 만족스럽게 고개를 끄덕였다.

"허면 상책이 춘궁의 동태를 살펴주시겠습니까?"

"현재 세자저하께서는 벌을 받고 있는 중이시라 최측근을 제외한 그 누구도 저하를 뵐 수가 없습니다."

"쉬운 일을 부탁하고자 했다면 상책을 예까지 불렀겠소?"

어려운 부탁에 망설이는 문설구를 보며 추일은 서안의 서랍에서 작은 비단 주머니를 꺼내 그에게 내밀었다. 철렁대는 묵직한 소리에 문설구의 안색이 이내 밝아졌다.

"이 몸이 할 수 있는 인맥을 모두 동원하여 알아보도록 하겠습니다."

"그럼 상책만 믿고 내 기다리겠소."

"여부가 있겠습니까, 조금만 시일을 주시지요."

상책이 예를 갖춘 뒤 사라지자 추일은 베개에 머리를 뉘이며 생각했다.

'세자저하를 만나야 하거늘……. 대체 무얼 하시느라 연통을 주시지 않는 겐지…….'

※

뿌연 안개가 암자를 휘감은 이른 새벽이었다. 발소리 하나 들리지 않는 조용한 시각, 흑주와 마주한 희원은 근심이 가득 담긴 얼굴로 말문을 열었다.

"사흘 뒤면 상감마마와 약조한 달포가 끝이 납니다."

그녀의 말에 흑주가 조용히 고개를 끄덕였다. 그 역시 그녀가 무엇을 고민하고 있는지 잘 알고 있는 바였다. 이곳에 온 뒤로 세자의 성정이 눈에 띄게 많이 바뀌기는 했으나 정작 중요한 깊은 내면의 동요가 아직 없다는 거였다. 그녀와의 대화를 즐기면서 난폭한 기질이 많이 사라진 듯 보이나 그건 궁으로 돌아가면 다시 원래의 모습으로 돌아갈 가능성도 있기에 근본적인 깨달음을 주는 게 중요했다. 희원이 걱정하는 바가 바로 그것이었다. 자신 이외의 여인들에게도 지금까지처럼 좋은 모습으로 보여주어야 하는데 그럴 수 있을지 없을지가 확실치 않았다.

"흑주께선 어찌 생각하십니까, 저하께서 궁에서의 생활을 잘 견뎌내실 수 있으리라 보십니까?"

"지금으로선 알 도리가 없습니다. 워낙 앞을 예측할 수가 없는 분이신지라……. 허나 달포간 많이 변하신 것은 사실입니다."

"그렇다 한들 심술궂은 태도는 여전하십니다. 돌백이를 사람 취급하지 않는 것도 그렇고."

"그건…… 아, 아닙니다."

말을 하려던 흑주는 입을 닫아 버렸다. 돌백을 감싸고도는 희원의 행동이 오히려 세자의 심술궂은 성정에 부채질을 한다는 사실을 알리려 했으나 쓸데없는 일 같아 그만두기로 했다.

희원은 경상 서랍을 열어 봉서封書를 흑주에게 건넸다.

"이것이 상감마마께 올리는 마지막 서찰입니다."

엿새에 한 번씩 세자에 대한 보고를 봉서로 전해 주던 희원은 이제 막 마지막 봉서가 손에서 벗어나자 아쉬움이 맴도는 손끝을 살짝 오므렸다. 봉서를 가슴팍에 집어넣는 흑주를 보며 희원은 어렵게 말을 꺼냈다.

"그리고…… 마지막으로 부탁하고자 하는 게 있습니다."

"말씀하시지요."

"예정보다…… 일찍 암자를 떠났으면 합니다."

"일찍이라 하심은……?"

"내일, 떠나고자 합니다."

"서두르시는 연유가 있으십니까?"

희원은 한숨과 함께 솔직하게 입을 열었다.

"실은…… 소녀는 아직도 세자저하를 잘 모르겠습니다. 진정 마음을 열고 계신 것인지, 아니면 단순히 그러는 척하고 계시는지 말입니다. 하여 새로운 경험을 하게 해드리려 합니다."

"새로운 경험이라니요?"

"내일 한양으로 돌아가 저자를 돌아보고 이틀간 객점에서 지내고자 합니다."

감정 기복이 없는 흑주의 눈이 휘둥그레졌다. 사람이 많은 저잣거리는 세자에게 위험했다. 그 뜻을 알아차린 희원이 서둘러 덧붙였다.

"알고 있습니다, 저하께 위험할지도 모른다는 것을요. 하오나 좁은 이곳보다 사람들이 많은 곳에 가셔야 저하께서 진정 어떤 생각을 하고 계신지, 또 어떤 생각을 새로이 하게 되실지 알 수 있을 것 같습니다. 하여 이리 부탁드리고자 하는 것입니다."

흑주는 잠시 생각에 잠겼다. 세자의 신변이 불안하다 해서 그녀가 하려는 일을 무조건 반대할 수 없었다.

"알겠습니다. 상감마마께 봉서를 전해 드리며 사정을 설명하겠습니다."

"감사합니다."

"허나 세자저하께는 뭐라 말씀을 드리는 것이 좋겠습니까?"

미리 생각해 놓은 게 있는 건지 그녀는 밝은 표정을 지었다.

"거짓을 고해 주시겠습니까?"

"거짓이라니요?"

"남은 이틀은 저자를 돌아보며 미행微行을 하라는 어명이 있었다 말씀해 주십시오."

"어명을 빙자하자는 것입니까? 그건 아니 될 말씀이십니다."

흑주다운 반대였다.

"암자에서의 달포간은 상감마마께서 소녀에게 주신 시간입니다. 세자저하를 이곳에 모신 것 또한 거짓된 말이었으니 거짓으로 나가게 하는 것 또한 어명을 빙자하는 것은 아니라 생각됩니다."

일리 있는 말이었다. 그 말에 흑주가 흔들리며 망설이자 희원이 쐐기를 박았다.

"게다가 미행을 행하는 것은 상감마마께서도 가끔 하시는 일이 아니십니까?"

틀린 말이 아니기에 흑주는 어쩔 수 없다는 듯 고개를 아래로 내렸다.

"미행을 행하시라 전하기만 하면 되는 것입니까?"

"하나 더, 저잣거리를 안내할 사람으로 저를 천거해 주십시오. 그래야 자연스레 동행을 할 것이 아닙니까?"

"하오나 세자저하께서는 거추장스러운 것을 싫어하십니다. 아기씨께 부탁도 하지 않을뿐더러 여인과 며칠 동안을 함께 다니는 것은 원치 않으실 겁니다."

"그땐 소녀가 억지로라도 따라붙을 것이니 일단 그리 전해 주십시오. 네?"

묘하게 설득당한 흑주는 희원의 부탁을 거절하지 못하고 방을 나왔다. 그리고 서둘러 세자의 처소로 가 평소와 마찬가지로 그의 의관 정제를 도운 뒤 조반을 드는 그 옆을 지켰다. 식사가 끝난 명이 수저를 놓아도 흑주가 상을 물리지 않자 명이 먼저 입을 열었다.

"내게 할 말이 있느냐?"

"예……."

"말해 보아라."

흑주는 입이 영 떨어지지 않았지만 그래도 말해야만 했다.

"실은…… 내일부터 이틀간 한양 저잣거리를 미행하라는 어명이…… 계셨사옵니다."

"내일부터 말이냐? 그 말을 왜 이제야 하는 것이냐?"

명의 곱지 않은 말투에 흑주는 고개를 푹 숙였다.

"소신도 급작스레 명은 받은 것이라……."

"내일 당장 떠나야 하는 것이냐?"

그 말투에 아쉬움이 묻어났다.

"그렇긴 하온데…… 문제가 하나 있사옵니다."

"문제라?"

"소신과 적주는 한양의 저자를 다녀 본 경험이 몇 번 없는 바, 길눈이 밝은 자를 구해야 하는데…… 믿고 맡길 만한 자가 없습니다. 하여……."

"하여?"

"중문 아래에 거처 중인 아기씨께 부탁을 드리고자 하는데…… 저하의 성의聖意는 어떠신지요?"

명의 눈이 번뜩였다. 싫지 않았다. 하지만 그는 일부러 인상을 구겼다.

"지금 계집에게 길 안내를 맡기자는 것이냐?"

"역시…… 안 될 일이겠지요? 그럼 다른 사람을 찾아……."

"잠깐!"

흑주의 말을 막은 명은 잠깐 뜸을 들였다.

"네 말대로 이런 산속에 믿고 맡길 만한 자를 어디서 구하겠느냐? 당장 내일 떠나야 하는데 멀리 나갈 수도 없을 터, 계집에 모자란 점투성이지만 길 안내 정도는 할 수 있겠지. 그러도록 해라."

흑주는 놀라움을 감출 수가 없었다. 세자의 입에서 저런 말이 나오다니, 당황한 흑주는 정신을 수습하며 몸을 일으켰다.

"허면 소신은 아기씨께 부탁을 하러 가……."

"그럴 필요 없다."

"예?"

"어차피 한 시진 뒤면 내게 배움을 청하러 걸음 할 테니, 번거롭게 할 필요 없이 내가 직접 물어보도록 하겠다."

흑주는 순간 중심을 잃고 넘어질 뻔했다.

내가 헛것을 들었나?

꿈인 듯싶어 세자를 빤히 쳐다보자 그런 흑주를 명은 오히려 더 이상한 시선으로 보고 있었다.

"뭐하는 게냐?"

"아, 아무것도 아니옵니다."

"상을 물리거라. 내 마지막으로 불당에 올라 기도나 올려야겠다."

유유히 방을 나가는 세자의 모습만 멍하니 좇던 흑주는 곧 정신을 차리고 상을 치웠다. 그리고 적주에게 상황을 알린 뒤 그는 임금께 봉서를 전하기 위해 황급히 산을 내려갔다.

※

불당 앞 좁은 툇마루에 엉덩이를 걸친 명의 눈길이 주변을 휩쓸었다. 나가고 싶어 미칠 것 같더니만 벌써 떠나도 좋다니, 기뻐해도 모자랄 판에 아쉬움이 드는 건 뭐란 말인가.

알 수 없는 마음에 그는 툇마루에 앉아 아래로 보이는 작은 탑과 그 주위에 심어져 있는 몇 그루의 나무, 그리고 나무 사이사이에 놓인 평평한 돌들을 물끄러미 바라봤다. 저곳에서 방자한 여인과 나눈 수많은 대화와

실없는 말장난을 생각하니 저도 모르게 입가가 올라갔다.

'이제 떽떽거리는 목소리를 듣지 못하겠구나.'

암자를 떠난다는 흑주의 말에 가장 먼저 떠오른 것이 어이없게도 그 여인이었다. 심상치 않은 행동으로 머리끝까지 열을 채우며 화를 돋우더니 어느 순간부터는 여인과 학문에 대해 논하게 되었고 그것이 하루의 낙으로 변했다. 그 여인과 서로의 견해를 말하며 열변을 토하는 그 순간이 너무 즐거웠다. 그래서인지 막상 떠나려니 그 여인이 제일 먼저 눈에 밟혔다.

미운 정이라도 든 것인가.

하긴, 내가 없으면 아둔한 머리로 사서오경을 언제 다 배울 건지…….

후에 궁으로 불러 내가 세자임을 알려줄까? 쿡…… 내가 진짜 세자임을 알면 놀라 나자빠지겠지?

생각만으로도 입이 절로 벌어졌다.

지나간 기억을 더듬다 보니 어느덧 해가 중천에 걸렸다. 때맞춰 중문을 넘는 희원을 보며 명은 자리에서 벌떡 일어나 그녀에게 다가갔다.

"왜 이리 늦은 것이냐?"

"소녀, 평소보다 빨리 왔습니다만."

머쓱해진 명은 얼굴을 반대로 획 돌렸다.

"나보다 늦게 왔으면 늦게 온 것이다."

희원이 불당 앞 툇마루에 몸을 내리자 명도 그 옆에 자리했다.

"제게 하실 말씀이 있으십니까?"

"어? 어찌 알았느냐?"

"평소와 다르게 서두르시는 것 같아 드리는 말입니다. 소녀에게 하실 말씀이 무엇입니까?"

"그게 말이다……."

"뜸 들이는 것을 싫어하시니 어서 말씀하시지요."

평소 그녀의 질문이 늦거나 대답이 더디면 그가 늘 그녀에게 핀잔을 주던 말이었다. 명은 잠시 먼 산을 바라보다 퉁명스럽게 말을 툭 내뱉었다.

"난 내일 이곳을 떠날 것이다."

"그러십니까? 답답하다 노래를 하시더니 잘되셨습니다."

뭐? 잘됐다고?

섭섭하다며 눈물 한 줄기 흘려줄 줄 알았다. 그런데 뭐야, 떠난다고 했더니 도리어 즐거운 얼굴이잖아!

명은 환한 미소로 축하해 주는 희원 때문에 미간이 있는 대로 찌푸려졌다.

"내가 떠난다는데, 넌 기뻐 죽는 얼굴이구나."

"기쁜 것은 아닙니다. 그래도 이곳에서 많은 가르침을 주셨는데, 섭섭한 마음이 앞서지요."

전혀 섭섭한 얼굴이 아닌데?

명은 입을 비죽였다.

"아무튼 난 한양으로 갈 것이다."

"예, 안녕히 가십시오."

"같이 가자."

희원의 눈이 동그랗게 변했다.

흑주에게 그런 부탁을 했어도 사실 기대도 안 했다. 만나면 태연한 척 인사나 건네려 했다. 그런데 같이 가자 말해 주다니, 뜻밖이라 가슴이 쿵 내려앉았다. 같이 못 가게 될 경우, 우연을 가장해 저자에서 만나려고 했던 그녀의 계획은 이제 필요가 없게 되었다.

그녀의 커다란 눈이 깜빡깜빡 반복하자 그가 말을 이어갔다.

"난 한양 길을 잘 모른다. 넌 한양 지리는 손바닥에 있다며 자랑질 하지 않았느냐? 그러니 네가 안내를 해줬으면 한다."

부탁하는 품새가 틀렸지만 이것도 세자로서는 엄청난 발전이었다. 희원은 기꺼운 마음이 드러나지 않도록 표정을 억지로 다잡았다.

"하지만 소녀는 백일기도를……."

"네 종년에게 시키면 되질 않느냐?"

"그래도 기도라는 것이 정성이 들어가야 하는 것인데……."

"그간 널 가르쳐 준 보답이라 생각하고 따르거라. 부족한 널 그리 가르쳤는데 그 정도도 하지 못한다는 것이냐?"

잠시 생각하는 척하던 희원은 살포시 미소 지으며 대답했다.

"아닙니다, 안내해 드리겠습니다. 짧게나마 소녀의 스승이셨는데, 이 정도도 못해서야 어찌 예를 입에 담을 수 있겠습니까? 어머니께서도 이해해 주실 거라 믿습니다."

"내일 동틀 무렵 떠날 것이니 미리 채비를 해두거라."

"알겠습니다."

원하는 답을 듣고서야 명의 시선이 그녀의 얼굴에서 떨어져 하늘로 올라갔다.

"드디어 한양 땅을 밟게 되는구나."

하늘을 올려다보는 복잡한 그의 표정에 희원은 괜스레 미안해졌다.

'소녀 때문에…… 그간 고생 많으셨습니다, 세자저하.'

고개를 숙여 미안함을 달래는 희원을 향해 세자가 대뜸 명령하듯 말했다.

"참, 그 돌멩이란 몸종은 달고 오지 말거라."

"돌멩이가 아니라 돌백입니다."

"어쨌거나 저쨌거나 데려오지 마라."

"왜요?"

"그냥 거슬린다. 그러니 몸종들은 다 여기 놓고 따르거라. 암자로 돌아올 땐 흑주를 붙여 줄 테니 너 하나만 오면 되느니라."

얘기가 끝나자 명은 곧바로 그녀가 들고 있는 서책으로 눈길을 주었다. 궁금한 것을 빨리 물어보라는 뜻이었다. 그에 희원은 서책을 펼치며 미리 표해 두었던 부분을 그에게 묻기 시작했다. 그렇게 암자에서의 마지막 날이 조용히 흘러갔다.

5장
GOOD WORLD ROMANCE NOVEL

 구름 한 점 보이지 않는 새파란 하늘과 살랑거리며 불어대는 바람이 사람의 마음을 설레게 만드는 그런 날씨였다. 사방에서는 새들의 지저귐이 끊임없이 들리고 곳곳에 피어난 이름 모를 꽃들의 향내는 저자로 나온 사람들의 코끝을 스치며 지나쳐갔다.
 복잡하게 얽힌 거리로 들어선 명과 희원은 조금 떨어져 그들을 호위하는 적주를 뒤로한 채 저자를 거닐었다.
 지난번 창우가 들어왔을 때보다 덜 혼잡하긴 했으나 그래도 많은 사람들로 거리는 북새통을 이루었다. 혼탁한 남자의 목소리와 장사치들의 높은 음성, 그리고 어린아이들의 재잘거리는 노랫소리가 뒤섞인 거리는 꽤나 소란스러웠지만 명은 싫은 내색 한 번 없이 그녀를 잘 따랐다. 오히려 사람 냄새 솔솔 풍기는 저잣거리의 모습에 명은 흥미로운 표정으로 그녀에게 많은 질문들을 던졌다.
 "이것은 무엇이냐?"
 명이 가리킨 것은 무쇠와 생동生銅을 섞어 주조한 삿갓 모양의 솥이었다.

"그것은 노구솥이라 합니다."

"이것은?"

"봉선화씨입니다. 고기를 연하게 해주어 음식을 만들 때 주로 쓰인다 들었습니다."

몇 번 잠행을 나오긴 했어도 이렇게 구석구석을 다니며 서민의 일상을 살펴본 것은 처음이라 명의 얼굴에는 호기심이 가득했다.

그러는 사이 붉은 해가 서쪽 끝에 걸리었다. 희원은 해가 완전히 지기 전에 근처 주막에 들렀다. 서른 중반쯤 되어 보이는 주모에게 방을 구한 뒤, 식사를 청해 명과 마주 앉았다.

"이게 무엇이냐?"

"장국밥 혹은 탕반이라 합니다."

"탕반?"

"여기 있는 간장을 입맛에 맞게 넣어 간을 한 뒤 드시면 됩니다."

명은 작은 종지그릇에 담긴 간장을 숟가락으로 떠 탕반 안으로 넣었다.

"이건 대체 무엇으로 만든 것이냐?"

"양지머리 고기를 오래 끓여 국물을 낸 뒤 고기는 따로 양념하고, 콩나물, 고사리, 도라지 등과 함께 밥을 넣어 먹는 음식입니다."

명은 국을 떠 입 안으로 가져갔다.

"비슷한 것을 먹어 본 적이 있다. 하지만 여기 것이 더 맛있구나."

탁, 명이 갑자기 숟가락을 상에 내려놓으며 입을 열었다.

"한데 참으로 이상하지 않느냐?"

"무엇이 말입니까?"

"내 신분은 물론 이름 석 자도 모르면서 어찌 예까지 따라올 생각을 하였느냐?"

예상 못한 질문에 희원은 머리끝이 오싹해졌다. 그녀는 표정을 들킬까 얼른 고개를 숙이며 말했다.

"비록 정식은 아니나 소녀의 스승이 되어 주셨는데 이름과 신분을 모른다 하여 어찌 의심만 하고 보답을 하지 않겠습니까? 아는 것은 없으나 도련님의 성품과 인품을 몸소 겪었기에 믿고 따른 것입니다."

"내가 누구인지 진정 궁금하지 않느냐?"

"곧 헤어질 인연에 알아 무엇 하겠습니까?"

헤어질 인연…… 틀린 말은 아니었지만 그가 바란 답도 아니었다. 그가 바란 것은 그녀가 조금이라도 그에게 관심을 가지고 알고 싶어 하는 것이었다.

명의 인상이 확 구겨졌다.

"되었으니 그만 나가라. 밥맛 떨어지느니."

그녀가 눈앞에서 사라지자 명은 숟가락으로 국밥을 휙휙 휘적거리다 그냥 탁 내려놓았다. 숟가락 끝에 노기가 걸렸다.

어째 나와 헤어지고 싶어 안달 난 사람 같구나! 내가 뭐 그리 못 해주었다고 아쉬운 표정 한 자락 보여주지 않는 것이냐!

자존심이 상했다. 지금껏 여인들에게 잘한 것 없어도 늘 여인들의 관심 속에서 살아온 그였다. 자신의 관심을 받고 싶어 안달 난 궁인들도 수를 셀 수 없을 정도였다. 그런데 저 여자는 자신을 남자로 보지도 않는지 꿔다 놓은 보릿자루 취급이었다. 그녀의 말이 하나도 틀린 건 없는데 왜 이렇게 기분이 상하는지 모를 일이었다.

그는 놓았던 수저를 다시 들었다 놨다를 몇 번이나 반복했다. 그러다 결국은 상을 물렸다.

방 안에서 내내 뒤척이던 희원은 잠이 오지 않아 밖으로 나왔다. 시커먼 하늘 위에 박힌 둥근 달이 오늘따라 무척이나 밝았다. 환하게 빛을 발하는 달을 멍하니 바라보던 그녀는 고개를 아래로 떨궜다.

왜 이렇게 어수선한 것일까.

꼬집어 말할 수 없는 뭔가가 마음을 불편하게 만들었다.

'죽심이를 데려올 걸 그랬나?'

종들을 두고 오라는 세자의 요구에 희원은 암자를 떠나기 전 새벽에 그들을 불러 죽심은 집으로, 돌백은 백부님 댁으로 심부름을 보냈다. 그런데 막상 혼자 있고 보니 늘 곁에서 자신을 돌봐주던 죽심의 빈자리가 크게 느껴졌다. 무리를 해서라도 죽심을 데려올 걸 하는 아쉬움이 자꾸만 마음속에서 뱅뱅 맴돌았다.

'조금만 더 다정히 대해 주시면 좋으련만……'

희원은 세자가 머무는 방으로 시선을 돌리다 코끝을 찡그렸다. 그 순간 주모가 나물이 든 바가지를 들고 지나가며 혼잣말로 중얼거렸다.

"하이고, 거지새끼들 없어졌다 좋아했드만 손님들까정 기방년들이 죄다 끌고 갔네, 그려! 난 뭘 먹고 살라고, 하여간 기방 들어선다 할 때부터 이럴 줄 알았다니까!"

주모의 넋두리에 희원은 귀를 쫑긋 세웠다.

기방이 생겼다고?

먹고 힘든 시기였다. 이런 시기에 기방이 생기다니, 극히 드문 일이라 희원은 지나가는 주모를 잡았다.

"이보게, 주변에 기방이 생겼다 하였는가?"

"예? 그건 왜 물으신데요?"

"방금 주모가 기방이 생긴 탓에 손님이 줄었다 하지 않았는가?"

희원의 질문이 별 뜻 없었다는 것을 안 주모는 '八' 자 눈썹을 더욱 찡그렸다.

"말도 마십시오. 저짝 위쪽에서 내려온 상인이 얼마 전에 기방을 차렸는뎁쇼. 오데서 고로코로 야시시한 년들만 데불고 왔는지 남정네들 발길이 끊이질 않는다질 뭡니까?"

희원은 주모의 넋두리를 한참이나 들어준 후에야 기방이 어디에 있는지 알아냈다. 방으로 돌아온 희원은 자리에 누워 세자와 남은 시간들을 어떻게 보내야 좋을지 곰곰이 생각했다.

다음 날.
희원은 아침 일찍 그를 찾았다.
"밤새 편히 주무셨습니까?"
"이불이 드러워 한숨도 못 잤다."
심술궂은 그의 대답에 이미 익숙한 희원은 아무렇지 않게 웃어넘기며 부엌 쪽을 가리켰다.
"저기 있는 여인이 보이십니까?"
"아주 잘 보인다."
"오늘 하루, 저 여인에게 몇 명의 사람이 말을 걸 것 같습니까?"
생뚱맞은 질문에 명의 숱 많은 눈썹이 구겨졌다.
"그건 왜 묻는 것이냐?"
"소녀와 내기를 하지 않겠습니까?"
"내기?"
"소녀는 저 여인에게 마흔 명의 사람이 말을 거는데 다섯 냥 걸겠습니다."

돈은 얼마 되지 않았지만 은근 승부욕이 생기는 내기였다.
"허면 나는 열 명 붙여 쉰 명으로 하겠다. 다섯 냥에 다섯 냥 더해서 걸도록 하지."

"좋습니다. 허면 공정성을 위해 호위무사와 함께 저 여인이 몇몇의 사람과 말을 하는지 확인해 주십시오."

"지금…… 나에게 확인을 하라 했느냐?"

"하오면 도련님께서 그것을 확인하시는 동안 소녀는 잠시 사야 할 물건을 보고 오겠습니다."

명이 반박할 틈도 주지 않고 희원은 그 자리를 떠났다. 남겨진 명은 황당한 표정으로 활짝 열린 문 사이로 눈을 주었다. 마침 주막의 여인에게 말을 거는 두 명의 사내가 있었고 그들은 곧 마당에 자리한 평상에 앉았다. 여인은 활기차게 사내들에게 말대꾸를 해주면서도 열심히 손을 놀리며 음식을 만들고 이리저리 움직였다. 그리고 곧이어 들어오는 사람들을 상대했다.

둘, 다섯, 열넷, 서른.

숫자 세기가 귀찮아진 명은 옆을 지키는 적주에게 숫자를 세게 한 뒤 방으로 들어가 한 시진 정도 눈을 붙였다. 그리고 다시 일어나 적주에게 다가섰다. 적주는 여전히 주모를 지켜보고 있었다.

"몇이나 되었느냐?"

"쉰하나입니다."

"벌써?"

이미 명이 말한 숫자를 넘어서고 있었다. 명은 갑자기 자리에서 벌떡 일어섰다.

"그만 세어도 좋다."

"하오나 아기씨께서……."

"그 아이가 네 주인이라도 된단 말이냐, 어찌하여 내 말보다 그 아이 말을 신경 쓰는 것이냐?"

"소, 송구합니다, 소신은 그저……."

"되었으니 일어나거라."

"이곳을 나가려 하심입니까?"

"가만히 있어 무엇 하겠느냐, 미행을 해야 하니 밖으로 가자꾸나."

"하오나 아기씨가……."

"언제 돌아올 줄 알고 마냥 기다리란 것이냐, 내 그 아이가 없어도 이 근방 정도는 돌아볼 수 있느니."

명은 주막을 나와 큰길로 들어섰다. 그의 뒤를 적주가 알아서 거리를 두며 쫓았다.

쾌청한 날씨에 거리는 사람들로 북적였다. 장난치며 몰려다니는 어린 아이들과 짐을 이고 다니는 상인들, 그리고 삼삼오오 수다를 떠는 젊은 아낙네들, 그들의 평화로운 모습을 보며 명은 번잡한 사람들 사이를 천천히 걸었다. 그때였다. 웅성거리던 한 무리의 아이 하나가 다른 아이들에게 큰소리치며 명의 곁을 스쳐지나갔다.

"서둘러, 혼례 구경 가야지! 어서!"

혼례?

그 말에 구미가 당겼다. 백성들은 어떻게 혼례를 올리는 걸까? 갑자기 보고 싶은 충동이 일어난 그는 아이들이 뛰어간 곳을 쳐다보며 그쪽으로 방향을 틀었다. 그리 멀지 않은 기와집에서 시끄러운 소리가 담장을 타고 흘렀다.

저긴가 보군.

그는 키가 큰 덕에 굳이 안으로 들어가지 않아도 담 안을 엿볼 수 있었다. 혼례복을 갖춰 입은 신랑 신부가 상 하나를 사이에 두고 맞절을 하는 게 보였다. 이름뿐인 양반집인지 기와집은 협소한데다가 차려진 음식들도 간단했다. 왕가의 혼례와는 천양지차였다.

오호라, 나의 백성들은 이리도 간소하게 혼례를 올리는구나.

두 사람을 둘러싼 사람들의 얼굴에 미소가 떠나지 않았다. 궁에서는 절대 있을 수 없는 편안한 분위기에 명의 마음도 괜스레 즐거워졌다. 신부 얼굴이 궁금해 죽는 신랑과 부끄러워 고개만 숙이는 신부. 욕심 없어 보이는 그들의 표정이 참으로 보기 좋아 명의 얼굴에도 미소가 절로 그려졌다.

혼례식 과정을 한참 지켜보던 명은 슬슬 돌아갈 때가 되었다 싶어 걸음을 돌렸다. 그 순간 구경하는 사람들 사이로 익숙한 얼굴이 시야에 잡혔다.

저 여인은……?

헛것을 본 게 아니었다. 신랑 신부를 보며 살포시 웃고 있는 여인은 아침에 내기를 걸어놓고선 급하게 사라진 방자한 여인이 틀림없었다. 여인의 오른손에는 작은 보따리가 들려 있었다.

사야 할 물건을 샀으면 재깍 돌아올 것이지 여기서 노닥거리고 있어?

명은 재빨리 대문 안으로 들어가 사람들 속을 파고들어 그녀의 뒤까지 다가갔다. 구경에 여념이 없는 희원은 그가 등 뒤에 바짝 오는 것도 전혀 눈치 채지 못했다. 그녀의 바로 뒤에 선 명은 얼굴을 내려 그녀의 귀에 속삭이듯 말했다.

"즐거우냐?"

하지만 시끄러운 소리에 명의 음성이 파묻혀 희원은 여전히 앞만 바라보고 있었다. 명이 다시 입을 열려는 순간 식을 진행하는 중년의 사내가 조금 뒤로 물러나 달라며 사람들에게 손짓을 했다. 그 말에 앞줄에 섰던 사람들이 뒷걸음을 치기 시작했다. 갑작스런 움직임에 희원은 발을 놀리며 뒤로 한 발짝 물러섰다. 그러나 꼼짝도 않는 명 때문에 그녀는 그의 발등을 밟고 깜짝 놀라 몸을 휘청거리다 그의 가슴에 뒤통수를 묻고 말았다.

"아! 미, 미안하……."

말이 끝나기도 전에 그의 손이 그녀의 가는 어깨를 움켜잡았다. 화들짝 놀란 희원은 어깨를 움츠리며 앞으로 달아나려 몸을 움직였다. 하지만 잡힌 어깨 탓에 그녀는 꼼짝달싹 못했다. 잔뜩 긴장한 그녀의 귓가에 그가 다시 조용히 속삭였다.

"물건을 사러 간다더니, 여기가 장터는 아닌 듯싶은데 말이다."

그의 목소리에 희원의 놀란 눈이 더욱 커졌다.

"도련님……이십니까?"

"그렇다."

"일단…… 이 손 좀 놓아주시지요. 보는 눈들이 많습니다."

조심스런 그녀의 행동에 명은 일단 그녀의 말대로 손을 떼며 한 발 물러났다. 틈이 벌어지자 그녀가 천천히 뒤를 돌아다봤다.

"여긴 어떻게 오셨……."

툭!

누군가 명을 스치고 지나가며 그를 건드렸다. 그 바람에 명은 물러났던 한 걸음만큼 다시 앞으로 나갔다. 옷고름이 맞닿을 만큼 둘의 사이가 가까워졌고 희원은 너무 놀라 말도 끝맺지 못하고 입만 벙긋거렸다.

뜻밖의 상황에 놀란 건 명도 마찬가지였다. 코앞까지 다가온 그녀의 존재에 당황스러운 나머지 저도 모르게 귓불이 붉어졌다. 얼굴만 내리면 입도 맞출 수 있는 거리였다. 명은 마른침을 꿀꺽 삼키며 그녀의 붉은 입술에서 시선을 떼지 못했다.

두근 두근.

가슴팍에서 알 수 없는 울림이 요동쳤다. 명은 가슴을 두드리는 그 소리에 정신이 아득해졌다. 생소한 경험이었다.

아하하하!

사람들의 웃음소리가 둘 사이의 정적을 깼다. 신랑이 맞절을 하다 사모가 벗겨진 모양이었다. 그 소리에 정신이 돌아온 명은 다시 뒤로 물러나며 인상을 찌푸렸다.

"네, 네가 언제 돌아오겠다 말도 없이 나가는 바람에 이리 혼자 나온 것이 아니더냐?"

"그, 그러셨습니까……?"

어색하게 말을 주고받은 두 사람은 누가 먼저랄 것도 없이 서로의 시선을 피했다.

"난 먼저 밖으로 나가 있겠다."

명이 먼저 자리를 피해 밖으로 나갔다. 알 수 없는 두근거림으로 인한 생경한 기분에 명은 미간을 구기며 심호흡을 했다.

왜 이러지?

명은 호흡을 가다듬으며 주변을 둘러봤다. 멀지 않은 곳에 적주가 서 있었다. 조금 전 두 사람의 망측한 모습을 본 건 아닌지 무표정한 적주의 얼굴에서는 감정을 가늠할 수 없었다.

그때 희원이 대문 밖으로 나오며 그에게 다가왔다. 발그레한 양 볼이 눈에 띄었지만 표정만큼은 여느 때와 다름없이 차분했다.

"소녀와의 내기는 어찌하시고 예까지 나오셨습니까?"

"내가 나오기 전에 이미 쉰 명을 넘겼다. 아마 오늘 하루를 셈한다면 족히 백은 넘을 것이다. 즉, 내기는 나의 승이다. 열 냥 내놓아라."

"도련님께서 말씀하신 수는 겨우 쉰입니다. 오늘 하루를 셈한다면 백은 족히 넘을 것이니 둘 다 틀린 것이 아닙니까?"

"내기라는 것은 어차피 승자와 패자가 나눠지는 법이다. 내가 너보다 열 명이나 더 불렀으니 근사한 대답을 한 것이 아니더냐?"

"억지십니다."

"내기를 하자 한 것은 너다. 허니 어서 열 냥 내놓거라."

희원은 입을 비죽이며 돈을 꺼내 그에게 건넸다.

"여기 있습니다."

돈을 받아든 명은 저자 쪽을 가리켰다.

"자, 그럼 저자 구경이나 가자꾸나. 시간도 별로 없는데 주막에서 낭비를 할 순 없잖느냐?"

말이 떨어지기가 무섭게 그는 넓은 보폭으로 저자를 향해 걸어갔다. 희원은 고개를 절레절레 흔들다 그와의 거리가 더 벌어지면 안 되겠다 싶어 그의 뒤를 쫓았다.

"하온데 도련님께서 예까지 어찌 오셨습니까?"

"내 발 가지고 어딘들 못 가겠느냐?"

"그런 뜻이 아니오라…… 도련님께서 혼례식을 구경하시는 것이 조금 의외라서 말입니다."

우뚝, 그의 걸음이 멈췄다.

"왜 의외라는 것이냐?"

"그러니까…… 도련님은 혼례를 기피하신다 여겼습니다."

여인을 싫어하시니까요.

"기피? 내가?"

그녀가 고개를 끄덕이자 그가 콧방귀를 꼈다.

"사정이 여의치 않아 올리지 않은 것뿐, 기피하는 것이 아니다. 게다가 기피하고 싶어도 할 수 없는 것이 바로 혼례가 아니더냐?"

"하오면 하루 빨리 혼례를 올리셔요."

"뭐?"

"이미 혼기가 지났지 않습니까? 하루라도 빨리 어여쁜 부인을 두시어 후손을 보셔야지요."

자신과는 하등 관계가 없다는 듯 남 일처럼 얘기하는 그녀의 말에 명의 심기가 다시 뒤틀렸다. 틀린 말은 아닌데 왜 이렇게 그 말이 거슬리는지 모를 일이었다. 명은 멈추었던 걸음을 다시 움직이며 퉁명스레 말했다.

"너야말로 계집 주제에 혼기가 너무 늦은 것이 아니더냐?"

"도련님께서 혼례를 올리시면 소녀도 배가 아파 혼례를 올릴 것이니 심려 놓으시지요."

하! 배가 아파 혼례를 올린다?

명은 기가 차서 할 말을 잃었다.

나하고 지금 말장난을 하자는 것이냐?

다시 걸음을 멈춘 그는 표정을 가라앉히며 그녀를 향해 뒤돌아섰다.

"허면, 내가 혼례를 올리지 않으면 너 역시 혼례를 올리지 않겠다는 말이더냐?"

"예……?"

당황해하는 그녀의 표정에 명이 쐐기를 박았다.

"네 입으로 말한 것이니 꼭 그리하거라. 내 혼례를 올리기 전까지 너도 절대 혼례를 올리지 않겠다 말이다. 알겠느냐?"

말투가 너무 살벌하여 희원은 자동적으로 '네'라고 답했다. 대답을 듣고서야 명은 다시 앞으로 나아갔다.

성숙하지 못하게 이 무슨 언행인지!

명은 조금 전 저도 모르게 내뱉은 이해할 수 없는 말에 혀를 차며 빠르게 걸었고 그 뒤를 적주가 놓치지 않고 따랐다.

쉬지 않고 저자 이곳저곳을 둘러보는 사이 어느덧 해가 저물었다. 생각보다 빨리 찾아온 어둠에 거리를 메우던 사람들의 수도 하나둘 적어지기 시작했다.

"시장하지 않으십니까?"

희원의 질문에 대나무 부채를 만지작거리던 명이 그렇다 대답하자 그녀가 그의 등 뒤로 다가와 다시 한 번 물었다.
"근처에 새로 생긴 기방이 있다 하는데, 가보지 않겠습니까?"
툭.
구경하던 부채를 떨어뜨린 명이 황당하다는 표정으로 희원을 쳐다봤다.
"지금…… 뭐라 했느냐?"
"기방에 가자 하였습니다."
"기방에…… 너하고 같이…… 말이냐?"
"예."
해맑게 대답하는 그녀의 얼굴을 보니 명은 화조차 나지 않았다. 뭣도 모르고 한 말일지도 몰랐다. 그는 한숨을 고른 뒤 다시 그녀에게 말했다.
"제정신인 것이냐, 기방이 어떤 곳인 줄 알고 함께 가자 하는 것이냐?"
"그곳에 가면 맛있는 음식들이 가득하다 합니다."
"음식이 문제가 아니다, 여인들은 들어갈 수 없는 곳이 바로 기방……."
그의 말을 끊으며 그녀가 오른손에 들고 있던 보따리를 쑥 내밀었다.
"여기, 미리 준비해두었습니다. 같이 가시지요."
"이게…… 무엇이냐?"
"옷입니다. 이 몸을 기방에 들어갈 수 있게 해줄 옷."
"옷……?"
그녀가 싱긋 웃어 보이더니 길을 재촉했다. 얼결에 명이 따라간 곳은 근처 폐가였다. 버려진 지 오래된 작은 초가집은 허름하다 못해 쓰러질 지경이었고 대문은 겨우 매달려 있을 뿐, 툭 치면 금방이라도 떨어질 기세였다. 으스스한 곳인데도 희원은 명에게 잠시 기다려 달라고 말한 뒤 삐거덕거리는 작은 방문을 열고 안으로 들어갔다.

'무슨 여인네가 어둠이 가득한 폐가에서 저리 아무렇지도 않을 수 있을까?'

명은 혀를 내두르며 엉망인 집을 이리저리 살폈다. 조금 있으니 닫혔던 문이 활짝 열리며 희원이 나왔다.

"다됐습니다."

희원을 보는 명의 입이 쩍 벌어졌다. 작은 몸에 옥빛의 도포를 갖춰 입은 그녀가 머리에 갓끈을 묶으며 다가오고 있었다. 그녀는 그 앞에 오더니 한 바퀴 뱅그르르 돌며 의기양양한 표정을 지었다.

"어떻습니까, 감쪽같지요?"

"설마…… 낮에 사러 갈 물건이 있다는 것이 이것이었느냐?"

"예, 제 몸에 딱 맞는 것이 없어 찾는데 애 좀 먹었습니다. 그래도 보십시오, 이리 입으니 정말 사내 같지 않습니까?"

"하……."

명은 정말 할 말이 없어졌다.

사내 같기는! 어린애가 어른 옷을 입은 것처럼 어색하고 누가 봐도 사내치고는 계집처럼 너무 고운 얼굴을 하고 있……. 뭐야, 내가 지금 저 계집의 얼굴을 곱다고 생각한 것인가? 이 내가? 저렇게 드센 계집을 보고?

명이 망측한 생각에 어쩔 줄 몰라 하는 사이 희원이 갓끈을 다 묶고는 말했다.

"이만 가시지요. 도련님."

희원은 어색한 옷차림에 민망했지만 마지막 계획을 위해 어깨를 펴며 당당히 걸었다.

'세자저하께서 내 머리가 어떻게 됐다고 생각하시면 어쩌지?'

말없이 뒤를 따라오는 세자의 존재에 희원은 또다시 걱정이 앞섰다. 몇 번을 망설이다 결심한 거라 되돌릴 생각은 없지만 그가 자신을 이상하게 여길까 우려되는 건 어쩔 수 없었다.

괜찮아, 저하를 위한 일이니까 부끄러운 건 나중에 생각하자.

그녀는 부끄러움을 잊으려 노력하며 앞으로 나아갔다. 주모가 말한 대로 길을 쭉 걸어 들어가자 화려한 등들이 달린 기방이 그 모습을 드러냈다. 높은 담과 화려하게 장식된 입구와 그 안에서 울려 퍼지는 풍악소리는 지나가는 사람들조차 고개를 돌리게 만드는 그런 곳이었다.

"다 왔습니다, 바로 저깁니다."

희원이 멈췄던 몸을 다시 움직이려 하자 그가 그녀 앞을 막아섰다.

"진정 그 꼴로 들어가려 하느냐?"

"제 모습이…… 그리 이상합니까?"

그걸 어찌 말로 다 설명할까!

명은 속엣말을 안으로 삼키며 고개를 끄덕였다.

"차라리 주막으로 돌아가는 것이 좋겠다."

돌아가자며 몸을 트는 명의 앞을 이번에는 희원이 가로막았다.

"어, 어찌 그냥 돌아간다 하십니까? 사내들은 다들 기방 가는 것을 좋아하지 않습니까? 하물며 기방이란 곳이 여인만 있는 곳이 아니질 않습니까? 오라버니에게 들었습니다만 기방이란 곳은 사내들끼리 우정을 나누는 곳도 된다 들었습니다. 허니 들어가서 고픈 배를 채우고 담소를 나누다 나와도 되질 않겠습니까?"

"오라버니가 있었더냐?"

"예? 아…… 있습니다."

"오라버니란 사람도 알고 있느냐, 네가 기방에 들어가려 한다는 사실을."

알 리가 없었다. 게다가 중요한 건 그게 아니었다.

희원은 의외로 기방에 가지 않으려는 명의 태도에 난감했다.

"정말 주막으로 돌아가시렵니까?"

"그렇다."

그의 고집에 희원은 입술을 꾹 다물었다. 상황이 이렇게까지 된다면 방법은 하나, 확률은 낮았지만 그래도 돌아가는 것보다야 이게 낫다고 판단한 희원은 그를 막았던 팔을 아래로 떨어뜨리며 그를 지나쳐 기방 입구를 향해 걸었다.

"그럼 저 혼자 들어가겠습니다."

다행히 희원은 몇 발짝도 가지 못해 그에게 되돌려 세워졌다.

"법도에 따라 집 안에 있어야 할 계집이 어찌 기방에 들어간단 말이냐! 이쯤하고 그만 돌아가자꾸나."

"싫습니다. 소녀는 저 안을 꼭 봐야겠습니다."

"대체 무엇 때문에!"

저하 때문입니다.

하지만 희원은 다른 말을 내놓았다.

"소녀, 궁금한 것은 참을 수가 없습니다. 지금이 아니면 언제 이런 곳엘 와보겠습니까? 잘못된 것인 줄은 알지만 그래도 저 안에 펼쳐지는 또 다른 세계가 궁금합니다. 도련님께서는 이 몸에게 궁금한 것을 알려주신다 하질 않으셨습니까?"

"이깟 게 무에 궁금하다고……."

고집스런 그녀의 행동에 명은 미간을 찌푸렸다.

그래, 차라리 보여주는 편이 나을지도 모르겠다. 계집이 겁도 없이 기방에 들어가겠다니, 어디 한 번 들어가서 직접 당해봐야 정신을 차릴 것이야.

명은 들어가겠다며 꿋꿋하게 버티는 희원을 보며 차분하게 물었다.

"진정 들어가고 싶으냐?"

"예."

바로 튀어나오는 대답. 명은 포기했다는 듯 어깨를 으쓱한 뒤 기방을 향해 걸었다.

"기회는 딱 한 번뿐, 네 입으로 들어가자 한 것이니 후회하지 말거라."

희원은 명의 뒤를 따르며 걱정 말라는 말까지 덧붙였다.

기방 앞을 지키는 사내 둘 중 하나가 그들에게 인사를 건네며 안으로 안내했다. 넓은 정원을 끼고 있는 기방은 밖에서 보는 것보다 훨씬 넓고 휘황찬란했다. 고운 비단치마를 입고 간드러지게 웃음을 흘리는 여인들이 곳곳에 돌아다녔고 술 취해 옷차림이 흐트러진 양반들이 종들의 수발을 받는 광경도 곳곳에 보였다. 뭐가 그리 즐거운지 환하게 켜진 방마다 웃음소리가 새어나왔다.

고개를 돌려가며 색다른 환경을 구경하느라 희원은 정신이 하나도 없었다. 방문 앞에 달린 색등과 장식들이 일반 여염집과 너무 달라 신기하기만 했다.

"이쪽이다."

앞서가던 희원은 명의 말에 뒤를 돌아 사내가 안내하는 방으로 들어갔다.

"하오면 명하신 대로 준비시키겠습니다요."

사내가 꾸벅 인사를 하고 나가자 희원은 명의 맞은편에 자리하며 입을 뗐다.

"뭘 준비한다는 거지요? 벌써 뭔가를 시키셨습니까? 뭘 시키신 겁니까?"

"그냥 알아서 준비하라 일렀다."

"예, 알아서 준비…… 뭐라고요? 진정 알아서 준비하라 하셨습니까? 그러면 여인네들도 온다는 건…… 아니겠지요?"

"아마도 올 것이다."

"아, 안 됩니다! 어서 여인들은 들이지 말라 일러주십시오!"

"왜 그래야 하지?"

"왜라니요, 이 몸의 사정을 잘 아시면서 그러십니까?"

"들어오기 전에 네가 이곳이 어떤 곳인지 알고 싶다 하지 않았느냐?"

"꼭 여인들이 있어야 아는 것이 아니질 않습니까?"

"여인들이 있어야 기방이랄 수 있는 것이다. 여인들도 없이 기방이 어찌 기방이 될 수 있겠느냐?"

말문이 막힌 그녀는 명을 흘겨보다 시선을 돌렸다.

"그리 말씀하시는 분은 안 오겠다던 분이 맞으십니까? 어찌 참으로 자연스러워 보이십니다."

"나도 이런 곳은 처음이다."

"거짓말하지 마십시오."

"위언偽言이 아니다. 초행이 맞다."

"하온데 수십 번은 와본 경험이 있는 분처럼 보이십니다."

"내가 말이냐?"

희원이 고개를 끄덕이자 명이 피식 웃었다. 그녀에게 말한 대로 기방은 처음이었다. 궁에서만 있었으니 기방 구경을 할 틈도 없었을뿐더러 가끔 미행을 나온다 하더라도 호위무사와 함께 정해진 곳으로만 다녔기 때문에 기방 근처도 오기 힘들었다. 기방에 대한 얘기는 자신의 곁을 지키는 양 내관에게 들은 게 전부였다. 희원이 그에게 자연스럽다 말한 것은 명이 가진 특유의 뻔뻔함과 당당함 때문이리라.

"어찌 됐든 여인은 물리라 일러주십시오. 여인의 몸으로 다른 여인에게 사내 취급을 당하는 것이 낯부끄럽습니다."

"이 자리에 있는 것 자체가 이미 낯부끄러운 일이다. 게다가 들어오기 전에 말하지 않았느냐, 후회하지 말라고."

"도련님!"

"두려우면 말하거라. 지금이라도 늦지 않았으니 주막으로 돌아갈 수 있게 해주겠다."

협박 아닌 협박에 희원은 입을 꾹 다물며 옷매무새를 고쳤다.

얼마 있지 않아 문이 드르륵 열리며 주안상과 함께 기생 두 명이 안으로 들어섰다. 진달래색과 풀빛 색깔의 한복을 각각 차려입은 기생들은 화려한 가체를 자랑하며 붉은 입술을 늘렸다.

"어머, 내가 꿈을 꾸나? 우리 나으리들이 왜 이렇게 잘생기게 보이지?"

"그러게. 내 기생 생활 두 해 만에 이리 훤칠하게 생긴 분들은 처음일세! 앵아야, 난 여기 앉으련다!"

기생 하나가 명의 옆에 냉큼 엉덩이를 내리자 앵아라 불린 기생은 새침한 표정으로 희원의 옆에 자리했다.

"우리 나으리는 나보다도 곱게 생기셨네? 춘추가 어찌 되시어요? 약관은 넘으셨나?"

엉덩이를 붙이자마자 희원에게 찰싹 달라붙어 팔을 잡는 앵아의 손길에 그녀의 눈이 왕방울만 해졌다.

"이, 이것 놓고 말하시……오!"

"아이, 왜 그러셔요."

애교 섞인 목소리로 앵아는 한 발 물러서기는커녕 오히려 희원의 팔을 끌어안았다. 희원은 너무 놀라 앵아의 팔을 뿌리치려 했지만 그녀는 이에 붙은 엿가락처럼 좀체 떨어지지 않았다. 희원은 구원을 바라는 눈길로 맞은편에 자리한 명을 쳐다봤다.

어라, 이게 웬일인가?

당황해 마지않는 자신과는 다르게 명은 아무렇지도 않았다. 그 옆에 앉은 기생은 그녀의 옆에 자리한 앵아라는 기생과는 다르게 얌전히 술만 따르고 있었다.

이게 어찌 된 일이지?

기생에게 당하는 그녀의 처지가 왠지 억울했다. 희원은 공평치 못하다는 표정으로 명에게 도와달란 눈치를 줬다. 그러나 그는 얄밉게도 그녀의 시선을 외면한 채 기생이 따라주는 술만 넙죽넙죽 잘만 받아 마시고 있었다.

"나으리, 이년의 잔도 받으시어요."

앵아가 희원의 술잔에 술을 채우며 코맹맹이 소리를 냈다. 희원은 기생과 거리를 두기 위해 옆으로 조금 떨어져 앉으며 말했다.

"수, 술은 됐으니 이만 나가들 주시……오."

"아이, 부르실 땐 언제고 나가랍니까? 이년이 마음에 차지 않으신 겝니까?"

"그, 그게 아니라……."

"그게 아니면 이년 좀 어여뻐 해주시어요, 이 잔도 비우시고요, 네?"

앵아가 술잔을 들어 입가로 가져가는 바람에 희원은 얼결에 술을 들이켰다. 식도를 싸하게 만들며 내려가는 이상한 느낌에 희원의 둥근 이마가 있는 대로 찡그려졌다.

"콜록콜록! 돼, 됐다 하지 않았습니까! 그만하고 어서 나가시오, 어서요."

희원이 딴에는 무섭게 목소리를 깔았지만 기생의 얼굴엔 당황한 기색 하나 없었다. 여전히 웃음이 떠나질 않았다.

"호호, 우리 나으리께서 화가 단단히 나셨나보네? 나으리, 화 좀 푸시어요. 이년이 오늘 나으리 수발을 제대로 들어드릴 테니까. 말해보셔요, 나으리. 계집 속살 구경하신 적 있으셔요? 이년이 보기엔 오늘이 처음이 되실 듯한데."

"뭐, 뭐, 뭐요?"

"아하하하, 우리 나으리 놀라시는 것 좀 봐. 진짜 처음이신가 보네?"

"그, 그게 무슨 망측한 소……."

희원은 더 이상 말을 이을 수 없었다. 앵아가 대뜸 자신의 풍만한 가슴 위로 희원의 손을 올린 것이었다. 찰나의 일이라 희원의 두 눈이 튀어나올 듯 커졌다. 충격으로 어안이 벙벙한 희원을 보며 앵아가 요염한 표정을 지었다.

"어떠셔요? 이년이 제법 살이 올랐지요? 오늘 밤은 이년이 제대로 모실 테니까 아무 걱정 마셔요."

굳어버린 희원을 놀리듯 기생 둘이 까르르르 넘어갈 듯 웃음을 터트렸다. 희원은 이 순간을 어떻게 대처해야 할지 난감했다. 난생처음 와 본 기방에서, 그것도 드센 기생을 상대하려니 정신이 하나도 없었다. 희원의 눈동자가 우왕좌왕하는 사이 명이 구원의 손길을 뻗었다.

"그만."

방 안 가득 울리는 차가운 음성. 웃음소리로 가득 찼던 방 안이 일순 조용해졌다. 모두의 눈이 명에게 향하자 그는 무표정한 얼굴로 기생들에게 명했다.

"나가거라."

그 한마디에 기생들의 미소 띤 얼굴이 딱딱하게 굳었다. 명의 옆을 말없이 지키던 기생이 그제야 애절한 눈빛으로 조심스레 입을 뗐다.

"나으리, 이년은 아무 말도 하지 않았습니다. 그저 옆에서 조용히 술만 따르겠나이다. 그것도 아니 되겠습니까?"

기생이 조심스레 자신을 뜻을 전하자 명의 눈빛이 날카로워졌다. 그가 뿜어내는 차가운 기운에 기생은 더 이상 토를 달지 못하고 순순히 앵아를 데리고 방을 나갔다.

탁, 방문이 닫히자 희원은 한숨부터 터트렸다.

"정말 이해가 되지 않습니다. 제가 말할 때엔 들은 척도 안 하더니 어떻게 도련님의 말은 순순히 듣는 거지요?"

"기생들도 사람을 알아보는 거겠지."

"그 무슨 말씀이십니까?"

"그만 되었으니 배나 채우거라."

희원의 질문이 귀찮다는 듯 명은 기생이 따라놓고 간 술잔을 한입에 털어 넣었다. 상 위에 놓인 빈 술잔을 보며 희원은 잠시 고민에 빠졌다.

어쩌지? 저하의 잔이 비었는데…… 내가 채워야 하나? 지금의 세자저하는 양반가의 도령일 뿐인데 괜히 나섰다가 눈치라도 채면 어쩌지?

"왜 그러느냐, 술이 마시고 싶은 것이냐? 조금 전 억지로 마신 술이 입에 맞았던 모양이구나. 좋다, 내 친히 한 잔 따라주지. 잔을 들거라."

"예? 아, 아닙니다. 소녀는 술을 마시지 못합니다."

"기방에서 일어나는 사내들의 세상을 알고 싶다 하지 않았느냐? 술도 마시지 않고 어찌 이 세상을 알겠다는 것이냐? 오늘 일은 온전히 잊어줄 것이니 이왕 들어온 거 하고 싶은 대로 해보거라."

난감했지만 그녀는 일단 그가 따라주는 술을 받았다. 이곳에 들어오기 위해 한 거짓말이 그녀 자신을 깊은 수렁으로 밀어 넣고 있지만 이제 와서 발뺌할 수도 없는 노릇, 그녀는 받은 술을 억지로 다 비워 냈다.

"읍……."

"입에 맞지 않느냐?"

"솔직히…… 사내들이 무엇 때문에 이리 쓰고 독한 맛이 나는 걸 마시는지 모르겠습니다. 목이 타는 것처럼 아프기만 한데."

"그래서 마시는 것이다. 독한 술은 근심을 덜어주고 새로운 기분을 느끼게 해주지."

"글쎄요, 소녀가 마신 술은 조금도 근심을 덜어주지도, 새로운 기분을 느끼게 해주지도 않는데요?"

그가 그녀의 술잔을 다시 채웠다.

"한 잔 가지고 어디 그 세상을 알겠느냐? 사람마다 다르긴 하다만, 네 경우엔 석 잔 정도면 알 수 있을 것도 같구나."

희원은 믿을 수 없었다. 아직 두 잔밖에 마시지 않았지만 목만 아플 뿐, 어떠한 변화도 느낄 수 없었다. 그런데 어떻게 석 잔만으로 그가 말한 새로운 기분을 느낄 수 있단 말인가? 희원은 불신 가득한 표정으로 그에게 당당히 말했다.

"좋습니다. 석 잔 더 마셔보도록 하지요. 단, 소녀가 석 잔을 마신 뒤에도 아무렇지 않다면⋯⋯ 소녀의 청을 들어주시겠습니까?"

"무슨 청을 말이냐?"

"그건⋯⋯ 석 잔을 마신 뒤, 소녀가 아무렇지 않다면 말하겠습니다."

명이 재밌다는 듯 입꼬리를 올렸다.

"좋다."

그렇게 희원은 명이 따라주는 술을 다 받아 마셨다. 그것도 석 잔을 연달아 이어서 마셨다.

명은 벌겋게 달아오른 희원의 얼굴을 관찰하듯 바라봤다. 의기양양하던 표정은 온데간데없이 사라지고 반쯤 감겨버린 눈이 빠른 속도로 술기운이 돌고 있음을 보여주고 있었다.

조용한 것을 보니 취기가 오른 것이 틀림없다.

명은 조용히 앉아 술잔만 내려다보고 있는 그녀의 발간 양 볼을 주시했다. 입술 빛깔만큼이나 곱게 물든 뺨이 아이처럼 천진 해보였다.

혼자 보기 아까운 모습이로구나.

그는 젓가락을 들어 호박전 하나를 그녀 앞에 놓아주었다.

"술만 먹으면 속을 버리게 된다. 이것도 먹어 보아라."

희원은 작은 사기그릇 안에 놓인 호박전을 가만히 보다가 가지런한 이를 드러내며 웃었다.

"어찌 아셨습니까? 소녀가 호박전을 아주아주 좋아하는 것을요."

당연히 알 리 없었다. 하지만 그녀가 미소를 띠우며 말하니 명은 흥미가 당겼다. 평소보다 높은 음색의 목소리와 눈에 띄게 밝은 표정은 지금껏 접했던 그녀의 모습이 아니었다. 실실 웃음을 흘리는 모습이 가관이면서도 볼만했다. 명은 호박전 하나를 더 집어 그녀 앞에 놓아주었다.

"하나 더 먹도록 해라."

"정말 다 먹어도 됩니까?"

"된다."

"감사합니다. 노릇노릇한 게 맛이 기가 막힐 것 같습니다."

희원은 호박전을 입 안에 넣고 오물오물 씹었다. 호박전 하나에 행복해하는 그녀의 어린애 같은 모습에 명은 호박전이 담긴 그릇을 아예 통째로 그녀 앞에 놓아주며 물었다.

"맛있느냐?"

"예, 참으로 맛납니다."

표정과 말투가 유독 활기찼다.

"내 보기엔 취기가 오른 것 같은데, 기분은 어떻느냐?"

"기분 말입니까? 음…… 좋습니다. 분명 조금 전과 달라진 것이 없는 것 같은데…… 신통하게도 기분만 좋아졌습니다. 대체 왜 이런 거지요? 이유 없이 기분이 자꾸만 좋아집니다."

"그것이 바로 사내들이 술을 즐기는 이유니라. 이제 알겠느냐?"

"음……. 무엇을 뜻하는 것인지 설명은 할 수 없어도 알 것 같습니다."

"내 말하지 않았느냐, 넌 석 잔이면 알 수 있을 거라고 말이다."

희원이 눈을 초승달처럼 만들며 배시시 웃었다. 그 모습이 어찌나 예뻐 보이던지, 명은 가슴이 싸해졌다.

두근두근.

취기가 오르지도 않았는데 긴장한 사람처럼 심장이 빠르게 뛰었다. 맥박도 비정상적으로 뛰었고 그 바람에 속도 울렁거리는 것 같았다.

왜 이러지?

아까도 그러더니 또다시 가슴이 쿵쿵 널뛰기를 했다. 명은 술을 한입에 털어 넣은 다음 다시 희원을 쳐다봤다. 사내 복장에 상투를 틀어 올렸는데도 불구하고 연지를 찍어 놓은 듯 발그레한 볼이 수줍은 새색시처럼 아리따웠다.

이럴 리가 없다!

궁중의 수많은 여인을 봐도 그 어떤 감흥을 느낀 적이 단 한 번도 없었다. 그런데 이제 와 자신의 신경을 긁어대는 오만한 여인에게, 그것도 사내 복장을 한 여인에게 야릇한 감정을 느끼다니, 절대 인정할 수 없었다.

명은 눈을 가늘게 뜨고 희원의 취기 어린 얼굴을 구석구석 훑으며 모난 구석을 찾으려 애썼다. 하지만 갸름한 얼굴선 안에 들어오는 흑요석 같은 눈동자와 오똑한 코 그리고 붉고 도톰한 입술은 당최 흠잡을 데가 없었다.

어떻게…… 어떻게 모난 구석이 하나도 없을 수 있는 거지?

명의 눈동자가 이리저리 그녀의 얼굴에서 방황을 하는 동안 희원은 또다시 천진한 미소를 보이며 물었다.

"뭘 그리 빤히 보십니까? 소녀의 얼굴에 뭐라도 묻었습니까?"

무안함에 명은 미간을 구기며 퉁명스럽게 답했다.

"반가의 여인이 기방에서 술을 마시는 것을 보니 기가 차서 그런다.

더 이상 못 볼 꼴 보이지 말고 그만 일어나도록 하자."

"지금 말입니까? 안 됩니다! 이리 많은 음식을 남겨 놓고 어찌 그냥 돌아가자 하십니까?"

"허면, 이 많은 것을 넌 다 먹겠다 이 말이냐?"

희원은 상 위를 차지한 맛깔난 음식들을 보며 고개를 끄덕였다.

"물론입니다."

"보이는 것과 달리 식탐이 제법이로구나."

"아셨으면 느긋하게 기다려주시지요."

그녀의 고집에 명은 고개를 절레절레 흔들며 빈 잔에 술을 채웠다. 술기운이 돌고 있는 그녀를 보니 어쩌면 지금이야말로 저 여인의 정체를 알아낼 수 있는 절호의 기회일지도 몰랐다. 명은 그녀의 빈 잔에 술을 채웠다.

"한 잔 더 들거라."

"한 잔 더 말입니까? 하지만 방금 도련님께서 저한테 못 볼 꼴 보이지 말라고 하셨는데…… 정말 마셔도 되는 것입니까?"

"된다. 이 음식들을 다 먹으려면 목이 멜 것이 아니더냐?"

"그렇긴 하오나…… 이미 취기가 오른 것 같아서……."

"한 잔 더 마신다고 크게 달라지진 않을 것이다. 걱정 말고 마시거라."

술잔을 만지작거리던 희원은 망설이다 결국 잔을 입으로 가져갔다. 그 모습을 가만히 지켜보던 명은 그녀가 술잔을 내려놓자마자 그의 의중을 드러내기 시작했다.

"위로 오라버니가 있다 하였느냐?"

"어? 어찌 아셨습니까?"

"조금 전 네 입으로 한 얘기니라."

"소녀가요?"

그녀는 자신이 꺼낸 말도 기억하지 못했다. 취기가 올랐음이 틀림없었다. 확신이 선 명은 회심會心의 미소를 지으며 그녀의 잔을 다시 채웠다.

"모름지기 술잔을 받아도 기수奇數로 받는 법이니 내 한 잔을 더 주겠다. 받거라."

"또…… 말입니까?"

"사내들의 세계가 알고 싶다 배짱 두둑하게 남장을 하여 들어온 네가 겨우 술 한 잔에 겁이 나는 것이냐?"

명이 그녀의 자존심을 긁어대자 아니나 다를까 그녀가 술잔을 들어 깨끗하게 비워냈다. 탁, 빈 잔을 내려놓는 손끝에 오기가 실려 있었다.

"다섯 잔! 이 정도면 되었습니까?"

"뭐, 제법 흉내 정도는 내는구나. 하긴, 암자에 들어와 내 검을 목에 대고도 눈 하나 깜짝하지 않았던 배짱이니 이 정도는 당연한 거겠지."

"그때는…… 솔직히 무서웠습니다."

오호라, 무서웠다?

시끄러운 취객의 잡소리가 문밖에서 들려왔지만 그는 그것들을 깡그리 무시하며 그녀와의 대화에 집중했다.

"그리 무서웠으면 돌아갔으면 될 일을 어찌 고집을 부렸더냐? 그리 백일기도를 올린다 한들 네 새어머니가 그것을 알아줄 리 만무하거늘."

"알아주지 않는다 해도 상관없습니다. 소녀의 마음이, 정성이 중요한 거 아니겠습니까?"

"아무리 어머니를 위하는 마음이 있다 해도 아직 혼례도 올리지 않은 너를, 그런 깊은 산속에 가도록 네 아버지와 오라비는 가만있었단 말이냐?"

"허, 허락을 받았습니다."

"혹 네 드센 성품 탓에 아버지와 오라비도 포기하고 내보낸 것은 아니고?"

"그건 아닙니다! 아버지와 오라버니가 얼마나 저를 아껴주시는데요."
아비와 오라비와는 사이가 좋은 모양이로군.
"네 새어머니란 사람은 본디 첩이었더냐?"
"아닙니다, 어찌어찌 인연이 닿아 저의 아버지와 부부의 연을 맺게 되셨지만 본디 청렴한 선비 가문의 규수였습니다."
"다른 첩들도 있었을 텐데 어찌 규수를 새로 들인 것이냐?"
"저의 아버지 또한 청렴결백한 선비십니다. 첩은 처음부터 없었고 지금도 없습니다."
"그런 기분 나쁜 표정 짓지 말거라. 흔히들 그러하니 그런 것이 아닐까 생각해본 것뿐이다. 허면 네 오라비는 혼례를 올렸더냐?"
"아직입니다."
"너처럼 드센 성품을 지녀 아직 혼례를 못 올린 것이로구나."
"죄송하지만 소녀의 오라버니는 아주 점잖고 온화한 성품을 지니셨습니다. 혼례가 늦어진 것은 학문에 열중하느라 그런 것이고요."
"학문에 열중이라…… 혼례를 올리지 못할 정도로 학문에 열중했다면 입신양명立身揚名은 하였겠구나."
"물론입니다!"
그럼 아버지와 아들 모두 관리라는 뜻이렷다? 게 중에서도 전처와 사별하고 첩들 없이 후취後娶만 둔 관리.
명의 머리가 재빠르게 돌아갔다.
"허면 네 오라비가 어디서 일을 하는지도 알고 있겠구나."
"당연히……."
그가 던지는 질문에 발끈하던 그녀는 갑자기 말끝을 흐리며 실눈을 떠 명을 노려봤다.
"지금 제가 취기가 올랐다 하여 은근슬쩍 제 가문에 대해 알아보려

하심입니까?"

눈치 하난 끝내주게 빠른 여인이로구나!

명은 특유의 뻔뻔한 표정을 유지하며 점잖게 술잔을 비웠다.

"술잔을 기울이거늘 멍하니 있으면 무엇 하겠느냐, 이리 뭐라도 말을 하는 게 좋지. 그리 감추려 하고 민감하게 구는 것이 도리어 이상하구나."

"싫습니다. 처음부터 말하지 않았습니까, 저에 대해 알려고 하지 말아 달라고요."

"대체 왜 안 된다고만 하는 것이냐? 내 그리 많은 것을 알려주었건만 이름 석 자 정도도 알려주지 않으려 하는 이유가 대체 무어냐 말이다!"

"하오면 도련님은 도련님의 집안에 대해 말씀하신 적이 있으십니까?"

당돌한 질문에 명은 말문이 턱 막혔다. 어명 때문에 세자의 신분을 밝힐 수 없는데다가 사실을 밝힌다 한들 그녀가 믿기나 할까. 되레 농으로 돌려질 게 뻔했다. 명은 또다시 그녀에 대해 아무것도 알아내지 못한 채 제자리걸음을 한 셈이었다.

명은 거친 손길로 술잔을 채우며 모난 목소리로 말했다.

"되었으니 그만 술이나 마시자."

"소녀는 더 이상 마시지 않겠습니다. 이유는 도련님께서 잘 아실 테니 힘들게 말하지 않아도 되겠지요."

취기에 말할까 우려된다? 하!

"음식 남기는 걸 싫어한다더니 술은 남겨도 된다 이것이냐?"

"술은 도련님께서 마시고 계시잖습니까?"

저놈의 말대답!

명은 술잔을 단박에 비웠다. 하나부터 열까지 순종적인 구석이라고는 눈을 씻고 찾으려야 찾을 수가 없었다. 본전도 못 찾을 바에야 차라리 침묵을 지키고 있는 편이 나았다.

두 사람이 조용해지자 비로소 지금껏 들리지 않았던 소리가 벽을 타고 방 안으로 흘러들어왔다. 기생의 아양 떠는 소리와 걸쭉한 사내의 음성이 뒤섞여 생생하게 전달되었다.

"아앙! 나으리도 참, 이년의 젖가슴이 터지겠습니다요!"

"으하하하, 고년 참 실하구나! 이쪽도 좀 만져보자!"

"아잉, 나으리, 거긴…… 아아앙……."

차마 듣기 민망한 소리에 희원은 귀까지 새빨갛게 변했다. 아무리 신경을 끄고 음식에만 집중을 하려 해도 앵앵거리는 신음소리는 견디기 힘들었다.

"아잉, 나으리 거긴 안 됩니다요. 안 된다니…… 아흑!"

나른하게 붕 떠올랐던 기분이 순식간에 바닥으로 추락했다. 그녀는 맞은편에 앉은 명을 쳐다봤다. 눈을 내리깔고 있지만 자신의 귀에 들리는 소리가 그의 귀에 들어가지 않았을 리가 없었다.

"아하하! 어디 네년 치마 속 구경이나 해보자꾸나!"

"꺄악, 나으리!"

도저히 참을 수가 없게 된 희원은 수저를 내려놓으며 자리에서 벌떡 일어났다.

"아, 아무래도 그만 일어나야 할 것 같습니다."

"벌써 말이냐? 이 음식을 다 먹어야 한다고 으름장을 놓을 때는 언제고?"

"으, 으름장이라니요! 배불리 먹었으니 그만 일어나시지요. 남은 음식은 싸 달라 하면 되질 않겠습니까?"

돌아가자는 희원의 말에 명은 순순히 자리에서 일어났다. 안 그래도 계집의 신음소리가 귀에 거슬리던 참이었다. 그녀가 먼저 돌아가자 하니 반가울 따름이었다. 남은 음식을 싸가겠다는 게 영 마음에 들지 않지만 어서 이곳에서 나가고픈 마음에 그는 별 토를 달지 않고 그녀를 뒤따랐다.

"또 오십시오, 나리들!"

처음 두 사람을 안내했던 사내가 허리가 부러져라 인사를 하고는 다른 손님들을 맞으러 갔다.

희원은 남은 음식을 싼 보따리를 들고 명의 뒤를 따라 걸었다. 흙냄새가 유독 짙게 코를 자극하는 깊은 밤이었다. 뒷짐을 진 명은 빠르지도 그렇다고 느리지도 않은 걸음으로 기방 옆쪽 길을 걸어갔다. 몇 걸음 걷지도 못하고 그는 기방 돌담에 쪼르르 앉아 있는 어린아이들과 노인 몇몇을 보았다. 지저분한 누더기를 걸치고 덥수룩한 머리와 시꺼먼 먼지로 얼굴을 도배한, 말로만 듣던 거지들이었다.

두 사람이 그 앞을 지나가자 아이들이 양손을 비비며 '나리, 적선 좀 해주시어요. 부탁입니다.' 라며 애처롭게 구걸했다. 이제 막 걷기 시작한 아이부터 제법 큰 아이들까지 그의 앞을 막아서며 구걸을 하니 명은 적잖이 당황했다. 그때 명 뒤에 서 있던 희원이 앞으로 나서며 들고 있던 보따리를 그들 앞에 내려놓았다.

"이것은 여기 계신 나리께서 주시는 음식이다. 다들 공평하게 나눠 먹도록 해라."

음식이라는 말에 아이들의 눈에 생기가 돌았다.

"감사합니다! 감사합니다, 나리!"

묵직한 음식 보따리에 거지들이 순식간에 일어나 다들 머리를 조아렸다. 음식을 나눠준 건 그녀인데 공이 그에게 돌아오니 머쓱해졌다. 명은 아무 말 없이 가던 길을 다시 나아갔다.

칠흑같이 어두운 밤.

달빛을 불빛삼아 두 사람은 약속이라도 한 듯 입을 다물고는 일정한 거리를 유지하며 울퉁불퉁한 길을 걸어갔다.

무슨 생각을 하시는 걸까?

앞서 걷는 명의 등을 보면서 희원은 문득 의문이 들었다. 기분이 나쁘면 나쁘다고 확실히 하던 사람이 입을 꾹 다물고 있으니 그 속이 어떤지 궁금했다.

사실 기방으로 그를 데려간 진짜 이유는 방금 전 거지들을 보여주기 위함도 있었지만 방탕한 양반들의 행태도 포함되어 있었다. 돈 있는 양반들의 사치스러운 생활 이면에 배곯아 죽어가는 이들도 많다는 현실을 느끼게 해주고 싶었다. 먹다 남은 음식이라도 감사히 받아 입에 풀칠이라도 하려는 백성들이 나라에 이렇게 많다는 것을 직접 눈으로 보게 하면 다음 보위를 이을 세자가 뭔가를 깨닫지 않을까 하는 얕은 소견에 행한 일이었다. 하여 주모에게 기방이 생겼다는 소리에 일부러 남장까지 감수하며 온 것이었다. 새로운 기방일수록 양반들은 넘쳐날 테고 덩달아 근처 거지들도 벌떼처럼 모여들 테니까 말이다.

소녀의 뜻을 알아주셨으면 좋으련만…….

희원은 속으로 기원했다. 그가 지금껏 보지 못했던 백성들의 삶을 조금이라도 체험해 보고 한 나라의 세자로서, 미래의 왕으로서 어진 마음을 가지길 말이다. 넓은 마음으로 사람을 대하다 보면 여인에 대한 모난 태도도 고쳐질 것이고 그렇게 되면 마음을 줄 수 있는 여인도 나타날 것이라 여겼다.

뚜벅뚜벅, 걸어가는 발뒤꿈치가 갈수록 무거워졌다. 갑자기 머릿속이 윙윙거리며 어지러웠다.

왜 이러지?

처음 써본 갓 때문인가 싶어 갓을 고쳐 써보아도 머리를 파고드는 통증은 전혀 가시질 않았다. 그리고 설상가상으로 그녀의 발끝이 돌부리에 부딪히고 말았다. 중심을 잡지 못한 그녀는 그대로 제자리에 주저앉고 말았다.

"앗……."

얕은 신음에 앞서가던 명이 뒤를 돌아다봤다. 흙바닥에 앉아 손으로 이마를 감싸고 있는 그녀의 모습에 그는 걸음을 돌려 그녀에게로 다가와 눈높이를 맞추기 위해 몸을 내렸다.

"왜 그러느냐?"

"그게…… 조금 전부터 두부(頭部)가 이유 없이 어지럽습니다."

"술을 마신 탓일 게다. 술이란 것이 마실 때는 기분을 좋게 하다 때가 지나면 이리 아픔으로 변하는 법이지."

"언제쯤이면 이 통증이 사라질까요?"

"사람에 따라 금방 괜찮아지는 사람도 있고, 며칠간 고생을 하는 사람도 있다. 일어날 수는 있겠느냐?"

"모르겠습니다. 조금 쉬면 괜찮아질 것도 같은데……."

명은 혀를 차며 그녀에게 등을 보였다.

"업히거라."

"예……?"

"어차피 주막이 멀지 않았다. 그러니 업히거라."

"아, 아, 아닙니다! 혼자 걷겠습니다."

희원은 억지로 몸을 일으켜 세웠다.

세자저하의 등에 업히다니, 절대 안 될 일이야!

"아프다는 것도 꾀병인 모양이구나. 업어준다는 말에 벌떡 일어나는 걸 보니."

"새, 생각해 보니 걸을 만합니다."

쓸데없이 고집을 부리는 통에 명은 굽혔던 몸을 쭉 펴며 일어섰다. 하지만 어쩐 일인지 그는 가던 길을 재촉하지 않고 할 말이 있는 사람처럼 그녀를 빤히 쳐다보기만 했다. 따가운 시선에 희원은 내심 뜨끔했다.

"왜…… 그런 눈으로 보십니까?"

"넌 대체 누구냐?"

진지한 물음에 희원은 하마터면 그 자리에 다시 주저앉을 뻔했다. 심장이 쿵쾅쿵쾅, 다리가 후들후들 떨려왔다.

"가, 갑자기 왜…… 그러십니까?"

"널 만난 뒤로 이 머릿속이 편할 날이 없다. 오늘은 남장까지 하여 구태여 기방까지 가자 한 까닭이 무엇이냐?"

"까닭이라니요, 소녀는 그저 기방이라는 곳이 궁금하여…… 가자고 한 것뿐인데……."

"진정 기방이 궁금하여 가자 한 것이더냐?"

희원은 차마 얼굴을 들지 못하고 치맛단 끝자락만 쳐다보며 고개를 끄덕였다. 곧 그의 입술 사이로 답답하다는 듯 한숨이 흘러나왔다.

'하긴, 네가 무얼 안다고 날 일부러 기방까지 데려가려 했겠느냐, 기방의 길가 한편에 서서 동냥으로 살 수밖에 없는 어린 백성들을 만난 것도…… 창피함을 무릅쓰고 가지고 나온 음식들을 그들에게 나누어준 너도…… 모두 우연으로 빚어진 것을…….'

"되었다, 그만 돌아가자."

명의 시선에서 벗어나자 희원은 비로소 안도의 숨을 내쉬며 앞서가는 그의 뒤를 쫓았다. 하지만 어지러운 몸을 재빨리 놀리다 보니 오른발이 왼발 뒤꿈치에 걸리는 실수를 하고 말았다.

"어맛!"

몸이 순식간에 앞으로 쏠렸다. 땅이 코앞에 가까워지려는 찰나 명의 손이 그녀의 가슴팍을 가로질렀고 본능적으로 눈을 감은 희원은 명의 손을 보지 못한 채 곧 닥칠 통증을 예감했다.

"읏!"

바닥으로 쏠리던 몸이 뜬금없이 멈췄다. 놀란 그녀가 천천히 눈을 뜨자 그녀의 몸이 공중에 멈춰 있는 게 아닌가. 눈을 깜빡이며 희원은 자신의 가슴 앞쪽을 가로지른 그의 팔을 내려다봤다.

"괜찮으냐?"

바로 머리 위에서 들리는 그의 음성에 희원은 그제야 정신이 돌아왔다. 그녀는 소스라치게 놀라며 저도 모르게 코앞에 있는 그의 가슴팍을 확 밀쳐냈다.

"괘, 괜찮습, 아앗!"

힘의 반동으로 희원의 몸이 중심을 잡지 못하고 다시 뒤로 넘어갔다. 그 찰나 명이 그녀의 팔을 잡아당겼고 의도치 않게 그녀를 안는 꼴이 되어버리고 말았다.

"꺄앗!"

그의 손길을 피하려다 오히려 사내의 가슴에 안겨버린 희원은 충격의 여파로 몸이 경직되어 버렸다. 손바닥을 타고 전해지는 그의 심장 박동과 머리 위로 쏟아지는 숨소리가 그녀의 예민한 촉각을 자극했다.

어……어쩌지?

도움을 준 손길을 또다시 내치는 건 도리가 아니었다. 난감해하는 그때 다행스럽게도 그가 먼저 말을 걸었다.

"괜찮으냐? 하마터면 넘어질 뻔하였구나."

"예…… 도련님 덕분에…… 괜찮습니다. 못 볼 꼴을 자꾸만 보이는 것 같아 송구합니다."

"다치지 않았으면 그걸로 되었다."

"도련님…… 송구하오나 이 손 좀…… 거둬주시겠습니까?"

말이 떨어지기가 무섭게 명의 눈이 그녀의 등을 감싸고 있는 손으로 향했다. 다급한 나머지 저도 모르게 그녀를 끌어안아 버린 형국에 화들짝 놀란 그는 서둘러 손을 거둬들였다. 하지만 손끝에 남은 이상한 감촉이 화르르 불길을 일으키며 그의 가슴을 뜨겁게 데웠다.

"어험! 그, 그만 돌아가자꾸나. 시간이 많이 지체되었다."

간질간질 이상한 느낌이 도는 손을 옷깃에 탈탈 털어내며 명은 헛기침과 함께 앞서 걸어갔다. 희원은 주춤주춤하다가 명이 저만치 떨어진 후에야 양 볼을 손으로 감싸며 그를 뒤따랐다. 민망한 상황에 두 사람은 누구 하나 먼저 입을 열지 않고 침묵을 일관한 채 주막으로 돌아왔다.

"아이고, 인제사 오십니까요?"

마침 주모가 부엌에서 나오며 두 사람을 반겼다. 돈 몇 푼에 잠시 묵어가는 사람들에게도 주모는 살뜰한 말투로 사람 좋은 미소를 입가에 걸었다.

"허미, 이 곱상하게 생긴 양반은 누구십니까요?"

주모는 그저 고개를 갸우뚱거릴 뿐 남장한 희원을 알아보지 못했다.

"아, 나, 나는 여기 계신 도령과 할 얘기가 있어 잠시 들른 것이니…… 금방 돌아갈 것이네."

들킬세라 희원은 굵은 목소리로 답했다. 그때 사내아이 하나가 달려오며 주모의 치맛자락을 붙들었다.

"어머니, 아버지가 지금 찾아요."

"그랴? 그럼 나리들께서는 안으로 드십죠. 시키실 일 있으시면 크게 부르시고요."

주모는 아이의 손을 잡고 부엌 모퉁이를 돌아 그들의 시야에서 사라졌다. 명과 단둘이 남게 되자 희원은 그제야 긴장된 숨을 토해냈다. 어쩔 수 없이 남장을 하긴 했지만 두 번은 다시 경험하고 싶지 않았다.

숨을 돌리는 희원을 두고 명은 그녀를 지나쳐 자신이 묵을 방으로 걸어갔다.

"아, 도련님!"
 그녀가 그의 발목을 붙잡자 그가 못마땅한 눈길로 그녀를 쳐다봤다.
 "또 뭐냐?"
 주막에 오기 전 민망한 사건도 있고 웬만하면 오늘은 그냥 조용히 방에 들어가 쉬고 싶었지만 그래도 한 가지 다짐은 받아야겠기에 희원은 그를 불러 세울 수밖에 없었다.
 "오늘 제가 남장하여 기방에 들어간 일은 아무에게도……."
 "비밀로 해달라 이것이냐? 참나, 말하고 싶어도 네가 누군지도 모르는데 어떻게, 누구에게 말을 한단 말이냐?"
 명은 옷소매를 탁 털고는 그대로 방으로 들어갔다. 쿵 닫힌 방문을 바라보다 희원은 몸을 돌렸다. 그녀는 저만치 떨어져 있는 적주에게 부끄러운 미소를 지어보인 뒤 자신의 방으로 들어갔다.

※

 새벽닭 우는 소리에 희원은 잠이 깼다. 간밤에 마신 술 때문에 미미한 두통이 있었지만 운신에 지장을 줄 만한 정도는 아니었다. 그녀는 자리에서 일어나 자리끼부터 찾아 갈증 난 목을 축인 뒤 미리 준비해둔 물로 소세를 하고 옷을 갖춰 입었다.
 '금일로 세자저하를 모시는 것도 마지막이로구나.'
 옷고름을 다듬던 손이 치마폭으로 툭 떨어졌다. 그녀는 멍하니 창호지 위를 물들이는 희미한 빛을 바라보다가 재차 울어대는 닭 울음소리에 정신을 차렸다.
 이럴 때가 아니지!
 마지막 날이니만큼 최선을 다해 그의 마음을 조금이라도 움직이게 만들어야 했다. 그렇게 하지 못하면 주상전하를 뵐 낯이 없어질 테니까 말이다.

마음을 굳게 먹은 희원은 뻑뻑한 문짝을 열고 나와 주모에게 조반을 부탁했다. 주모는 인심 후한 미소와 함께 금세 조반을 가지고 희원의 방으로 찾아왔다.

"채린 건 없지만 많이 드셔요, 근디 아기씨는 오데서 올라온 거여요? 가만 보니께 저짝에 묵는 도령하고 꽤 친분이 두터워 보이던데…… 무슨 사이래요?"

"지인의 길 안내를 돕고 있는 것뿐이라네."

"아이고, 그러셨구먼요. 여인네 몸으로 고생이 많으십니다, 그려. 그럼 국 식기 전에 어여 드셔요."

주모가 방에서 나가자 희원은 수저를 들었다. 산에서 갓 캐온 나물 두어 가지와 무를 넣고 끓인 맑은 된장국이 다인 빈곤한 조반에도 그녀는 밥 한 공기를 다 비워낸 뒤 밖으로 나왔다. 비릿하면서도 시원한 아침 공기를 흠뻑 들이켜며 그녀는 세자의 방문 앞에 선 흑주에게 가벼운 목례를 건넸다. 언제 돌아온 건지 적주와 교대를 한 흑주는 검은 무복차림으로 세자를 지키고 있었다.

곧 세자의 방문이 열리며 그가 모습을 드러냈다. 깔끔한 도포차림의 세자에게 희원이 가볍게 고개를 숙이자 그가 그녀 앞으로 다가오며 한쪽 눈썹을 치켜 올렸다.

"표정을 보니 속은 괜찮은 모양이로구나."

"기침하셨습니까?"

희원의 인사에도 그는 찡그린 눈을 펴지 않았다.

으앙, 주모의 방에서 아이 울음소리가 터져 나왔다. 곧이어 어제 저녁에 봤던 꼬마 아이가 방문을 열더니 주모를 향해 소리쳤다.

"어머니! 생철이가 자꾸만 울어라!"

"쇠철이 네가 좀 안아줘 봐! 난 아버지 상 좀 차려주고 갈랑께!"

정신없는 상황에도 주모는 밖에 나와 있는 명을 보고 냉큼 달려와 허리를 굽실거렸다.

"나리, 일어나셨습니까?"

주모의 인사에 명이 흑주를 쳐다보자 흑주가 주모 앞으로 나와 품에서 돈주머니를 꺼내 그녀에게 건넸다. 묵직한 무게에 주모의 얼굴이 눈에 띄게 밝아졌다.

"아이고, 이렇게나 많이! 감사합니다!"

입이 찢어져라 웃는 주모를 뒤로하고 명은 그대로 밖으로 걸어 나왔다. 희원은 주모에게 짐은 나중에 찾겠다고 말한 뒤 그의 뒤를 급히 쫓았다. 그들의 뒤를 흑주가 뒤따랐다.

정신없이 저자를 돌다 보니 벌써 오시였다. 말없이 명의 뒤를 따라 걷던 희원은 우뚝 멈춰 서서 그를 불렀다.

"도련님."

앞서 걷던 명이 뒤를 돌아보며 의문의 눈길로 그녀를 쳐다봤다.

"저기 좀 보십시오."

그녀의 손가락 끝이 낮은 담장 너머를 가리켰다. 명은 그녀의 곁으로 다가가 담장 안, 초라한 앞마당을 내다봤다. 여럿의 사내가 신을 만들고 있었다. 사내들은 넓은 멍석에 앉아 신을 만들면서도 입을 한시도 가만히 두지 않았다. 무슨 얘기를 재밌게 하는지 껄껄 웃기도 하고 힘들면 쉬기도 하면서 쉬엄쉬엄 일을 하고 있었다.

"주막의 여인을 기억하시지요? 그 아낙은 매일같이 백여 명이 넘는 사람을 상대해가며 쉴 틈 없이 일을 하지요. 하지만 저 사내들은 꽤 편해 보이지 않습니까?"

명은 아무 말도 하지 않았다. 굳이 답을 원한 것이 아니기에 희원은 계속 말을 이어갔다.

"저 사내들은 알까요? 자신들의 아내가 얼마나 힘들게 하루하루를 보내고 있는지 말입니다."

"무엇이 말하고 싶은 것이냐?"

그의 대답에 희원은 싱긋 웃었다. 그리고 그 웃음은 곧 진지하게 변했다.

"여인들 또한 사내들 못지않게 많은 일을 하고 있다는 것을 말하고 있는 겁니다."

"사람 나름이겠지. 사대부 여인들은 아주 편히 살고 있질 않느냐?"

명의 반박에 희원은 그를 똑바로 올려다봤다.

"편히 보이는 것뿐이지 절대 편히 사는 것이 아닙니다. 좋은 옷을 입고, 귀한 음식만 먹는 상감마마를 보십시오. 모든 백성들이 우러러보는 편한 삶을 살고 계시지만 실로 정사로 인해 골머리를 썩이지 않습니까? 단순히 눈에 보이는 것이 편해 보인다 하여 편한 것은 아닙니다. 도련님 또한 제 눈엔 아무 근심 없는 부유한 양반가의 자제처럼 보이지만, 실제로도 그러하십니까? 아무 근심 없이 살고 계신 겁니까?"

"상감마마까지 들먹이며, 대체 하고 싶은 말이 무엇이냐?"

"모두가 나름의 고통이 있다는 걸 말하고 싶은 겁니다. 사대부가의 여인도, 주막의 주모도, 상감마마도, 도련님도, 저도, 모두 쉽게 살아가고 있는 것이 아니라는 말입니다. 도련님께서 무슨 연유로 여인을 무시하고 깔보려는지 모르겠으나, 여인들 또한 사내들 못지않게 제 일에 충실하며 그 나름의 고뇌를 떠안고 있습니다. 그러니 가벼이 보지 말아 주십시오."

두 사람의 눈이 허공에서 맞부딪혔다.

"그간 내게 무시당해 기분 나빴다 이것이냐?"

"예. 무시당하고 기분 좋은 사람이 어디 있겠습니까? 기분 나빴습니다. 하지만 여인을 하찮게 보는 그 점만 뺀다면 도련님은 훌륭한 인품과 학식을 가지고 계십니다. 하여 용기 내어 말하는 것입니다."

명의 입술이 알듯 말듯 위로 올라갔다. 그녀가 무엇을 말하고자 하는지 알기에 그다지 기분이 나쁘지 않았다. 그녀의 말대로 사실이 그러하니까.

이해했다는 듯 미소 짓는 그의 표정에 희원도 덩달아 웃었다. 하지만 기쁨도 잠시, 명의 어깨 너머로 언뜻 보이는 낯익은 실체에 그녀의 얼굴이 순간 굳어졌다.

흑립黑笠 아래로 보이는 가는 턱선과 두터운 입술, 온순해 보이는 눈은 다시 봐도 승경이었다.

'승경 도련님?'

예기치 않은 상황에 희원은 등골에 식은땀이 났다. 숨어야 했다. 그녀가 누구인지 아는 그와 마주친다면 신분이 탄로 날 수도 있었다. 그녀는 딱딱해진 표정으로 이리저리 주변을 두리번거리며 숨을 곳을 찾았다.

갑작스럽게 허둥대는 그녀의 행동에 명은 이상한 눈길로 내려다봤다.

"갑자기 뭐하는 게냐?"

"아, 그것이…… 일단 이쪽으로 가시겠습니까?"

희원은 자신의 음성이 떨리고 있다는 것도 모른 채 다짜고짜 그를 끌고 샛길로 들어갔다. 때마침 외양간이 보였고 희원은 그곳으로 들어가 기둥 뒤로 몸을 숨겼다. 곧이어 굵은 남자들의 목소리가 들려왔고 희원은 고개를 빼꼼히 내밀어 승경이 성균관 친우들과 지나가는 것을 조용히 지켜봤다. 들키지 않았다는 안도감에 희원은 가슴팍에 손을 갖다 대며 큰 숨을 내쉬었다.

"후우……"

"사내의 품에 안기니 절로 기운이 빠지는 것이냐?"

"예?"

고개를 드니 명의 잘난 얼굴이 바로 코앞에 와 있었다. 반쯤 내리깐 속눈썹 아래로 그늘진 그의 까만 눈동자가 그녀를 비추고 있었다. 어이없게도 희원은 명의 품에 안겨 있는 꼴이었다.

이, 이, 이게 무슨!

화들짝 놀란 그녀는 후다닥 그에게서 떨어졌다.

"그, 그런 것이 아닙니다! 오해하지 마십시오!"

"이미 오해하기 시작했느니."

"발, 발에 걸려 넘어질 뻔한 것입니다."

"핑계 한 번 어색하고."

"지, 진정 넘어질 뻔하여 그런 것이라는데도 그러십니다!"

"흑주야, 네 보기에도 우연이더냐?"

애기의 화살이 자신에게로 날아오자 흑주는 머리를 숙였다.

"애석하게도 보지 못하였습니다."

"재치 없는 놈."

흑주를 흘겨본 명은 벌게진 얼굴의 희원을 쳐다보며 능청을 떨었다.

"허기가 지는구나. 탕반이나 먹으러 가지 않겠느냐?"

마음을 가라앉힌 희원은 하늘을 올려다봤다. 어느새 정오를 훌쩍 지나 해가 서서히 기울기 시작했다. 붉다 못해 검붉은 하늘이 금방이라도 어둠을 불러올 것만 같았다.

어느덧 달포라는 긴 시간이 지나고 말았다. 이제 어둠이 오기 전에 그를 돌려보내야 했다. 그녀가 명의 어깨 너머 흑주에게 눈길을 주자 그 뜻을 금방 알아챈 흑주가 고개를 끄덕였다.

"도련님, 이제 그만 돌아가셔야 합니다."

"벌써 말이냐?"

"술시戌時[20] 안에 돌아가셔야 합니다."

그제야 명은 시간이 많이 흘렀다는 사실을 알아차렸다. 그는 미련이 남은 눈으로 희원을 바라봤다.

"갈 길이 급하신 듯한데 그만 걸음을 돌리시지요. 소녀는 이쯤에서 돌아가도록 하겠습니다."

"잠깐."

"하실 말씀이 남으셨습니까?"

왠지 이대로 그녀를 보내면 안 될 것 같은 기분에 명은 이름이라도 알아두고 싶었다. 하지만 지금껏 그랬듯 물어도 대답하지 않을 것 같아 답답하기만 했다.

"사는 곳이…… 한양이라 하였느냐?"

"예."

"다시 암자로 갈 것이냐?"

"예."

"스승과 제자의 연을 맺었거늘, 이름 석 자도 모른 채 헤어져야 하는 것이냐?"

"처음부터 그러하기로 약조한 것이니 그래야지요."

"부탁해도…… 안 되겠느냐?"

세자의 입에서 부탁이라니!

순간 말해 주고 싶은 충동이 일었다. 하지만 세자는 그녀의 존재를 알아서는 아니 되었기에 그녀는 냉정하게 그의 부탁을 물리쳤다.

"송구합니다."

명은 얼굴에 스며드는 실망스런 감정을 들키지 않기 위해 이내 몸을

---

[20] 오후 7~9시

홱 돌렸다.

"가자, 흑주야."

말투에 서운함이 가득했다. 이름조차 말해 주지 않는 그녀가 원망스러워 명은 뒤도 한 번 돌아보지 않고 힘차게 걸었다.

희원은 그런 그의 뒷모습이 멀어질 때까지 꼼짝도 하지 않고 서 있었다. 그의 뒷모습이 멀어지자 이상한 기분이 가슴을 스쳐 지나갔다. 그가 궁으로 돌아가는 것은 당연한 일이고, 자신이 맡은 소임은 일부라도 달성한 것 같은데도 뭔가 부족한 기분을 떨칠 수가 없었다. 대체 이 알 수 없는 마음은 무엇일까?

적주의 호위를 받으며 집으로 돌아가는 내내 희원은 혼란스런 마음의 정체를 알아내지 못했다.

※

궁의 사정전 오른편에 위치한 동궁의 자선당資善堂.

기와지붕의 추녀마루를 따라 배열된 아홉 개의 잡상, 그 비호 아래 화려하게 수놓아진 전각이 오늘따라 활발한 기운이 도는 듯했다. 명이 돌아온 즉시 폐쇄되었던 궁은 조용히 열렸고 세자를 보필하는 양 내관과 그의 측근들은 세자의 무사안위를 기꺼워했다.

자적룡포로 의관을 정제한 명은 황금색 보료 위에 앉아 멍하니 서책에 시선을 주었다. 하지만 이상하게 서책의 글들이 하나도 눈에 들어오지 않았다. 평소의 그라면 절대 있을 수 없는 일이었다. 그리 돌아오고 싶었던 곳인데 막상 이곳에 앉아 있으니 넓은 방 안이 휑하니 크게만 느껴지고 암자의 그 초라한 방이 설핏 생각나기도 하고 도대체가 마음을 종잡을 수가 없었다.

"저하, 어찌하여 그리 슬픈 용안을 하고 계시옵니까?"

수족과도 같은 내관 양홍공의 우려에 명은 숙였던 고개를 천천히 들어 올렸다.

"내가 슬퍼 보이는가?"

"달포만의 환궁이옵니다. 어찌 용안에 수심이 그득하신 것이옵니까?"

"내가 없는 동안, 양 내관은 이 몸이 보고 싶었는가?"

세자답지 않은 질문에 양 내관의 처진 눈꺼풀이 확 올라갔다. 저런 감정적인 말은 처음이라 적잖이 당황스러웠다.

"지엄하신 어명이 있어 따라나서지 못했을 뿐, 소신은 늘 저하를 그리워했나이다."

"그래…… 어떤 마음으로 그리워했는가?"

"예……?"

"어떤 일을 해도 내 얼굴이 그대의 눈앞을 아른거릴 정도로 그리워했는가?"

사십 줄에 들어선 양 내관의 고개가 갸우뚱했다.

"흠흠, 저하, 혹 궐 밖에서 무슨 일이 있었던 것이옵니까?"

눈치 빠른 양홍공.

"무슨 일이라…… 궐 밖에서 계집 하나를 알게 되긴 했지."

"계집이라 하심은……."

"나도 모른다. 어느 집 규수인지, 나이도, 이름도 아는 것이 하나도 없느니라."

"하오면 아는 여인이라 할 수 없는 것이 아니옵니까?"

"허나 얼굴을 알고 있다. 그 여인의 성품도, 말투도, 웃을 때 달처럼 휘어지는 큰 눈도 똑똑히 기억하고 있다."

양 내관은 곰곰이 생각하다 얄팍한 입술을 늘이며 말했다.

"혹, 그 여인이 눈앞에 어른거리십니까?"

"그렇다."

"그 여인의 목소리가 이부耳部[21]를 간질이기도 하고, 한 번 더 만나 뵙고 싶으신 것은 아니옵니까?"

"양 내관, 신기神氣라도 있는 것이냐? 어찌 그리 잘 아느냐?"

놀란 그의 얼굴을 보며 양 내관은 훈훈한 미소를 지었다.

"소신에게 신기가 있을 리가 있겠사옵니까? 그저 여인을 품은 사내의 마음이 다들 그러하다기에 알고 있는 것뿐이옵니다."

"뭐……? 여인을 품은 사내의 마음?"

명은 말도 안 된다는 듯 고개를 좌우로 흔들더니 펼쳐진 서책을 소리 나게 덮어 버렸다.

"양 내관 네놈이 벌써 노망이라도 든 게냐? 어찌 그런 망언을 입에 담는 것이냐?"

"소신은 그저 일반적인 사내의 감정을 아뢴 것이옵니다. 게다가 여인에게 관심을 갖는 것은 자연의 이치이자 인간의 순리이니 역정을 내며 부정할 일이 아니라 사료되옵니다."

내가 그 계집을 마음에 품었다니!

그럴 리가 없다! 절대 그럴 리가 없어!

명은 속으로 외치며 옆에 선 양 내관의 얼굴을 물끄러미 바라봤다.

"양 내관."

"예, 저하."

"오늘따라 네 얼굴이 참으로 못났구나."

"송구하옵니다."

"됐다. 그나저나 내가 없는 동안 이곳을 찾은 이는 없었더냐?"

---

[21] 귀

"전하의 엄명으로 이곳은 철저히 폐쇄되었사옵니다. 또한 이 몸이 아랫것들의 입단속을 철저히 했기에 별문제는 일어나지 않았사옵니다."

"우상에게는…… 연락이 없었는가?"

"그게……."

그때 문밖에서 임금의 행차를 알려왔다. 명은 재빨리 보료에서 일어나 옆으로 물러섰다. 곧 문이 열리고 붉은색의 곤룡포를 입은 임금이 모습을 드러냈다. 익선관 밑으로 드러난 까무잡잡한 피부와 그 위에 자리한 큼직한 눈, 두둑한 콧방울의 높은 콧대, 두터운 입술이 차분하면서도 온화한 인상을 풍겼다. 좌정한 임금은 힘이 실린 목소리로 상선에게 명했다.

"세자와 긴히 할 얘기가 있으니 주위를 물리도록 하라."

내관과 궁녀들이 순식간에 물러나자 명은 임금의 맞은편에 자리했다. 임금은 명의 얼굴을 찬찬히 뜯어본 뒤 말문을 열었다.

"얼굴이 수척해졌구나."

"아니옵니다."

"과인을 원망하였느냐?"

"처음엔 그러했으나 시일이 지날수록 그런 마음은 사라졌습니다."

솔직한 대답이었다.

"그곳의 생활은 어떠하였느냐? 많이 불편했을 텐데, 고생이 많았겠구나."

"생각보다 나쁘지 않았사옵니다."

"그곳에서 얻은 깨달음이 있느냐?"

"그간 소자의 비뚤어진 행실을 느꼈으며, 부끄러운 자만을 깨달았습니다."

원하던 대답에 임금의 진지한 얼굴에는 기뻐하는 기색이 역력했다.

"오늘은 늦었으니 내일 일찍 중궁전에 문안인사를 가도록 해라. 세자가 무사히 환궁했으니 곧 금혼령을 내리고 세자빈을 간택하여 가례를 올리는 절차를 밟을 것이니라."

"가례라…… 하셨습니까?"

"세자의 나이 약관이 지난 지 한 해가 지났느니라. 진즉 가례를 치렀어야 할 나이건만 흉사와 연이은 국상國喪으로 지금껏 미뤄졌으니 더 이상 지체할 수가 없다. 종묘사직을 위해서라도 하루빨리 세자빈을 들여 후사를 보도록 해야 하지 않겠느냐?"

"하오나……."

이 상황에 방자한 여인이 떠오르다니.

이건 필시 조금 전 양 내관이 쓸데없는 소리를 했기 때문이다!

"내게 할 말이 있는 것이냐?"

임금의 물음에 명은 복잡한 속내를 접고 답했다.

"아니옵니다. 내일 중궁전으로 걸음 하겠습니다."

"참, 흑주와 적주 말이다. 두 사람을 너에게 줄까 하는데, 세자의 생각은 어떠한가?"

이 몸을…… 감시하겠다는 말씀이십니까?

명은 부르르 떨리는 입술을 꽉 깨물었다.

"아끼는 자들을 친히 내어주시니 감읍할 따름입니다."

"달포간 고생한 그들을 잠시 쉬게 해주었으니 돌아오는 대로 보내주도록 하겠다."

"그리하십시오."

"암자에서…… 아니다. 곧할 터이니 그만 쉬도록 하라."

암자에서의 일을 물어보려던 임금은 그만 입을 다물고 자리에서 일어났다. 혹여나 세자가 눈치 챌까 우려되었던 것이다.

임금이 떠나자 명은 그 자리를 한참 바라보다 제자리로 돌아가 서찰을 쓰기 시작했다. 그리고 그의 호위무사 장규를 불러 봉서를 건넸다.

"누구의 눈에도 띄지 말고 우상에게 은밀히 전하거라. 알겠느냐?"

"존명 받잡겠습니다."

장규가 사라지자 명은 양 내관의 시중을 받으며 침소에 들었다. 남자 여럿이 뒹굴어도 넓고 넓은 방이건만 암자에서의 좁고 허름한 방보다 더욱 갑갑하게 느껴지는 이유는 뭐란 말인가.

'우습구나…… 그 계집이 자꾸만 생각나다니…….'

명은 희원의 낭랑한 음성을 떠올리며 억지로 잠을 청하려 노력했다. 하지만 결국 잠이 든 것은 언제나 그렇듯 아침이 다가오는 인시였다.

*

"아기씨!"

익숙한 목소리에 잠을 깬 희원은 소세물을 들고 들어오는 죽심을 바라봤다.

"별일이 다 있네요, 아기씨께서 늦잠을 주무시고."

희원은 그때서야 환하게 빛이 들어오는 창을 보고는 벌떡 일어나 앉았다.

"다들 기침하셨느냐?"

"그럼요. 주인나리께서 아기씨를 뫼셔 오라 하셔서 이리 온 거구만요."

"아버지께서 날 찾으셨어?"

"예, 조반 들기 전에 할 말이 있으시다 하셨어요. 근데 아기씨, 백일기도 하다 말고 왜 갑자기 집으로 돌아오신 거여요?"

죽심이 궁금해 죽겠다는 표정으로 보자 희원은 이부자리 밖으로 나와 소세물에 손을 담구며 덤덤히 말했다.

"그냥 꿈자리가 뒤숭숭하여 내려온 것이다."

"그럼 그렇다 말씀이나 해주시지, 갑자기 집으로 심부름을 보내시어 암자까지 다시 갔다 왔지 뭡니까? 아기씨랑 길도 엇갈리고."

"내 미안하다 하지 않았느냐, 그나저나 돌백이는 돌아왔느냐?"

"오늘 중으로 오지 않을까 싶네요."

"나 때문에 너희들만 고생했구나."

"아니어요. 여기 있으면 얄미운 안잠자기가 얼매나 지를 구박하는데요. 차라리 암자가 좋았어요, 지는."

희원은 세수를 끝내고 경대를 세워 머리를 다듬었다. 그리고 죽심의 도움을 받아 옷을 갈아입었다. 연분홍 치마에 노란색의 저고리가 희원의 백옥 같은 피부와 너무 잘 어울렸다.

"하이고, 우리 아기씨는 병아리색이 참말로 잘 어울린다니까요. 너무 고우셔요."

"고맙다. 그럼 아버지께 먼저 다녀오마."

방 안을 서성거리던 종윤은 마침 들어오는 희원을 보자 반색하며 다가왔다.

"오, 그래. 어명을 받드느라 그간 노고가 많았다. 몸은 괜찮은 것이냐?"

"소녀, 어젯밤에 진즉 인사를 올렸어야 했는데, 피곤함에 그만 늦어지고 말았습니다."

"그런 말 말고 일단 자리에 앉거라."

진갈색 서안을 사이에 두고 희원과 마주 앉은 종윤이 궁금증을 참지 못하고 먼저 입을 열었다.

"그래, 세자저하께선 어떠하더냐? 진전은 있었더냐?"

대답은 하지 않고 얌전히만 앉아 있는 희원을 보며 종윤은 그제야 자신의 성급함을 깨달았다.

"허허, 어명으로 행한 일을 사사로이 묻다니, 내가 너에게 어른답지 못한 모습을 보였구나."

"아닙니다."

"저하께선 무사히 환궁하셨느냐?"

"예."

담담한 희원의 얼굴에서 그간의 일을 대충 짐작한 종윤은 비장한 표정으로 목소리를 낮췄다.

"널 아침부터 부른 이유는 바로 밀명 때문이다."

밀명이란 말에 희원의 얼굴이 굳어졌다.

"전하께옵서 은밀히 널 만나고자 하신다. 이유인즉 이번 세자저하의 일과 관련이 있을 거라 생각되는구나."

희원은 상감마마께서 자신을 한 번은 더 찾으실 거라 예상은 하고 있었다. 서찰로 적힌 몇 줄 보다야 직접 만나 그간의 일을 하문하고 싶으리라.

"언제 입궁하면 되겠습니까?"

"오늘 밤 궁녀로 변복하여 입궁하면 된다. 미리 손을 써놓을 것이니 어려움은 없을 것이야."

"알겠습니다."

"희원아."

"예, 아버지."

"난 아직도 이 일을 네가 맡은 것이 잘한 일인지 모르겠구나."

"이미 끝난 일이어요. 상감마마께옵서도 일의 승패와 상관없이 아무 해를 끼치지 않을 것이라 약조까지 해주셨는데 무얼 걱정하십니까? 염려 놓으세요."

그럼에도 종윤의 눈에는 걱정이 가시지 않았다. 왠지 모를 불안감이 계속해서 속을 긁어대며 안절부절못하게 만들었다. 종윤은 목 안으로 쓰디쓴 침을 넘기며 딸아이를 우두커니 바라만 봤다.

※

궁의 가장 깊숙한 곳에 위치하며 임금의 처소 강녕전과 양의문 하나를 사이에 둔 왕비의 처소 교태전은 무량각 지붕과 조화를 이룬 수려한 단청에 합각문양이 무척이나 아름다운 전각이었다. 화려하고 웅장한 전각과는 달리 중전이 머무는 침전은 오히려 검소하고 정갈하기만 했다.

간만에 문안을 와준 세자와 다과상을 사이에 둔 중전의 얼굴에 미소가 번졌다.

"세자께서 친히 문안을 와주시니 실로 기쁘기 한량없습니다."

명은 화사하게 웃는 중전을 보면서도 무덤덤한 얼굴이었다.

가증스러운 미소. 아무리 감추려 한들 다 보이니 내 앞에서 그리 웃지 마십시오!

"차가 식습니다, 고운 향이 날아가기 전에 어서 드시지요."

그녀의 권유에 명은 차를 단박에 마신 뒤 탁, 소리가 나도록 상 위에 내려놓았다. 감정 섞인 그 소리에 중전의 환한 미소가 순식간에 사라졌다.

"간택을 위한 금혼령을 내릴 예정이라 들었습니다."

"예…… 세자의 나이 이미 혼기를 지난 터라……."

"내정된 처자가 있습니까?"

"아직 없습니다. 처녀단자가 올라오면 사주를 가려 결정할 것입니다."

그녀의 간교한 수작이 눈에 훤했다. 손쉽게 이용하다 내칠 수 있는 그런 여인을 뽑을 게 뻔했다. 명은 눈을 치켜뜨며 그녀를 날카롭게 바라봤다.

"이번에 또 회임을 하셨다고요? 경하드립니다."

중전의 얼굴이 붉게 달아올랐다.

"뒤늦게 회임을 하게 된 것은 모두 하늘의 은덕입니다."

"이번엔…… 왕자를 생산하셔야지요?"

"예……?"

"왕자를 생산하셔야 원하는 것을 손에 넣으실 것이 아니겠습니까?"

"그게…… 무슨 말씀이십니까?"

"폐비가 되신 나의 친모께서 지난날 마마의 복중 왕자를 해하지 않았더라면 지금의 세자 자리는 누구의 것이 되었을까요?"

중전의 낯빛이 파리하게 변했다. 그 모습에 명은 더욱 차갑게 쏘아붙였다.

"똑똑히 들으십시오, 중전마마. 세자 자리를 차지하시려거든 먼저 왕자부터 생산하십시오. 그리고, 운이 좋아 왕자를 생산하시거든…… 온 힘을 다해 안위를 지키세요. 그러지 않으면…… 강한 자에게 언제 잡아먹힐지 모를 테니까."

"세자! 그 무슨 망발이십니까! 달포나 동궁에 갇혀 있고도 여직 그 말버릇을 고치지 못하신 겝니까?"

엄한 말투와 다르게 목소리가 불안했다. 그에 명은 입술을 비틀며 속삭이듯 말했다.

"호가호위狐假虎威, 여우가 아무리 호랑이의 권세를 빌린다 한들 결국 한 마리 여우일 뿐입니다. 아시겠습니까, 숙빈? 중전마마라 불린다 하여 중궁전의 주인은 될 수 없다는 말입니다."

찻잔을 든 그녀의 손이 덜덜 떨리더니 결국 열두 폭 당의 치마 위로 찻잔을 떨어뜨리고 말았다.

"저런…… 속내를 들키시어 당황하신 모양입니다. 그렇다고 모범을 보여야 할 중전마마께서 귀한 치마에 차를 쏟으시다니요."

중전의 붉어진 얼굴 위로 감정을 주체 못한 눈물이 볼을 타고 흘러내렸다.

"세자…… 정말 너무하십니다……. 어찌 악의 없는 마음을 몰라주고, 이내 가슴에 비수를 꽂으시는 겁니까……?"

"눈물을 거두시지요, 중전마마. 아바마마껜 통해도 그런 하찮은 연기 따위, 이 몸에겐 통하지 않습니다."

명의 냉정한 말에 중전은 당의 치마를 쥐어 잡으며 아랫입술을 꾹 깨물었다.

"그만…… 나가 주시겠습니까……?"

부르르 떠는 중전을 지켜보던 그는 무덤덤한 얼굴로 일어나 방을 나갔다. 중궁전을 나와 월대를 내려오자 막 중궁전으로 들어서는 공주 두 명과 정면으로 마주쳤다. 공주들은 불안한 표정을 감추지 못한 채 명에게 머리를 숙이며 예를 갖췄다.

"어마마마께 문후를 드리고 나오시는 길이십니까?"

"그간 동궁에서 얼마나 갑갑하셨습니까, 이리 용안을 뵙게 되어 다행입니다."

공주 둘을 가만히 내려다보던 명의 머릿속에 자신을 공주라 칭하던 방자한 여인이 불현듯 떠올랐다.

"훗, 이런 상황에 그런 게 떠오르다니……."

그의 중얼거리는 소리에 얌전히 서 있던 공주들이 숙인 얼굴을 들었다.

"송구합니다, 방금 뭐라 하셨습니까?"

"너희들은 알 필요 없다."

평소 같았으면 그녀들이 알아듣지 못할 어려운 시구로 창피를 주었겠지만 지금은 왠지 그러고 싶지 않아 그냥 발걸음을 돌렸다. 어리둥절한

그들을 뒤로한 채 명은 동궁전으로 돌아왔다.

오랜만에 조강을 들으면서도 그의 정신은 자꾸만 다른 곳에 머물렀다.

'그 여인이 마지막에 한 그 말 때문이 아니다. 그냥 내 마음이 내키지 않았기에 그리한 것뿐이야.'

평소답지 않은 좀 전의 행동이 자꾸만 마음에 걸리자 명은 타인이 아닌 자의로 한 것이라 스스로를 납득시켰다. 그렇게 찜찜한 생각 한 자락을 털어 버린 뒤, 그는 조곤조곤 일정한 목소리로 강연하는 늙은 스승의 얼굴을 내려다봤다.

단순히 외우는 것이 끝이 아니라 그 속을 들여다보아야 진짜 학문을 공부하는 것이거늘 어찌 그리 책만 달달 외우시는 겝니까?

명은 고개를 절레절레 흔들며 서책을 내려다봤다.

비록 모르는 것투성이인 계집이었지만 그 여인은 자신으로 하여금 새로이 생각하게 하고 또 자신을 돌아보게 만들었다. 똑같은 구절을 보아도 그 여인과 얘기하면 뭔가 다른 기분이 들었고 즐겁기만 했다.

고대 한문시를 읊조리는 늙은 스승의 목소리를 듣는 둥 마는 둥 명의 눈은 암자에서의 여인에게로 향해 갔다.

❋

명은 저녁 수라도 거의 들지 않고 물리쳤다. 진수성찬의 음식을 보아도 먹고 싶은 마음이 없었다. 활기 없어 보이는 명의 모습에 양 내관의 얼굴에도 먹구름이 잔뜩 끼었다.

"저하, 어찌 수라도 그냥 물리시고 이리 기운이 없으신 겝니까? 탕약이라도 올리라 명하리까?"

"양 내관."

"예, 저하."

"탕반이라는 것을 먹어 본 적이 있는가?"

"탕반이라 하심은, 저자에 파는 장국밥을 가리키는 것이옵니까?"

"그렇다."

"소신, 아쉽게도 먹어 본 적이 없나이다."

"꼭 한 번 먹어 보도록 해라. 그 맛이…… 제법이더구나."

"저하께옵선 진어하신 적이 있으시옵니까?"

"물론이다. 당시엔 그저 괜찮다 정도로만 생각하였는데, 생각해 보면 볼수록 그 맛을 잊을 수가 없구나."

"혹, 어젯밤에 말씀하신 이름 없는 여인과 함께 진어하신 것이옵니까?"

"그걸 어찌 알았느냐……?"

양 내관은 수줍은 미소를 지으며 말했다.

"은애하는 이와 함께 먹는 음식은 썩은 고기라 할지언정 맛있게 느껴지는 법이라 하였습니다."

"또 사내와 여인의 감정 타령이냐?"

"저하, 마음을 가만히 들여다보시옵소서. 왜 소신의 눈에는 보이는 것들이 저하의 눈에는 보이지 않는 것이옵니까?"

"대체 무슨 말이 하고 싶은 게냐?"

"저하, 혼란케 하는 것이 무엇인지 알고 싶으시다면 그 여인을 다시 한 번 만나보는 것이 어떠하올는지요?"

"뭐라, 그 여인을 다시 만나라?"

"예, 그리하면 어지러운 성심이 바로잡히실 것이옵니다."

"허나 만날 방도가……."

있다!

그 여인은 백일기도를 하기 위해 아직 암자에 있을 터. 만나고자 한다면 암자로 가면 되는 것이 아닌가!

명의 눈동자가 순식간에 생기를 되찾았다.

"양 내관, 처음으로 쓸 만한 말을 하였구나."

"이 머리의 쓰임이 비단 오늘뿐만이 아닌 줄 아옵니다."

"어쨌든 양 내관의 말을 내 한 번 믿어 보도록 하겠다."

"하오나 궁 밖에 있는 여인을 어찌 만나시려는 것이옵니까?"

그는 보료에서 서둘러 일어났다.

"아바마마께 허락을 받을 것이다. 끝내지 못한 잠행을 조금 더 하겠다 하면 아마 허락을 해주시겠지."

명은 내관을 시켜 임금의 소재를 파악한 뒤 동궁을 나섰다. 화강암을 깎아 만든 박석을 밟는 발걸음이 묘하게 가벼웠다.

"저하, 용안이 무척이나 밝아졌사옵니다. 그 여인을 만난다는 성의聖意 만으로도 그리 기쁘시옵니까?"

바삐 재촉하던 걸음을 우뚝 멈추고 명은 양 내관을 노려봤다.

"양 내관."

"예, 저하."

"네놈 목숨줄은 대체 몇 개나 되는 것이냐?"

"애석하게도 하나밖에 없사옵니다."

"그 목숨 오래 유지하려면 입조심부터 하는 게 좋을 것이다. 알겠느냐?"

"소신이 실언이라도 했나이까?"

아무리 눈치 빠른 양 내관이라도 경험해 보지 않은 남녀 간의 소소한 감정이 사람을 예민하게 만든다는 것을 알지 못했다. 그렇기에 민감하게 구는 세자의 태도가 선뜻 이해가 가지 않았다.

순박한 양 내관의 얼굴에 명은 한숨을 내쉬며 다시 걸음을 떼기 시작했다.

"내가 말을 말아야지, 대체 무얼 기대하고 너와 이런 얘길 하는지……."

하지만 명은 몇 발짝 가지 않아 또다시 멈춰 섰다. 갑자기 움직이지 않는 명의 다리에 양 내관은 고개를 빠끔히 내밀어 저보다 훨씬 큰 명을 올려다봤다. 방금 전 자신의 말 때문에 심기가 상한 것은 아닌지 걱정이 되었다.

"저하, 소신이 또 잘못한 것이 있사옵니까?"

"아니다, 그게 아니라 저기……."

그가 가리키는 곳으로 시선을 옮긴 양 내관은 멀지 않은 임금의 사정전에서 나오는 나인 하나를 보았다. 남색 치마에 옥색 저고리를 입은 나인은 걷는 자태나 아리따운 얼굴이 천상의 선녀 같았다.

지금까지 여인에게 도통 관심이 없던 세자가 드디어 눈길을 주다니!

놀란 반면 반가운 마음에 양 내관의 얼굴에는 미소가 절로 그려졌다. 경사스런 일이었다. 궐 밖에서 무슨 일이 있었는지는 모르나 궐 밖을 다녀온 이후에 여인에 대한 반감이 사라진 것은 분명했다. 양 내관은 그저 기쁠 따름이었다.

"저하, 저 여인이 마음에 드시옵니까? 하오면 소신이 가서 어디 소속된 궁녀인지 알아보겠……."

"쉿!"

궁녀의 얼굴을 유심히 보던 의문 가득한 명의 눈이 점점 확신을 띠기 시작했다.

저 여인은…….

백옥 같은 피부에 눈, 코, 입이 오목조목하게 조화된 귀염성 있는 얼굴, 적당한 키와 가는 몸매, 그리고 단아하게 걷는 자태는 그가 아는 여

인이 분명했다. 예기치 못한 상황에 몸이 얼어붙은 듯 움직이지 않았다.
 네가 왜 여기 있는 것이냐, 왜…….
 명이 혼란스러워하는 사이 궁녀 복장을 한 여인은 조용히 궁을 빠져나가고 있었다. 그녀의 모습이 완전히 자취를 감춘 뒤에도 명은 꼼짝할 수가 없었다.
 결국 그의 눈치를 보던 양 내관이 먼저 입을 열었다.
 "저하…… 곧 전하께서 침전에 드실 시각이옵니다. 어서 전하를 알현하시는 것이……."
 "양 내관."
 "예, 저하."
 "방금 나간 궁녀의 뒤를 쫓아라."
 "예?"
 양 내관을 내려다보는 명의 눈빛이 무섭게 번뜩였다.
 "당장!"
 명의 일갈에 양 내관이 뛰다시피 여인이 사라진 방향으로 사라졌다. 명은 다시 동궁으로 발길을 돌리며 자선당으로 들었다. 그의 머릿속이 복잡하게 돌아갔다.
 '이 늦은 시각에 왜 그곳에 있었던 거지?'
 그의 눈이 의구심으로 차올랐다.
 야심한 시각에, 그것도 암자에 있어야 할 여인이 궁녀의 복장을 하고 임금의 집무실에서 나왔다? 대체 왜……?
 명은 차분하게 궁을 떠나기 전부터 하나하나 되짚어 보기 시작했다.
 갑작스레 가게 된 암자와 불현듯 나타난 여인…….
 게다가 그 여인은 그의 무서운 행동에도 굴하지 않고 오히려 당당했다. 보통의 여인이라면 그 상황에 그런 행동이 나올 리 만무했다. 또한 그 여인과 가까이 지내는 걸 보고도 늘 침묵으로 일관하던 흑주와 적주의 행동도 지금 생각해 보니 미심쩍었다. 그리고 어느 순간부터 사라진 감시의 눈길…….

뭔가 있다! 내가 모르는 뭔가가 그들을 연결하고 있어!

끝까지 자신의 신분을 감추려 했던 여인. 설마 어명을 받고 그랬던 걸까?

아니다! 어명을 받고 움직였다고 보기엔 모든 것이 너무 자연스러웠어. 혼란스러웠다. 그때 문밖에서 양 내관의 소리가 들려왔다.

"저하, 양 내관이옵니다."

"어서 들라!"

양 내관이 안으로 들자 숨 돌릴 틈도 없이 명이 다그쳤다.

"어찌 되었느냐? 대체 어느 소속 궁녀라 하더냐? 이름이 무어라 하더냐?"

"저하, 송구하옵게도 알아낸 것이 없사옵니다."

"뭐?"

"명을 받잡아 곧바로 뒤를 쫓았으나 어디로 빠져나갔는지 모습을 감춘 뒤였습니다. 혹시나 하여 아는 나인 몇몇에게 은밀히 물었으나 오늘 사정전으로 불려간 궁녀는 없었다 하였습니다."

이상한 일이었다. 분명 두 눈으로 보았는데 사정전에 든 궁녀가 없었다?

"어찌할까요, 좀 더 면밀히 알아보겠나이까?"

"아니다. 되었으니 그만 물러가 있으라."

어설프게 파헤치다가는 임금의 귀에 들어갈 것이고 그렇게 되면 그 여인의 정체를 더욱 숨기려 들 게 뻔했다. 차라리 다른 방도를 찾는 게 나았다.

혼자 남은 명은 캄캄한 방에 홀로 갇힌 기분이 들었다. 서서히 밀려드는 배신감과 처음으로 마음을 열고 진심으로 대했던 여인에 대한 분노가 불뚝 치솟아 참을 수가 없었다. 그러다 문득 떠오른 흑주와 적주, 그들은 그 여인에게 유독 관대했다. 여인이 그에게 다가와도 한 번도 경계하지 않았다. 오히려 한양 길 안내를 부탁하자는 말까지 전했다. 다시 말하면 그들과 그 여인은 이미 알고 있는 사이가 아닐까?
 차분하게 결론을 끌어낸 그의 눈이 무섭게 번뜩였다.
 그래, 이대로 끝이면 재미없지. 그만큼 날 가지고 놀았으니 이제 보답을 받아야지 않겠는가, 방자한 여인이여.

6장

습한 기가 느껴지지 않는 메마른 날씨였다. 뜨거운 해가 편전을 나서는 대신들의 얼굴을 환히 비추었지만 그들의 표정은 먹구름을 간직한 구름처럼 하나같이 어두웠다. 대신들의 앞에 선 한추일만이 유일하게 표정이 드러나지 않을 뿐이었다.

대신들과 간단한 담소를 나눈 추일은 따르는 그들을 물리고 홀로 동궁전으로 발길을 돌렸다.

"기다리고 계셨습니다. 안으로 드시지요."

양 내관의 안내를 받아 추일은 침전 안으로 들어섰다.

보름 전 세자의 동태를 살피고자 사방으로 간자를 이용하였으나 특별히 알아낸 것은 없었다. 다만, 세자가 궁에 없다는 사실 하나만을 전해 들었을 뿐, 그 누구도 세자의 행방을 알지 못했다. 그렇게 속만 끓이고 있었는데 세자가 먼저 연락을 해온 것이다.

"신 우의정, 세자저하께 문안을 아뢰옵니다."

"이리 앉으시지요."

추일은 그가 권한 자리에 엉덩이를 내리며 세자의 얼굴부터 뜯어봤다. 죽은 폐비를 닮아 수려하기 이를 데 없는 이목구비. 특히나 총명하고 예리한 눈동자가 추일을 맞이하고 있었다. 그런데 기분이 이상했다. 분명 자신을 반기는 얼굴인데 눈빛은 그러하지 못했다. 기분이 꺼림칙했지만 그는 그런 잡스런 감정을 서둘러 털어냈다.

"달포간 동궁에만 계시느라 얼마나 답답하셨습니까?"

추일은 세자를 시험하기 위해 부러 모른 척 질문을 던졌다.

"동궁에 갇혀 있었던 건 이 몸이 아니었습니다."

세자의 대답에 추일의 입매가 만족스럽게 휘었다.

"허면 다른 이가 세자저하를 대신하였단 말씀이십니까? 저하께선 어디에 계시었습니까?"

"궐 밖, 이름 모를 절에 갇혀 있었습니다."

"이름 모를 절이라니요?"

"말 그대로, 이름이 없는 절입니다. 그곳에서 자숙하고 또 자숙하라며 감시만 당하였지요."

추일의 눈썹이 의심을 품으며 꿈틀거렸다.

"궐 밖보다 궁궐 안이 감시하기 수월할 터인데 어째서……."

"그걸 알았더라면, 이토록 화가 나지도 않았을 겁니다."

분노가 서린 명의 얼굴에 추일은 의심을 접고 고개를 끄덕였다.

명은 그런 추일의 얼굴을 무덤덤하게 쳐다보았다.

우의정 한추일. 어머니가 중전이 되기 전 혼담이 오갔던 사내. 아마 금혼령禁婚令이 내려지지 않았더라면 지금 자신의 아비가 되었을지도 모를 사람. 아니, 어머니가 마지막에 건넨 말대로라면 어쩌면 이 사내가 자신의 아비일지도 몰랐다.

"조금 전 편전에서 저하의 가례에 대한 얘기가 나왔사옵니다."

"훗, 다들 뭐 씹은 표정이었겠군."

보지 않아도 눈에 훤하다는 명의 대답에 추일이 덧붙였다.

"세자저하의 폐위가 거론되는 마당에 누가 자신의 딸을 희생양으로 내놓으려 하겠습니까? 다들 속으로 끙끙 앓고 있겠지요."

"그러는 우상께선 어찌 내 곁에 있는 겁니까?"

"소신은 현재가 아니라 그 후를 보기 때문이지요."

"그 후?"

"군주와 신하도 그 뜻이 맞아야 힘을 발휘하는 것이 아니겠습니까?"

"그러니까, 우상께서 내 뒷배가 되어 주시겠다…… 이 말씀이십니까?"

"이 몸을 필요로 하신다면 기꺼이 충성을 다하겠다는 뜻입니다."

"그리하여 우상께 남는 것은 무엇입니까?"

"세자저하의 충신이라는 자리가 남겠지요."

"충신이라……."

우상이 무엇을 원하는지 명은 잘 알고 있었다. 바로 영의정. 이 나라의 최고 관직이라 할 수 있는 그 자리가 탐나는 것이다. 현 영상과 좌상은 임금의 신뢰가 두터울 뿐 아니라 정치적 신념도 같아서 우상이 낄 자리가 없었다. 그러니 야심이 큰 우상이 할 수 있는 일은 차기 보위에 오를 명에게 한발 먼저 다가서는 거였다.

명은 씁쓸한 미소를 입가에 달았다.

"승하하신 어머니가 우상의 충심을 알았다면 분명 기뻐하셨을 겁니다."

명의 말에 추일의 얼굴이 급속도로 어두워졌다. 그리고 명은 그 표정을 놓치지 않았다.

"왜 그러십니까, 우상? 표정이 좋지 않으십니다. 혹 어머니 얘기를 꺼내 그러십니까?"

"아, 아무것도 아닙니다."

그늘진 추일의 얼굴이 곧 가면을 뒤집어썼다. 그 모습을 지켜보며 명은 여유롭게 찻잔을 입으로 가져갔다.

"우상의 큰아들이 이번에 성균관 동장의가 되었다 들었습니다. 올해로 몇입니까?"

"스물하나이옵니다."

스물하나, 명과 같은 나이였다.

"가취嫁娶하였습니까?"

"안 그래도 혼처를 물색 중입니다."

"그렇다면 금혼령이 내려지기 전에 빨리 치르는 것이 좋을 겁니다."

"저하의 가례가 우선이니 괘념치 마시지요."

그 후 명과 몇 마디를 더 나눈 추일은 동궁전을 물러나 궁의 후미진 곳으로 향했다. 곧 그의 앞에 검은 무복 차림의 사내가 나타났다. 세자의 호위무사 장규였다.

"장규야."

"예, 대감."

"앞으로 너의 임무가 더욱 막중해질 것이다. 내 말뜻이 무엇을 의미하는지 알겠느냐?"

"세자저하의 일거수일투족을 감시하겠나이다."

만족스럽다는 듯 추일은 고개를 끄덕이며 그대로 동궁을 빠져나갔다. 청명하게 파란 하늘을 올려다보며 그는 간사한 미소를 지었다.

'중전마마, 보이십니까? 내 비록 왕으로 태어나진 못했으나 그에 버금가는 권력을 가질 것이니, 하늘에서라도 땅을 치고 후회하십시오. 나를 버리고 임금을 택한 대가가 얼마나 부질없는 짓이었는지 뼈저리게 깨달으실 겁니다!'

우상이 가고 난 빈자리는 식을 틈 없이 흑주와 적주가 채웠다. 드디어 그들이 궁으로 돌아온 것이다. 명은 무감한 눈빛으로 무릎을 꿇고 앉아 있는 두 사람을 묵묵히 바라봤다. 의례적인 인사를 빼고는 계속 입을 다물고 있는 세 사람 사이에서 양 내관이 안절부절 보다 못해 나섰다.

"저하, 어찌 아무 말씀도 하지 않으시옵니까? 이들을 물리오리까?"

그제야 몸을 앞으로 기울인 명은 두 사람을 향해 입을 열었다.

"내 두 사람을 무척이나 기다리고 있었다."

흑주와 적주가 동시에 의문스런 눈빛을 내보였다. 그런 그들을 응시하며 명은 문밖에서 대기 중인 장규를 불렀다.

"장규는 들어오라."

장규가 들어오자 명은 적주를 가리켰다.

"이자와 경합하거라."

"예?"

양 내관을 비롯해 방 안의 모든 이들이 놀라움을 표했다.

"뭘 그리 놀라느냐? 내게 새로운 호위무사가 생겼으니 그 실력을 가늠해 보아야 할 터, 응당 장규 네가 몸소 시험해 보아야 할 것이 아니더냐?"

그제야 장규가 머리를 조아렸다.

"존명 받잡겠사옵니다."

그리고 나서 명은 적주에게 명했다.

"장규를 따라가거라. 승부를 가려 이기는 자에게 내 곁을 내줄 것이니 둘 다 한 치의 양보도 허락되지 않을 것이다."

명은 누가 이기든 상관없었다. 장규가 이기면 우상이, 적주가 이기면

191

임금이 자신을 감시할 터이니 어차피 누가 이겨도 감시가 붙는 건 매한가지였다.

두 사람이 나가고 주변이 조용해지자 명은 자리에서 일어났다.

"흑주는 날 따르라. 잠행을 나갈 것이다."

의아한 얼굴로 따라나서는 흑주를 데리고 명은 궐을 빠져나갔다. 미리 임금의 허락을 받은 상태라 궐을 나가는 데는 별 어려움이 없었다. 흑주를 달고 저자를 한참 걷던 명은 점점 후미진 곳으로 들어갔다. 사람들이 없는 곳에 다다르자 그때서야 걸음을 멈춘 명은 순식간에 몸을 돌려 흑주의 검집에서 잽싸게 검을 빼어들어 그의 목에 칼날을 갖다 댔다. 전광석화와도 같은 행동에 흑주도 속수무책이었다.

"처음이자 마지막으로 묻겠다. 네놈은 아바마마의 사람이 될 것이냐, 내 사람이 될 것이냐?"

검을 코앞에 두고도 흑주는 침착했다.

"처음부터 마지막까지 소신은 세자저하를 위해 궐에 들어온 몸입니다. 상감마마의 명을 받고 움직였으나 그 모든 것은 세자저하를 위함이었음에 조금의 거짓도 없습니다."

"그럼 말하라. 그 여인은 누구냐?"

"누굴 말씀하시는 것이옵니까?"

"암자에서 만난 계집. 그 계집이 누구냐 묻는 것이다."

"송구하오나…… 소신도 모르옵니다."

명은 칼날을 바짝 세웠다. 날이 선 칼날이 섬뜩할 정도로 반짝였다.

"그 계집이 어명을 받아 그곳에 온 것을 내 이미 알고 있느니!"

흑주의 가늘고 긴 눈매가 바르르 떨렸다. 적주를 경합하라 내보내고 저를 이곳에 데려온 이유를 뒤늦게 알아차린 그는 우매한 자신을 원망했다. 불같은 눈동자로 자신을 매섭게 노려보는 세자를 보며 흑주는 마른침을 넘겼다.

"네놈이 날 속인 것도 모자라 모든 것이 밝혀진 지금 이 순간까지도 발뺌을 하려 한다면 난 두 번 다시 네놈 얼굴을 보지 않을 것이다. 그러니 말하라! 네놈이 진정 나의 사람이라면 그 입을 열란 말이다!"

"하오나 어명이……."

"어명, 어명! 네놈들에겐 어명만 중하고 내 명은 중하지 않단 말이더냐!"

흑주는 고개를 떨구며 어렵게 입술을 떼어냈다.

"소신도 이름은 모르옵니다, 다만…… 예조참판의 여식이라는 것만 알고 있었습니다."

"예조참판이면…… 김종윤의 여식이란 말인가……?"

명의 눈이 큼지막해졌다. 그제야 명은 기억의 저편으로 묻어 버린 김종윤의 존재를 떠올렸다. 그리고 보니 암자로 들어가던 첫날 김종윤은 그곳으로 임금의 밀지를 가져왔었고 도망치듯 달아났었다.

모든 것이 착착 맞아떨어지는 상황.

하지만 풀리지 않는 한 가지, 김종윤의 여식이 왜 암자로 온 것일까?

명은 흑주의 목에 둔 검을 거두지 않은 채 다시 질문을 던졌다.

"허면, 그 여인이 암자로 온 까닭은 무엇이냐? 왜 내게 접근했느냐 말이다!"

"그것은……."

흑주는 차마 입을 떼지 못했다.

"어서 말하라!"

명의 재촉에 흑주는 털썩 흙바닥에 무릎을 꿇었다.

"차라리 소신을 죽여주시옵소서. 그 여인은 세자저하를 위해 여인의 몸으로 위험까지 감수하고 암자까지 왔나이다."

"판단은 내가 할 것이니 넌 내 질문에 대답만 하면 되는 것이다!"

여인의 가문이 탄로 났으니 세자가 아는 것은 시간문제였다. 흑주는 입술을 깨물며 사실을 고해야 했다.

"세자저하를…… 가르치기 위해 암자로 왔다 들었습니다."

"지금…… 뭐라 했느냐? 날 가르치기 위해 암자로 왔다……?"

"……."

갈팡질팡 명의 눈동자가 혼란스럽게 흔들렸다.

"감히…… 날 가르치러 왔다, 이 말이더냐? 감히 나를!"

고개를 들지 못하는 흑주를 보며 명은 분개한 음성을 버럭 내질렀다. 흑주의 말이 거짓말 같았다. 그 여인은 분명 자신에게 스승이 되어 달라 했다. 그런데 실상은 그 반대였다? 있을 수 없는 일이었다. 그 계집이, 그것도 자신보다 어린 계집이 감히 그를 가르치러 왔다니! 농이라 해도 믿기 어려웠다.

명은 검을 땅에 내리꽂으며 몸을 돌렸다.

"앞장서거라. 그 계집이 있는 곳으로 날 안내하라, 당장!"

※

해가 저물기 시작한 한양은 금세 어둠이 몰려 왔다. 예조참판의 사가에도 어둠이 내려왔고 집안 곳곳에는 하나둘 초가 켜지기 시작했다. 희원이 머무는 별당도 예외는 아니었다.

활짝 열린 두 폭 자리 문 안으로 붓을 잡은 희원과 그 옆에 죽심이 앉아 있었다. 죽심은 희원이 써내려가는 글을 보며 고개를 갸웃거렸다.

"아기씨, 이게 무슨 뜻이어요?"

東宮.

"동궁이란 뜻이다."
"동궁이요? 동궁이 뭔데요?"
"동궁은 세자저하께서 계시는 궁의 이름이야."
"세자저하?"
"그래, 동궁이란 바로 세자저하를 일컫는 말이다."
"근디 갑자기 궁에 계시는 세자저하를 왜 여기다 적고 그러셔요?"
"그냥 적어 보았다. 글이 참으로 멋지지 않으냐?"
죽심은 희원이 써놓은 글자를 유심히 보더니 싱긋 웃었다.
"아기씨 말을 듣고 보니 까막눈인 쇤네가 보기에도 멋져 보이네요."
"글자뿐만이 아니다. 실물은 더욱 멋지단다."
"마치 얼굴을 본 것처럼 말씀하시네요?"
"아, 아버지께서 그러하다고 하셨어."
"그려요? 하지만 잘나면 뭐한데요, 성품이 엉망이라던데."
희원이 눈살을 찌푸렸다.
"감히 누가 그런 소릴 하던?"
"세자저하가 안하무인이라는 건 조선 백성이라면 다 아는 사실인데 뭘 그리 역정을 내셔요? 아기씨랑 상관도 없으시면서."
"아무리 상관이 없기로 장차 임금이 되실 분을 그리 함부로 입에 담아서야 쓰겠느냐?"
"알았어요. 세자저하 욕 안 할 테니께 아기씨도 그만 역정 내셔요, 네?"
죽심이 생글거리며 말하자 희원은 굳었던 얼굴을 풀었다.
"근디 안하무인 하니까 떠오른 건데요, 그 암자에 있던 도련님 말이어요. 지금쯤 암자를 떠났겠죠?"

"있어야 할 자리로 무사히 돌아가셨겠지."

"이제 와 하는 말이지만 머리털 나고 그리 잘난 얼굴은 처음 봤어요. 어떻게 사람이 고로코롬 생길 수가 있데요? 칼만 휘두르지 않았으면 금산천, 아니, 금상천…… 아아, 어쨌든 더 좋았을 텐데 말이어요."

"왜, 그 도련님이 다시 보고 싶느냐?"

"아기씨도 참, 목숨이 두 개도 아닌데 어찌 볼 생각을 합니까요? 그러는 아기씨는 어떠셔요?"

희원의 입가가 빙그레 올라갔다.

"난 다시 뵙고 싶다."

"뭐시라고요? 진심이셔요?"

"죽심이 넌 몰랐겠지만 난 그분과 몇 번 얘기를 나눈 적이 있단다. 그분과 얘길 나누다 보면 새로운 것을 많이 배우게 돼. 비록 거친 면을 지니고 계셨어도 훌륭한 인품을 지닌 분이시다."

"지한테는 훌륭한 인품보다 힘 잘 쓰는 돌백이가 백배는 좋구먼요."

창턱을 넘어 담벼락까지 그녀들의 말소리가 전해졌고 그 소리의 끝자락에는 명과 흑주가 있었다. 흑주의 안내로 조금 전 별당 바로 옆 담에 선 명은 키가 큰 덕에 별 무리 없이 담 너머 희원의 방을 엿볼 수 있었다.

오는 내내 뜨거운 불길처럼 끓어오르는 가슴을 진정할 수가 없었는데 이상하게도 그녀의 얼굴을 보는 순간 그 격노의 감정이 거짓처럼 진정이 되기 시작했다. 뿐만 아니라 그녀의 낭랑한 목소리는 명의 분개하던 기분을 가라앉혀 마음을 혼란스럽게 만들었다. 이렇게 갈피를 못 잡는 자신의 요망한 마음을 어떻게 설명할까? 스스로도 이해가 되지 않았다.

대체 왜 그런 짓을 벌였을까?

어째서 스승이 되겠다던 여인이 도리어 가르침을 받겠다 했을까?

일개 여인이 무슨 배포로 그곳까지 오게 되었을까?

자신을 속인 저 여인을 왜 벌하지 않고 이렇게 서서 바라만 보고 있는가?

의문투성이였다.

"저하……."

흑주의 부름에 명의 눈썹이 구겨졌다.

"예조참판의 집으로 들어가 난동을 부려 이목을 집중시킬 만큼 난 어리석은 사람이 아니다. 허니 자꾸 부르지 마라."

흑주가 고개를 숙이자 명은 환하게 웃는 희원의 얼굴을 눈에 담은 뒤 획 몸을 돌렸다.

"저 여인에게 어떤 벌을 내릴지는 조금 더 생각해 보아야겠다. 그만 궁으로 돌아가자."

명은 자선당으로 돌아와 저녁도 물리치고 곧바로 기수에 들어갔다. 이리저리 몸을 뒤척이는 그를 보며 양 내관이 걱정스런 목소리로 입을 떼었다.

"저하, 잠행을 다녀오신 뒤로 용안이 어둡사옵니다. 혹 궐 밖에서 심기를 거스르는 일이라도 있었사옵니까?"

"아무 일도 없었다."

"하오면 어찌 그러시옵니까, 호위무사들의 경합도 묻지 않으시고 곧바로 침전에 드시다니, 저하답지 않으셨사옵니다."

깜빡 잊고 있었다.

"어찌 되었느냐?"

"한 시진도 안 되어 장규의 오른팔에 상처가 나면서 승부가 가려졌나이다."

"장규의 패배란 말인가?"

장규는 세자익위사가 될 수 없는 신분이었지만 그 실력이 뛰어나 곁에 두고 있었다. 비록 우상의 사람이라는 것이 걸리긴 했으나 반대로 우상에게 신뢰를 심어 주기 위해서라도 그를 신임해야 했다. 그런데 그런 그에게 상처를 낼 정도라니 적주의 실력이 상당한 수준인 모양이었다.

"경합에서 졌으니 장규에게 보름간 근신을 명한다. 치료와 함께 실력을 갈고 닦으라 일러라. 또한, 흑주와 적주에게 호위를 맡길 것이니 준비함에 한 치의 부족함이 없도록 하라."

자연스레 장규를 떼어놓을 좋은 기회였다. 두각을 드러내려는 우상에게 자신의 모든 패를 보여줄 수는 없는 법, 지금은 거리를 두고 흑주를 곁에 두는 게 나았다.

뜻을 알아차린 양 내관은 온화한 표정을 지었다.

"그리하겠나이다, 저하."

"침소에 들 것이니 그만 물러가라."

그의 명령에 양 내관은 방 한편을 지키는 좌등을 소멸한 뒤 방에서 나갔다.

순식간에 어둠이 찾아왔다. 그런데 잠이 오기는커녕 그녀의 얼굴이 어둠 속에서 더욱 또렷이 떠올랐다. 머릿속에서 지워지지 않는 그녀의 형상에 답답증마저 생겼다.

이럴 바에야 깔끔하게 죽여 버릴까?

하지만 그의 마음은 그녀의 죽음을 맹렬히 반대하고 있었다. 서로 상반된 감정의 소용돌이 속에서 그렇게 명은 밝아오는 새벽을 맞았다.

※

아침의 우중충하던 하늘은 오시午時를 넘어서면서부터 맑아졌다. 덕분에 저잣거리의 노점상들은 다시 거리로 나왔고 길거리에서 뛰어노는 아이들도 점점 많아졌다.

뿌옇게 흙먼지를 날리며 돌아다니는 사람들 사이로 훤칠하게 생긴 사내가 걸어 나왔다. 흑색의 무복을 입은 사내도 함께였다.

명은 아프다는 핑계로 조강도 빼먹고 모든 것을 양 내관에게 맡긴 채 몰래 궁을 빠져나왔다. 푸른 도포자락을 날리며 성큼성큼 걷는 그의 얼굴에는 어제의 격노한 감정은 사라지고 근심이 걸려 있었다.

명이 예조참판의 집으로 방향을 잡자 뒤따르던 흑주가 앞을 막아섰다.

"저하, 설마 예조참판 댁에 가시는 길이십니까?"

"누구 앞이라고 감히 길을 막는 것이냐?"

"소신의 목숨을 걸고 청하옵니다. 부디 그 여인을 해하지 말아 주십시오."

"우습구나. 그 여인 대신 네놈 목숨을 내놓겠다니, 혹 그 여인을 마음에 품은 것이냐?"

흑주가 고개를 내저으며 머리를 숙였다.

"소신이 어찌 감히 그런 마음을 품겠나이까! 다만 그 여인의 충심을 잘 알기에 드리는 말이옵니다."

충심이라…….

그거야 두고 봐야 알 일이었다.

"내 그 여인을 해하러 가는 것이 아니니 네놈 목숨은 나를 위해 아껴 두거라."

명은 흑주를 지나쳐 다시 앞으로 나아갔다. 지척에 예조참판의 사가가 눈에 들어오자 명은 흑주에게 명했다.

"가서 그 여인을 불러오거라."

"예? 소신이…… 말입니까?"

"그럼 이 몸이 가란 말이냐?"

망설이듯 주춤거리던 흑주가 곧 몸을 돌렸다. 무슨 속셈인지는 모르나 그녀를 해하려는 게 아닌 것은 확실했다. 그럼에도 흑주는 발걸음이 잘 떨어지지 않았다. 그때였다. 커다란 솟을대문이 둔탁한 소리를 내더니 암자에서 봤던 계집종이 걸어 나왔고 그 뒤를 이어 여인이 모습을 드러냈다. 여인은 계집종을 달고 어딘가로 향해 갔다.

흑주가 명에게 몸을 돌리기가 무섭게 명은 이미 여인의 뒤를 쫓고 있었다.

"저하!"

작게 소리치며 흑주가 따라붙자 명은 뒤도 돌아보지 않고 말했다.

"이제 필요 없으니 네 볼일이나 보러 가거라."

"송구하오나 소신의 볼일은 저하의 곁을 지키는 것이옵니다."

말해 봤자 입만 아프지!

명은 대꾸도 하지 않고 그녀의 뒤를 쫓았다. 그녀가 먼저 간 곳은 종이를 파는 지전紙廛이었다. 그녀가 한지와 붓을 고르는 동안 옆의 여종은 근처에 있는 노리개를 구경하기에 여념이 없었다.

"저하, 아가씨가 눈앞에 있는데 어찌 이러고만 계십니까? 소신이 직접 뫼셔 올까요?"

"아니다. 아직 때가 아니니라."

불러오라고 할 땐 언제고 이제는 지켜만 보는 세자의 태도가 흑주는 선뜻 이해가 가지 않았다.

"그 '때'라는 것은 언제이옵니까?"

"시끄러우니 그 입 좀 다물 수 없겠느냐?"

"송구하옵니다."

가게를 나온 그녀는 다시 어딘가로 향하더니 서사書肆 앞에서 걸음을 멈추고 그 안을 기웃거렸다. 그런 그녀의 뒤로 남자 하나가 다가섰다. 흰색 도포에 청색 쾌자를 입고 머리에 유건을 쓴 성균관 유생이었다.

명은 눈을 크게 뜨고 남자의 얼굴을 살폈다. 갸름한 얼굴에 순해 보이는 눈매와 유난히 높은 콧대, 아랫입술이 도톰한 남자는 명도 익히 아는 얼굴이었다.

'저 유생은 우상의 장남 한승경?'

우상의 뒤를 몰래 캐면서 직접 잠행까지 해 얼굴을 보아둔 터라 똑똑히 기억하고 있었다.

명은 두 사람의 대화를 듣기 위해 몰래 가까이 다가갔다.

"도련님! 여긴 어쩐 일이세요?"

도련님? 그 호칭이 다른 이에게로 향하자 명은 왠지 자기 것을 빼앗긴 기분이 들어 심기가 불편해졌다. 하지만 곧이어 이어진 말들은 그의 기분을 더욱 상하게 만들었다.

"희원이 넌 또 서사 앞을 그냥 지나치지 못하고 이러고 있구나? 찾는 책이라도 있느냐?"

희원? 그럼 이 여인의 이름이 김희원? 참으로 어여쁜 이름이 아니더냐?

아니다, 중요한 건 그게 아니다. 나도 모르는 걸 저놈은 왜 알고 있는 거지? 게다가 세월의 흔적이 느껴지는 친근한 저 말투는 무엇이냐 말이다!

명의 손이 절로 주먹을 쥐었다.

"참! 도련님을 만나면 묻고 싶은 게 있었습니다."

"묻고 싶은 거라니, 말해 보아라."

"실은 오라버니의 방에서 '육도大韜'라는 책을 보았는데 병서兵書라서 그런지 모르는 것들이 많습니다. 간단한 것들은 오라버니에게 물어보았지만 오라버니도 모르는 것들이 있어서요."

"육도라면 나도 읽어 본 적이 있다. 물어보거라, 답할 수 있는 거면 뭐든 가르쳐 주겠다."

잠시 생각을 하던 희원은 곧 작은 입술을 열었다.

"문도文韜의 병도兵道 중, 무왕이 태공망에게 병도에 대해 묻자 태공망이 병도란 일一에 지나지 않는다고 하였습니다. 여기서 일이란 무엇을 가리키는 것인지 아십니까?"

승경은 당황했는지 눈동자를 이리저리 굴렸다.

"네가 하는 질문들이 쉬운 것들이 아니라는 건 알고 있었지만 이번 것은 더욱 어렵구나. 내 돌아가 다시 한 번 공부하여 대답하여도 괜찮겠느냐?"

"아, 아닙니다! 소녀가 괜한 질문을 하였나 봅니다. 괜찮으니 괘념치 마십시오."

"아니다. 내 반드시 알아보고 알려주도록 하겠다. 이대로 모르고 넘어간다면 내 체면도 구겨질뿐더러 너 역시 궁금증에 잠 못 이룰 게 아니더냐?"

미소로 답하는 희원을 보며 승경은 진지하게 표정을 바꾼 뒤, 돈을 꺼내 옆에 선 죽심에게 건넸다.

"저 아래 댕기 파는 곳이 있던데, 아기씨에게 어울리는 것으로 네가 대신 사다 주겠느냐?"

"아유, 그럼요. 천천히 다녀올라니 얘기들 나누고 계셔요."

죽심이 눈치껏 자리를 피해 주자 승경은 그녀에게 한 발 더 가까이 다가갔다. 더불어 그들을 지켜보는 명의 눈도 커졌다.

"희원아, 내 너에게 할 말이 있다."

"무슨 말씀이기에 그리 심각한 얼굴을 하셔요?"

승경은 침을 꿀꺽 삼키며 결의 찬 표정으로 말문을 열었다.

"내 너를 안 지 어느덧 아홉 해가 넘어간다. 알고 있느냐?"

"예, 알고 있습니다."

"그럼 네가 나에게…… 하나밖에 모르는 대쪽 같은 사람이라 말했던 것도 기억하느냐?"

희원은 커다란 눈동자를 굴리며 옛 기억을 떠올렸다. 그리고 곧 고개를 끄덕였다.

"물론입니다."

"네가 한 말이 옳았다. 난 네 말대로 하나밖에 모르는 사람이다."

"지나간 얘기는 왜 꺼내시는지요?"

승경은 숨을 훅 들이마신 뒤 말을 이었다.

"두서없이 이런 말을 꺼내어 혼란스러울 것이다. 허나 아버님이 말씀을 전하기 전에 미리 너에게 알려주고 싶었다."

"대체 무엇을 알려주시려는 겁니까?"

"그게…… 조만간 너희 집에…… 혼담을 넣을 것이다."

"예?"

화등잔만 해진 희원의 눈과 함께 그들의 곁에 있던 명의 눈동자도 더 할 수 없이 커졌다. 하지만 승경은 두 사람의 표정과는 상관없이 그간 억눌렸던 감정을 표출하며 자신의 숨겨진 마음을 드러냈다.

"갑작스런 말에 놀랐을 것이다. 허나 이건 결코 갑작스레 결정한 일이 아니다. 내 오래전부터 널 마음에 두고 있었다. 그래서 대사헌 영감과의 혼사도 받아들이지 않은 것이다. 알겠느냐? 내 마음에 있었던 것은 아홉 해 전부터 줄곧 너 하나였다."

"도련님……."

"아버님께서 운을 떼기 전 미리 너의 대답이 듣고 싶었다. 내 마음을 전하고 또한 너의 마음도 받고 싶어……."

"그만하십시오, 도련님."

혼란스런 표정을 감추지 못한 채 희원은 승경의 말을 막았다.

"도련님의 말씀대로 지금은 너무 당혹스러워 어떤 대답도 드릴 수가 없습니다. 이 몸은 도련님을 오라버니의 벗으로만 생각하고 있었기에 혼례상대로 여긴 적이 단 한 번도 없었습니다. 그러니…… 상황을 되짚어 볼 시간이 필요합니다."

"희원아……."

"거기까지!"

두 사람 사이로 끼어든 낯선 목소리에 희원과 승경이 놀란 눈으로 뒤를 돌아보자 그때서야 명이 거리를 좁히며 그들에게 걸어갔다.

'저, 저, 저하?'

예상치 못한 명의 등장에 희원의 두 눈이 휘둥그레졌다. 궁에 있어야 할 세자가 눈앞에 있으니 놀라다 못해 경악할밖에. 처음에는 잘못 본 게 아닌가 싶었는데 그 뒤로 흑주의 모습이 보였다. 분명 세자였다.

희원은 가슴이 쿵쾅쿵쾅 정신없이 뛰기 시작하고 등골이 오싹해졌다.

'여긴 어떻게 오신 거지? 우연히 마주친 것일까, 아님, 날 찾아오신 것일까?'

망연한 그녀의 얼굴 위로 그림자를 만들며 다가온 명은 먼저 승경을 노려봤다.

"성균관 유생이 벌건 대낮에 여인을 상대로 이 무슨 추태한 짓이냐?"

갑작스럽고 황당한 상황에 경황이 없는 승경은 낯선 상대가 당당히 하대를 하여도 그것을 의식하지 못했다.

"뉘신데 참견을 하시는 겁니까?"

"혼인과 같은 인륜대사는 본디 집안의 어른이 정하는 법. 성균관 유생이 도를 어기고 사사로운 감정에 이끌려 길거리에서 여인에게 마음을 털어놓다니, 이 무슨 망측한 행동이란 말이냐?"

승경은 희원을 생각해 최대한 침착하려 애쓰며 벌게진 얼굴로 점잖게 말을 했다.

"남의 일에 참견하기 좋아하는 할 일 없는 도령 같은데, 우리 일에 상관 말고 가던 길이나 가시오."

가시 돋친 그 말에 명의 얼굴에 벼락이 내리쳤다.

뭐? 할 일 없는 도령?

명의 반듯한 이마 위로 가느다란 핏줄이 우툴두툴 일어났다.

"내 본의 아니게 두 사람의 얘기를 엿들었으나 그것은 육도라는 책의 이름 때문에 자연스레 귀가 간 것뿐이다. 태공망이 말한 병도의 일이 무엇인지 모른다 하였느냐? 내 말해 주지. 본디 육도는 황노黃老 학파의 영향으로 도가 사상이 그 바탕을 이루고 있으며, 이 황노 학파에서 매우 중시하는 것이 바로 '일'이요, 그 뜻은 '도'에 가깝다 하였다. '도'가 무엇을 뜻하는지는 알겠지?"

당황해하는 승경의 얼굴을 비웃으며 명은 고개를 돌려 희원을 바라봤다.

"이제 궁금증이 풀렸느냐?"

"끅!"

희원은 너무 놀라 딸꾹질이 튀어나왔다. 그녀는 양손으로 입을 가리며 고개를 숙였다. 명은 다시 승경에게로 시선을 주며 당당히 어깨를 폈다.

"그런 것도 모르면서 여인의 뒤꽁무니만 쫓아다니다니, 그러고도 그대가 성균관의 유생이라 말할 수 있는가!"

수치심으로 얼룩져 붉게 달아오른 승경의 얼굴을 확인한 명은 다시 희원에게 몸을 틀며 조용히 속삭였다.

"예조참판의 여식 김희원. 지금 당장 집으로 돌아가라."

승경의 고백을 엉망으로 망친 그는 그 말을 끝으로 사람들 속으로 섞여 유유히 사라졌다.

승경은 어쩔 줄 몰라 하는 희원을 보며 안절부절못했다.

"희원아, 나 때문에 네가 모르는 이에게 모욕을 당하였구나."

하지만 희원은 승경의 말이 하나도 귀에 들어오지 않았다. 집으로 당장 돌아가라는 세자의 말만이 머리 안을 뱅글뱅글 맴돌며 발걸음을 부채질했다.

"저는 이만…… 돌아가겠습니다."

희원은 죽심이 없다는 것도 잊고 그대로 집으로 발길을 돌렸다. 아무 생각도 들지 않았다. 승경의 집안에서 혼담을 넣을 거라는 것도, 오랫동안 승경이 저를 좋아했다는 고백도 전혀 마음에 와 닿지 않았다. 오로지 세자가 자신의 정체를 알고 있다는 사실만이 마음을 초조하고 불안하게 만들었다.

어찌 아셨을까?

화가 많이 난 듯하였는데, 내 목을 치러 오신 건 아닐까? 대체 집으로 돌아가라 한 것은 무엇 때문일까? 설마 아버지께 죄를 물어 벌하시려는 건 아니시겠지?

놀란 마음을 진정시킬 틈도 없이 희원은 잰걸음으로 빠르게 발을 놀렸다. 멀지 않은 곳에 사가가 보이기 시작하자 그녀는 더욱 걸음을 재촉했다.

그런 찰나, 불쑥 튀어나온 손 하나가 그녀의 팔을 홱 낚아챘다.

"꺅!"

짧은 비명과 함께 그녀는 순식간에 옆으로 난 샛길로 의도치 않게 끌려갔다. 들고 있던 종이와 붓이 바닥으로 떨어져 흙과 함께 뒹굴었다. 정신을 차릴 새도 없이 차가운 벽이 등 뒤로 느껴졌고 서늘한 음성이 그녀의 귀를 간질였다.

"혼례를 청하는 자들이 집 밖으로 줄을 섰다 하더니, 그 말이 허언은 아니었던 모양이구나."

세자였다. 그가 조금 전의 일을 비꼬는데도 희원은 전혀 고까운 기색을 드러내지 않았다. 지금의 그녀에게 중요한 건 그 일이 아니라 세자가 자신을 찾아온 이유니까 말이다.

"여긴 어찌…… 오셨습니까……?"

"내가 여기에 온 이유가 궁금한 것이냐, 앞으로 너에게 닥칠 일들이 궁금한 것이냐?"

희원은 명의 어깨 너머로 시선을 주었다. 이 상황을 눈치로 알려줄 흑주를 찾았으나 보이지 않았다. 희원은 고개를 아래로 떨구었다. 굳이 그를 찾지 않아도 알고 있다. 세자가 자신의 신분과 그녀가 한 일을 알았으니 이리 찾아온 것이라는 것을 말이다.

"다…… 아셨습니까?"

"무엇을 말이냐? 네가 어명을 받고 암자에 온 사실 말이냐, 아니면 나의 스승 노릇을 한 사실 말이냐?"

희원은 절망적인 표정으로 고개를 더욱 숙였다. 하지만 그녀의 얼굴은 오래가지 않아 그의 손에 의해 위로 들려졌다.

"암자에선 또박또박 말대답도 잘하더니 갑자기 꿀 먹은 벙어리라도 된 것이냐?"

"소녀, 세자저하를 기만하였습니다. 하오니 벌을 내리신다면 달게 받겠습니다."

벌을 받겠다? 그녀의 말에 턱을 잡은 명의 손에 힘이 들어갔다.

"변명해 보아라. 왜 나를 속였는지, 어떤 마음으로 날 가지고 놀았는지 설명해 보란 말이다!"

성노한 그의 눈빛을 마주하자 희원은 견디기 힘들었다. 그녀는 눈꺼풀을 아래로 내렸다.

"계집으로 태어나 꿈도 꿔보지 못할 일이라 하고 싶었습니다. 처음엔 여인이라도 할 수 있다는 무언가를 보여주고 싶어 욕심을 부렸으나, 암자에서 저하를 뵈옵고 생각이 달라졌습니다."

"생각이 달라졌다……?"

"세자저하께옵선 소녀가 뛰어넘지 못할 정도의 깊은 학식을 지니고 계셨습니다. 하여 부족한 소녀를 통해 소홀히 넘길 수 있는 것들을 다시 뒤돌아보고 생각할 수 있게 해드리고 싶었습니다."

눈감은 그녀의 얼굴을 세심하게 뜯어보는 명의 눈에 절로 힘이 풀렸다. 이리 가까이서 보니 그녀에게서 꽃향기도 나는 것이 묘하게 신경을 간질였다. 눈은 왜 감은 것인지, 붉고 도톰한 입술로 자꾸만 시선이 가서 미칠 지경이었다.

"눈을 떠라."

그의 명에 희원은 천천히 눈을 떴다. 눈꺼풀에 가려졌던 맑고 투명한 눈동자가 그를 바라보자 주술이라도 걸린 것처럼 그의 눈이 어지럽게 흔들렸다.

차라리 눈을 뜨라 하지 말 걸 그랬나?

명은 그녀의 턱에서 손을 떼 한 발짝 뒤로 물러섰다.

"내 너의 목숨을 가져갈 것이다."

명의 말이 떨어지자마자 희원은 고개를 아래로 숙였다. 저자에서 명의 얼굴을 보는 순간 느껴지던 불안감이 결국 눈앞에 다가온 것이다. 그나마 자신의 목숨 하나만을 가져간다 하니 최악의 상황은 면한 셈이었다. 죄 없는 아버지와 오라버니까지 화를 당하게 된다면 그녀는 죽어서도 눈을 감지 못할 것이었다. 힘 빠진 그녀의 다리가 스르륵 아래로 내려갔다.

희원은 명 앞에 무릎을 꿇고 체념한 듯 말했다.

"그리하소서."

"각오는 되었느냐?"

"예······."

목을 베라는 듯 희원은 길게 땋은 머리를 가슴 앞으로 내리며 목을 내밀었다. 그러자 명은 그녀 앞에 몸을 내리며 가는 어깨를 움켜잡았다.

"너의 목숨을 갖겠다 하였지 목을 벤다고 하진 않았다."

그 말에 희원은 눈을 뜨고 그를 빤히 바라봤다. 무슨 뜻이냐는 무언의 질문에 명은 단호한 말투로 명했다.

"나의 세자빈이 되어라!"

희원은 너무 놀라 눈도 깜빡이지 못했다. 순간 잘못 들은 건 아닌가 귀를 의심했다. 하지만 거짓이 아니라는 듯 그의 진지한 얼굴에 그녀의 얼굴 전체가 급속도로 붉게 물들었다. 그녀는 황급히 머리를 숙이며 우왕좌왕 말을 더듬었다.

"소, 소녀의 귀가 허, 헛것을 들어······ 송구합니다, 모, 목숨을 거두시지요!"

"헛것을 들은 게 아니다. 넌 내게 목숨을 내놓았고, 난 그 목숨을 세자빈이 되는데 쓰라 한 것이다."

"어찌······ 그런 명을 내리십니까, 감히 세자빈이 되라니요······?"

"내가 너에게 내리는 벌이다. 아바마마께서 어떤 안위를 약조하였는지는 모르나 내가 보위에 오르면 그 약조는 무효가 될 것이며, 난 너희 집안의 삼족을 멸할 것이다. 그 화를 피하고자 한다면 넌 반드시 세자빈이 되어야 한다. 내 말뜻을 알아듣겠느냐?"

희원은 고개를 끄덕이다가 이내 머리를 절레절레 내저었다. 커다란 눈망울에 눈물이 맺히기 시작했다.

"소녀, 갑자기 세자빈이 되라는 말이 무엇을 뜻하는지 알지 못하겠습니다. 이 몸은 지학을 넘긴 지 오래라 처녀단자도 올리지 못하옵니다. 하온데 어찌 세자빈이 되라 명하시는 것이옵니까?"

"처녀단자를 올릴 수 없기 때문이라면 내가 손을 쓸 것이니 걱정할 것 없다."

"하오나…… 소녀는 도저히 이해가 가지 않사옵니다. 아무리 벌이라 하나 대체 무엇 때문에 소녀를 세자빈의 자리에 앉히려 하십니까, 이것은 벌이라기에는 너무 큰 자리가 아니옵니까?"

"크기 때문에 그만큼 위험한 자리이기도 한 것이다. 지금의 중전마마가 왕자를 생산하면 폐위가 될지도 모를 세자…… 그래서 다들 자신의 딸들을 내놓길 꺼려하지. 내가 폐위라도 되는 날엔 세자빈 역시 목숨을 보존하기 어려울 테니까 말이다. 그러니 너의 목숨을 여기에 걸라는 것이다. 이제 알아듣겠느냐?"

아무리 그렇다 한들 세자빈이라는 자리는 너무 높은 자리였다. 그녀에게는 꿈같은 얘기였다. 어리둥절한 그녀를 보며 명이 인상을 팍 구겼다.

"설마 아까 그 유생 때문에 망설이는 것이냐? 혹 너의 마음도 그 유생의 것과 같았더냐?"

"아, 아니옵니다!"

"그게 아니면, 또 다른 명분이 필요하더냐? 원한다면 명분을 만들어 줄 수도 있다."

"또 다른 명분이라니…… 그게 무엇이옵니까?"

"너에게만 해당되는 명분이다. 명분을, 원하느냐?"

뭔가 꺼림칙한 냄새가 솔솔 풍겼지만 그래도 궁금했다. 자신에게만 해당되는 명분이라니, 호기심 많은 그녀는 그 명분을 들어야만 했다.

"원합니다."

그 대답에 명의 입가가 처음으로 상향선을 그리며 올라갔다.

"네가 원한다고 해서 만들어 주는 것이니 날 원망치 마라."

"예? 원망이라니……."

희원의 말은 끝을 맺지 못하고 세자의 촉촉한 입술 안으로 묻혀 들어갔다. 순식간에 와 닿은 부드러운 감촉에 당황한 것도 잠시, 희원의 놀라 벌어진 입술을 가르고 그의 혀가 감겨들어왔다. 그리고는 갈팡질팡 자리를 잡지 못하는 그녀의 혀를 휘감으며 강하게 빨아 당겼다. 온몸에 힘이 빠지면서 절로 두 눈이 감겼고, 꿈인 듯 생시인 듯 몸이 붕 떠오르는 느낌이 몰려들었다. 희원은 반항할 엄두도 내지 못하고 그가 주는 강렬한 입맞춤에 정신을 놓고 말았다.

입술을 떼어낸 명은 그녀의 턱을 들어 올리며 쐐기를 박았다.

"부부간에 나눌 입맞춤을 나누었으니 이보다 더 확실한 명분은 없을 것이다. 내 너에게 세자빈이 될 충분한 명분을 주었으니 금혼령이 내려지거든 똑똑한 머리로 반드시 간택을 받아내도록 해라."

그 말을 끝으로 명은 그녀의 눈앞에서 멀어져 갔다.

도저히 숨이 골라지지가 않았다. 가슴은 여전히 방망이질 치듯 쿵쾅거렸고 얼굴은 화끈거려 고개를 들 수가 없었다. 아직도 입술에 남은 듯한 그의 감촉에 희원은 머리끝이 쭈뼛 일어섰다.

순결, 여인이 지켜야 할 가장 중요한 덕목을 명분으로 만들다니!

그녀는 입술에 손을 갖다 대며 뜨겁게 달아오른 숨결을 느꼈다. 제 몸이 제 것이 아닌 것처럼 구름 위에 뜬 기분은 말로 표현할 길이 없었다. 순결을 앗아간 그에게 원망은커녕 묘한 감정마저 일다니, 아직도 북소리처럼 요란한 소리가 가슴을 울렸다. 그러면서 마지막에 남긴 그의 말이 귓가를 맴돌았다.

※

거처로 돌아온 희원은 저녁도 거르고 방에서 꼼짝하지 않았다. 곁에서 늘 종알대던 죽심도 내보내고 혼자였다. 서책을 앞에 두고도 그녀의 눈은 초점 없이 방문만 바라보고 있었다. 그때였다. 잠잠하던 문이 열리더니 종윤이 나타났다. 깜짝 놀란 희원은 자리에서 벌떡 일어서며 그녀답지 않게 허둥댔다.

"아, 아버지가 여긴 어떻게, 아니, 어쩐 일로 오셨습니까? 아, 일단 앉으셔요."

희원이 자리에서 내려오자 종윤은 상석에 엉덩이를 내렸다.

"불러도 답이 없기에 들어왔다. 무슨 생각을 그리 골똘히 하기에 애비가 부르는 소리도 못 들은 게냐?"

"저를…… 부르셨습니까?"

전혀 듣지 못했다.

"허허, 내 딸이 애비에게 말 못할 고충이라도 생긴 것이냐?"

"아닙니다……."

"실은 내 너에게 할 말이 있어 이리 걸음 하였다."

심상치 않은 아버지의 목소리에 희원은 고개를 들었다.

"말씀하시어요."

"오늘…… 우상 대감에게 뜻하지 않은 혼담을 받게 되었다."

"혼담……을요?"

낮에 승경에게서 들은 얘기라 별로 놀라지는 않았다. 다만 생각보다 빨리 혼담 얘기가 나와 그게 당혹스러울 뿐.

"너도 알다시피 성균관 동장의이자 학재學才가 뛰어난 우상 대감의 첫째 아들 한승경은 성품도 온화하여 딸을 가진 자라면 누구나 탐을 내는 그런 사내이다. 비록 그 집안과 우리 가문이 사이가 좋지 않으나 네가 원한다면 이 아비는 지금까지의 묵은 감정을 털 의향도 있단다. 너의 생각은 어떻느냐?"

 승경이 싫은 건 아니었다. 그렇다고 좋은 것도 아니었다. 다만 지금 그녀의 머릿속은 세자가 만들어 준 명분 밖에 남아 있지 않았다. 다른 것을 돌아볼 여유가 없었다.

 희원은 숨을 들이켜며 최대한 침착하려 애썼다.

 "저 역시 오라버니의 벗으로 오랫동안 보아와 그 성품이 얼마나 훌륭한지 이미 알고 있습니다. 허나 혼례라는 것은 그 집안을 더욱 중시여기는 법이 아닙니까? 우의정 대감의 집안과 혼례를 올린다면 아버지께선 상감마마의 신뢰를 잃을 수도 있습니다. 아버지께서 저 때문에 주변의 의심을 받게 만들 수 없습니다."

 "네가 좋다면 주변의 눈총은 얼마든 견딜 수 있다. 허니 너의 마음을 알려다오."

 "소녀는……."

 낮에 승경의 고백이 불현듯 떠올랐다. 승경은 아홉 해나 그녀를 마음에 품었다고 했다. 그런데 희원은 승경을 오라버니의 벗으로만 생각하며 오랜 세월을 보아 왔다. 그녀의 대답에 따라 그가 상처를 받을 수도 있는 상황, 그녀로서는 단칼에 거절할 수 없는 입장이었다.

 "모르겠습니다. 조금 더 생각할 시간을 주시렵니까?"

 "희원아, 이 아비는 너의 행복이 최우선이니라. 다른 이들이 뭐라 하던 네가 행복하다면 이 아비는 그걸로 좋은 선택을 했다 여길 것이다. 그러니 이 아비의 입장보다 너를 먼저 생각하여 결정을 내리도록 하거라."

 희원은 세자에 대한 얘기를 꺼내려다 그냥 입을 다물기로 하였다. 어차피 그 벌이란 것은 혼자 감당해야 하는 일이니까 말이다. 곧 금혼령이 떨어질 테고 간택에 나가게 되면 자연스레 우상 대감과의 혼담은 흐지부지될 것이기에 희원은 일부러 시간을 달라 했다. 그렇게 해야 승경도 불가항력적인 상황에 상처를 덜 받을 수 있으리라.

※

왕이 상주하는 내전內殿에는 잠을 자고 휴식을 취하는 건물인 연침燕寢과 동소침東小寢, 서소침西小寢, 그리고 일상적인 집무실인 보평청報平廳이 있었다. 중앙의 연침에는 신료들을 접견하고, 동소침에서는 봄과 여름에, 서소침에서는 가을과 겨울에 거처하는 게 보통이었다.

그리 늦지 않은 시각, 왕을 알현하기 위해 명은 강녕전의 부속 전각 동소침을 찾았다. 명의 방문을 기뻐한 왕은 서둘러 다과상을 준비하라 명했고 신속하게 다과상이 그들 사이에 놓여졌다.

"방금…… 뭐라 했느냐?"

"암자에서의 일을 알고 있다 하였습니다."

헛기침으로 마음을 진정시킨 임금은 상선내관을 흘끔 쳐다봤다. 이에 그 뜻을 알아차린 상선은 곧바로 주변을 물리며 방을 나갔다.

"무엇을 알고 있느냐?"

"선왕들의 구전 기도는 애초에 없던 일이었으며, 소자가 암자에 가게 된 것은 예조참판의 여식이 저를 가르치기 위함이었다는 것을 알고 있사옵니다."

"어찌 알았느냐?"

임금의 물음에 명은 의아해 했다. 흑주가 분명 자신에 대한 보고를 올렸을 거라 여겼는데 그게 아닌 모양이었다.

"어찌 알았냐 묻지 않느냐?"

왕이 재차 물었다.

"잠행을 나갔다 우연찮게 여인을 보게 되었고, 암자에 있어야 할 여인이 한양에 있는 것이 이상하여 뒤를 밟았습니다. 하여 다다른 곳이 예조참판의 사옥(솜屋)이었고, 암자에 들은 첫날 예조참판을 만났던 것이 떠올라 연관이 있다 여겨 추측한 것이옵니다."

영민한 추리력에 왕은 난감했다.

"날 원망하고자 온 것이냐?"

"소자가 어찌 아바마마께 그런 불경한 마음을 품겠습니까? 다만 꼭 들어주셨으면 하는 부탁이 있어 이리 찾아왔나이다."

명의 진지한 목소리에 임금은 버릇처럼 미간을 손으로 짓눌렀다.

"부탁이라…… 설마 그들을 처벌해 달라는 부탁이더냐?"

"그 반대이옵니다."

미간을 누르던 손을 떼고는 임금은 놀라운 눈빛으로 세자를 쳐다봤다.

"지금 반대라 하였느냐?"

"예."

"허면 내가 어찌 해주길 바라느냐?"

"소자, 처음에는 황당하였으나 박식한 그 여인에게 배울 점이 많았사옵니다. 하여 고까운 마음을 접고 그 여인을 받아들이기로 했습니다."

"받아들인다……?"

"아바마마께서 허락해 주신다면 소자, 암자로 들어가 달포 더 그 여인에게 가르침을 받고자 합니다. 윤허해 주시옵소서."

임금은 당황스런 기색을 감추지 못했다. 얼마 전 그 여인을 불러 상세히 하문했으나 세자가 마음을 잘 열지 않아 어명을 제대로 수행하지 못했다고 전했다. 하지만 그 여인의 말과는 달리 환궁한 세자는 이전과는 다른 모습을 보였다. 대소신료들에게는 물론 시강원의 스승들에게도 방자한 태도를 취하지 않았고 공주들도 깔보지 않는다 들었다. 하여 그 여인의 겸손함에 탄복을 금치 못했다. 그런데 지금 눈앞에서 세자가 그 여인에게 가르침을 더 받고 싶다고 하니 어안이 벙벙했다. 허나 세자가 원한다 해도 더 이상은 그의 출궁을 허락할 수 없었다. 한 번 더 동궁을 폐쇄한다는 건 자숙의 의미가 아니라 정치적 논란을 야기시킬 수도 있는 민감한 사항이었기 때문이었다.

"세자의 마음은 갸륵하나 더 이상 궐 밖을 나가는 것은 불가不可한 일이다."

"소자가 나갈 수 없다면, 그 여인을 동궁으로 불러 주시옵소서."

"시강원에 여인을 들일 수는 없는 일, 그것 또한 불가하다."

명이 고집스런 입을 꾹 다물자 임금은 괜스레 미안해졌다.

"배우고자 하는 마음만 있다면 다른 스승들에게서 그 뜻을 이룰 수 있을 것이다. 허니 그 여인은 잊도록 하거라."

"방도가 있다면 소자의 부탁을 들어주실 것이옵니까?"

마치 이 말을 기다렸다는 듯한 명의 말에 임금이 호기심을 드러냈다.

"방도가 있다니, 그게 무엇이냐?"

"세자빈. 그 여인을 세자빈의 자리에 앉혀 주십시오."

"뭐라……?"

임금의 주름진 눈이 화들짝 커졌다. 그 모습을 보며 명은 담담한 목소리로 말을 이었다.

"아직 내정된 처자가 없다 들었습니다. 그 여인이라면 예조참판의 여식이니 아바마마께옵서도 믿을 수 있는 집안이 아니옵니까?"

"허나 그 여인은……."

"나이 때문이라면 예외를 둔다거나 나이의 제한을 올리면 될 일이 아니옵니까? 소자 또한 약관이 넘은 나이인데 후사를 보려면 좀 더 성숙한 처녀가 낫지요."

세자의 말을 곰곰이 되짚어 보며 임금은 아들의 표정을 유심히 살폈다.

"혹…… 그 여인을 심중에 두었더냐?"

"곁에 두고 많은 가르침을 받고자 할 뿐입니다."

"정말 그뿐이더냐?"

"다른 무언가가 더 필요한 것이옵니까?"

임금은 가만히 명을 쳐다보다 곧 미간을 다시 손으로 짓눌렀다.

"세자의 뜻은 충분히 알았다."

"허락하시는 것이옵니까?"

"간택은 중궁전에서 결정할 일이다. 내가 찬성한다 해도 중전이 불가하다면 어쩔 도리가 없느니."

명은 구겨지는 인상을 억지로 펴며 차분히 말했다.

"중전마마께옵서는 아바마마의 한마디면 쾌히 따라 주실 것이옵니다."

"알았다. 내 중전에게 언질을 줄 것이다."

"가능한 빨리 금혼령을 내려주시겠습니까?"

임금의 눈이 또 한 번 휘둥그레졌다.

오늘 세자가 자신을 놀래려 작정을 한 것인가.

가례를 피하려고 이래저래 핑계를 대며 고집을 피우던 그가 금혼령을 내려 달라니, 놀라다 못해 신기할 지경이었다.

정말 그 여인에게 배우고자 하는 마음만 있는 것인가?

미심쩍지만 그래도 세자가 가례를 올리려 하고 여인을 곁에 두려고 하니 기쁜 일이었다. 게다가 세자빈으로 점찍은 여인은 그가 신뢰하는 예조참판의 여식이 아니던가. 딱히 반대할 이유가 없었다.

"그리하겠다."

"성은이 망극하옵니다."

공손한 태도를 보이는 세자를 보자 임금의 용안에는 흐뭇한 미소가 걸렸다. 임금은 앞에 놓인 찻잔으로 손을 뻗었다. 하지만 그 손은 찻잔을 잡지 못하고 지나치고 말았다. 퉁, 소리를 내며 엎어진 찻잔에서 연노랑빛 찻물이 다과상 위로 쏟아졌다.

"하하, 내 세자의 달라진 모습에 너무 기뻐 차를 쏟고 말았구나."

너털웃음을 지으며 왕은 아무렇지 않게 행동했지만 명의 얼굴은 딱딱하게 굳어갔다. 그는 분명 보았다. 그것은 실수가 아니었다.

'안정眼精[22]의 행태가 매우 불안하다. 설마 용안龍眼[23]에 이상이……?'

임금은 옆에 놓인 작은 면 수건을 집어 들어 자신의 손에 묻은 차액을 닦고는 상선을 다시 불러 새로 차를 들이게 했다. 지밀상궁이 금방 차를 놓고 나가자 이번에는 제대로 찻잔을 잡은 임금이 여유로운 표정으로 차를 음미했다. 자연스러운 그 모습에 명의 한쪽 눈썹이 일그러졌다.

'잘못 본 것인가?'

그렇게 임금과 마주 앉아 차를 마신 명은 자신의 뜻을 이룬 뒤 가벼운 걸음으로 동궁으로 돌아갔다.

---

22) 눈동자
23) 눈

7장
GOOD WORLD ROMANCE NOVEL

궂은 날씨 없는 쾌청한 날의 연속이었다. 저잣거리는 부쩍 많아진 사람들로 더 붐볐고 삼삼오오 모여 떠드는 사람들이 눈에 띄게 많아졌다. 그 이유인즉 세자빈 간택에 관한 소문 때문이었다.

"이번 간택은 좀 다르다면서?"

"다르다니, 어떻게?"

"하, 이 사람! 다들 그 얘기들을 하느라 입에 단내가 날 지경인데 여태 몰랐어?"

"아, 뭔데 그려? 어여 좀 말해 봐."

"귓구멍 팍 열고 잘 들어. 이번 간택은 말이여, 처녀들의 나이를 십팔 세까지 올린다지 뭐여?"

"뭐? 십팔?"

"허허, 이 사람 입 조심 좀 혀. 십팔이 뭐여, 십팔이!"

"근디 갑자기 왜 나이를 올렸데?"

"상감마마의 깊은 뜻을 우리 같이 무식한 놈들이 어찌 알겠어? 그냥 그렇다, 하면 그런가 보다 하는 거지."

"그래도 이상하지 않어? 어린 처녀들 놔두고 왜 나이를 올리셨을까?"

"흠흠, 내 생각엔 말이여. 세자저하가 성격이 쪼까 난폭하다고 소문이 났잖여? 그래서 권세 있는 양반들이 딸을 내놓으려고 하질 않은께 처녀가 모자랄 것이 아녀? 처녀가 모자라면 좋은 세자빈을 고를 수가 없으니께 나이를 올린 것 아니겠어?"

세자빈이 되려는 처녀가 모자르다, 세자가 어린 여인을 싫어한다 등등 별별 근거 없는 소문들이 발 빠르게 퍼져 나갔다. 그러는 와중에도 간택을 위해 처녀단자를 내놓으라는 왕실의 명에 양반들은 억지로 처녀단자를 올렸다. 하지만 병가니 뭐니 갖은 핑계를 대며 간택을 피하려는 양반들 탓에 처녀단자는 선례에 비해 턱도 없이 부족했다.

처녀단자를 막 올리고 나온 예조참판 김종윤의 얼굴에는 금방이라도 비가 내릴 듯 먹구름이 가득했다. 오늘 아침 왕의 부름을 받아 독대를 한 그는 뜻밖의 얘기를 들었다. 바로 세자가 희원의 존재를 알고 있고 세자 본인이 희원을 세자빈으로 지목했다는 것이다. 그 소리에 종윤은 정신을 잃을 뻔했다. 하지만 차분하게 딸아이를 세자빈으로 달라는 왕의 청에 종윤은 마지못해 명에 따르겠노라 답하였다. 그제야 이번 간택에서 나이가 올라간 것이 이해가 되었다.

궐을 나오는 그의 걸음은 누가 붙잡기라도 하듯 더디기 짝이 없었다. 은애하던 부인이 목숨과 바꿔가며 지켜낸 딸이었고 눈에 넣어도 안 아픈 아이였다. 유독 각별했던 딸이었기에 서책을 쥐어 주었고 책을 좋아하는 딸에게 귀한 책들도 몰래 구해다 주었다. 뿐만 아니라 정조사正朝使[24], 변무사辨誣使[25], 부고사訃告使[26] 등 나랏일을 하기 위해 명나라로 떠날 때도

---

24) 정기적으로 신년 새해를 축하하기 위해 떠나는 사신단
25) 국사에 대한 오해가 발생할 시, 이를 해명·정정하기 위해 떠나는 사신단
26) 국상을 알리기 위해 떠나는 사신단

몰래 데리고 나가 견문을 넓혀 주려 했다. 나이답지 않게 현명하고 성숙한 아이라 때가 되면 좋은 혼처를 찾아 걱정 없이 살게 해주고 싶었는데, 하필이면 세자빈의 자리라니. 일이 이렇게 되고 보니 세자의 교육을 맡게 되면서 일이 틀어졌다는 생각을 떨칠 수가 없었다.

"후우……."

절로 한숨이 새어 나왔다. 세자빈의 자리가 얼마나 광영스러운 자리인지 모르는 바 아니나 늘 자유로이 지내던 딸아이가 갑갑한 궁에서 어떻게 살아갈지 걱정부터 앞섰다.

혼례만큼은 네가 원하는 곳으로 보내주려 했건만…….

새삼 권력의 중심으로 딸아이를 보내려니 앞이 막막했다. 그렇다고 왕의 명을 거역할 수도 없는 노릇. 우상 대감이 혼담을 넣었다고 해서 간택에 응하지 않는다면 이것이야말로 왕에게 불충을 저지르는 꼴이 되고 만다. 게다가 우상 대감이 혼담을 넣은 이유 역시 이조정랑에 앉게 된 아들 덕정 때문이라는 걸 모르지 않는 바였다. 어쨌든 일이 이렇게 된 이상 우상과의 혼담은 없던 일로 해야 했다.

무거운 마음을 안고 사가로 걸어가던 종윤은 대문 근처에서 서성거리는 승경과 마주쳤다.

"성균관에 있어야 할 자네가 여긴 어쩐 일인가?"

승경은 예를 갖춰 머리를 숙여 보인 후 다급한 목소리로 입을 열었다.

"긴히 드리고자 하는 말이 있어 결례를 무릅쓰고 왔습니다."

"간택에 대한 거라면 할 말 없으니 그만 돌아가시게."

몸을 돌리는 종윤의 앞을 승경이 막아섰다. 그리고는 허리를 땅에 닿을 듯 숙였다.

"이리 간곡히 부탁드리겠습니다, 영감. 부디 간택을 피할 수 있도록 해주십시오. 제발 부탁드립니다!"

종윤은 승경의 간절한 태도에 난처했다.

"이러지 마시게. 자네도 알다시피 간택이란 것이 피하라 하여 피할 수 있는 것이 아니네. 나라의 녹을 먹는 자로서 어찌 왕명을 거역할 수 있겠는가?"

"하오나 저희 집안에서 혼담을 넣지 않았습니까? 두 집안의 혼례가 바로 코앞인데 어찌 간택에 참여하신다는 것입니까? 부탁드리오니 부디 다시 한 번 고심하여 결정해 주소서."

완고한 승경의 말에 종윤은 혀끝을 찼다.

"소용없네. 내 이미 처녀단자를 올리고 돌아오는 길이세."

"벌써…… 올리셨단 말입니까?"

하늘이 무너진 것 같은 그의 표정에 종윤은 저도 모르게 측은지심이 들었다. 하지만 돌이킬 수 있는 일이 아니었다.

이 모든 것이 하늘의 뜻이니 그리 슬퍼하지 마시게.

종윤은 불안해 보이는 승경을 위해 마지막으로 위로의 말을 던졌다.

"처녀단자를 올린다 하여 우리 아이가 세자빈이 되는 건 아니지 않나? 그저 왕명이 내려져 간택에 참여하는 것뿐이니 성균관으로 돌아가 학문에 전념하고 계시게."

종윤이 그를 지나쳐 가자 승경이 다시 그의 앞을 막았다.

"하나만 묻겠습니다!"

"뭔가?"

"간택에서 떨어지면…… 우리 집안과의 혼사는 성사되는 것입니까? 그것만이라도 확실히 알고 싶습니다."

"그건……."

불가능한 일이었다. 희원은 왕이 원하는 세자빈, 즉 내정된 세자빈이다. 그 말은 이제 승경에게 가능성은 없다는 것을 의미했다. 만에 하나 세자빈이 되지 못하더라도 삼간택까지 오르면 희원은 평생 혼자 살아야 할 몸, 결국 승경과의 혼사는 불가했다. 승경을 위해서라도 미련을 두게 해서는 아니 될 일. 대충 넘어가려던 종윤은 약해지려는 마음을 다잡으며 엄한 표정으로 말했다.

"이미 어긋난 연緣이니 미련을 접으시게. 흐흠!"

뒤탈이 없도록 단단히 다짐을 둔 종윤은 그를 지나쳐 대문 안으로 들어갔다.

꼭 닫힌 대문을 보며 한참을 서 있던 승경은 천천히 몸을 돌렸다. 그리고는 무거운 다리를 이끌고 무작정 앞으로 걸어가기 시작했다.

지금의 상황이 믿기지 않았다. 바로 얼마 전까지만 해도 그녀와의 혼례를 꿈꾸며 밝은 미래를 떠올렸다. 하지만 세자의 간택은 자신의 인생을 순식간에 생지옥으로 만들어 버렸다.

자신의 아내가 되어야 할 여인이 세자빈 간택에 나가다니!

연정을 품은 지 아홉 해였다. 그 긴 시간을 얼마나 그리워하며 애타게 기다렸는데 이럴 수는 없었다.

"흐읍!"

칼로 쑤시는 통증에 승경은 가슴팍을 쥐어짜며 그대로 정신을 잃고 말았다.

※

종윤은 덕정과 희원을 사랑방으로 불러들였다. 대문 앞에서 애걸하던 승경의 모습이 내내 눈에 밟혔지만 그는 지나온 세월을 돌아보며 부러 그 모습을 잊으려 애썼다.

화기애애한 분위기 속에 시간은 흘러 어느덧 저녁이 찾아왔다.

"아버님, 하실 말씀이 있으십니까?"

본론을 꺼내지 않고 다른 말만 하는 종윤이 안타까워 덕정이 먼저 입을 뗐다. 종윤의 입가에 달려 있던 미소가 싹 사라졌다. 그는 아들과 딸을 번갈아 봤다.

"덕정아, 희원아."

"예, 아버님."

"말씀하시어요."

"내…… 오늘 세자빈 간택을 위해 처녀단자를 올리었다."

"예?"

놀란 덕정과는 달리 희원은 안도했다. 금혼령이 떨어졌다는 소식을 듣고 처녀단자를 올려 달라 부탁하려고 했는데 그럴 필요가 없어진 것이다.

하지만 덕정은 그녀와 달리 이 상황을 받아들이지 못했다.

"아버님, 우상 대감댁에서 혼담이 들어왔다 하지 않았습니까?"

덕정의 질타에 종윤의 안색이 어두워졌다.

"나라의 일이 우선이다. 세자빈 간택에 희원의 조건이 어긋남 없이 딱 들어맞으니 어찌 처녀단자를 올리지 않을 수 있단 말이냐?"

"하오나……."

"우상 대감과의 혼담은 세자빈 간택이 끝난 후 생각해도 늦지 않으니, 너희 또한 각별히 입조심을 해야 할 것이야."

종윤의 강경한 어투에 덕정은 입을 다물었다. 늘 동생을 염려하고 아끼는 그 마음을 어찌 모를까.

"덕정아."

"예, 아버님."

"내 진즉 너의 혼사를 먼저 생각했어야 했거늘, 네 누이를 생각하느라 너의 혼사마저 늦어지고 말았구나."

"소자는 괜찮습니다."

"아니다. 더 늦기 전에 이번 간택이 끝나면 너의 혼사도 서두를 것이니라."

덕정이 고개를 숙이자 종윤은 그 옆에 앉은 희원에게 눈을 주었다. 아직도 그의 눈에는 어리기만 한데 시집을 보내야 하다니, 그것도 왕실에 보내야 하는 현실이 유감스러웠다.

"희원아."

"예."

"이 아비가 너와 상의도 없이 처녀단자를 올렸느니라. 기분이 상하였느냐?"

"아닙니다. 소녀께 언질을 주셨다 해도 결과는 같았을 것이니 기분이 상할 리 있겠습니까?"

"조만간 초간택初揀擇[27]이 있을 것이다. 무섭지 않으냐?"

"무섭습니다. 하오나 잘 해낼 것입니다."

미리 준비라도 한 듯 각오 어린 그 대답에 종윤과 덕정의 놀란 눈동자가 그녀에게로 모아졌다. 희원은 그 눈빛이 무엇을 묻고자 하는지 알기에 덧붙여 설명했다.

"소녀, 실은 세자저하를 뵙는 순간부터 마음으로부터 그분을 존경하였습니다. 우상 대감께는 송구하나 간택령이 내려진다는 얘기를 듣고 내심 세자빈 간택에 나가고 싶었습니다."

"그, 그 말이 진심이더냐?"

흥분한 종윤의 목소리에 희원은 얼굴을 붉혔다. 그런 누이의 얼굴을 보며 덕정은 이미 승경에게 일말의 희망도 없음을 알아차렸다.

---

27) 예조에서 처녀단자를 모아 왕에게 올리면, 그것은 왕실의 어른(주로 대비)이 사주가 좋은 처녀를 골라 세 차례에 걸쳐 간택을 실시함. 초간택에서 대여섯 명을, 재간택에서 두세 명을, 삼간택에서 마지막 한 명을 뽑음

"허면 이 아비가 너를 위해 응당 해야 할 일을 한 게로구나!"

"미리 말하지 못해 아버지께 고충만 안겨 드렸습니다. 불효한 소녀를 용서하세요."

"허허, 아니다, 내 마음의 짐을 덜게 되어 기쁘기 이루 말할 수가 없구나."

기꺼워하는 종윤을 보며 희원의 얼굴에도 덩달아 미소가 내걸렸다.

그리 유쾌하지 않은 첫 만남이었음에도 세자와 지낸 달포라는 시간은 그녀에게 소중했고 잊을 수 없는 추억이었다. 화내고 무시하고 심술까지 부리는 그의 이면에는 순수한 모습도 존재했고 뛰어난 학문과 언변은 희원이 보아온 그 어느 사람보다도 훌륭했다. 세자빈이 되라는 무시무시한 겁박을 떠나서 그와 있는 게 즐거웠다. 그리고 무엇보다도 그가 남긴 입맞춤, 잊을 수 없는 강한 명분을 만들어 준 세자 때문이라도 그의 곁으로 가고 싶었다. 만약 그 말고 다른 곳으로 달아난다면 평생 그 기억으로 괴로울지도 몰랐다. 가문도 지키고 자신의 감정에 충실하기 위해서라도 간택에 나가야 했다.

"너무들 하십니다!"

애 띤 목소리와 함께 벌컥 문이 열렸다. 열린 문 중앙으로 여섯 살가량의 여자아이가 부루퉁한 얼굴로 서 있었다.

"매번 소녀만 따돌리고, 너무들 하세요!"

아이의 뒤로 쪽을 진 단아한 젊은 여자가 등장했다.

"세인아, 당장 이리 오지 못하겠느냐?"

적당한 키에 곱상한 얼굴을 한 희원의 새어머니는 방 안을 들여다보더니 얼굴을 굳히며 머리를 숙였다.

"방해가 되었나 봅니다. 세인이가 아직 어리다 보니 철이 없어서……."

"아닙니다, 부인. 기쁜 소식이 있으니 안으로 드세요."

종윤은 부인을 안으로 들여 어렵게 마무리된 이야기를 차근차근 들려주었다. 물론 세자에 대한 것은 뺀 채 희원이 간택에 참여하게 되었다는 얘기만 전했다.

집안의 경사가 될지도 모를 얘기에 새어머니는 걱정과 동시에 기쁨을 드러내며 앞에 앉은 세인의 머리를 쓰다듬었다. 까르르 웃는 막내의 재롱에 그들은 힘겨운 하루를 마무리 지었다.

＊

달라진 세자의 태도와 새로운 왕실의 식구를 맞이하려는 움직임에 궁은 그 어느 때보다 활기찼다. 중전의 회임에 이어 세자의 혼사는 나라의 종묘사직을 굳건히 하는 일국의 경사였다. 하지만 기뻐하는 모든 대소신료들과 달리 얼굴에 수심이 가득한 이가 있었으니 바로 우상이었다.

추일은 그늘진 표정을 감추지 못한 채 동궁전으로 움직였다.

넓은 동궁의 후원 한쪽, 명이 과녁을 향해 활시위를 잡아당기자 추일이 그 옆을 차지하며 다가섰다.

"저하."

"오셨습니까?"

추일은 예를 갖추고는 가까이 다가가 목소리를 낮췄다.

"이례적으로 금혼령을 빨리 거두셨습니다. 처녀단자가 올라오려면 시일이 더 필요할 터인데, 내정된 처녀가 있는 것이옵니까?"

질문부터 던지는 품새가 할 말이 많아 보였다. 명은 활시위를 느긋하게 당기며 과녁의 중앙을 향해 화살촉을 맞추었다.

"간택은 중궁전 소관이라 이 몸도 알지 못합니다."

피융!

시위를 떠난 화살이 과녁 중앙을 맞춘 뒤 몸을 부르르 떨었다. 곧 과녁의 양옆 병풍 모양의 핍(帉) 뒤로 사람이 나와 붉은 깃발을 크게 흔들었다. 과녁에 명중했다는 그 표시에 명은 입가를 올리며 양 내관을 향해 손을 뻗었다. 양 내관은 냉큼 그 손 위에 붉은 화살 깃을 새긴 활을 올렸다. 명이 그 활을 다시 활시위에 놓자 추일이 다시 입을 열었다.

"하오면 이번 간택에 처녀들의 나이 제한을 왜 상(上)하였는지 아십니까?"

"그건 알고 있습니다. 바로 내가 그리 해달라 했으니까."

"성의를…… 여쭈어도 되겠나이까?"

"별 뜻은 없었습니다. 그저 젖비린내 나는 어린아이를 빈으로 맞기 싫었을 뿐."

추일의 눈이 의심스럽게 번뜩이자 명은 활시위를 당기며 덧붙였다.

"우상이라면 어린애와 합방할 마음이 생기겠습니까? 내 나이 약관이 넘었거늘 후사부터 보려면 성숙한 여인이 제격이지요."

추일의 입매가 보이지 않게 비틀렸다. 틀린 말이 아닌데도 왠지 속고 있는 듯한 기분은 무어란 말인가. 얼마 전 장규를 곁에서 떨어트린 터라 그 의심은 쉬이 가시지 않았다. 경합에서 진 벌이라 하니 억지로 갖다 붙일 수도 없고 답답해 미칠 것 같았다.

"한데 그건 왜 물으십니까? 혹 며느리로 점찍은 여인이 간택에 나오기라도 하는 것입니까?"

정곡을 찔린 추일은 당황한 얼굴을 급히 감췄다.

"아, 아니옵니다. 그저 이례적인 일이라……. 그리고 만에 하나 그런 일이 생긴다 하여도 저하의 간택이 우선이오니 괘념치 마시지요."

"정말 그리 생각하십니까?"

"여부가 있겠습니까?"

명은 입술을 늘리며 활을 쐈다. 매섭게 날아간 화살이 또 과녁 중앙을 관통했다. 통쾌한 표정과 함께 명은 활시위를 내리고 우상에게 얼굴을 돌렸다.

"우상께서 그리 말씀해 주시니 분명 좋은 세자빈이 들어올 것 같습니다. 아니 그렇습니까?"

"무, 물론입니다."

얄팍한 눈매가 가볍게 휘었다. 이곳에 급하게 온 이유는 아들 녀석 때문이었다. 길거리에서 쓰러져 집으로 실려 온 승경 때문에 한바탕 난리가 났다. 예조참판의 여식이 간택에 참여한 것을 안 심기 약한 아들이 자리를 보전한 것이다. 문제는 거기서 그치는 게 아니었다. 예조참판과의 혼례가 깨어지면 이조정랑에 앉게 될 김덕정까지 놓치게 되니 두 마리 토끼를 다 잃는 셈이었다. 혼례에 관심이 없으려면 처음부터 없던가, 생뚱맞게 성숙한 여인 타령을 하는 세자 때문에 엄한 아들 녀석의 혼처만 날아가게 생겼다.

"우상의 얼굴이 어둡습니다. 집안에 우환이라도 생기셨습니까?"

마치 그의 사정을 알고 있는 듯한 세자의 말투에 추일은 속내를 감추고 침착하게 말했다.

"그런 게 있을 리 있겠사옵니까? 소신은 그저 세자저하의 안위만을 생각할 뿐이옵니다. 하오면 보는 눈들도 있고 하니, 소신은 이만 편전으로 돌아가겠나이다."

추일이 사라지자 명은 양 내관에게 활을 받아 다시 과녁을 향해 시위를 당겼다. 목표물을 맞춘 명은 혼잣말처럼 낮게 읊조렸다.

"그 집 장남이 앓아누웠다더니, 많이 안 좋은 모양이군. 흑주는 나오라."

뒤쪽에 세워 둔 핍 뒤로 흑주가 나왔다.

"하명 하시옵소서, 저하."

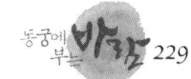

"적주에게, 우상의 사옥에 첩자를 심어 두는 것으로 이제 감시를 그만두어라 해라."

"하오면 그만 궁으로 불러들여도 되겠사옵니까?"

"아니, 이번엔 예조참판의 사옥을 감시하라."

"예조참판의 사옥을…… 말입니까?"

"감히 내게 같은 말을 두 번 하게 만들 셈이냐?"

"송구하옵니다. 존명 받잡겠나이다."

흑주가 물러나자 옆에 있던 양 내관이 끼어들었다.

"예조참판의 여식을 보호하려 하심입니까?"

양 내관은 훈훈한 미소를 지으며 말을 이었다.

"저하를 모신 지 스무 해가 다 되어 갑니다. 깊은 어심은 알 수 없으나 말투에서 드러난 마음은 소신을 피해 가실 수 없나이다."

"양 내관."

"예, 저하."

"보위에 오르면 가장 먼저 네놈의 목부터 칠 것이다."

"그 말씀을 들은 지도 벌써 스무 해 가까이 되옵니다."

그 말이 끝남과 동시에 명의 손에서 떠난 화살, 하지만 그 화살은 과녁을 벗어나 엉뚱한 곳에 몸을 박고 말았다. 곧 백기가 들어 올려졌다.

명은 활을 그대로 바닥에 내동댕이쳤다.

8장

처녀단자에 의해 걸러진 사주 좋은 처녀들은 궁궐에 들어와 초간택을 받았다. 서른 명 내외의 처자들을 일렬로 세운 뒤 왕을 포함한 왕족들이 다섯으로 추려냈고 초간택에서 뽑힌 처녀들은 다시 달포 뒤 재간택을 받았다. 희원은 저보다 어린 처녀들과 함께 재간택에 나가 당당히 오십 명의 호위를 받으며 육인교를 타고 집으로 돌아갔을 뿐 아니라 글월비자가 가져온 서찰을 받고서 내정된 처자임을 인정받았다.

"아기씨! 아기씨!"

죽심이 목청껏 고함을 지르며 별당으로 뛰어 들어왔다. 별당의 툇마루에 앉아서 서책을 보던 희원은 죽심의 소리에 책을 덮고 일어섰다.

"왜 이리 소란이냐?"

"아기씨, 어, 어, 어제 타고 오신 가마가 육…… 뭐라더라? 암튼 세자빈으로 확정된 여인이 타는 거라면서요?"

"육인교 말이냐?"

"네, 육인교 그거 말이어요. 좀 전에 안잠자기한테 들었구먼요. 지는 그것도 모르고 아기씨가 재간택에 오르시어 궁인들과 가마를 타고 오시는 줄만 알았지 뭐여요? 그럼 아기씨가 세자빈마마가 되는 거여라?"

"아직 삼간택이 남았느니라."

"에이, 안잠자기 말로는 육…… 아우, 이놈의 돌머리! 암튼 육 머시기 타고 나오는 사람이 세자빈마마가 되는 거라 하던데요?"

흥분으로 가득 찬 죽심의 표정에 희원이 빙그레 웃었다.

"왜, 내가 세자빈이 된다니 이상하여 그러느냐?"

"이상하긴요! 신기하여 그러죠. 지는 믿기지가 않는구면요. 아기씨께서 세자빈마마라니……. 그럼 앞으로 궐에 들어가 사시는 거네요?"

"그렇게 되겠지."

"그럼 지는 이제 아기씨를 못 뫼시는 거여요?"

죽심이 어린애처럼 금방 울먹이며 묻자 희원은 그녀의 손을 맞잡으며 차분하게 말했다.

"죽심아, 나는 말이다. 네가 원한다면 궐에 데려갈 의향도 있다. 하지만 궐에 들어가면 죽심이 네가 그토록 하고 싶었던 돌백이와의 혼례는 물론 장터 구경도 할 수가 없단다."

물론 마음으로야 진심으로 상전인 희원을 따르고 싶었지만 자유로운 삶의 일부분 역시 포기하기가 쉽지 않았다. 쉽사리 결정을 내리지 못하는 죽심을 보며 희원이 말을 이었다.

"죽심이 네가 비록 노비이긴 하나, 난 네가 조금은 자유로이 지낼 수 있도록 해주고 싶구나. 그러니 여기 남아 돌백이와 혼례도 올리고, 토끼 같은 자식들도 낳고, 장터 구경도 하면서 살았으면 좋겠어. 내 아버지에게는 잘 말해 놓을 것이니 노비 신세는 면하지 못하더라도 편히 살 수 있도록 해줄 것이다."

"아기씨……."

눈물이 그렁그렁 맺힌 죽심의 모습에 희원은 마음이 울컥했다. 그 누구보다 많은 시간을 함께 해 왔고 심적으로 의지를 했던 죽심이기에 떨어져야 한다는 사실만으로도 벌써 마음 한구석이 허전했다. 그렇다고 여기서 그녀처럼 같이 눈물을 보이면 마음 약한 죽심이 자신을 따라간다고 할지도 몰랐다. 희원은 죽심이 올바른 판단을 내릴 수 있도록 눈물을 안으로 삼켰다.

"갑자기 목이 타는구나. 죽심아, 목 좀 축이게 마실 것 좀 가져다주겠느냐?"

"조금 전에 보니까 숭늉이 있던데, 그거 좀 가져다 드릴까요?"

"그래."

죽심이 손등으로 눈물을 훔치며 사라지자 희원은 숨을 크게 내쉬며 붉어지는 눈시울을 애써 가라앉히려 마당을 이리저리 돌아다녔다. 그때 죽심이 열어놓고 간 문 사이로 돌백이 모습을 드러냈다.

"아기씨……"

"돌백이구나, 그래, 무슨 일이냐?"

열린 문 사이에 서서 희원이 돌백을 바라봤다. 그간 바빠서 신경을 못 썼는데 돌백의 안색이 몰라보게 수척해져 있었다.

"간택……얘기를 들었습니다."

"그래, 그리 부산스러웠으니 모르는 것이 도리어 이상하겠구나."

희원의 멋쩍은 미소에 돌백은 어금니를 꽉 깨물었다. 손만 뻗으면 닿을 거리에 사모하는 이가 있건만 다가서지 못하는 자신의 신분이 원망스러웠다. 이런 마음조차 죄가 되는 현실에 돌백은 화가 치솟지만 그녀와 이루어질 수 없는 사이임을 모르진 않았다. 다만 그녀가 궐이 아닌 일반 양반가에 시집을 갔으면 하는 바람이었다. 그랬더라면 가끔이나마 몰래 훔쳐볼 수 있을 테니까 말이다.

하필 궁으로…….

그녀가 가게 될 곳은 경비가 삼엄한 궐. 노비의 신분으로는 감히 근접도 할 수 없는 곳이었다. 우연을 빙자한 만남조차 가질 수 없었다.

"궐은…… 이 나라의 진귀한 것들이 모두 모여 있다 들었습니다. 필시 몸이 약하신 아기씨께 좋은 약재들도 넘쳐날 것입니다."

"훗, 돌백이 넌 이런 상황에서조차 내 안위를 걱정해 주는구나."

"제가 할 수 있는 일이 고작 그런 것밖에 없어서……."

"고맙다. 알게 모르게 네가 날 지켜주었다는 걸 안다. 누구보다 마음도 깊고, 충성심도 뛰어나다는 것도 안다. 내 그간 너에게 아무것도 해주지 못했다만, 혹 죽심이와 혼례를 올리게 되면 하례 선물을……."

"그런 말씀 마십시오! 저는 죽심이와 혼례를 올릴 생각이 없습니다."

정색하며 돌백이 언성을 높이는 바람에 희원은 무안해졌다. 그녀는 재빨리 그의 말을 수긍하듯 고개를 끄덕였다.

"그, 그렇구나. 두 사람이 친근하여 내가 착각을 하였다."

"죄송합니다, 별것도 아닌 일에 언성을 높였습니다……."

"괜찮으니 마음 쓸 거 없다."

"아무쪼록…… 아기씨께서 행복하셨으면 좋겠습니다."

꾸벅 인사를 올린 돌백은 그대로 등을 돌려 다른 중문을 통해 그녀의 시야에서 벗어났다. 솟을대문을 통과해 밖으로 나온 그는 샛길로 들어선 뒤에야 가슴팍을 쥐어짜며 숨을 몰아쉬었다. 지금껏 그녀와 이렇듯 길게 얘기를 나눠본 적이 없었다. 그것도 서로의 얼굴을 마주보고 서서 말이다.

쿵쿵!

방망이로 가슴 위를 때리는 듯 쿵쾅거렸다. 돌백은 오르락내리락 거리는 가슴을 진정시킨 뒤 자신이 몸담고 있는 예조참판의 지붕을 넌지시 쳐다봤다. 이제 곧 그녀가 궁으로 들어가고 나면 이곳은 텅 비게 될 것이고 그렇게 되면 이곳은 더 이상 그에게는 아무런 설렘도 줄 수 없는 곳으로 남을 것이었다. 그녀의 부재에 벌써부터 그의 눈동자가 뜨겁게 일렁였다.

묵묵히 담 너머를 응시하는 그의 등 뒤로 그림자를 드리우며 낯선 이가 다가섰다.

"아기씨께 더 이상 다가가지 말거라. 곧 세자빈이 되실 몸이시다. 주변에 지켜보는 눈들이 많으니 오해를 살 수도 있다."

삿갓을 눌러쓴 적주의 모습에 돌백은 미간을 좁히며 그를 향해 돌아섰다.

"뉘시오?"

"난 어명으로 아기씨를 은밀히 호위 중인 무사다. 네놈의 말투와 눈빛이 범상치 않아 부러 일러두는 것이니 내 말을 새겨듣는 것이 좋을 것이다."

돌백은 눈앞의 사내가 무사라는 사실에 길고 가는 눈을 크게 떴다. 잠귀도 밝고 누구보다 예민한 감각을 가졌다고 자부한 자신인데 바로 옆에 낯선 그림자가 다가설 때까지도 모르고 있었다니, 어리둥절했다. 게다가 이 자는 희원과 자신의 모습을 계속 지켜보고 있었던 듯 말을 했다. 누군가 자신을 감시하고 있다는 느낌을 전혀 받지 못했는데 이렇듯 일거수일투족을 본 것처럼 얘기하는 그의 말투에 돌백은 할 말을 잃었다.

멍하니 적주의 말을 듣고 있던 돌백은 적주가 몸을 돌리려는 순간 그의 팔을 저도 모르게 붙잡았다. 적주가 반사적으로 검을 빼어 돌백의 목에 칼날을 들이댔다.

"뭐냐!"

돌백은 목에 간당간당하게 와 닿은 칼날은 무시한 채 삿갓 아래로 보이는 날카로운 눈만 주시했다.

"무사라…… 하셨습니까? 무사는 어찌 되는 것입니까? 이 몸도 그 무사라는 것을 할 수 있겠습니까?"

돌백의 음성이 불안정하게 떨렸다. 어쩌면 모시는 상전의 곁에 머물 수 있는 유일한 방법이 될지도 모른다는 촉이 빠르게 왔다. 눈앞의 사내처럼 무사가 된다면 그녀를 오래도록 볼 수 있었다. 멀리서나마 말이다. 아무도 알아주지 않는 구석진 곳이라도 좋으니 그녀의 모습만 지켜볼 수 있다면 무엇이든 할 수 있었다.

"무사가 되고 싶으냐?"

돌백이 진지한 눈빛으로 투박한 턱을 끄덕였다. 적주는 돌백의 목을 겨냥했던 검을 거두어 검집에 집어넣으며 사축암에서의 일을 떠올렸다. 워낙 마주칠 일도 없거니와 지금처럼 삿갓을 눌러쓰고 있던 상태라 돌백이 자신의 얼굴은 모른다 쳐도 적주는 그를 잘 알고 있었다. 제 주인의 건강을 위해 산속을 매일같이 뒤지며 산삼을 캐는 건 물론 틈날 때마다 장작을 패며 제 몸을 단련하는 것을 자주 보았다. 게다가 검을 잡기에 탄탄한 체구와 과묵한 성격은 무사가 되기에 아주 적합했다. 다만 노비라는 신분이 걸렸지만 그것은 흑주를 통해 세자에게 고한 뒤 예조참판의 허락을 얻어내면 가능한 문제였다.

"왜…… 무사가 되려하느냐?"

"아기씨를…… 지켜드리고 싶습니다."

"아기씨를? 혹, 다른 마음을 품고 있었더냐?"

"아닙니다! 오래전부터 유독 다정하고 고운 성품을 지니신 아기씨였습니다. 하여 이 손으로, 제 주인 된 자를 지켜드리고자 함입니다. 정말 그 이상의 마음은 없습니다!"

적주는 잠시 입을 닫고 돌백의 눈을 응시했다. 흔들림 없는 돌백의 눈빛은 제 상전을 지키겠다는 의지가 굳게 담겨 있었다. 적주는 돌백을 지나쳐가며 낮게 명했다.

"곧 기별을 줄 것이니 평소대로 지내고 있거라."

돌백은 눈을 동그랗게 뜨고 적주가 사라지고 없는 허공을 쳐다봤다. 찰나의 욕심이 내린 선택이었지만 절대 후회는 없었다. 죽을 때까지 그녀의 곁에서 그녀가 행복해하며 살아가는 모습을 볼 수 있다면 더한 것이라도 할 수 있었다.

※

보름 후, 삼간택에서 희원은 영의정을 통해 세자빈이 되었음을 공시받은 뒤 별궁으로 들어갔다.

별궁은 5년 전 서거한 현 임금의 동생 화평대군의 사가였다. 자기 과시를 하듯 높이 솟을대문을 통과해 행랑채, 사랑채를 지나치면, 맞배지붕 처마 밑 정면 7칸짜리 안채가 그 모습을 나타냈다. 전체적으로 'ㄷ'자형인 안채 건물 내부에는 넓은 안뜰이 있었고 그 뒤로 대청마루와 안방, 건넌방, 부엌이 정겹게 즐비해 있었다.

별궁에 든 첫날밤, 낯선 공간에 남겨진 희원의 눈동자가 갈피를 잡지 못해 이리저리 방황했다. 이미 각오는 했었지만 더 이상 집에 갈 수 없다는 현실이 가슴을 먹먹하게 만들었다. 문밖만 나서도 궁에서 보낸 상궁과 나인들이 일거수일투족 따라붙었고 곳곳에 배치된 병사들의 모습만 봐도 이곳이 감옥처럼 느껴져 답답하기 짝이 없었다.

'답답하구나.'

그녀는 살짝 연 문을 도로 닫으며 다홍빛 비단 금침 위로 몸을 뉘었다. 잠자리가 바뀐 탓인지 아무리 잠을 청해도 정신이 또렷하여 잠이 오질 않았다. 몸을 뒤척이던 희원은 완자무늬의 방문 쪽으로 돌아누웠다. 그런데 그 순간, 창호지 위로 달빛을 등진 그림자 하나가 나타나더니 그 뒤로 비슷한 형체가 또 나타났다.

'누, 누구지? 설마 자객?'

키가 큰 인영에 희원은 바짝 긴장하며 자리에서 벌떡 일어나 이불을 끌어 모았다. 자객이 나타날 리 없다고 생각하면서도 방문 앞을 뒤덮는 검은 그림자의 모습에 가슴이 두근 반 세근 반 방망이질 쳤다.

'서, 서, 설마 나를 노리고……?'

평소 행동거지가 좋지 않은 세자에게 반감을 품은 무리가 자신을 해하러 온 걸지도 모른다는 말도 안 되는 생각마저 들었다.

'어쩌지? 소리를 치는 게 옳은가?'

발을 동동 구르고 있는 찰나 정체 모를 그림자의 손이 문을 향했다. 곧 미음微音과 함께 문짝 하나가 조용히 열리기 시작했다.

평소라면 소리를 쳐 사람들을 불렀겠지만 궁인들이 지천에 널린 이곳에서는 섣불리 행동할 수 없는 일, 체통이 우선이라 여긴 희원은 떨리는 목소리로 겨우 입을 뗐었다.

"누…… 누구냐……?"

그녀의 질문에도 그림자는 말이 없었다. 커다란 몸을 불쑥 안으로 들이밀더니 문을 닫고 그녀를 향해 다가왔다. 키 큰 형체의 사내가 희원과 거리를 좁히며 걸어오자 그녀는 재빨리 몸을 뒤로 밀며 다급하게 말했다.

"누, 누구냐 묻질 않느냐……?"

휘둥그레진 눈으로 그림자의 얼굴을 보려 했으나 달빛을 등지고 있는 터라 잘 보이지 않았다. 탁, 등 뒤에 뭔가가 느껴졌다. 곁눈질로 뒤를 돌아보니 병풍이 그녀를 막고 있었다. 더 이상 피할 곳이 없었다. 희원은 떨리는 몸과 마음을 다잡으며 주먹을 그러쥐었다.

"감히 내가 누군 줄 알고 이러는 것이냐? 한 발짝만 더 다가오면 병사들을 부를 것이다."

그녀의 으름장에도 사내는 멈추지 않고 그녀를 향해 어슬렁어슬렁 다가왔다. 그 걸음이 그녀를 비웃는 듯 느긋했다. 더 이상 참을 수 없게 된 희원은 눈을 질끈 감으며 목소리를 쥐어짰다.

"밖에 아무…… 흡!"

커다란 손이 그녀의 입을 막으며 순식간에 거리를 좁혔다. 병풍과 남자 사이에 꼼짝없이 갇힌 희원에게 사내의 입술이 그녀의 귓가로 내려와 낮게 울렸다.

"쉿! 어렵게 찾아왔거늘 그새 내 모습을 잊은 것이냐?"

익숙한 음성에 희원의 눈이 더할 수 없이 커졌다. 그녀는 어둠에 물든 그의 얼굴을 자세히 들여다봤다.

맙소사! 세자였다!

"손을 떼어낼 것이다. 다시 소리를 지를 참이냐?"

그녀는 굳은 목을 어렵게 내저었다. 곧 그의 손이 떨어져 나갔고 옆으로 비켜선 그의 얼굴이 달빛에 드러났다.

"저하……?"

"이제야 날 알아보겠느냐?"

"저하께서 여긴 어떻게……."

"왜, 내가 와서 싫은 것이냐? 달갑지 않다는 표정이구나."

명은 뜨뜻미지근한 희원의 반응에 기분이 상했다. 침소에 들 것이라며 양 내관마저 속이고 흑주를 대동하고 어렵게 나온 것인데 이런 반응이라니!

"그런 것이 아니오라…… 궁에 계셔야 할 저하께옵서 이곳에 계시니 그것이 이상하여……."

"잠행을 나온 김에 잠시 들러본 것뿐이다."

"이 야심한 시각에도 잠행을 하시옵니까……?"

"모르는 소리! 이 긴긴 밤을 백성들이 어찌 보내는지 알고 있어야 하는 것 또한 군주가 할 일이 아니더냐?"

"인경이 지난 지 한참이라 다니는 백성들이 없을 텐데……."

"순라군들이 백성들을 잘 지키고 있는지를 감시하는 것이다. 조종에 몸담고 있는 자들을 감시하고 질책하는 것이 바로 군주의 도리니까 말이다."

"하오면 어서 가시어 하시던 일을 보시옵소서. 소녀 때문에 괜한 걸음을 하신 듯합니다."

하던 일마저 하라는 그녀의 말에 명은 심기가 불편해졌다.

애초에 일 잘하는 순라군들을 뭐 하러 감시하겠는가? 그놈의 양 내관이 별궁에 홀로 있으면 외로움에 잠이 안 올 거라는 둥 갑자기 변한 환경에 무서워서 도망치고 싶어 할 거라는 둥 옆에서 하도 잔소리를 해대니 정말 그러한가 싶어 부러 나온 것이었다. 그런데 괜히 나온 것인가? 걱정과 달리 이 여인은 너무나 멀쩡해 보였다.

홧김에 돌아서려던 그는 그녀를 물끄러미 쳐다보았다.

"내가 이리 고생하며 다니는데, 편히 잠이나 청하겠다 이것이냐?"

"무사히 환궁하시길 이곳에서 기도하겠나이다."

"기도 따위 필요 없으니 옷을 입거라."

"옷을 입으라니 그 무슨 말씀이십니까?"

"넌 나의 스승이 아니었더냐? 잠행에 부족한 점은 없는지 직접 동행하여 깨우침을 다오."

"예?"

희원이 황당한 표정을 짓자 명은 아무렇지 않은 듯 어깨를 가볍게 들었다 놨다.

"왜 그러느냐, 잠행을 가자는데?"

"소녀는 아녀자의 몸입니다. 더욱이 가례를 치르기 전까지 이 별궁을 나가선 아니 되는 몸입니다."

"그래서?"

"국법을 어길 수 없으니 여기 있겠습니다."

"내가 눈감아 줄 테니 괜찮다."

"소녀의 마음이 괜찮지 않습니다."

"그리 국법을 따졌으면 진즉 암자에 오지 말았어야지, 이제 와 국법을 따르겠다?"

"그것은…… 이미 말씀드리지 않았습니까, 저하를 위한 것이었다고. 그리고 그 벌로 이리 세자빈이 되라는 저하의 명을 지키고 있는데, 혹 별궁을 나갔다 그 사실이 알려지기라도 하면 어쩌시려 이러십니까?"

"들키게 하지 않을 것이니 안심하고 옷을 입고 따르라. 보여주고 싶은 것이 있느니."

"보여주고 싶은 것이라니요?"

"말이 참 많구나! 그냥 가보면 알게 될 것을 뭘 그리 따지고 드는 것이야?"

친히 별궁까지 왕림하여 보여줄 게 있다고 하니 궁금하지 않을 수 없었다. 속옷 차림인 것을 그제야 인식한 그녀는 그에게 등을 보이며 몸을 틀었다.

"정말 들키지 않고 돌아올 수 있는 것입니까?"

"속고만 살았느냐?"

"알았으니 뒤돌아서 주십시오. 옷을 입겠습니다."

"곧 부부가 될 사이에 뭘 내외하는 것이냐, 그냥 입거라."

"부부간에도 지켜야 할 예가 있는 것입니다. 뒤돌아 계시는 게 싫으시면 밖에 나가 계십시오."

명은 하는 수 없이 뒤돌아섰다. 사각사각 옷 스치는 소리가 들리더니 채비를 마친 그녀가 명 앞으로 다가왔다. 명은 그녀를 데리고 망을 보던 흑주와 함께 안채로 이어지는 후문을 통해 별궁을 빠져나왔다. 순라군의 정해진 순찰 길을 미리 알아봐 둔 흑주 덕에 두 사람은 누구의 눈에도 띄지 않고 거리를 거닐 수 있었다.

"신기합니다."

한참을 걷던 희원이 주변을 두리번거리며 말했다.

"무엇이 말이냐?"

"보십시오. 아무도 없질 않습니까?"

"곤장을 맞고 싶은 자가 아니고서야 인정人定 뒤에 누가 밖을 나다니겠느냐?"

"그러니 신기하다는 겁니다. 이 거리를 메우던 그 많던 사람이 하나도 없으니 기분이 묘하지 않습니까?"

생기가 넘치는 그녀의 얼굴을 보며 명이 고개를 절레절레 흔들었다.

"나오지 않겠다고 버틸 땐 언제고 제일 신이 났구나."

무안해진 희원은 눈을 내리깔며 말머리를 돌렸다.

"그나저나 보여주시겠다 하신 건 언제 보여주실 겁니까?"

"다 와 간다."

명을 따라 언덕을 올라가며 희원은 가쁜 숨을 골랐다.

"하아, 하아, 대체 언제까지 걸어야 하는 것입니까……?"

"저길 보거라."

걸음을 멈춘 희원은 그의 손가락 끝을 따라 시선을 옮겼다.

어둠이 짙게 내린 밤, 저 멀리 유독 빛을 발하는 곳이 있었으니 바로 궁궐이었다. 캄캄한 세상에도 궁궐만큼은 그 빛을 잃지 않고 어두운 세상을 밝히고 있었다. 그것을 바라보는 희원의 입이 절로 벌어졌다.

"너무…… 아름답습니다…….."

"마음에 드느냐?"

희원은 감격 어린 눈빛으로 고개를 끄덕였다.

"미처 몰랐습니다, 궁궐이 저리 밝고 아름다운 곳임을……."

"이 나라의 중심 되는 곳이다. 저곳에 불이 꺼지면 이 나라의 미래도 없는 셈이지."

궁궐의 웅장하고 아름다운 모습에 희원의 까만 눈동자가 별처럼 반짝였다. 그곳을 한참을 응시하던 그녀는 천천히 명을 돌아다봤다.

"하온데 소녀에게 이것을 보여주신 연유가 무엇입니까?"

"그런 거 없다. 봐두면 좋을 것 같아 데려온 것뿐이다."

"목적 없이 움직이실 분이 아니질 않습니까?"

어서 이유를 대란 말이었다. 희원의 궁금하다는 눈빛에 명은 고개를 반대쪽으로 휙 돌리며 말했다.

"양 내관이 그러더구나. 별궁에서 홀로 있다 보면 머리가 이상해진다고. 하여 너에게 너의 자리가 얼마나 막중한 자리인지 확실히 알려주기 위해 온 것이다. 여기서 바라보는 궁이 아름답다 하였느냐? 물론 아름다운 곳이지, 하지만 보이는 것이 전부가 아니다. 모두가 잠이 든 뒤에도 깨어 있어야 하는 것이 바로 궁이다. 모두가 몰라도 알아야 하는 곳이 궁이고, 웃고 싶어도, 울고 싶어도 마음대로 그러지 못하는 게 바로 저곳이다. 장작불이 따뜻한 이유가 무엇이라 생각하느냐? 그것은 장작이 몸을 태우기에 비로소 온기가 전해지기 때문이다. 저 궁 또한 장작불과 마찬가지다. 넌 그 속에 몸을 태우러 가는 왕실의 일원이 되는 것이니, 내가 너에게 내리는 벌은…… 저 위험천만한 곳에 널 가둬 두는 것이다."

너무 겁을 준 걸까? 또박또박 말대답 잘하던 그녀가 아무 대꾸가 없었다.

명은 다시 희원에게 시선을 주며 그녀의 표정을 살폈다. 겁을 먹기는커녕 오히려 눈에 총기를 담고 그의 얼굴을 똑바로 올려다보는 게 아닌가.

"고맙습니다."

뜬금없는 인사에 명은 한쪽 눈을 찡그렸다.

"벌을 내렸는데 고맙다……?"

"저곳이 얼마나 무서운 곳인지 미리 경계하여 마음의 준비를 하라고 예까지 소녀를 데려오신 게 아니십니까?"

"그야……."

"소녀가 저잣거리에서 했던 말을 기억하십니까? 존재하는 모든 이들에겐 그만한 이유가 있고, 주어진 소임이 있다고 했던 말 말입니다. 저하께서 내려주신 저 궁궐 안이 소녀의 자리라면 저는 응당 그 소임을 다할 것이니…… 소녀의 걱정은 이제 그만하셔도 좋습니다."

"누가 걱정 따위를 했다고."

퉁명스런 그를 보며 희원은 미소를 지었다. 그러더니 뭔가 떠오른 듯 작은 입을 벌렸다.

"참, 궁금한 것이 있습니다."

"무엇이냐?"

"소녀의 정체를 어찌 아셨습니까?"

"그건……."

말하려던 명은 입을 다물고 밤하늘을 올려다봤다.

"이러다 날이 밝겠구나, 어서 돌아가자꾸나."

"왜 대답을 회피하십니까? 말해 주십시오."

"그건 다음에 오면 말해 주겠다."

"또 오실 겁니까?"

"대답이 듣기 싫은 모양이구나. 알겠다, 이제 오지 않을 것이다."

"아, 아닙니다! 듣고 싶습니다."

앞서 걷는 명의 입가가 슬며시 올라갔다. 뒤따르는 희원을 위해 명은 보폭을 천천히 하며 언덕을 내려갔다. 돌아가는 길 역시 그들은 순라군들의 눈을 피하기 위해 골목길로 요리조리 들어갔다.

"앗!"

희원의 발목 사이로 치마가 엉켜들어갔다. 빨리 걷다 보면 종종 일어나는 일이었지만 엉킨 치마에 발까지 꼬여 어이없게 중심을 잃은 것이다. 그 와중에도 소리를 지르면 안 된다는 생각에 희원은 짧은 비명을 터트리며 앞으로 고꾸라졌다. 아니, 고꾸라질 뻔하였다. 흙바닥이 눈앞에 보인다 생각하던 찰나 듬직한 손이 날아와 허리와 어깨를 감쌌다.

안도의 숨을 삼킬 틈도 없이 멀지 않은 곳에서 '게 누구냐!' 는 소리가 들렸다. 순라군의 우렁찬 목소리에 희원은 두 눈을 질끈 감고 입술을 앙다물었다. 들키면 그녀뿐만이 아니라 세자도 큰 봉변을 당하고 말 터, 절대로 들켜선 안 되었다. 재빠르게 몸을 숙이는 그의 행동에 그녀도 얌전히 따르며 거세게 뛰는 가슴을 손으로 움켜쥐었다.

터벅터벅, 탁탁! 터벅터벅 탁탁!

순라군이 소리의 근원지를 찾아 발끝을 끌며 딱딱이를 낮게 두드렸다. 손바닥과 이마 끝으로 절로 식은땀이 솟아났다. 근처까지 다가온 순라군의 발소리에 희원은 낮게 쉬던 숨까지 멈추었다.

다행히 순라군 두 명은 잘못 들은 것 같다며 몸을 돌려 반대쪽으로 멀어졌다. 십년감수라는 말이 괜히 나온 말이 아니었다. 희원은 멈추었던 숨을 내쉬며 천천히 고개를 올렸다. 어둠에 물든 그의 옆얼굴이 그녀의 시야로 들어왔다. 훤칠한 이마와 칠흑 같은 눈동자, 남자다운 붉은 입술이 실로 남중일색男中一色이 따로 없었다. 안정을 되찾으려던 가슴이 다시 널뛰기하듯 쿵쿵대기 시작했다.

순라군이 완전히 사라지자 흑주가 명에게 신호를 보내왔다. 명은 고개를 끄덕이며 놀랐을 그녀에게로 얼굴을 내렸다. 언제부터 보고 있었는지 그녀의 동그란 눈동자가 그를 향해 고정돼 있었다.

"뭘 그리 보는 것이냐, 새삼 잘난 용안에 반하기라도 한 것이냐?"

"무, 무, 무슨! 이러다 정말 늦겠습니다."

희원은 재빨리 그에게 기댔던 몸을 일으켰다. 저도 모르게 넋을 놓고 그를 바라본 모양이었다. 창피함에 발길을 재촉한 그녀는 아무에게도 들키지 않고 별궁으로 무사히 돌아왔다. 서둘러 옷을 벗고 잠자리에 들어간 그녀는 마치 도둑질한 사람처럼 긴장된 가슴을 진정시킬 수가 없었다.

"후우……."

자리로 돌아와 가만히 누워 있자니 밖에 나갔다 온 것이 마치 꿈처럼 느껴졌다. 조금의 고비가 있긴 했지만 그것만 뺀다면 그의 말대로 감쪽같은 출타였다.

어둠에 물든 천장을 바라보던 그녀의 입술에 호가 그려졌다.

처음 바라본 궁궐의 야경과 텅 빈 저잣거리. 그녀에게는 너무나 놀랍고 신기한 경험이었다. 게다가 아주 잠깐 동안 안겼던 그의 품은 차갑지도 불편하지도 않았고 오히려 포근하고 이상한 기분이 들 정도로 짜릿했다. 처음부터도 그랬지만 그와 있으면 묘하게 흥분이 되었다. 허한 마음을 달랠 길이 없었는데 그의 방문 덕에 희원은 별궁에서의 첫 밤이 전혀 외롭지 않았다.

❋

편전便殿.

일원곤륜도 앞 어좌 위에 임금이 자리한 가운데 질서정연하게 늘어선 대신들이 민생에 관한 회의에 골머리를 썩고 있었다. 몇 시간째 이어지는 토론과 앞에 놓인 상소문들을 바라보는 임금의 얼굴에는 지친 기색이 완연했다. 휴식을 취한 뒤 다시 회의를 재계하자 대신 하나가 한 가지 의견을 제안했다.

"전하, 세자저하의 가례와 더불어 중전마마의 회임은 이 나라의 경사가 아닐 수 없는 바, 춘당대시春塘臺試[28]를 열어 왕실의 복과 덕을 알리심이 어떠하옵니까?"

춘당대시라는 말에 왕의 얼굴에 활기가 들어왔다.

"춘당대시라…… 좋은 생각이다. 경들의 생각은 어떠하오?"

모두가 좋다는 의견을 내보이자 임금은 만족스러운 표정을 비쳤다.

"영상은 세자의 가례가 끝나는 대로 기일하여 진행토록 하시오."

"명 받잡겠나이다, 전하."

임금이 미간을 손으로 짓누르자 도승지가 다음 문건을 펼치며 읽어 내려갔다. 그 모습을 보며 추일은 콧잔등을 희미하게 구겼다.

뭔가 이상해.

방대한 문서를 도승지가 대신 읽어 주는 것은 하등 이상할 것이 없었으나 요즘 들어서는 당연하다는 듯 도승지가 모든 문건을 읽어 주고 있었다. 왕 자신이 모든 상소문을 읽어 왔던 이전 모습과는 너무나 대조적인 모습이었다.

분명 감추고 있는 게 있는 듯한데…….

그렇다고 눈에 띄게 달라진 점은 없었다. 하지만 추일의 예리한 촉수는 왕의 사소한 행동까지도 그냥 지나치지 못했다.

오전 조회가 끝나자 추일은 왕의 집무실을 찾아가 독대를 청했다. 쓸

---

28) 조선시대 나라에 경사가 있을 때 왕이 춘당대에 친림하여 시행된 과거. 식년시(式年試) 외에 비정규적으로 시행(設行)된 문·무과의 하나

247

데없는 상소문 하나를 그럴듯하게 꾸민 그는 집무실에 자리하자마자 조용히 운을 띠우기 시작했다.

"소신 혼자서는 결정하기 어려워 전하의 성명聖明을 구하고자 이리 독대를 청하였나이다."

추일이 상소문을 내밀자 임금의 낯빛이 어두워졌다. 물론 추일은 그것을 놓치지 않았다.

"지금은 다른 정사政事로 생각할 것이 많으니 거기 놔두고 가도록 하시오. 내 후에 확인하여 의견을 줄 것이니."

"그리하시옵소서."

역시나 상소문을 읽지도 않고 회피했다. 추일은 눈을 가늘게 뜨며 임금 앞에 놓인 차를 보았다.

"향이 좋사옵니다, 무슨 차이온지 여쭈어도 되겠사옵니까?"

"초결명29)이라는 것을 우려낸 물인데, 얼마 전 중전이 향이 좋다며 권하기에 마셔 본 것이오."

"그렇사옵니까? 중전마마께서 권하신 차라 그런지 향이 더욱 좋게 느껴지옵니다."

"하하, 우상도 그런 농을 하는가?"

그렇게 몇 마디 나눈 추일은 상소문을 내려놓고 집무실에서 물러났.

우상이 사라지자 왕은 입가에 머금었던 미소를 거짓말처럼 싹 지워내고 뒤에 서 있는 상선에게 가까이 오라는 손짓을 보냈다.

"상소문을 펼쳐 보라."

상선이 상소문을 펼쳐 그 내용을 읽었다. 임금의 의견 없이도 충분히 혼자서 처리할 수 있는 내용이었다. 상선이 상소문을 내려놓자 임금은 또다시 미간을 짓누르며 한숨을 쉬었다.

------

29) 결명자

"아무래도 우상이 눈치를 채고 온 듯하다."

왕의 말에 상선의 얼굴도 어두워졌다.

"전하, 더 이상 숨길 수 있는 일이 아니라 사료되옵니다."

"알고 있다. 허나 과인에겐 시간이 더 필요하다. 적어도 중전이 순산할 때까지만이라도……."

임금의 뜻을 모르는 바 아니기에 상선은 말없이 고개를 떨구었다. 식어가는 찻잔을 부여잡는 임금의 손끝에도 근심이 서리기 시작했다.

*

평소보다 일찍 퇴청한 추일은 마침 승경의 진료를 보고 나가는 의원을 보게 되었다. 문밖을 나서는 의원을 시큰둥하게 지켜보던 그는 사랑채로 옮기려던 걸음을 멈추고 갑자기 청지기를 불렀다.

"의원을 데려오거라."

사랑방으로 불려온 의원은 머리를 조아리며 승경의 상태를 상세히 보고했다. 하지만 아들의 병은 의술로 치료할 수 없는 마음의 병, 그것을 알고 있는 추일은 의원의 말을 건성으로 들어 넘겼다. 의원의 보고가 끝나자 추일은 머릿속에 찜찜하게 걸려 있던 의문을 의원에게 던졌다.

"초결명이라 하는 것이 어디에 좋은 것이냐?"

"초결명……이라 하셨습니까?"

추일이 고개를 끄떡이자 의원은 기억을 더듬으려 눈동자를 굴렸다.

"눈을 회춘시킨다 하여 환동자(還瞳子)라고도 하는 것이 초결명이온데, 그것은 청맹(靑盲)이나 눈의 충혈, 통증 등에 좋다 하여 눈의 치료에 쓰이고 있나이다."

"눈의 치료라……."

"하온데 그것은 왜 물으시옵니까? 도련님의 증상은 전혀 다른……."

"되었으니 그만 나가 보거라."

"예? 아, 예……."

어리둥절한 표정으로 의원이 나가자 추일의 입이 양옆으로 늘어졌다.

그럼 그렇지, 상소문을 직접 읽지 않는 것이 이상하였다. 허면…… 글을 읽을 수 없을 정도로 전하의 용안龍眼이 나빠졌다는 것인가?

생각지도 못한 변수였다. 뜻하지 않은 희소식에 추일의 눈빛이 간사하게 번뜩였다.

※

해가 떠오르고 그리 오래되지 않은 시간, 잠시 출타했던 양 내관은 평소와 다른 진지한 표정으로 대궐 안으로 들어왔다. 그는 딱딱하게 굳은 얼굴로 주변을 경계하며 서둘러 동궁으로 향했다.

"저하, 신 양 내관이옵니다."

"들라."

양 내관은 방문 앞을 지키는 나인들마저 경계하며 안으로 조심스레 발을 들였다. 문이 닫힌 것을 재차 확인한 뒤에야 양 내관은 발소리를 죽이며 명에게 다가와 낮게 입을 열었다.

"저하."

"목소리가 왜 그러느냐, 어디 아픈 것이냐?"

"아니옵니다, 신중을 기하기 위해 소리를 낮춘 것이옵니다."

"은밀히 전할 말이라도 있는 것이냐?"

"그건 아니옵고, 이것을……."

양 내관은 다시 주위를 휙 들러보더니 품속에서 서책 한 권을 꺼내 그에게 내밀었다.

"이게 무엇이냐?"

명은 양 내관이 내민 책을 별 관심 없이 내려다봤다. 가장자리가 낡고 누렇게 뜬 서책의 앞장에는 '여심백법女心百法'이라 적혀 있었다.

"여심백법? 이게 무엇이냐?"

"저하, 옥음玉音을 낮추어 주시옵소서. 다른 이가 들을까 심히 저어되옵나이다."

"이게 무엇이기에 그리 발발 떠는 것이냐?"

"실은 이 서책은 주나라의 왕을 위해 어느 환관이 유명한 색한色漢을 찾아 여인의 마음을 사로잡는 백 가지 비법을 기록한 것이옵니다. 심중에 둔 여인에게 다가가지 못하는 주군의 가슴 아픈 모습이 보기 힘들어 충심으로 만든 것이 바로 이것이지요. 허나 도에 어긋난다 하여 밖으로 드러낼 수가 없어 환관들의 손에 의해 은밀히 전해지고 전해지어 이 몸의 손에까지 오게 되었습니다."

"그리 은밀한 것을 내 앞에 내놓은 까닭이 무엇이냐?"

"저하께옵서 소신의 간언을 들어주시지 않으니 달리 도울 길이 없어 이리 책을 가지고 왔나이다."

"돕다니, 무얼 말이냐?"

"물으시니 답하건대, 저하께옵선 빈궁마마의 마음을 여직 얻지 못하시어 고심苦心하시는 것이 아니옵니까?"

"뭐? 이미 세자빈으로 간택된 여인이니 그 마음 또한 나의 것이거늘 그 무슨 망말이더냐?"

"하오면 좋아하시던 서책도 읽지 아니 하시고, 활과 검만 잡으시는 연유가 무엇이옵니까? 마음이 혼란스러울 때만 그러하시더니 근자엔 늘 그러하시지 않습니까?"

오늘 뭘 잘못 먹고 온 것인지 두 눈을 동그랗게 뜬 양 내관은 거침없이 할 말을 다 꺼내 놓았다. 그 모습에 명은 괜한 말싸움만 길어질 것 같아 손사래를 쳤다.

"아아, 알았으니 거기 놔두고 가거라. 나중에 보겠다."

"진정 나중에 보실 것이옵니까?"

"나중에 보면 안 될 이유라도 있느냐?"

"아니옵니다. 다만 이 책이 다른 이들의 눈에 들어갔다간 시강원에서 알게 될지도 모르고, 시강원에서 알게 되면 소신의 목숨이 위태로울지 모르기에 후에 보고자 하실 때 다시 가져오겠나이다."

진지한 그 표정을 보니 진정 거짓은 아닌 듯했다. 내민 책을 도로 품속에 챙겨 넣는 양 내관을 보니 없던 호기심이 벌떡 일어났다. 정말 저 책을 읽으면 여인의 마음을 얻는다 말인가? 물론 자신과 상관없는 책이지만 그래도 보아서 나쁠 것이 없었다.

"하오면 소신은 나가 있겠……."

"양 내관."

"예, 저하."

"마침 무슨 책을 읽을까 고심하던 중이었으니 속는 셈치고 읽어 보도록 하겠다. 이리 가져와 보거라."

양홍공은 기쁜 표정을 감추지 못하고 책을 서안 위에 떡하니 올려놓았다.

"여기 있사옵니다, 저하."

의미심장한 제목을 눈으로 훑은 뒤 명은 양 내관을 째려봤다.

"뭐하느냐, 안 나가고?"

"귀한 책이오라……."

"문밖에서 내가 다 읽을 때까지 기다리면 되질 않느냐?"

"아, 예, 그리하겠나이다, 저하. 편히 읽으시옵소서."

양홍공이 시야에서 없어지자 그때서야 명은 꺼림칙한 눈으로 책장의 겉면을 넘겼다. 수려한 필체에 명의 눈이 조금 진지해졌다.

"누가 필사筆寫를 한 것인지 제법이구나."

첫 장엔 사내가 사랑을 느끼는 여러 가지 경우를 적어 놓았다.

"별 경우가 다 있구나."

무감하게 책장을 넘기던 그의 손이 어느 순간 경직되었다.

입으로는 싫다 하면서 마음이 여인을 보고 싶구나.
이 마음 몰라주는 무심한 여인의 마음을 내 진정 얻고 싶어라.
내 마음 몰라주는 그대가 미워,
더욱더 그대를 괴롭히고 싶어라.

완벽한 자신의 얘기였다. 너무 놀라 그는 같은 글귀를 읽고 또 읽었다. 그러다 인상을 구기며 책장을 팍 덮었다.

그러니까…… 그 아이를 괴롭히고 싶은 이 마음 또한 연정戀情이라?

연정…….

"하…… 연정이라니……."

어이없는 한숨과 함께 명은 다시 책을 펼쳤다가 기분 나쁘다는 듯 도로 덮었다. 그러기를 수십 번.

"좋다! 연정이다, 연정!"

일단 명은 자신의 마음을 인정하기로 했다. 그렇게 정한 그는 다음 장을 읽기 위해 서둘러 책장을 넘겼다. 책을 넘기기 시작한 그때부터 명은 수라와 시강원 수업을 제외하고는 책을 손에서 놓지 않았다.

수침에 들기 전 양 내관이 묘한 미소와 함께 다가왔다.

"저하, 서책은 읽어 보셨사옵니까? 어찌, 도움이 될 만한 것들이 있었사옵니까?"

명은 서안 서랍에서 책을 꺼내 양 내관에게 돌려주었다.

"그 책은 완전 엉터리다. 도움 될 것이 하나도 없으니 당장 가져가라."

"예? 엉터리라니, 그럴 리가 없나이다. 후대에 와 사설이 붙긴 했으나……."

"시끄러우니 어서 나가라. 침소에 들 것이다."

양 내관이 나가고 어둠이 찾아오자 명은 억지로 잠을 청했다. 하지만 쉬이 잠이 오지 않았다. 사람의 심리를 묘하게 꼬집어 놓은 그 내용이 자꾸만 머릿속을 빙빙 돌아 괜스레 마음이 꺼림칙해졌다. 틀린 말은 없었지만 왠지 심기가 불편하여 명은 한참을 자리에서 뒤척였다.

※

별궁別宮.

종일 이어지는 궁중예법 교육으로 희원의 안색에 그늘이 찾아왔다. 이미 각오한 일이지만 지엄한 궁중법도를 익히는 것은 생각했던 것보다 힘이 들고 어려운 일이었다.

오전 교육이 끝나자 상궁과 나인들이 잠시 방에서 물러갔다. 희원은 그제야 긴장했던 마음을 잠시나마 내려놓았다. 낯선 환경도 얼떨떨한데 갑자기 주변 사람들마저 바뀌니 모든 게 편치 않았다. 그녀는 김이 모락모락 올라오는 뜨거운 차를 바라보다 방문으로 시선을 옮겼다. 완자무늬의 방문을 보고 있자니 또다시 세자의 모습이 아롱거렸다.

'잘 지내고 계시겠지? 또 오신다더니 많이 바쁘신가……?'

닷새가 지나도록 한 번도 찾아오지 않았다. 금방 올 것처럼 말하더니 며칠이 지나도록 그 모습을 보이지 않으니 더욱 기다려졌다.

'오늘 밤엔 오시려나……? 어맛! 내가 무슨 생각을!'

한밤중에 올 세자를 기다리다니! 정숙하지 못한 생각에 희원은 스스로를 자책하며 머리를 좌우로 흔들었다.

"정신 차려야지!"

방정맞은 생각을 지우려 희원은 급하게 앞에 놓인 차를 입으로 가져갔다. 하지만 뜨거운 찻물에 너무 놀라 반사적으로 잔을 내려놓았다.

"아, 뜨거워! 내가 왜 이러지……?"

평소답지 않게 덜렁대는 자신의 모습에 희원은 정신이 어수선했다. 그렇게 마음의 혼란을 겪고 얼마 있지 않아 사가의 가족들이 찾아왔다. 보고 싶었던 이들이라 반가운 마음을 금할 길이 없었다. 하지만 그뿐, 가슴 한구석을 차지하는 원인 모를 허기진 마음은 도무지 채워지지가 않았다. 누가 훔쳐간 것처럼 가슴 한구석이 뻥 뚫린 느낌, 아무리 다른 곳으로 신경을 돌려도 지울 수가 없었다.

그렇게 엿새가 지나가고 이레째 되는 날 밤이었다.

자리에 누운 희원은 그날도 무의식적으로 문 쪽을 바라봤다. 눈을 깜박깜박, 혹시나 싶은 기대감에 한참을 보아도 기다리는 그림자는 보이지 않았다. 역시나 싶어 포기하려는 그때 창호지문에 어두운 그림자가 서서히 드리워졌다. 익숙한 그림자에 그녀는 생각할 틈도 없이 벌떡 일어났다. 그리고 서둘러 옷을 찾았다. 하지만 그럴 새도 없이 문이 열렸다.

희원은 이불로 빠르게 몸을 가리며 방 안으로 들어온 어두운 형체를 눈으로 훑었다. 큰 키에 듬직한 골격은 세자가 분명했다.

저하!

그녀는 쿵쾅거리는 마음을 가다듬고 천천히 일어나 머리를 숙여 예를 갖췄다. 너무 기다렸던 탓일까? 가슴이 터질 듯 두근거려 서 있는 것조

차 힘이 들었다. 지금껏 가슴을 휑하게 만들었던 허전함이 거짓말처럼 사라지는 순간이었다.

희원은 떨리는 목소리를 애써 진정시키며 입을 열었다.

"오셨……습니까?"

툴툴대는 말투를 기대하며 머리를 숙였는데 돌아오는 답이 없었다. 이상한 느낌에 그녀가 고개를 들자 그제야 그가 말문을 열었다.

"잘 지냈느냐……?"

처음 들어 보는 나긋한 음성. 놀란 그녀는 그를 빤히 올려다봤다. 차갑다 못해 냉랭한 말투가 아닌 눈송이처럼 녹아날 것만 같은 그의 말투에 희원은 마치 다른 사내가 온 것 같은 착각마저 들었다. 어쩔 줄 몰라 가만히 서 있자 그가 한 발짝 다가왔다.

"많이 야위었구나. 교육이 힘들었더냐?"

"예……?"

반가움도 잠시 돌변한 그의 태도에 희원은 어떤 답을 해야 할지 망설여졌다.

"왜 그러느냐? 내가 온 것이 싫은 것이냐?"

싫냐고 묻는 그 물음에도 부드러움은 여전했다. 아무리 봐도 그녀가 아는 세자가 아니었다. 너무 당황스러워 희원은 뒤로 한 걸음 물렸다.

"세자저하가…… 맞으십니까?"

"이 밤에…… 나 말고 그 누가 이곳을 찾겠느냐?"

그녀가 뒤로 몸을 물린 만큼 그가 한 발짝 또 다가왔다. 구름에 가렸던 달이 서서히 모습을 드러내며 창호지를 뚫고 그의 얼굴을 어슴푸레 비췄다.

"저하……."

"그래, 나다."

"송구하오나, 말투가…… 변하신듯합니다."

그녀의 질문에 부드럽게 호를 그리던 명의 입가가 표 나지 않게 일그러졌다.

"뭐가…… 변했다는 것이냐?"

"솔직하게 말씀드려도 되옵니까?"

"난 너의 솔직함을 높이 사느니."

"저하께서 좀 이상하십니다. 말투도 평소와 같지 않으시고…… 마치 다른 사람을 보는 것 같습니다."

"그래서…… 싫다는 것이냐?"

"송구하오나 소녀는 무서웠던 저하의 모습이 오히려 좋사옵니다. 지금은……."

"지금은?"

"암자에서 처음 칼을 들이대던 그때보다 무섭사옵니다."

"뭐?"

상냥함을 유지하던 명의 얼굴이 순식간에 굳어졌다. 체통을 위해 안 그런 척했지만 명은 양 내관이 준 서책의 내용을 이미 머리에 잘 새겨 넣었다. 그 책 속에는 심중에 품은 여인의 마음을 훔치기 위해서는 머리를 잘 굴려야 하는데 그 첫 번째가 여인에게 매달려서는 절대 아니 된다 하였고, 두 번째가 색다른 모습으로 여인에게 다가가라고 했다. 되도록 여인의 살결처럼 부드럽게 말이다. 하여 오고 싶은 마음을 달래가며 인내하다가 결국 발걸음 하여 자신과 어울리지도 않는 말투까지 억지로 연습하여 내뱉었다. 그런데 되돌아온 반응이 무섭다니!

명은 솟아오르는 짜증을 억누르며 한쪽 눈을 찌푸렸다.

"괜찮으시옵니까? 안색이 나쁘십니다."

"머리가 어지러워 그런 것이다."

처음 단계가 실패하자 명은 다음으로 넘어갔다. 아픈 사람에게 여인은 마음이 약해진다 하였으니 그것을 이용하기로 한 것이다.

"어지러우십니까? 여기 잠시 누워 보십시오."

친절한 그 말에 명은 방금까지도 그녀가 누워 있었을 이부자리에 냉큼 누웠다. 그녀의 향이 배어나는 베개에 눕자 울컥했던 기분이 금세 가라앉는 듯싶었다. 곧 그녀의 작은 손이 그의 이마로 뻗어왔고 그 손길에 명은 지그시 눈을 감았다.

그래, 그 책이 다 틀린 건 아니구나. 양 내관, 내가 보위에 오르면 네놈의 목숨만은 살려 두마.

"열도 없으신데, 어디가 아프신 겁니까? 많이 아프시면 의원을 불러 올까요?"

"의원은 필요 없다. 그냥 조금 어지러운 것뿐이니 이렇게 있으면 괜찮아질 것이다."

"성후聖侯가 좋지 않으시면 궐에 계시지, 어찌 이곳을 찾으셨습니까?"

"넌 내가 온 것이 싫으냐? 어찌 틈만 나면 궐로 보내지 못해 안달인 것이냐?"

"소녀는 그저…… 저하께옵서 소녀 때문에 화를 당하실까 저어되어 그러는 것이옵니다."

명은 벌떡 일어나 그녀를 마주 보았다.

"내가 왜 너 때문에 화를 당할 것이라는 것이냐?"

코앞까지 바싹 다가온 그의 얼굴이 부담스러워 희원은 시선을 피하며 말했다.

"그, 그러니까…… 안 그래도 저하를 좋지 않게 보는 시선들이 많은데 별궁에 오시다 다른 이의 눈에 띄기라도 한다면……."

"내가 잘못되면 가례도 못 올리고 과부가 될까 걱정되어 그런 것이냐?"

"그런 것이 아니옵니다! 소녀는 진정 저하의 안위가 걱정되어…….."

"진심이더냐?"

"예?"

"방금 네 입으로 내 안위가 걱정된다 하지 않았느냐?"

"예……."

"그렇게 내 안위가 걱정되는 그대는 어찌 내 얼굴만 보았다 하면 속을 긁어 놓는 것이냐?"

"소녀가…… 속을 긁어 놓았습니까?"

"그렇다."

"하오나 소녀는 그런 적이 없사온데……."

"바로 그런 점이 내 속을 긁어 놓는 것이다. 아무것도 모르는 바로 그 눈 말이다!"

"소녀의 눈이 어쨌기에……."

명은 할 말을 잃었다. 이렇게 터질 듯 기뻐 날뛰는 두근거림을 진정 설명할 길이 없는데 아무것도 모른다는 그녀의 순진한 눈빛을 마주하니 속이 답답하다 못해 문드러질 것만 같았다. 서책을 읽고 그의 감정을 인정한 그때부터 급속도로 커진 감정을 통제하기 위해 얼마나 애썼는데 그 맘도 몰라주다니. 하지만 그래도 좋았다. 멀리 떨어져서 애달파하는 것보다야 이렇게라도 보고픈 얼굴을 보아야 마음이 진정되니 말이다.

명은 이제 서책의 내용 따위는 머리에서 지우기로 했다. 그저 마음 가는 대로 하리라.

"내가 지금껏 선택한 것들 중 가장 잘한 것이 있다면…… 그건 바로 너를 세자빈으로 정한 것이다."

"예……? 그게 무슨 말씀……."

그의 입술이 그녀에게로 내려앉았다. 보드라운 입술 감촉이 느껴지는

가 싶더니 그의 혀가 그녀의 입술을 가르고 침범해 들어왔다. 놀라움에 바르르 떠는 그녀의 혀를 휘감은 명은 깊숙하고도 강하게 몰아쳤다. 당황하던 희원도 어느새 그가 이끄는 대로 순응했다. 달빛도 수줍은 듯 구름에 숨어 버렸고 방 안은 온통 칠흑 같은 어둠에 휩싸였다. 둘의 거친 숨소리만이 그 존재감을 알릴 뿐.

붉게 달아오른 희원의 입술을 마지막으로 달랜 명은 서서히 입술을 떼어냈다.

"눈을 뜨거라."

그녀가 눈을 뜨자 그가 입술을 늘렸다.

"네가 하도 잔소리를 해대니 가례일까지 이곳을 찾지 않을 것이다. 그러니 내가 보고 싶어도 교육에만 전념할 것이며, 내 입술이 그리워도 인내하거라. 방금의 입맞춤은 내 속을 긁은 대가로 받아가는 것이니 억울해 하지 마라. 알겠느냐?"

부끄러움에 희원이 입을 가리자 명은 만족스런 표정으로 자리에서 일어났다.

"다시 만날 땐 궐에서 보자…… 빈궁."

수줍음에 물든 희원의 눈이 커다래졌다. 하지만 그는 커다란 보폭으로 이미 방을 빠져나가고 있었다.

"빈궁……."

그가 떠난 빈자리를 느끼며 희원은 그의 마지막 말을 되새겼다.

쿵, 쿵, 쿵!

가슴이 터질 듯 심하게 요동쳤다. 그리고 처음으로 세자빈이 된다는 사실을 절감했다. 삭막하고 답답한 궁 안에 갇힌다 할지라도 그와 함께라면 그 생활이 결코 나쁘지 않으리라. 그가 옆에만 있어 준다면 말이다.

희원의 부풀어 오른 붉은 입술이 예쁘게 호를 그렸다.

9장

왕실은 가례를 위해 가례도감을 설치하고 신속하게 준비에 들어갔다. 좋은 날을 골라 택일하고, 장차 왕실과 연을 맺게 될 예조참판의 사옥에 세자빈이 결정되었음을 알리는 납채, 교명문敎命文과 함께 검은색 비단 여섯 필, 붉은색 비단 네 필의 속백束帛을 예물로 보내는 납징納徵, 가례일자를 알리는 고기告期, 상궁들의 주관하에 세자빈의 책봉문을 받는 책비冊妃를 행했다.

"부디 웃사람을 공경함에 있어 한 치의 어긋남이 있어선 아니 됩니다."

종윤과 윤씨 부인의 당부를 끝으로 적의翟衣를 입은 희원은 명사봉영命使奉迎[30], 즉 왕세자빈을 맞이하는 가례 행렬에 올랐다. 그녀는 붉은색과 주홍, 황금빛이 어우러진 대련大輦에 올라 그 주변을 감싸고 있는 무장한 군사들, 군악대, 각종 깃발, 가리개, 무기 등의 위엄 있는 의장물들에 다시 한 번 놀랐다.

---
30) 왕이 사신을 보내 별궁에서 대궐까지 왕비를 맞이해 오는 절차

우여곡절이 많았던 세자의 가례인 만큼 사람들의 관심 또한 그 어느 때보다 높았다. 황금색 사조룡보四爪龍補가 앞뒤로 붙은 적의와 커다란 가체 그리고 가체를 장식하는 봉잠과 각종 비녀, 금란대의 화려한 차림을 한 세자빈을 보기 위해 많은 백성들이 행렬의 좌우로 몰려들었다. 희원을 태운 대련은 그렇게 사람들의 환호를 받으며 상궁, 내시, 친영 나온 사신, 종친, 문무백관과 함께 세자가 기다리는 대궐로 들어갔다.
 가례는 왕을 비롯한 모든 종친과 대소신료들, 그리고 환관과 궁녀들이 지켜보는 가운데 엄숙하게 치러졌다. 희원은 면류관에 구장복을 차려 입은 세자를 얼핏 보았을 뿐 무거운 가체 때문에 얼굴을 제대로 들 수 없었다. 그의 뜻대로 세자빈이 된 그녀를 어떤 눈빛으로 볼지 확인하고 싶었으나 그러지 못했다.
 하지만 그의 얼굴을 보는 시간은 그리 오래되지 않아 찾아왔다.

 동궁의 침전.
 이경二更에 막 들어선 시각, 창을 두드리는 바람이 어느 사이엔가 얌전히 찾아들었다. 그와 동시에 침전 앞마당을 울리던 잎사귀의 흐느낌과 나풀대는 풀잎의 춤사위가 언제 그랬냐는 듯 조용해졌다. 순식간에 찾아든 고요함, 묵직한 공기를 가르고 파고든 그 적막 때문인지 문밖에 대기 중인 상궁과 내관의 작은 움직임을 비롯해 사각거리는 치맛자락의 미미한 소리마저 긴장한 희원의 귀를 쫑긋 세우게 만들었다. 그녀는 빳빳하게 굳은 목을 겨우 움직여 고개를 들었다.
 백색이 가미된 황금빛의 화려한 원앙금침과 주안상이 시야에 들어오자 희원은 그제야 그와의 가례를 실감했다. 빈궁이라고 불러 주며 설레는 마음을 안겨 준 그는 궁으로 돌아간 버린 후로 한 번도 자신을 찾지 않았다. 당연한 일임에도 서운함과 기다려지는 마음은 어쩔 수가 없었다.

타닥타닥, 바닥을 스치는 부산스런 움직임에 희원은 긴장한 몸을 더욱 움츠렸다. 아니나 다를까 '세자저하 납십니다.'라는 환관의 울림 좋은 목청과 함께 문이 열리고 그 사이로 세자가 들어왔다. 무거운 가체 때문에 고개를 마음대로 가누기 힘든 희원은 자신의 앞을 지나치는 세자의 커다란 버선발만 보았을 뿐 여전히 그의 얼굴을 똑바로 올려다볼 수 없었다. 곧이어 상궁 하나가 주안상을 마주한 그들에게 다가왔다. 그녀는 하나의 박을 쪼개어 만든 잔에 술을 담아 명과 희원에게 각각 올렸다. 그렇게 석 잔의 술을 마시자 상궁은 침전을 물러났다.

정적이 찾아왔다. 희원은 얼굴을 들 수가 없었다. 만나면 하고자 했던 말이 많았는데 막상 그가 앞에 있으니 머릿속이 하얗게 변했다.

그도 그녀와 같은 마음인 것일까? 아니면 가례를 치르느라 지친 것일까?

이상하리만치 조용하다.

그 사이 마음이라도 바뀐 것일까?

그녀가 세자빈이라서 좋다던 그 말을 어쩌면 후회할지도 모른다는 방정맞은 생각에 이르자 마음이 조급해졌다. 그가 먼저 말을 꺼내 주길 기다리는 이 상황이 너무 견디기 힘들었다.

참지 못한 희원이 결국 먼저 입을 열었다.

"황조황조黃鳥黃鳥 무집우곡無集于穀 무탁아속無啄我粟 차방지인此邦之人 불아긍곡不我肯穀 언선언귀言旋言歸 부아방족復我邦族, 황조황조黃鳥黃鳥 무집우상無集于桑 무탁아량無啄我梁 차방지인此邦之人 불아여명不我與明 언선언귀言旋言歸 부아제형復我諸兄, 황조황조黃鳥黃鳥 무집우허無集于栩 무탁아서無啄我黍 차방지인此邦之人 불아여처不我與處 언선언귀言旋言歸 부아제부復我諸父."

유랑인들이 정착할 곳을 찾지 못해 고향으로 돌아가고 싶은 마음을 노래한 시경의 '황조'였다. 즉, 어디에 마음을 두어야 할지 몰라 처음으로 되돌아가고 싶다는 희원의 마음을 간접적으로 드러낸 것이었다.

묵묵부답. 간접적인 그녀의 물음에도 명은 그저 그녀의 얼굴을 뚫어져라 쳐다볼 뿐, 아무런 대꾸도 하지 않았다.

사실 그녀에게는 찾지 않겠다 말했지만 명은 그 후로도 별궁에 몇 번 갔었다. 하지만 먼발치에서 바라만 보고 오는 게 다였다.

[저하, 그만 돌아가셔야 하옵니다. 자리를 오래 비우시면 의심을 받사옵니다.]

흑주의 재촉에 동궁으로 돌아와도 그의 눈에는 얌전히 앉아 궁중예법을 익히는 희원의 얼굴이 당최 가시지 않았다. 당장이라도 옆에 두고 싶은 마음이 간절했지만 그럴 수 없는 현실에 때로는 짜증도 일었다. 가례일까지 얼마나 멀게 느껴지던지, 명은 태어나 처음으로 인내의 한계를 느끼는 듯했다.

그 가슴앓이를 보상이라도 하듯 오늘 대례복을 입은 아름다운 그녀의 모습에 명은 심장이 멎을 뻔했다. 몰래몰래 지켜봤음에도 불구하고 햇볕을 받은 그녀의 빛이 나는 후광에 두 눈이 멀어질 것 같았다. 한 번도 누구 앞에서 긴장해 본 적 없던 자신이 그녀와 나란히 선 순간 몰려드는 짜릿한 느낌은 말로 표현할 수 없었다. 옷을 갈아입고 동뢰同牢를 치르기 위해 이곳에 들기까지 얼마나 설레던지, 태어나 처음으로 느끼는 흥분이었다.

'이럴 수가! 어찌 이리 어여쁠 수가…….'

그가 방에 들어와 그녀의 얼굴을 본 순간 들던 생각이었다. 도자기로 빚어 놓은 듯 하얀 얼굴에 큼직한 눈 코 입, 자세히 뜯어보니 더욱 어여쁘지 않은가. 긴 속눈썹을 내리깔고 있는 모습이 묘하게 명의 가슴을 간질였다.

그런데 갑자기 그녀의 입에서 시가 흘러나왔다. 자신이 어찌해야 좋을지 모르겠다는 뜻을 시로 물은 것이었다.

나의 마음이 이리 뜨거운 것을…… 내 어찌 내 마음을 너에게 보여줄까?

잠시 생각을 하던 명은 그녀의 얼굴에서 시선을 떼지 않은 채 입술을 열었다.

"저 동문을 나서니 여자들 많기가 구름 같구나. 구름처럼 많다 한들 내 마음속 여인 아니라네. 흰 옷에 푸른 수건 쓴 여인만이 나를 즐겁게 할 사람이라네. 저 성문 밖을 나서니 여자들 예쁘기가 띠꽃과 같네. 아무리 띠꽃처럼 예뻐도 내 마음속 여인은 아니라네. 흰 옷에 붉은 수건 쓴 여자여, 오로지 그녀만이 나는 좋다네."

사내가 한 여인만을 사랑할 것을 맹세한 '출기동문出基東門'이었다.

간접적인 그녀의 시문에 그도 그녀와 마찬가지로 간접적으로 답을 했다. 내뱉고도 머쓱했던 명은 슬그머니 그녀의 표정을 살폈다. 어라? 그런데 그녀의 표정이 심상찮다. 그의 고백을 받고 좋아할 줄 알았건만 표정이 묘하게 일그러졌다.

희원이 힘겹게 고개를 들더니 그의 얼굴로 향했다.

"저하…… 정말 너무하십니다."

너무하다? 너무하다니, 대체 무엇이?

당황한 명은 가슴을 가라앉히며 차분하게 말했다.

"너무하다니, 그 무슨 뜻이냐?"

"소녀…… 아니, 신첩이 이 자리에 오기까지 얼마나 힘들었는지 아십니까? 오로지 저하와의 약조를 지키기 위해 짧지 않은 시일을 견디며 왔습니다. 한데 어찌 고생했다는 위로의 한 마디도 건네지 않으시고 시경을 빌어 놀리기부터 하시는 것이옵니까?"

"노, 놀리다니, 누가, 내가 말이냐?"

"아무리 소녀를 벌주기 위해 이 자리에 앉혔다 하셨지만 부부의 연을 맺은 날이옵니다. 신첩이 마음에 들지 않으시어도 예를 지켜주시지요."

명의 눈이 휘둥그레졌다.

그러니까, 내 마음을 담은 답시를 놀리는 것으로 생각하였단 말이냐?

실망으로 점점 일그러져 가는 그의 얼굴을 보며 희원은 잠시 주춤하다가 다시 입을 떼었다.

"저하……."

"또 뭐가 문제냐? 세자빈으로서의 예우(禮遇)는 내일부터 해줄 것이다."

못마땅한 말투가 튀어나오자 희원은 이상하게 마음이 놓였다. 평소의 그로 돌아간 것 같아 불편한 기분이 조금 편안해졌다.

"줄곧 궁금했던 것이 있었사옵니다. 아무리 벌을 내리기 위함이라지만 어찌하여 저하를 속인 저를 이 자리에 앉히셨나이까?"

"여직 그 까닭도 몰랐단 말이냐? 진정 벌을 받으라 하여 세자빈이 되라 한 줄 알았던 것이냐?"

"다른 뜻이라도 계신 것이옵니까?"

아, 이렇게 둔감할 수가!

순수한 것을 떠나 무지한 그녀를 보니 명은 속에서 열불이 났다.

이리 답답할 수가! 앞으로 너만 은애하고 아껴 주겠다는 나의 답시를 대체 어디로 들은 것이냐! 벌이라니…… 그딴 건 이미 잊은 지 오래이다!

하지만 이런 상황에 그의 마음을 털어놓는다 한들 아무 소용이 없었다.

"없다. 그딴 게 있을 리 있겠느냐?"

당장이라도 저 도톰한 입술에 자신의 입술을 묻고 낭창낭창한 몸을 품 안으로 넣고 싶은데 벌을 받기 위해 세자빈이 되었다는 저 여인을 보니 할 말이 없어졌다. 그냥 네가 좋아서 그랬다고 말하면 자신의 체통이 땅에 떨어질 것 같은 판국이었다. 첫날밤을 치러도 모자랄 판에 벌을 운운하는 그녀가 너무 얄미웠다.

어찌해야 저 작은 입에서 날 은애한다며 안달복달하는 소릴 들을 수 있을까?

자신의 애타는 마음을 저 여인도 똑같이 느꼈으면 싶었다. 그 순간 머릿속을 스치는 섬광.

그렇다! 내게 목매는 모습을 보고 싶다면 그리 만들면 될 것이 아니던가!

손자병법에 풍림화산風林火山이란 말이 있지. 고요하기를 숲과 같이 하고, 쳐들어갈 때는 불과 같이 하고, 움직이지 않음을 산과 같이 하고, 알지 못하게 함은 어둠처럼 하고, 움직임은 천둥벼락 치듯 하라 했다. 내 그 정신으로 너의 마음을 굴복시키리라!

"왜 그리 보시옵니까? 신첩의 얼굴에 뭐라도 묻은 것이옵니까?"

그래, 네 얼굴에 굴복이라는 글이 묻어 있구나.

속의 말과 다르게 명은 침착하게 말했다.

"아니다. 네가 그리도 예를 좋아하니 내 동뢰의 예에 따라 수침이나 들어야겠다."

수침이라는 말에 희원의 눈이 급속도로 커졌다.

"시, 신첩은 전혀 고단하지 않습니다."

"그럼 밤새 그러고 있을 참이냐?"

무거운 가체와 불편한 예복을 계속 입고 있을 수 없는 노릇, 그녀가 말이 없자 명은 왼손을 가볍게 들었다.

"가까이 오라, 옷을 벗겨 주겠노라."

"예……?"

그녀의 눈동자가 이리저리 돌아가며 방황했다. 그 모습에 명은 한쪽 눈을 찡긋거렸다.

"셋 셀 동안 오지 않으면 아침까지 그대로 놔둘 것이니 알아서 하라. 하나."

그가 수를 세기 시작하자 희원의 얼굴은 일어서야 하나 말아야 하나 망설이는 기색이 그대로 드러났다.

"둘."

교육을 받은 대로라면 세자가 직접 와서 가체를 내리고 옷을 벗겨 주어야 했다. 그런데 그가 자신보고 오라고 하니 누구 말을 따라야 하는 건지 헷갈렸다. 게다가 거치적거리는 옷 때문에라도 혼자서는 일어서기가 힘든 상황이었다. 조마조마한 분위기 속에서 희원은 셋을 부르려고 달싹이는 세자의 입을 보았다.

"세……."

셋이라는 말을 끝맺기가 무섭게 희원은 급한 마음에 벌떡 일어났다. 하지만 버선이 치맛자락을 밟으면서 무거운 가체 때문에 중심을 잡지 못하고 몸이 앞으로 쏠렸다. 어떻게 할 새도 없었다.

"어엇!"

희원은 얕은 비명을 내지르며 눈을 질끈 감았다.

첫날부터 이리 꼴사나운 모습을 보여주다니! 그런 생각도 잠시, 통증을 느껴야 할 몸이 전혀 아무렇지 않았다. 이상한 기분에 그녀는 조심스레 눈을 떴다.

"……."

머리가 텅 비어 버렸다. 눈앞에 맞닿아 있는 세자의 얼굴에 너무 놀란 나머지 몸도 정신도 굳어졌다. 예기치 못한 상황에 그도 당황한 것인지 멍한 얼굴로 그녀를 응시했다. 그리고 잠시 후 먼저 정신을 수습한 그가 여유롭게 말문을 열었다.

"아무리 급해도 옷은 벗고 안겨야 하지 않겠느냐?"

그의 말에 희원은 반사적으로 그에게서 떨어졌다. 콩닥콩닥 가슴이 세차게 방망이질 쳤다.

"소, 송구하옵니다. 발을 헛디디는 바람에……."

"난 네가 날 덮치려는 줄 알았느니."

"시, 신첩이 어찌 그런……."

"농이다. 가체를 내려줄 테니 가만히 있거라."

희원이 고개를 숙이자 그 뒤로 비녀를 뽑는 명의 손길이 느껴졌다. 미묘한 그 느낌에 희원은 머리끝이 뾰족 일어서는 것만 같았다.

그가 방에 들어온 순간부터 그녀는 정상적인 상태를 유지할 수 없었다. 첫날밤에 대해 상세히 교육을 받았음에도 막상 그 시간이 다가왔다 생각하니 온몸이 근질근질하며 피가 뜨거워졌다. 그가 해 주던 입맞춤의 오묘한 느낌이 새록새록 떠올라 진정이 되질 않았다. 몰랐다면 어쩔 수 없지만 이미 그 감각을 알아 버린 이상 희원은 아무렇지 않게 앉아 있기가 힘이 들었다. 꼭 그러쥔 양손에 땀이 배어났다.

혼례를 올린 여인들의 마음이 모두 나와 같을까? 가슴이 콩콩 뛰고 식은땀도 나고, 머리끝이 간지러운 것 같기도 하고, 똑같은 것들을 느끼는 것일까?

고요한 공간에 울리는 그의 손길에 가체가 사라졌다. 그 덕에 머리가 가벼워졌지만 반대로 마음의 무게는 더욱 무거워졌다.

"날 향해 돌아앉거라."

드디어!

그녀의 눈썹이 파르르 떨려왔다. 첫날밤이라는 부담감 때문인지 생각대로 몸이 말을 듣지 않았다. 돌아앉고 싶은데 도대체가 몸이 움직이질 않는다. 그런 그녀의 뒤에서 작은 한숨이 새어 나왔다. 희원은 굳은 목을 천천히 돌렸다. 예복을 입은 잘난 그의 면상이 그녀를 빤히 바라보고 있

었다. 희원이 어리둥절하게 있자 곧 그가 그녀의 어깨를 잡아 자신을 향해 돌렸다.

"옷고름 한 번 풀기가 이리 힘들어서야 원."

명은 그녀의 자적원삼을 벗겨냈다. 그리고 차례로 옷을 벗기기 시작했다. 조심스러운 그의 손길에 희원의 몸이 뻣뻣하게 굳어 갔다. 난생처음 남자 앞에서 허물을 벗듯 옷이 벗겨지니 이루 말할 수 없이 부끄러웠다. 그녀의 두근거리는 마음을 아는지 모르는지 그의 손길은 바쁘게 움직였고 그 덕에 그녀는 속저고리와 속적삼만 남게 되었다. 참다못한 희원은 결국 그녀의 마지막 남은 속옷을 뺏기지 않으려 그의 손을 붙잡았다.

"시, 신첩이 아직 잔도 올리지 못하였습니다. 신첩의 잔을 받으셔야지요?"

얇은 저고리 아래로 드러난 그녀의 하얀 속살에 명은 마른침을 꿀꺽 삼켰다. 동시에 아랫도리가 아릿해져 당장이라도 그녀를 눕히고 싶었다. 하지만 잔을 올리겠다며 어여쁜 미소를 짓는데 마구잡이로 그녀를 안을 수 없는 일, 그는 고개를 위아래로 한번 끄떡였다.

희원은 그의 잔에 술을 채운 뒤 한 손으로 가슴 앞을 가리며 얼굴을 붉혔다.

"그러고 보니 신첩이 남장을 하여 기방에 들어갔던 것을 기억하십니까?"

"물론이다, 내 그 일을 어찌 잊겠느냐?"

"이리 주안상을 앞에 두고 있으니 그날 일이 불현듯 떠오릅니다. 그날 저하께옵선 신첩의 신분을 알아내고자 일부러 술을 마시라 하셨지요."

"그랬었지. 허나 넌 결국 입을 열지 않았지 않느냐?"

"혹, 그 자리에서 취기에 모든 것을 고했더라면…… 지금의 이 자리에는 다른 여인이 있었을까요?"

"모든 것을 고했더라도 결과는 같았을 것이다. 부부의 연은 하늘이 정하는 것이니 다른 길을 걷는다 해도 결국 이리 만나게 되었을 것이 아니겠느냐?"

찰랑거리는 술을 단숨에 비운 명은 입 끝을 올리며 그녀의 잔에도 술을 채웠다.

"그날과 사뭇 다른 상황이긴 하지만 술을 마시면 긴장한 몸이 조금은 풀어질 것이다. 마시거라."

희원은 그날의 느낌을 똑똑히 기억했다. 정신은 말짱해도 붕 떠오르는 듯 사람의 기분을 묘하게 만드는 그런 얼큰해진 기운을 말이다. 하여 그녀는 명이 내민 술잔을 내치지 않고 받아 들었다. 그의 말대로 술기운을 빌면 긴장한 몸이 풀어져 무섭지 않게 첫날밤을 치를 수 있을지도 몰랐다. 희원은 고개를 돌린 후 잔을 말끔히 비웠다.

"제법이구나. 한 잔 더 하겠느냐?"

희원은 빈 잔을 살포시 앞으로 내밀었다. 아직 취기가 오르려면 넉 잔은 더 마셔야 했다.

"저하의 잔도 비었습니다. 신첩이 따르겠나이다."

희원은 그렇게 넉 잔의 술잔을 더 비웠다. 하지만 처음 술을 마신 날과는 다르게 몸의 반응이 이상했다. 기분이 좋은 건 분명한데 몸이 천근만근 나른해지면서 아래로 처졌다. 눈꺼풀도 너무 무거워지고 정신도 탁해져 눈앞의 사물이 흐릿했다. 아무리 눈에 힘을 주려고 해도 몸이 뜻대로 따라주지 않았다.

"한 잔 더 하겠느냐?"

명이 그녀의 빈 잔을 보고 물었지만 돌아오는 답이 없었다. 고개를 푹 숙인 채 조용한 그녀가 기묘하여 명이 그녀의 어깨를 건드리자 그녀의 몸이 스르륵 옆으로 넘어갔다.

"헛!"

깜짝 놀란 명은 가까스로 그녀의 어깨를 붙잡아 자신의 가슴팍으로 끌어당겼다. 그의 가슴에 힘없이 안긴 그녀는 곱게 눈을 감고 있었다.

"빈궁……?"

그가 낮게 그녀를 불렀지만 역시 대답이 없었다. 닫힌 눈꺼풀은 열리지 않았다.

"설마…… 자는 것이냐?"

너무 어이가 없어 허탈한 웃음밖에 나오지 않았다. 하늘 높은 줄 모르고 팽창한 아랫도리는 어찌하라고 이리 얄밉게 잠이 든 것인가. 그녀가 야속하기만 했다. 그렇다고 가례를 치르느라 종일 고생한 그녀를 깨울 수도 없는 노릇, 명은 그녀의 가는 어깨를 어루만지는 것으로 만족해야만 했다.

"하루 종일 시달려 첫날밤을 치를 기운이 남아 있지 않은 모양이로구나. 좋다, 오늘은…… 이만 자도록 하거라."

명은 멍하니 그 모습을 바라보다 곧 초를 끄고 깔려 있는 두 개의 보 중 비어 있는 자리에 그녀를 눕혔다. 긴장했던 몸이 부드러운 이불에 닿자 그녀는 곧바로 베개에 얼굴을 묻으며 편안한 얼굴로 미소를 지었다. 명은 정작 자신의 예복은 벗지도 않고 그녀에게 등을 보이며 누워버렸다.

규칙적인 숨소리가 방 안을 울리자 명은 감았던 눈을 떠 자리에서 몸을 일으켰다. 그리고 잠든 그녀를 달빛을 빌어 내려다봤다. 별궁에서 훔쳐볼 때는 가까이 가지 못해 답답했는데 이리 가까이 두고도 만질 수 없으니 이를 또 어찌한단 말인가. 정말 미칠 노릇이었다.

명은 손을 뻗어 그녀의 뺨을 쓸었다. 하지만 뒤척이는 그녀 때문에 급히 손을 뗄 수밖에 없었다. 눈앞에 두고도 품지 못하는 여인이라니.

그냥 확 안아 버릴까 보다!

그는 그녀를 한참 내려다보다 자리에 도로 누웠다. 하지만 해가 뜰 때까지 뒤척이기만 할 뿐 잠들지 못했다.

❄

우의정 한추일의 사가.

막 솟아오른 해도 무겁게 내려앉은 방 안을 환하게 밝히지 못했다. 공간 한구석을 차지한 어두운 그림자 때문이었다. 미동조차 없던 그림자는 연한 빛에 조금씩 움직임을 보이기 시작하더니 마침내 꾹 닫혀 있던 눈꺼풀을 들어 올렸다. 하지만 이전의 곱상한 얼굴은 이미 자취를 감춘 뒤였다. 도자기같이 매끄럽던 피부는 언제 그랬냐는 듯 까칠하게 변해 있었고, 총명하게 빛나던 두 눈동자는 퀭하게 변해 버려 그 모습은 누가 봐도 병자였다.

승경이 눈을 떠 고개를 돌리자 그 기척에 옆에서 꾸벅꾸벅 졸던 하인이 벌떡 일어났다. 그리고는 사랑채로 냉큼 달려가 추일을 데리고 왔다.

"괜찮은 것이냐?"

이틀 만에 눈을 뜬 아들의 모습에 추일은 야윈 손을 덥석 잡고 뒤따라온 하인에게 소리쳤다.

"어서 가서 탕약을 가져오지 않고 게서 뭘 하는 게야!"

"아, 예, 예!"

하인이 허둥지둥 뛰어나가자 추일은 핏기 하나 없는 아들의 얼굴을 내려다봤다. 시름시름 앓던 아들의 이름 없는 병이 갈수록 심해져 걱정이 이만저만 아니었다.

"어서 기운을 차리거라. 이리 누워만 있다고 무엇이 달라지겠느냐?"

"아……버님…… 대례는……."

눈을 뜨자마자 한다는 소리가 대례 소식이다. 추일의 가슴이 미어졌다.

"아직도 예조참판의 여식을 마음에 담고 있었던 것이냐? 대체 언제까지 미련을 버리지 못하고 이러고 있을 참이냐! 그 아이는 이미 세자빈으로 대례를 올렸느니라."

"그, 그것이…… 사실입니……까?"

"사실이다. 허니 이제 그만 마음을 접고 자리를 털고 일어나거라. 내 그 아이보다 더욱 훌륭한 규수를 네 옆에 데려다 놓을 것이니!"

승경은 붉어진 눈을 감고 고개를 옆으로 돌렸다.

"혼자…… 있고 싶습니다……."

아들의 고집에 추일의 얼굴이 엉망으로 일그러졌다.

"네놈이 진정 불효를 저지르고자 함이더냐! 그깟 여인이 무어라고 이 아비의 가슴에 근심을 새겨 넣는 것이냐?"

추일의 일갈에도 승경은 아무런 대꾸도 하지 않았다. 그저 눈만 꼭 감은 채 대화를 거부했다. 그 모습이 예전의 자신과 너무 닮아 추일은 화가 나 견딜 수가 없었다.

추일은 승경을 억지로 일으켰다.

"못난 놈! 그렇게 좋았으면 진즉 사달을 냈었어야지, 어찌 뒤늦게 이리 후회만 하고 있는 것이야!"

승경의 눈에서 결국 한 줄기 눈물이 떨어졌다. 추일은 그 눈물에 가슴이 찢어졌다.

"나 역시 그러했다. 혼례를 앞두고 은애하는 여인을 어처구니없게 빼앗겼다. 너무나 슬퍼 살고자 하는 의욕조차 없었다. 수년을 바라보며 은애했건만 그 여인은 내가 아닌 사내에게 미련 없이 가버리더구나. 하여 결심했다. 그 여인에게 나를 선택하지 않은 결과가 얼마나 후회스러운 것인지 알게 해주기로 말이다. 그래서 이를 악물고 우의정의 자리까지 올랐지."

처음 듣는 아비의 과거에 승경의 눈이 잠잠해졌다. 추일은 멍하니 고개를 숙인 아들의 얼굴을 들어 올렸다.

"그 여인이 어찌 되었는지 궁금하지 않느냐?"

"어찌…… 되었습니까……?"

"지아비에게 버림받았다. 뿐만 아니라 지아비에게 죽음을 명받았지."

퀭한 승경의 눈이 커졌다. 아무리 명문가라고 해도 아내에게 죽음을 명할 수 있는 지아비는 없었다. 물론 공식적으로 가능한 단 한 사람을 제외하고는 말이다.

"설마…… 아버지께서 은애하셨다던 여인이……."

승경의 말이 끝나기도 전에 추일의 입매가 매섭게 비틀렸다.

"그렇다. 전 중전마마이자 사약을 받아 절명한 폐비 안씨다."

"그런……."

뜻밖의 과거 얘기에 눈만 끔벅대는 승경을 보며 추일은 분노 어린 음성으로 타일렀다.

"이제 알겠느냐? 여인이란 그런 것이다. 제 앞도 보지 못하고 그저 눈앞에 있는 화려한 것만 쫓아 움직이다 부질없이 사라지는…… 허무한 존재인 것이다. 허니 더는 여인 때문에 슬퍼하지 말거라. 지금은 죽을 것처럼 슬퍼도 세월이 지나면 그 아픔도 삭을 터, 그 아픔을 잠재워 줄 다른 목표를 찾으면 되는 것이다."

"하오나 소자는…… 그것이 잘되지 않습니다……. 이 아픔을…… 달랠 길이…… 있긴 한 것입니까?"

"있다, 있고말고! 이 애비를 보거라. 밖을 나서면 모두가 머리를 조아리며 날 우러러본다. 비록 여인을 갖진 못했지만 대신들도 함부로 하지 못할 힘을 가졌지 않느냐? 내 머지않아 영상의 자리에 오를 것이다. 그리되면 임금도 나를 함부로 하지 못할 터…… 네게서 뺏어간 모든 것을 산산조각 내줄 것이다. 허니 기운 차리거라. 너를 아프게 한 모든 사람들에게 그만한 죗값을 치르게 할 것이니…… 그만 자리를 털고 일어나!"

마침 약을 들고 온 하인이 기척을 내며 안으로 들어왔다.

"대감마님, 여기 탕약을 들고 왔습니다."

"어서 먹이도록 해라."

추일이 옆으로 비키자 하인이 승경에게 약사발을 들이댔다. 쓰디쓴 약을 입에 머금으면서도 승경의 혀는 아무런 맛도 느끼지 못했다.

그 아이에게…… 죗값을 치르게 한다 하셨습니까?

이 몸이…… 은애하는 여인을 그리 만들 만큼 못난 놈이 되길 원하십니까?

틀리셨습니다. 저는 보복을 바라지 않습니다. 그 아이가 잘못되길 바라지 않으며 또한, 탓하지도 않습니다. 그저…… 내게 온 그 많은 시간을 허무하게 흘려보낸 자신이 못나 이러는 것입니다.

권력을 잡으라 하셨습니까? 뜻대로 권력을 잡으신 아버지께서는 지금 행복하십니까? 만족하십니까? 그런데 소자의 눈에는…… 왜 아버지가 늘 외로워 보이기만 할까요?

승경이 약을 쭉 들이켜고 다시 자리에 눕자 추일은 하인에게 잘 지켜보라는 말과 함께 방에서 나왔다. 쿵쿵대는 그 발길에 무서운 분노가 실렸다. 그는 밝아오는 하늘을 무섭게 노려보며 다짐했다.

내 여인까지 모자라 내 아들의 여인까지 빼앗아가다니!

두고 보십시오, 전하! 내 반드시 그대의 아들을 빌어 피눈물을 흘리게 만들 것이니!

　　　　　　　　　　＊

 오시五時가 지난 지도 한참, 궁궐 내 검무장에는 듣기만 해도 등골이 서늘한 진검 부딪히는 소리가 하늘을 찌를 듯 울렸다. 무예를 닦는 장규를 느닷없이 부른 명이 자신의 검술 상대를 시킨 것이다. 둘의 대련을 의아하게 보던 흑주가 양 내관에게 물었다.
 "저하께옵서 기분이 좋아 보이지 않는데, 그 연유가 무엇인지요?"
 흑주의 물음에 양 내관은 좁은 어깨를 으쓱 끌어올렸다.
 "나도 알지 못한다네. 동뢰를 치르기 위해 침전에 드시기까지는 무척이나 밝은 용안이셨는데……."
 "동뢰는 무사히 치르셨는지요?"
 "저하의 용안을 보시게. 손도 잡으시지 못한 듯하지 않나? 저하답지 않게 뜻을 이루지 못하셨으니 어심이 많이 어지러우실 것이다. 자네도 각오하는 게 좋을 것이야."
 그 말이 끝나기가 무섭게 장규와 검술을 끝낸 명이 흑주에게 시선을 돌렸다.
 "나와라, 흑주."
 흑주는 검을 다잡으며 양 내관을 보았다.
 "신기가 있으신 듯합니다."
 양 내관은 여유롭게 고개를 살랑살랑 흔들었다.
 "자네도 앞으로 스무 해가 지나면 나의 경지에 이르게 될 것이네."
 흑주가 나가고 장규가 양 내관 옆에 자리했다. 장규는 거친 숨을 진정

한 뒤 양 내관에게 물었다.

"어젯밤 무슨 일이라도 계셨습니까? 저하의 심기가 많이 불편하신 듯합니다."

"글쎄, 깊은 어심을 내 어찌 알겠나?"

양 내관은 흑주와 달리 장규에게는 시큰둥한 대답을 내놓으며 명과 흑주의 대련 모습을 지켜봤다.

상대를 바꾼 명은 흑주에게 일격을 가하며 몰아쳤다.

"적주는 보이지 않는구나."

명의 일격을 막아내며 흑주가 뒤로 한 발 물러났다.

"오늘 아침 스승님을 뵙기 위해 궐을 나갔습니다."

"특별한 이유가 있는 것이냐?"

흑주가 오른쪽으로 틀며 명의 옆구리를 노렸다. 즉시 명은 왼쪽으로 빠지며 들어오는 검을 받아쳤다.

"암자에서 보았던 돌백이란 사내를 기억하십니까?"

"산삼 캐러 다니던 그 돌멩이 말이냐?"

흑주는 반격하는 명의 검을 급하게 막았다.

"예, 그 돌백이란 아이를 스승님의 제자로 들이기 위해 갔습니다."

"그놈은 일개 종놈이 아니더냐?"

"얼마 전 제 스스로 검을 배우고 싶다기에 적주가 몇 번 가르친 적이 있었습니다. 그런데 그놈의 골격과 재능이 무사가 되기에 안성맞춤이었습니다. 스스로 무사가 되어 아기씨, 아니, 빈궁마마를 지키고 싶다기에 국구國舅께 허락을 받아 간 것이니 문제가 없사옵니다."

흑주를 겨냥하던 검이 우뚝 멈췄다.

"방금 뭐라 했느냐? 그놈이 빈궁을 위해 검을 배우겠다 하였느냐?"

"예, 충심이 남다른 놈입니다. 아무리 신분이 좋은 무사를 곁에 둔다

해도 충심이 없다면 있으나 마나한 존재, 비록 관직은 없으나 그림자처럼 곁을 지키는 무사는 신뢰할 수 있는 자가 좋지요."

"빈궁을 지키는 자리다. 어찌 일개 노비에게 그 일을 맡길 수 있겠느냐?"

"표면적으로 드러나지만 않았을 뿐, 각 궁에는 저마다 개인적으로 거두고 있는 무사들이 있습니다. 저와 적주 또한 서자로 태어났으나 그 능력을 높이 봐주신 주상전하의 은덕으로 그 그늘에 있었나이다. 지금은 관직을 받아 저하의 곁에 당당히 있을 수 있으나 시작은 아무도 알아주지 않는 어두운 그늘에서부터였습니다. 돌백이 또한 관직을 바라고 검을 잡는 것이 아니니 충심으로 그 그늘을 지킬 것이라 여겨 가르치려는 것뿐이옵니다."

명은 더 이상 대꾸하지 않았다. 관직을 얻겠다는 것도 아니고 그림자처럼 세자빈의 곁을 지키기 위해서라는데 무슨 핑계로 말린단 말인가.

하여간 산삼 캐러 다닐 때부터 거슬리더니, 끝끝내 내 심기를 건드리는구나!

기분 상한 명의 원망이 엄한 흑주에게로 돌아갔다.

"오늘은 승부가 판가름 날 때까지 검을 놓지 않을 것이니 단단히 각오하는 것이 좋을 것이다, 흑주."

지칠 때까지 검을 놓지 않는 세자의 성정에 흑주는 말없이 검을 고쳐 잡았다. 챙챙, 검 울리는 소리가 검무장을 무섭게 뒤흔들었다.

중궁전.

먹음직스럽게 차려진 다과상을 사이에 둔 희원과 중전의 얼굴에는 미소가 떠나지 않았다. 희원의 문안에 조용하던 중궁전은 간만에 활기를 띠었고 중전은 반가운 손님에 화색이 완연했다.

"이리 가까이서 보니 볼수록 어여쁘십니다, 빈궁."

"아닙니다, 중전마마께서야말로 불혹不惑[31]이라는 것이 믿기 어려울 정도로 아름다우십니다. 그리고 늦었지만 중전마마의 회임을 경하드리옵니다."

"이 나이에 회임이라니, 빈궁 보기가 낯부끄럽습니다."

"그런 말씀 마시옵소서. 중전마마의 회임은 이 나라의 경사가 아니옵니까?"

"그리 생각해 주시니 이 마음이 가볍습니다."

중전을 보는 희원의 눈이 초승달처럼 휘었다. 중전의 온화한 말투와 인자한 얼굴은 보는 사람으로 하여금 편안함을 안겨 주었다.

이리 다정하신 분께 세자저하는 왜 그리 모질게 대하시는지…….

희원은 사가의 아버지께서 세자의 태도에 대해 한탄하시며 걱정하시는 걸 본 적이 있었다. 여인을 무시하고 깔보는 세자, 유독 중전과 공주들에게 그 정도가 심하다고 하였다. 폐비가 된 전 중전마마의 자리를 당시의 숙빈이 차지하고 앉았으니 그 미움이 컸으리라. 그래도 그 긴 세월을 생각하면 나아질 법도 하건만 세자의 고약한 성미가 좀처럼 나아질 기미가 보이지 않으니 그것이 문제였다. 오죽하면 성상께서 여인인 자신을 불러들여 간접적으로나마 세자의 여인에 대한 적대감을 누그러뜨리려 했겠는가.

"참, 빈궁에게 드릴 것이 있습니다."

중전이 상궁에게 눈짓을 주자 상궁은 즉시 작은 패물함을 그녀들 앞에 내려놓았다.

"이게 무엇입니까?"

---
31) 40세

"시어머니가 며느리에게 주는 패물佩物입니다. 열어 보세요."

화사한 주석朱錫과 백동白銅으로 멋을 낸 패물함이었다. 희원은 기대에 찬 중전의 눈빛을 보며 조심스레 패물함을 열었다. 희원의 눈이 왕방울만 하게 커졌다. 호박으로 만든 나비모양의 삼작노리개부터 시작해 비취를 사용한 화접뒤꽂이, 봉황장식의 옥비녀, 원형의 옥판에 칠보와 진주로 꾸민 떨잠과 옥가락지 등 갖가지 패물들이 눈이 부실 정도로 화려함을 뽐내고 있었다. 선물이라고 하기에는 너무 과한 것들이었다.

"너무 귀한 것이라 받을 수 없습니다."

"귀한 것이니 내 며느리에게 주는 것입니다. 일국의 세자빈이 되셨는데 이 정도의 패물은 있어야지요. 빈궁께서 패물 하나 없이 다니시면 이 시어머니가 욕을 먹는 법이랍니다."

받지 않는 것이 오히려 중전을 욕보이는 것이라 하니 패물을 돌릴 수도 없었다. 그녀는 뚜껑을 닫고 다소곳이 고개를 숙였다.

"중전마마의 배려에 황송할 따름입니다."

"차가 식습니다, 어서 드세요."

"예."

중전은 흐뭇한 미소를 입가에 달며 찻잔을 들어 올렸다.

"동뢰는 무사히 치르셨습니까?"

"예? 아…… 예……."

머뭇머뭇 어정쩡한 희원의 대답에 중전의 낯빛이 걱정으로 바뀌었다.

"혹여 세자가 빈궁을 곡해하는 말씀이라도 하셨습니까?"

"아, 아닙니다. 다정히 말씀해 주셨습니다."

세자와 희원의 관계를 알 리 없는 중전은 다정하게 대해 주었다는 말에도 왠지 안쓰러운 마음이 먼저 일어났다. 그저 곤란하여 그렇게 말한 것이리라. 세자가 자신을 대하는 것처럼 공격적인 언행을 보였다면 심히 상처를 받고도 남았을 것이기에 근심부터 앞섰다.

간택을 하기 직전 예조참판의 여식을 눈여겨 봐달라는 임금의 밀언이 있었다. 그녀도 예조참판의 여식이 참하다는 소식을 이미 들어 알고 있는데다 예조참판의 충심을 생각해 그저 임금의 명에 따랐다. 그런데 이제 와 생각해 보니 자신을 싫어하는 세자가 자신이 뽑은 세자빈을 마음에 들어 하지 않을 수도 있었다. 착한 빈궁을 보니 괜스레 속이 더욱 아렸다.

"세자의 성정이 빈궁께서 생각하시던 것과 다를 수도 있습니다. 하지만 그 속은 누구보다 따뜻한 분이니 빈궁께 혹여 모진 말씀을 하시더라도 곡해하지 마세요."

상냥한 그 말에 희원은 묘한 기분을 느꼈다. 평소 세자에게 무시를 당하여 주변 상궁들이 얼굴을 붉힐 정도라 하던데 이렇듯 감싸는 모습이라니, 진정 아들을 생각하는 어머니를 보는 것 같아 마음이 짠했다.

"명심하겠습니다."

중전과의 담소를 즐긴 희원은 침전으로 돌아와 서책을 펼쳤다. 하지만 그녀의 눈은 휑한 공간을 헤매고 있을 뿐 딱히 정착을 하지 못했다. 화려한 삶 이면에 존재하는 의무와 도리의 생활, 이곳에 들어온 이상 피할 수 없는 일. 알 수 없는 압박감이 머리를 짓눌렀다.

이런 곳에서 저하는 매일매일을 보내셨구나.

나가고 싶어도 마음대로 나다닐 수 없는 공간, 이런 위압적인 곳에서 그가 줄곧 지냈다는 생각에 미치자 새삼 그가 대단하게 느껴졌다.

숨을 크게 들이켠 그녀는 다시 서책으로 시선을 내렸다. 하지만 종이에 적힌 한 줄의 문구를 읽기도 전에 어젯밤 그가 들려준 '출기동문'이란 시가 머릿속을 맴돌았다.

"풋……."

입술 사이로 낮은 웃음이 새어 나왔다.

놀리지 말아 달라, 말은 그렇게 하였지만 사실 그가 그 시를 들려주었을 때 가슴이 뛰다 못해 튀어나올 것처럼 쿵쾅댔다. 농이라 해도 듣기 싫지 않았다. 수고했다는 말보다 백배는 설레는 말, 세자빈이 되는 그 힘든 과정을 일시에 날려 버릴 정도였다. 여전히 곱지 않은 말투는 그대로였지만 말이다.

"빈궁마마, 양 내관 들었사옵니다."

상궁의 목소리에 희원은 흐트러진 자세를 바로잡았다.

"들라 하세요."

곧 두 손 가득 책을 안은 양 내관이 안으로 들어왔다. 그는 그녀의 앞쪽에 책을 내려놓고 예를 갖추며 머리를 숙였다.

"신, 저하께옵서 빈궁마마께 서책을 보내라 하여 가지고 왔나이다."

"서책이라니…… 저하께서 보내셨단 말씀입니까?"

"마마, 말씀을 낮추시옵소서. 그래야 기강이 바로 잡히옵니다."

"송구합니다, 아직 익숙치가 않아……."

"익숙하지 않으셔도 하대를 하셔야 하옵니다."

"아, 알겠네."

그제야 양 내관은 만족스런 얼굴로 가져온 책으로 눈을 돌렸다.

"여기 있는 책들은 세자저하께서 시강원에서 교재로 쓰시던 책들이옵니다."

"시강원에서 쓰시던 걸 어째서 내게……."

"소신도 그것이 궁금하여 여쭈어 본바, 저하께서 이리 말씀하셨나이다. 서책 읽기를 좋아하고 남다른 사고를 지녔으니 대화가 통하려면 아는 것이 많아야 한다. 그래야 궁금한 것이 생겨나고 배우고자 하는 마음이 일어 즐거움도 느끼게 될 터, 내 특별히 서책을 내리니 글 읽기를 게

을리하지 말라, 고 말이옵니다."

희원의 눈동자가 양 내관이 가져온 책들에 박혔다. 다들 귀한 책들이었고 읽어 보고 싶어도 구하지 못한 서책까지 끼여 있었다. 그녀의 눈이 절로 휘었다.

"괜찮으시옵니까?"

"뭐가 말입……인가?"

하대에 익숙해지려 노력하는 그녀의 모습을 보며 양 내관이 걱정스레 물었다.

"빈궁마마께 이리 어려운 책들을 권하시는 것을 보니, 여인을 경시하시는 세자저하의 괴롭힘으로 보일 수도 있을 것 같아 드리는 말이옵니다. 혹, 읽기 힘드시다면 언제든 말씀하시옵소서, 소신이 저하께 간……."

"아닙니다. 이 몸을 생각하여 내려주신 책이니 기꺼운 마음으로 읽을 것……이네. 또한 서책을 좋아하는 내게 이런 귀한 것을 내려주시어 황공하다는 말씀도 꼭 전해 주시게."

서책을 좋아한다는 그녀의 말에 양 내관의 머리가 살짝 기울어졌지만 진정으로 기뻐하는 희원의 밝은 기색에 그는 고개를 숙이며 자리를 물러났다.

"이리 귀한 책을 주시다니…… 어인 일이시지?"

하지만 그것은 시작에 불과했다.

다음 날.

웃전에 아침 문안을 다녀온 희원은 상궁을 통해 작은 상자를 건네받았다. 그 안에는 일반 사가에서는 구하기 힘든 최고급 지필묵이 들어 있었다.

서책에 이어 지필묵까지, 이걸로 대체 무얼 하라는 것인지.

그 순간 제일 밑바닥에 보이는 봉서. 희원은 재빨리 그 봉서를 뜯어보았다. 한지에 멋진 필체로 간략한 글귀가 적혀 있었다.

戌時 春宮 後園.

글을 확인한 희원의 눈이 큼지막해졌다.

술시에 춘궁의 후원?

이 말이 무슨 뜻일까? 곰곰이 생각하던 그녀는 혹시나 싶어 그 시각에 맞춰 동궁의 후원으로 나갔다. 후원 입구에 선 양 내관을 보자 희원은 역시나 자신을 부르는 서찰의 내용이 맞았음을 확인했다. 그에게 다가가자 양 내관이 서둘러 예를 갖췄다.

"빈궁마마 오셨사옵니까? 저하께옵선 안에 들어 계시옵니다."

희원이 안으로 들어가자 양 내관은 빈궁의 뒤를 따르려는 상궁과 나인들을 저지하며 예서 기다리라는 눈치를 주었다. 남겨진 그들과 함께 양 내관은 멀어지는 빈궁의 뒷모습을 흐뭇한 시선으로 좇았다.

희원이 세자를 찾는 건 그리 어렵지 않았다. 잘 다듬어진 후원에 들어서자 멀지 않은 곳에 그가 서 있었다. 쿵쿵, 또다시 심장에 발동이 걸리기 시작했다. 언제부터인지 그의 모습이 눈에 들어오면 가슴부터 벌렁거렸다. 암자를 떠나기 며칠 전부터 나타난 증상이었다. 그리고 그 증상은 세자빈이 되라며 명분을 만들어 준 그날 이후로 더욱 심각해졌다.

'후……. 진정하자.'

큰 숨을 몇 번이나 다듬으며 희원은 세자에게 다가갔다. 서걱서걱 잔디 밟는 소리에 기척을 느낀 그가 얼굴을 살짝 돌리며 그녀를 바라봤다.

"오셨소, 빈궁?"

"예? 예……."

예우를 해주는 그의 말투에 희원은 적잖이 놀랐다. 어색한데도 불구하고 하대를 받지 않으니 그 또한 나쁘지 않았다.

"이곳은 세종대왕께서 만드신 후원이오. 마음에 드시오?"

희원의 눈이 주변으로 옮겨갔다.

"아주 멋진 곳입니다. 이리 멋진 후원을 볼 수 있게 해주신 선왕께 그저 감읍할 따름입니다."

먼저 걸음을 떼는 명을 따라 희원도 조용히 그를 따랐다. 그는 이것저것 친절한 설명을 덧붙였다.

"이것은 영산홍이라 하오. 화려한 겉모습과 달리 향기가 없지."

"처음 보는 꽃입니다."

"키가 작아도 저것은 꽃나무라오."

"이리 작으면서도 아름다운 꽃나무가 있다니, 신기하옵니다."

그 뒤로도 명은 묻지도 않은 것들을 알려주며 후원의 중앙에 있는 정자로 그녀를 데려갔다.

"사축암과 비교할 수는 없겠지만 이곳을 그곳이라 생각하고 궁금한 것들을 물어보시오."

갑자기 질문을 하라니, 희원은 어리둥절해져 가만히 그를 쳐다봤다.

"내가 준 서책들을 읽지 않은 것이오?"

"서책…… 말씀이십니까? 그거라면 아직……."

"아직 읽지 못했단 말이오?"

"신첩, 해야 할 일이 많아 서책을 읽을 틈이 없었습니다. 곧 읽을 것이니 재촉하지 마시옵소서."

여심백법, 그 책에 여인들은 학문이 뛰어난 사람을 좋아한다고 하였다. 그래서 암자에서처럼 여기서도 잘난 척 좀 해보려 했더니 그것도 뜻대로 되지 않는다. 그렇다고 이대로 물러날 수 없는 법.

"허면 아무 거라도 좋으니 궁금한 게 있으면 물어보시오."

"진심이십니까? 정말 묻고 싶은 걸 물어도 되옵니까?"

"남아일언중천금이라 했소."

두 번 다시없을 기회였다. 희원은 이 기회를 놓칠 수 없었다.

"지난번에 답을 듣지 못한 것이온데, 신첩이 어명을 받고 암자에 갔다는 것을 어찌 아셨습니까?"

"참 집요하군. 여태 그 답을 듣고 싶어 하다니."

"궁금하여 그럽니다, 어서 말씀해 주십시오."

"실은 빈궁이 나인으로 변복해 들어온 것을 우연찮게 보았소. 사정전에서 나오는 그 모습을 보고 이상하여 생각해 본 바, 후에 흑주를 다그쳐 알아낸 것이오."

하대에 익숙해져 버린 탓인지 들을수록 그의 말투가 낯설었다.

"하온데 저하······ 둘만 있을 땐 암자에서처럼 편히 말씀을 해주시면 안 되겠습니까? 신첩, 그러면 안 되는 줄 알면서도 예전의 언행에 익숙한 탓에 저하가 낯설게 느껴지옵니다."

"빈궁이 원하다니 그리 해주겠다."

마치 기다렸다는 듯 명은 바로 말을 내렸다.

"허나 당분간만 그럴 것이다. 이곳은 듣는 귀가 많은 궁궐 안이니 빨리 익숙해져야 한다."

"알겠습니다."

순종적인 대답에 그녀를 물끄러미 내려다보던 명의 눈빛이 순간 번뜩였다.

"한데 빈궁은 무슨 배포로 날 가르치겠다 암자로 오게 된 것이냐?"

"그것은 비밀이온데…… 비밀을 지켜주실 겁니까?"

"그게 무슨 비밀이라고……. 알았다, 그리하겠다."

그의 약조를 받은 희원은 바람에 하늘거리는 나뭇가지를 바라보며 입을 뗐다.

"실은 과거시험의 전시에서 전하께옵서 내신 문제가 신첩이 오라버니의 과거시험을 돕기 위해 내었던 문제가 같았다 합니다. 장원급제한 오라버니를 전하께옵서 불러 하문하신 결과 신첩의 존재가 알려졌고, 그리하여 전하의 부름을 받게 되었습니다."

"일이 틀어지면 목숨을 잃을 수도 있는 일이었거늘, 두렵지 않았느냐?"

"두려웠습니다. 하지만 하고 싶었습니다. 여인으로 태어나 다시없을 기회였기에 잡고 싶었습니다."

명은 그녀를 대견하게 내려다봤다. 지금 생각해 보니 이 여인은 처음부터 눈빛이 남달랐다. 호기심과 고집스러운 열의가 늘 맑은 눈에 가득했었다.

그는 더 이상 암자에서의 일을 원망하지도 않을뿐더러 오히려 희원을 만날 수 있어 다행이라 생각했다. 검을 들이대며 마주했던 살벌한 첫 만남을 생각하면 지금도 등골이 서늘했다.

내가 미쳤었지, 이리 어여쁜 너에게 어떻게 검을 겨누었을까!

명은 스스로를 자책하며 오목조목 아리따운 그녀의 얼굴을 뜯어봤다. 붉은 입술이 벌어질 때마다 입 맞추고 싶은 욕구가 자꾸만 불쑥불쑥 튀어나왔다. 그렇다고 하고 싶은 대로 다 할 수 없는 일, 명은 참을 인자를 새기며 헛기침을 뱉었다.

"흠흠, 어차피 지난 일이니 다 묻을 것이다."

"하해와 같은 아량에 몸 둘 바를 모르겠나이다."

비꼬는 모습도 어찌 이리 귀여울 수가!

정신 나간 사람처럼 그녀를 멍하니 바라보던 그는 곧 정신을 차리며 다른 곳으로 눈을 돌렸다. 그 순간 그의 머릿속에 불이 번쩍하고 들어왔다.

여기서 멀지 않은 곳에 위치한 활 연습장! 그곳이야말로 다음 공략을 실천하기 좋은 장소였다. 여심백법에 적혀 있기를 문무를 겸비한 사내야말로 최고 이상형이라 했으니, 멋진 활 솜씨를 보여 빈궁을 현혹시키리라.

"참, 빈궁은 대사례에 대해 들어 본 적이 있느냐?"

"아버지께 전해들은 적이 있습니다. 거기에 걸린 상벌이 대단하다면서요?"

"상벌이 대단한 게 아니라 거기에 걸린 사내들의 자존심이 대단한 것이지."

"활이라는 게 그리 대단한 것입니까?"

옳거니, 걸렸구나!

명은 어깨를 으쓱해 보이더니 정자를 내려갔다.

"백문百聞이 불여일견不如一見이라 했다. 가르쳐 줄 테니 따라오라."

"진심이십니까? 정말로 신첩에게 활쏘기를 가르쳐 주실 겁니까?"

뒤따르는 그녀의 음성에 호기심이 가득 찼다. 배우는 것에 두려움 없는 그녀의 자세가 기특했다.

"속고만 살았느냐? 잠자코 따라오기나 해라."

정자를 돌아서 연못을 지나 조금 더 들어가자 사방에 횃불을 밝혀 놓은 탁 트인 넓은 터가 나왔다. 파릇한 잔디가 드넓게 펼쳐진 그곳은 희원도 처음 와 보는 장소였다. 저 멀리 나무로 만든 웅후가 떡하니 자리한 걸로 봐서 이곳이 활터인 듯싶었다.

"후원에 이런 곳이 있는 줄 몰랐습니다."

명은 옆에 세워진 길고 큰 활을 들어 올렸다.

"이것은 각궁角弓이라 한다. 무소뿔로 만들어져 다른 활에 비해 가볍고 탄력이 뛰어나지."

명은 신기해하는 그녀의 시선을 느끼며 화살통에서 화살을 꺼내 활시위에 놓았다.

"이 화살은 태조대왕께서 즐겨 쓰시던 화살로 목전木箭이라 부른다. 무과 전시에 사용되는 화살 중 하나지."

그는 활시위를 당겨 과녁을 향해 조준했다. 횃불을 밝혀 놓았다 하지만 어두운 밤, 그는 진지한 눈으로 정신을 집중해 웅후를 겨냥했다.

푸웅! 시위를 떠난 화살이 빠르게 과녁으로 날아갔다. 희원의 눈이 그 뒤를 쫓기도 전에 팍, 하면서 웅후의 이마에 박힌 화살깃이 바르르 떨고 있었다.

"와, 정말 대단하십니다!"

그녀의 감탄에 명은 괜스레 어깨에 힘이 들어갔다.

"잘 보았느냐? 별거 아닌 것처럼 보여도 막상 해보면 보던 것과는 천양지차일 것이다."

그가 내민 각궁을 희원은 두 손으로 받아들었다. 가볍다던 말과는 달리 생각보다 무거웠다. 그가 목전 하나를 내밀며 쏘아보라는 듯 고갯짓을 하자 희원은 활을 들어 목전을 시위에 메웠다. 하지만 처음이라 그런지 생각대로 잘되지 않았다. 활을 들고 낑낑대자 역시나 싶은 표정으로 명이 그녀의 뒤로 다가왔다.

"그리 활을 쏘았다간 그대의 발등에 꽂히겠다. 자, 활을 든 손은 힘을 주어 일—자로 펴야 한다."

말과 함께 그의 손이 그녀의 팔을 평평하게 펴게 만들더니 각궁을 잡은 그녀의 손등 위로 겹쳐졌다. 동시에 그의 가슴이 그녀의 등 뒤로 밀착되며 목전을 메우고 있는 시위의 중간으로 가 그녀의 손등을 감쌌다.

"저하, 이대로는……."

"쉿! 집중하거라. 과녁을 향해 있는 힘껏 시위를 당긴 후……."

노골적으로 딱 붙은 그의 단단한 가슴팍이 고스란히 느껴졌다. 희원은 식은땀이 나 도저히 과녁에 집중을 할 수가 없었다. 게다가 귓가를 간질이는 그의 나직한 음성에 머리가 쭈뼛 일어섰다.

"쏘기 직전에는 숨을 멈추어야 한다. 셋, 둘, 하나."

피융!

그의 도움이 있긴 했지만 집중을 못한 탓에 활을 떠난 화살은 과녁의 반의반 거리도 못 가고 아래로 툭 떨어졌다. 지금 그녀에게 중요한 건 화살의 거리가 아닌 바로 등 뒤에 바짝 붙은 세자와의 거리였다.

"날 가르치려던 기세가 하도 대단하여 활도 잘 쏠 줄 알았더니, 그대도 어쩔 수 없는 여인이로구나."

"저하께서 너무 붙어 계시니 제대로 쏠 수가 없었던 것입니다."

그녀의 변명에 그가 손을 떼어내더니 뒤로 한 발 물러났다.

"그럼 혼자 쏘아 보던가."

하라면 누가 못할 줄 알고?

희원은 목전 하나를 가져다 다시 시위에 메웠다. 하지만 한 손으로 들기에 각궁은 조금 버거운 무게였다. 그래도 지켜보는 명 때문에 그녀는 이를 악다물고 시위를 당겼다.

"폼 하나는 명궁이로구나."

"정신이 흐트러지오니 조용히 해주시겠습니까?"

명이 입을 다물자 희원은 정신을 집중하며 시위를 있는 힘껏 당겼다.

그래봤자 그가 도와주었을 때 당겼던 시위의 반도 채 미치지 못했다. 바들바들 떨리는 손을 억지로 당기며 숨을 멈춘 그녀는 드디어 활시위를 놓았다. 눈에 보일 정도로 움직임이 더딘 화살은 아까보다 훨씬 모자라는 곳에 힘없이 떨어졌다.

열 받아!

사내만큼 잘 쏠 수 없을 거라는 건 인정하지만 생각했던 것보다 훨씬 못하자 이상하게 자존심에 금이 쩍 갈라졌다.

희원은 뒤돌아서서 그가 입을 떼기도 전에 먼저 선수 쳤다.

"여인과 사내는 타고난 힘이 다른 것이니 비웃지 마십시오."

"아직 아무 말도 하지 않았다."

"이제 할 것이지 않습니까?"

툴툴 쏘아붙이는 그녀의 앙증맞은 표정에 명은 벌어지려는 입매를 억지로 다물었다. 원래는 잘난 척 좀 해보려 활을 쏘게 한 거였는데 그녀가 막상 활을 쏘려고 힘겨워하는 모습을 보니 그런 생각은 온데간데없이 사라졌다. 오직 껴안고 싶다는 생각만이 머릿속을 장악했다.

"왜 그리 보십니까? 속내를 들키시어 놀라셨습니까?"

그녀의 말에 정신을 차린 명은 다시 각궁을 건네받았다.

"처음부터 비웃을 생각 따윈 하지 않았는데 놀랄 것이 무에 있겠느냐? 그저 활 쏘는 것이 그리 쉬운 것은 아니라는 걸 몸소 알려주고자 하였을 뿐이니라."

점잖은 말투에 희원은 멋대로 지레짐작한 것이 미안해져 말머리를 돌렸다.

"저하께선 언제부터 활을 배우셨습니까?"

"지학 때이다."

지학이면 열다섯.

"여섯 해만으로도 명궁이 될 수 있습니까?"

"나처럼 타고난 실력은 가능하나 보통은 어렵지."

잘난 척에 미안해지려는 마음이 가시려 했다. 희원은 옆에 놓인 화살통을 가져와 그 앞에 내려놓았다.

"하오면 이것들을 다 명중시킬 수 있사옵니까?"

족히 스무 개는 되어 보이는 화살들. 명은 그것들을 내려다보며 입꼬리를 올렸다.

"명중시킨다면, 무엇을 줄 것이냐?"

"주다니, 무엇을요?"

"대사례에도 상벌이 있거늘, 이리 많은 화살을 명중시키라고 하면서 상벌도 없단 말이냐?"

머리를 굴려도 희원에게는 마땅한 상이 없었다.

"무엇이 받고 싶으십니까? 신첩, 가진 것이 별로 없어 내걸 만한 상이 없습니다."

"받고 싶은 것이 하나 있긴 한데…… 들어주겠느냐?"

"그게 무엇입니까?"

"이 화살들을 전부 명중시킨 후에 말하겠다. 그때까지 한마디도 하지 말고 옆에 떨어져 있으라."

진지한 그 표정에 희원은 더 이상 말도 못 붙이고 뒤로 물러났다.

명은 어느 때보다 침착하게 활을 시위에 놓았다. 그리고 눈을 감고 바람의 기운을 느꼈다. 바람의 방향까지 계산한 그는 눈을 크게 뜨고 웅후를 향해 화살을 날렸다.

팍! 첫 번째 화살이 웅후의 입으로 가 꽂혔다. 잔뜩 긴장한 희원과 달리 명은 차분하게 다음 화살을 시위에 메우고 다시 정신을 집중했다. 그렇게 한 발, 한 발 웅후의 얼굴에 꽂힌 화살의 개수가 늘어날수록 희원의 얼굴에는 감탄과 함께 상을 줘야 한다는 책임감이 더불어 생겼다.

이윽고 마지막 한 발, 어느새 그의 이마에는 땀방울이 송골송골 맺혀 있었다. 마지막 화살을 시위에 놓은 그는 집중력을 발휘하여 과녁을 향해 겨냥했다. 피융! 바람을 가르며 날아간 화살이 웅후의 눈에 팍 박혔다. 그것을 확인한 명의 입가가 그제야 시원하게 올라갔다. 사실 스무 발 모두 명중시키기는 어려운 일, 바람도 부는데다 횃불로 밝혀진 밤이라 천하의 명궁이라 해도 장담 못 할 상황이었다. 하지만 명은 자신이 할 수 있는 최대한의 집중력을 발휘했다. 그만큼 그녀에게 받고 싶은 게 있었다.

"이걸 다 맞추시다니…… 신첩, 진정 놀랐습니다. 명궁이라는 말이 아깝지 않을 정도입니다."

"빈궁이 내 의지를 불태워 줬으니 가능한 일이었다."

"신첩이요?"

명은 각궁을 내려놓고 그녀 앞으로 걸어갔다.

"빈궁의 말대로 화살들이 웅후의 얼굴에 다 꽂혔으니 상을 받아야 마땅하다."

"신첩께 무엇이 받고 싶으십니까?"

"그것은…… 나중에 말해 주겠다."

"예? 나중이라 하심은 언제를 말씀하시는 것이옵니까?"

"오늘 안으로 말해 줄 것이니 재촉하지 마라. 자, 그만 돌아가자, 양 내관이 우릴 기다리느라 십 리는 목이 나와 있을 것이다."

희원은 당장 그 답을 듣고 싶었으나 목을 빼고 이제나저제나 주인이 오기를 기다릴 양 내관의 모습이 떠올라 서둘러 명의 뒤를 따라갔다.

※

죽은 사람처럼 감겨 있던 눈꺼풀이 천천히 올라가기 시작하더니 힘없는 검은 눈동자가 마침내 드러났다. 꿈속을 헤매다 겨우 눈을 뜬 승경은 바싹 마른 입 안을 축이기 위해 억지로 몸을 일으켰다. 자리끼로 입을 축이자 그 소리에 옆에서 졸던 몸종이 휘청거리던 목을 바로 세우며 다가왔다.

"도련님, 이제 정신이 드셨습니까요?"

"지금이…… 몇 시쯤 되었느냐?"

"곧 인경이 울릴 시각이니 해시亥時[32]쯤 되었을 겁니다요."

"하루가 또 훌쩍 지나 버렸구나……."

"그러게요, 도련님께서 어여 기운을 차리셔야 하는데……. 시장하진 않으세요? 마님께서 도련님 깨어나면 드시라고 흰죽을……."

"생각 없다. 가서 물이나 좀 더 떠오거라."

승경의 몸종 덕구는 그가 마셔 버린 물그릇을 들고 일어서려다 말고 갑자기 자신의 소매를 뒤졌다.

"낮에 이조정랑 나리께서 다녀가셨습니다. 그리고 깨어나시거든 이것을 전해 달라고……."

낡은 소매 안쪽에서 하얀 봉서를 찾은 덕구는 승경에게 그것을 건넨 후 재빨리 방을 나갔다. 승경은 몸을 추슬러 제대로 앉은 뒤 봉서를 뜯었다. 신기하게도 봉서 안에 또 다른 봉서가 있는 게 아닌가. 의아함을 느끼며 겉봉투보다 작은 봉서를 꺼내자 봉서의 겉면에 깔끔한 글씨체로 자신의 이름이 적혀 있었다.

이 필체는…….

---

32) 밤 9시~11시

이름 때문이 아니라 이름을 쓴 사람의 필체를 알아본 승경은 놀란 눈으로 급하게 봉서를 뜯어 서찰을 펼쳤다.

많이 편찮으시단 소식을 들었습니다. 병고의 연유가 감히 생각하건대 소녀 때문이라 여겨져 무거운 마음 달랠 길이 없어 몇 자 적어 봅니다.

걱정이 묻어나는 내용에 승경은 입술을 지그시 깨물며 글을 읽어 내려갔다.

소녀는 이틀 뒤면 세자빈이라는 직책으로 궁으로 들어가게 됩니다. 하여 그전에 미리 말해드리고 싶었습니다. 승경 오라버니의 혼담을 거절한 것은 왕실의 일원이 되고자 한 욕심 때문이 아니었습니다. 버 스스로가, 자발적으로 그분의 곁에 있고 싶었기에 그리 결정한 것입니다. 믿기 어렵겠지만, 소녀는 간택이 있기 전 세자저하를 뵌 적이 있었고, 그분을 마음으로 흠모하였습니다. 오라버니께서 소녀를 지켜주려 하셨듯 소녀도 세자저하를 지켜드리고 싶었습니다. 하여 왕실의 간택에 나갈 수밖에 없었습니다.
피를 나누진 못했으나 오라버니는 저에게 친오라버니와 같았습니다. 그러니 더 이상 아프지 않았으면 좋겠습니다. 하루 빨리 본래의 모습으로 돌아오시어 큰 뜻을 펼쳐 훌륭한 신비가 되시기 바랍니다.

떨어진 눈물로 인해 먹물이 번져갔다. 서찰을 든 승경의 손이 덜덜 떨리더니 눈물로 흐느적거리는 서찰을 무참히 구겼다. 그리고 그 구겨진 서찰을 승경은 보물이라도 되는 양 가슴에 품었다. 그의 어깨가 가늘게 떨리기 시작했다.

"크흑……."

물을 가져온 덕구는 그 광경에 깜짝 놀라 소리쳤다.

"아이구, 도련님, 또 왜 이러신대요? 진정하세요."

덕구의 걱정에도 승경은 서찰을 품은 채 한동안 꼼짝하지 않았다.

❊

"에취!"

코를 문지르며 희원은 서안 위의 서책으로 다시 시선을 내렸다. 평소 읽고 싶어도 구할 수 없던 책인데 눈앞에 두고도 이상하게 집중이 되지 않았다. 아무리 읽으려 노력해도 내용이 하나도 눈에 들어오지 않았다.

결국 읽기를 포기한 그녀는 습관처럼 서안 위에 팔을 올리고 턱을 괴었다.

'오늘 안으로 말씀해 주신다고 하셨는데…… 언제 오시려는 걸까? 곧 인경인데…….'

밖에서 민 상궁의 엄숙한 목소리가 들려왔다.

"마마, 밤이 깊었사옵니다, 그만 침소에 드시옵소서."

시간이 너무 늦어져 더 이상 그를 기다릴 수 없었다. 희원은 민 상궁의 수발을 받으며 자리에 누웠다. 하지만 민 상궁이 불을 끄고 나간 지 얼마 있지 않아 밖을 지키는 나인들의 발소리가 어수선하게 들려왔다. 희원이 자리에서 몸을 일으켜 앉자 그 발소리는 곧 잠잠해졌다.

밖에 무슨 일이 있나……?

의아한 생각도 잠시 문이 스르륵 열리며 커다란 형체가 그 모습을 나타냈다. 그 형체는 별궁에서도 보았던 익숙한 그의 것이었다.

"저하십니까……?"

"그래, 나다."

"침소에 드신 줄로만 알았습니다."

"내 오늘 안으로 받고 싶은 것을 말해 주겠다 하지 않았느냐?"

"하오나 밤이 깊었습니다. 저하께서 받고자 하시는 것은 내일 들으면 안 되는 것이옵니까?"

"안 된다."

딱 잘라 말하는 그의 태도에 희원은 하는 수 없이 주변을 두리번거렸다.

"하오면 잠시만 기다려주시겠습니까? 초에 불을……."

"그럴 필요 없다. 초를 켠다 한들 다시 끄고 싶어질 것이니 말이다."

"예……?"

명은 직접 문을 닫고 그녀를 향해 걸어왔다. 그 모습에 희원은 의문을 품지 않을 수 없었다.

"저하, 밖에 나인들이 없사옵니까? 어찌 손수 문을……."

"내가 주변을 물렸다."

의문 가득한 그녀의 눈을 보며 명은 야릇한 미소를 머금었다.

그럴 만도 하지.

명은 후원에서 나온 뒤 평소대로 몸을 씻고 처소로 돌아왔다. 그리고 계획대로 양 내관을 불러 은밀히 겁박했다.

[빈궁과 단둘이 할 얘기가 있으니 한 시진 정도 주변을 물리도록 해라.]

[한 시진이나 주변을 물리시다니, 그건 아니 될 말씀이옵니다.]

[그냥 물러나 있으라면 물러나 있으면 될 일이지, 무슨 말이 그리도 많은 것이냐?]

[소신도 저하의 명을 따르고 싶사오나, 궁에는 지엄한 법도가 있사옵니다. 이유도 없이 어찌 이곳을 지키는 많은 이들을 물리라 하시옵니까?]

[양 내관.]

[예, 저하.]

[네가 가져온 여심백법이라는 책이 세상에 알려져선 아니 된다 했었지, 아마?]

[저, 저하…… 그것은 절대 극비이옵니다.]

[그래, 비밀은 비밀다워야 하는 법이지. 내 그 비밀을 지켜줄 터이니 넌 인경이 울리기 전까지 침전 주변을 어떻게 정리할지 고심하여 행行하라. 그렇지 않으면…… 조선의 만백성이 즐겨 읽는 책으로 만들고 말 것이다.]

명이 상석에 가서 앉자 희원은 일어서 이부자리 아래로 몸을 내렸다. 그녀의 행동을 지켜보던 명이 조용히 입을 열었다.

"내가 받고 싶은 것을 말하겠다."

"신첩을 원하시는 것이옵니까?"

"뭐? 그걸 어떻게……."

"침소에 들 시각에, 주변도 다 물리시고, 굳이 받고자 하는 게 있다며 오신 연유를 생각해보니 그런 답이 나왔사옵니다."

영특한 세자빈.

자신의 수를 들킨 명은 적잖이 당황스러웠다. 하지만 이대로 물러설 수 없었다. 부부라면 완벽한 복종을 하게 만들 수 있는 절호의 기회.

하여 명은 합방을 미룰 수 없었다. 아니 더 이상 미루고 싶지 않았다. 하루라도 빨리 그녀가 자신에게 매달리며 얼굴을 붉히는 모습이 보고 싶었다.

"내 대답을 알고 있다니, 말하는 수고를 덜어 주는구나."

"합궁일까지 미루어 주시면 아니 되겠사옵니까?"

"그대는 이 나라의 세자빈이다. 즉, 그대가 하는 말 한 마디 한 마디에는 무거운 책임감이 따라야 한다는 것이다. 게다가 동뢰연 때 이미 치렀어야 할 일을 지금까지 미루어 주지 않았더냐?"

결국 피할 생각은 하지 말란 뜻이었다.

강경한 그의 의지에 희원은 긴장감이 극도로 치솟았다. 어찌할 바 몰라 아랫입술을 잘근잘근 씹자 명이 오른손을 내밀었다.

"가까이 오라."

첫날밤에 대한 교육을 받았음에도 그것이 막상 눈앞에 현실로 다가오니 그와 하나가 된다는 사실이 두렵고 떨렸다.

"어서."

그의 재촉에 희원은 조심스레 일어나 그 앞에 다소곳하게 몸을 내렸다. 가까이 앉은 그에게서 뜨거운 숨결이 느껴졌다.

"떨리느냐?"

그의 질문에 희원은 솔직하게 고개를 끄덕였다.

"처음엔 누구나 떨리는 법이다. 허나 곧 극락을 맛보게 될 것이니 너무 두려워는 마라."

말은 그렇게 해도 떨리기는 그도 마찬가지였다. 달빛에 드러난 그녀의 모습이 너무 아름다워 심장이 멎는 듯했다.

김희원…… 희원…….

차마 불러 보지 못한 이름이지만 그는 속으로 그녀의 이름을 다정히 불러 보았다.

　내 모든 것을 다 바쳐서라도 너만큼은 지켜낼 것이다. 그러니 오늘 밤, 나의 여인이 되어라. 내 영혼을 너에게 심을 것이니 너 역시 너의 마음을 내게 새겨다오.

　그의 손이 천천히 그녀의 옷고름으로 향했다. 매듭지어진 끈이 스르륵 풀어지자 가슴 위에 잘 여며진 저고리가 느슨해졌다. 그의 손이 그 사이로 들어가 저고리를 벗겨 냈다. 어둠에 잠겼음에도 불구하고 그녀의 어깨는 유독 하얀 빛을 띠며 그의 시선을 잡아끌었다. 긴장한 탓에 치마 매듭이 잘 풀어지지 않았다. 매듭 아래로 느껴지는 몽실몽실한 그녀의 가슴에 한시라도 빨리 매듭을 풀어내려 했지만 뜻대로 되지 않았다. 곧 그녀의 손이 그의 손 위로 겹쳐지며 서두르는 그의 손을 잡았다.

　"신첩이…… 해도 되겠사옵니까?"

　그녀의 말에 그는 대답 대신 고개를 끄덕였다.

　희원은 떨리는 손을 진정하려 애쓰며 매듭을 차분하게 풀어냈다. 매듭이 풀어지자마자 치마는 아래로 툭 떨어져 내렸다. 단속곳이 드러나자 그녀의 손이 주춤 멈추었다. 그러자 이번에는 그가 나섰다. 그는 멈춰진 그녀의 손을 아래로 내리고는 거침없이 단속곳의 매듭을 풀어내었다. 순식간에 풍만한 가슴이 출렁이며 모습을 드러냈다. 연분홍 벚꽃이 달 위로 내려앉은 듯했다. 그는 조급함을 억누르며 야장의를 벗었다. 잦은 검술 연습으로 다져진 탄탄한 가슴이 나무를 깎아 놓은 듯 깊은 골을 만들며 짙은 윤곽을 보였다.

　그는 손을 내밀어 그녀의 작은 얼굴을 어루만졌다. 조심스러운 손길에 희원의 눈이 절로 감겼다. 그는 천천히 얼굴을 내려 도톰한 입술에 입을 맞추고 그 사이를 가르고 안으로 들어갔다. 수줍게 그를 맞는 그녀의 혀를 부드럽게 휘어 감으며 그는 그녀의 입 안을 자유로이 노닐었다.

긴 입맞춤을 끝낸 그는 그녀를 금침 위로 눕혔다. 그리고 그녀의 목덜미에 코를 박고 은은한 그녀의 향을 한껏 들이마셨다. 마음껏 그녀의 향을 머금은 그는 서서히 얼굴을 아래로 내려 달 위로 내려앉은 벚꽃을 가볍게 물었다.

"저하……."

희원은 몸을 비틀었다. 사내의 손이 한쪽 가슴을 제 것처럼 주무르는 것도 요상한데 축축한 입으로 베어 무니 눈앞이 흐려지고 정신이 아득해지는 것 같았다.

그녀가 조금씩 몸을 비틀어도 그는 멈추지 않고 입을 움직였다. 작은 꽃잎을 떼어먹을 듯 머금었고, 가슴을 주무르던 손의 움직임도 더욱 거세졌다. 과즙을 모두 빨아먹은 곤충이 다른 먹이를 찾아 이동하듯 그는 손으로 짓이겨진 가슴으로 얼굴을 옮겨왔다. 그리고는 조금 전과 똑같이 꽃잎을 머금었다.

희원은 어찌해야 좋을지 헷갈렸다. 교육을 받은 대로라면 그를 위해 무언가를 해야 했지만 이 상태로는 도저히 무리였다. 그의 작은 행동 하나하나를 받아들이는 것조차 힘들었다.

그녀가 혼란을 느끼는 사이 그의 손이 다리속곳에 다다라 있었다.

"저하, 그곳은……."

그녀가 급히 만류했지만 늦었다. 그는 다리속곳을 떼어내 옆으로 무자비하게 던져 버렸다. 그리고 가슬가슬한 숲 사이를 손으로 헤치며 은밀한 곳을 향해 갔다.

"저하, 어찌 손으로……."

"손이 싫으면 입으로 하는 게 낫겠느냐?"

"예……?"

"네가 허락한다면 손보다 입으로 하는 것이 더 즐거울 것이다."

씻을 때도 조심스러운 그곳을 그가 입을 대겠다니, 희원은 내려가려는 그의 어깨를 급하게 잡았다.

"소, 손이 나을 것 같사옵니다."

그녀의 말에 그는 다시 그녀의 가슴을 베어 물고는 한 손으로 그녀의 사타구니를 어루만졌다. 절로 모아지는 그녀의 다리에도 그는 포기하지 않고 그녀의 입구 위로 손을 갖다 댔다.

"아······."

낮은 신음이 그녀의 입술 사이에서 흘러나왔다. 색스럽지도 않고 수줍은 소리였음에도 그것은 그에게 자극제가 되었다. 그는 그녀의 중심부를 어루만지다 도드라진 입구의 윗부분을 검지와 엄지로 비볐다.

"아아, 저하······."

곧 그녀의 중심에서 옅은 액이 흘러나왔다. 그것을 확인한 명은 몸을 일으켜 아랫도리를 가리고 있던 옷을 몽땅 벗어 던졌다. 그리고는 그녀의 다리를 벌리고 그 사이에 자리를 잡으며 말했다.

"누구나 처음은 아프고 서툰 법이다. 허나 그 아픔은 그리 오래가지 않을 것이다. 내 약조하겠다."

그의 말에 희원은 고개를 끄덕이며 입꼬리를 올렸다.

"모든 것에는 대가가 따르는 법이지요. 저하께서 주시는 극락의 즐거움을 맛보기 위해서라도 잘 참겠나이다."

그녀의 말에 그 역시 입가를 올리며 하늘로 치솟은 분신을 그녀의 입구로 가져갔다. 분신의 끝부분이 그녀의 입구에 닿자 그녀의 몸에 잔뜩 힘이 들어갔다. 그는 그녀의 허벅지를 어루만지며 긴장을 풀어 준 뒤 천천히 그녀 안으로 분신을 밀어 넣었다.

"읍!"

"주변에 아무도 없을 것이니 숨죽일 필요는 없느니. 마음껏 소리를 질

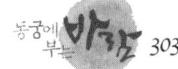

러도 되느니라."

그는 힘겹게 말을 뱉은 뒤 더 이상 들어가지 않는 분신을 후퇴시켰다. 그리고 더욱 거센 힘으로 돌진했다.

"아앗!"

"흐엇!"

통증과 함께 좁디좁은 통로를 지나 그녀의 깊은 곳에 다다랐다. 그리고 초야를 무사히 치렀다는 듯 맞닿은 분신 사이로 혈血이 흘러내렸다. 그는 분신을 빼어낸 뒤 가져온 적삼으로 그녀의 중심을 닦아 준 뒤 다시 자리를 잡았다.

"괜찮으냐?"

그의 질문에 그녀는 간신히 숨을 몰아쉬며 고개를 끄덕였다.

"예……. 괜찮사옵니다……."

"다시 교합交合할 것이다. 참을 수 있겠느냐?"

"신첩은…… 참는 것이 아니오라…… 저하의 옥경을 품는 것이옵니다."

힘이 들 텐데도 기특한 대답에 그의 얼굴에 미소가 피어올랐다.

그는 다시 그녀의 중심에 분신을 가져갔다. 그리고 처음과 다르게 단박에 깊숙한 곳까지 들어갔다.

"아앗!"

"헙!"

두 사람의 입에서 동시에 거센 신음이 튀어나왔다. 그는 따뜻하게 그를 감싸는 그녀의 몸이 미치도록 사랑스러웠다.

희원 역시 자신의 몸 깊숙이 들어와 있는 그가 믿기지 않을 만큼 좋았다. 비록 아픔이 따른다 하나 몸이 느끼는 풍족함은 가히 어떤 것도 비할 바가 못 되었다. 그의 움직임이 점점 빨라졌지만 희원은 기꺼운 마음으로 그를 받아들였다.

명은 한참 동안 움직인 뒤에야 그녀의 몸 안에 파정을 했다. 아쉬움에 다시 한 번 교접을 하려 했으나 양 내관과 약조한 시간이 다 된 탓에 명은 다음을 기약하며 방을 나와야 했다.

10장
GOOD WORLD ROMANCE NOVEL

강녕전.

빡빡한 하루의 일과를 마치고 침전에 든 임금의 눈 밑에 그늘이 졌다. 이른 새벽부터 일어나 경연과 조회, 주강, 석강, 그리고 공식 집무 등에 시달리다보면 술시에 가까운 시각이 대부분, 요 근래는 몸이 좋지 않아 주강과 석강은 띄엄띄엄 넘겼지만 그래도 넘치는 수많은 상소와 업무는 건강이 좋지 못한 임금에게는 소화하기 힘든 일정이었다.

불을 밝힌 나비 촛대 옆, 홍색 관복 차림의 영상이 임금의 맞은편에 앉아 임금의 성의_{聖意}에 귀를 기울이고 있었다. 하지만 얘기가 진행될수록 영상의 주름진 눈과 하얗게 센 턱수염은 진정을 찾지 못하고 바르르 흔들렸다.

"전하, 하오나 그것은……."

"영상이 무엇을 심려하는지 잘 알고 있소. 허나 그대도 알다시피 과인의 몸이 얼마나 버텨줄지 알 수 없는 일이오. 더 이상 미룰 수가 없소."

"신료들의 반발이 있을 것이옵니다."

"반발이라……. 나의 병고로 조정이 혼란스러워지는 것보다 나을지도 모르지."

"어환의 호전은 기대할 수 없는 것이옵니까?"

"청광안靑光眼 같다고 어의가 그러더군. 지금은 일시적으로 눈앞이 흐려지는 것이 다지만 곧 모든 것이 밤처럼 어둡게 보일 거라고 말이오. 탕약은 그 시기를 늦춰 줄 뿐 고치지는 못한다 하였소."

"어의를 새로 들이심은 어떠하옵니까?"

임금은 눈을 지그시 감으며 미간을 손으로 짓눌렀다. 눈이 불편하다 보니 어느새 그것이 습관이 되어 버렸다.

"하늘이 내리신 벌을 어찌 어의의 실력 탓으로 돌리겠소? 다 과인이 저지른 죄의 결과인 것이오."

어두운 용안龍顔에 임금의 오랜 벗인 영상은 처진 눈을 내리깔았다.

"폐비 안씨의 일을 여직 마음에 두고 계신 것이옵니까?"

"그녀를 지켜준다 했던 약조를 끝내 지키지 못했소."

"그만 잊으시옵소서. 폐비 안씨가 저지른 악행은 그 어떤 것으로도 감쌀 수 없는 것이었나이다. 당시 전하께옵선 하실 수 있는 모든 패는 다 쓰시지 않았사옵니까?"

영상의 마음은 알지만 위로는 되지 않았다. 임금은 괴로운 얼굴로 잠시 입을 다물었다.

당시 폐비가 된 안씨를 둘러싸고 조정은 거센 대립이 나타났다. 게다가 설상가상 누가 퍼트렸는지 백성들 사이에 폐비 안씨의 악행이 퍼지면서 민심이 바닥에 떨어졌고 그 일로 인해 자신의 의견을 존중해 주던 대신들마저 사약을 내리라는 상소문을 빗발치게 올렸다. 진상을 조상하다 보니 그 상소문의 중심에는 우상 한추일이 존재했다.

속내를 드러내지 않는 한추일. 당장이라도 내치고 싶지만 지금까지

쌓아온 업적에 따르는 이 또한 만만치 않게 많아 그의 세력을 함부로 건드릴 수 없었다. 또 그런 자가 유독 세자에게만 살갑게 대한다 하니 그것이 폐비 안씨를 죽음으로 내몬 죄책감에 그러는 것인지, 자신의 야망 때문에 훗날을 도모하는 것인지 그 또한 알 수가 없었다. 하지만 한 가지 확실한 건 그 마음이 순수하지 않다는 것이었다. 그렇기에 더욱이 세자가 보위에 오르면 현 중전의 복중 아기도 위태로울지도 몰랐다.

생각이 복잡해진 임금은 미간을 짓누르던 손을 떼어낸 후 눈을 떠 영상을 바라봤다.

"모두를 위해서라도…… 세자의 대리청정은 미룰 수가 없소."

임금은 세자에게 대리청정을 맡김으로써 폐위 논란이 끊이지 않는 세자에게 조금은 그 위치를 확고히 지켜주고 싶었다. 물론 신료들의 반감이 없지 않아 있겠지만 이제는 가례도 올렸겠다 현명한 세자빈과 청렴한 국구, 그리고 충성스런 처형이 있으니 이를 바탕으로 세자가 가지고 있을 불안감과 계속되는 폐위 논란을 잠재울 수 있었다. 물론 왕재로서의 자질은 세자의 몫이겠지만.

임금의 바람을 안 이상 영상은 왕의 선택을 저지하지 않았다.

"승패가 크게 갈리는 모험이 될 것이옵니다."

틀리지 않는 말이었다. 임금은 영상의 말에 묵묵히 고개를 끄덕였다.

잠시 후, 영상이 자리를 뜨자 지밀나인 하나가 몰래 침전을 빠져나갔다. 그녀는 강녕전 후미진 곳으로 가 그곳에 대기 중인 또 다른 나인에게 좀 전의 얘기를 귓속말로 전했다. 말을 전해들은 나인은 심각한 얼굴로 궁을 빠져나가 어디론가 급히 걸음을 재촉했다. 그녀가 향한 곳은 바로 우상 한추일의 사옥이었다.

동궁전 비현각.

근엄한 스승의 목소리가 전각을 울렸다. 하지만 그 소리가 명의 귀에는 하나도 들어오지 않았다. 스승의 얼굴을 보면서도 그 위로 겹쳐지는 희원의 얼굴. 어둠에 묻힌 그녀의 아름다운 나체와 옅은 신음소리가 머릿속을 떠나지 않고 그의 가슴을 들쑤셨다. 눈을 감았다 떠도 생각나고, 고개를 이리저리 흔들어 보아도 떠오르니 정말 환장할 노릇이었다.

운우지정雲雨之情이란 생각한 것 이상이로구나!

보드라운 여인의 살결, 과즙처럼 상큼한 입술, 자신의 분신을 감싸 주는 따뜻한 보금자리가 잠들었던 감각들을 일깨웠다. 산해진미를 먹는다 한들 그녀의 입술만 할까!

"윽!"

분신이 벌떡 일어섰다. 생각만으로도 이렇게 반응이 오다니, 당혹스러울 따름이었다. 아니나 다를까 그의 신음에 스승이 놀란 얼굴로 고개를 들었다.

"저하, 어디가 불편하시옵니까?"

얼굴로 더운 기가 확 몰리자 명은 서책으로 고개를 내렸다.

"아, 아무것도 아니니 계속하시지요."

"그럼…… 계속하겠나이다."

스승의 눈이 다시 서책으로 떨어졌다. 명은 호흡을 가다듬으며 당찬 기운을 뿜어대는 분신을 가라앉히기 위해 노력했다.

아직 때가 아니니 어서 고개를 숙이거라. 어찌 경망스럽게 수업 중에 이러는 것이냐?

마음으로 타일러 보아도 몸의 일부인 그것은 당최 말을 듣지 않았다. 명은 불같이 뜨거운 중심을 진정시키기 위해 서책으로 눈을 돌리려 애썼다. 하지만 까만 글씨들이 이리저리 뒤엉켜 어제의 그 뜨거운 장면을 연출했다.

이럴 수가! 대체 어쩌면 좋단 말인가!

스스로를 혼내기도 하고 타일러 보기도 하고 무관심해 보이려고도 했지만 결과는 마찬가지였다. 어젯밤 빈궁과의 합궁에서 느꼈던 짜릿한 쾌감이 영 가시질 않았다.

다음 합궁일이 언제지?

합궁 날짜가 궁금하면서도 그날까지 기다려야 한다는 현실에 답답증이 몰려왔다.

해야 할 일들이 많건만, 왜 이리도 그 아이가 눈에 밟힌단 말인가!

"저하, 오늘 석강은 이것으로 마치겠사옵니다. 내일은 기우제가 있사와 이틀 뒤 수업을 재개하겠나이다."

스승이 책을 덮기가 무섭게 명은 자리에서 벌떡 일어났다.

"먼저 일어나겠습니다."

비현각을 재빠르게 빠져나간 명은 곧장 침전으로 이동했다. 자신의 거처로 들어가기 직전 명은 발걸음을 돌렸다.

"저하, 어디로 걸음 하시나이까?"

"빈궁과 함께 석수라를 들 것이다."

"예?"

어리둥절하게 선 양 내관을 획 지나쳐 명은 빈궁의 처소로 들어갔다.

"저하!"

예고 없이 찾아온 그의 방문에 희원은 놀란 얼굴로 보료에서 일어났다. 명은 그녀를 지나쳐 상석에 몸을 내렸다.

"여기서 석수라를 들 것이니 그리 알고 준비하라."

양 내관과 상궁들이 머리를 숙이며 물러나자 명은 어정쩡하게 서 있는 희원을 바라봤다.

"거기 서서 뭐하느냐, 이리 와 앉지 않고."

"예? 예……."

희원은 주춤거리며 명의 근처로 가서 몸을 내렸다. 합방을 한 뒤라 그런지 그의 얼굴을 보기가 너무 면구스러웠다. 자꾸만 어제의 낯부끄러웠던 일들이 떠올라 온몸에 열이 차올랐다. 야릇하고 오묘한 남녀 간의 일을 경험하고 나서야 희원은 그와 진정한 부부가 되었다는 사실을 실감했다.

"몸은…… 괜찮은 것이냐?"

한 사내의 부인으로서 응당 치러야 할 일을 치렀을 뿐인데 그녀를 걱정하는 듯한 말투에 희원은 적잖이 놀랐다.

"신첩을…… 걱정해 주시는 것이옵니까?"

"안색이 좋지 않아 물어본 것뿐이다."

아닌 척 굴지만 심려가 배어난 말투였다. 희원은 이제야 그에 대해 조금은 알 것 같았다.

'저하께서도 신첩과 마찬가지로 일찍 어머니를 여읜 탓에 감정을 표현함이 참으로 서투십니다.'

희원은 수줍게 입가를 늘이며 고개를 끄덕였다.

"신첩은 괜찮사옵니다."

멋쩍어진 명은 시선을 돌리다 서안 위의 종이를 발견했다.

"서간書簡[33]을 쓰던 중이었나?"

"예. 오라버니께 가실家室 모두 평안한지 안부를 묻고자 하던 참이었습니다."

---
33) 편지

명은 넌지시 그 내용을 읽었다. 대부분 가족에 관한 안부를 묻는 편지였다. 마지막 구절에는 그녀의 몸종에 대한 당부도 들어 있었다.

"몸종이라면 암자에서 보았던 그 계집을 말하는 것이냐?"

"예, 죽심이라 합니다."

"그러고 보니 그 몸종은 암자에서 내 벗은 몸을 보지 않았더냐? 혹 그 몸종도 내가 세자임을 알고 있었더냐?"

"아니옵니다, 신첩만이 알고 있었사옵니다."

"한데 왜 그 아이는 처가에 두고 온 것이냐? 외로울 때 곁에 두고 말벗이나 삼으면 될 것을 말이다."

"신첩의 욕심만으로 이곳에 데려올 수가 없었나이다. 반나절만 방에 앉아 있어도 답답해하는 아이인데 어찌 궁에 가두어 둘 수 있겠습니까? 게다가 신첩 때문에 여직 머리도 올리지 못하였습니다. 궐보다 그곳이 더 어울리는 아이니, 그곳에서 좋은 짝을 만나 평범하게 살길 바라는 마음뿐입니다."

어허! 어찌 마음도 이리 고울까!

외로워 마라. 이 내가 외로울 틈 없이 너를 아껴 줄 것이다.

기특한 그녀의 마음에 감탄하며 명은 참하게 앉은 그녀의 모습을 넋 놓고 바라봤다.

저 입술에, 저 가슴에, 저 깊은 곳에 언제쯤 나를 묻을 수 있을고!

보일 듯 말 듯 벌어지는 그녀의 옷깃 사이, 백옥처럼 하얀 속살을 보자 침이 꿀꺽 넘어갔다. 동시에 벌떡 일어선 그의 중심.

지금껏 얌전하던 물건이 왜 빈궁만 보면 이리 반응을 보이는지…….

다행히 밖에서 구원의 목소리가 들려왔다.

"저하, 석수라를 안으로 들이겠나이다."

놈에겐 시간이 필요할 때, 마침 석수라가 들어온다니 더없이 좋은 때였다.

"그리하라."

석수라가 들어와 앞에 차려졌다. 상궁들의 기미가 끝나고 모두 물러가자 명은 그제야 수저를 들어 국을 한 숟갈 떴다. 밥을 먹기 시작한 그를 보며 희원도 수저를 들었다.

그녀를 흘끔흘끔 보며 식사하던 명은 고기와 생선은 두고 자꾸 풀뿌리 같은 것에만 젓가락을 가져가는 희원이 마뜩찮았다. 보다 못한 명은 고기를 집어 그녀의 수저 위에 올려주었다.

"간이 잘 배어 맛있으니 맛보거라."

그뿐만 아니었다. 그녀가 고기를 먹고 나자 이번에는 생선의 살을 발라 그녀의 밥 위에 올려놓았다.

"골고루 먹어야 하거늘, 빈궁은 어찌 이런 것은 손도 대지 않느냐? 편식은 좋지 않은 것이니 어서 먹도록 하라."

이것저것 챙겨 먹이는 명의 모습에 그녀는 못 이기는 척 그가 준 음식을 입 안에 넣었다. 부담스러우면서도 묘한 뿌듯함에 그녀의 굳었던 몸이 절로 풀어졌다.

그래 그래, 많이 먹거라. 그래야 뭘 하든 힘을 쓰는 법이다.

명은 그녀의 입속으로 맛있는 음식들이 들어갈 때마다 마치 자신이 먹은 것처럼 배가 불러왔다.

"안 되겠다. 빈궁이 이리 편식이 심하니 내가 내일부터 같이 수라를 들며 감시를 해야겠다."

"저하, 그것은……."

"왜, 싫으냐?"

싫을 리가 있겠습니까?

이리 살갑게 챙겨 준 사람은 없었다. 새어머니는 늘 어린 동생만 챙기느라 바빴고 아버지와 오라버니는 말로만 걱정할 뿐, 직접적으로 행동을 취하지는 못했다. 그런데 그가 이리 찬懺을 챙겨 주니 그 기분은 이루 말할 수 없을 정도로 미묘했다. 특히나 여인을 경시한다고 소문난 세자가 이리 저를 아껴 주니 지금의 상황이 마치 꿈만 같았다.

희원은 자신의 답을 기다리는 세자의 눈을 보며 다소곳이 말했다.

"신첩은 좋사온데, 전하께옵서 하저下箸하시기 불편하실까 우려되어 그러합니다."

"난 전혀 불편하지 않다."

"하오면…… 저하의 뜻에 따르겠나이다."

뜻을 따르겠다 하니 명의 눈꼬리가 미미하게 휘었다. 그는 그녀가 다 먹을 때까지 참견하다 후식까지 먹고서야 자신의 방으로 돌아왔다. 뒤따르던 양 내관이 흐뭇한 얼굴로 덧붙이듯 말했다.

"저하, 명하신 대로 내일부터 석수라는 빈궁마마와 함께 하실 수 있도록 조치해 놨나이다."

"알았다."

"저하."

"그래."

"소신…… 저하를 뫼신 지 스무 해 가까이 되옵산데, 이리 다정히 답해 주시는 것은 처음이옵니다."

부드럽게 풀어졌던 그의 눈이 양 내관의 한마디에 원래의 모습을 되찾았다. 그는 매서운 눈길로 양 내관을 노려봤다.

"대체 무슨 말이 하고 싶은 게냐?"

"소신은 다만 저하의 변하신 모습이 다 빈궁마마의 덕이 아닐까 사료되어……."

"묻고자 하는 것만 물어라!"

명의 다그침에 양 내관은 주름진 입가를 부드럽게 늘리며 하얀 이를 슬며시 드러냈다.

또 시작이다, 이상야릇한 저 미소를 내보이는 순간 쓸데없이 말이 많아지는 그를 알기에 명은 귀찮다 못해 오싹해지는 기분이 들었다. 분명 그에게 마음을 들여다보라는 둥, 그 마음이 정말 아무것도 아니라고 생각하냐는 둥 쓸데없는 질문을 던질 게 뻔했다.

"저하, 깊음 어심을 자세히 들여다보시옵소서, 빈궁마마를 챙기시는 저하의 어심에는 진정……."

"그래, 연정이다, 연정! 내 빈궁을 미치도록 은애한다! 이제 되었느냐?"

"저하…… 그것이 진심이시옵니까?"

"진심이다! 그러니 앞으로 내 앞에서 날 가르치려 들지 마라. 또한, 빈궁한테도 내 마음을 알려선 아니 된다. 여심백법에 적혀 있길……."

아뿔싸! 여심백법을 입에 담아선 안 되는 거였는데…….

양 내관의 가느다란 눈이 부드럽게 휘고 있는 것을 보니 이미 늦었다.

"저하, 천하고 음탕한 여심백법의 내용을 머리에 담으셨나이까? 소신은 전하께옵서 여심백법으로 겁박을 하시기에 진정 싫어하시는 줄 알았나이다."

이거야 원, 세자 체면이 말이 아니다.

명은 서책으로 얼굴을 내렸다.

"그만 나가 보라."

무안해하는 명을 위해 양 내관은 뒤로 걸음을 물리며 조용히 속삭였다.

"저하, 필요하시면 언제든 하명하시옵소서. 저하를 위해서라면 소신은 여심백법이 아니라 그보다 더한 것도 가지고 올 것이옵니다."

명은 말없이 오른손을 들어 빨리 나가라 신호를 보냈고 양 내관은 흐뭇한 미소와 함께 침전을 나갔다.

※

 어디로 자취를 감춰 버린 것인지 희뿌연 하늘에는 별 하나 찾아볼 수 없었다. 구름에 가린 달은 겨우 제 빛을 애처롭게 밝혔고 습기를 머금은 공기는 마을을 떠돌다 담을 넘어 승경의 방에도 머물렀다.
 어두컴컴했던 승경의 방 안에 간만에 촛불이 켜졌다. 오랫동안 몸져 누웠던 승경이 드디어 몸을 추스르고 움직이기 시작한 것이다. 바람결에 이리저리 춤을 추는 붉은 촛불 아래 승경은 서책을 펼쳐 들었다. 지금 그가 할 수 있는 건 글로 슬픔을 달래는 것뿐이었다.
 "도련님, 탕약이랑 자리끼 가져왔습니다요."
 "들어오거라."
 덕구는 가져온 것들을 구석에 내려놓으며 미간을 끌어올렸다.
 "몸도 성치 않으시면서 어찌 서책을 보고 계십니까요?"
 "괜찮다. 그보다 아버님은 잠자리에 드셨느냐?"
 "나리께선 중요한 손님들을 접하고 계십니다요."
 "중요한 손님? 그게 누구더냐?"
 "그걸 소인이 어찌 알겠습니까요? 그저 인경이 다 된 시각에 모시는 걸로 봐서 중요한 것 같다는 것이지요."
 승경의 눈동자가 급속도로 어두워졌다. 인경이 다 되어 가는 시각에 손님을 들인다는 것은 확실히 석연찮은 구석이 있었다. 게다가 덕구는 하인들 중에서도 눈치가 빠른 편, 그런 덕구가 그렇게 말할 정도면 분명히 뭔가가 있는 것이었다.

"객客이 몇이나 되더냐?"

"소인이 얼핏 본 것만 열 명은 넘는지라 그전에 몇 분이 더 들어오셨는지 확실치가 않습니다. 한데 그건 어이 물으십니까?"

"네 말대로 늦은 시각에 객이라니 이상하여 그런다. 알았으니 그만 돌아가 쉬거라."

"하오나 마님께서 도련님 탕약 먹는 건 꼭 지켜보라 하셨는데……."

승경은 그가 가져온 탕약을 깨끗이 비우고는 그릇을 내밀었다.

"다 마셨으니 그만 가서 쉬거라."

"예? 아, 그럼 도련님도 일찍 주무세요. 소인은 그만 물러갑니다."

덕구가 나가자 승경은 서책을 덮고 그가 한 말들을 곰곰이 생각했다. 인경이 가까운 시각에 객을 모신다? 아무리 생각해도 이상했다.

확인해 봐야겠어!

승경은 방에 불을 끄고 몰래 사랑채로 갔다. 곳곳에 서서 주변을 경계하는 무사들의 모습이 눈에 들어오자 불안한 예감이 현실이 될지도 모른다는 직감이 들었다. 그는 발소리를 죽여 사랑채의 뒤쪽으로 이동했다. 그리고 추일의 방 창문 옆으로 바짝 붙어 귀를 기울였다. 조용한 밤이라 다행히도 안의 소리를 생생히 들을 수 있었다.

"허면, 전하의 용안龍眼에 어환이 들었단 말씀이십니까?"

힘 있는 목소리에 경상도 사투리가 섞인 사내는 승문원 좌통례左通禮 최재형이었다.

그의 질문에 추일은 어두운 얼굴로 고개를 끄덕였다.

"문제는 그것이 아니외다. 전하께옵서 세자저하께 대리청정을 맡긴다면 우리가 누려야 할 공로가 사라진다는 것이 문제요."

"대감, 그 무슨 뜻입니까?"

최재형이 이해가 안 된다는 듯 묻자 그 옆에 있던 이조참판이 입을 열었다.

"우리의 손으로 세자저하를 보위에 올려야 그 공로를 명분으로 왕권을 잡을 수 있을 것인데, 전하께옵서 세자저하께 대리청정을 허(許)하시면 그 명분이 사라진다는 것이오."

그 말에 공조좌랑도 거들었다.

"전하께옵서 마음을 정하신 이상 조만간 대리청정이 이루어질 텐데, 무슨 수로 우리의 명분을 만들 수 있단 말입니까?"

방 안이 다소 시끄러워졌다. 다들 답답하고 초조한지 그 감정을 그대로 얼굴에 드러냈다. 추일은 방 안 가득 메우고 있는 서른여 명의 신료들을 보며 입을 열었다.

"하여 이리 모이라 한 것이 아니겠소?"

큰 목소리가 아닌데도 방 안은 일순 조용해졌다. 사람들의 시선이 추일에게 모이자 집현전 직제학이 궁금함을 참지 못하고 먼저 두툼한 입술을 놀렸다.

"좋은 묘안이라도 계십니까, 대감?"

"묘안이랄 게 있겠소? 우리가 할 수 있는 일은 한 가지밖에 없는데."

"그 한 가지 방도라는 게 무엇입니까?"

긴장감이 팽팽하게 조여졌다. 추일은 잔뜩 굳은 그들을 보며 침착하게 말을 이었다.

"전하께서 대리청정을 명하시기 전에 우리가 대리청정을 하도록 유도를 하는 것이지요."

제일 뒤쪽에 앉은 의금부 도사가 입을 떼었다.

"어쨌든 세자저하가 대리청정을 하게 되는 것은 같지 않사옵니까?"

무덤덤하던 추일의 눈이 처음으로 매섭게 번뜩였다.

"다르오! 결과는 같을지언정 그 과정은 엄청나게 다른 것이오! 폐위까지 거론된 세자저하께 당연히 보위가 물려진다면, 세자저하께서 우리를 무엇 때문에 필요로 하겠소? 세자저하를 우리의 손안에 쥐고 주무르려면 그를 임금의 자리에 앉혀 주었다는 명분이 필요한 것이오. 그리고 그 명분을 우리는 시행해야만 하오."

"하오나 대리청정의 명이 오늘 떨어질지, 내일 떨어질지 모르는 마당에 우리가 할 수 있는 일이 무엇이란 말입니까?"

그 말에 추일의 입매가 상향선을 타고 올라갔다 곧 흔적도 없이 사라졌다.

"중전마마의 소산…… 정도면 어떻겠소이까?"

그 말 한마디에 방 안 공기가 일순간 얼어붙었다. 모두의 눈에 형언할 수 없는 죄책감이 흘렀고 그것을 알아차린 추일은 확고한 말투로 단단히 못 박았다.

"중전마마가 소산을 하게 되면 평소 적대감을 드러낸 세자저하가 의심을 받게 될 테고, 신료들에게도 불신감이 치솟겠지. 상황이 그리되면 전하께서도 대리청정을 미루게 되실 터……. 공든 탑이 무너지면 그때 우리가 새로이 하나하나 쌓으면 되는 것이오."

"허나 중전마마의 소산이 세자저하의 죄가 된다면 보위에 오르시는 것 또한 제재가 많을 것이온데, 따로이 염두에 두신 계책이라도 계십니까?"

"주상전하의 용안龍眼이 곧 세상을 보지 못할 테니 조정은 큰 혼란에 빠질 것이오. 세자저하께서 비록 성정이 곱지 못하다 하나 보위를 이을 유일한 왕자에다 예학과 예질睿質이 뛰어나시니 우리의 도움을 받는다면 훌륭히 정사를 보실 것이외다. 그때가 되면 세자저하께서도 우리의 말에 고분고분해지시겠지."

최재형이 다시 입을 열었다.

"세자저하의 뒤엔 안동부원군이 계십니다. 뿐만 아니라 빈궁마마의 오라비가 이번에 이조정랑이 되지 않았습니까? 충성스런 외척이 있으니 우리의 행동을 곱게 보고만 있지 않을 것입니다."

최재형의 말에 지금껏 입을 다물고 있던 우부승지右副承旨가 걸걸한 목소리로 말했다.

"어렵게 생각할 게 무에 있소? 거슬리면 처단하면 그뿐인 것을! 임금도 꼼짝하지 못할 그런 명분, 폐비 안씨 때도 그렇고, 잘 알고 있지들 않소이까?"

방 안이 다시 웅성거리기 시작했고 추일이 서안을 손바닥으로 내리치며 소리를 잠재웠다. 그리고 입을 닫은 신료들을 찬찬히 바라보며 그는 어금니를 지그시 깨물었다.

"내일은 기우제를 지낼 것이니 대리청정의 명은 며칠간 떨어지지 않을 것이오. 시간이 촉박하니 난 중전마마의 소산에 도움이 될 만한 독제毒劑를 찾아 내일 안으로 세자저하를 찾아뵐 것이오. 그러니 다들 긴장을 늦추지 마시오. 아시겠소이까?"

벽을 등지고 선 승경은 벌어진 입을 손으로 막은 채 소리 없는 비명을 질렀다. 병석에 오래 있다 보니 귀가 잘못된 것일까? 도저히 믿기지 않는 얘기들에 머리가 혼란스러웠다.

중전마마의 소산이라니…….

폐비 안씨의 죽음이라니…….

세자빈을 처단할 거라니!

고개를 가로저으며 승경은 조여 오는 숨통을 어쩌지 못했다. 힘겨운 숨을 토해내며 겨우 방으로 돌아온 그는 날이 밝을 때까지 한숨도 자지 못했다. 그늘진 눈동자 위로 쓰디쓴 아픔이 묻어났다. 그리고 그 아픔의 화살은 추일에게 향했다.

대체 무엇 때문에 그리 잔인한 일들을 행하시는 겁니까? 폐비 안씨를 깊이 연모한다 하지 않았습니까? 한데…… 어찌 연모하는 여인을 죽음으로 내몰 수가 있는 것입니까? 어떻게!

"말도 안 돼……."

믿을 수 없는 현실에 승경은 머리를 세차게 흔들며 손으로 머리를 쥐어짰다.

우의정, 남들이 우러러보는 삼정승 중 하나. 함부로 넘볼 수 없을 만큼 대단한 권력을 가졌음에도 아버지는 도대체 어디까지 가려는 것일까?

전하의 용안龍眼이 멀어지고 있다는 사실도 믿기 어려운데 중전마마의 태중 아기까지 해하려 하다니, 대체 그들의 욕심은 어디까지란 말인가.

"차라리 듣지 않았다면 좋았을 것을!"

쾅! 서안 위로 승경의 이마가 처박혔다. 얼얼한 머릿속으로 곧 희원의 얼굴이 스쳐 지나갔다. 오랜 연모의 대상이자 자신의 출세를 진심으로 빌어 주는 꽃처럼 아름다운 여인, 하지만 지금은 언제 모함을 받아 목숨을 잃을지 모를 가엾은 여인이었다. 그런 희원의 모습이 떠오르자 승경의 눈이 화등잔만 하게 커졌다.

'그 아이가 위험하다! 안 돼! 그 아이만큼은 절대!'

몸을 일으킨 승경은 의관을 정제한 뒤 성균관에 급한 볼일이 생겼다는 핑계로 서둘러 집을 나섰다.

※

정갈한 옷차림으로 종묘에 나선 왕은 대소신료들과 함께 제단에 올라

기우제를 지냈다. 기우제란 말 그대로 비가 내리길 기원하며 하늘에 드리는 제사였다. 일 년에 한두 번씩 행하며 가뭄 때문에 지내기도 하지만 농업이 주생업인 나라에서 풍년을 기원하기 위해서도 지냈다.

경건한 의식을 치르고 얼마 있지 않아 드넓은 하늘에 먹구름이 몰리기 시작했다. 기우제 덕이라며 순박한 사람들의 얼굴에는 화색이 만연했다. 저녁 시간이 되자 먹구름은 더욱 짙어지며 금방이라도 비를 뿌릴 듯 축축한 공기를 내뿜었다.

어둠을 맞은 저잣거리에 백색 도포 차림의 덕정이 들어섰다. 덕정은 조용히 저자를 둘러보는 듯싶더니 한참을 돌다 작은 주막으로 들어갔다. 주막의 뒷방으로 향한 그는 기척도 없이 방문을 열고 안으로 몸을 숨겼다.

덕정은 이미 방 안에 들어와 있는 사내를 아무렇지 않게 바라보며 엉덩이를 내렸다.

"승경, 자네가 어쩐 일로 날 보자 했는가? 은밀히 오란 전갈을 받고 오느라 좀 지체되었네. 몸은 좀 괜찮은가?"

승경은 그늘진 표정으로 고개를 끄떡였다. 성균관을 핑계로 나온 그는 아는 사람을 통해 덕정에게 은밀히 서찰을 보냈었다.

"자네에게…… 부탁이 있어 보자 하였네…….”

"부탁? 무슨 부탁이기에 그리 어두운 얼굴을 하고 있는가?"

승경은 소매 안으로 손을 넣어 봉서를 만지작거렸다. 봉서를 꺼내려는 순간까지도 그는 수백 번을 망설였다. 유교의 덕은 효라고 배워왔거늘 아무리 아비가 잘못된 길을 가고 있다고 해도 지금의 행동은 그를 배반하는 일이었다. 그렇다고 잘못된 길을 가고 있는 아비를 바른길로 인도하지 않고 가만히 묵과하는 것 또한 효를 배반하는 일이니, 승경의 고뇌는 봉서를 건네려는 이 순간까지도 계속되었다.

한참을 생각한 끝에 승경은 배회하던 손끝에 힘을 주어 봉서를 꺼내 들었다.

"이것을…… 빈궁마마께 전해 줄 수 있겠는가?"

"마마께 말인가?"

"마마께서 꼭 보셔야 하니 되도록 빨리…… 아니, 내일 아침 일찍 전해 줄 수 있겠나?"

승경의 다급한 표정에 그제야 덕정도 진지한 얼굴이 되었다.

"이게 대체 무엇이기에 마마께서 보셔야 한단 말인가? 혹, 지난번 마마께서 자네에게 준 서간에 대한 답이라면 그럴 필요 없……."

"그런 게 아니네!"

평소 그답지 않은 단호하고 큰 목소리에 덕정의 눈동자가 동그래졌다. 승경은 식은땀을 손등으로 닦아낸 뒤 앞에 놓인 술잔을 급히 들이켰다. 평소 술을 가까이하지 않던 친우였기에 덕정은 놀라움을 금치 못했다.

술을 한 번에 털어 넣은 승경은 술잔을 내려놓은 뒤 근심 어린 표정의 덕정을 바라봤다.

"우린 오랜 벗이었지 않나……? 그저 나를 믿고…… 한 번만 들어주게. 부탁일세……."

거짓 없는 벗의 눈빛에 덕정은 망설이던 마음을 다잡고 봉서를 받아 챙겼다.

"알았네. 무슨 일인지는 모르겠지만 내 이 서간을 마마께 전해 드리겠네. 자네 말대로 내일 날이 밝는 대로 마마를 찾아뵙겠네."

덕정의 대답을 들은 후에야 승경은 희미하게나마 미소를 지을 수 있었다.

"고맙네……."

"한데 자네 정말 괜찮은 겐가? 안색이 좋지 않네."

"괜찮으니 그만 돌아가시게. 난…… 곧 덕구가 데리러 올 걸세."

"그럼 덕구가 올 때까지 내가 옆에 있겠네."

"아니! 혼자 술이 마시고 싶어 그러네. 그러니…… 그만 돌아가게."

낯선 승경의 모습에 덕정은 당황스런 기색을 감추지 못했다. 하지만 혼자 있고 싶다는 그 말에 덕정은 더 이상 그 자리를 지키지 못하고 조용히 일어나 방을 빠져나갔다.

승경은 덕정이 앉았던 빈자리를 멍하니 응시하다 술잔을 입으로 가져갔다. 쓰디쓴 술이 아무 맛도 느껴지지 않았다. 그렇게 술병을 다 비운 뒤에야 그는 바닥으로 나뒹굴며 잠이 들었다. 덕구가 온다는 것은 거짓말이었다.

11장

먹구름을 잔뜩 머금은 어둑어둑한 밤하늘이 드디어 비를 토해내기 시작했다. 투둑투둑, 잘잘한 소리를 지르며 떨어진 비는 궁궐의 웅장한 전각들과 후원을 장식한 수많은 식물들을 촉촉하게 적셔갔다.

쿠르르쾅!

새벽에 들어서자 천둥이 까만 하늘을 무섭게 뒤흔들었다. 가는 비를 뿌리던 하늘은 삽시간 굵은 비를 대지에 선사하며 그 기세를 몰아갔다. 싸아아, 무서운 속도로 떨어지는 빗방울에 처마 밑을 통과한 물줄기가 빗방울을 쉴 새 없이 튕겨댔다.

기우제 덕이라며 간만의 굵은 비를 반기는 백성들과 달리 동궁을 지키는 사람들의 얼굴에는 근심이 가득했다. 특히나 침전 앞을 서성이는 양 내관의 얼굴은 더욱 그러했다. 발을 동동 구르던 양 내관은 때마침 내의원에서 들여오는 탕약을 보고는 재빨리 손을 내밀었다.

"어서 이리 주시오."

탕약을 든 양 내관은 지체 없이 침전 안으로 들어갔다. 초 하나만 밝힌 침전 안, 금색의 비단 이불 위에 식은땀으로 뒤범벅인 명이 누워 있었다. 양 내관은 탕약을 옆에 내려놓고 수건을 들어 이마에 맺힌 땀방울들을 닦아냈다. 사람의 손길이 닿아도 정신을 못 차리는 명 때문에 양 내관의 속은 있는 대로 타들어갔다. 지금의 상태로는 탕약도 먹일 수 없고 어떻게 해야 할지 방도가 없었다.

"으으……."

계속 이어지는 신음소리에 양 내관은 하는 수 없이 침전을 나와 빈궁이 머무는 곳으로 갔다. 앞을 지키는 상궁에게 세자의 상태를 알린 다음 희원을 깨워 달라 부탁했다. 민 상궁이 안으로 들어가자 희원은 이미 깨어 있는 상태. 그녀는 금방 옷을 챙겨 입고 양 내관과 함께 세자의 침전으로 들어갔다. 그때까지도 정신을 차리지 못한 명은 희원이 온 줄도 모르고 괴로운 신음만 흘렸다. 희원은 땀범벅이 된 그의 이마를 짚으며 양 내관을 돌아봤다.

"저하께서 어디가 편찮으신 겐가?"

"그것이…… 이리 폭우가 쏟아지는 날엔 이유 없이 괴로워하십니다."

"까닭도 없이 말인가?"

양 내관이 난처한 얼굴을 지었다. 뭔가 있는데 말할 수 없는 이유가 있다는 표정이었다.

"난 세자빈이네. 양 내관은 내 질문에 솔직히 답해야 하는 것이 도릴세."

희원의 엄한 소리에 양 내관은 머리를 숙였다.

"소신, 정말로 아는 것이 없나이다. 다만 짐작하는 것이 하나 있긴 하온데……"

"그게 무엇인가?"

"그것이……."

"양 내관, 비밀은 지킬 것이니 말해 주게."

"실은…… 오래전 폐비가 되신 전 중전마마께옵서 오늘처럼 폭우가 쏟아지는 밤, 이곳을 찾으신 적이 있었사옵니다."

"전 중전마마께서……?"

"예……. 자세한 것은 모르오나 중전마마께옵서 다녀가신 후로 이렇게 거센 비만 내리면 저하께서 괴로워하시나이다. 소신이 아는 것은 그것이 전부이옵니다."

양 내관의 말에 희원은 입술을 앙다물었다.

"알겠네. 내가 곁을 지킬 것이니 그만 나가 보게."

주춤거리는가 싶더니 양 내관은 곧 예를 갖추고 물러났다.

베개 옆에 놓인 면수건으로 그의 이마를 닦던 희원은 문득 암자에서의 일을 떠올렸다. 그러고 보니 암자에서도 이런 비슷한 일이 있었다. 그때 그는 미친 듯이 검을 휘둘렀고 다음 날 아침까지 정신을 놓을 정도로 아팠다. 공교롭게도 그날도 오늘처럼 비가 억수같이 퍼붓던 날이었다. 당시에는 검을 너무 오래 잡아서 쓰러진 줄 알았는데 양 내관의 말을 듣고 생각해 보니 검을 잡아서가 아니라 폭우 때문일 거라는 추측이 들었다. 그리고 그 이유는 어쩌면 죽은 폐비 안씨 때문일지도 몰랐다.

희원은 파리한 그의 얼굴을 손으로 어루만졌다.

'돌아가신 어머니 때문에 이러시는 것입니까? 대체 그날 무슨 일이 있었기에 이리도 고통스러워하십니까?'

"으……."

미간을 찌푸린 명이 괴로운 신음을 뱉어냈다. 이렇게 아파하는 그를 보니 희원은 가슴이 답답해 미칠 것 같았다. 수건을 적시기 위해 고개를 돌리자 옆으로 치워진 서안과 그 위에 놓인 서책 서너 권이 눈에 들어왔다. 그 순간 암자에서 시경을 읽어 주었을 때의 일이 기억났다. 시경을 읽다 보니 어느 순간 그가 깨어났고 그 뒤론 제법 편안한 얼굴로 다시 잠이 들었었다. 혹시나 싶어 희원은 서안을 끌어와 그의 옆에 두고 아무 책이나 하나 골라 펼쳤다. 그리고 나직하게 소리 내어 읽기 시작했다. 그렇게 한 식경 정도 지나자 그의 신음소리가 잦아들었고 희원은 서책에서 눈을 떼 그의 얼굴을 내려다봤다.

"저하……. 저하……."

그녀가 반복해서 부르자 꾹 닫혀 있던 명의 눈이 가늘게 떨리더니 천천히 위로 올라갔다. 하지만 눈동자에는 초점이 없었다.

"저하, 신첩이 보이시옵니까?"

"김……희원……."

힘겹게 벌린 입술 사이로 느릿느릿 그녀의 이름이 흘러나왔다. 자신의 이름을 부르다니, 아직 정신을 차리지 못했다는 말이었다. 그래도 희원은 그가 이런 상황에서 이름을 불러 주었다는 게 무척이나 기뻤다.

이름 따위 평생 불려 보지 못할 거라 생각했는데.

희원의 눈가가 붉게 달아올랐다.

"저하, 어서 눈을 뜨세요."

그녀의 간절한 소리를 들은 것인지 그의 눈동자가 서서히 초점을 되찾았다. 그는 걱정스럽게 내려다보는 빈궁의 얼굴을 향해 손을 뻗었다. 희원은 그 손을 양손으로 감싸며 그녀의 볼에 갖다 댔다.

"정성이 밤하늘 가운데 뜨는 그때 초궁을 세웠다. 해그림자로 방향……."

생각나는 대로 그녀는 시를 읊기 시작했다. 그가 편안한 마음으로 정신을 차릴 수 있도록 최선을 다하고 싶었다. 그런 바람이 통한 것인지 얼마 있지 않아 정신이 완전히 돌아온 명이 몸을 일으켜 앉았다.

"이 시각에…… 어찌 이곳에 있는가?"

"저하께서 옥체 미령하시다 하여……."

"양 내관이 쓸데없이 입을 놀린 모양이구나."

"괜찮……으십니까?"

"흉몽을 꾼 것뿐이니 괜찮다."

"흉몽이라 하셨습니까……?"

"아무것도 아니니 신경 쓸 것 없다. 그만 돌아가 쉬도록 해라."

하지만 희원은 꿈쩍도 하지 않았다.

"싫습니다. 여기 있을 것입니다."

그녀의 고집에 명은 흐릿하게 입가를 올렸다.

"암자에서도 그리 고집을 부리더니…… 빈궁이 되어도 변한 것이 없구나."

"신첩은 변하지 않을 것입니다. 저하께서 아프면 이렇게 곁에 항시 있을 것이니 부러 내치려 하지 마십시오."

"지아비의 말을 그리 가볍게 무시하다니, 나중에 단단히 벌을 내려야겠구나."

"벌을 받는 한이 있어도 신첩은 저하의 곁을 지킬 것입니다."

흡족한 미소를 짓던 명은 손을 뻗어 그녀를 가볍게 당겨 안았다.

"너의 방자함은…… 정말 한도 끝도 없구나."

"저하의 거친 말투를 들으니 이제야 신첩의 마음이 놓입니다. 신첩은 저하의 강인한 말투가 좋사옵니다. 그러니 늘 강건하셔야 하옵니다."

자신의 안위를 걱정하는 그녀의 마음이 가슴으로 전해졌다. 명은 지그시 눈을 감고 그녀를 힘주어 안았다.

"시를…… 읽어 주겠느냐?"

부드러운 그 음성에 희원도 눈을 감고 생각나는 시들을 읊었다.

그렇게 반 시진 동안 그녀의 목소리를 귀에 담고 그녀의 체온을 가슴으로 느끼자 명은 더 이상 괴롭지가 않았다. 머릿속을 장악하던 어머니

의 울음소리도, 그를 잡아먹을 듯 몰아치던 폭우의 몸부림도 그의 뇌리에서 점차 사라져갔다. 오직 빈궁의 고운 목소리와 따뜻한 체온만이 그를 감쌌다.

왜 진즉 널 만나지 못했을까? 빈궁이 없는 세상은…… 이제 상상할 수조차 없구나.

명은 그녀가 힘들까 싶어 몸을 떼어냈다.

"그만 되었다. 기운이 온전히 돌아왔느니."

"정말로…… 괜찮으신 겁니까?"

"못 믿겠다면 운우지정으로 몸소 보여줄 수도 있다."

농 섞인 그 말에 희원의 얼굴이 순식간에 벌게졌다.

"미, 믿습니다! 그러니 그런 농은 그만하시어요."

농이 아니었지만 그녀가 부끄러워하니 명은 그냥 고개를 끄떡여 주었다. 잠잠해진 그의 모습에 희원은 그에게 물을 가져다주며 뒤로 물러나 앉았다.

"내게 하고픈 말이 있는 모양이구나."

"예, 궁금한 것이 있사옵니다."

"무엇이냐?"

말해 보라는 그의 말에도 희원은 다문 입을 바로 열지 못하고 주저했다.

"망설이는 것을 보니 답하기 곤란한 것을 물으려는 것이냐?"

"예……. 그럼에도 꼭 묻고 싶습니다. 답해 주시렵니까?"

"답할 것이니 해보아라."

"암자에서도 그러했고, 폭우가 내리는 오늘도 흉몽으로 괴로워하시는…… 그 속사정이 궁금하옵니다."

역시나 답하기 어려운 질문인지 명은 쉽게 입을 열지 못했다.

"신첩이 아직 알아선 안 되는 것이옵니까? 그렇다면 저하께서 말씀해 주실 때까지 기다릴 것이옵니다."

"그날은…… 폭우가 내리는 밤이었다. 내 나이 겨우 열한 살…… 폐비가 되기 직전의 어머니가 깊은 밤 내 처소로 몰래 찾아오셨다."

그는 한참 만에 입을 열었다. 착 가라앉은 목소리가 지금까지와는 사뭇 다르게 무거웠다. 덩달아 희원의 눈동자도 무겁게 내려앉았다.

"당시 어머니는 중전의 위엄을 지키지 못하고 투기로 눈이 멀어 숙빈을 소산하게 했다는 의심을 받고 계셨다. 증인은 물론 증좌證左까지 나온 상태라 어머니는 그 벌로 중궁전을 나오지 못하셨지. 어른들의 속사정을 알 길이 없었던 나는 아무것도 할 수 없었다. 그저 지켜보는 것만이 내가 할 수 있는 일의 전부였지."

그때의 무기력함이 말투에서 고스란히 전해졌다.

"그 밤…… 날 찾아오신 어머니는 산 사람이 아니셨다. 마치 죽음을 알고 도망치려는 귀鬼처럼 내게 그간의 내밀內密을 털어놓으셨다."

"내밀이라 하심은……."

"어머니는 숙빈의 소산과 아무런 관련이 없다 하셨다. 억울함을 호소하는 그 목소리엔 한 치의 거짓도 없었으니…… 어머니께선 그 모든 것이 숙빈의 계략이라며 모든 이들을 원망하시었다."

전 폐비 안씨의 악행은 너무 큰 사건이라 그것을 모르는 자가 없었고 희원 역시 그 소문을 들어 알고 있었다. 그런데 그것이 소문과 다르다니, 놀라지 않을 수 없었다.

"어머니는 끌려가는 그 순간까지 내게 모든 것을 되돌려 놓을 것을 당부하셨다. 하지만 난 너무 어렸고…… 어머니의 죽음은 너무 빨랐지. 놀랍게도 어머니의 죽음을 슬퍼하는 자는 없었다. 마치 그것을 기다렸다는 듯 숙빈이 어머니의 자리를 차지하였고, 대소신료들은 그녀에게 충성을

다짐하며 왕실의 복을 기원하더군. 순식간에 어머니의 존재가 사라졌다. 하지만 난 달랐다. 하늘에서 비만 내리면 억울함을 호소하던 어머니의 혼령이 날 찾아와 그날 일을 상기시켜 주었다. 세월이 흘러도 그날의 공포는 여전했고 어머니의 울음소리는 여전히 귓가에 맴돈다……."

상상도 못한 그의 과거에 희원은 할 말을 잃었다. 고통스러워하는 근간이 이것이었다니!

"내가 여인을 경시하는 연유가 무엇이냐 물었던 적이 있었느냐? 난 여인이 무섭다. 상냥한 얼굴로 웃으며 또 다른 모습을 간직한 여인이 두렵다. 하여 기어오르지 못하게 짓밟아 버리고 싶었다."

솔직한 그의 말에 희원의 눈자위가 뜨거워졌다. 이제야 알 것 같았다. 그동안 그가 왜 그렇게 험한 말투로 톡톡 쏘아붙였는지 말이다. 얼마나 아팠을까? 그 아픔이 전해져 바늘로 쿡 찌르는 것만 같았다.

아픔을 다잡으며 그녀는 그를 물끄러미 올려다봤다.

"신첩도…… 싫으십니까? 신첩도…… 무서우십니까?"

희원의 슬픈 눈을 넌지시 바라보던 그는 질문과 다른 말을 꺼냈다.

"암자에서의 일을 상세히 기억하느냐?"

"어찌 그것을 잊을 수 있겠습니까?"

"처음이었다, 누군가의 목소리가 귀가 아닌 마음으로 들어온 것은……. 빈궁이 내게 무엇을 가르치고자 암자에 들어왔는지는 모르겠으나 그것이 마음을 겨냥한 것이라면 그대의 승勝이다. 난 도저히 그대를 이길 수가 없다."

"그게…… 무슨 뜻이옵니까?"

"그대는 싫거나 무서운 존재가 아니다. 알다시피 지금껏 난 여인을 경시해 왔다. 특히 가증스런 숙빈을 가장 혐오했지. 하지만 넌 다르다. 넌 처음으로 날 가르친 여인이자 내가 인정한 여인이다."

희원은 그에게 다가가 손을 잡았다. 따뜻한 온기가 손바닥을 타고 흘렀다.

"신첩이 저잣거리에서 했던 말을 기억하십니까? 사대부가의 여인들도 편히 사는 것만은 아니라고…… 다들 나름의 주어진 일을 열심히 하며 산다고 했던 말 말입니다. 신첩은 당시의 상황을 잘 알지는 못하오나 분명 그럴 수밖에 없는 사정이 있었을 것입니다. 그것은 저하의 탓도, 중전마마의 탓도, 상감마마의 탓도 아닐 것입니다. 저하께서 별궁으로 신첩을 만나러 오시어 어둠 속에서도 빛을 발하는 궁궐을 보여주시며 아름답지만 위험한 곳이라 경고하시었지요? 위험이라는 것은 본인의 의지와 달리 뜻하지 않게 찾아오기 때문에 위험한 것이 아니옵니까? 어린 저하께서도 알지 못한 그 무언가가 모두를 위험으로 몰아넣었을지도 모를 일이옵니다. 그러니…… 자책하시지 마옵소서. 또한 원망도 하지 마옵소서."

"그럴 수 없다. 보위에 오르면 난 그 사건의 진위를 밝혀낼 것이다. 억울하게 죽음을 맞아야 했던 어머니의 원한을 풀어 드리기 위해서라도 반드시 시시비비를 가려낼 것이다."

"혹, 시시비비를 가렸을 때, 지금의 중전마마께옵서 그 당시 계략을 꾸미지 않으셨다면, 정말 무고한 입장이었다면 어찌하실 겁니까?"

부드럽던 명의 눈이 언제 그랬냐는 듯 매섭게 변했다.

"반대로, 숙빈이 모든 일의 주범일 수도 있다!"

"신첩은…… 저하가 심려되옵니다. 지난 과거에 얽매여 깊은 원한을 가슴에 품은 것도…… 앞이 아니라 뒤를 향해 걸어가시려 하시는 것도 모두 걱정되옵니다."

희원의 눈에서 결국 눈물 한 줄기가 흘러내렸다.

명은 손을 들어 그녀의 눈물을 닦아 주었다. 어머니의 얘기를 올리는

것조차 불쾌하였는데 이상하게 그녀에게 털어놓고 나니 속이 후련했다. 그렇다고 가슴을 짓누르는 무게가 완전히 없어진 건 아니었다.

'비단 그것만이 아니다. 친아버지가 누구인지 모르는 지금 이 상황에 내가 보위에 오르지 않으면 우리의 안전은 보장받을 수 없다. 가련한 어머니의 인생을 위해서도, 그리고 축복받지 못한 내 남은 생을 위해서도 대전大殿의 주인은 내가 되어야 한다. 보위에 올라 숙빈의 죄를 물을 것이고, 어머니께 사약을 내린 아바마마께 친자식도 아닌 내가 이 나라를 가지고 흔드는 모습을 지켜보게 만들 것이다.'

명은 그녀의 얼굴을 커다란 손으로 감쌌다.

"눈물을 보이지 마라. 빈궁이 무엇을 걱정하는지 잘 알고 있다. 하지만 날 믿어라. 널 위험에 빠트리기 위해 세자빈이 되라 한 것이 아니다. 비록 지금껏 마음에 없는 말들을 많이 했으나 그것은 내 본심이 아니니라."

희원의 내려간 눈꺼풀이 위로 올라와 둘의 시선이 허공에서 부딪쳤다.

"너는 내가 택한 나의 빈이다. 이것은 단순한 의미가 아니다. 그 말은 곧 너와 나는 한 배를 탔다는 것이며…… 내 마음을 그대에게…… 주었다는 것을 의미한다."

고백!

속마음을 내비친 그의 말에 눈물로 가득 찼던 그녀의 눈동자가 땡그래졌다. 그 얼굴이 너무 사랑스러워 명은 그대로 그녀의 입술을 머금었다. 성급하게 몰아쳤던 지금까지의 입맞춤과는 달리 그는 그녀의 보드라운 입술을 달래며 천천히 안으로 진입했다. 따뜻한 혀의 감촉이 느껴지자 명은 그녀를 바짝 끌어안으며 그녀의 머리를 뒤로 젖혔다. 서로의 타액이 뒤엉키는 그 사이 창으로 엷은 빛이 흘러들어왔다. 하지만 그들의 숨 막힌 입맞춤은 멈출 줄 몰랐다.

※

빗줄기가 약해지기는 했어도 비는 여전히 거세게 내렸다.

방금 중궁전에 문안 인사를 드리고 나온 희원은 그칠 생각을 않는 하늘을 올려다본 뒤 곧장 처소로 돌아왔다.

"오라버니! 이 시간에 어인 일이십니까?"

방으로 들어서니 반가운 얼굴이 기다리고 있었다.

"마마, 그간 강녕하셨사옵니까?"

"괜찮으니 말씀을 낮추시어요."

"왕실의 법도가 지엄한데 어찌 그럴 수 있겠습니까?"

듬직한 오라비의 말에 희원은 미소와 함께 자리로 가 몸을 내렸다.

"앉으세요, 오라버니."

덕정이 맞은편에 엉덩이를 내리자 희원은 민 상궁에게 다과상을 부탁했다. 민 상궁이 나가자 덕정이 먼저 입을 떼었다.

"안색이 어두우십니다, 마마. 밤잠을 설치셨나이까?"

"아니에요, 오라버니. 오늘따라 일찍 눈이 떠져서 그리 보인 모양입니다."

"이곳 생활이…… 힘드시옵니까?"

피곤한 기색이 완연한 희원의 얼굴에 덕정이 걱정스럽게 물었지만 희원은 고개를 절레절레 흔들었다.

"전 이곳이 좋습니다. 평생을 함께할 지아비가 계신 곳인데 어찌 좋지 않겠습니까?"

"금실지락琴瑟之樂이 좋아 보여 참으로 다행입니다."

"오라버니는 어떠십니까? 아버님께 들은 바로는 좌참찬의 여식과 혼담이 오간다 하던데요."

"예, 조만간 이 오라비도 가취할 것 같습니다."

"경하드립니다. 이 누이가 먼저 가취하여 늘 마음이 무거웠는데, 이제야 좀 가벼워지는 듯합니다."

"예……."

덕정의 기운 없는 목소리와 말투가 평소와 달랐다.

"오라버니, 혹 말 못할 근심이라도 계십니까? 낯빛이 어둡습니다."

"그게……."

망설이던 덕정은 어쩔 수가 없다는 듯 눈을 질끈 감으며 소매 안에서 봉서를 꺼내 그녀에게 건넸다.

"이게 무엇입니까?"

"보시면…… 압니다."

희원은 고개를 갸우뚱거리며 봉서를 뜯어 내용을 확인했다. 덕정은 그런 그녀의 안색을 살피며 눈치를 보았다. 미련 많은 벗의 마지막 부탁이라 거절할 수도 없고 해서 이렇게 가져왔으나 내용을 읽는 희원의 안색이 급격하게 어두워지는 것을 보니 괜히 가져왔다는 후회가 밀려들었다. 서간을 펼쳐든 그녀의 손이 눈에 띄게 흔들리자 후회의 마음은 더욱 확고해졌다.

"마마, 오라비의 불찰이옵니다. 하도 간절히 부탁하기에 가져왔는데, 역시 그걸 여기 들고 오는 게 아니었습니다."

희원은 서간을 접어 다시 내려놓았다. 그리고 두려움이 잔뜩 서린 눈동자로 오라비를 보았다.

"오라버니……."

"예, 마마."

"그분께서 다른 말씀은 없었습니까?"

"없었습니다만…… 어이 그러십니까?"

아무것도 모르겠다는 덕정의 표정에 희원은 고개를 내저었다.

"아닙니다. 어머니께서는 무탈하십니까?"

"마마, 그 누구보다 오래도록 누이를 보아온 저입니다. 서간에 무어라 적혀 있었기에 그리 불안해하시옵니까?"

정말로 모르는 모양이었다. 희원은 그의 질문에 서둘러 종이를 서안 서랍에 집어넣었다.

"지금은 아무것도 대답해 드릴 수가 없습니다. 그만…… 돌아가 주시겠습니까?"

궁금함에 입을 달싹이던 덕정은 대화를 회피하려는 희원의 모습에 하는 수 없이 자리에서 몸을 일으켰다.

"무슨 일인지는 모르겠으나, 이 오라비가 필요하다면 언제든 연통을 넣어 주십시오."

"고맙습니다, 오라버니. 그리고 그분께……."

희원의 목소리가 흔들렸다. 그녀는 떨리는 손을 맞잡으며 숨을 몰아쉰 뒤 말을 이었다.

"힘든 결정을 내려주시어 진심으로…… 감사무지感謝無地하다 전해 주십시오."

그녀의 전언에 덕정의 눈이 가늘어졌다.

'대체 무엇이 적혀 있었기에…….'

의문스러웠지만 누이를 다그칠 수도 없는 일, 그는 참을 수밖에 없었다. 덕정은 머리를 숙인 뒤 빈궁의 처소를 나와 하늘에서 떨어지는 빗방울을 바라보며 혼란스런 마음을 가라앉혔다. 그리고 혼자 있을 누이의 처소를 한 번 돌아본 뒤에야 걸음을 옮겼다.

낮이건만 흐린 날씨 탓에 방 안은 어두침침했다. 희원은 서안 서랍을 열어 승경이 보낸 서간을 읽고 또 읽었다.

"마마, 민 상궁이옵니다."

희원은 화들짝 놀라 서간을 급히 서랍에 집어넣었다.

"들어오라."

곧 민 상궁이 들어와 머리를 숙였다. 덕정이 나가고 나서 희원은 세자의 처소를 찾았건만 자리에 없었다. 몸이 좋지 않아 당연히 방에 있을 거라고 생각했던 것이다. 그래서 그녀는 민 상궁에게 세자의 행방을 찾으라 명했었다.

그녀는 급한 마음에 먼저 입을 열었다.

"그래, 저하께선 지금 어디에 계신다더냐?"

"대신大臣 한 분이 찾아오시어 후원으로 나가셨다 하옵니다."

"대신? 그분이 누구인지 아느냐?"

"우의정 대감이시옵니다, 마마."

우의정!

희원의 얼굴에 먹구름이 몰려왔다.

안 돼! 막아야 해!

희원은 서간의 내용을 다시 한 번 떠올리며 몸을 일으켰다.

"후원으로 가 저하를 뵈어야겠다."

"예? 하오나 우상 대감께서 계시온데……."

"내 말이 들리지 않는 겐가? 저하를 뵈어야겠다지 않는가!"

위엄 서린 말투에 민 상궁은 냉큼 고개를 숙이며 뒤로 물러났다.

"하오면 조금만 기다려주시옵소서. 비가 내리니 후원까지 나갈 채비를 하도록 하겠나이다."

비를 맞고서라도 당장 나가고 싶었지만 주변의 눈들 때문에 그녀는 하는 수 없이 채비를 마칠 때까지 초조하게 발만 동동 굴렀다.

❉

　간만의 비에 수위가 낮아졌던 연못에 물이 들어찼다. 수면 위로 툭툭 떨어지며 작은 원을 그리는 빗방울은 그 위로 또다시 떨어지는 원 모양의 빗방울에 제 모양을 잃어갔고, 연못 위로 길게 뻗은 나뭇가지의 잎사귀에서 떨어진 빗물에 다시금 일그러져갔다.

　팔각정의 정자에 선 명은 이리저리 파문을 일으키는 작은 연못을 바라보며 빗물에 녹아난 풀냄새와 흙냄새를 느꼈다. 여느 때와 같았다면 아직도 방에 틀어박혀 흉몽에 시달리고 있을 터였다. 하지만 그는 그녀로 인해 처음으로 마음의 평정을 찾았다. 하여 내친 김에 후원까지 발걸음을 하였다. 맨 정신으로 비를 본 지가 얼마 만인지, 두 눈으로 직접 확인하고 싶었다. 완벽히는 아니더라도 그녀를 위해, 자신을 위해 비에 대한 두려움을 지우고 싶기도 했다.

　한참을 침묵하던 명은 빗소리에 묻히지 않을 정도의 음성으로 추일에게 물었다.

　"우상에게도 연모하던 여인이 있었소?"

　추일의 눈이 동요를 보이며 일렁였다.

　"어찌…… 그런 걸 물으시옵니까?"

　"왠지 있었을 것도 같아서……."

　"있었사오나 잊은 지 오래이옵니다."

　"얼마나 사모하였는가?"

　"그 당시엔…… 모든 것을 바칠 만큼이었으나 지금 생각해 보면 어리석은 짓이었다 생각되옵니다."

　처음으로 들어 보는 우상의 솔직한 대답에 명은 한 발 더 나가 보기로 결심했다.

"혹…… 연모하던 여인이 그대에게 선물을 남겼다면…… 기분이 어떨 것 같은가?"

잠시 입을 다문 추일은 곧 눈살을 찌푸렸다.

"선물이 아니라 이 몸을 조롱하기 위함이겠지요. 소신은 그 여인을 믿지 않습니다. 어떤 선물을 남겼건, 설령 그것이 금은보화라 해도 받지 않을 것입니다."

확고한 그의 대답에 명은 쓴 미소를 지으며 어둑한 하늘을 올려다봤다.

어머니가 사약을 받고 얼마 지나지 않아서였다. 명은 친아버지가 누구인지 궁금했다. 그래서 조금씩, 양 내관도 눈치 채지 못하게 천천히 친아버지를 수소문했다. 처음엔 누구인지 얼굴만 궁금했다. 그래서 어머니가 혼례를 올리기 직전, 누구를 만났는지, 어떤 자와 친분이 있었는지를 철저히 조사했다. 그러다 알게 된 자가 한추일이었다. 금혼령이 내리기 전까지 어머니를 만나기 위해 사사로이 집까지 찾아왔던 한추일은 하인들에게 돈까지 줘가며 우연을 가장한 만남을 여러 차례 만들었다고 한다. 입 밖으로 혼례를 치르겠다 말은 하지 않았어도 두 집안 역시 암묵적인 승낙이 깔려 있었다. 그런 상황에 내려진 금혼령. 본격적인 혼담을 앞두고 벌어진 일이었다. 어머니는 삼간택까지 올랐고 추일은 크게 좌절해 한양을 잠시 떠났다고 했다.

허면 어머니께서는 날 어찌 수태하셨을까?

지금까지 풀리지 않는 의문점이 바로 그것이었다. 궁인들로 가득 찬 궁궐이다. 아무리 눈을 피한다 한들 중전인 어머니의 주변에 사람이 끊어질 리 없었다. 그 말은 한추일이 은밀히 어머니를 찾았다 해도 잠자리를 같이 하기는 무리란 것이었다. 그렇다면 나오는 결론은 하나, 궁이 아니라 사가私家에서 잠자리를 했다는 것이었다. 하지만 어머니가 사가로 나간 일시와 한추일의 행동 경로를 조사한 결과 딱히 일치하는 날이 없었다.

둘만이 아는 비밀스런 장소가 따로 존재했던 걸까?

추측은 여기까지가 한계였다. 후에 추일을 불러 슬며시 떠보았지만 돌아오는 답은 지금처럼 차갑기만 했다. 하여 명은 일부러 모른 척 입을 다물었다. 왕도 되지 못한 상황에서 괜스레 긁어 부스럼을 만들 필요는 없다고 판단한 것이다. 그럼에도 어머니를 미워하는 듯한 추일의 태도는 명의 존재조차 부정하는 것 같아 마음이 쓰라렸다. 연못 안을 때리는 빗줄기처럼 어수선한 마음도 빠르게 식어갔다.

'어머니, 소자는 누구에게도 환영받지 못하는 존재인가 봅니다.'

명이 잠시간 입을 다물고 있자 추일이 이상하다는 얼굴로 다가왔다.

"하온데 지나간 얘기는 어찌 물으시옵니까, 저하?"

그제야 명은 추일의 얼굴을 정면으로 마주했다.

그대가 나의 아비일지도 모른다 생각하였습니다. 아니, 진정 나의 아비일지도 모르지요. 하지만 그대는 그 기회를 차버렸습니다. 그리고 그대는 결코 나의 아버지가 될 수 없을 겁니다. 왜냐하면…… 이 시간 이후로 이 일은 영원히 묻어 버릴 거니까 말입니다.

긴 세월 동안 느꼈던 혼란스런 마음을 그만 접고 싶었다. 이제 아비가 누가 되었든 상관없는 일, 그는 오로지 그녀만 지켜내면 그뿐이었다. 자신의 유일한 가족이자 사랑하는 여인, 그 여인만 행복하면 그걸로 되었다.

"비가 내려서인지 문득 그런 생각이 들었소. 한데 우상께서 이런 궂은 날에 날 찾아오신 연유가 무엇이오?"

그 물음에 추일은 주변을 경계하며 명에게 한 발짝 더 다가섰다.

"실은 저하와 긴히 논할 것이 있어 찾아뵈었나이다."

"말해 보시오."

"은밀히 알아본바 주상전하의 용안龍眼에 고칠 수 없는 어환이 들었다 하옵니다."

"용안에 말이오?"

"머지않아 청광안에 이를 것이라 들었습니다."

가례를 올리기 전 이상한 낌새는 느꼈지만 그 정도로 심각한지는 몰랐다. 놀란 그의 얼굴을 예상했다는 듯 추일은 침착하게 말을 이었다.

"하오나 중요한 것은 그것이 아니옵니다. 아무도 모르는 그 사실을 중전마마께서는 알고 계시다는 것이옵니다. 즉, 중전마마께서 전하의 어환을 숨긴 것도 모자라 몰래 약까지 준비해 주고 있었다 하옵니다."

"그것이 사실이오?"

"사실을 확인하였기에 소신이 이리 달려온 것이 아니겠사옵니까? 아무래도 전하께옵선 중전마마의 복중 아기씨가 태어나기를 기다리고 계신 것이 틀림없사옵니다. 태몽도 그렇고, 왕자 아기씨가 태어날 거란 소문이 무성하니 전하께옵서도 마음이 흔들리시겠지요. 게다가 어환에 성체가 힘들어지시면 중전마마의 작은 입김에도 성심이 약해지실 것이 아니옵니까?"

"하여, 그전에 손을 쓰잔 말이오?"

"그렇사옵니다."

추일의 얼굴을 보며 명은 입매를 비틀었다.

"생각해 둔 방도가 있는 모양이군."

다시 한 번 주위를 경계한 추일은 소매 안에서 손바닥 크기의 곱게 접힌 봉투를 꺼내보였다.

"이것은 서역西域에서 들어온 독재로, 아이를 가진 여인이 이것을 음飮하게 되면 하루가 채 가기 전에 하부에서 피를 흘리며 뱃속 아기를 반산半産할 수 있다 합니다. 뿐만 아니라 앞으로 아기를 가질 수 없는 몸이 되어 버리니…… 중전마마에게 딱인 셈이지요."

명은 그의 손에 들린 독재를 무섭게 내려다봤다.

"지금…… 중전마마의 복중 아기를 반산시키자는 말이오?"

"세자저하를 위해 어쩔 수 없이 행해야 하는 선택이옵니다. 중전마마의 복중 아기씨를 해하지 않는다면 저하의 앞날도 위험하옵니다. 하명만 하오시면 나머진 소신이 다 알아서 할 것이니 아무 심려 마옵소서."

그러니 명령을 내려달란 소리였다.

갑작스런 상황에 명은 망설였다. 반산은 정말 생각지도 못한 일 아니, 생각하기도 싫은 일이었다. 자신의 어머니도 숙빈의 뱃속 태아를 소산시켰다는 명목으로 폐비가 되어 결국 사약까지 받게 되었는데 그 전철을 자신이 밟는다는 건 끔찍했다.

그의 혼란을 알아차린 추일이 단호하게 말했다.

"저하, 지금은 긴박한 상황이옵니다. 지체할 시간이 없사옵니다!"

아무리 미운 사람이라도 무고한 생명까지 해할 순 없었다. 명은 도저히 입이 떨어지지 않았다.

"저하!"

"무슨 말인지 알았으니 내게 시간을 주시오."

"하오나 일각이 시급한 때이옵니다!"

"그만! 충분히 알아들었으니 시간을 달란 말이오!"

명의 일갈에 추일은 당혹감을 감추지 못했다.

"하오면…… 늦어도……."

"이틀 안으로 답을 주겠소."

추일은 심상찮은 명의 표정을 이리저리 살피며 머리를 숙였다.

"주변의 눈들도 있고 하니 소신은 이만 물러가겠나이다. 결심이 서시는 대로 장규를 소신께 보내주시옵소서."

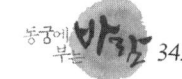

"그리하겠소."

여기서 확답을 받을 것이라 예측했는데 우습게도 추일의 예상이 빗나갔다. 돌아서는 추일의 발길에 노기가 서렸다. 화를 삭이며 후원을 빠져 나오자 마침 그를 향해 희원이 걸어오고 있었다. 추일은 며느리가 될 뻔한 그 아이에게 머리를 숙이고 싶지 않았으나 주변의 눈을 의식해 가볍게 고개를 숙였다. 그의 인사에 희원이 미소를 지으며 다가왔다.

"우의정 대감이 아니십니까? 정사를 돌볼 시각에 이곳엔 어인 일이십니까?"

뼈 있는 말에 추일의 이맛살이 구겨졌지만 그는 즉시 적대적인 표정을 감추었다. 그는 감정을 드러낼 정도로 어리석지 않았다.

"저하께 드릴 말씀이 있어 잠시 들렀나이다."

"말씀은 다 끝나신 겁니까?"

"예."

"안색이 어두워 말씀을 다 못 끝내고 돌아가시는 줄 알았는데, 다 끝내셨다니 다행입니다. 그럼 편히 돌아가 정사에 힘써 주시지요."

묘하게 심기를 건드리는 말투였다. 추일은 예를 갖춘 뒤 편전으로 발길을 돌리며 이를 악다물었다.

'까부는 것도 당분간만이다. 건방지게 날 가지고 놀려 하다니, 내 아들을 위해서라도 널 반드시 폐비 안씨와 같은 길을 걷게 해줄 것이다!'

희원은 눈앞에서 추일이 멀어지는 것을 보고 난 뒤에야 몸을 돌려 후원으로 향했다. 그녀의 방문에 양 내관이 놀란 얼굴로 그녀를 맞았다.

"빈궁마마! 여긴 어떻게……."

"저하를 만나러 왔네."

"안에 계시옵니다. 소신이 안내해 드리겠나이다."

양 내관이 앞장서서 정자까지 안내했다. 갑작스런 희원의 등장에 명의 눈이 커졌다.

"빈궁……."

희원은 뒤따르던 무리를 향해 조용히 명했다.

"잠시 물러나 주게."

다들 물러나고 둘만 남게 되자 희원은 그제야 입을 열었다.

"신첩이 방해가 되었습니까?"

"아니다."

"성후도 좋지 않으신데 어찌 이곳에 계시옵니까?"

"답답하여 나왔다. 그러는 빈궁은 이곳에 어인 일이냐?"

"신첩은……."

솔직한 심정은 방금 나간 우상과 무슨 얘기를 나누었는지 물어보고 싶었다. 그러나 차마 물을 수 없었다. 희원은 이렇게까지 돌아가는 상황이 힘들고 서글프기만 했다. 저도 모르게 눈가로 뜨거운 기가 몰렸다.

"왜 그러느냐, 안색이 좋지 않구나."

희원은 괜찮다며 고개를 흔들었다. 하지만 눈시울이 뜨거워지는 것을 막을 재간이 없었다. 그녀는 명에게서 몸을 돌려 정자 밑에 자리한 수많은 꽃들로 시선을 내렸다.

서역에서 넘어온 독들 중에는 약재와 어울려 치명적인 독재로 변하는 것들이 많습니다. 그 중에선 복중의 아기를 반산하게 만드는 것도 모자라 평생 아이를 가질 수 없는 몸으로 만드는 것들도 있지요. 며칠 뒤로 중전마마의 사가에서 약재를 보낼 것입니다. 그 약재를 검사하는 검시관이 중간에 독을 넣을 것이니 아무도 모르게 그 약은 중전마마가 계신 중궁전으로 가겠지요.

중전마마께서 약을 드시면 그 책임은 전부 세자저하께 돌아갈 겁니다. 왜냐하면 저의 아버지께서 모든 계획을 저하께 아뢸 것이고 이 모든 일의 명분을 받아낼 것이기 때문입니다.

그러니 마마께서 막아내셔야 합니다. 중전마마께서 화를 당하신다면, 그 다음 표적은 바로 빈궁마마가 될 것이기에.

이것은 단지 시작에 불과합니다. 모든 것을 밝힐 수 없는 소신을 용서하십시오.

한승경.

희원은 승경이 보낸 서찰의 내용을 떠올리며 입술을 질끈 깨물었다. 조금 전 나간 우상과 중전마마의 반산에 대해 논의한 것은 아닌지 너무 불안했다. 그렇다고 물어볼 용기도 나지 않았다. 물어보는 순간 그에 대한 신뢰가 와장창 깨어질까 두려운 마음뿐. 간신히 가까워진 그와의 거리를 불신으로 얼룩지게 하는 게 싫고 무서웠다.

"빈궁."

그가 다가와 그녀의 팔을 잡고 돌려세웠다. 하는 수 없이 희원은 글썽거리는 눈으로 그를 올려다봤다.

"저하······."

"왜 그러느냐? 왜 그런 눈을 하고 있느냔 말이다."

"신첩은······ 저하께 아무 도움이 되지 못할까 두렵사옵니다."

"뭐······?"

신첩이 저하가 가려하시는 비탈길을 막아낼 수 있을까요? 가지 말라 애원하면 들어주시렵니까? 중전마마에 대한 증오를 씻어내고 신첩만 생각해 달라 하면 그리 해주시겠습니까?

희원은 걱정하는 그의 얼굴을 보며 억지로 입꼬리를 올렸다.

"침전에서 쉬고 계셔야 하는데 이리 말도 없이 나오셔서 신첩을 걱정시키시니 드리는 말씀입니다."

"말하지 않았느냐, 답답하여 잠시 나온 것이라고."

"실은 조금 전 오라버니가 다녀가셨습니다."

"오누이 간에 담소는 잘 나누었느냐?"

"예……. 아주 유익한 담소를 나누었습니다."

"유익한 담소라니, 내게도 말해 주겠느냐?"

"송구하오나 비밀이라 말할 수 없나이다."

"난 너의 지아비다. 부부간에 비밀이 있어서야 되겠느냐?"

"하오면 저하께선…… 신첩에게 비밀이 없으십니까?"

그는 아무 말도 하지 못했다. 그런 그의 모습에 희원은 슬픈 눈이 되었다.

"그것 보십시오. 저하께서도 마음속에 비밀을 가지고 계시면서 어찌 신첩에게만 털어놓으라 하십니까? 저하께서 모두 다 말씀해 주시면…… 그때 신첩도 비밀을 말씀드리겠습니다."

평소 같으면 버럭 큰소리로 따지고도 남았겠지만 어찌 된 일인지 그는 조용하기만 했다. 그게 더욱 불안했다. 희원은 손바닥에 배어나는 땀을 치마로 닦으며 정자 안을 둘러보는 척 고개를 돌렸다.

"이곳은 작은데도 불구하고 참으로 아름다운……."

그녀는 더 이상 말을 잇지 못했다. 등 뒤로 다가온 그가 두 팔로 자신을 감싸 품 안에 넣어 버린 것이다. 순식간에 밀려드는 뜨거운 감촉과 귓가를 간질이는 그의 숨결이 고스란히 가슴으로 전해졌다.

"난 태어나면서부터 많은 비밀을 가지고 자란 몸이다. 그러니 그 많은 것들을 어찌 다 말로 설명할 수 있겠느냐? 하지만……."

희원은 눈을 감았다. 자신을 감싼 그에게서 풀잎을 닮은 향내가 은은

하게 배어났다.

"빈궁에게 해가 되는 일은 없을 테니…… 날 믿어라. 그저 믿고 따르면 되는 것이다."

"저하……."

뜨겁게 타오르는 그의 심장 소리는 진정 진심일지도 몰랐다.

희원은 그에게서 전해져 오는 따뜻한 느낌에 조금은 편한 미소를 지을 수 있었다. 후드득 후드득, 복잡한 머릿속을 씻어 내릴 만큼 둘 사이를 감싼 정자 위로 수많은 빗방울들이 아우성을 치며 떨어졌다.

※

한 번 울음을 터트린 하늘은 쉽게 멈출 줄 몰랐다. 주룩주룩 줄기찬 비가 저녁까지도 이어진 탓에 질척하게 변해 버린 저잣거리는 초저녁부터 사람들의 발길이 뜸해졌다. 하지만 도성 내 유명한 기방에는 날씨와는 상관없는 듯 수많은 양반들로 꽉 들어차 기녀들의 웃음소리와 뒤섞여 꽤나 시끌벅적했다. 그곳에는 승경도 한 자리 차지하고 있었다.

몽롱한 눈으로 천장을 바라보며 바닥에 널브러진 승경의 눈에는 아무 의지가 없었다. 상 위에 쓰러진 술병만 해도 서너 병, 그는 술을 기다리며 멍하니 누워 있었다. 스르륵, 방문이 열리며 월선이라는 기녀가 술병을 손에 들고 중얼거리며 들어왔다.

"대체 무슨 일이기에 거물들이 모인 거지?"

월선은 눈동자를 굴리다 곧 승경의 곁으로 다가와 자리를 잡았.

"도련님, 재미없게 누워만 계시지 말고 좀 일어나시어요. 이년이 심심해 죽을 것만 갔사와요."

승경은 몸을 일으켜 앉으며 상을 향해 손을 뻗었다.

"물을 좀 다오……."

그 말에 월선은 냉큼 물그릇을 그의 손에 쥐어 주었다. 그러면서 잘생긴 그의 얼굴을 요리조리 뜯어보며 말했다.

"도련님, 이년을 첩으로 삼아 주시면 안 되렵니까? 이년은 돈도 다 필요 없고 그저 도련님 얼굴만 보아도 살 수 있을 것 같은데. 하지만 우의정 대감의 귀하신 자제시니 어림도 없겠지요? 아휴, 이년이 직접 별채 담을 넘어가 대감께 부탁을 드릴 수도 없고……. 도련님께서 함께 가시어 부탁을 드려 보면 어찌 안 될까요? 이년은 정말 아무것도 바라지 않고 그저 도련님 곁에만 있으면……."

물을 마시던 승경의 손이 일순 멈췄다. 그는 천천히 고개를 들어 월선의 둥그런 얼굴을 봤다.

"방금…… 뭐라 했느냐, 별채에 누가 있다고?"

"도련님 아버지께서 높으신 분들과 함께 별채로 들어가셨습니다. 어찌 그러십니까? 정말 이년을 위해 별채로 가시려고요?"

승경의 눈동자가 심하게 흔들렸다.

"누구와 함께 있더냐? 머릿수가 몇인지는 보았느냐?"

다급해진 그의 태도에 월선은 놀란 표정으로 어깨를 으쓱했다.

"자, 잘은 모르겠지만 적어도 열댓은 족히 넘어 보였습니다만……."

마시던 물그릇을 탁 내려놓고 그는 몸을 일으켰다.

"별채가 어느 쪽이냐?"

"진짜 가시려고요? 하지만 아무도 근처에 얼씬하지 말라는 명이 떨어졌는데……."

"아버님께 전할 말이 있으니 사람들 발길이 드문 길로 안내하거라."

이미 취해 눈이 풀린 승경이 비틀거리며 일어서자 월선은 어리둥절한 눈으로 그를 올려다봤다. 정신을 차리기 위해 그는 눈에 잔뜩 힘을 주며

월선에게 소리치듯 명했다.

"뭐하느냐, 앞장서지 않고."

"예? 아, 예!"

그의 명에 월선은 그때서야 몸을 일으켜 앞장섰다. 내리는 비 덕에 다행히 마당에는 돌아다니는 이가 거의 없었다.

각각의 방에서 새어 나오는 사내와 여인의 어우러진 소리들을 지나쳐 승경은 어렵지 않게 별채 뒷문까지 당도했다. 아니나 다를까 호위무사 두 명이 문 앞을 지키고 있었다.

"넌 그만 가보거라."

"도련님, 용무가 끝나시면⋯⋯ 이년의 방으로 다시 오실 거지요?"

간절한 그 눈빛에 승경은 매몰차게 고개를 돌렸다.

"날 안 지 얼마나 되었다고 그런 눈을 하는 것이냐? 너에게 줄 마음 따위 한 자락도 남아 있지 않으니 조용히 물러나거라."

차가운 그 말에 월선의 눈가가 금방 눈물로 뒤덮였다. 그녀는 재빨리 등을 돌리며 왔던 길로 달려갔다. 미련 없이 몸을 돌린 승경은 호위무사가 지키는 뒷문으로 걸어갔다. 역시나 무사 하나가 앞을 막아섰다.

"내가 누군 줄 알고 앞을 가로막는 것이냐?"

"뉘십니까?"

승경의 위세에 기가 눌린 무사들의 행동이 주춤거렸다.

"현 우의정 대감이 나의 아버지 되시는 분이시다. 은밀히 명을 받아 들어가는 것이니 길을 트거라."

믿어야 할지 말아야 할지 고민하는 무사들을 보며 승경이 목소리를 깔았다.

"정 의심되거든 안에 들어가 우상 대감을 불러오거라. 단, 그땐 네놈들은 목숨을 부지하기 어려울 것이다."

무사 둘은 서로의 얼굴을 쳐다보며 눈짓을 주다가 곧 길을 터주었다. 승경은 당당히 안으로 들어갔다. 쥐새끼 한 마리조차 얼씬대지 않는 휑한 별채 앞마당. 얼마나 중한 얘기이기에 부리는 종들조차 내쫓은 것일까?

승경은 섬돌 밑으로 줄지어진 많은 태사혜들을 보며 대청마루로 올랐다. 문 가까이에 있는데도 사람들의 목소리가 생생하게 들려왔다.

"세자저하께서 하명을 내리지 않았으니 우리 계획에 차질이 생기는 것이 아닙니까?"

"어허, 이 사람 보시게. 지금껏 무얼 들었는가? 우상 대감께서 방금 말씀하지 않으셨나, 이틀 안으로 답을 주신다고 말일세."

"전하께서 빠르면 내일 대리청정을 명하실지도 모르는 판국에 이틀을 기다리라니요!"

"직제학 영감의 말씀이 맞습니다. 일각이 시급한 이때 이틀을 기다리는 건 말이 되질 않습니다. 모든 것이 준비되었는데 혹 시간이 지체되어 모든 계획이 수포로 돌아가면 어쩌란 말입니까?"

방 안이 시끌벅적했다. 곧이어 웅성거리는 소리를 뚫고 책상 내리치는 소리가 들렸다. 방 안이 잠잠해졌고 이어 익숙한 아버지의 음성이 승경의 귀로 전해졌다.

"불안해할 필요 없소. 우리의 계획은 예정대로 진행될 것이고, 세자저하는 우리의 뜻에 얌전히 따라 줄 것이니 말이오."

"그 무슨 말씀이십니까, 대감? 예정대로 진행될 거라니, 저하께선 아직 명을 내리지 않으셨질 않습니까?"

"주인의 돈주머니를 누군가가 훔쳐 가면 호위무사는 굳이 명을 내리지 않아도 주인을 위해 돈주머니를 찾아올 것이외다. 물론 그것을 훔친 자도 응징하겠지. 보시오, 주인을 위해 명을 받지 않아도 무사는 움직이는 법…… 주인은 자신에게 이득이 되는 한 무사를 탓하지 않을 것이오."

"그러니까 우상 대감의 말씀은, 세자저하의 하명이 없어도 계획대로 움직이자, 이 말씀이십니까?"

"그렇소. 내 이미 저하께 말씀을 드렸으니 그것만으로도 저하께선 이 일의 모든 책임을 지실 수밖에 없을 것이오."

"하하! 역시 우상 대감이십니다! 하나부터 열까지 어찌 그리 치밀하십니까? 감탄이 절로 나옵니다, 그래!"

"하하하!"

호탕하게 웃어대는 그 소리에 승경은 이를 악다물었다.

음흉한 이 자리조차 대죄 중의 대죄이거늘 이 사람들은 어찌 그런 중한 일을 논하며 웃을 수 있는가!

승경은 이해가 가지 않았다. 그리고 그중 가장 참을 수 없는 건 그 중심에 자신의 아버지가 있다는 사실이었다. 너무 수치스러워 고개를 들 수도 없었다.

"귀한 독재이니 내의원에 들어가기 전 실수 없이 넣어야 할 것이오."

"이미 조치를 취해 놨으니 걱정 마십시오."

참다못한 승경은 문짝을 벌컥 열어젖혀 안으로 들어섰다. 갑작스런 사태에 늙은 대신들의 눈에 당황함이 서렸다. 승경은 상석을 중심으로 길게 늘어서 앉아 있는 사람들을 벌레 보듯 찬찬히 노려봤다. 지금 그의 눈에 비친 그들은 더 이상 사람이 아니었다.

방 안을 한 바퀴 돈 그의 시선이 아버지의 손에 들린 하얀 봉투로 가 꽂혔다. 그는 한 발씩 앞으로 걸어가며 큰 소리로 말했다.

"임금은 임금답고 신하는 신하다우며, 아버지는 아버지답고 아들은 아들다워야 한다고 공자께서 말씀하셨습니다. 허면 묻겠습니다. 신하가 신하답지 못하고, 아버지가 아버지답지 못하다면, 그 아들 된 자는 아들다워야 하는 것입니까? 대답해 주십시오, 아버지!"

"여기가 어디라고 찾아온 것이냐? 썩 나가거라."

"아니요! 나갈 수 없습니다. 어서 대답해 주십시오!"

앞으로 내딛는 발이 더뎠다. 평소와 다르게 흐트러진 모습과 분노로 휩싸인 승경의 눈빛에 추일은 옆에 자리한 우부승지에게 봉투를 건넨 뒤 조용히 말했다.

"얘기가 마무리되었으니 모두 나가 보시오."

자리를 차지했던 자들이 하나둘 우상의 눈치를 보며 방을 나갔다. 넓은 공간이 순식간에 비워졌다. 추일은 눈을 치켜뜨며 아들을 무섭게 쳐다봤다.

"네놈이 지금 제정신인 게냐? 감히 여기가 어디라고 함부로 들어온 게야!"

아버지의 앞까지 비틀대며 걸어간 승경은 털썩 그 앞에 무릎을 꿇었다.

"제발 멈추어 주십시오. 더 이상 죄를 짓지 마시란 말입니다!"

"이놈이!"

"다 알고 있습니다! 아버지께서 폐비 안씨를 죽음으로 몰아넣으신 것도, 지금의 중전마마와 빈궁마마도 해하시려 하는 것을 다 알고 있습니다."

"그걸 네가 어찌……."

"이제 그만하십시오. 연모하던 여인을 폐비로 만든 것도 모자라 사사하게 만들다니…… 어찌 그러실 수 있습니까? 아버지가 연모하던 여인이거늘 어찌 제 손으로 죽음에 이르게 하셨단 말입니까!"

승경이 목소리를 높이자 추일은 인상을 잔뜩 찌푸렸다.

"내 마음을 짓밟은 대가였다!"

"이 나라의 국모國母였습니다! 사사로운 감정 때문에 해할 수 있는 분이 아니었단 말씀입니다! 아버지는 나라의 녹을 받는 신하이자 임금의 총애를 받는 우의정이십니다. 그런데 어찌 임금을 배반하고, 나라를 배반하고 개인의 사리사욕만 채우려 하십니까?"

"네놈은 모른다! 내가 얼마나 고통스러웠는지······."

"아니요! 빈궁마마를 세자저하께 보내고 죽을 만큼 괴로웠던 소자입니다. 어찌 그 마음을 모르겠습니까?"

"닥쳐라! 감히 애비 앞에서 언성을 높이다니 이 무슨 불효막심한 언행이란 말이냐!"

"이럴 수밖에 없는 소자의 마음도 헤아려주십시오! 제발 이쯤에서 그만두시란 말입니다!"

"이놈이······. 여봐라! 밖에 게 누구 없느냐!"

높아진 언성에 근처를 서성이던 호위무사 세 명이 냉큼 안으로 들어왔다.

"부르셨습니까, 대감."

"저놈을 당장 포박하라! 당장!"

우상의 명에 호위무사들은 빠르게 승경의 몸을 제압해 그를 끌고 나가려 했다. 하지만 승경의 반항 역시 만만치 않았다.

"이놈을 당장 집으로 끌고 가 안채 곳간에 가두어라!"

"소자를 가두신다 한들 아버지의 악행이 가려지진 않습니다! 하늘이 무섭지도 않습니까? 어찌······."

"어서 데려가지 않고 뭘 하는 게냐!"

무사들은 몸부림치는 그의 몸을 잡고 억지로 끌고 나갔다. 승경은 끌려 나가면서도 아비에게서 눈을 떼지 않았다.

"마지막으로 부탁드립니다, 멈추십시오! 아니면 후회하시게 될 겁니다!"

"저놈의 입부터 틀어막아라!"

무사 하나가 품에서 띠를 꺼내 승경의 입을 틀어막았다. 이제 그의 목소리는 슬픈 메아리가 되어 마음속에서 맴돌 뿐이었다. 눈물 맺힌 그의 눈은 아비의 잘못을 나무라고 있었지만 추일은 그 눈을 철저히 외면했다.

그렇게 승경은 여인이 타는 가마에 손발이 묶인 채 집까지 이송되어 곳간에 갇히고 말았다.

12장

 우울했던 하늘이 언제 그랬냐는 듯 뜨거운 해를 내보였다. 세상을 젖게 만들던 비구름은 온데간데없이 사라지고 쾌청한 구름만이 하늘을 장식했다. 기분 좋은 날씨에 궁인들의 얼굴도 화사하게 피어났다.
 희원은 채비를 마치고 처소를 나와 쨍쨍한 하늘을 올려다봤다. 환하게 빛을 내는 하늘에 무거웠던 마음이 조금 사라지는 듯했다. 그리고는 곧 세자의 처소로 시선을 옮겼다.
 "저하께선 자선당으로 납시었는가?"
 그녀의 물음에 민 상궁이 가볍게 고개를 숙였다.
 "그렇사옵니다, 마마."
 어제 후원에서 나온 뒤로 명은 생각할 것이 있다며 아무도 방에 들이지 말라 했다. 물론 그녀의 방도 찾지 않았다. 그렇게 하루 종일 명은 처소 밖을 나오지 않았다. 민 상궁을 시켜 양 내관에게 은밀히 알아본바 밤새 한숨도 자지 않은 듯하다고 했다.
 희원 역시 잠을 못 자기는 마찬가지였다. 승경의 선간을 받고 밤새도록 골머리를 썩이며 자신이 무엇을 어떻게 해야 좋을지 생각하고 또 생각했다. 그리고 생각 끝에 결론을 하나 내렸다.

"가세."

희원은 중궁전을 향해 몸을 돌렸다.

※

자선당.

조강을 끝내고 명은 처소에 들었다. 머리가 복잡해 누구와도 말을 섞고 싶지 않았다.

서안 위를 물끄러미 응시하며 멍하니 앉아 있은 지 한참, 서안에 올린 그의 손가락이 끊임없이 딱딱한 탁자 위를 튕기고 있었다.

숙빈의 면상이 보기 싫은 건 사실이었다. 그렇다 해도 복중 태아를 해하는 건 도저히 할 짓이 아니란 생각이 들었다. 게다가 스멀스멀 기어 다니는 뭔지 모를 찝찝함과 순간이지만 우상의 눈에 흐르던 분노와 초조함은 그가 이 일을 서두르고 있다는 느낌을 지울 수가 없었다.

'숙빈을 반산하게 한 뒤 그 일로 날 마음대로 부릴 명분을 만들고자 하는 것인가? 그렇다면 왜 이렇게 서두르는 거지? 그런 일이라면 오히려 천천히 움직이는 것이 우상의 방식이거늘……'

우상답지 않은 행동과 평소와 다르게 흔들리는 자신의 마음이 결정을 흐리고 있었다. 좀 더 차분히 생각할 시간이 필요했다.

'분명 내가 모르는 뭔가가 있어……. 그게 뭐지?'

그때 양 내관이 급히 들어왔다.

"저하, 상감마마께서 이것을……."

명은 서둘러 서찰을 펼쳤다. 오고午鼓[34]가 울리면 침전으로 오라는 글이 적혀 있었다.

오고가 울리면 오라니……. 주수라를 함께 하시고자 하심인가? 하지만 지금껏 이런 일이 없었는데…….

명은 뜻 모를 밀서를 책 사이에 끼워 넣은 뒤 서책을 덮었다.

같은 시각, 오전 조회를 마치고 남은 업무를 보던 우상에게 상책尙冊 문설구가 은밀히 찾아들었다. 누가 쫓아오기라도 하듯 그는 주변을 경계하며 목소리를 낮추었다.

"지금 막 전하께옵서 세자저하께 밀서를 보냈다 합니다. 내용은 알 수 없으나 주수라를 세자저하와 함께 진어하실 것이라며 준비를 시키신 것으로 미루어 짐작하건대, 아무래도 주수라를 진어하시면서 대리청정에 대한 말씀을 넌지시 꺼내시리라 사료됩니다."

추일의 안색이 급격히 어두워졌다.

생각보다 빨리 움직이셨군.

추일은 초조하게 서 있는 문설구에게 자줏빛 비단 주머니를 건넸다.

"이것을 내의원 안 직장直長에게 전하시오."

"전하기만 하면 되옵니까?"

"이것을 주면 알아서 움직일 것이니 서두르시오."

추일의 묵직한 음성에 문설구는 건네받은 물건을 소매 안으로 집어넣은 뒤 재빠르게 그곳을 빠져나갔다. 문이 닫히자 추일은 길게 자란 턱수염을 천천히 매만지기 시작했다.

'시작을 알리는 신호를 보냈으니 이제 시간 싸움이겠군. 탕약이 먼저인지, 전하의 주수라가 먼저인지…….'

---
34) 궁중에서 정오를 알리는 북소리

등골 서린 긴장감을 느끼며 추일은 입매를 끌어올렸다. 임금과 자신의 힘겨루기 싸움이 시작된 것이었다. 어차피 자신의 승으로 끝이 나겠지만 그래도 이번에는 제법 그럴듯한 움직임으로 자신을 곤경에 몰아넣으려 하니 이 또한 재밌지 않을 수 없었다.

＊

중궁전에 때아니게 화기애애한 분위기가 물씬 올랐다. 중전의 왼쪽으로는 숙의 정씨, 숙용 박씨와 숙원 권씨, 그리고 오른쪽으로는 세자빈과 공주들에 이르기까지, 한방을 차지한 그들로 인해 중전은 입가에 머문 미소를 내내 풀지 않았다.
 오래간만의 담소에 다들 즐거운 표정을 지었다. 그러나 중전의 옆에 자리한 희원은 편안한 웃음을 내보이지 못했다. 그녀들의 얘기에 한쪽 귀는 열어 두면서도 눈은 수시로 주변을 살피기에 바빴다.

[나를 믿어라.]

비 오던 그날, 후원에서 세자가 그녀에게 한 말이었다. 진심이 묻어난 그 말을 어찌 믿지 않을 수 있을까. 그가 여인을 경시하고 홀대해도 진정 본심이 아니라는 것을 이제는 느낄 수 있었다. 그는 아픈 과거에 상처 입은 측은한 한 사람일 뿐이었다.
 신첩은 저하를 믿사옵니다.
 세자는 그녀의 지아비. 지아비가 비록 잘못된 길을 택한다 하더라도 그를 믿어야 하는 것이 지어미의 도리, 그것이 밤새 생각하고 내린 결론이었다. 설령 그것이 자신을 위험에 빠트린다 해도 그녀는 그를 따를 수

밖에 없었다. 그녀의 마음이 그를 따르라 소리치니까 말이다.

"곧 오고가 될 테니 다들 여기서 함께 수라를 들도록 하십시다. 괜찮습니까?"

사람을 좋아하는 중전은 역시나 함께 수라 들기를 원했다. 희원은 그 말에 진심으로 안도했다. 탕약이 언제 올지도 모르는데 이곳을 나갈 순 없었다. 어떡하든 중전의 곁을 지켜야 했다.

다들 좋다며 흔쾌히 따르자 중전은 흐뭇한 미소로 희원을 쳐다봤다.

"빈궁의 안색이 좋지 않습니다. 혹 이 시어미가 괜한 부탁한 한 겁니까?"

"아닙니다, 중전마마. 밤새 잠을 설쳐 그런 것이니 심려 마옵소서."

"밤새 잠을 설치다니, 말 못할 고충이라도 계십니까?"

모두의 눈이 자신에게로 향했다. 뭐라 변명할까 눈을 굴리는 사이 문 밖에 대기 중인 중궁 전 조 상궁의 목소리가 들렸다.

"마마, 내의원에서 지금 막 탕약이 올라왔사옵니다."

"들라."

문이 열리고 소반을 든 상궁이 나타났다. 상궁은 중전 앞에 소반을 내려놓으며 머리를 숙였다.

"주수라를 드시기 전에 음하시는 것이 좋다 하여 내의원에서 급히 올라온 것이옵니다."

내의원에서 급히?

그 말에 희원의 어깨가 흠칫 떨렸다. 여느 탕약과 별다른 점이 없어 보이는 약, 그러나 저 안에 치명적 독이 들어 있을 가능성도 배제할 수 없었다. 세자가 명을 내렸다고는 생각지 않지만 저들은 세자의 명 없이도 움직일 수 있는 자들이었기에 희원은 불안했다. 만약 저 독으로 중전에게 해가 돌아간다면 그 책임은 고스란히 세자에게 돌아갈 게 뻔했다.

희원은 중전이 탕약으로 손을 뻗으려는 찰나 질문을 던졌다.

"마마, 회임을 하였을 땐 탕약을 가려 음하셔야 한다 알고 있사옵니다. 혹 어떤 것이 들어간 탕약인지 여쭈어도 되겠사옵니까?"

중전은 손을 원래대로 돌리며 희원을 향해 사람 좋은 미소를 보였다.

"이것은 친정어머니께서 내가 아니라 이 복중에 있는 아이를 위해 지어 주신 거랍니다. 외가 쪽에 약제를 능히 다루는 분이 계신데, 그분께서 직접 지어 주신 거라 안심하셔도 됩니다."

희원의 이마에 식은땀이 송골송골 맺히기 시작했다.

중전마마의 사가에서 온 약제라면…….

독! 이 탕약 안에 독이 들어 있다!

확률은 반반. 그들이 저하의 명을 따랐거나, 그러지 않았거나.

독이 없기를 간절히 원하지만 그녀를 지배한 불안한 기운은 탕약 속에 독이 있다고 소리쳤다. 생각만으로도 끔찍하지만 저 탕약은 분명 엄청난 폭풍우를 몰고 올 것이다.

"마마, 곧 수라를 드실 것이니 어서 음하시옵소서."

아무것도 모르는 숙의 정씨가 탕약을 마시라고 부추겼다. 중전은 고개를 끄덕이며 다시 탕약으로 손을 뻗었다. 희원은 중전의 손에 들린 탕약이 입으로 가기 직전 다급하게 말했다.

"주, 중전마마!"

"왜 그러십니까, 빈궁?"

"저……."

저 탕약을 드시게 해선 안 돼!

희원은 입술을 깨물며 흔들리던 눈동자를 중전에게 고정시켰다.

"아무리 믿을 수 있는 약제로 달였다 해도 기미氣味를 보시고 음하시는 것이 좋다 사료되옵니다."

"기미는 이, 이미 보았사옵니다, 빈궁마마."

머리 숙인 상궁이 냉큼 대답했다. 그러나 희원은 상궁의 떨리는 음성과 치맛자락을 잔뜩 움켜쥔 손을 놓치지 않고 보았다. 역시 중전이 들고 있는 탕약은 평범한 약이 아니었다.

희원은 자신을 이상하게 쳐다보는 후궁들과 공주들의 눈빛에도 아랑곳하지 않고 중전의 눈을 똑바로 마주했다.

"중전마마, 실은 간만에 흉몽을 꾸어 밤새 잠을 설쳤나이다. 그리고 그 꿈의 내용이 범상치 않은 것이 영 불길함을 떨칠 수가 없습니다. 하여 청하건대 탕약의 기미를 볼 수 있도록 허해 주시겠습니까?"

그녀의 말에 다들 놀란 기색을 감추지 못했다. 그 순간 숙원 권씨가 끼어들었다.

"이미 기미를 본 중전마마의 탕약에 다시 기미를 보겠다니, 그 무슨 말씀이십니까? 감히 누가 중전마마의 탕약에 손이라도 대었단 말씀이십니까?"

삭막해진 분위기를 뚫고 중전은 탕약을 다시 제자리에 내려놓았다.

"시어미를 생각해 주는 빈궁의 마음이 참으로 갸륵합니다. 좋습니다, 직접 기미를 봐준다니 마다할 이유가 없지요."

"중전마마!"

"다들 언성을 낮추세요."

중전의 말에 다들 입을 다물었다. 희원은 하얗게 변한 상궁의 낯빛을 본 뒤 탕약으로 손을 뻗었다. 시커먼 탕약을 보며 그녀는 마른침을 삼킨 뒤 그것을 입으로 가져갔다. 짙은 한약 냄새가 코를 찔렀다. 한약이라면 질색이던 그녀지만 이 순간만큼은 이 탕약을 마셔야 했다. 어쩌면 이 탕약이 세자저하를 곤경의 늪에서 빠져나오게 할지도 모르니까 말이다.

쓴맛을 느낄 틈도 없이 탕약을 두어 모금 삼킨 그녀는 그릇을 제자리에 내려놓으려는 그때 일부러 실수인 것처럼 그것을 방바닥에 엎어 버렸다.

"어맛!"

"마마!"

후궁들과 공주, 상궁이 놀라며 희원을 쳐다보자 그녀는 황급히 중전에게 머리를 숙이며 사죄했다.

"송구하옵니다. 조심히 내려놓는다는 것이 그만……. 벌하여 주시옵소서, 마마."

어쩔 줄 몰라 하는 빈궁이 머리를 깊이 조아리자 그 모습이 안쓰러워진 중전은 잠시 놀랐던 마음을 지우며 편안한 미소를 되찾았다.

"탕약이야 새로 달이면 됩니다. 그나저나 데인 곳은 없습니까, 빈궁?"

중전의 너그러운 마음에 희원은 탄복을 금치 못했다.

"탕약이 조금 튄 것뿐, 괜찮사옵니다."

"저런, 조 상궁, 닦을 만한 것을 가져오게."

"예? 예, 마마."

조 상궁이 물러나자 희원은 어색한 분위기를 깨어보고자 미소를 지었다.

"참으로 괜찮사옵니다. 다들 놀라신 듯하여 송구하기 짝이 없나이다."

"중전마마의 탕약을 쏟다니, 이 무슨 무례한 행동이란 말입니까?"

숙용 박씨가 언성을 높였다. 그녀의 말이 맞았다. 중전 앞에서 탕약을 엎지르다니, 정상적인 사고라면 절대로 벌일 수 없는 일이었다. 희원은 머리를 숙이며 자신의 잘못을 인정했다.

"입이 열 개라도 할 말이 없나이다. 벌을 내려주시옵소서."

"다들 왜 이러십니까? 내가 괜찮다 하지 않습니까, 그러니 이 일로 소란을 피울 필요가 없습니다."

"하오나……."

그만하라는 중전의 무거운 눈빛에 후궁들은 입을 다물었다.

희원은 바닥으로 눈을 내린 채 자신의 몸 상태를 느꼈다. 독이 든 탕약을 마셨는데 이상하리만치 멀쩡했다.

내가…… 잘못 안 건가……?

그럴 리가 없는데, 승경 도령의 서간도 그렇고 저하를 찾아온 우의정, 바짝 긴장하며 탕약을 들고 온 상궁, 뭐든 것이 다 맞아떨어지는데 왜 멀쩡한 거지?

그때였다.

둥둥, 둥둥둥!

정오를 알리는 북소리가 궐내에 울려 퍼졌다.

"자자, 오고가 울리니 다들 기분 풀고 수라를 드십시다. 빈궁, 빈궁도 그만 고개를 드세요. 모두 나를 위해 해준 행동임을 잘 알고 있으니 죄스런 얼굴은 하지 않으셔도 됩니다."

북소리와 함께 등 뒤로 흐르는 서늘한 기운, 불안감이 급습했다. 그녀가 고개를 들자 중전이 걱정스런 얼굴로 보고 있었다. 그때 젖은 수건과 마른 수건 두 개를 들고 조 상궁이 뛰어 들어왔다.

"빈궁마마, 얼룩을 닦아낼 것이니 잠시만 일어나주시겠습니까?"

희원은 천천히 몸을 일으켰다. 앉아 있을 때 몰랐는데 몸을 일으키자 일순 눈앞이 흐릿해지면서 속이 메스꺼웠다. 하지만 다들 지켜보고 있으니 티를 낼 수 없는 일, 부들부들 떨리는 다리에 힘을 주고 서자 상궁이 치마의 얼룩을 지우기 위해 다가왔다. 하지만 바로 그 순간 배를 후벼 파는 통증이 급습했다. 곧바로 그녀는 비명과 함께 바닥으로 쓰러졌다.

"악!"

"꺄악!"

찰나에 벌어진 일이었다. 희원의 입에서 피가 흘러나왔고 그 모습을 본 중전과 후궁, 공주들이 하나같이 입을 벌리며 소리쳤다. 순식간에 여인들의 비명 소리가 중궁전을 때렸다.

"빈궁!"

"마마!"

희원은 귀가 먹먹했다. 자신을 부르는 사람들의 고함 소리도 더는 들리지 않았다. 그녀의 눈에 보이는 건 평평한 바닥뿐, 그것도 잠시 그녀는 깊은 어둠으로 빠져 들어갔다.

털썩!

자리에서 일어나며 건드린 서책이 바닥으로 툭 떨어졌다. 벌어진 서책 사이로 내밀어진 밀서가 다시금 명의 기억을 상기시켰다. 오고가 울리면 침전으로 들라던 임금의 명.

대체 무슨 말씀을 하시려고……?

명은 서책을 제자리에 올려둔 뒤 밀서만 품에 넣고 자선당을 나왔다. 앞에서 기다리던 양 내관이 밝은 얼굴로 다가왔다.

"저하, 이제 나오셨나이까?"

"강녕전으로 갈 것이다."

"예, 저하."

양 내관은 명의 말에 가타부타 토 달지 않고 강녕전으로 방향을 잡았다. 뜨거운 해가 그의 앞길을 눈이 부시도록 비쳤다.

강녕전으로 들어선 명은 임금의 근처에 자리했다. 그의 얼굴은 비장함마저 엿보였다.

"소자를 찾으셨습니까, 아바마마."

"세자는 가까이 와 앉으라."

명은 임금이 가리키는 곳으로 가 몸을 내렸다.

"내일은 회강이 있다 들었다. 학문을 배움에 어려움은 없느냐?"

"아바마마의 은덕과 스승님들의 지혜로움에 어려움이 없습니다."

"그래…… 세자는 어려서부터 총명함이 남달랐으니 무엇이든 빠르게 배울 것이다."

"과찬이십니다."

"명아……."

이름이 불리다니, 명은 놀란 눈으로 임금을 응시했다. 임금의 얼굴에는 깊은 그늘과 함께 슬픔이 자리하고 있었다. 명은 직감적으로 그가 중요한 얘기를 하려한다는 것을 알아차렸다.

"소자에게 하실 말씀이 계시옵니까?"

그때 상선의 목소리가 두 사람 사이에 끼어들었다.

"전하, 수라상을 들이겠나이다."

임금은 고개를 끄덕이며 명에게 말했다.

"진어한 뒤에 말할 것이니 먼저 오랜만에 함께 수라부터 들자꾸나."

'대체 무슨 말씀을 하고자 이리 뜸을 들이며 어두운 얼굴을 하고 계신 거지?'

수라상이 차려지고 기미상궁들의 기미가 끝났는데도 임금은 수저를 들지 않았다. 그러다 미간을 손으로 짓누르며 명했다.

"세자만 남고 모두 물러나 있으라."

갑작스런 명령에 자리하고 있던 내관과 상궁들은 당혹스런 얼굴을 감추지 못한 채 방에서 물러갔다. 그때서야 임금은 미간에서 손을 떼 세자를 바라봤다.

"내 너에게 중한 얘기를 하려한다. 천천히 하려 했지만…… 이 아비에겐 시간이 없구나."

"수라부터 진어하신 뒤에 하셔도 늦지 않을 듯싶습니다."

"아니다. 내 마음이 급하여 먼저 말부터 하는 게 나을 것 같구나."

"하오면…… 말씀하소서."

임금은 마른 입술을 달싹이며 흐릿해졌다 선명해졌다를 반복하는 아들의 얼굴에 집중했다.

"명아……."

"예."

"비록 가례가 늦어지긴 했지만 빈궁을 얻었으니 너도 이제 가정을 가진 어엿한 가장이 되었다. 그래, 빈궁과의 사이는 어떠하더냐?"

"세자빈으로 손색이 없는 여인이옵니다."

"금혼령을 내리기 전, 네가 날 찾아와 지금의 빈궁을 빈으로 맞게 해 달라 했었지. 기억하느냐?"

"기억합니다."

"내가 왜 너의 부탁을 들어주었다 생각하느냐?"

뜬금없는 질문에 명은 조금 늦게 답했다.

"빈궁의 가문과 그녀의 성품이 마음에 들었기 때문이 아니옵니까?"

"물론 그 이유도 있지. 하지만 가장 큰 이유는 네가 빈궁을 빈으로 맞이하고 싶다고 말했기 때문이었다. 다시 말해, 처음으로 선택한 너의 안목을 믿었다는 말이다."

"갑자기 지난 얘기를 꺼내시는 연유를 모르겠습니다. 이것이 오늘 하시려는 말씀과 관련이 있는 것이옵니까?"

"그렇다. 선왕께 보위를 물려받아 옥좌에 앉은 지 어느덧 스무 해가 훌쩍 넘었다. 세월이라는 것은 태어난 생명에게 공평하게 적용되는 유일무이한 법칙이라 나 역시 피해 가질 못했구나."

"아직 강녕하시거늘 어찌 그런 말씀을 하십니까?"

임금은 고개를 내저었다.
"세자는 총명하여 이미 눈치 챘을지도 모르겠다만, 이 아비는 시력을 잃어가고 있다. 아무도 모르게 숨기고 싶었으나 눈앞이 흐릿해지는 빈도가 잦아져 더 이상 감출 수가 없게 되었다."

임금의 솔직한 고백을 듣고도 명은 한 치의 표정 변화가 없었다. 무덤덤한 그 모습에 임금이 오히려 당황할 정도였다.

"역시…… 이미 알고 있었던 모양이구나."

"하여, 소자에게 무엇을 말씀하고자 하십니까?"

곱지 않은 말투, 임금의 얼굴에 먹구름이 몰려왔다.

"명아, 네가 아직도 날 원망하고 있다는 걸 알고 있다. 하지만 너도 이 자리에 앉으면 알게 될……."

"사사당한 어머니의 일을 가리키는 거라면 아닙니다. 아바마마께서 총애하시는 숙빈의 복중 아기를 소산시켰으니 응당 죽어 마땅한 벌을 받은 것이 아니옵니까?"

여전히 가슴에 응어리진 명의 말에 임금은 질끈 눈을 감았다.

"어떻게 설명해야 할지 모르겠으나…… 그때의 난 네 어미를 보호해 줄 수가 없었다. 살리고 싶었으나 그럴 수가 없었다."

"그때의 일은 더 이상 논하고 싶지 않습니다! 이미 끝난 일이니 처음부터 그러하셨듯 제게 아무 말씀도 하지 마십시오. 그저 여기까지 소자를 불러 내리고자 하셨던 하명만 내려주시옵소서."

변명은 듣지 않겠단 강경한 그의 의지에 임금은 눈을 떴다.

그래, 지금은 때가 아닌지도 모르겠구나. 어차피 임금의 자리에 오르면 너도 자연스레 알게 될 터, 굳이 이 자리에서 널 괴롭히진 않겠다.

"나의 눈은 곧 한 치 앞도 볼 수 없게 될 것이다. 하여 그전에……."

"전하!"

임금의 말을 끊은 상선의 다급한 목소리가 침전 안으로 전해졌다.

"얘기가 끝날 때까지 주변을 물리라 하지 않았느냐!"

"전하, 아뢰옵기 황공하오나 지금 중궁전에서 전갈이 왔사온데 빈궁마마께옵서 혼절을 하시어 위독하다 하시옵니다."

"뭐라, 빈궁이 위독해? 대체 어디가 얼마나……."

임금의 말이 채 끝나기도 전에 명의 몸이 먼저 움직였다. 그는 말릴 틈도 없이 문을 박차고 나가 상선의 팔을 잡아챘다.

"지금 뭐라 했느냐, 빈궁이 위독하다 했느냐? 자세히 말해 보라!"

명의 큰 소리에 상선은 안절부절못하며 말을 더듬었다.

"그, 그러니까 비, 빈궁마마께옵서 중궁전에 문안을 가셨다가…… 중전마마의 타, 탕약을 기미하시다……."

"지금 탕약이라 했느냐? 빈궁이 탕약을 기미한 탓에 쓰러졌다는 말이더냐!"

"그, 그렇사옵니다, 저하."

명은 임금의 존재도 잊은 채 그 자리를 박차고 나갔다. 그 뒤를 양 내관과 세자익위사들이 재빠르게 따랐다. 익선관이 바닥에 떨어졌지만 그는 그것도 알지 못하고 걸음을 재촉했다.

빈궁이 중궁전에서 탕약을 기미하다 쓰러졌다는 그 소식을 듣는 순간 뇌리를 스친 사람은 단 한 사람.

우의정 한추일!

어제 우상은 중전의 탕약에 독재를 넣어 반산하게 하자는 얘기를 하였다.

'우의정! 내 분명 기다리라 했거늘 어째서!'

분명 기다리라 하였다. 생각할 시간을 달라고, 이틀만 더 기다리라 명했다. 그런데 일이 벌어진 것이다. 그것도 중전이 아닌 빈궁이 그 탕약을

마시고 쓰러졌다.

'안 된다, 빈궁! 무사해야 하느니!'

가슴이 활활 타들어갔다. 머릿속엔 오로지 희원의 얼굴만이 가득했다. 뒤따르는 자들이 쫓아오기 힘들 만큼 명은 빠르게 걸음을 재촉했다.

중궁전 앞마당에는 각 궁의 나인들과 내의원, 의녀들이 이미 그 자리를 채우고 있었다. 그가 나타나자 다들 머리를 조아리며 길을 터주었다.

"저하, 아직 들어가시면 아니 되옵니……."

"비켜라!"

명은 중전에게 고하려는 나인까지 밀치고 무작정 침소로 들어갔다. 방으로 들어서는 순간 쳐진 발 사이로 희미하게 보이는 빈궁과 그 옆으로 다급하게 움직이는 의녀들이 눈에 들어왔다.

명은 숨이 탁 막혔다. 그 의녀들의 손에 들린 천과 앞가리개에 묻어 있는 피는 빈궁의 것이리라. 한쪽에서 어쩔 줄 몰라 서성거리는 중전도 눈에 들어오지 않았다.

가슴이 반으로 갈라진다는 건 이런 기분일까? 누군가가 가슴팍에 대침을 꽂는 듯한 통증과 온몸이 갈가리 찢기는 것만 같은 고통이 찾아왔다.

"빈궁……."

한 발 한 발 내딛는 걸음걸이가 마치 넋 나간 사람 같았다. 힘겨운 목소리에 그제야 명을 발견한 중전이 그에게 다가왔다.

"세자! 여긴 어찌 오시었습니까?"

"빈궁이……."

"세자, 아직 들어오시면 아니 됩니다. 어서 밖으로 나가세요. 밖에 누구 없느냐? 저하를 뫼시어라, 어서!"

중전의 명에 문밖에 대기 중인 세자익위사들이 들어와 세자를 부축했다. 혼이 빠져나갔는지 명은 그대로 힘없이 딸려나갔다. 하지만 초점 잃은 그의 눈동자 속에는 거센 소용돌이가 일어나고 있었다.

치료는 얼마 있지 않아 끝이 났다. 그사이 정신을 추스른 명은 다시 안으로 들어갔다. 언제 나간 건지 의녀들과 의원은 보이지 않았다. 명은 누워 있는 빈궁의 모습을 가만히 바라봤다. 모르는 사람이 봤다면 그냥 곤히 자는 사람으로 착각할지도 모를 만큼 고요했다.

그는 바닥으로 꺼지는 무거운 발걸음을 질질 끌며 그녀의 곁으로 갔다. 보고 있으면서도 믿기지 않는 현실, 누가 나타나 거짓말이라고 한다면 얼마나 좋을까. 그러나 창백한 안색과 파리한 입술은 거짓이 아니었다. 이 모든 게 사실이라고 분명히 말하고 있었다.

"주상전하 납시오!"

짧은 알림과 동시에 문이 열리고 임금이 들어왔다. 그는 누워 있는 세자빈과 그 옆에 선 넋 나간 표정의 세자 그리고 한쪽에서 그들을 안타깝게 지켜보는 중전의 모습을 한 번에 보았다.

어찌 이런 일이!

뒤늦게 임금을 발견한 중전이 주춤주춤 걸어오며 눈물을 흘렸다.

"전하……."

"중전, 이게 대체 어찌 된 일이란 말이오?"

"그것이…… 사가에서 보내온 탕약을 내의원에서 가져왔는데…… 흑흑…… 빈궁께서 간밤에 흉몽을 꾸어 그러니 기미를 보게 해달라 하여……."

"허면, 빈궁 스스로 기미를 보겠다 청하였단 말이오?"

"예……. 신첩은 진정 이런 일이 생길 줄 몰랐나이다! 이리될 줄 알았더라면 차라리 신첩이 마셨으면 좋았을 것을……."

"중전의 탓이 아니니 그만 눈물을 거두시오. 그리고 진맥은 받아 보았소?"

"예, 하혈이 심하여 위독하긴 했으나 지금은 다행히 하혈이 멈추었습니다."

"하혈이라니 대체……."

"중전마마의 반산을 노린 자들이 탕약에 독재를 탄 것이겠지요."

멍하니 있던 세자의 입에서 또박또박 말소리가 터져 나왔다.

"그게…… 무슨 말이냐, 세자?"

"아마 그자들은 이리 말할 겁니다. 이 모든 것은 세자인 나를 위한 짓이었다고 말이지요. 그러면 난 폐위 당하지 않기 위해 입을 다물어야 했을 테고, 유일한 보위 계승자인 제가 그들이 만들어 준 자리에 앉아 그들의 손에 좌지우지되었겠지요."

"그들이 누구인지…… 알고 있다는 뜻이더냐?"

"예, 알고 있습니다. 권력에 눈먼 그자들을 잘 알고 있지요. 뿐만 아니라 그자들이 날 원한다는 것도 잘 알고 있습니다. 아바마마도 소식통이 있었을 터, 그걸 모르진 않았을 텐데요?"

"세자! 네 어찌 그런…… 윽!"

임금이 미간을 심하게 찡그리며 비틀거렸다.

"전하!"

황급하게 다가온 중전이 그를 부축했고 이어 사람들을 불렀다. 시야가 흐려진 임금은 상선과 궁인들의 부축을 받고 중궁전을 나갔다. 뜻하지 않은 상황에 중전이 우왕좌왕하자 세자가 한마디 거들었다.

"따라가시지요, 여긴 제가 있을 것이니."

망설이는가 싶더니 중전도 임금의 뒤를 따라 침전을 나갔다.

모두가 사라진 방 안, 명은 몸을 돌려 희원의 곁으로 다가와 몸을 내렸다. 그리고 손을 뻗어 창백한 얼굴을 쓰다듬었다. 죽은 사람처럼 창백하지만 온기가 있었다. 찰나지만 따뜻한 기운에 다행이라는 생각마저 들었다. 그는 축 처진 그녀의 손을 잡으며 이를 악물었다.

'어째서 그대가 이런 변고를······.'

무슨 일이 있어도 이 여인만은 지켜 주리라 다짐했다. 그런데 상황은 자신의 바람대로 돌아가지 않아 미칠 것만 같았다. 할 수만 있다면 그녀 대신 이 자리에 누워 있으면 싶었다.

"으음······."

괴로운 신음을 흘리며 그녀가 눈썹을 찡그렸다. 그 모습에 명은 그녀에게 얼굴을 가까이 가져갔다.

"빈궁! 정신이 드느냐?"

그러나 그녀는 이내 고른 숨을 뱉으며 잠잠해졌다. 어깨에 힘이 빠진 명은 고개를 떨구고 말았다.

나 때문이다. 나만 아니었어도 그대가 이런 아픔을 겪지 않아도 되었을 것인데······. 내가 벌인 일에 빈궁이 희생된 것이다!

현 임금의 치정治定에 평화로웠던 왕실은 때아닌 어둠의 그림자에 뒤덮였다. 강녕전에 앓아누운 임금으로 인해 신료들의 불안감이 하늘로 치솟고, 독을 당한 세자빈 때문에 궐내는 불신과 두려움으로 술렁였다.

발 없는 말이 천 리를 간다 했는가. 그 속담처럼 소문은 막으려 하면 할수록 궐내를 떠나 도성 밖으로까지 속수무책으로 퍼져 나가기 시작했다.

✽

인경이 울린 지 한참 지난 야심한 시각, 환하게 불이 켜진 우상 한추일

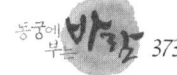

의 사랑채에는 겹겹이 둘러싼 호위무사들로 인해 긴장감이 흘렀다. 살벌한 경계에 주변을 얼씬거리는 사람은 한 명도 없었고 넓은 마당에는 미미한 풀벌레 소리와 뒤섞인 낮은 음성들이 희미하게 울릴 뿐이었다.

"이를 어찌하면 좋단 말입니까? 쓰러지라던 중전마마는 멀쩡하고 빈궁마마께서 생사를 헤매고 계시니 참으로 곡할 노릇입니다."

"조 상궁의 말을 들어 보니 빈궁마마께서 괜찮다는데도 억지로 기미를 보셨다 합니다. 마치 이런 일이 일어날 것을 알고 있기라도 하듯 말입니다."

"우상 대감, 혹 세자저하께서 빈궁마마께 언질을 주신 건 아닐는지요?"

사람들의 말을 경청하던 추일은 자신에게 날아든 질문에 고개를 내저었다.

"가능성이 없는 것은 아니나 그럴 리는 없을게요. 빈궁마마가 이 사실을 알았다면 분명 안동부원군에게 말을 했을 거고, 그렇다면 주상께서 모르고 계실 리가 없질 않소이까?"

"그야 그렇지만……. 허면 정말 흉몽 때문에 기미를 보셨을까요?"

집현전 박응교가 혀를 찼다.

"어허, 이런 기막힌 우연이!"

갑자기 벌어진 사태에 다들 마음의 동요가 일어나고 있었다. 그래서 추일이 긴급히 사람들을 소집한 것이었다. 앞에 놓인 술잔을 들어 올리는 추일의 입가는 평소와 마찬가지로 느긋했다.

"어차피 처리해야 할 사람을 처리한 것뿐이오. 다만 그 시일이 좀 당겨진 것이니 다들 두려워할 것 없소이다. 차라리 세자빈이 중전에 오르기 전에 화를 당했으니 잘 된 일이오. 그 독을 마셨으니 앞으로 회임은 불가능한 일, 우리 쪽 사람의 여식을 빈으로 올리면 되질 않소이까?"

"우리 쪽 사람이라니, 누굴 지칭하시는 것입니까?"

호조참의의 질문에 추일의 눈이 부드럽게 휘었다.

"영감의 여식이 올해 열 살이 되었다 들었소. 품행도 방정하고 평판도 좋으니 세자빈이 되기에 부족함이 없지 않소?"

"하하, 대감도 참, 제 여식보다 동부승지의 여식이 재색과 학식을 겸비하였다 들었습니다."

그 말에 동부승지의 입이 절로 벌어졌다.

"흠, 아직 모자란 점이 많은 여식입니다. 여기 계신 모든 분들 또한 부원군이 되시기에 부족함이 없으니 신중히 생각하여 결정하심이 어떻겠습니까?"

부원군이라는 단어에 다들 정신이 집중되었다. 추일은 만족스러운 미소를 지으며 술잔을 들이켰다.

"자, 부원군 문제는 우선 빈궁마마의 자리를 공석으로 만든 다음에 생각해도 늦지 않을 듯싶소. 그보다 시급한 것은 바로 세자저하의 대리청정 건이요. 전하께서 어환으로 자리에 눕긴 하셨어도 언제 일어날지는 알 수 없는 일, 하루 빨리 저하의 대리청정을 추진하지 않으면 어렵게 찾은 기회가 수포로 날아갈 것이외다."

"전하께옵서 어환 중이시거늘 어찌 대리청정을 논할 수 있겠습니까, 대감?"

"어환이시기에 논할 수 있는 게요. 전하께서 자리보전을 하시면 정사는 누가 돌보겠소? 이것은 불가결한 선택이 될 것이오."

의금부 도사가 침착하게 입을 열었다.

"허나 세자저하가 따라 주실지가 염려됩니다. 듣자하니 빈궁마마께서 쓰러지시고 그 곁을 지키느라 몸이 상할 지경이라고 하던데, 혹 빈궁마마를 해한 우리에게 반감을 가지시진 않을는지요?"

"후후, 그리도 세자저하를 모르시오? 저하께선 한 가지밖에 모르시는 분이오. 제 어미를 죽음으로 몰아넣은 것이 숙빈이라 믿고 그 아비에게 복수하고자 오로지 보위만 바라보고 계시지. 그런 분이 빈궁마마 곁에 있는 이유가 무어라 생각하시오?"

"우상 대감의 말씀은…… 그러니까, 저하께서 일부러 빈궁마마의 곁에 계시다는 말씀입니까?"

"어미의 죽음을 알고도 멀쩡하게 강학講學을 하시던 분이오. 우리의 일을 처음부터 다 알고 계시었으니 그렇게라도 하지 않으면 의심의 화살이 저하께 떨어질 것은 불을 보듯 뻔하니 미리 피하려고 했겠지. 똑똑하신 분이니 충분히 그러고도 남으실 분이외다."

"외람된 말이오나 만에 하나 저하께서 저러시는 까닭이 진심이라면 어찌합니까?"

탁!

추일이 상을 내리쳤다. 흡사 맹수의 눈빛처럼 그의 눈이 날카롭게 번뜩였다.

"지금까지의 세자저하를 보시고도 그런 말이 나오시오? 중전마마는 물론 궐내에 있는 여인이란 여인은 길바닥에 버려진 오물보다 못한 존재로 여겨 오신 분이오! 가례를 올렸다 한들 빈궁마마를 얼마나 보았다고 연모의 정이 피어나겠소?"

일리 있는 그 말에 모두의 고개가 절로 끄덕여졌다. 그러고 보니 중전까지 우습게보던 세자가 아니었던가. 폐위까지 거론되는 상황에도 비뚤어진 성품은 바로 잡히지 않았고 급기야 궁에 갇히는 벌까지 받고서야 조금 잠잠해졌을 뿐, 그런 야생마 같은 기질이 어디 갈 리 없었다. 겨우 가례를 올렸다고 여인에게 마음을 줄 세자가 아니었다. 마른하늘에 날벼락이 치지 않고서야 그런 일이 일어날까!

모두가 수긍하는 그때 굵은 목소리가 방 안을 울렸다.

"어쨌든 중전마마의 탕약에 독이 들어간 것이 밝혀졌으니 범인을 찾으려 들 것입니다. 우리의 존재가 드러나면 어찌합니까?"

"남은 증거가 없을뿐더러 독재를 넣은 자의 입막음은 철저히 해두었으니 죽음을 택할지언정 발설할 일은 없을게요. 무엇보다 우리에겐 방패막이가 되어 줄 세자저하가 있질 않소이까?"

"허허허! 대감의 말씀을 듣다 보면 모든 근심이 싹 사라집니다, 그려."

"하하!"

두려움을 떨친 시원한 웃음소리가 그들의 입에서 새어 나왔다. 그리고 그 웃음은 담장을 넘기도 전 바람에 흩어져 공기 중으로 사라졌다.

새벽녘이 돼서야 그들은 한 사람씩 추일의 집에서 빠져나갔다. 추일은 마지막 남은 한 사람까지 배웅하고 나서야 사랑채로 걸음을 돌렸다. 아니 돌리려 했다. 하지만 일각문 앞에 멈춘 그의 발길은 문 너머 안채로 향했다. 안채 곳간에 있을 아들을 떠올린 그는 차마 걸음을 돌리지 못했다. 어두컴컴한 안채 구석에 자리한 곳간으로 걸어간 그는 뒤따르던 호위무사를 멀리 물리고 벌어진 문틈을 향해 말문을 열었다.

"깨어 있느냐?"

"이곳엔…… 어인 일이십니까?"

"몸은 어떠하냐, 들이는 음식도 먹지 않는다 들었다. 그리 고집을 부린다 한들 소용없으니 그만두거라."

"그만두어야 하는 사람은 소자가 아니라 아버님입니다. 이제라도 모든 것을 되돌리십시오."

"못난 놈, 아직도 정신을 못 차린 게냐? 대체 누굴 닮아 앞뒤 분간을 못하는 게야!"

"자백까지 바라지도 않습니다. 그저 지금 가시려는 길을 가지 말아 달라는 것입니다. 더 이상 대죄大罪를 짓지 마시고 조정에서 물러나 주십시오. 그렇게만 해주신다면 소자, 평생을 바쳐 효孝를 다할……."

"닥쳐라! 네놈이 끝까지 애비 속을 뒤집어 놓는구나! 이미 갈 수 없는 길에 들어섰으니, 멈출 수 있는 방법은 단 하나. 그 길 끝에 당도하는 것뿐이다. 그러니 속 편한 소리 그만하고 현실을 직시해라!"

"아버님!"

더 이상 할 말이 없어진 추일은 몸을 돌려 곳간에서 멀어졌다. 그러다 근처에서 서성이는 덕구를 발견하고 내일은 억지로라도 밥을 먹이라는 명을 내리고서 사랑채로 걸어갔다.

사랑방으로 들어온 추일은 솟아오른 화를 주먹에 실어 서안으로 날렸다. 분이 풀릴 때까지 몇 번을 내리친 후에야 그는 사나운 행동을 멈췄다.

'내가 어떻게 여기까지 왔는데!'

추일은 승경을 엄하게 교육시켰다. 감정을 드러내지 않았지만 유일하게 정을 내준 아이였다. 유약한 심성만 제외하면 자신을 닮아 총명했고 생긴 것 또한 남이 부러워할 정도였다. 하여 부인도 둘째 아들 녀석보다 큰 녀석을 더욱 챙기며 살뜰히 보살폈다. 그렇게 정성을 들인 아들이 자신의 하는 일을 가로막으려 하니 치밀어 오르는 화를 주체하기 힘들었다. 추일은 서안에 올린 두 주먹을 바르르 떨며 중얼거렸다.

"며칠만 더 가둬 두면 제 놈도 별수 없겠지."

※

벌써 이틀째였다. 세자는 앓아누운 빈의 곁을 한시도 떠나지 않았다. 곡기도 끊은 채 오직 누워 있는 빈궁의 곁만 지키고 앉았다.

우려의 목소리가 높았지만 그를 말릴 수 있는 유일한 임금마저 몸져누운 상태라 아무도 그를 어쩌지 못했다.

그렇게 이틀 밤이 저물어가는 해시亥時, 꿈쩍도 하지 않았던 희원의 눈꺼풀이 조금씩 꿈틀대기 시작했다. 이틀 동안 닫혀 있던 눈은 금방 제 일을 차지 못하고 몇 번을 몸부림치고서야 세상의 밝은 빛을 받아들였다.

희원은 흐릿하게 보이는 눈앞을 멍하니 바라봤다. 희미했던 것들은 곧 서서히 형태를 잡아가며 선명하게 드러났다. 먼저 그녀의 눈에 들어온 것은 사조룡의 보와 그 앞을 장식한 옥대였다. 희원은 눈꺼풀을 들어 올려 세자의 옷깃을 지나 갸름한 턱선과 곱게 감긴 눈으로 시선을 끌어 올렸다.

'저하께서 여긴 왜……?'

희원은 천천히 눈동자를 굴려 낯선 방 안을 조용히 둘러봤다. 자신의 처소보다 크고 넓은 방 안, 그리고 그 안을 꽉꽉 채우고 있는 고풍스런 가구들은 자신의 것이 아니었다.

'여긴…… 중전마마의 침전……?'

묵직한 두통이 찾아와 잊혀 진 기억을 상기시켰다. 그제야 자신이 이곳에 누워 있는 이유가 떠올랐다.

'그랬지…… 중전마마의 탕약을 기미하다가…….'

그 탕약을 일부러 엎질렀고 조 상궁이 더럽혀진 옷을 닦아 준다 하여 일어났다. 그리고 급작스런 복통을 느끼며 쓰러졌다.

그때의 상황을 차근차근 떠올린 그녀는 자신의 곁을 지켜주는 명의 얼굴을 물끄러미 바라봤다. 수척해 보이는 그의 얼굴이 걱정으로 얼룩져 파리하게 보였다. 그 모습에 괜스레 미안해지면서도 알 수 없는 행복감에 벅차올랐다.

'언제부터 저리 계셨던 거지?'

희원은 바짝 마른 입술을 꾹 다물고 몸을 일으키기 위해 옆으로 어깨를 틀었다. 순식간에 배를 강타한 엄청난 통증에 그녀의 입에서 고된 신음이 터졌다.

"앗!"

작은 비명에 명의 눈이 번쩍 떠졌다. 깨어난 그녀의 모습에 명의 눈동자가 놀라움으로 물들었다. 그런 그를 보며 희원은 거친 숨을 몰아쉬었다.

"저하……."

늘 당당하던 그 눈빛은 어디로 사라진 것인지 그의 눈은 슬픔으로 얼룩져 있었다. 보는 이가 다 마음이 아플 지경이었다.

"저하…… 어찌 그런 눈을 하고 계시옵니까……?"

"깨어났느냐……?"

잔뜩 잠긴 목소리였다.

"언제부터 여기 계셨습니까? 신첩이…… 오래 누워 있었습니까?"

"아니다."

"신첩 때문에…… 성노하셨습니까?"

"아니다."

"허면 왜 아무 말씀도 안 하시옵니까?"

"……."

"일어나고 싶은데 좀 도와주시겠습니까?"

그녀의 등 뒤로 손을 넣은 명은 조심스레 그녀를 일으켰다.

"으흡!"

앉자마자 그녀의 입술 사이로 힘겨운 신음이 흘렀다.

"왜 그러느냐?"

"괜찮……습니다. 복부가 조금……."

"많이 아프더냐? 내 의원을 불러오……"

"저하, 그러지 마십시오!"

희원의 손이 그의 소매를 잡았다. 그는 일어서려던 몸을 바로 잡으며 그녀를 보았다.

"빈궁은 독이 든 탕약을 마시고 이틀간 혼절하였다. 그러니 의원에게 진맥을 받는 것이 좋을 것이다."

"진맥은 조금 이따 받겠습니다. 그전에…… 저하와 얘기를 나누고 싶습니다."

"내게…… 하고픈 말이 있는 것이냐?"

그렇다는 눈빛으로 희원은 그의 얼굴을 빤히 쳐다봤다.

"먼저…… 중전마마께서 무사하신지 알고 싶습니다."

명은 눈썹을 찌푸렸다. 누구 때문에 이렇게 되었는데 깨어나자마자 그런 걱정이라니, 화가 나려 했다.

"무사하시다."

화기를 다스리며 명은 퉁명스레 답했다. 그 대답에 그녀는 창백한 입술을 가늘게 늘렸다.

"다행입니다……. 참으로 다행입니다."

"무엇이 말이냐? 빈궁이 이 지경이 되었는데 뭐가 그리 다행이란 말이더냐? 그대가 죽으면 모든 것이 다 끝이거늘 무슨 생각으로 그런 짓을 벌였느냐! 그대가 깨어나지 못했으면 난 어떡하라고!"

명이 소리쳤다. 그 목소리에는 그동안의 걱정과 분노, 슬픔 등 많은 감정이 내포되어 있었다. 화를 내는 음성에도 희원은 이상하게 기분이 안정되었다. 괜찮냐는 백 마디 말보다 자신을 탓하는 그 목소리가 너무 애잔해서 시렸던 몸속까지 따뜻해졌다.

"송구합니다, 저하께 심려를 끼치어……"

"나의 잘못이다."

말을 끊으며 그가 말했다. 차마 그녀의 눈을 마주하지 못했던지 그는 시선을 다른 곳에 놓았다.

"나의 욕심이 빚어낸 결과 때문에 빈궁이 화를 당한 것이다……. 이 모든 것이 전부 나 때문에……."

"저하 때문이 아닙니다."

희원은 힘을 내어 그의 손등 위로 손을 겹쳤다.

"저하께서는 중전마마의 반산을 원치 않으셨습니다, 그렇지 않습니까?"

"그걸 빈궁이 어찌……."

"지금껏 저하께서도 아파하고 계시질 않았사옵니까? 신첩의 눈에는 그리 보였습니다. 비만 오면 숨쉬기 힘들 만큼 고통스러워하는 어린 세자저하가……. 원치 않는 것들을 해야만 하는 세자저하의 고된 모습을 보고 말았습니다. 하여 지켜드리고 싶었습니다. 세자저하께서 신첩을 지켜주고 싶어 하듯…… 신첩도 할 수 있는 모든 것을 동원하여 지켜드리고 싶었습니다. 하여 중전마마의 탕약에 독이 들어 있다는 것을 알고도 마셨습니다."

"뭐……? 알고도 마셨단 말이냐? 어째서…… 어째서!"

그의 고함에 희원은 몸을 앞으로 기울여 그의 어깨를 끌어안았다.

"말하지 않았습니까? 저하를 지켜드리고 싶었다고. 중전마마께서 탕약을 마셨다면 지금과는 완전히 다른 상황이 펼쳐졌겠지요. 대소신료는 물론 저잣거리의 거지조차 저하를 비하하며 탕약에 독을 넣은 주모자가 아니라는 증좌가 나와도 불신의 눈을 감추지 못했겠지요. 또한 저하를 움직이려던 사특한 무리들은 그것을 빌미로 후에는 빈궁인 저까지도 해할지 모릅니다. 하지만 신첩이 그것을 대신함으로써 모든 것이 달라졌을 않습니까? 저하의 아내인 제가 중전마마를 지켜냈으니 저하를 보는 모든 이들의 시선이 달라질 것입니다. 목숨을 걸고 효를 행했으니 그것이 비록 신첩의 몸을 빌려 이루어졌으나 그 공덕은 저하가 받게 될 것이니, 만백성이 저하를 존경할 것이옵니다. 그리되면 그간 중전마마와의 흉흉했던 소문들도 잠잠······."

희원은 말을 미처 끝맺지 못했다. 그녀의 허리를 힘주어 끌어안은 명의 손이 미세하게 떨고 있어 북받친 감정이 고스란히 전해졌다.

"네가 마신 독이 무엇인지 알고 마셨다 하였느냐······? 허면······ 이제 두 번 다시 아이를 잉태할 수 없다는 것도 알고 있느냐?"

그의 가슴에 얼굴을 묻은 희원의 머리가 작게 끄덕여졌다. 여자로서의 행복도 포기하고, 나아가 목숨까지도 위태로울 수 있는 위험천만한 상황에 이 작은 여인은 그 모든 걸 알고도 지옥불로 뛰어들었다. 명은 치솟아 오르는 감정을 주체할 길이 없었다.

[전하, 아뢰옵기 황공하오나 의녀들이 면밀히 조사한바, 보경寶經[35]의 시기가 아님에도 하혈이 심한 것으로 보아 아무래도······ 태기胎氣[36]가 있었던 것으로 사료되옵니다.]

한 시진 전 내의원 어의가 한 말이었다. 그의 말이 사실이라면 합방을 한 그날 빈궁이 회임을 했다는 것인데 회임을 하자마자 축하는커녕 이런 불미스런 일에 휘말리게 된 것이었다. 더 이상 회임도 할 수 없는데 뱃속의 태아마저 덧없이 사라지니 믿을 수 없는 고통에 가슴이 천 갈래 만 갈래 찢어지는 듯했다.

----
35) 월경
36) 아이를 밴 기미

자신의 마음이 이럴진대 이 사실을 그녀가 알게 된다면 그 마음이 오죽할까! 그녀를 위해 명은 이 일을 깊숙이 묻어 두기로 했다. 이 모든 건 자신의 죄에서 비롯된 것이니 아무 잘못 없는 그녀가 힘겨워하는 건 더 이상 원치 않았다.

희원은 가슴에 묻었던 얼굴을 들며 옅은 미소를 지었다.

"신첩은 괜찮으니 후궁을 들이시어 원자를 보시옵소서. 원자가 태어나면 신첩이 훌륭히 키울 것입니다."

"지금…… 나에게 후궁을 들이라는 것이냐?"

"원자를 생산하지 못하니 세자빈으로서의 자격은 없으나, 신첩…… 저하의 곁을 떠나고 싶지 않습니다. 하오니 후궁을 들이시어……."

"못 들은 것으로 하겠다!"

"저하……."

"나의 빈은 오직 그대뿐이다."

다른 여인은 필요 없다!

명은 희원을 와락 껴안았다. 이번 일로 그녀가 자신에게 얼마나 소중한 존재인지 다시 한 번 깨달았으니, 더 이상 상처를 주지 않으리라. 그는 애잔한 손길로 그녀의 머리와 등을 천천히 쓰다듬었다.

"저하……."

"아무 말도 하지 마라. 아무 말도……."

억눌린 애틋함이 꽉 다문 잇새로 새어 나왔고 슬픔이 묻어나는 그 음성에 희원의 눈에는 눈물이 차올랐다. 숨죽인 감정의 소용돌이 속에 밖에 서 있던 양 내관과 민 상궁도 흐르는 눈물을 주체하지 못하고 소매 끝을 적셨다.

그날 새벽, 명은 희원을 직접 업고 동궁까지 걸어갔다. 양 내관과 민 상궁 및 따르는 나인들과 익위사들이 천으로 그 모습을 감쌌지만 이례적인 왕세자의 모습에 놀라움을 금치 못했다.

동궁에 들어간 세자는 그 누구도 만나지 않았고, 빈궁의 처소에서 나오지도 않았다. 빈궁의 곁에 머물며 서책을 읽어 주거나 상궁을 물리고 직접 밥까지 떠먹여 주는 둥 그녀에게 갖은 정성을 다했다. 그를 말릴 수 있는 사람은 아무도 없었다.

그렇게 사흘째, 기우제를 지낸 탓인지 또다시 하늘이 먹구름을 잔뜩 머금기 시작하더니 비를 뿌려대기 시작했다. 규칙적으로 들리는 미약한 빗소리가 자장가라도 되는 듯 희원은 초저녁부터 잠이 들었다. 명은 그런 그녀의 모습을 가만히 지켜보다 심각한 얼굴로 동궁을 나와 강녕전으로 향했다.

강녕전의 침소 안, 임금의 곁에는 중전이 머물러 있었지만 그녀는 명의 등장에 아무 말 없이 조용히 그 자리를 물러나 주었다. 명은 주변을 물리고 임금의 곁에 몸을 내렸다. 초점 없는 임금의 눈이 명에게로 향했다.

"세자가…… 온 것이냐?"

"예. 소자가 보이지 않으십니까?"

"보일 듯 말 듯 흐릿하구나. 그래, 빈궁의 상태는 어떠하냐? 빈궁을 극진히 살핀다 들었느니라."

말투에 서운함이 서렸다. 충격 때문인지 급격히 나빠진 시력 때문에 침전을 나설 수 없는데다가 쓰러진 빈궁 때문에 자신을 한 번도 찾지 않은 아들에 대한 섭섭함이었다. 왕실의 법도로 따지자면 불효 중 불효에 해당되나 중전을 대신해 죽음까지 불사한 빈궁의 병세가 더욱 심각했기에 누구도 그에 대해서는 입을 열지 못했다.

아비에 대한 소홀함에 명은 머리부터 숙였다.

"진즉 문안을 올리지 못해 송구하옵니다. 불효한 소자를 벌하여 주십시오."

"아니다, 내 병은 오래전부터 예고된 것이라 놀랄 것도 없었느니라. 다만 빈궁 때문에 놀랐을 네가 심려되었느니."

"빈궁이 그리된 것은 전부 소자의 잘못이옵니다. 그간 아바마마를 속이고 소자를 이용하려는 사특한 무리와 결탁해 세자로서 하지 말아야 할 행동을 수없이 행했나이다."

명답지 않은 말투에 임금은 천천히 몸을 일으켜 흐릿한 아들의 형체를 눈으로 훑었다.

"어찌…… 그런 소릴 하는 것이냐?"

"빈궁이 쓰러지고 나서야 깨달았습니다. 소자가 지금껏 얼마나 허무한 짓들을 해왔었는지 말입니다. 하여…… 결심하였나이다. 모든 것을 털어내고 자유로워지기로."

"알아들을 수가 없구나. 자세히 말해 보라, 세자."

명은 무릎에 올린 손을 꽉 움켜쥐고 깊게 숨을 들이켰다.

"오래전, 어머니께서 폐비가 되기 전날…… 한밤중에 소자를 찾아오셨습니다."

"뭐라……?"

"숙빈의 소산에 대해 어머니는 끝까지 결백을 주장하시며 억울함을 호소하셨습니다. 소자는 어머니가 무서웠습니다. 그러한 상황이 두려웠습니다. 지금까지 차갑게 어머니를 사사하신 아바마마를 원망하였고 어머니의 빈자리를 아무렇지 않게 차지하고 있는 숙빈을 증오하였습니다. 하지만…… 그것들은 진짜 이유가 아니었습니다."

명의 입술이 힘겹게 열렸다 닫히기를 반복했다. 겹겹이 쌓아 두었던 묵은 감정이 쉽게 열리지 않아 명은 눈을 질끈 감았다. 그리고 한참 후에야 입을 열었다.

"아바마마가…… 소자의 친아버지가 아니라는 사실이 견디기 힘들었습니다."

임금의 처진 눈이 순간 번쩍 올라갔다.

"그, 그게 무슨 소리냐?"

"어머니께서 그리 말씀하셨습니다. 나의 친아버지는 전하가 아니라고……."

"뭐라……? 그게 대체 무슨 소리더냐……?"

"소자는 모든 것이 원망스러웠습니다. 그래서 보위에 올라 모두에게 보란 듯이 복수하고 싶었고, 왕족도 아닌 몸으로 왕좌에 앉아 누구에게도 휘둘리지 않고 세상을 마음대로 움직이고 싶었습니다."

임금은 미간을 손으로 짓누르며 거친 숨을 들이켰다.

"허면…… 이제 와 그 얘기를 꺼내는 까닭이 무엇이더냐? 너만 입 다물고 있으면 아무도 모르는 사실이 아니더냐?"

명의 말을 재빨리 이해한 임금이 그 의도를 묻자 그는 허리를 숙여 절을 하듯 몸을 바닥에 엎드렸다.

"소자…… 더 이상 아무것도 바라는 것이 없나이다. 그간의 모든 죄를 갚을 길이 없으니…… 세자의 자리를 내어놓고 이곳을 떠나려 합니다."

임금이 무어라 입을 열기도 전에 문이 벌컥 열리며 중전이 뛰어 들어왔다.

"아니 됩니다!"

소리치는 그녀의 눈이 붉게 상기되어 있었다. 둘의 대화를 엿들었다는 죄책감도 뒤로하고 그녀는 세자의 옆에 무릎을 꿇고 앉아 목소리를 높였다.

"그럴 수 없습니다. 세자는 떠나실 수 없습니다!"

단호한 음성에 명은 놀란 눈으로 눈물로 얼룩진 중전의 얼굴을 보았다.

"이 몸을 원망하고 있다는 거 잘 알고 있습니다. 하루아침에 어머니를 잃었는데 어찌 원망이 생기지 않을 수 있겠습니까? 하지만 떠나시면 아니 됩니다. 계속 그 자리에서 이 몸을 원망하시옵소서. 이 몸의 회임이 많은 분란을 일으켰으나, 전 태어날 복중 아기가 대군이길 바라고 있습니다. 왜인지 아십니까? 그것은 세자에게 힘이 되어 줄 동생을 낳아 드리고 싶었기 때문입니다. 군왕의 자리가 얼마나 힘든지 알기에 마음 터놓고 담소라도 나눌 수 있는 그런 착한 대군 말입니다. 비록 이 마음은 전해지지 못했지만 줄곧 세자는 저의 아들이셨습니다. 누가 뭐래도 아들로 생각하고 지냈습니다. 그래서 미움을 받아도 참을 수 있었고, 회임을 하여도 마음이 불편하지 않았습니다."

그녀는 명의 팔을 힘주어 잡으며 말을 이었다.

"빈궁의 일 때문이라면 이 몸이 떠나겠습니다. 그래야 세자의 마음이 편해진다면 얼마든지 중전의 자리에서 물러날 것입니다. 그러니 모든 것을 버리고 떠나겠다는 말씀만은 거두어 주세요."

간절히 호소하는 그녀의 눈빛은 진심이었다. 그녀는 정말로 명을 미워하지 않았고 그가 임금의 뒤를 이어 다음 대 보위에 오르기를 진심으로 바라고 있었다.

중전의 태도에 명은 혼란스러웠다. 가증으로 똘똘 뭉쳐 자신에게 칼을 겨눌 것이라 예상했던 중전이 자신을 위해서 대군을 낳겠다니, 거기다 방금 전 자신이 친아들이 아님을 밝혔는데도 전혀 개의치 않는 모습이었다. 그녀의 눈에는 떠나려는 아들을 잡고 싶어 하는 어머니의 모습만이 가득했다.

어느 게 진짜 모습일까? 자신이 믿어 왔던 가증스런 여인의 모습은 어디로 가고 마음 약한 여인이 남아 있단 말인가.

어리둥절함에 멍하니 앉은 세자를 향해 진중한 목소리가 떨어졌다.

"후에 부를 것이니 세자는 일단 진정하고 돌아가 있으라."

명은 비틀거리며 강녕전을 나왔다. 지금 이 상황이 어떻게 돌아가는지 도통 알 수가 없었다. 대체 무엇이 진실이란 말인가.

터벅터벅, 걸어가는 걸음이 누가 붙잡기라도 하듯 더디기만 했다. 눈앞에 펼쳐진 길이 오늘따라 왜 이리 어둡게만 보이는 건지. 명은 가던 길을 우뚝 멈추고 뒤를 돌아다봤다. 강녕전 지붕 기와 위로 보슬비가 임금의 눈물처럼 떨어져 내리고 있었다.

13장

볕이 좋은 날이었다. 암울했던 동궁에 오랜만에 웃음꽃이 피었다. 웃음의 근원지는 바로 빈궁의 처소, 반가운 얼굴이 문안을 왔던 것이다.

어린 동생의 재롱과 보고 싶었던 가족 덕분에 희원의 얼굴에도 미소가 번졌다. 화목한 그 소리를 문밖에서 듣던 명은 조용히 그 자리를 떠나 자신의 침전으로 돌아갔다.

"이리 마마의 강녕한 모습을 볼 수 있어 얼마나 다행인지 모르겠습니다. 앞으로 자주 입궐하여 문안을 드리도록 하겠습니다."

"아니어요, 아버지. 정사로 바쁘실 터인데 그리하실 필요 없으세요. 이렇게 가끔 어머니와 오라버니, 세인이를 데리고 찾아 주시면 그걸로 족합니다."

"대감, 마마께선 쉬셔야 하니 그만 일어나심이 어떠하올는지요?"

새어머니가 종윤에게 나가기를 권했다.

"아, 그렇지. 마마, 이 애비가 마마의 안색이 하도 밝아 쾌차하신 줄 착각하였나이다. 그만 일어날 터이니 몸을 편히 쉬게 하옵소서."

"그럼 살펴 가시어요."

다들 일어나 방을 나간 그때 덕정은 그들을 따르지 않고 다시 희원의 맞은편에 자리하고 앉았다.

"제게 하실 말씀이 있으십니까?"

희원이 의아하게 묻자 덕정이 고개를 끄덕였다.

"마마께 전할 것도 있고, 묻고자 하는 것도 있어 이리 남았나이다."

"전할 것은 무엇이고, 묻고자 함은 무엇입니까?"

"먼저, 마마께서 이런 위험에 처한 것이 지난번 제가 전한 벗의 서간과 관련이 있는 것인지 묻고자 합니다."

"있다면 어찌하시려고요?"

덕정의 얼굴이 단박에 일그러졌다.

"그렇다면 내 당장 그 집으로 가……."

"그분께서는 저의 목숨을 살리셨습니다."

"예……?"

"그분께 상처만 안겨 드렸는데도…… 위험을 감내하고 이 몸을 위해, 저의 목숨을 살리고자 힘든 선택을 해주셨습니다. 그 서간이 없었다면…… 이 누이는 정말로 죽음을 맞이해야 했을지도 모른답니다. 그러니 그 서간에 대한 일은 조용히 덮어 주셨으면 좋겠습니다."

전혀 감을 못 잡는 그의 얼굴을 보며 희원이 덧붙였다.

"그럴 게 아니라 시간이 되시면 누이 대신 그분께 감사 인사를 전했으면 합니다. 덕분에 목숨을 건졌다고…… 감사했노라고……."

덕정은 여전히 어리둥절한 표정이었지만 그녀의 말에 수긍하며 안색을 살폈다.

"하온데 이제 정말 괜찮으신 겁니까? 전해 듣기론 체내에 머무른 독이 다 빠져나가면 아무 문제없을 거라고는 했지만 이 오라비의 눈에는 그리 좋아 보이지 않아서……."

"독이라는 것이 그리 금방 빠져나가겠습니까? 조금 더 시일이 걸리겠지요. 그때까진 이 몸도 조금은 아플 것입니다. 허나 금방 쾌차할 것이니 걱정은 마셔요."

앞으로 회임하지 못할 거라는 사실은 임금과 중전, 그리고 세자와 그것을 알아낸 내의원 소속의 어의와 의녀 둘, 최측근 양 내관과 민 상궁만 알 뿐, 그들을 제외하고는 철저히 비밀에 부쳐질 것이었다. 대내외적으로 빈궁은 그저 독을 당하여 치료 중인 것으로 알려져 있었다. 희원을 위해 세자가 그렇게 명을 내린 것이었다.

"정말 이 오라비가 모르는 것이 있는 건 아니겠지요?"

"그럼요. 그런데 전해 주실 것은 무엇이에요?"

희원은 빠르게 말을 돌리며 화제를 돌렸다. 그 말에 덕정은 잠시 잊고 있었다는 듯 몸을 일으켰다.

"잠시만 기다려주십시오, 마마. 데려오겠습니다."

"예? 누굴……."

덕정은 문을 열어 밖의 나인에게 뭔가를 명하더니 다시 자리로 돌아와 앉았다.

"잠시만 기다려 보십시오. 마마를 뵙고자 하는 사람이 있어서 데려온 이가 있습니다."

곧 기척과 함께 문이 열리고 그 사이로 나인 복장을 한 죽심이 들어왔다.

"아기씨!"

보고 싶었던 얼굴에 희원의 입이 스르륵 벌어졌다.

"죽심아……."

"아기씨!"

죽심이 눈물을 글썽이며 그녀에게 다가서자 그 앞을 덕정이 막았다.

"빈궁마마 앞이니 예를 갖추거라."

덕정의 말에 그제야 정신을 차린 죽심은 희원을 향해 절을 올렸다.

"아기씨, 아니, 마마, 그간 무탈하셨지요? 지가 얼마나 마마를 뵙고 싶었는지 몰러요."

어머니가 돌아가시고 줄곧 그녀의 곁을 지켜준 죽심이었다. 유일한 벗이자 어머니와도 같은 그녀의 모습에 희원은 눈가가 뜨거워졌다.

"네가 여기까지 어떻게 온 것이냐?"

"아기…… 아니, 마마가 안 계시니 집이 텅 빈 것 같고, 뭘 해도 즐겁지도 않고, 지가 왜 살고 있나 싶기도 하고…… 우쨌든 마마가 보고 싶어 살 수가 없었어라."

기뻐하는 두 사람을 흐뭇하게 지켜보던 덕정이 끼어들었다.

"마마께서 이 아이를 위한답시고 집에 남겨 두고 가셨으나, 이 아이의 뜻도 그렇고, 지금 마마의 몸도 성치 않으니 곁에 두심이 좋을 것 같아 이리 데려왔나이다."

"마마, 이제 이년은 마마의 곁에서 떠나지 않을 거여요. 돌아가라 명하시면 혀를 콱 깨물고 죽어 버릴 거라니께요."

죽심의 과장된 표현에 희원은 방그레 웃었다.

"알았다. 내 이제는 너를 곁에 두고 살펴 줄 것이다. 시집 못 갔다고 원망이나 말아라."

"사내보다 마마가 더 좋다니께요. 그리고 몸도 아프신 분이 어찌 지를 돌볼 것어요? 지가 마마를 돌봐야죠."

"하하!"

덕정의 시원한 웃음소리에 희원도 덩달아 웃음이 터졌다. 그렇게 그가 돌아가고 희원은 말 많은 죽심의 얘기를 들으며 즐거운 시간을 보냈다.

해가 서쪽으로 기웃기웃 거리는 시각, 그녀의 옆을 오래 비웠던 명이 그녀의 처소를 다시 찾았다.

"세자저하 납십니다."

문이 열리자 희원의 곁에서 조잘거리던 죽심은 화들짝 놀라 구석으로 몸을 밀어 넣으며 머리를 조아렸다. 방으로 들어온 명은 희원의 곁으로 다가가 그녀의 안색부터 살폈다.

"몸은 좀 어떻소? 안동부원군이 다녀갔단 얘긴 전해 들었소."

그는 더 이상 그녀에게 하대를 하지 않았다.

"예, 신첩을 심려하신 아버지께서 부러 식솔들을 데리고 걸음 하셨습니다."

"즐거우셨소?"

"예, 뿐만 아니라 신첩을 돌봐줄 이도 데려왔습니다."

희원은 구석에서 어쩔 줄 몰라 머리만 숙이고 있는 죽심을 손으로 가리켰다.

"저기 저 아이를 기억하십니까?"

명의 눈이 그녀의 손가락 끝을 따라갔다. 나인의 복장을 하고 있지만 어설픈 자세와 겁먹은 듯한 몸짓, 어쩐지 눈에 익었다.

"사가에서 지낼 때 늘 신첩의 곁을 지켜준 아입니다."

그제야 명은 암자에서 그녀의 뒤를 쫓아다니던 몸종을 기억해냈다. 덜덜 떠는 죽심에게 명이 조용히 명했다.

"고개를 들어 보거라."

"예? 쇠, 쇤네가 감히 어찌……."

"죽심아, 저하의 명이시니 어서 고개를 들어 보거라."

희원의 말에 죽심은 침을 꼴깍 삼킨 뒤 천천히 얼굴을 들었다. 그리고 상석에 앉아 있는 남자에게로 눈을 주었다. 하지만 그의 얼굴을 확인하자마자 죽심은 소스라치게 놀라며 뒤로 쿵 나자빠지고 말았다.

"에그머니나!"

"그리 놀라는 걸 보니 날 알아본 모양이로구나."

다시 몸을 추스른 죽심은 바닥에 바짝 엎드려 머리를 조아렸다.

"서, 서, 설마 암자에서 뵌 도련님이 아니십니까……?"

"그렇다. 그 도령이 바로 나였느니라."

"그, 그땐 쇤네가 아, 아무것도 몰랐습니다! 부디 하해와 같은 아량으로 용서를……."

"암자에서의 일은 극비이니 앞으로 그 일을 입에 담아서는 아니 된다. 알겠느냐?"

"예……?"

"그 일은 특별히 내가 눈감아 줄 터이니 넌 암자에서의 나를 잊고 그저 빈궁의 수발을 들면 된다는 얘기니라."

"예…… 예! 무슨 말씀이신지 똑똑히 알아들었구면요."

"그래, 알아들었다니 이제 나가 봐도 좋다."

말이 끝나자마자 죽심은 허둥지둥 방을 빠져나가 놀란 가슴을 진정시켰다. 우연도 어떻게 이런 우연이 있는지 아직도 영 믿기지가 않았다.

'뭐지? 분명 같은 얼굴인데 그때랑 완전 다른 사람 같잖아?'

죽심이 나가고 둘만 남게 되자 명은 재빨리 빈궁의 손을 제 손안에 가두었다.

"아까 우연찮게 빈궁의 웃음소리를 들었소. 그때서야 빈궁이 궐에 들어온 뒤로 웃음을 잃었다는 걸 깨달았지. 이제 저 아이가 빈궁의 곁에 있으니 종종 웃음소리를 들을 수 있겠군."

"저하, 신첩이 웃을 수 있는 것은 저하께서 곁에 계시기에 가능한 것

이옵니다. 만약 저하께서 신첩의 곁에 없었더라면 돌아가신 어머니께서 살아 돌아오신다 해도 편히 웃지 못할 것이옵니다."

"빈말이라도 듣기 나쁘지 않소."

"빈말이 아니기에 듣기에도 좋은 것이옵니다."

명은 입꼬리를 시원스레 올리며 그녀를 끌어당겨 품에 넣었다.

"빈궁이 가장 바라는 것은 무엇이오?"

진지한 물음에 희원은 주저 없이 답했다. 그가 곁에 있는데 무얼 더 바랄까.

"바라는 것은 없사옵니다."

"세자빈이 되기로 결심한 데에는 이유가 있을 터, 이 나라의 중전이 되고 싶었던 것은 아니오?"

"전하께옵서 세자빈이 되라 하시지 않으셨사옵니까? 신첩은 그 명을 따른 것밖에 없사옵니다."

"진정 그것이 다란 말이오?"

"한 가지 더 있긴 한데…… 신첩을 놀리지 않는다 약조하시면 말하겠습니다."

"놀리지 않을 것이오. 약조하지."

"실은…… 암자를 나온 뒤, 저하가 많이 보고 싶었습니다. 연유는 알수 없었으나 늘 지내던 집보다 저하와 함께 지냈던 암자의 생활이 그리웠지요. 그러던 어느 날 저하께서 신첩을 찾아오시어 입을…… 맞추시는 바람에 알게 되었습니다. 신첩의 마음이…… 저하를 향해 있다는 것을요. 하여 간택에 참여하고 싶었고, 빈이 되고 싶었습니다."

그의 눈이 부드럽게 휘었다. 그는 끌어안은 그녀의 등을 가만히 쓸어내렸다.

"나 역시 그러하였소. 그렇게 돌아오고 싶었던 궐로 돌아왔음에도 불구하고 암자에서 지냈던 시간들이 잊혀 지지 않았소. 빈궁, 그대가 자꾸만 떠올라 잠도 오지 않았지. 하여 그대를 다시 만나기 위해 암자로 돌아갈까도 생각하였소."

"정말요?"

"그러던 차에 궁에 들어온 그대를 보게 되었고, 우연찮게 그대의 정체를 알게 되었지."

"저자에서 저하를 보고 얼마나 놀랐는지…… 눈앞이 캄캄해지고 가슴이 뛰어 혼이 났습니다."

명은 가슴에 안은 그녀를 떼어내며 그녀와 눈을 마주했다.

"빈궁."

"예, 저하."

"내가 세자가 아니어도…… 괜찮겠소?"

"저하, 어찌 그런 말씀을 입에 담으시옵니까?"

"진심으로 하는 말이오. 빈궁만 괜찮다면…… 난 내가 가진 모든 것을 내려놓고 궐 밖으로 나가 평범하게 살고 싶소."

"마음에 품은 큰 뜻은 어찌하고요?"

"새로운 큰 뜻을 품었으니 예전의 것엔 미련이 없소."

"새로운 큰 뜻……이요? 그게 무엇입니까?"

그녀가 궁금하다는 듯 눈을 동그랗게 뜨자 명은 짓궂은 미소를 날렸다.

"빈궁과 행복하게 사는 것."

"또…… 신첩을 놀리시려는 것입니까?"

"진심이오. 빈궁이 쓰러지고 나서야 비로소 깨달았지……. 내가 빈궁을 얼마나 은애하는지 말이오."

"저하……."

"나와 함께…… 떠나 주겠소?"

희원은 가슴이 벅차올랐다. 그와 함께라면 세자빈이란 자리는 얼마든지 버릴 수 있었다. 처음부터 이 자리가 탐나서 있는 것이 아니니까 말이다. 그 때문에 이 답답한 궁궐에 들어올 용기까지 내었던 자신인데 그런 질문은 당치도 않았다. 그가 자신을 위해 그런 엄청난 선택을 한 것을 그녀가 모를 리가 없는데 오히려 저리 조심스러워 하다니. 그의 곁에만 있을 수 있다면야 그 길이 설령 위험천만한 가시밭길이라도 평생을 따르리라.

희원은 대답 대신 고개를 끄덕여 보였다. 그녀의 승낙에 일순 환한 얼굴이 된 명은 희원에게 가벼운 입맞춤을 하고 자리에서 일어났다.

"잠시 다녀올 곳이 있으니 쉬고 있으시오."

"어디를 가시는지 신첩이 물어도 되겠사옵니까?"

"아바마마의 부름이 있었소. 내 뜻을 전하고 올 것이니 기다려주시오."

예전과 다르게 명은 희원이 묻는 질문에 꼬박꼬박 잘도 대답했다. 희원이 알겠다는 듯 눈웃음을 짓자 그는 그대로 방을 나갔다.

※

해가 완전히 자취를 감춰 버리자 궐내는 어둠이 잠식했다. 곳곳에 불을 밝힌 횃불을 따라 명은 강녕전으로 걸음을 서둘렀다. 그런데 전각 앞을 가득 메운 수많은 나인들이 오늘은 어쩐지 그 수가 반도 되지 않았다. 의아하게 생각하며 명은 침전 안으로 발을 디뎠다. 환하게 밝힌 금색의 촛대 옆, 소박한 주안상 앞에 침의寢衣 차림의 임금이 자리해 있었다. 문이 닫히자마자 멀어지는 나인들의 발소리, 뭔가 분위기가 심상찮았다.

명은 긴장하며 임금의 맞은편에 몸을 내렸다.

"한 잔 받거라, 세자."

임금이 자연스럽게 술병을 들어 그의 잔을 채웠다. 명은 술을 받으면서도 임금의 탁해진 눈을 살폈다.

"용안龍眼은…… 괜찮으십니까?"

"아직 소경37)은 되지 않았으니 안심하라."

자신의 잔에도 술을 채운 임금은 술잔을 들어 올렸다.

"아들과 마시는 마지막 술이 되겠구나……. 잔을 들어라."

잔을 든 그들은 술을 한 입에 털어놓은 뒤 상 위에 잔을 내려놓았다.

"이것으로 난 두 번 다시 술을 입에 대지 않을 것이다. 그리고…… 오늘처럼 괴로운 밤도 다시는 맞지 않을 것이다."

그러니, 지금부터 하는 말을 잘 들으라는 뜻이었다.

"말씀하소서."

"내가 세자로 책봉되었을 때가 열 살이었다. 세자로 책봉되고 곧 관례를 행하였고, 승하하신 대비마마의 뜻에 따라 그 다음 해에 혼례를 올렸다. 세자빈으로 들어온 여인은 나보다 한 살 아래인 아홉 살의 이조판서의 둘째 여식이었지. 공적인 자리에서만 얼굴을 마주할 뿐 세자빈과 난 그 이상의 애정이 없었다. 그러다 지학 때 선왕께서 승하하시고 보위에 오르게 되었고, 모자란 게 많았던지라 대비마마의 수렴청정을 받게 되었지. 더불어 후사를 위해 어린 중전과의 합궁을 서두를 수밖에 없었는데…… 때마침 중궁전에서 마진痲疹38)이 발생해 중전은 이궁離宮으로 격리되었고, 후사를 걱정한 대비마마께서 후궁을 들이셨는데, 그때 들어온 것이 지금의 중전이자 당시 숙빈이었다. 하지만 난 숙빈에게 조금의 관심도 없었다. 그것을 숙빈도 잘 알고 있었고."

---
37) 맹인
38) 홍역

왕은 숨을 고른 뒤 다시 말을 이었다.
"당시의 난 혈기왕성했고, 호기심도 많았다. 대비마마께서 정사를 돌보시니 가끔 아프다는 핑계를 대고 몰래 궐 밖으로 잠행을 나가기도 했었지. 그리고 그때 네 어머니를 알게 되었다. 우연찮게 알게 된 네 어머니는 마치 하늘에서 내려온 선녀처럼 눈이 부셨다. 난 넋을 잃고 그녀를 쳐다보았고 결국 그 뒤까지 밟아 버렸다. 그 뒤로도 몇 번이나 그녀를 보기 위해 궐을 빠져나갔고, 결국 네 어머니가 내 존재를 눈치 채버렸지. 정신 나간 짓이라고 생각할지 모르겠다만, 난 네 어머니께 내가 이 나라의 왕이라고 말해 버렸다. 처음엔 농으로 생각했는지 그저 웃고 말더구나. 그러던 차에 마진을 이기지 못한 중전이 세상을 떴고, 난 그녀에게 중전이 되어 달라 부탁했다. 그녀는 전 도승지의 막내딸이었기에 별 어려움 없이 계비繼妃의 자리에 오를 수 있었지."

명은 임금이 행한 행동들과 자신이 벌인 행동들이 참으로 비슷하다는 느낌을 지울 수 없었다.

"난 그녀를 정말로 아껴 주었다. 모든 것을 주어도 아깝지 않았지. 그녀만 있으면 무엇이든 극복할 수 있을 것만 같았다. 하지만 대비마마의 생각은 나와 달랐다. 대비마마께선 그 후로도 후궁을 셋이나 더 들이셨고, 내 의지와 상관없는 일들을 벌이셨다. 중전에 오른 지 이듬해, 열일곱의 나이로 중전은 원자인 너를 낳았다. 그리고 공교롭게도 같은 해 숙빈이 회임을 하게 되었지. 다행히 숙빈은 옹주를 낳았지만 그때부터 중전이 서서히 변하기 시작했다……."

그때의 일을 회상하는 임금의 얼굴에 고충이 그대로 나타났다.

"약관이 되자 수렴청정에서 대비마마가 물러나셨고, 나 홀로 정사를 돌봐야 했다. 당시 심각한 가뭄과 변방의 불안감으로 해야 할 일들이 너무나 많아 중전을 제대로 돌볼 수가 없었다. 어쩌다 그녀가 너무 보고 싶어 늦은 시각 중궁전을 찾으면 깨어 있으면서도 얼굴을 보여주지 않는 일이 많았다. 그럴 때마다 난 숙빈을 찾았다. 숙빈은 내게 여인이기 이전에 오랜 벗과도 같았느니라. 숙빈은 내가 네 어머니를 얼마나 은애하는지도 알고 있었고, 늘 진심 어린 조언을 아끼지 않았지. 그렇게 아슬아슬한 시간이 흘러 네가 세자로 책봉되었고 갈라졌던 깊은 골도 무뎌지는 듯했지. 그러던 순간 일이 벌어졌다. 숙빈이 다과를 들다 쓰러졌고 반산에 이르게 되었다. 지엄한 왕실에서 벌어진 일이라 대비마마께선 노기를 감추지 못하셨고, 결국 의금부에서 조사한 결과 범인이 중전으로 밝혀졌다."

임금은 그 결과가 아직도 믿을 수 없다는 얼굴이었다.

"정황과 증좌가 앞뒤로 버티고 서서 중전의 목을 조였지. 어린 네게 차마 말할 수 없었다만…… 이 아비는 죽을 만큼 괴로웠다. 하여 그녀에게 조금이라도 자유를 주려고 궐 밖으로 내보낼 수밖에 없었다. 하지만 그것이 실수였다……. 말도 안 되는 소문이 속수무책으로 백성들 사이에 퍼져 폐비를 사사하라는 상소문이 끊이질 않았다……. 결국…… 내 손으로……."

차마 말을 잇지 못한 임금은 두 눈을 꼭 감았다. 꾹 닫힌 그 사이로 용루가 떨어져 내렸다.

"너만이라도 살리고 싶었다. 하여 굳건히 이 자리를 지키며 버텨야 했느니라. 어미를 죽인 못난 아비로 보였을지 모르겠으나 그럼에도 보위를 물려받을 너를 위해 그럴 수밖에 없었다……."

눈 주위로 뜨거운 기가 몰린 명은 이를 악물며 눈을 질끈 감았다. 예전의 자신이라면 이 모든 게 가식이라고 치부하며 진심을 외면했을지도 몰랐다. 하지만 지금은 달랐다. 만백성이 우러러 마지않는 왕이라는 그 자리가 은애하는 여인 하나 제대로 지킬 수 없는 고통스런 자리란 걸 몸소 느꼈기에 임금의 비통한 마음을 공감할 수 있었다.

"세자, 눈을 떠 이 아비를 보거라."

물기가 촉촉이 배어난 눈을 똑바로 뜨자 임금이 자신의 소매를 걷어 어깨까지 끌어 올렸다. 오른쪽 어깨쯤 아주 작은 반달 모양의 검정 반점이 자리해 있었다. 그리고 그 특이한 반점은 자신에게도 있는 것이었다.

"세자, 소매를 올려 너의 몸에도 같은 것이 있는지 보거라."

명이 소매를 올려 그것을 내보이자 임금은 입매를 늘리며 소매를 제자리로 내렸다.

"이 반점은 우리의 선조들에게도 있었던 것이다. 이것이 무엇을 의미하는지 아느냐?"

어리둥절한 명의 표정을 보면서 임금은 말을 이어갔다.

"그렇다. 너도 알았겠지만 이 반점이 너의 어깨에도 있다는 것은 네가 내 아들임에 틀림없다는 것을 의미한다. 너의 어미가 왜 그런 거짓으로 너를 혼란에 빠트렸는지는 모르겠으나 넌 내 아들이 확실하다. 설령 우연으로 같은 반점이 있다 한들 내가 널 아들로 인정한 이상 넌 죽어서도 나의 아들인 것이다. 알겠느냐, 세자?"

명은 머릿속이 어지러웠다. 대체 누구의 말이 거짓이란 말인가. 진실이라 믿었던 것이 순식간에 거짓이라니, 당최 판단이 서지 않았다. 하지만 아니라고 부정하려 해도 임금의 어깨에 박힌 그 특이한 점이 자신의 그것과 너무 똑같았기에 거짓이라고 주장할 수도 없었다. 게다가 어렵게 입을 연 임금의 고통스런 표정은 그동안의 고충을 고스란히 보여주었다.

설마, 어머니께서 내게 거짓을······?

어미로서 자식을 혼란의 덫으로 빠뜨릴 수 있냐고 따지고 싶은 반면 그녀의 입장도 이해 못할 것은 없었다. 상처 입은 어머니는 자식을 통해 임금에게 몇 배의 고통을 주고자 했을 것이니 말이다. 그리고 그녀의 계획은 성공적이었다. 지금껏 명은 임금을 비롯해 왕실 모두를 미워했으니까.

"명아…… 난 아직도 네 어미를 잊지 못했다. 그래서 이 얘기를 네게 해주는 것이 죽음보다도 더한 고통이었다. 제 손으로 아내를 죽일 수밖에 없었던 못난 아비의 모습을 그 어느 아비가 자식에게 말하고 싶었겠느냐? 피할 수 있다면 평생 피하고 싶었다. 하지만 네가 날 친아비라 생각지 않는다는 말을 듣고 견딜 수가 없었다. 모든 것을 말해 주는 한이 있더라도 네 오해를 풀어 주고 싶었다……."

억눌렸던 눈물이 감정을 막지 못하고 툭, 떨어져 내렸다. 빈궁의 말이 옳았다. 그 누구의 잘못도 아니었다. 그냥 그때의 상황이 그러한 것이었을 뿐, 그 누구도 그렇게까지 극단적으로 가길 바란 이는 아무도 없었다.

가슴이 뻑적지근 아파왔다. 눈과 귀를 닫고 자신이 믿었던 한 가지만을 향해 달려왔던 지난날의 덧없던 행동과 이제야 불편했던 진실을 밝히는 아버지를 보니 그간 쌓였던 분노의 돌탑이 와르르 무너지는 듯했다.

명은 몸을 앞으로 숙이며 아버지에게 사죄의 절을 올렸다. 그리고 메이는 목으로 힘겹게 말문을 열었다.

"소자의 불효는…… 그 어떤 것으로도 갚을 길이 없나이다. 그럼에도 아바마마가 소자의 아버지라는 사실이 참으로 기쁘옵니다. 하오나…… 궐을 떠나겠다는 소자의 생각은 변하지 않을 것입니다."

"명아……."

"사특한 무리들은 태양의 빛과 그 빛에 가려진 그늘처럼 늘 같이 존재하는 법…… 이 위험 속에 빈궁을 두기 싫습니다. 목숨을 잃을 뻔한 것은 이미 한 번으로 족합니다. 소자는 빈궁을 데리고 예정대로 궐을 나갈 것입니다."

"네가 강해지면 되는 것이다! 강해지면 빈궁뿐만 아니라 왕실의 안위도 지킬 수 있을 것이 아니더냐? 그리고 너의 자질이라면 충분히 그런 왕이 될 수 있느니라."

명은 바닥에 펼친 손을 오므려 말아 쥐었다. 힘을 준 손등 위가 하얗게 변해갔다.

"쉽게 내린 결정이 아닙니다."

"명아!"

"빈궁은…… 더 이상 후사를 볼 수 없는 몸입니다. 그런 그녀에게 어머니와 같은 고통을 안겨 줄 순 없습니다."

"후궁을 들이면 될 일이다, 빈궁이라면 충분히 받아들일 수 있는……."

"제가 싫습니다!"

명의 소리에 딱딱한 온돌 바닥이 울렸다. 곧이어 몸을 일으킨 그는 임금을 정면으로 마주했다.

"지아비가 다른 여인을 품는데 어느 여인이 그것을 달가이 받아들일 수 있겠습니까? 어머니가 변하신 이유를 정녕 모르시겠습니까? 어머니도 아버지의 어쩔 수 없는 상황을 다 이해하면서도 마음이 따라 주지 않은 것입니다! 왜인지 아십니까? 바로 아바마마를 너무나 은애하기에…… 은애하는 마음이 너무 크니까!"

그것은 자신의 마음이기도 했다. 아버지의 입장을 이해하면서도 한편, 대의를 위해 어쩔 수 없이 여인을 품을 수밖에 없는 것이 임금의 자리임을 알기에 명은 이 같은 판단을 내려야 했다. 자신부터도 다른 사내와 함께 하는 그녀의 모습을 상상하는 것조차 괴로워 미칠 것 같은데 하물며 사내의 그늘에 가려진 여인의 마음이야 오죽하겠는가. 대의명분을 위해 그녀에게 상처를 주느니 차라리 모든 걸 버리리라.

눈가를 바르르 떠는 임금을 보며 명은 또박또박 자신의 생각을 분명히 전했다.

"내 눈에서 피눈물이 나면 났지, 앞으로 두 번 다시 빈궁의 눈에서 눈물을 뽑지 않을 것입니다. 이것이 세자의 직위를 버리는 이유입니다."

"네가 버리고자 한다고 버릴 수 있는 것이 아니다! 빈궁을 해한 자들을 이대로 두고 간단 말이냐? 게다가 네가 떠나 버리면 눈먼 애비와 아직 태어나지도 않은 아이는 누가 지킨단 말이냐? 이 아비를 지켜줄 시간 정도는 남겨 두어도 되지 않느냐?"

임금은 어두침침한 눈을 손으로 짓누르며 덧붙였다.

"이 아비는 더 이상 정사를 볼 수 있는 몸이 아니다. 그러니 태어날 아기가 제 앞가림을 할 정도로 자랄 때까지만이라도 기다려다오."

"왕자가 태어나지 않으면 어찌하실 겁니까?"

"그땐 다른 방도를 찾을 것이다. 그러니 내게 시간을 다오. 왕실의 보존은 너에게도 중요한 일이 아니더냐?"

왕실의 유지. 왕손으로 태어난 이상 그 책임을 피할 수는 없었다. 임금의 말대로 지금 당장 모든 것을 놓아 버리고 떠난다면 왕실에 닥칠 피바람은 장담할 수 없었다. 하여 시간을 달라는 임금의 부탁을 명은 쉽게 내치지 못했다.

"생각할 시간이 필요하옵니다. 허나, 시간을 드린다 해도 그것은 아바마마를 위해 드리는 시간이지 왕위를 잇겠다는 뜻은 아니니 곡해하지 마시기 바랍니다."

"세자의 뜻은 충분히 알았다. 아무튼 철옹산성 같던 세자를 이리 변하게 한 빈궁이 놀라울 뿐이로구나. 비록 세자가 떠나겠다는 것이 이 아비의 마음을 아프게 하지만 한편으론 이 아비가 하지 못했던 것을 네가 할 수 있다는 것이 대견하기도 하다. 하여 너의 결심이 이 아비는 참으로 부럽도다."

임금이 아닌 아비의 모습이었다. 오로지 아들의 행복을 비는 자상한 아버지로서 그를 바라보고 있는 것이었다. 그 얼굴에 명은 가슴이 찡해졌다.

"빈궁을 만나게 해주신 아바마마께…… 진심으로 감사하고 있습니다……."

그 말에 임금의 얼굴에 화색이 돌기 시작했다. 처음으로 마음 한 자락을 보여준 아들의 모습에 내내 머리를 짓누르던 두통이 사라지는 듯했다. 그제야 한결 마음이 가벼워진 임금은 명과 못 나눴던 그동안의 일들을 한껏 풀어놓으며 오래간만의 담소를 즐겼다. 더불어 대리청정을 시행하려던 일과 중전을 음해하려던 무리들에 대한 처단까지 처음으로 서로의 생각을 주고받으며 의견을 나누었다.

명은 새벽녘이 되어서야 동궁으로 돌아왔다. 섬돌을 딛고 침전 안으로 들어서자 빈궁의 방문으로 어스름한 빛이 새어 나왔다.

설마 여태껏?

진즉 잠을 청하고도 남을 시간이건만 아직도 깨어 있다니, 걱정부터 앞섰다. 때마침 세자를 먼저 발견한 민 상궁이 머리를 숙이며 묻지도 않은 질문에 먼저 답을 하였다.

"마마께옵서 저하가 오실지도 모른다며 아직 침소에 들지 않으셨사옵니다."

"뭐라, 그럼 아직도 깨어 있단 말이더냐?"

"예, 저하."

명이 방으로 들어서자 그 기척에 바른 자세로 앉아 책을 보고 있던 그녀가 고개를 들었다.

"저하, 오셨나이까?"

몸을 일으키려는 그녀를 명은 재빨리 걸어가 제자리에 도로 앉혔다.

"아직 일어설 정도로 회복이 되지 않았으니 무리하면 아니 되오. 늦으면 그냥 침소에 들 것이지 뭐 하러 이 시간까지 기다린 것이오?"

"저하를 기다린 것이 아니옵니다. 그저 잠이 오지 않아……."

그 속뜻을 그가 모를 리 없었다. 그는 그녀를 와락 껴안으며 자신의 품 안에 집어넣었다.

"전하와 얘기가 길어지셨던 모양입니다."

"그간의 묵은 얘기들을 나누느라 시간이 지체되었소. 늦어서 미안하오."

"신첩에게 미안하다니요, 당치 않으십니다."

"아무래도…… 궐을 나가는 것은 시간이 필요할 듯싶소. 아바마마의 어환이 심각하여 당장 정사를 돌볼 사람이 없소. 게다가…… 그대를 음해한 자들을 남겨 두고 갈 수야 없지 않겠소?"

"설마…… 그들을 잡아들이려 하심입니까?"

"하나도 남김없이 벌할 것이오."

단호한 그 어조에 희원의 눈이 커다래졌다. 그들은 쉽게 잡히지도 않을뿐더러 구석으로 몰고 갈수록 무슨 짓을 저지를지 몰라 오히려 명이 다칠 수도 있었다.

"하오나 그들의 뒤에는……."

"빈궁은 아무 걱정 마시오. 그들의 방법으로, 천천히 박살낼 테니까."

어떠한 것도 용서하지 않겠단 그의 의지에 희원은 그만 입을 다물었다. 현명한 사람이니 좋은 묘책으로 그들을 옭아매리라.

'지금은 앞으로 벌어질 일 따위 생각지 말자. 그냥 그의 곁에 있는 것만으로도 행복하니까.'

쿵쿵, 규칙적인 그의 심장박동 소리에 희원은 편안한 기분이 되어 어느 사이엔가 잠의 나락으로 빠져 들어갔다.

명은 그녀가 잠이 든 것을 확인한 후에야 그의 처소로 돌아가 은밀히 흑주와 적주를 궐 밖으로 내보냈다.

※

이른 아침, 높은 솟을대문 사이로 청포 차림의 덕정이 모습을 드러냈다. 여느 때와 다름없이 대궐로 방향을 잡는 듯싶더니 그는 이내 궐이 아닌 다른 쪽으로 걸음을 바꾸었다. 승경에게 고맙다는 인사를 전해 달라는 누이의 부탁이 문득 떠오른 것이다. 하지만 그게 다는 아니었다. 감사 인사를 전해 달라는 그녀의 부탁도 부탁이지만 저자에서 만났던 승경의 모습이 내내 잊히지가 않았다. 퀭한 눈으로 자신을 바라보던 불안했던 그 눈빛, 분명 뭔가 고충이 있는 듯한 눈이었다. 그동안 정사가 바빠 생각은 있어도 몸이 따라 주지 못했는데 오늘만큼은 그의 얼굴을 확인해 봐야 마음이 놓일 것 같아 입궐 전 그를 찾기로 한 것이었다.

우의정 사옥에 도착한 그는 문 앞에 서서 사람을 불렀다. 곧 불혹은 훌쩍 넘어 보이는 종놈 하나가 두터운 문을 열고 얼굴을 비췄다. 종놈은 관복을 입고 서 있는 덕정을 보더니 알아서 머리를 넙죽 숙였다.

"무슨 일이십니까요?"

"이 집 큰도령께 가서 전하시게. 오랜 벗이 찾아왔노라고."

그 말에 주름이 가득한 종의 눈썹이 가운데로 몰렸다.

"그것이…… 도련님께선 지금 요양을 위해 지방으로 출타 중이시라 뵈실 수가 없습니다요."

"지방이라 했는가? 어디로 갔는지 알 수 있겠는가?"

"거기까진 소인도 잘 모릅니다요……."

덕정은 하는 수 없이 걸음을 돌렸다. 궐로 향하는 걸음이 어째 영 개운치가 않았다. 그렇게 저자를 지나치려는 찰나, 눈에 익은 얼굴 하나가 앞에서 걸어오고 있었다. 덕정은 그 얼굴이 승경의 몸종이라는 것을 금방 기억해냈다.

"보아라, 날 기억하겠느냐?"

덕정이 그에게 다가가자 덕구가 그의 얼굴을 단박에 알아보고는 허리부터 숙였다.

"그간 잘 지내셨습니까?"

"그래, 마침 잘 만났구나. 네게 물어보고픈 것이 있느니라."

"소인에게요?"

요양 차 지방에 내려간 승경의 행방을 물으려다 덕정은 즉시 생각을 바꿨다. 집 앞에서 봤던 종놈의 표정이 께름칙하여 믿을 수가 없었다.

"성균관에 갔더니 너의 주인이 자리보전하여 아직 일어나지 못하고 있다 들었다. 몸은 좀 괜찮은 것이냐?"

아니나 다를까 덕구의 얼굴도 대문 앞에서 봤던 몸종과 비슷한 표정이 되었다.

"예…… 점점 좋아지고 계시니 걱정 마십시오, 도련님."

"좋아지고 있다니…… 거 참 다행이구나. 언제 한 번 병문안을 갔으면 하는데."

"아, 아닙니다요. 손님을 맞을 정도로 호전된 것이 아니니 다음에 오시지요. 허면 소인은 심부름을 하던 중이라, 그만 가보겠습니다요. 살펴 가십시오, 도련님."

덕구는 말을 피하며 도망치듯 서둘러 걸어갔다.

덕정은 그들의 묘한 행동에 의구심이 들었다. 문을 열어 준 몸종은 승경이 요양을 떠났다 하였고 덕구는 그가 마치 집에 있는 듯이 말하고 있으니 둘의 말이 일치하지가 않았다.

대체 누구의 말이 진짜지?

덕정은 그들이 뭔가를 감추고 있다는 느낌을 지울 수가 없었다. 그게 뭘까? 승경이 전해 준 서찰로 인해 누이는 죽을 뻔했는데 누이는 오히려 그 서간이 자신의 목숨을 구해 줬다고 하며 감사의 인사말까지 전해 달라고 했다. 그렇다면 승경에게 벌어진 일은 무엇이고 승경이 택한 어려운 결정이란 대체 뭘까?

아무리 생각해도 단서가 될 만한 건 찾을 수가 없었다. 그 서찰이 누이에 대한 미련을 버리지 못한 승경의 마음이라고 생각했는데 정황상 그건 아닌 모양이었다.

그럼 뭐란 말인가.

덕정은 의문으로 가득한 이 상황이 오싹하기만 했다.

대체 무슨 일이 벌어지고 있단 말인가!

※

대소신료들이 간격을 맞춰 양쪽으로 줄 지어 늘어선 편전(便殿) 안. 그곳은 평소와 달리 긴장감이 감돌았다. 일찍 입궐하라는 명에 새벽같이 의관을 정제하고 편전에 자리한 그들은 여느 때와 다른 무거운 분위기에 그 누구 하나 먼저 입을 떼지 못했다. 미미하게 옷 스치는 소리와 침 넘어가는 소리만이 편전 안에 자리한 소리의 전부였다.

텅 빈 어좌 옆, 용포를 갖춰 입은 명이 새로 놓인 의자에 몸을 내리자 팽팽했던 긴장감은 극에 달했다. 명은 편전에 집합한 대신들의 얼굴을 날카롭게 뚫어보며 도승지가 가져온 상소문을 집어 들었다. 대리청정을 시작하며 맡은 첫 상소문이었다. 굵게 말린 종이를 펼쳐 상소를 읽어 내린 명은 내내 유지되었던 침묵을 깨며 입을 열었다.

"역시 내 예상대로 중전마마의 탕약에 독을 넣은 범인을 색출하라는 것이군."

기다렸다는 듯 영의정이 먼저 말문을 텄다.

"저하, 지엄한 왕실에 이런 불미스러운 사건이 벌어졌으니 응당 범인을 색출하여 그에 마땅한 벌을 내리심이 옳은 줄로 아옵니다."

그 말에 다들 약속이라도 한 것처럼 같은 말을 반복했다.

"그대들의 말에 동감하는 바이오. 이번에 사건을 맡은 의금부 판사는 아직도 이렇다 할 단서조차 찾아내지 못하고 있으니 그 무능함이 실로 믿기 어려울 지경이오. 하여 그 책임을 물어 오늘부로 현의금부 판사를 파직할 것을 명하는 바요."

다들 놀라 입이 쩍 벌어지고 말았다. 생각도 못한 결정에 좌의정이 나섰다.

"하오나 저하, 현의금부 판사는……."

"내 결정은 변하지 않을 것이오. 그대들의 말처럼 지엄한 왕실을 해하려한 사건이니 더 이상 너그러이 기다려줄 수 없는 일이란 걸 그대들도 잘 알고 있지 않소? 다행히 중전마마의 안위가 무사하시다 하지만 빈궁의 목숨이 위태로웠소. 현명하고 능력 있는 의금부 판사를 새로이 들여 불미스러운 사건을 한시라도 빨리 해결해야 왕실의 체면이 살 것이오."

당당하고도 위엄 서린 그 음성에 입을 열었던 좌의정은 물론 그곳에 자리한 대신들이 입을 다물었다. 그들이 잠잠해지자 명이 덧붙여 말했다.

"그대들이 지금 해야 할 일은 의금부 판사에 새로 오를 인재를 찾는 것이오. 추천할 만한 이가 있소?"

그의 하문에 다들 벙어리가 된 것처럼 입이 꼭 닫혔다. 사건 조사에 진척이 없다면 언제 목이 잘려나갈지 모를 그런 자리에 누가 오르고 싶어 하겠는가!

'예상대로군.'

명은 입꼬리를 올리며 크지도 작지도 않은 목소리로 다시 말을 이었다.

"적임자가 없다면 적임자를 찾을 때까지 의금부 판사는 우의정 한추일이 겸직을 하도록 하시오. 지금까지의 행적을 살펴본바, 우상께서 처리한 일들이 믿기 어려울 정도로 깔끔하고 정확하니 그 자리에 있어도 손색이 없을 듯싶소. 어려움이 많겠지만 상황이 좋지 않으니 우상은 성심을 다해 사건의 진위를 밝혀 주시오."

예상치 못한 명에 우상 한추일의 눈이 순식간에 커졌다.

"저하, 명을 거두어 주시옵소서. 신은 지금의 자리조차 버겁사옵니다. 어찌 중대한 사건을 맡고 있는 의금부 판사까지 겸하라 하시옵니까?"

"당분간만이오. 빠른 시일 내로 의금부 판사에 적합한 인물을 찾을 것이니 그때까지 우상이 맡아 주시오."

당분간이라 하는데 거절하는 것도 우스운 상황, 추일은 이를 지그시 깨물며 머리를 숙였다.

"하오면 명을 받잡겠나이다."

그렇게 시급한 사항을 처리한 명은 그동안 밀린 민생 현황에 대한 보고를 검토하며 대신들과 의견을 조율해 갔다. 아픈 임금이 그동안 정사를 돌보지 못한 탓에 처리해야 할 일들이 산더미 같았지만 명은 서두르지 않고 그것들을 꼼꼼히 살펴 나갔다. 어느덧 오고가 울리자 명은 잠시 일을 중단하고 편전을 나왔다. 역시나 한추일이 그의 뒤를 따라붙었다.

"저하, 하명하신 바에 대해 궁금한 것이 있사온데 독대를 청해도 되겠사옵니까?"

둘이서만 얘기를 나누고 싶다는 말이었다.

"날이 좋으니 후원으로 가시겠소?"

"따르겠사옵니다."

후원으로 간 명이 주변을 물리자 추일은 언성을 최대한 낮추었다.

"저하, 소신에게 의금부 판사직을 맡으라 하신 성의를 알고 싶사옵니다."

"이미 내 뜻을 알고 있으리라 보는데, 굳이 설명이 필요하오?"

"하오면…… 소신을 의금부 판사직을 겸하게 하신 연유가 사건의 범인이 되어 줄 자를 만들어, 하루 빨리 종결을 지으라 하심이…… 맞사옵니까?"

명은 얄팍한 눈을 반짝이는 추일을 보며 입 끝을 올렸다.

"역시 우상이오. 어찌 그리 내 뜻을 조금의 오차도 없이 그리 잘 안단 말이오? 그렇소. 사건의 범인이 되어 줄 자를 적당히 찾으시오. 그대들이 벌인 일이니 마무리도 그대들이 하는 게 빠르지 않겠소?"

"그 말씀은, 저하의 하명도 없이 일을 진행한 소신을 탓하시는 것으로 들리옵니다만."

"물론 기분이 좋은 건 아니오. 허나 나를 위해 그대들이 벌인 일이니 어쩌겠소? 그저 빠른 해결과 침묵만이 최선이지. 자, 이제 내 뜻을 알았으면 그대가 무엇을 해야 하는지도 알겠군."

만족스런 답을 들은 추일은 냉큼 머리를 숙였다.

"신, 저하의 뜻을 받들어 하루빨리 사건을 종결짓게 나이다."

"아, 우상, 내 하나 궁금한 것이 있는데."

"질의하소서."

명은 반신반의하며 천천히 입을 뗐다.

"혹…… 어깨나 팔에 특이한 점이 있진 않소?"

"점…… 말이옵니까? 송구하오나 소신의 어깨나 팔에는 작은 점도 있지 아니합니다. 굳이 특이한 점을 꼽자면 발목에 큰 점이 하나 있긴 합니다만."

명의 얼굴에 확신이 어렸다.

역시, 어머니께서 하신 말씀은 거짓이었다.

모든 것이 명확해졌다. 명은 마음 한구석에 남아 있던 작은 미련조차 깨끗이 털어냈다. 그는 우상의 얼굴을 보며 조금 더 편안해진 얼굴로 입을 열었다.

"문득 궁금해져서 말이오. 별 뜻은 없었으니 그만 돌아가 보시오."

"예…… 하오면 소신은 이만 물러가겠나이다."

추일이 찜찜한 얼굴로 자리를 떴다. 명은 추일의 뒷모습을 가만히 바라보다 동궁으로 걸음을 돌렸다. 희원과 함께 수라를 든 그는 그녀와 짧은 담소를 나눈 뒤, 임금에게 문안을 갔다. 아니나 다를까 중전이 임금의 수발을 들며 곁을 지키고 있었다. 회임한 몸으로 임금을 지극정성으로 간호하니 명은 내심 감탄하지 않을 수 없었다. 미움이라는 감정을 한 꺼풀 벗겨내니 그녀가 하는 행동이 그리 밉게 보이지 않았고 오히려 아픈 아버지를 위해 잘 되었다 싶은 마음마저 들었다. 어차피 자신은 궁을 떠날 것이니 그녀가 임금의 곁을 지켜준다면 걱정 한 자락은 편히 놓고 갈 수 있었다.

명을 본 두 사람의 얼굴에 화기가 돌았다. 그는 두 사람에게 절을 올리며 예를 다했다.

"아바마마의 용안龍眼은 아직도 별 차도가 없으십니까?"

"고칠 수 없는 병이라 앞으로 차도를 기대하는 것도 어려울 것 같구나."

임금의 답에 명은 착잡한 표정을 감추지 못한 채 다소곳이 앉아 있는 중전을 향해 시선을 돌렸다.

"주수라는 드셨습니까…… 어마마마."

마지막 말에 중전의 힘없던 눈이 확 올라갔다. 처음으로 불리는 어마마마라는 소리에 그녀의 눈동자가 이리저리 흔들렸다. 늘 중전이라 불러 준 그였기에 어머니로서의 대접은 이미 포기한 거나 다름없었다. 그런데 그가 마음을 열고 이리 어머니라고 불러 주니 그동안의 마음고생이 한 번에 치유되는 듯했다. 그녀의 눈가가 금세 눈물로 차올랐다.

"소, 송구합니다. 세자가 이 몸을 어미라 불러 주니 너무나도 기뻐……."

중전의 떨리는 음성에 명은 고개를 떨구었다. 알고 있었다. 그가 그녀에게 얼마나 혹독하게 굴었는지 말이다. 오랜 세월 동안 그녀를 경시하며 겁박한 날들이 셀 수 없을 정도였으니 그녀가 이리 놀라는 것도 당연한 거였다.

"그간 불효했던 소자의 만행을 갚을 길이 없습니다."

그 말에 중전은 명의 손을 감쌌다. 손등을 덮은 그녀의 떨리는 손은 마음을 녹일 만큼 따뜻했다.

"아니에요, 세자. 살아생전 세자에게 어미란 소리를 들었으니 이 몸은 이제 죽어도 여한이 없어요. 이제라도 그리 불러 주어 내가 얼마나 기쁘고 고마운지 모릅니다. 그러니 그런 말씀 마세요."

터진 눈물이 그치질 않자 중전은 민망한 얼굴을 보이기 싫다며 서둘러 자리에서 일어나 자신의 처소로 돌아갔다. 그녀가 사라지자 누워 있던 임금이 몸을 일으켰다.

"달라진 너의 모습에 이 아비는 당장 죽어도 여한이 없구나."

"아바마마께선 앞으로도 오래도록 강녕하셔야 합니다. 그러니 죽는다는 말씀은 거두어 주십시오."

"후후, 내가 죽으면 네가 궐을 떠나지 못할까 봐 그러는 게냐?"

부정하지 않는 그를 보며 임금은 너털웃음으로 대신했다.

"네 결심은 잘 알았으니 걱정 말거라. 때가 되면 널 밖으로 내보내 줄 것이다."

그는 알겠다는 표정을 지으며 화제를 돌렸다.

"지밀나인 및 이곳에 상주하는 상궁과 내관들은 어찌 되었습니까?"

"세자의 말대로 의심이 가는 자들은 잠시 도성 밖으로 내보냈고, 믿을 수 있는 몇몇 자들만 남겨 두었다."

"불편하시더라도 당분간만 참으시옵소서. 그들을 잡아들인 뒤에 모든 것을 돌려놓겠습니다."

임금은 흐뭇한 얼굴로 미소를 지었다.

"편전에서의 일은 어찌 되었느냐? 대신들이 널 곱게만 보지 않을 터인데."

"상황이 상황인 만큼 다들 아무 말도 하지 않았사옵니다."

"그래, 너무 큰 변화는 그들을 뭉치게 하는 결과를 낳게 되니, 부디 조심스럽게 움직이는 것을 유념하도록 해라."

"명심하겠습니다, 아바마마."

문안을 끝낸 명은 강녕전을 나왔다. 마침 기다렸던 흑주가 그에게 조심스레 다가왔다.

"어찌 되었느냐?"

"저하의 명대로 저자를 다니며 알아보니 평소 세자저하를 좋지 않게 생각한 중전마마께서 태어날 대군을 위해 세자저하께서 후사를 보지 못하게 하려 빈궁마마께 억지로 기미를 보라 하여 독을 먹였다는 해괴한 소문이 돌고 있었사옵니다."

"역시……."

백성들의 민심을 이용하려는 우상의 짓이 틀림없었다. 명은 가슴팍에서 봉서 하나를 꺼내 흑주에게 건넸다.

"넌 여기에 적힌 내용을 필사하여 도성은 물론 수하를 부려 각 지방의 저자 하나도 빼먹지 말고 이 내용을 알리도록 해라."

"이것이 무엇입니까?"

"덫이다. 그들을 잡아들일 덫."

진중한 그 말에 흑주는 머리를 조아리고는 금세 시야에서 사라졌다. 명의 입꼬리가 보기 좋게 위로 향했다.

"이제…… 반격할 시간이로군."

낮게 중얼거리며 명은 드높은 하늘을 올려다봤다. 강하게 내리쬐는 햇살에 그는 곧 고개를 내리고 편전으로 발을 옮겼다.

14장

며칠이 지나지 않아 왕실을 둘러싼 소문이 전국으로 퍼져나갔고 온 백성들의 입방아에 오르기 시작했다.

"그 얘기 들었는가?"

"뭐? 중전마마께서 빈궁마마를 해하려고 했단 그 얘기?"

"어허, 이 사람! 그건 잘못 알고 있는 거라니까! 먼젓번 소문은 사악한 무리들이 우리를 가지고 놀라고 거짓부렁 개수작을 부린 것이고, 이번엔 제대로 된 사실이라니까?"

"그게 뭔디?"

새로운 소식에 사람들이 하나둘 모여들었다.

"실은 말이여. 중전마마도 빈궁마마도 그렇게 사이가 좋댜. 거기다 세자저하께서 빈궁마마를 얼마나 끔찍이 애끼시는지 빈궁마마가 독을 자시고 쓰러졌을 때 곡기도 끊으시고 옆에서 빈궁마마가 깨어나실 때까지 뜬 눈으로 밤을 새웠을 정도라지 뭐여?"

"그럼, 중전마마가 독을 쓴 것이 아니란 말여?"

"당연하지! 자비로우신 중전마마께서 뭣하러 그런 짓을 벌였겠어?"

"그러니께, 시방 얘기를 정리하자면…… 진짜 범인은 따로 있고, 중전마마를 해하려다가 빈궁마마가 독을 당했다는 거네?"

"바로 그거지!"

"대체 누가 그런 무서운 짓을 저질렀을까나?"

"그걸 알면 내가 여기서 소똥이나 치우고 있겠냐? 아무튼 모르긴 몰라도, 왕실을 상대로 그런 짓을 벌인 정도라면 나랏일 하는 관리 중에서도 꼭대기쯤 있는 사람이 아닐까 싶네 그려."

벽서를 본 사람들이 말을 옮기기 시작하자 글 읽는 선비들까지 가세해 그렇게 입으로 전해진 소문들이 소똥을 치우는 노비들의 입에까지 오르내렸다.

백성들의 의심은 부풀 대로 부풀어 녹을 먹는 관리들에게 향했고 그들에 대한 불신감은 점점 커져갔다. 그런 상황은 고스란히 편전까지 전해졌다. 명은 관리들의 불신감을 해소하기 위해 한성부의 군사들과 궐내 감찰원들을 동원해 대대적인 관리 감찰에 들어가기로 결정했다.

백성들의 원성과 성균관 유생들의 권당, 왕실의 불미스런 사건으로 인해 관리들은 명의 파격적인 명령 조치에도 그 어떤 토도 달지 못하고 그대로 시행할 수밖에 없었다. 그리고 그 첫 번째 대상은 의금부 판사직을 겸하고 있는 우상으로 결정되었다.

※

한추일의 사옥.

승경은 수저를 뜨다가 반 공기도 비우지 못하고 수저를 그만 내려놓았다. 그 모습을 보던 배씨 부인의 눈가 주름이 더욱 깊게 패였다.

"승경아, 어찌 이러느냐? 그러다 다시 곳간에 갇히면 어쩌려고 이래, 제발 부탁이니 이 어미의 얼굴을 봐서라도 아버지의 말씀에 따르도록 하거라. 응?"

배씨의 근심 어린 말에도 승경은 수저를 다시 들지 않았다.

"어머니, 아버님을 말릴 수 있는 사람은 이제 어머니밖에 없습니다. 하오니 어머니께서……."

"네 말도 듣지 않는데 이 어미의 말이라고 한들 들으시겠느냐? 그리고, 아버지께서 하시는 일이 우리 집안을 위한 일이라는 것을 왜 모르느냐?"

"집안을 위한 일이 될지언정 나라를 위한 일은 아니 되겠지요."

"차라리 벽을 보고 타이르는 편이 낫겠구나. 흉흉한 소문들 때문에 가뜩이나 심기가 어지러우시거늘 어찌 끝까지 아비의 마음을 몰라주는 것인지……."

완고한 아들의 고집에 배씨는 고개를 절레절레 흔들며 방에서 나가 버렸다. 곧 덕구가 상을 물리기 위해 방으로 들어왔다. 그때를 놓치지 않고 승경이 덕구를 붙잡았다.

"덕구야, 바깥에 흉흉한 소문이 나돈다 들었다. 그게 무엇인지 내게 말해 주겠느냐?"

"그게……."

"덕구야."

덕구가 곤란한 듯 머리를 긁적이자 승경은 빨리 말하라 재촉했다. 덕구는 눈썹을 일그러뜨리며 주저하다 그간의 일들을 털어놓고 말았다. 독이 든 탕약을 마신 빈궁이 쓰러진 것부터 시작해 그 바람에 관리들이 감찰을 받게 되었는데 그 첫 번째 대상이 우상 대감으로 지목된 것까지, 덕구는 그가 아는 것은 다 말해 주었다.

"빈궁마마께선 무사하신 것이냐?"

"소문으로는 빠르게 회복 중이라 하였습니다만 별별 해괴한 소문이 나돌고 있는지라……."

"해괴한 소문이라니?"

"오늘 저자에 나가보니 빈궁마마께서 반산하는 독재를 먹었기에 앞으로 아기씨를 낳지 못하실 거라고……. 뭐, 소문이니까 믿을 것은 못 됩니다."

덕구가 옆에서 상을 물리는 것도 모른 채 승경은 자기만의 생각에 빠졌다.

'설마 내가 보낸 서간 때문에……?'

앞으로 닥칠 위험을 피하라 알려준 거였는데 오히려 그것을 몸으로 막다니, 의외의 결과였다. 승경은 허탈한 웃음을 뱉고 말았다.

"하하…… 나의 생각이 모자랐구나……. 하긴, 빈궁마마의 성품을 생각해 보면 능히 그러고도 남을 분이시지……."

목숨을 담보로 가족을 지키리라고는 생각도 못했다. 그녀의 용기에 승경은 감탄을 금치 못했다. 어쩌면 그녀가 선택한 방법이 최선의 선택일지도 몰랐다.

'난 과연 무엇을 하였는가?'

연약한 여인조차 가족을 지키기 위해 목숨을 걸었건만, 자신은 왕실을 능멸하려는 무리를 보고도 아무런 조치도 취하지 못했다. 그저 그녀에게 위험을 알리는 게 고작이었다.

어쨌거나 성균관 유생으로, 유교를 섬기는 선비 된 자로서 음모를 묵과한 죄, 그것은 또 다른 죄를 지은 것임에 틀림없었다. 가족을 위한답시고 왕실의 위험을 모른 척한 것은 크나큰 불충이었다.

승경은 자신이 너무 부끄러웠다. 덕구가 말한 그 소문이 사실이라면 장차 빈궁마마가 회임을 하지 못할 것인데, 그 죄를 어찌 다 씻는단 말인가.
 감정을 주체하지 못한 승경의 눈이 또다시 뜨거운 불의 기운을 머금었다.

 해가 서산으로 기울 때쯤 한추일의 높은 담을 은밀히 넘는 자가 있었다. 그자는 주변을 경계하며 큰 사랑채로 조용히 찾아들었다.
 "대감, 장규입니다."
 그 소리에 추일은 보던 장부를 재빨리 덮었다.
 "들어오거라."
 장규가 들어와 그 앞에 무릎을 꿇고 앉았다.
 "그래, 무슨 일이냐?"
 "저하께서 대감께 밀명을 내리셨나이다."
 "밀명……?"
 장규는 품속에서 서찰을 꺼내 서안 위에 올렸다.
 "저하께서 은밀히 전하라 하셨습니다. 또한 이 모든 것이 은밀히 행해져야 한다 하셨습니다."
 추일은 즉시 서찰을 펼쳤다.

 今日 人定 保星寺.

 금일 인정까지 보성사로 오란 내용이었다. 보성사는 어쩌다 세자가 궐 밖에 나왔을 때 추일과 만났던 장소이기도 해 그리 낯선 곳은 아니었다.
 "다른 말씀은 없었느냐?"
 "믿고 이번 일을 의논할 수 있을 만한 자들을 함께 데려오라 하셨습니다."
 "믿을 만한 자들이라……. 혹 저하의 행동에 이상한 낌새는 없었느냐?"

일단 의심부터 하는 그였다. 장규는 어깨에 힘을 주며 말했다.

"최근에는 수침에 드실 때도 저를 곁에 두시고 흑주와 적주를 멀리하고 계십니다. 소문이 난무하고 있는지라 신중하게 행동을 하시고 계시지만, 예전의 저하로 돌아오신 것이 틀림없습니다. 소인의 짧은 소견으로는 아마 이번 보성사에서 모임을 가지려는 것 또한 감찰이 있기 전 모든 것을 미리 계획하려 하심이 아닐까 싶습니다."

"흠……."

예전의 세자라면 그러려니 했겠지만 요즘은 아니었다. 눈에 띄게 달라진 행동은 없었다. 그래도 추일의 촉수는 긴장을 늦추지 못했다. 의금부 판사 자리에 자신을 앉힌 것도 그렇고 백성들 사이에 도는 소문을 잠재우기 위해 시행한 관리 감찰도 그렇고 요즘은 독단적으로 행한 일들이 많아 확실한 믿음이 서지 않았다.

그렇다고 마냥 의심만 할 수도 없는 상황이었다. 달리 생각해 보면 세자의 행동을 이해 못 할 것도 없으니, 추일은 뒤가 개운치 않으면서도 그를 따를 수밖에 없었다. 게다가 임금이 붙인 흑주와 적주를 멀리하는 게 사실이라면 그도 슬슬 움직일 준비를 한다는 것인데, 아마 보성사에서의 만남도 앞으로 어찌해야 할지 물으려는 것일지도 몰랐다. 제아무리 잘난 세자라 한들 그 나이에 정사를 돌본다는 건 힘에 부칠 테니 말이다.

추일은 입가에 깊은 주름을 만들며 종이에 이름을 적어 내려갔다. 그리고 작성한 종이를 장규에게 주었다.

"장규 넌 지금 즉시 이자들을 찾아 저하의 뜻을 전하라."

"예, 대감."

장규가 사라지자 추일은 또 다른 무사를 방으로 불러들였다. 자신이 가장 신임하는 무사 용수였다. 그는 용수를 가까이 오게 한 뒤 최대한 목소리를 낮춰 속삭이듯 명했다.

"부릴 수 있는 수하들을 모두 모아 인정이 되기 전까지 보성사 입구에 심어두어라. 실력이 출중한 자여야만 한다, 알겠느냐?"

"모두 말입니까?"

"그래, 모두 모으거라. 만약을 위한 일이니 긴장을 늦추어서는 아니 된다."

"명심하겠습니다, 대감. 지금 즉시 움직이도록 하겠나이다."

용수가 나가자 추일은 덮었던 장부를 펼치며 턱수염을 쓸어내렸다. 유비무환, 만약의 사태를 대비하여 나쁠 것이 없었다. 위험을 동반한 모임일수록 철저히 대비하는 건 오래전부터 그의 좋은 습관이니까 말이다.

※

장규는 재빨리 자신의 자리로 돌아와 처음부터 그 자리에 있었던 양 능청스럽게 검을 점검했다. 곧 잠행할 준비를 마친 세자가 불 꺼진 침전에서 나왔다. 양 내관의 조처로 미리 준비된 길로 궁을 빠져나오자 무사복을 입은 덩치 좋은 사내 하나가 그들을 기다리고 있었다. 그는 세자 일행이 나올 것을 미리 알고 있었다는 듯 그들이 모습을 드러내자마자 머리를 숙이며 어둠 속에서 튀어나왔다.

"저하, 저자는 대체 누구이옵니까?"

장규는 당연하게 그들의 뒤를 조용히 따르는 덩치 좋은 사내의 존재가 거슬렸다.

"저자는 보성사까지 길잡이를 해줄 자이니 신경 쓰지 않아도 된다."

세자가 짧게 답하며 길을 재촉했다. 하지만 장규의 얼굴엔 의문이 사라지지 않았다. 아니, 도리어 새로운 의문이 새록새록 피어났다.

보성사는 몇 번이나 은밀한 모임을 위해 찾았던 절이었다. 그 말은 굳이 길잡이를 필요로 하지 않는다는 것을 의미했다. 그런데 갑자기 길잡이라니 이상했다. 하지만 장규는 더 이상의 질문은 하지 못했다. 세자가 그렇다고 하면 그런 것이기에 소소하게 따지고 넘어갈 입장이 아니었다. 그는 자신의 뒤를 따르는 수하에게 눈짓을 주었다. 그러자 수하가 능숙하게 걸음을 늦추며 뒤따르고 있던 덩치 좋은 사내에게 다가가 물었다.

"이름이 무엇이냐?"

"돌백이라 합니다."

"검을 잡은 지는 얼마나 되었느냐?"

"이제 겨우 보름 정도 되었습니다."

"스승이 누구더냐? 누구의 청으로 들어오게 된 것이냐 묻는 것이다."

"소신도 모릅니다. 그저 이곳으로 가란 명을 받고 온 것이 다이옵니다."

"누구의 명이 있었더냐?"

"모르옵니다."

큰 소리를 낼 수 없었던 장규의 수하는 모른다고 잡아떼는 돌백을 흘끗 째려보다 곧 장규에게 다가가 고개를 내저었다. 내뿜는 살기도 없고 검을 차고는 있다지만 아직 둔해 보이는 움직임은 그가 신경 쓸 정도의 인물이 아니라는 의미였다.

장규는 이내 긴장감을 풀며 당당한 걸음걸이로 세자의 뒤를 빠르게 쫓았다. 하지만 뒤따르는 돌백의 얼굴은 잔뜩 굳어 있었다. 산에서 스승님의 가르침을 받던 중 갑자기 흑주의 호출로 이곳까지 오게 되었다.

[실력은 미흡하나 다행히 돌백이 네 얼굴은 저들이 알지 못하니 지금 즉시 이곳에 적힌 곳으로 가 세자저하를 기다리도록 해라.]

앞뒤 설명도 없이 무작정 세자저하를 지키라는 명을 받은 그는 영문도 모른 채 이 길을 걷고 있는 것이었다. 하지만 돌아가는 상황은 대충 알았다. 그에게도 귀가 있고 세상을 시끄럽게 만드는 소문은 익히 들었으니 말이다. 그래서 그 어느 때보다 비장한 마음으로 길을 나섰다. 세자저하가 무슨 일을 벌이려는지는 모르나 그를 지키는 것이 곧 희원을 지키는 길이 될 테니 말이다.

서늘한 밤공기가 은밀히 움직이는 세자 일행을 빠르게 스쳐지나갔다.

※

희원의 몸은 생각보다 더디게 호전되었다. 자신의 회임 사실을 알 리 없는 그녀는 체력 약한 자신의 몸을 탓하며 서책으로 하루를 보냈다. 그런데 어찌 된 일인지 오늘따라 그녀의 안색이 더욱 좋지 못했다. 조금 전 민 상궁이 전해 준 양 내관의 서찰 때문이었다.

서찰의 내용을 확인한 후부터 희원의 얼굴은 불안감이 가득했고 서책도 읽는 둥 마는 둥 눈빛에 초점이 없었다. 그것을 옆에서 지켜본 죽심이 고개를 갸우뚱했다.

"마마, 세자저하께서 뭐라 하셨기에 그리 안색이 어두우셔요?"

"그게…… 아무것도 아니다."

"에이, 아무것도 아닌 얼굴이 아닌데요? 그리고 지는 이해가 안 되는구먼요, 저하께서 마마를 그리 어여뻐 여기시더니 요 며칠 동안 왜 걸음도 안 하실까요? 가끔 서찰만 보내시고 말이에요."

"정사가 바쁘시어 그런 것이니…… 이상할 게 무에 있겠느냐?"

"그런가요?"

"죽심아, 곤하여 그러니 오늘은 일찍 잠을 청해야겠구나."

희원이 피곤하다는 핑계를 대자 죽심은 그녀의 잠자리를 살펴 주고는 이내 밖으로 나갔다. 문이 닫히자마자 그녀는 세자가 보낸 서찰을 다시 한 번 펼쳐들었다.

근자에 그녀를 찾지 못한 이유가 상대의 눈을 속이기 위함이니 서운해 하지 말라는 내용이었다. 섭섭해 할 그녀를 위해 이렇게 은밀히 양 내관을 통해 서찰을 전해 주는 다정함에 희원은 서운함은커녕 오히려 고마운 마음마저 들었다. 정사를 돌보느라 힘이 들 터인데 그래도 그녀를 잊지 않고 이리 챙겨 주니 말이다.

드디어 오늘, 그가 궐 밖을 나간다 했다. 혹여 뜻하지 않은 위험을 당할까 걱정이 밀려오지만 한편으로는 하루라도 빨리 그들을 처단하여 왕실이 안정되기를 바랐다.

희원은 그의 서찰을 소중하게 접은 뒤, 서안 서랍을 열었다. 서랍 제일 안쪽에 두었던 승경의 서간이 슬며시 얼굴을 내밀며 서랍과 함께 딸려 나왔다. 희원은 그 서간을 손으로 만지며 명에게 미안함을 호소했다. 이 서찰만 전해 주면 모든 것이 간단히 풀릴 일인데, 아비를 등지고까지 용기를 내어준 승경의 그 마음을 도저히 외면할 수가 없었다. 이것이 그녀가 승경에게 고마움을 보은할 수 있는 유일한 길이었기에 지금은 이것을 세상에 내놓을 수가 없었다. 청렴한 성품과 선비로서의 뛰어난 학식을 지닌 그가 아버지의 죄 때문에 목숨을 부지할 수 없게 된다면 그때 이 서간으로 승경의 무고를 호소할 생각이었다. 그렇게 되면 적어도 아무 죄 없는 승경과 그 식솔들은 목숨을 부지할 테니 말이다.

희원은 서안 서랍을 닫은 뒤 아릿한 배를 어루만지며 죽심이 준비해 놓은 이불에 몸을 뉘었다.

※

"도련님, 자리끼 가져왔습니다요."

말과 함께 덕구가 방으로 들어와 승경의 앞에 물그릇을 내려놓았다. 옷도 갈아입지 않고 꼿꼿한 자세로 앉은 승경은 그제야 감았던 눈을 뜨고는 덕구에게 종이봉투를 하나 건네주었다.

"이것을 아버님에게 전하거라."

"나리께요?"

"그리고 이 말도 전해다오. 축시$丑時$[39]까지라고."

"축시……까지요? 그것이 뭔 뜻입니까?"

"그냥 그리 전하기만 하면 된다."

평소의 온화하고 상냥한 말투의 승경을 보자 덕구는 기분이 좋아져 봉서를 품 안에 넣고 벌떡 일어섰다.

"지금 당장 가서 전하겠습니다요."

덕구는 재빨리 방을 나가 사랑채로 달려갔다. 마침 그 앞을 지나는 청지기를 만나 주인마님이 방금 출타를 했다는 소식을 전해 들었다. 그냥 내일 전할까도 싶었지만 축시까지라는 그 말이 자꾸만 걸려 덕구는 집 밖을 나가 큰 대로를 따라 뛰었다. 다행히 멀지 않은 곳에 호위무사 셋을 거닐고 그 앞을 걸어가는 추일이 눈에 들어왔다. 덕구는 숨찬 목소리로 힘을 내어 그를 불렀다.

"나리!"

익숙한 음성에 추일이 걸음을 멈추고 뒤를 돌아봤다.

"무슨 일이더냐?"

덕구는 숨을 몰아쉬며 품에서 봉서를 꺼내어 그에게 건넸다.

---
[39] 새벽 1~3시

"여, 여기…… 도련님께서 전해 달라 하셨습니다."

"승경이가?"

"예, 그리고 축시까지라는 말도 전해 달라 하셨습니다."

"축시……? 그것이 무슨 뜻이더냐?"

"소인도 거기까진 모릅니다요. 그냥 그렇게만 전하면 된다 하셨습니다."

"알았다. 그만 돌아가거라."

추일은 봉서를 소매 안에 집어넣은 뒤 바쁜 걸음을 재촉했다. 갑자기 전해온 아들의 서찰이라 그 내용이 심히 궁금하긴 했지만 지금은 뜯어볼 여유가 없었다.

보성사는 궐에서 반 시진 정도 떨어진 곳에 위치한 작은 절이었다. 궐에서도 그리 멀지 않고 깊은 산속에 있지도 않아 손쉽게 오고 갈 수 있는 거리여서 세자와 은밀히 만나 얘기를 나누기에도 적합했다.

추일이 울퉁불퉁한 돌계단을 올라타고 절 안으로 들어서자 이미 도착한 동부승지를 비롯해 스무여 명의 대신들이 그에게 머리를 숙이며 다가왔다. 추일은 그들을 보며 숨찬 입을 떼었다.

"저하께서는 아직이시오?"

"예, 아직……."

땡, 인경을 알리는 종소리가 절 안에 울려 퍼졌다. 그와 동시에 정문이 열리며 명이 모습을 나타냈다. 그의 등장에 다들 머리를 조아리자 그는 장규의 수하 두 명과 돌백을 대동하고 안으로 들어왔다.

"다들 모였는가?"

명의 말에 추일이 앞으로 나섰다.

"중요한 자들만 추려 모이라 하였습니다."

명은 절의 앞마당을 차지하고 있는 대신들의 낯익은 얼굴을 하나씩 훑어가며 입을 열었다.

"잘하였소. 일단 안으로 드십시다."

미리 조치를 취해 둔 법당 안은 조용하기만 했다. 대신들이 넓은 법당 안으로 차례로 줄지어 자리하자 명은 그들의 상석에 앉았다.

"다들 힘든 걸음을 해주었소. 오늘 모이라 한 것은 다름 아니라 앞으로의 일들을 논하기 위함이오."

다들 예상했다는 듯 수긍하는 표정을 지었다.

"그대들도 알다시피 이번 중전마마의 탕약 사건으로 인해 백성들까지 원성이 자자하오. 하여 본의 아니게 감찰을 행할 수밖에 없었음을 너그러이 이해해 주길 바라오."

"저하의 깊은 어심을 어찌 모르겠나이까!"

다들 약속이라도 한 듯 머리를 조아렸다.

"한데, 궁금한 게 하나 있소. 탕약에 독을 넣은 사람이 누구요?"

뒤쪽 줄에 앉은 검은 턱수염을 기른 중년의 사내가 일어섰다.

"신, 내의원 직장직을 맡고 있는 안소혈이라 하옵니다, 저하."

"그래, 어찌 그리 감쪽같이 일을 처리하였는가?"

"우상 대감께 독재를 건네받은 후 그것을 미리 내의원에 가져가 아주 곱게 빻은 뒤, 하명이 떨어지자마자 중전마마의 약재를 달인 오지그릇에 미리 발라 두었나이다."

"음, 그랬군. 그래서 중전마마의 사가에서 가져온 약이 감시관의 눈도 피할 수 있었고 약을 달인 이들도 몰랐던 거로군. 참으로 치밀하고도 놀라운 행동이로다."

"아니옵니다. 이 모든 것은 우상 대감의 생각이시니 소신이 한 것은 아무것도 없나이다."

명의 칼날 같은 눈빛이 우상에게로 이동했다. 담담하게 자리한 추일의 표정이 마뜩찮았으나 명은 차분하게 말을 했다.

"역시 우상이시오. 그래, 그렇다면 이 모든 죄를 뒤집어쓸 희생양은 어디서 구할 것이오? 백성들의 원성이 만만찮으니 하찮은 인물로는 가당치 않을 것이오."

"하여 생각해 둔 인물이 하나 있사옵니다."

"그게 누구요?"

"안동부원군이옵니다."

그 말에 다들 경직되고 말았다. 안동부원군이라면 빈궁의 아버지가 아닌가! 명은 일그러지려는 얼굴을 겨우 진정시키며 입가를 억지로 끌어올렸다.

"어째서 안동부원군이오?"

"처음에는 하급 관리 중에서 찾으려 했으나 민심이 따라 주질 않으니 부득이하게 그럴 듯한 인물을 찾다 보니 다다른 것이 안동부원군이옵니다. 그는 빈궁마마의 아버지이니 중전마마의 복중 아기씨가 세자저하의 앞날에 걸림돌이 될 거라 생각하여 일을 저지른 것이지요. 이에 빈궁마마께서 그 사실을 알고 막으려다 변을 당하신 거고요."

"참으로 그럴듯하군. 하지만 증좌는 어찌할 것이오?"

"증좌야 만들면 있는 것이고, 떠들면 생기는 것이니 심려하실 필요가 없나이다."

"그렇군."

명은 그 말을 끝으로 잠시 입을 닫았다. 순식간에 정적이 내려앉은 법당 안, 다들 누구 하나 입을 여는 사람이 없었다. 잠시 후 우상이 먼저 입을 뗐다.

"어찌 그러시옵니까, 저하?"

"문득 이런 생각이 드는군. 여기 모인 이들이 나를 위해 있는 것인지, 우상을 위해 있는 것인지 말이오."

"그 무슨 말씀이시옵니까? 이들은 모두 저하를 위해 존재하는 이들이옵니다."

"허면 내 하명이 떨어지지도 않았거늘 어찌 우상의 말만 믿고 움직인 것이오? 이상하지 않소?"

"무엇이…… 말이옵니까?"

"내 명이 떨어지기도 전에 행동부터 취했다는 것은 뭔가 아주 급히 서둘렀다는 느낌을 지울 수가 없었소. 하여 생각하였지. 그대들이 왜 이렇게 서둘렀는지를."

긴장한 얼굴이 역력한 대신들을 보며 명이 씨익 웃음을 내보였다.

"그대들은 혹 내가 두려웠던 것이오? 아들을 아끼는 전하의 진심을 내가 알아 버릴까 봐, 하여 아무것도 하지 못한 그대들에게 내가 등을 돌릴까 봐 말이오."

추일은 마른침을 조용히 삼켰다. 등을 가르는 서늘한 기운이 전신을 타고 흘렀다. 자신들을 모아 놓고 앞으로의 일들에 대해 차근차근 의논해도 모자랄 판에 세자의 여유롭고 당당한 태도는 무어란 말인가. 게다가 모를 거라고 생각했던 것들까지 모두 파악하고 있는 것이 놀랍고도 섬뜩했다.

추일은 술렁이기 시작한 대신들을 일단 진정시켜야 했다.

"다들 조용히 하시게! 저하께서 우리의 충심을 시험하고 있는 것을 어찌 모르는가?"

그의 일갈에 법당은 다시 조용해졌다. 명은 우상을 보며 고개를 천천히 끄덕였다.

"우상…… 난 우상을 진심으로 믿고 의지했소. 그리고 그 마음은 지금도 변함이 없소."

"성은이 망극하옵니다, 저하!"

"하여, 우상의 충심을 보여주었으면 하오."

우상이 숙였던 얼굴을 들어 얼떨떨한 표정을 지었다.

"그게 무슨 뜻이옵니까?"

"내게 진심으로 충성한다면…… 이 모든 일의 책임을 안동부원군이 아닌 그대가 짊어 주었으면 좋겠다는 말이오."

"예……?"

추일은 어안이 벙벙하여 생각이 정지된 듯 벌어진 입을 다물지 못했다. 처음으로 많은 대신들 앞에서 자신의 솔직한 표정을 감추지 못했다. 늙은 우상의 얼굴을 차지한 황당함은 그뿐만이 아니라 그곳에 자리한 모든 대신들의 얼굴에도 고스란히 나타났다. 혼란스런 그들을 보며 명은 앉았던 몸을 일으켰다.

"조선이 세워지기 아주 오래전, 이 땅에는 임금이 죽으면 그에 충성을 다 바친 자들도 함께 순장殉葬하던 풍습이 있었지. 난 그때의 신하들처럼 그대들이 나를 위해 목숨을 내놓길 바라오."

너무 놀라 어느 누구 하나 먼저 말문을 열지 못하는 가운데 우두머리인 한추일이 정신을 차리고 벌떡 일어났다.

"이 무슨 말씀이십니까!"

스릉!

황금색 불상 뒤로 손을 뻗은 명은 미리 감춰 놓았던 검을 순식간에 꺼내들어 추일의 목에 겨누었다. 빛을 발하며 날이 선 검날이 간당간당하게 추일의 목젖을 베일 듯했다.

"저하!"

모두가 동시에 일어섰다. 어쩔 줄 몰라 우왕좌왕하는 사이 닫혔던 법당 문이 차례대로 열리며 도망갈 사이도 없이 의금부 병사들이 들이닥쳤다. 그 뒤로 흑주와 적주, 그리고 관복을 갖춰 입은 전 의금부 판사까지 그 모습을 드러내며 안으로 저벅저벅 들어와 명 앞에 부복했다.

"저하께서 말씀하신 대로 뒤쪽 문에서 모든 것을 다 들었사옵니다. 이로써 사건의 진위가 명백하게 가려졌나이다."

추일은 분개함에 충혈된 눈을 치켜뜨고 전 의금부 판사를 노려보다가 명을 흘겨보았다.

"저하! 설마 저희의 충심을 빌미로 함정을 파신 것이옵니까?"

칼끝을 추일의 주름진 목에 아슬아슬하게 건드리면서도 명은 차분했다.

"우상, 너희가 가진 것은 충심이 아니라 욕심이라는 것이다. 또한, 충심이 남아 있다면 얌전히 병사들을 따라가는 것이 옳은 행동이다."

추일의 입술이 분에 못 이겨 바들바들 떨렸다. 그는 명이 다른 대신들을 쳐다보는 찰나의 순간을 놓치지 않고 뒷걸음질 치며 소리쳤다.

"용수야!"

자신의 무사를 부르며 추일은 등 뒤의 문을 몸으로 밀쳐내며 밖으로 뛰쳐나갔다. 대체 뭐가 어떻게 된 건지 검을 겨누고 달려드는 병사들의 모습에 눈앞이 캄캄해졌다.

"저기다! 잡아라!"

자신을 발견한 병사들이 목소리를 높이며 달려들었다. 추일은 몇 걸음 뛰지도 않았는데 숨이 턱 끝까지 차올라 숨쉬기가 버거워졌다. 그래도 멈출 수가 없었다. 그는 이상하게 돌아가는 상황에서 일단 벗어나야 했다. 하지만 자신에게 검을 들이대는 병사들의 수가 적지 않아 빠져나가기가 어려웠다. 병사 하나의 검이 추일의 목에 닿으려는 순간이었다.

피융! 멀리서 날아든 화살 하나가 추일에게 검을 뻗은 병사의 목에 콱 박혔다. '윽!' 하는 짧은 비명과 함께 병사가 추일의 발 앞에 고꾸라졌.

이어 병사들에게 화살이 날아왔다.

"하아 하아!"

추일은 거친 숨을 내뱉으며 화살이 날아온 지붕 위를 바라봤다. 자신의 무사 용수가 그를 향해 머리를 숙였다. 추일은 믿음직한 용수의 등장에 한숨을 돌리며 보성사의 앞마당을 빠져나가며 소리쳤다.

"세자를 죽여라!"

그의 명에 용수의 얼굴이 세자를 찾아 움직였다. 순식간에 피비린내가 번지기 시작한 보성사의 앞마당을 가로지른 추일은 망설임 없이 입구를 빠져나갔다. 하지만 몇 걸음 벗어나지 못해 그는 걸음을 멈추었다. 그의 앞을 막아선 두 개의 그림자가 그의 걸음을 붙잡아버린 것이었다.

"어딜 그리 바삐 가십니까, 대감?"

흑주의 질문에 추일은 뻣뻣해진 다리를 뒤로 물리며 침을 꼴깍 삼켰다.

"이, 이놈이 누구 앞이라고 길을 막는 것이냐? 썩 비키지 못할까!"

그의 으름장에 흑주의 옆에 선 적주가 추일의 목에 검을 겨누며 다가갔다.

"송구하오나 저희는 세자저하의 명으로 도망치는 반역자를 찾고 있었습니다. 한데 그 반역자의 얼굴이 딱 대감과 똑같지 뭐겠습니까?"

"뭬, 뭬야……?"

"큰 잘못을 저질렀으면 죄를 받는 게 마땅하지요. 세자저하께 불경스런 대죄를 짓고도 살기를 바라셨습니까?"

"니, 니놈들이 뭘 안다고 그 건방진 주둥아리를 나불거리는 것이냐! 세자저하를 데려와라! 난 하나도 두렵지 않다, 저하를 모셔오란 말이다!"

조용한 공간이 쩌렁쩌렁 울렸다. 그리고 그 소리의 울림이 사라지기 직전 추일의 등 뒤로 낮은 음성이 흘러나왔다.

"어딜 갔다 했더니, 이런 외진 곳에서 이 몸을 애타게 찾으셨소, 우상?"

명이 그들을 향해 천천히 거리를 좁혀 왔다. 추일은 그의 등장에 오금이 저렸다. 손끝이 마비가 된 것처럼 저릿저릿 아렸고 다리에는 힘이 쭉 빠져나가 툭 건드리기만 해도 바닥으로 내려앉을 것만 같았다.

"저, 저하……."

"그래, 나요, 우상."

"이건…… 모함입니다. 모함입니다! 소신을 지금껏 봐오지 않으셨습니까? 소신의 충심을 누구보다 잘 알고 계시질 않냐 이 말입니다!"

"잘 알고 있습니다. 그래서 그 충심으로 모든 죄를 책임져 달라질 않습니까?"

명의 눈이 부드럽게 휘었다. 하지만 그 속에 깃든 시린 기운을 추일은 알고 있었다. 오소소 소름이 돋아 한기가 들었다.

바로 그때였다. 멀지 않은 곳에서 달빛을 받아 번쩍거리는 화살촉을 보았다. 추일은 그 화살촉이 용수가 조금 전 자신을 살린 그 화살촉이라는 것을 직감적으로 알아차렸다. 시간을 벌어야 했다. 자신을 향해 걸어오는 명의 움직임을 멈추게 만들어야 했다. 추일은 일단 그의 앞으로 다가가 명의 걸음을 멈추게 만들었다.

"저하, 필시 앞으로 정사를 보심에 소신의 힘이 필요하실 것이옵니다!"

입으로는 그렇게 말을 내뱉으며 속으로는 용수를 향해 소리쳤다.

쏘거라! 그 화살로 세자의 목숨을 끊어!

일이 틀어진 이상 모든 것을 알고 있는 세자를 살려둘 필요가 없었다.

가능하다면 여기 자리한 모든 자들을 죽여 버려야 했다.

"피융!"

바람을 가르는 날카로운 화살촉이 스산한 소리를 발산하며 그를 향해 날아들었다. 그리고 그 불길한 기운은 흑주와 적주, 세자의 뒤를 따르던 돌백도 알아차릴 정도로 컸다. 어떻게 생각할 틈도 없었다. 세자의 뒤에 있던 돌백은 무작정 앞으로 몸을 날렸다. 머리가 아니라 몸이 그렇게 저절로 움직이게 만들었다. 돌백은 세자의 등을 자신의 몸으로 덮치며 이를 악다물었다.

"푸숙!"

화살촉이 살 속으로 파고드는 소름끼치는 소리가 짧게 울렸다. 이어 돌백이 세자의 몸에서 떨어지며 바닥으로 무릎을 꿇고 쓰러졌다.

"윽!"

"돌백아!"

놀란 흑주와 적주가 돌백을 불렀다. 하지만 가장 놀란 것은 다름 아닌 세자 명이었다. 명은 자신을 대신해 돌백이 화살을 맞았다는 것이 영 믿기지 않았다. 하지만 돌백은 붉은 피를 흘리며 그의 충심을 몸소 보여주고 있었다.

그 틈을 놓치지 않고 추일이 슬금슬금 뒤로 빠졌다. 명은 돌백의 손에 들린 검을 뺏어 들어 추일의 목을 제대로 겨냥했다.

"멈추어라! 내 결단코 널 용서하지 않을 것이다!"

"그런다고 저하의 뜻대로 되실 듯싶습니까?"

흑주가 다가와 반항하는 추일의 몸을 잡고 오라를 묶었다.

"이리 당하지는 않을 것입니다! 두고 보십시오, 세자저하!"

보성사 앞마당으로 추일을 끌고 오자 그를 시작으로 그곳에 모인 사람들 모두 오라에 묶여 하나둘 끌려 나가기 시작했다. 추일은 끌려 나가

면서도 카랑카랑한 성질을 죽이지 않고 명을 무섭게 노려봤다.
 빠르게 죄인들을 이송한 뒤 보성사가 조용해지자 명은 검을 흑주에게 건네며 의금부 판사에게 명령했다.
 "저들을 절대 한곳에 두지 말고 따로이 추국해야 할 것이다. 또한 연좌된 이들을 색출하여 그 죄를 엄격히 물어야 할 것이다."
 "명 받잡겠나이다, 저하."
 허리를 숙이며 의금부 판사가 조용히 물러나자 흑주는 검을 챙기며 명에게 물었다.
 "바로 의금부로 가실 겁니까?"
 "아니다, 궁으로 갈 것이다. 그전에."
 명은 보성사 마당 한구석에 적주의 도움을 받아 앉아있는 돌백을 가리켰다.
 "저놈을 궁으로 데려가 반드시 살리도록 해라."
 자신의 목숨을 걸고 세자를 지켜낸 자였다. 늘 명의 눈총을 받던 돌백이었지만 지금만큼은 충성스런 무사였다. 공과 사가 확실한 명의 성격을 잘 알기에 흑주는 그가 내린 명이 무엇을 뜻하는지 잘 알았다. 돌백을 잘 치료해 그 공로를 인정, 앞으로 제대로 된 무사로 자신의 곁에 두겠다는 뜻이었다.
 흑주는 흐뭇한 눈으로 돌백을 내려다보며 지체 없이 궁으로 돌아갔다.

※

 피비린내가 진동하는 어두운 옥사 안은 숨이 막힐 만큼 섬뜩했다. 바닥에 깔린 지저분한 지푸라기 사이로 보이는 붉은 핏자국과 케케묵은 공기는 의금부 옥사로 끌려온 추일의 얼굴을 일그러뜨리고도 남았다.

"추국은 내일 할 것이니 얌전히 있으시오!"

추일을 끌고 온 병사 하나가 그를 거칠게 옥사 안으로 밀어 넣었다. 지푸라기 위로 넘어진 그는 이를 악물고 몸을 일으켜 주변을 두리번거렸다. 마침 건너편 옥사 안에 익숙한 얼굴 하나를 발견했다.

"넌 장규가 아니더냐?"

구석에 몸을 웅크리고 있던 장규가 추일의 얼굴을 확인하자 허둥지둥 옥사 문 앞으로 다가와 두터운 나무창살 사이로 얼굴을 내밀었다.

"대감!"

"어찌 된 일이냐, 분명 저하께서 우리의 도움을 원한다 하지 않았느냐!"

"그것이…… 소인도 뭐가 어찌 된 영문인지 모르겠습니다. 보성사에 도착해 대감이 들어가실 때만 해도 괜찮았는데…… 갑자기 누가 뒷덜미를 내리치는 바람에 정신을 잃었나이다. 그리고 정신이 들고 보니 이곳이었습니다."

"이런!"

추일의 엉덩이가 더러운 지푸라기 위로 힘없이 떨어졌다.

속았다. 감쪽같이 속은 것이다.

지금껏 자신이 세자를 움직였다고 생각했는데 실상은 그게 아니었다. 눈을 뜬 채 코를 베인 격이었다. 이제야 이해가 되었다. 왜 장규를 가까이했고 백성들의 원성이 높아졌는지 말이다. 처음부터 모든 게 계획적이었다. 전 의금부 판사를 파직한 것도, 흑주와 적주를 멀리한 것도 모두 그의 계산으로 움직여진 것이다. 장규를 가까이 두어 자신의 의심을 희석시키는 동시에 백성들에게는 소문을 내어 그를 응징할 명분을 만들고 있었다니, 뒤통수를 제대로 맞은 셈이었다. 어리다고 그를 만만하게 본 자신의 어리석음에 머리를 박고 싶을 뿐이었다.

추일은 눈을 질끈 감았다. 캄캄해진 눈앞은 이제 더 이상 희망이란 단어는 존재하지 않았다. 굴욕과 비참함이라는 끔찍한 시련만이 남아 있었다.

대문을 나서는 순간부터 누군가 발목을 붙잡는 야릇한 기분이 결국 현실로 다가온 것인가.

분을 이기지 못한 추일은 지푸라기를 움켜잡으며 어금니를 악물었다. 한참을 그렇게 이를 갈던 그는 불현듯 덕구에게 전해 받은 아들의 서찰이 떠올랐다.

'그래, 서찰!'

[도련님께서 전해 달라 하셨습니다.]

추일은 서둘러 소매에서 봉서를 꺼내 그것을 뜯었다. 어둠에 익숙해진 그의 눈이 정갈한 아들의 필체를 단박에 알아봤다. 그 필체를 보자 추일은 이상하게 눈가가 붉게 달아올랐다. 창 쪽으로 이동한 추일은 달빛을 의지해 아들의 편지를 읽어 내려갔다.

충신은 나라를 위해 걱정을 한다지만, 소자는 나라의 안위보다 가족의 걱정이 먼저였습니다. 청렴한 관리가 되겠다 맹세하였던 저는 어느덧 아버지의 부탁한 모습을 보고도 아무것도 하지 못하는 비겁한 소인배가 되어 있었습니다.

하여 진심으로 아버지를 막아 보고자 합니다. 혹, 소자가 막지 못한다면, 그 죄를 목숨으로 끊고자 합니다. 왕실을 모독하고 백성들을 기만한 그 큰 죄를 죽음으로도 끊을 수 있을는지 모르겠지만, 적어도 아버지는 이 소자의 마음을 이해해 주실 거라 믿습니다.

털썩, 힘 빠진 그의 몸이 밑으로 떨어졌다. 서찰을 든 손은 사시나무 떨듯 덜덜 떨렸고 눈동자는 갈피를 잡지 못해 오락가락했다. 추일은 그제야 덕구가 서찰을 전해 주며 한 말이 생각났다.

[그리고 축시까지라는 말도 전해 달라 하셨습니다.]

축시!
추일은 처진 몸을 다급히 추슬러 무릎으로 기었다. 언제 그랬냐는 듯싶게 그는 미친 사람처럼 나무 창살에 매달려 병사에게 소리쳤다.
"여봐라, 지금 시각이 얼마나 되었느냐!"
병사는 죄인의 말에 콧방귀도 뀌지 않았다. 들은 체도 안 하는 병사를 향해 추일은 핏대를 세워가며 고래고래 소리쳤다.
"내 말이 들리지 않는가! 지금 시각이 얼마나 되었느냐 묻질 않느냐!"
"축시오. 이제 됐소? 좀 조용히 하시오!"
시끄러운 소리에 병사가 마지못해 시간을 알렸다.
"축시라고……?"
실성한 사람처럼 고개를 절레절레 흔들며 그는 뒷걸음을 쳐댔다. 그러다 다시 창살로 달려가 그 사이로 손을 내밀었다.
"날 내보내다오! 집으로 가야 한다! 어서!"
말도 되지 않는 소리에 병사는 귀찮다는 듯 자리를 뜨고 말았다. 목청이 터져라 소리를 질러도 그의 목소리를 귀담아듣는 이는 아무도 없었다. 어두운 옥사 안을 맴돌다 제자리로 돌아온 그의 간청은 공기 중으로 사라졌다. 추일은 울부짖다 목청에 쉰 소리가 나온 후에야 자포자기한 채 지푸라기 위로 몸을 떨어뜨렸다.
"안 된다……. 안 된다, 승경아……."

몸은 유약해도 성품만큼은 고집스럽고 대쪽 같은 아들이었다. 아들의 비난을 그냥 흘려보낸 자신의 우매함을 탓해 본들, 때는 이미 늦고 말았다.

추일은 승경의 서찰을 품에 쥐고 오열을 토해냈다. 가식을 벗어 버린 그는 아들을 사랑하는 한 아버지에 불과했다.

※

정자세를 유지하던 승경이 드디어 몸을 움직이기 시작했다. 축시가 되자 그는 방에 촛불을 끄고 사랑채와 안채를 향해 차례로 절을 올렸다. 그리고 보료에서 일어나 미리 준비해 둔 긴 광목천을 천장의 두툼한 나무 지지대에 매달았다. 그리고 서안 위로 올라 광목천의 매듭진 끝머리에 머리를 집어넣은 뒤 아쉬운 듯 창 너머 사랑채로 눈길을 주었다.

'그래도 와주실 거라 믿었습니다. 자식의 죽음 앞에 그 어떤 권력도 버리실 거라고 말입니다. 하지만 소자의 착각이었나 봅니다. 아버지는 여전히 식솔들의 안위보다 자신의 탐욕이 먼저입니다.'

숨을 들이켠 승경은 서안 아래로 발을 떨어뜨렸다.

"흡!"

공중에 뜬 두 발이 부르르 떨리며 거친 숨소리가 방 안을 장악했다. 점점 목을 짓누르는 숨 막힘에 그의 얼굴이 붉다 못해 하얗게 변해갔다.

'아버님과 저의 가장 큰 차이점이 무엇인지 아십니까? 아버님께선 제게 늘 유약하다 하시지만 정작 유약하신 것은 아버님입니다. 연모의 아픔을 그 여인의 죽음으로 극복하셨다 하셨습니까? 하여, 행복하셨습니까? 행복하였다면, 과연 얼마만큼이나 행복하셨습니까? 저는 다릅니다. 저는 제가 연모한 여인이 살아 숨 쉬며 행복해 하는 것이 좋습니다. 비록

내 가슴 찢어질지언정 그녀가 웃고 행복해 하면 그것으로 행복합니다.'

"흐억!"

'여인을 흠모하여 아버지와 어머니께 불효하였고, 아버지의 만행을 보고도 눈을 감은 불충을 저질렀고, 이 모든 것을 끝끝내 밝히지 못하는 제 자신 스스로를 믿지 못하여 떠나려 합니다. 숙빈을 반산하고 전 중전마마께 모든 것을 뒤집어씌운 아버지의 죄는…… 소자가 할 수 있는 마지막 효라 생각하고 무덤으로 가지고 가겠습니다. 부디…… 더 이상의 죄는 짓지 마시옵소서.'

가늘게 떨던 발끝이 서서히 멈추기 시작하더니 곧 그 움직임이 거짓처럼 없어졌다. 감겨진 승경의 창백한 눈꺼풀 사이로 흐른 눈물은 차갑게 식어가는 몸과 함께 냉기서린 바닥으로 떨어졌다.

15장

 추국은 순조롭게 진행되었다. 살기를 청하며 다른 사람에게 책임을 전가하는 이들도 있었고 고문으로 만신창이가 되고서야 죄를 실토하는 이도 있었지만 대부분은 순순히 죄를 인정했다. 제일 의외였던 건 마지막까지 발악하며 고집을 피울 줄 알았던 한추일이 고분고분 죄를 실토했단 사실이었다. 어찌 된 일인지 하룻밤 사이 변해 버린 그의 모습은 보는 이를 경악하게 만들었다. 언제나 당당하던 그 눈빛은 어디론가 사라지고 넋이 나간 표정에 불안한 걸음걸이는 누가 봐도 힘없는 노인이었다. 그는 모든 죄상을 인정하고 스스로 죽음을 자청했다. 하지만 명은 능지처참을 당하고도 남을 중죄인 그에게 뜻밖의 명을 내렸다.
 "우의정 한추일은 중전마마의 탕약에 독재를 넣은 죄를 물어, 삭탈관직하고 임종을 맞을 때까지 강화도로 유배를 명한다."
 명은 부러 그에게 죽음을 내리지 않았다. 그를 잡아들인 다음 날 그 아들이 자진하였다는 소식이 들어왔고 아들을 잃은 슬픔을 견디지 못해 우상이 저리되었다는 것을 단박에 알아차린 것이다. 그래서 죽음보다 유배를 결정했다. 자신이 한 일의 결과가 어떤 대가를 불러왔는지를 깨닫고 부모보다 먼저 간 자식을 그리워하며 고통 속에서 살라는 의미에서였다.

그렇게 한추일을 유배 보내고 나머지 죄인들은 그 죄의 중함을 가려 유배나 사형을 내림으로써 이번 사건은 종결되었다.

※

10년 뒤.

봄을 맞은 편전에 때아닌 폭풍이 불어 닥쳤다. 그건 바로 현 임금이 보위를 동생에게 양위하겠다고 선언했기 때문이었다. 대신들은 당혹감을 감추지 못했다.

"전하, 태평성대를 이루는 이때, 어찌 그런 말씀을 하시옵니까?"

영상의 물음에 명은 편전 안 대신들을 쭉 훑으며 인상을 찌푸렸다.

"상왕께서도 윤허하신 일이오. 진즉 했어야 할 말을 십 년이나 늦게 한 거란 말이오."

"하오나……."

"그만! 모두 입을 다무시오. 앞만 보지 못할 뿐, 상왕께서 아우의 대리 청정을 돌봐줄 것이니 더 이상 토를 달지 마시오!"

명의 일갈에도 신료들은 이 상황을 받아들이지 못했다. 수십 번이나 만류하는 대신들을 뿌리치고 명은 먼저 자리를 떠 중궁전으로 걸음을 옮겼다. 그는 때마침 침전을 나오는 희원과 맞닥뜨렸다.

"중전!"

"전하, 이 시각에 어찌 또 이곳으로 걸음 하셨나이까?"

"중전이 보고 싶어 왔소. 낮에 상선이 그러던데 고뿔기가 있다면서요?"

"아니옵니다. 그저 몸이 나른하여 그런 것이니 심려하실 필요가 없습니다."

"그래도 혹 모르니 어의를 불러 진맥을 받도록 하시오."

"이럴 때 보면 전하께선 참으로 어린아이 같으십니다."

"뭐요?"

"벌써 십 년이란 세월이 흘렀습니다. 어찌 그리 한결같은 눈으로 신첩을 보시옵니까?"

"그럼, 내가 후궁도 들이고 중전에게 소홀히 대하는 사내가 되길 바란단 말이오?"

"전하께서 너무 신첩만 찾으시니 주변의 눈길이 따가워 드리는 말이옵니다."

"주변에서 누가 눈치를 준단 말이오? 그게 누구요, 내 당장……."

"농입니다, 농. 그러니 진정하셔요."

초승달처럼 휘는 그녀의 눈을 보며 명은 눈을 살포시 흘겼다. 하지만 그의 눈빛은 사랑스러운 여인을 담뿍 담은 눈이었다.

"내 일단 편전으로 돌아갈 것이나…… 밤에는 용서치 않을 것이니 각오 단단히 하고 있는 게 좋을 거요."

"예? 전하!"

"음탕한 농도 곧잘 알아듣는 걸 보니 중전도 이제 성인이 다 되었구려."

희원의 얼굴이 삽시간 붉게 달아올랐다.

"신첩은 가례를 올리는 순간부터 성인이었나이다."

"내 눈엔 늘 어린아이 같았소."

"뭐라고요?"

"중전이 방금 내게 한 것처럼 나도 농이었소. 하하! 그럼 나중에 보십시다. 꽃단장하고 기다리시오."

다정한 말과 함께 명은 멀찍이 사라졌다. 희원은 벌게진 얼굴을 감출 길이 없어 다시 침전 안으로 들어갔다.

벌써 십 년. 하지만 그는 그때와 변함없이 늘 같은 모습으로 자신을 대했다. 처음 약조대로 후궁을 들이지도 않았고 대신들을 쥐락펴락하는 위엄 있는 군주로 군림하며 왕권을 굳건히 만들었다. 게다가 백성들의 삶을 윤택하게 만들며 다시없을 성군으로 추앙받았다.

희원은 서안을 열어 제일 밑바닥에 깔린 오래된 서찰을 꺼내들었다. 십 년 전 승경이 자신에게 보낸 마지막 서간, 희원은 가끔 그 글을 펼쳐 보았다. 그가 죽었다는 소식이 너무 충격적이라 한동안 마음이 아팠으나 그가 죽음을 선택한 이유 또한 이해 못 하는 바 아니기에 그의 명복을 이렇게나마 빌고 있었다. 아마 그녀가 그런 입장에 처했더라도 같은 선택을 하지 않았을까 싶었다.

희원은 서간을 제자리에 넣어 두고 잠시 자리에 누웠다. 요 며칠간 이상하게 잠이 쏟아졌다. 잠이 많지 않은 그녀인데 요새는 수시로 잠에 빠져들었다. 그렇게 다디단 잠을 자고 눈을 떠 보니 반가운 얼굴이 떡하니 있는 게 아닌가. 놀란 그녀는 얼른 몸을 일으켰다.

"전하, 언제 오시었습니까? 오셨으면 깨우지 않고요."

"잠든 중전의 얼굴이 너무 어여뻐 넋을 놓고 보고 있었소."

"전하도 참……."

"중전, 내일 궐 밖으로 나갈 것이오."

"예?"

"갑작스럽게 들리겠지만 그동안 하나하나씩 준비해온 것이오. 아바마마께서도 알고 계시고, 아우의 관례와 가례도 치렀으니 이제 약조한 대로 우리가 나가기만 하면 되는 것이오."

"하오나······."

"신료들이라면 걱정할 것 없소. 반발이 심하긴 해도 아바마마께서 노련하게 잘 해결해 주실 거요."

조용히 고개를 끄덕이며 그의 뜻을 받아들이는 희원을 보며 명은 손을 뻗어 그녀의 볼을 어루만졌다.

"이제 궐 밖에서 둘이서 알콩달콩 살면 되는 것이오. 가고 싶은 곳이 있으면 어디든 갈 수도 있고, 지켜보는 눈들도 적으니 낮에도 운우지정을 나눌 수 있소."

"전하······."

명의 손이 그녀의 가는 어깨를 감싸며 자신의 품으로 끌어들였다. 품 안에 쏙 들어오는 작은 몸에 그는 입꼬리를 올리며 등을 토닥였다.

"늘 평범한 삶을 그리워하지 않았소? 이제 그대가 원하는 삶을 살게 해주겠소."

명은 그동안 희원을 놀라게 해주려고 부러 비밀리에 출궁 준비를 해왔다. 상왕과 약조를 하였다 하나 대신들의 후궁 타령과 원자 타령에 희원이 얼마나 많은 고충을 겪고 있는지 잘 알기 때문이었다. 늦었지만 이제라도 그녀를 자유로이 살게 해주고 싶었다. 많은 중압감에서 내려와 여느 여인네처럼 말이다.

희원이 작은 머리를 슬며시 들자 명의 입술이 예고도 없이 그녀의 입술 위로 떨어졌다. 말캉한 입술 감촉과 함께 살짝 벌어진 입술을 가르고 그의 혀가 침범해 들어가 달콤한 향내를 풍기는 그녀의 혀를 휘감았다. 그와 동시에 그의 손이 그녀의 옷고름을 풀어냈다. 성마른 손길에 그녀의 속적삼이 순식간에 벗겨지고 백옥 같은 피부가 좌등 아래 드러났다. 명은 일부러 소등하지 않았다. 비단결처럼 고운 그녀의 몸과 환희에 피어나는 아리따운 얼굴을 그대로 보고, 느끼고 싶었다. 곧 그의 입술이 뜨거운 입김을 뿜으며 그녀의 목덜미에 정착했다. 얕은 신음이 방 안을 점령하자 둘 사이를 감싼 공기도 뜨겁게 달아올랐다. 명은 그녀를 천천히 금침 위로 눕히며 속살이 비치는 속치마를 서둘러 벗겨냈다. 붉은색 빛이 감도는 은근한 등불이 그녀의 풍만한 가슴과 아름다운 여체를 그대로 어루만졌다. 명은 숨이 가빠졌다. 당장이라도 불끈 치솟은 남성을 달래고 싶었다. 하지만 마음과는 달리 그는 서두르지 않았다. 목덜미에 머물던 그의 입술이 동그랗게 부푼 그녀의 분홍빛 정점을 향해 내려왔다. 그녀의 나지막한 신음에 그의 심장이 정신없이 날뛰었다.

"중전, 은애하오."

"전하……."

가슴을 욕심껏 탐한 그는 미끄러지듯 그녀의 복부를 거쳐 아래로 내려갔다. 검은 수풀에 둘러싸인 그녀의 여성이 수줍게 그를 맞았다. 그는 조심스럽게 자리를 잡은 뒤 하늘을 향해 치솟은 남성을 그녀의 꽃잎 사이로 밀어 넣었다.

"윽!"

그녀의 허리가 활처럼 휘며 작은 신음을 터트렸고 명의 머릿속도 하얗게 변했다. 뜨겁게 옥죄는 그녀의 여성 안에서 명은 절정의 순간을 맞이했다.

방 한편을 지키는 은은한 불빛의 좌등이 그들의 숨결과 함께 부드럽게 나부꼈다.

※

신료들의 반발을 잘 다독인 태상왕 덕에 명은 희원과 함께 무사히 궐을 나왔다. 그들의 뒤를 흑주와 적주, 그리고 돌백과 죽심, 수십 명의 궁인이 따랐다.

궐에서 멀리 떨어지지 않은 별궁으로 거처를 옮긴 명은 희원을 위해 저자로 자주 출타를 하였다. 사대부 집안의 부부처럼 옷을 입고 며칠씩 지방으로 떠나기도 했다. 물론 별궁을 비우는 것은 모두 비밀리에 이루어졌고, 상선의 관리하에 순조롭게 덮어졌다.

탁, 명이 들던 수저를 내려놓으며 희원의 초췌한 안색을 살폈다.

"수라를 영 드시질 못하십니다. 입맛이 없는 겁니까?"

명의 걱정에 희원은 겨우 들고 있던 수저를 내려놓고 고개를 끄덕였다.

"송구하옵니다. 신첩, 그만 방으로 돌아가도 되겠나이까?"

"그리하시오."

희원이 사라지자 명은 상을 물리고 죽심을 불러들였다.

"부, 부르셨사옵니까, 상왕 전하."

"그래, 내 은밀히 네게 묻고자 함이 있어 이리 불렀느니라."

"하명하시옵소서."

"근자 들어 대비의 안색이 눈에 띄게 나빠졌느니, 짐작 가는 바가 없느냐?"

명의 하문에 죽심은 머리를 바닥까지 내린 뒤 곰곰이 희원의 행동을 뒤돌아보았다. 그러고 보니 이상했던 점이 한 둘이 아니다.

"감히 아뢰옵건대, 대비마마께옵서 근자에 즐겨 드시던 음식도 마다하시고, 오수午睡[40]에 잠기시길 여러 번이옵니다. 시간이 아깝다며 절대 오수를 들지 않으셨는데……."

"또 다른 증세는 없었느냐?"

---
40) 낮잠

"아, 이틀 전 부부인府夫人께서 대비마마께서 출가 전에 좋아하시던 파산적을 만들어 오시었는데 그리 좋아하시던 파산적을 보고 속이 좋지 않다며 바로 물리셨습니다."

"그럼 후에 그것을 다시 들었느냐?"

"아니옵니다. 두세 번 올리었으나 파산적을 볼 때마다 속이 좋지 않다고 하시어 결국 음식이 상하였나이다."

"참으로 이상하구나. 그리 좋아하던 음식도 마다하고 기운 없는 모습으로 오수만 청하다니……. 알았으니 너는 그만 물러가 대비의 곁을 정성껏 지키도록 하라."

"명 받잡겠나이다, 상왕 전하."

죽심이 물러나자 명은 흑주를 불러 궁에 다녀오도록 했다. 혼자 나갔던 흑주는 돌아올 때 어의를 달고 들어왔다. 뿐만 아니라 대왕대비도 함께였다.

"어마마마, 기별도 없이 어인 행차시옵니까?"

명이 대왕대비에게 예를 갖추며 인사를 올리자 대왕대비가 걱정스런 얼굴로 입을 뗐다.

"대비의 옥체가 심상치 않다 하여 내 걱정이 되어 있을 수가 없어 이리 왔습니다. 대체 어디가 좋지 않은 것입니까?"

"그것이…… 소자도 아직 알지 못하옵니다."

그 말에 대왕대비는 뒤에 선 어의에게 조용히 일렀다.

"어서 안으로 들어 대비의 옥체를 살피시게나."

"예, 대왕대비마마."

대기 중이던 궁녀의 안내를 받아 어의가 재빠르게 사라지자 대왕대비가 다시 입을 열었다.

"이 몸도 대비의 옥안을 직접 봐야겠습니다. 함께 가시겠습니까?"

명은 고개를 끄덕이며 대왕대비와 함께 희원의 처소로 걸음을 옮겼다.

크지도 작지도 않은 아담한 그녀의 방 안쪽 보료에 희원이 누운 채로 어의에게 진맥을 받았다. 그녀를 진맥한 어의의 눈이 일순 커졌다 작아졌다. 입가가 살짝 올라간 어의가 평온한 목소리로 그녀에게 몇 가지 질문을 던졌다. 달라진 식습관에 대해 솔직하게 답을 하자, 어의가 뒤로 물러나 명에게 머리를 숙였다.

"감축드리옵니다, 상왕 전하. 대비마마께옵서 회임을 하셨사옵니다."

"뭐라……?"

명의 꾹 닫힌 입술이 스르륵 벌어졌다. 놀라 아무 말도 못하는 명 대신 옆에 있던 대왕대비가 탄성을 내질렀다.

"회임이라니! 이런 경사가 다 있나!"

대왕대비가 일어나 앉으려는 희원을 말리며 그녀의 손을 덥석 잡았다.

"그냥 누워 계세요, 대비. 걱정이 되어 이리 오길 잘했습니다. 대비의 회임 소식을 다 듣고, 이리 기쁠 수가 없어요!"

"황송하옵니다, 대왕대비마마."

"내 궐로 돌아가거든 대비에게 약을 지어 내리리다. 부디 옥체 보존하여 건강한 후손을 두어야지요."

"예……."

대왕대비는 놀란 명의 얼굴을 흘끔 보고는 알아서 먼저 자리를 벗어났다.

희원은 멍하게 자신의 얼굴만을 보는 명의 시선에 얼굴이 화끈 달아올랐다. 회임이라는 사실에 가장 놀란 건 그였을지도 몰랐다. 그녀 자신은 늘 아이 갖기를 꿈꾸며 하늘에 기도를 올렸지만 그는 아이를 포기하고 있었기에 더욱 놀랐으리라.

자신도 이렇게 기쁜데 그의 마음은 어떠할까?

궐을 나오기 직전부터 몸이 나른하면서 힘이 없더니, 그게 아이가 들어섰기에 그런 것이라니, 이제야 잘 먹던 파산적이 역겨웠던 이유를 알 것 같았다.

"어찌…… 아무 말씀이 없으시옵니까?"

멍하니 자신만 쳐다볼 뿐 아무런 말도 꺼내지 않는 그의 태도에 결국 희원이 먼저 입을 열었다.

"대비……."

뒤늦게 그녀를 부르며 명이 자리에서 천천히 일어났다. 그리고 한 걸음 한 걸음 느릿하게 다가왔다.

"회임이라니…… 그런……."

그녀의 앞에 무릎을 꿇고 앉은 그가 손을 뻗어 그녀를 품으로 끌어당겼다.

"안 하던 오수에 입맛이 떨어진 이유가 바로 회임한 탓이었다니……."

"심려를 끼치어 면목이 없나이다."

"아니오. 진즉 눈치를 채지 못한 내가 미안하오. 회임을 하다니…… 고맙소, 대비. 진정 고맙소!"

십 년 만이었다. 독 때문에 회임이 불가능하다던 그녀의 몸에 드디어 아이가 들어섰다. 믿기 어려운 결과였다. 제 귀로 듣고 나서도 믿기지 않을 만큼이었다. 명은 그녀의 어깨를 힘주어 안으며 하늘에 감사했다. 매번 후사를 거론하며 후궁을 두라는 대신들의 말에 늘 마음 한쪽이 무거웠다. 그런데 궐을 나오자마자 회임이라니, 놀란 가슴이 기쁨으로 터져 버릴 것만 같았다.

"그리 기쁘시옵니까?"

"기쁘오!"

그대가 이제 힘들어하지 않아도 되기에, 더 이상 죄책감을 가지지 않아도 되기에 기쁘오.

명은 품에 들어온 그녀를 한참동안 놓아주지 않았다. 마음 같아서는 등에 업고서 뛰어다니고 싶었지만 힘들게 가진 복중 태아에게 혹 무리가 될까 그저 안는 것으로 그 마음을 대신했다.

16장

"돌백아, 돌백아!"

고사리 같은 손을 뻗으며 연은 작은 몸을 폴짝였다. 그 모습에 돌백은 하는 수 없이 그녀를 안아 들어 자신의 어깨에 올렸다.

"공주마마, 위험하다 몇 번을 말하지 않았습니까? 어찌 매번 소인의 어깨에 오르겠다 하십니까?"

연은 나지막한 그의 말은 신경 쓰지 않는다는 듯 길게 줄지어 늘어선 사람들을 손가락으로 가리켰다.

"돌백아, 저어기 저 사람들은 대체 무엇을 기다리는 것이냐?"

"먹을 것을 받기 위해 줄을 선 사람들입니다."

"왜? 집에 가면 먹을 것이 있지 않느냐?"

불완전한 말투였지만 돌백은 연의 말을 정확히 알아들었다.

"이번 겨울은 유독 추웠질 않습니까, 풀뿌리도, 닭도, 소도 얼어 죽으니 먹을 것이 턱없이 부족하게 된 탓이지요."

"아아…… 그래서 어마마마가 먹을 것을 주는 것이야?"

"예, 불쌍한 백성들을 위해 대비마마께서 손수 먹을 것을 주고 계시지요."

두 사람의 시선이 줄 상단에 있는 희원에게로 향했다. 만삭인 몸으로 굶어죽는 백성들을 볼 수 없다며 귀한 패물까지 팔아, 그 곡식으로 죽을 끓여 나눠주는 것이었다.

"돌백아, 나 추워."

봄이라고는 해도 아직 시린 바람이 채 가시지 않았다. 어린 연에게는 견디기 힘든 바람이었다.

돌백은 연을 안은 채 중문을 넘어 안으로 들어갔다. 그의 목을 감싼 작은 두 손이 야무지게 그에게 매달렸다.

"돌백아, 돌백아."

"예, 마마."

"나 이다음에 크면 돌백이한테 시집갈 테야."

어린아이의 말장난이었지만 돌백은 웃어넘기지 못했다.

"큰일 날 말씀이십니다. 귀하디귀한 공주마마께서 어찌 그런 말씀을 입에 올리시옵니까? 행여 누가 들을까 겁이 나오니 다음부턴 농이라도 절대 그 말씀을 입에 올려선 아니 되십니다. 아시겠습니까?"

"안 돼? 왜?"

돌백은 인상을 찌푸리는 연을 보며 저도 모르게 입술을 늘리고 말았다. 동그란 얼굴에 발그레한 뺨, 초롱초롱하게 빛나는 눈동자는 희원의 모습을 너무나 빼닮았다. 거기다 아직 철이 없긴 하지만 고운 심성까지 겸비해 사랑하지 않을래야 사랑하지 않을 수 없는 어여쁜 아이였다.

돌백은 툇마루에 그녀를 내려놓으며 무릎을 굽혀 눈높이를 맞췄다.

"우리 공주마마께옵선 이 몸보다 훨씬 더 멋지고 잘난 낭군님을 만나실 거기 때문입니다. 아바마마처럼 멋진 낭군님을 만나고 싶으시지요?"

돌백의 질문에 연은 엄지를 입에 갖다 대며 고개를 끄덕였다.

"보십시오. 아바마마처럼 멋진 낭군님을 만나시려면 조금 더 크신 다음에 그런 말씀을 꺼내는 게 옳습니다. 자, 이제 안으로 드십시오, 고뿔이라도 걸리면 큰일이십니다."

그때 민 상궁이 다가오며 머리를 숙였다.

"마마, 다과를 준비해 놨사옵니다, 안으로 드시지요."

민 상궁이 돌백에게 고개를 끄덕여 보인 후 연의 손을 잡고 안으로 들어갔다. 돌백은 방문이 닫히는 것까지 보고 난 뒤에야 걸음을 돌려 밖으로 나섰다. 시린 바람이 코끝을 간질였다. 돌백은 굳은 어깨를 두어 번 움직인 뒤 많은 사람들이 늘어선 곳으로 걸어갔다.

"고맙습니다, 마마! 고맙습니다!"

죽을 받아가는 사람들의 입에서 고맙다는 소리가 끊이질 않았다.

"마마, 이제부턴 이 몸이 하겠나이다. 그만 들어가 몸을 좀 쉬게 하소서."

돌백의 말에 옆에서 열심히 죽을 푸던 죽심도 거들었다.

"맞습니다, 마마! 제발 좀 들어가시어요! 이러다 몸이라도 축나면 어쩌시려고 그러십니까? 안 그렇습니까?"

죽심이 마지막 말은 앞에 줄을 서서 기다리는 사람들에게 되묻듯 물었다.

"마마, 안으로 들어가시지요! 저희는 괜찮습니다요!"

희원의 희생을 잘 아는 사람들은 괜찮다며 일부러 바가지를 내밀지 않고 희원이 들어가기를 권했다. 하는 수 없이 희원이 돌백에게 뒤를 넘기고 들어가자 그제야 사람들도 바가지를 내밀며 기다렸던 죽을 받기 시작했다.

방으로 돌아온 희원은 따뜻한 방바닥에 엉덩이를 내린 뒤 불룩 튀어나온 배를 손으로 쓰다듬었다.

"마마, 옥체가 상할까 심히 저어되옵니다."

민 상궁의 걱정에 희원은 입술을 늘리며 고개를 내저었다.

"난 괜찮으니 아무 걱정 말게. 그나저나 연이는 무얼 하고 있느냐?"

"다과를 준비하였으나 나인들과 꽃밭을 구경하고 싶다셔서 조금 전 막 나가셨나이다."

"아직 날이 싸늘하거늘 꽃밭이라니, 앗!"

희원이 갑자기 배를 움켜잡으며 신음을 토했다.

"마마!"

"산産기가 있는 듯하다. 그러니 어서 의녀를…… 아흑……."

"아, 알겠사옵니다. 조금만 참으시옵소서, 마마!"

민 상궁이 다급히 나가고 얼마 있지 않아 출산을 대비해 머물고 있던 어의와 의녀가 달려 왔다. 그리고 바로 옆방에 준비해둔 산실産室로 이동해 본격적인 출산에 들어갔다.

※

명이 돌아온 것은 늦은 저녁이었다. 그는 희원의 출산 소식에 수라도 거르고 산실 앞을 서성였다. 물론 그가 들어와서는 안 되는 곳이었다. 하지만 그를 말릴 사람이 없었다. 그는 산실 앞에 서서 고된 신음을 흘리는 희원의 목소리를 묵묵히 들었다.

다행히 해시亥時 전에 우렁찬 아이의 울음소리가 산실 밖까지 새어나왔다.

아아아앙!

그리고 의녀 하나가 밖으로 나와 소리쳤다.

"감축드리옵니다! 대군이십니다!"

"뭐라······?"

명의 얼굴에 놀라움과 기쁨이 스쳐지나갔다. 얼마 지나지 않아 의녀가 아기를 보에 싸서 그 앞으로 데려왔다. 명은 벌겋게 달아오른 아이의 통통한 얼굴을 손끝으로 만지며 입꼬리를 올렸다.

"오늘 술시에 대군이 탄생했으니 내의원은 잘 알도록 하라."

명은 그 말을 끝으로 아이를 의녀에게 맡긴 뒤 희원에게 갔다. 땀으로 범벅된 그녀의 이마를 손으로 쓸어주며 그는 그녀의 이마에 입을 맞추었다.

"대군을 낳았습니다. 수고가 많았습니다, 대비."

"전하······."

"쉿······ 아무 말도 하지 말고 그저 눈을 감고 쉬세요. 그래야 합니다."

명은 희원을 안심시키며 잠을 재웠다. 그런 뒤에야 긴 한숨을 내쉬었다.

대군의 탄생은 진심으로 기뻤다. 하지만 궐에 있는 아우의 병환이 깊어져 실로 걱정이 아닐 수 없었다. 기침이 멈추지 않은지 벌써 한 해가 지났다. 오늘 아침에는 입에서 피까지 토했다고 하니 실로 그 병세가 위험하지 않을 수 없었다.

명은 희원의 손을 꼭 잡고 모두의 무사안위를 기도했다.

그로부터 반년 뒤.

행랑채의 넓은 앞마당에는 많은 아이들이 발 디딜 틈 없이 바글바글했다. 명은 멀리서 아이들을 가르치는 희원의 모습을 보며 흐뭇한 미소를 지었다. 글 모르는 불쌍한 아이들에게 한글을 가르치기 위해 희원은 갖은 노력을 하였다. 하지만 먹고 살기 바쁜 아이들은 배우는 건 늘 뒷전이었고, 희원은 고심 끝에 배우러 오는 아이들에게 그날 먹을 음식을 나누어주었다. 그 덕에 지금은 행랑채 앞마당이 부족할 지경이었다. 그래도 백성들의 사랑을 받는 그녀가 명은 자랑스러웠다.

"전하!"

지축을 울리는 커다란 목소리와 함께 궁에서 신료들이 들이닥쳤다. 때아닌 방문이었다. 놀란 명이 그들 앞에 나서자 그들이 무릎을 꿇으며 눈물부터 보였다.

"흑흑······."

그들의 눈물에 명은 직감적으로 그들이 이곳까지 찾아온 이유를 알아차렸다.

아우의 죽음. 어린 임금이 결국 세상을 떠난 것이다.

'아우야!'

명의 눈가가 순식간에 붉게 달아올랐다. 아직 살아갈 날이 더 많은 어린 나이에 병환으로 세상을 뜨게 되다니, 그 어린 동생에게 그동안 너무 큰 짐만 떠안겨주어 면목이 없었다. 명은 더 이상 도망갈 생각이 없었다. 신료들이 왜 이곳을 찾았는지, 앞으로 자신이 무엇을 해야 하는지 누구보다 잘 알고 있었다. 그는 그렇게 희원과 두 아이의 손을 잡고 궐로 다시 입궁했다.

태어나기 전부터 우여곡절이 많았던 현 임금은 그렇게 세상을 떠났다. 그리고 자리를 떠났던 상왕이 다시 왕권을 잡았고, 국정은 안정을 찾아 태평성국을 이루었다. 그리고 다음 보위를 이은 것은 어렵게 얻은 연의 동생 휼이었다.

{마침.}

오래전 이야기

하영은 저도 모르게 저자로 나섰다. 부리던 몸종도 집에 둔 채였다. 비단을 파는 점포의 뒤쪽 커다란 나무를 서성이며 그녀는 몇 번이나 고개를 쭉 빼고 주변을 살폈다.

'오늘은 안 오시려나?'

내심 괜찮다고 하면서도 그가 오기를 바랐다. 하지만 아무리 기다려도 그가 올 기미는 보이지 않았다.

"후우, 괜히 나왔네……."

속상한 마음에 혼잣말을 중얼거리며 몸을 돌리려는데 웬 사내가 그녀의 앞을 가로막고 있었다.

"나를 기다렸더냐?"

듣기 좋은 음성에 하영은 퍼뜩 고개를 들어 앞에 선 사내의 얼굴을 확인했다.

"도련님!"

"쯧쯧, 늘 말하지 않았느냐, 난 도련님이 아니다. 이 나라의 임금이란 말이다."

"피, 상감마마시라면 이 시각에 이런 곳엘 어찌 혼자 나오실 수 있단 말씀입니까?"

"어허, 지금 내 말이 거짓이라는 것이냐?"

"하오면 상감마마시라는 증거를 보여주시어요. 그럼 믿겠습니다."

"뭐라?"

하영은 너털웃음을 터트리는 그의 늠름한 모습에 얼굴을 붉혔다. 분명 거짓말쟁이에 수상한 것투성이인 사내인데 이 사람만 보면 가슴이 방망이질을 치며 세차게 뛰었다. 대체 왜? 이유는 알 수 없지만 그를 보면 굉장히 기분이 좋아졌다. 그래서 이렇게 무리를 해서라도 그를 보기 위해 여기까지 몰래 나오는 것이었다.

"하영아, 내 이제 이곳에 오는 것이 오늘이 마지막이다."

"예……? 그게 무슨 말씀이십니까……?"

하영의 입술이 미세하게 떨렸다.

"말 그대로이다. 오늘로써 이곳에 나오지 못한다는 뜻이다."

"하오면 소녀는 어찌하라고……."

하영은 저도 모르게 속엣말을 내뱉고 말았다. 그가 이별을 통보하듯 마지막이라고 말하는데 그깟 마음쯤 조금 내보여도 상관없었다.

"지난번에 내가 한 얘기를 기억하고 있느냐?"

하영은 작은 머리를 끄덕였다. 그는 며칠 전 이 자리에서 그녀에게 자신의 아내가 되어달라는 말을 꺼냈었다. 너무 놀라 농으로 치부하며 넘겼지만 그녀는 그가 남긴 말을 내내 마음속에 품고 있었다.

그가 손을 내밀어 그녀의 작은 어깨를 감쌌다.

"내 이 말을 전하기 위해 부러 나온 것이다. 허니 앞으로 이곳에서 날 기다리지 말거라."

"그 말씀은…… 이제 소녀를 잊으시겠다는 뜻이옵니까?"

"그런 것이 아니다! 조만간 내가 널 찾을 것이다. 그러니…… 헛되이 이곳에서 기다리지 말라는 뜻이다."

하영은 가슴이 먹먹했다. 갑자기 그가 멀게만 느껴져 어찌해야 좋을지 헷갈렸다. 그렇게 짧은 만남을 끝으로 당분간 그는 모습을 드러내지 않았다.

"아기씨, 저쪽에 어여쁜 가락지를 팔던데, 구경 한 번 가시지 않으렵니까?"

몸종의 권유에 하영은 못 이기는 척 그녀를 따라나섰다. 집에만 있으니 답답하기 짝이 없었다. 당분간 만나지 못한다는 말을 하긴 했어도 그가 진짜 나타나지 않으니 하루하루가 너무 길어 더디기만 했다.

가락지를 파는 점포 앞에 다다르자 몸종이 뒷간엘 간다며 사라졌다. 하영은 한숨을 푹푹 내쉬며 각양각색의 가락지들로 시선을 내렸다.

"무얼 그리 보십니까?"

바로 옆에서 들린 낮은 목소리에 하영은 화들짝 놀라며 시선을 틀었다. 얇은 눈을 초승달처럼 휘며 익숙한 얼굴이 그녀에게 미소를 짓고 있었다.

"여긴 어인 일이신지……."

달갑지 않은 그녀의 표정에도 그는 개의치 않고 그녀를 향해 가까이 다가왔다.

"놀라지 마시지요. 곧 부부가 될 사이가 아닙니까, 이리 자연스레 얼굴을 보는 것도 얼마 남지 않았습니다."

"나, 남녀가 유별하니 소녀는 이만 돌아가겠습니다!"

하영은 추일의 시선을 피해 몸종이 돌아오는 것도 기다리지 않고 먼저 집으로 걸음을 돌렸다. 돌아서는 발끝에 혼란이 매달렸다.

한추일. 방금 보았던 사내는 곧 자신과 혼례를 올릴지도 모르는 사내였다. 하지만 하영은 싫었다. 윤 도련님을 두고 그에게 가는 것은 뭔가 죄스러웠다. 누구에게 죄스러운 것인지는 몰라도 영 마음이 내키지 않았다. 부모님의 뜻에 따라 어쩔 수 없는 상황이 닥친다면 그에게 시집을 가야 할지도 모르나 자신의 의지로는 싫었다.

'윤 도련님……'

그가 보고 싶었다. 이상하게 머리를 꽉 채울 만큼 그 사람만 생각났다. 추일이 마음을 드러내며 다가오는데도 거짓말쟁이 윤이 머릿속에서 떠나가지 않았다. 추일의 마음을 모르는 건 아니었다. 그가 지속적으로 우연을 가장해 자신의 주변에 맴돌고 있음은 진즉 알고 있었다. 하지만 마음이 가지 않는 걸 어쩌란 말인가! 할 수만 있다면 거짓말쟁이 윤을 잊고 추일만 보고 싶었다. 하지만 마음이란 것이 제멋대로였다. 추일에게 가려고 하면 할수록 윤을 향해 더욱 빠르게 달아나고 말았다.

그러던 차에 금혼령이 떨어졌다. 하영은 시간을 벌 수 있게 되어 차라리 잘되었다 생각했다. 그래서 국법에 따라 처녀단자를 올리고 간택에 응했다. 그런데 이상한 일이 벌어졌다. 초간택에서 떨어질 거라 예상했던 그녀는 모두의 예상을 깨고 삼간택까지 올랐다. 그리고 믿기 어렵게도 중전의 자리라는 엄청난 자리까지 오르게 되었다. 그렇게 만나게 된 임금은 정말로 거짓말쟁이 윤 도련님이었다.

"정말…… 윤 도련님이십니까……?"

보고도 믿지 못해 하영은 묻고 또 물었다.

"도련님이 아니라 했는데도 자꾸만 도련님이라 부르는구나. 게다가 지금의 난 너의 지아비가 되질 않았느냐?"

윤은 다정한 미소를 지었다. 하영은 그 미소가 좋아 여인으로 태어나길 정말 잘했다며 영원히 그의 곁에 머무르길 기도했다. 그렇게 행복한 시간이 흘렀다. 하영은 중전으로서 내명부를 돌봄에 늘 열심이었다. 하지만 그 시간은 그리 오래가지 못했다.
 침전에 들은 하영이 불안한 얼굴로 상궁에게 확인하듯 물었다.
 "전하께옵서…… 숙빈의 처소에 드셨단 말이냐?"
 "그렇사옵니다, 중전마마."
 하영은 윤이 후궁의 처소에 들를 때마다 잠을 이루지 못했다. 시기를 해선 아니 된다는 건 잘 알고 있었다. 하지만 그게 뜻대로 되질 않았다. 그가 후궁의 처소를 찾을 때마다 속이 비틀리고 배알이 뒤집혀 도저히 참을 수가 없었다. 그리고 그것은 자신이 회임을 하고 곧이어 숙빈 역시 회임을 했다는 사실에 폭발하고 말았다. 한 번은 숙빈의 처소를 찾아 그곳을 쑥대밭으로 만들 만큼 창피를 주기도 했었다. 숙빈의 잘못이 아니라는 건 알고 있었지만 그렇게라도 하지 않으면 마음의 화가 누그러질 것 같지 않아 잘못되었다는 것을 알면서도 행패를 부렸다. 그렇게 해괴한 소문이 궐내를 떠돌았다.

 시간이 흐르고 흘렀다. 하영은 그 긴 시간 동안 서서히 미쳐갔다. 임금 하나만을 바라보며 지내는 궁궐의 생활이 갑갑해 미칠 것만 같았다. 자신은 이렇게 죽을 것처럼 괴로운데 숙빈이 또다시 회임을 했다. 하영은 숙빈이 미웠다. 임금의 총애를 받는 숙빈이 미치게 미웠다. 그러던 차에 일어난 숙빈의 소산. 숙빈의 소산은 아슬아슬하게 지탱했던 하영과의 관계에 불을 지폈다.
 하영은 억울했다. 미워는 했어도 진정 자신의 잘못이 아니었다. 그런데 모두 것의 화살이 자신을 향해 왔다.
 "전하! 신첩은 결단코 아니옵니다! 어찌 신첩을 믿어주시지 않는단 말입니까!"

눈물로 호소했지만 그녀에게 남겨진 건 쓰디쓴 책망뿐이었다. 그렇게 폐비의 명이 떨어졌다. 그리고 은밀히 추일이 자신을 찾아왔다. 벌써 오래전 일이라고 생각하고 잊었던 사람인데 그는 여전히 오래전 그 표정 그대로 그녀를 바라보고 있었다. 하지만 그 눈빛 속엔 증오가 남아 있었다. 어떤 것으로도 지워지지 않는 깊은 증오.

"보셨습니까, 마마? 결국 마마의 선택은 잘못되었습니다. 진즉 금혼령을 피해 소신의 곁으로 오셨더라면…… 이런 불미스러운 일에 엮이지는 않았을 터인데…… 쯧쯧."

추일의 비꼼에 하영은 작은 두 손을 꼭 거머쥐었다.

"이 몸은, 단 한 번도 후회한 적이 없습니다. 그때로 다시 돌아간다 한들 결과는 어차피 같을 테니 말입니다. 또한, 폐비가 된다 해도 그것은 나의 부덕으로 생긴 결과이지 그때의 선택이 잘못되었기에 그런 것이 아닙니다!"

"아니요! 그때의 선택은 잘못되었습니다. 왜인지 아십니까? 바로 마마를 이렇게 만든 장본인이 저이기 때문입니다. 마마의 잘못된 선택으로 이 몸은 마마를 폐비로 만들기로 결심했습니다! 그렇기에, 마마의 선택은 잘못되었다는 것입니다. 아시겠습니까?"

하영의 눈이 크게 출렁였다. 뭔가가 잘못되었다고 여겼던 꺼림칙한 일이 착각이 아니었다.

"설마…… 숙빈의 반산이…….”

"맞습니다, 접니다. 이 모든 일의 주모자지요. 하지만 사람들은 그렇게 생각지 않습니다. 질투에 눈이 먼 중전마마의 망측한 잘못이라고 생각하겠지요."

"내가…… 내가 모든 것을 밝혀낼 것입니다!"

"소용없는 짓입니다. 전하의 마음이 이미 중전마마를 떠났거늘 이 무슨 미련스런 짓이란 말입니까? 말을 한다 한들 누가 믿어주는 이가 있긴 하겠습니까? 잘 들으십시오, 마마. 지금 마마께서 하실 수 있는 건 딱 한 가지밖에 없습니다."

추일은 의기양양 어깨에 힘을 주고 입술을 부드럽게 늘렸다.

"상감마마를 증오하십시오. 마마를 버리고 숙빈에게 가버린 전하를 뼛속까지 미워하십시오! 혼자 힘으로 되지 않으면 세자저하를 동원해서라도 복수를 하십시오. 어차피 내일이면 폐비가 될 몸, 폐비가 되면 사약을 받는 것 또한 시일의 문제입니다. 진정 살고자 하신다면 상감마마를 미워하셔야 합니다. 그렇지 않으면…… 마마의 목숨은 풍전등화에 불과하다는 걸 명심하십시오."

그 말을 끝으로 추일은 눈앞에서 사라졌다. 하영은 무서웠다. 추일의 말을 믿을 수 없으면서도 그 말에 마음이 자꾸만 흔들렸다.

"마마……."

상궁마저 눈물을 보이며 저고리를 적셨다. 하영은 이대로 무너질 수 없었다. 내일이면 폐비가 되어 궁을 떠나야만 했다. 그전에 뭐라도 해야 했다. 추일의 말대로 이대로라면 폐비가 되어서도 사약을 받을 가능성이 컸다.

전하! 너무하십니다! 진정 너무하십니다!

하영은 속으로 소리쳤다. 행복하게 해주겠다 약조하던 윤은 더 이상 존재하지 않았다. 그녀의 윤은 자신을 폐비로 몰아넣고 숙빈의 뒤꽁무니만 쫓아다니는 한낱 사내에 불과했다.

하영은 서둘러 단장하기 시작했다. 자신이 가진 최고급 치마에 머리장식도 화려하게 꾸몄다. 그리고 나서 늦은 시각임에도 궂은 날씨를 헤치고 동궁으로 향했다. 어린 세자가 잠이 들어 있었지만 내일까지 기다릴 시간이 없었다. 그녀는 무작정 세자의 침소로 들어가 그를 깨웠다.

그리고 겁을 집어먹은 아들의 얼굴을 부여잡고 분에 겨운 하소연을 털어놓았다. 하지만 분이 풀리지 않았다. 그녀의 억울함을 어떻게 말로 다 전할까?

"저하께옵선 세자의 친아비가 아닙니다!"

순간적인 충동이었다. 뱉고 보니 엄청난 말을 해버렸다. 주워 담을 틈도 없이 그곳에서 끌려나오는 바람에 더 이상의 말을 건네지 못했다. 그것이 세자와의 마지막이었다.

하영은 다음날 폐비가 되어 궁에서 쫓겨났다. 사람들이 손가락질을 하며 그녀의 악행을 나무랐지만 하영은 그딴 건 아무래도 좋았다. 시간이 흐르면 모든 오해는 자연스레 풀어질 거라 여긴 것이다. 하지만 그녀에게 그런 기회는 찾아오지 않았다. 추일의 말대로 그녀에게 머지않아 사약이 내려진 것이었다.

"사약……. 진정 신첩에게 죽음을 명하시는 것이옵니까……?"

하얀 약사발이 소복 차림의 하영 앞에 놓여졌다. 그녀는 담담한 얼굴로 자신의 목숨을 끊을 사약을 물끄러미 바라봤다. 불어오는 미풍에 검은색의 액체가 작은 물결을 일으키며 그녀를 조롱하듯 찰랑거렸다.

툭, 굵은 눈물방울이 그녀의 볼을 타고 아래로 떨어졌다. 하영은 숨을 들이켜며 입술을 질끈 깨물고는 다시 한 번 눈을 깜박거렸다. 투둑, 막혔던 눈물샘이 뚫린 것처럼 눈물이 순식간에 폭포수처럼 떨어져 내렸다. 울지 않으리라 그리 다짐했건만 주체할 수 없는 눈물 때문에 눈앞이 흐려졌다.

그녀는 자리에서 일어나 하늘을 올려다봤다. 뿌연 시야 사이로 어린 세자의 모습과 늠름한 임금이 엿보였다. 막상 그들을 다시는 볼 수 없다고 생각하니 마음이 저려와 미칠 듯 가슴을 들쑤셨다.

어린 세자에게 그러는 게 아니었다. 순간의 욱하는 마음에 세자의 가슴에 대못을 박다니, 어미로서 부끄러운 짓을 하고야 말았다. 믿을 수 없다는 세자의 그 눈빛이 아직도 눈에 선해 당장이라도 달려가 따뜻하게 자식을 품고서 미안하다고 사죄하고 싶었다. 하지만 이젠 더 이상 그럴 수가 없게 되었다.

그녀는 눈을 질끈 감고서 죽음을 재촉하는 약사발을 향해 절을 올렸다.

작가후기

더로드

  항상 그렇지만 후기를 적을 땐 머릿속이 텅텅 비어버린다. 할 말이 참 많았는데 말이다.
  '아름다운 태왕, 을불'을 적을 때도 그랬지만 역사를 배경으로 한 소설을 적다보면 그 시대에 대한 갈망이 그 어느 때보다 커진다. 그 시대는 정말 어땠을까? 어떤 대화를 나누었으며, 대화의 주제는 주로 어떤 것들이었을까? 신분의 차이는 얼마큼이나 심했을까? 민가에서는 어떤 음식들을 해먹었을까? 등등 끝도 없는 의문과 호기심들로 심심할 틈이 없었다.
  솔직히 그 시대로 돌아가 살래? 라고 묻는다면 난 거절이다. 현대 문명의 편리함에 너무 길여진 탓도 있지만 신분의 차이를 극복할 자신이 없다. 그런 면에서 조선시대의 평민과 노비들은 참으로 억울한 삶을 산 것이 틀림없다.
  그렇다고 조선시대를 싫어하는 건 아니다. 난 조선을 무척 사랑하고 우리의 역사를 애정한다. 조선시대에 사는 건 싫으면서 조선을 사랑한다고? 어불성설이라 생각한다면 어쩔 수 없지만 솔직히 조선시대로 돌아갔는데 내가 양반이 아니고 노비라면 그 삶이 너무 힘겨울 것 같아 싫다는 것뿐이다. 그래도 조선이라는 나라는 너무 매력적인 나라기에 타임머신을 타고 여행할 기회가 주어진다면 꼭 가보고 싶긴 하다. 그 시대를 사는 게 아니라 단순한 여행으로 말이다.

어쨌든 '동궁에 부는 바람' 이 책으로 나오기까지 제법 긴 시간이 걸렸다. 수정도 가장 길었다. 긴 수정기간을 허락해주신 조은세상의 편집팀과 실장님께 고마움을 전하고, '동궁에 부는 바람' 이 세상에 나올 수 있도록 좋은 기회를 주신 조은세상 대표님께도 감사를 전한다.

그리고 진심으로 조언을 아끼지 않고 해주었던 작가 분들과 이성희 대표님, 정 실장님께도 사랑한다는 말을 전하고 싶다.

앞으로 더 많은 것에 도전하며 성장할 수 있기를 바란다. 그래서 난 두려워하지 않고 도전할 생각이다. 나의 언니 백선과 함께 말이다. 그리고 그 도전의 시작엔 독자들의 응원이 있음을 잊지 않을 것이다.

늘 고마움과 행복, 질책, 사랑 이 모든 것을 독자분들께 느낀다. 사랑합니다.

2013년 4월

작가후기
GOOD WORLD ROMANCE NOVEL

백선

  추운 겨울도 어느새 끝이 나고 봄바람이 살랑살랑 부는 계절이 돌아왔다. 수정과 더불어 다음 작품 준비하느라 벚꽃 구경도 못했는데 너무 아쉽다. 하지만 후회는 없다. 하나의 책이 완성되어 독자들에게 선 보이게 되었으니 그 시간들이 전혀 아깝지 않다.
  이 책이 나오기까지 고생하신 조은세상 실장님과 편집팀, 그리고 대표님께 감사의 말을 전하고 싶다. 또한 우리가 성장할 수 있도록 조언을 해주신 로망띠끄 이성희 사장님과 정 실장님에게도 고마움을 전한다.
  항상 나와 함께하는 내 동생 더로드, 그리고 작가 언니들과 동생들, 너무 사랑한다.
  앞으로도 더 나은 글이 나올 수 있도록 난 노력할 것이다.